ULLSTEIN

Das Buch

Im Gebiet des Alten Volkes im Westen ist eine große Dürre ausgebrochen. Die üblichen Anrufungen der Großen Göttin, die als Stifterin allen Lebens verehrt wird, bringen keine Hilfe. Daher ist Haibe, die Sippenmutter der Dala, ausersehen worden, vier Tage und vier Nächte in der verschlossenen Grabkammer der weiblichen Ahnen zu meditieren und ein Zeichen zu erbitten. Gegen Ende glaubt Haibe zu wissen, was die Göttin ihnen sagen will: Die Trockenheit ist eine Warnung vor den Söhnen des Himmels; das Alte Volk soll fliehen. Doch dann wartet Haibe vergeblich darauf, aus dem Grab der Ahninnen befreit zu werden, denn inzwischen ist ihr Dorf überfallen worden …

Die Angreifer sind die brutalen Söhne des Himmels. Der Wolfskrieger Lykos strebt heimlich die Königswürde an. Er ist verheiratet mit Moria, einer sehr jungen Frau, an der er – wie auch an anderen Frauen – seine Verachtung für alles Weibliche und seine Gewalttätigkeit auslebt. Doch für Moria ändert sich alles, als sie begreift, daß Naki – Lykos' Nebenfrau und Gefangene aus dem Alten Volk – Haibes Tochter ist und über einen starken mythischen Überlebenswillen verfügt, der sie alle retten könnte …

Die Autorin

Gabriele Beyerlein wurde 1949 in der Oberpfalz geboren und wuchs in Franken auf. Sie studierte Psychologie in Erlangen und Wien, promovierte an der Universität Erlangen-Nürnberg und arbeitete in der sozialwissenschaftlichen Forschung. Sie ist verheiratet und hat zwei – inzwischen erwachsene – Kinder. Seit 1987 arbeitet sie als freie Autorin. *Die Göttin im Stein* ist der erste belletristische Roman der bekannten Kinder- und Jugendbuchautorin.

Gabriele Beyerlein

Die Göttin im Stein

Roman

Ullstein

Meinen Schwestern

Ullstein Taschenbuchverlag 2000
Der Ullstein Taschenbuchverlag ist ein Unternehmen der
Econ Ullstein List Verlag GmbH & Co. KG, München

Umschlagkonzept: Lohmüller Werbeagentur GmbH & Co. KG, Berlin
Umschlaggestaltung: DYADEsign, Düsseldorf
Titelabbildung: Mauritius
Gesetzt aus der Sabon, Linotype
Satz: Josefine Urban – KompetenzCenter, Düsseldorf
Druck und Bindearbeiten: Elsnerdruck, Berlin
Printed in Germany
ISBN 3-548-24892-6

Die wichtigsten Personen

Personen des Alten Volkes im Westen

Haibe	Bäuerin, Sippenmutter der Dala
Ritgo	ihr »Großer Bruder«, Sippenältester der Dala
Taku	ihr Mann, »Muga« ihrer Kinder
Naki	ihre Tochter
Zirrkan	Haibes Geliebter, Heiler, Sohn der alten Priesterin
Mulai	Haibes Kusine, Nakis Tante
Songo	Ritgos Frau, Sippenmutter der Koa
Wirrkon (1)	Nakis Bruder
Wirrkon (2)	Nakis Sohn, später Ri-Wirrkon genannt
Gilai	Haibes spätgeborene Tochter

Personen der Söhne des Himmels

Lykos	Wolfskrieger, später Herr
Rösos	Herr, später Oberster Priester
Moria	Rösos' jüngere Tochter, später Lykos' Frau
Cythia	Rösos' ältere Tochter
Krugor	Rösos' Sohn
Hairox	Herr, Cythias Mann
Eraiox	Herr, später Heerführer
Ria	Morias Tochter
Noedia	Magd, Lykos' Stiefmutter

Sahir	Magd
Langonia	Tochter des Königs

Personen des Alten Volkes im Osten

Daire	Bäuerin
Lele	ihre jüngere Schwester
Irrkru	ihr jüngerer Bruder
Fior	ihr kleiner Bruder
Kori	Daires kleine Tochter
Wai	Morias Freundin aus der Kindheit

Prolog

Wo endet die Gegenwart, beginnt die Vergangenheit, der Weg zurück, läßt er sich gehen?
Hinabgleiten in den unergründlichen Brunnen? Durchlässigwerden der Wände?
Oder immer nur: das Echo unserer eigenen Stimmen, der Widerhall unserer Schmerzen, Sehnsüchte und Ängste?
Es gab eine Zeit ...
Brauchen wir das, sagen zu können:
Es gab eine Zeit, da nahm seinen Anfang, woran wir heut leiden?
Und was war davor?
Es gab eine Zeit, da war alles anders.
Gab es sie je?
Und sei es im Nirgendwo.
Seit langem suche ich sie. In Büchern, Denkmälern, Altertümern, in Fakten, Theorien und Mythen. Jetzt also hier.
Sie läßt sich nicht fassen, nur träumen.
Nun denn.
Ich schreibe Zeichen in den Wind –

verklungene Zeugen vergessenen
Glaubens.
Ist der Faden gerissen?
In meiner Hand das Wissen um die
Schwere der steinernen Streitaxt.
Dies unabweisbar. Welch furchtbare Waffe
gegen Menschenschädel, die kein Helm
schützte. Wer führte einst solche Axt?
Langsam wage ich mich ins Dunkel. Dicht
die gewaltigen Findlinge des Grabraumes
über mir, um mich herum: sprechendes
Schweigen. Einst bargen sie wohl die Toten
eines ganzen Dorfes, Frauen, Männer und
Kinder.
Knochen und Scherben. Ich mein' sie zu
spüren.
Wenn der Ausgang verschlossen wäre mit
einem Stein. Wenn keiner öffnete, mich zu
erlösen . . .
Da ahn' ich sie kommen. Als erstes die
Frau, die Männer dicht nach ihr.
Sie sprechen kein Wort.

1

Sie sprachen kein Wort. Nur die Schritte der beiden hörte Haibe hinter sich, schwer und bedächtig: Männerschritte. Haibe blieb stehen. Sofort stockten auch die Schritte.

Über der Lichtung lagen noch Schatten, doch hinter dem Wald färbte sich der Himmel. Und dann tauchte die aufgehende Sonne den flachen Höhenzug in Licht und ließ den Umriß des alten Grabes hervortreten.

Mitte des Mysteriums – errichtet für die Ewigkeit.

Plötzliches Schaudern ließ Haibe erzittern.

Eine schwielige Hand legte sich auf ihre Schulter. Haibe erkannte diese Hand, ohne sie anzusehen. Ritgo, ihr Bruder.

Haibe ging weiter und stieg eine Bodenwelle hinauf. Wieder knirschte der Sand. Bei jedem Schritt sank sie ein, rutschte ein Stück zurück: als halte die Erde selbst sie von ihrem Vorhaben ab. Der Pfad führte auf die lange Front der Großsteine zu und endete in ihrer Mitte am Eingang zum Grab.

Dann standen sie vor dem kurzen Tunnel: zwei Findlinge rechts, zwei Findlinge links, der Zwischenraum fugenlos vermauert. Im Dunkel die schwere Steinplatte, die das Grab verschloß.

Haibe kniete nieder, stellte die brennende Öllampe und den Korb ab. Mit den Händen fuhr sie über das Pflaster, neigte sich vor, bis die Stirn den Boden berührte und verharrte so, spürte die Kälte des Steines in ihren Kopf dringen: magische Kraft.

Große Göttin, gewähre mir Zutritt zu deinem geheiligten Leib.

Mit gebeugtem Rücken zwängte sich Taku an Haibe vorbei in den Gang, eine Eibenholzstange in der Hand. Ritgo blieb hinter Haibe im Freien. Sie spürte seine Gegenwart wie die der Steine.

Taku murmelte den Segensspruch und setzte die Stange an. Die Steinplatte bewegte sich nicht.

Haibe erhob sich auf die Knie und nahm getrocknete Misteln und Eibennadeln aus dem Korb. Dann hielt sie die geschwungene Flasche mit dem zierlichen Kragen und dem weit ausladenden Bauch in der Hand und fuhr die Gestalt des Gefäßes nach in Erinnerung an den gesegneten Leib der Göttin, ehe sie den Verschluß herauszog und das geweihte Öl über Blättern und Nadeln versprengte. Sie hielt die Lampe daran. Hoch schoß die Flamme auf, brannte nieder, verglomm.

Mit der heißen Asche malte Haibe Zeichen auf den Steinboden, rief mit ihnen die Göttin an in jeder ihrer Gestalten.

Ich bete dich an, die du Eins bist in Drei und Drei in Eins. Du allmächtige Lebensspenderin, laß mich zu dir kommen. Mutter Erde, nimm mich auf in deinem feuchten, schwarzen Schoß. Göttin des Todes, behalte mich nicht.

Mit unwilligem Knirschen rührte sich die Steinplatte und ließ sich langsam verschieben. Taku keuchte. Trotz der Grabeskälte glänzte Schweiß auf seinem braungebrannten Rükken.

Der Stein war zur Seite gerückt. Ein schwarzer Spalt gähnte: der Eingang in die andere Welt.

Haibe stand auf, trat vor das Grab. Sie bebte.

»Noch kannst du zurück«, meinte Ritgo.

Sie schüttelte den Kopf. Ein letzter Blick zurück auf die

wenigen Häuser und Speicher des Dorfes und auf die dürre Insel im endlosen Wald: Emmer, Gerste und Einkorn standen schütter und niedrig, die Blätter mit den vertrockneten Spitzen zum unerbittlichen Himmel gestreckt. Der Ackerboden war hart und gerissen.

Haibe straffte die Schultern. »Bring am vierten Tag das Opfer! Du und ich – wir tun, was getan werden muß.«

Ritgo nahm ihren Kopf zwischen seine großen Hände, beugte sich zu ihr herab und berührte mit den Lippen ihre Stirn. »Mögest du gütige Aufnahme bei der Göttin finden, Rat und Hilfe bei den Müttern und Ahnen – und Schutz und Kraft für deinen gefahrvollen Weg!«

Sie nickte kaum merklich.

Taku, ihr Mann, kam gebückt ins Freie und streckte sich. »Am vierten Tag bei Sonnenuntergang?« fragte er.

»Am vierten Tag bei Sonnenuntergang«, bestätigte Haibe.

Sie nahm die Lampe auf, holte die Trommel aus dem Korb, beugte den Kopf, tat einen Schritt in den niedrigen Tunnel, dann den nächsten. Am Schwellenstein verharrte sie. Finsternis vor ihr. Das kleine Licht in ihrer Hand zitterte. Tief schöpfte sie Atem. Kalte, modrige Luft – Grabesluft. Sie zog sich in sich zusammen, stieg über den Stein, zwängte sich durch die Öffnung und kroch auf den Knien ins Grab.

Große Mutter, dies ist der Schoß deines Leibes, aus dem alles geboren ist, in den alles zurückkehrt, aus dem alles wiedergeboren wird zu neuem Leben.

Noch fiel Tageslicht in den höhlenartigen Raum. Langsam traten die Umrisse hervor: die glatten Flächen der gewaltig lastenden Decksteine, die dicht an dicht stehenden Trägersteine und die Muster des kleinen Gerölls, das die Zwischenräume füllte. Die Enden des langgezogenen Grabraums verloren sich im tiefen Dunkel.

Zaudernd nur tastete sich der Blick die geschliffene Steinwand hinab zum Boden, zuckte schreckhaft zurück, floh – und kehrte doch wieder. Totenschädel starrten, schwarze Augenhöhlen in bleichem Gehäuse, gräßliches Grinsen gebleckter Zähne, Knochen in wirrem Durcheinander, getürmt zu schauerlichen Gebilden, Schulterblatt über Becken, Arm über Bein, zierliche Knöchelchen einer Kinderhand wie hingeworfene Stäbchen eines Spieles. Zwischen den fahlen Knochen weiß verziertes Geschirr, trichterförmige Becher, kunstvolle Flaschen, Schalen und Tassen und dort . . .

Zwanghaft rutschte Haibe ein Stück vorwärts. Sie stieß an eine Elle, sofort zerrieselte diese zu Splittern und Staub, Haibe beachtete es nicht, hielt die Lampe tiefer. Ihr Atem ging schneller, als der Bernstein das Licht in honigfarbenem Schimmern einfing. Die Perlen waren noch aufgereiht auf der Schnur, hinten die kleinen Perlen, vorne die größeren, in der Mitte der lange Anhänger, in den eine Fliege gebannt war.

»Mutter«, flüsterte Haibe.

Plötzlich war das Bild da, ungerufen drängte es sich auf:

Die Mutter im Festgewand, feingewebter Stoff aus gebleichter Wolle, an Ausschnitt und Saum in den Farben von Kupfer und Erde gemustert, glänzende kleine Kupferringe in den aufgesteckten Zöpfen, die Bernsteinkette um den Hals.

Die Mutter bewirtete die Sippe der Koa, den Korb mit den kleinen Honigkuchen in die Hüfte gestützt, die Bernsteinkette glühte im Sonnenlicht, Kinder umringten die Mutter, jedem gab sie einen Kuchen, Songo drängte sich schon wieder vor, versteckte ihren angebissenen Kuchen hinter dem Rücken, die Mutter strich Songo über die Wange und gab ihr lachend einen zweiten.

Sie selbst – wie alt war sie damals, ein kleines Mädchen noch – hielt es nicht länger, sie zwängte sich durch die Kinder, den jüngeren Aktoll an der Hand: »Mutter, Mutter, uns auch!«

Das Lachen verschwand aus dem Gesicht der Mutter, ein Heben der Augenbraue, ein zurechtweisender Blick: »Du weißt, daß ihr zu warten habt, bis die Gäste bewirtet sind!«

Ihr war, als würden alle sie ansehn.

Ein Geräusch brachte Haibe in die Gegenwart zurück. Sie blickte zum Eingang und sah den Umriß ihres Mannes. »Bist du bereit?« fragte Taku.

»Ja, ich bin bereit!« Schon während sie sprach, zweifelte sie an ihren Worten.

Ein kurzes Zögern, dann griff sie nach der Bernsteinkette, bemühte sich, keinen der Knochen zu berühren, zog den Schmuck unter dem Gerippe hervor und legte ihn sich um den Hals: Mutter, leih mir deine Kette, mit ihr wird es leichter sein, Verbindung zu finden zu dir und den anderen.

Sie stellte die kleine Lampe ab, die Tontrommel daneben. Sie hörte Ächzen, schweres Schleifen. Der massige Stein wurde vor den Ausgang geschoben und fiel mit dumpfem Poltern in sein Bett.

Haibe war allein im Grab, eingeschlossen. Nun mußte sie bei den Toten bleiben, hungern und dürsten, und niemand würde ihr beistehen, bis Taku am Abend des vierten Tages das Grab wieder öffnete.

Dunkelheit, nur im kleinen Kreis erhellt von der dürftigen Flamme. Noch.

Im flackernden Schein begannen die Knochen zu leben. Höhnisch lachten die Totenschädel, knöcherne Finger ballten sich zur Faust.

Haibe schloß die Augen, zwang sich zur Ruhe: nur Schatten. Es sind die Gebeine meiner Mütter und Ahnen. Sie leben nicht, die Knochen. Es sind die Steine, die leben.

Sie öffnete wieder die Augen, nahm das kleine Messer aus der Gürteltasche und schnitt sich mit der scharfen Steinklinge in den Finger der linken Hand.

Das Blut quoll hervor. Sie fing es mit der Rechten auf. Vorsichtig erhob sie sich in gebückter Haltung, achtete darauf, nicht den Kopf an dem Deckstein zu stoßen, und trat zu dem Stein neben dem Eingang. Mit dem Blut malte sie in sich weitenden Ringen die Augen der Todesgöttin auf den kalten, glatten Steinleib: Weiße Frau, alles erspähende Eule, die du das Leben verschlingst in den Tod, dich bete ich an. Dann wandte sie sich zum nächsten Stein und trug ihm das heilige offene Dreieck auf: Vogelfrau, heilige Schlange, die du das Leben wieder gebierst aus dem Tod, dich bete ich an.

Das Blut war versiegt. Haibe drückte und knetete an ihrem Finger, bis es wieder hervordrang. Sie malte damit in langer Wellenlinie das Lebenszeichen auf den nächsten Stein: Große Bärin, Hirschkuh, trächtige Sau, ewig fruchtbare Mutter, die du das Leben schützt, spendest und erhältst, dich bete ich an. Dich rufe ich um Beistand an, ewige Quelle des Lebens.

Unsere Quellen sind versiegt –

»Mutter, komm mit!« Naki stürzte zur Tür herein.

»Was ist?« fragte sie die Tochter, vom Backtrog aufsehend.

Naki schüttelte den Kopf. »Das mußt du selbst sehn!« Schon war die Tochter wieder draußen, rannte über den Dorfplatz, drehte sich ungeduldig nach ihr um.

Sie eilte Naki hinterher, auf dem Weg durch die verdorrten Äcker zum Bach. Sie ahnte, was die Tochter ihr zeigen wollte. Als sie es sah, war ihr dennoch, als legten sich Hände um ihre Kehle.

Der Bach hatte von Tag zu Tag weniger Wasser geführt. Nun war er gänzlich ausgetrocknet.

»Warum?« flüsterte Naki.

Sie selbst schüttelte nur den Kopf, sehr müde auf einmal.

»Das war doch noch nie da!«

»O doch, erinnerst du dich nicht, Naki, du warst noch ein

Kind, in dem Sommer, als Zirrkans Dorf überfallen wurde – acht Sommer ist das nun her, da ist der Bach auch versiegt...«

Sie redete und redete. Und konnte doch das Erschrecken nicht übertönen.

Haibe lehnte die Stirn an den Stein. »Was haben wir falsch gemacht, Große Göttin? Warum säugst du uns nicht mehr wie eine Hirschkuh ihr Kalb und schützt uns nicht mehr wie eine Bärin ihr Junges? Warum erlahmt deine Kraft? Warum ziehst du deinen Segen von uns ab? Läßt uns vergebens um Regen flehen?

Haben wir nicht den Tanz der Erneuerung getanzt wie jedes Jahr? Gesungen, gebetet und geopfert wie jedes Jahr?

Du bist doch unsere Mutter...

Willst du uns zeigen, daß wir keine Säuglinge mehr sind, die kaum einen halben Laut von sich geben müssen, um schon gehätschelt zu werden?

Nun gut, wir sind keine Säuglinge mehr. Aber doch deine Kinder!

Eine Mutter lehrt ihre älteren Kinder Verzicht. Aber sie läßt sie nicht hungern! Sie läßt sie warten. Aber nicht verzweifeln!

Wir sind verzweifelt. Darum bin ich hier. Darum suche ich in deinem Leib den Rat meiner Mütter und Ahnen.

Wenn unsere Bitten dich nicht erweichen, mögen es die ihren tun! Wenn unsere Ohren deine Stimme nicht hören, mögen es die ihren tun! Wenn wir nicht wissen, was wir tun sollen, mögen sie es uns sagen!«

Haibe kehrte zu der kleinen Flamme zurück, stieg dabei über Knochen, Scherben und Tontöpfe, kauerte nieder und verband sich den Finger mit ihrem Webgürtel..

Was jetzt blieb, war warten.

Das kleine Licht flackerte. Plötzlich ertrug sie es nicht mehr, dies Flackern zu sehen und nicht zu wissen, wann die Flamme erlöschen würde. Sie beugte sich vor und blies sie aus.

Abgrundtiefe Finsternis. Eine Finsternis, aus der es kein Entrinnen gab, vier lange Tage.

Die Luft wurde ihr knapp. Als würden die Steine sich auf ihre Brust senken.

Was, wenn sie eine Aufgabe übernommen hatte, der sie nicht gewachsen war? Dies war ein Weg, den sonst nur Berufene gingen: Priesterinnen, Heiler ...

Kein Lebender, der ihr beistehen würde bei dem, was vor ihr lag. Kein Lebender, der helfen würde, wenn die Furcht über sie kam.

Und die Toten?

Haibes Atem ging schneller.

Zu wissen, daß sie um sie herum waren ...

Haibe schloß die Augen, legte die Fingerspitzen an die Schläfen. Versinke nicht in der Raserei der Furcht, hatte Lüre sie gewarnt.

Die Hitze flimmerte über dem Boden. Zwischen dem dürren Schilf stand die heiße Luft. Der Sumpf war ausgetrocknet.

Ihre Füße brannten. So weit wie heute war der Weg zu den Heiligen Steinen noch nie.

Sie erreichten das Ufer des Flusses.

Sand und rissiger Schlick, wo sonst das Wasser glänzte. Nur ein schmales Rinnsal schlängelte sich noch zwischen den Steinen hindurch, die gewöhnlich die Furt gangbar machten.

»Warum läßt die Große Göttin das zu?« sagte Naki.

»Das frag die alte Priesterin«, wehrte sie ab. Es tat ihr leid, wie harsch ihre Worte klangen.

Schweigend durchquerten sie das Flußbett, wuschen sich im Rinnsal und stiegen die jenseitige Böschung hinauf.

»Mutter«, fragte Naki, »war auch das schon einmal da: daß der Fluß ausgetrocknet ist?«

»Nein. Nicht, solange ich weiß. Selbst während der Dürre vor acht Jahren – als das Unglück der trockenen Frühjahre und Sommer seinen Anfang nahm – ist der Fluß nicht versiegt.«

Jetzt versiegt er. Wie lange wird es noch dauern, bis er gar kein Wasser mehr führt? Und was dann?

Die alte Priesterin wird die Antwort wissen. Sie muß sie wissen!

Die Sonne ging unter, als sie zu den Heiligen Steinen gelangten.

Wie immer, wenn sie sich diesem Mittelpunkt näherten, an dem das Heilige so nah war wie nirgendwo sonst, erfaßte sie ein Schauer. Die großen, zu langgestreckten Hügeln aufgeschütteten Grabkammern, in denen in der Urzeit die Sippen der Urfrauen Ba und Ra in den Schoß der Großen Mutter eingegangen waren, leuchteten im Abendlicht. Die lange Reihe der aufgerichteten Steine schien sich von einem Grab zum anderen in feierlicher Prozession zu bewegen – lebende Steine, in denen die Urahnen fortdauerten, die den ewigen Bund geschlossen und die Trennung aufgehoben hatten.

Gemeinsam mit der Tochter kniete sie nieder und drückte die Stirn auf den heiligen Boden. Hier würden sie Rat und Weisung erhalten.

Als sie sich wieder erhoben, sahen sie eine schwarzgekleidete Gestalt ihnen entgegenschreiten. Es war nicht die alte Priesterin. Es war auch nicht die junge Priesterin. Es war Lüre, die junge Schülerin, ein Mädchen kaum älter als Naki.

Sie tauschten den herkömmlichen Gruß.

Das Sprechen erschien Haibe eine große Anstrengung: »Wir kommen, weil wir Rat suchen. Unser Bach ist ausge-

trocknet. Immer tiefer müssen wir unseren Brunnen graben, um an Wasser zu kommen. Wäre Taku, mein Mann, nicht ein so guter Baumeister, so müßten Mensch und Vieh verdursten. Jetzt legen unsere Männer einen zweiten Brunnen an. Aber wir können nicht genug Wasser fördern, um auf Dauer unsere Gärten zu retten – geschweige denn unsere Felder. Erbsen, Bohnen, Linsen und Mohn werden vertrocknen, der Lein verdorren. Und der Weizen steht spärlich und fängt schon bald an zu reifen, ehe das Korn sich gerundet hat. Wenn es nicht sehr bald regnet, haben wir ein Hungerjahr vor uns.«

»So steht es in allen Dörfern, von denen ich gehört habe«, bestätigte Lüre bedrückt. »Doch kommt mit mir. Ihr werdet durstig sein!«

Lüre führte sie in den Schatten einer alten Eiche und bot ihnen mit Wasser verdünnte Sauermilch an. »Ihr wolltet eine der beiden Priesterinnen sprechen?«

Schon ehe Haibe nickte, verlor sie die Hoffnung.

»Die Priesterinnen haben sich jede allein zu vierzigtägigem Fasten in die Einöde zurückgezogen«, sagte Lüre. »Es müssen noch fünfzehn Tage vergehen, ehe sie zurückkehren. Ich hoffe, sie bringen Antworten auf die Fragen mit, die uns alle quälen.«

Der weite Weg – umsonst.

Es sei denn, er war da …

»Und Zirrkan?« fragte sie. Einen Augenblick wurde ihr warm, nur beim Nennen dieses Namens.

Doch Lüre hob bedauernd die Hände. »Der Heiler ist schon vor vielen Monden auf Geheiß der alten Priesterin zu einer langen Reise aufgebrochen, deren Zweck und Ziel ich dir nicht sagen kann.«

Ohne Abschied?!

Nur mit Mühe konnte sie ihre Gedanken zurück zu Lüre zwingen.

»Aber die alte Priesterin hat dir eine Nachricht hinterlassen«, fuhr diese fort.

»Mir? Wußte sie, daß ich kommen würde?«

Lüre lächelte freudlos. »Dir oder jeder anderen Sippenmutter. Du bist nicht die erste, die hierher kommt, um Rat zu erfragen. Und nicht die erste, der ich im Namen der alten Priesterin sage: Bitte um die Hilfe und Fürsprache deiner Mütter und Ahnen. Suche sie auf. Bitte sie, sich für Regen zu verwenden. Frage die Toten um den Rat und Beistand, den die Lebenden nicht geben können. Und dann komm beim nächsten Vollmond hierher zur Beratung der Priesterinnen mit den Sippenmüttern.«

»Du meinst«, sie stockte, beendete heiser den Satz: »Ich soll ins Grab?«

Lüre nickte: »Ins Grab deiner Mütter und Ahnen. Vier Tage und drei Nächte. Ohne Essen und Trinken. In völliger Finsternis. Allein. Wenn du dich stark genug fühlst für diesen gefahrvollen Weg, so geh ihn.

Er ist schwer, das will ich dir nicht verhehlen. Hüte dich in der Raserei der Furcht zu versinken, sonst kehrst du nicht zurück!

Der Hunger wird dich zermürben und schwächen. Doch schlimmer ist der Durst. Er wird dich quälen wie ein Feuerbrand. Am schlimmsten ist das andere. Du wirst deinen Sinnen nicht mehr trauen können. Du wirst die Grenzen deines Körpers verlieren. Erinnerungen werden über dich kommen wie Vogelschwärme, Stimmen und Visionen werden dich heimsuchen. Am Ende wirst du dich dem Tode nah wissen.

Doch wenn du ihm nah bist, so bist du auch den Toten nah. Enger als je zuvor wirst du das Band zu ihnen spüren, und sie werden dich Bilder sehen lassen, in denen Erkenntnis liegt.

Die alte und die junge Priesterin und ich, wir alle sind in großer Sorge. Die Sterne künden Unheil, die Zukunft liegt uns im Dunkel. Wir müssen unsere Kräfte vereinen. Auch deine Kraft – und die deiner Mütter und Ahnen!

Dein Bruder soll am vierten Tag, den du im Grab verbringst, ein Schwein hierher zum Opfer bringen. Das wird dich stärken bei der Begegnung.

Wie ist es, Haibe, wagst du es, dich im Grab deiner Mütter und Ahnen einschließen zu lassen, um die Verbindung zu ihnen zu suchen?«

Die Antwort fiel ihr schwer. Sie zögerte.

Nakis Finger schlossen sich um ihre Hand. »Mutter, du tust es, nicht wahr?«

»Ich habe es getan«, flüsterte Haibe und preßte die Hände an die Stirn. »Steh mir bei – ich habe es getan!«

Als sie die Augen öffnete, sah sie die schmale Spur schwachen Lichtes über dem Eingang, eine feine Linie, die sich auf der rechten Seite zu einem Dreieck verbreiterte: der einzige Hinweis auf die Welt des Tages.

Sie schloß die Augen wieder. Es war besser, diese Linie nicht zu sehen. Sie ließ die Finsternis um so finsterer erscheinen. Mit geschlossenen Augen konnte sie sich der Täuschung hingeben, es sei einfach Nacht.

Sie dachte an ihren Garten, wie sie ihn am frühen Morgen vorgefunden hatte. Wie welk die Erbsenpflanzen ausgesehen hatten, wie matt sie die Blätter hängen ließen. Und schon wieder hatten sie Blüten abgeworfen. Wenn nun auch noch die wenigen Schoten vertrockneten, die sie angesetzt hatten!

Konnten Mulai und Gwinne, Naki, Uori und die Kinder es allein schaffen, genügend Wasser aus dem Brunnen zu fördern, um die Pflanzen ausreichend zu gießen? Dringend mußte der Boden gehackt und gelockert werden, sonst verlor er noch mehr Feuchtigkeit –

Es gab so viel Arbeit, und sie saß hier, zum Nichtstun verdammt.

Sie sprang auf – und stieß sich am Kopf. Der Schmerz brachte sie zur Einsicht. Sie war hier, um Regen zu erflehen. Sie mußte sich in Geduld fassen. Wie sollte sie vier Tage ausharren, wenn sie schon ungeduldig wurde, kaum daß sich das Grab hinter ihr geschlossen hatte!

Regen: Ein grau verhangener Himmel, tiefe, langsam ziehende Wolken, stetiger, sanfter, lauer Frühsommerregen, viele Tage und viele Nächte lang, ein Regen, der nicht das Erdreich abschwemmte, sondern tief in die Erde eindrang. Der die Erbsen und die Bohnen, die Linsen und den Mohn, den Lein und den Emmer, das Einkorn und die Gerste mit lebenspendendem Wasser versorgte. Der die Bäume, die Sträucher und die Wiesen erfrischte...

Oder wenigstens ein gutes Gewitter. Keines, das allzu rasch aufzog, das mit Sturm oder Hagel die Felder vernichtete und unermeßlichen Schaden anrichtete. Aber starke, schwarze Wolken, ein kräftiger und ausgiebiger Regenfall, der die Quellen wieder fließen ließ und den Bach füllte...

Sie seufzte. Nur an Regen zu denken konnte auch nicht der rechte Weg sein. Könnte sie doch etwas *tun!*

Worauf hatte sie sich eingelassen, eine Aufgabe zu übernehmen, für die sie weder gebildet noch geeignet war!

Zirrkan, dachte sie, dir macht es keine Schwierigkeit, still dazusitzen und die Hände ruhen zu lassen. Dir macht es keine Schwierigkeit, deinen Geist zu öffnen, nichts zu hören und nichts zu sprechen.

Du warst immer sehr schweigsam.

Aber warum hast du mich nicht verständigt, bevor du zu der Reise aufgebrochen bist, von der Lüre gesprochen hat? Warum hast du nicht Abschied von mir genommen? Das war nicht recht! Und so gar nicht deine Art...

Sicher, auch sonst vergehen oft viele Monde, ehe wir uns wieder sehen. Aber ich weiß doch, du bist in der Nähe, in irgendeinem der Dörfer, oder mit deiner Mutter bei den Heiligen Steinen! Und ich könnte nach dir fragen, dich aufsuchen oder nach dir schicken, wenn ich dich brauchte.

Du aber gehst ohne ein Wort.

Im Auftrag deiner Mutter, der Priesterin …

»Ich komme im Auftrag meiner Mutter, der Priesterin!« Der fremde junge Mann, dem sie die Tür geöffnet hatte, schüttelte die Regentropfen aus den Haaren und lächelte ihr zu. »Ich bin Zirrkan. Ich soll die Vorbereitungen für das Heilige Fest besprechen.«

Er hatte ihr gleich gefallen, vom ersten Augenblick an. Seine dunkle, warme Stimme, die jedes Wort in Musik verwandelte. Sein herbes Gesicht mit der hohen Stirn, den nachdenklichen, sehr hellen Augen und der schmal geschnittenen Nase, ein Gesicht, das im Lächeln überraschend weich werden konnte und so ganz anders aussah als die runden Köpfe und breitnasigen Gesichter der Dala und Koa im Dorf. Seine flachsblonden Haare, die sich an der Stirn widerspenstig sträubten und in ihr den Wunsch wachriefen, sie glatt zu streichen. Sein schlanker Körper, der neben den wuchtigen Männern der Dala und Koa beinahe zerbrechlich wirkte. Seine feingliedrigen Hände, von denen sie sich kaum vorstellen konnte, daß sie das Beil handhabten und den Pflug führten.

Ja, gefallen hatte er ihr. Aber erst, als sie ihn Flöte spielen und singen gehört hatte, hatte sie ihn zu lieben begonnen. Niemals hatte sie eine Musik gehört wie seine. Während sie ihr gelauscht hatte, hatte sie die Nebel über dem Moor, den Rauhreif auf den Zweigen und das klare Wasser des Baches über bemoosten Steinen gesehen, hatte den Himmel sich färben und den Mond aufgehen sehen, das Herbstlaub leuchten und die Blumen blühen. Und als er die Flöte weggelegt und ihr zugelächelt hatte, da hatte sie geahnt, nur ihn lieben zu können, niemals einen anderen als ihn.

Aber sie hatte es nicht wahrhaben wollen.

Ich muß ihn vergessen. Er ist kein Koa. Er kommt aus einem Dorf neun Wegstunden von hier. Er kann nicht mein Mann werden.

Und ich bin Taku versprochen.

Heftig schlug sie das nasse Wäschestück auf den Stein am Bachufer. Das kalte Wasser spritzte ihr ins Gesicht.

»Kann ich dir helfen, Haibe?«

Ameisen kribbeln in ihrem Bauch. Sie hatte gedacht, Zirrkan sei schon zum Nachbardorf aufgebrochen. Hierher zum Bach war sie geflohen, um nicht Abschied nehmen zu müssen.

Sie drehte sich um. »Wenn du unbedingt willst, kannst du das Laken mit mir auswringen!«

»Unbedingt!« Er lachte.

Sie drehten das nasse Leintuch zwischen sich zu einem dikken Seil. Erst schoß das Wasser heraus, dann tropfte es nur noch. Je fester sie wanden, desto näher kamen sie aufeinander zu. Kein Tropfen ließ sich mehr herausquetschen. Sie zwirbelten die Tuchrolle zu einem festen Knoten.

Sein Gesicht dicht vor ihrem.

Mit einer Hand ließ sie das Wäschestück los. Strich Zirrkan über die widerspenstigen Haare.

Erst hielt er sehr still, dann reckte er den Kopf so, daß ihre Hand an seine Wange glitt.

Er ließ das Wäschestück los, naß und kalt schlug es ihr an die Beine, sie ließ es einfach zu Boden fallen. Mit der Linken hatte er ihr Handgelenk umfaßt, mit der Rechten streichelte er über ihr Haar. Er zog ihre Hand an seinen Mund, liebkoste ihre Handfläche mit seinen Lippen. Sie schloß die Augen vor der Stärke dieses Gefühls.

Sie legte den freien Arm um ihn, fand seinen Nacken.

Mit den Fingerspitzen fuhr er den Umriß ihrer Lippen nach.

Dann beugte er sich vor. Nahm ihr Gesicht in beide Hände, unendlich vorsichtig, als sei es eine zerbrechliche Kostbarkeit. Sie wartete, hoffte.

Doch plötzlich machte sie sich von ihm los, bückte sich, hob das Leintuch auf und warf es zurück ins Wasser.

»Nein?« fragte er sehr leise.

»Nein!« erwiderte sie heftig.

»Du kannst es nicht ändern, Haibe. Es steht in den Sternen.«

»Ach ja? Bist du ein Sterndeuter?!«

»Das nicht. Aber ich spür' es. Du nicht?«

Ich bin Haibe, älteste Tochter der Dala. Ich werde Sippenmutter sein nach meiner Mutter. Und den Bund mit den Koa erneuern.

»Ich spür', daß es Zeit für dich wird zu gehen!« erwiderte sie spröde.

Er drehte sich wortlos um und ging.

Sie weinte.

Haibe barg das Gesicht in den Händen. Ach Zirrkan, du hattest ja recht: Es stand in den Sternen.

Aber ich war die Tochter meiner Mutter. Ich habe meine Pflicht getan.

Ich habe es dir nie erzählt: Am gleichen Tag noch habe ich Takus Drängen nachgegeben und mich mit ihm im Speicher getroffen.

Würde dich das kränken, wenn du es wüßtest? Das müßte es nicht.

Taku hat sich redlich Mühe gegeben. Er war sanft und zärtlich trotz seiner schwieligen Hände. Aber ich habe nichts dabei empfunden.

Auch nicht beim zweiten und beim dritten und beim vierten Mal. Fast war ich erleichtert, als der Monat der Enthaltsamkeit vor dem Heiligen Fest begann.

Das Heilige Fest, von den Priesterinnen durch den Lauf der Gestirne bestimmt, gefeiert an dem Tag, an dem nach neun Jahren wieder das Neumondlicht am Fest der Heiligen Hochzeit erschien – Verheißung der großen Fruchtbarkeit für die neuen Felder, die die Männer in den vergangenen Monaten mit harter Arbeit dem Wald abgetrotzt oder die sie nach neunjähriger Brache vom Gestrüpp befreit hatten.

Seit Sonnenaufgang waren sie unterwegs, alle Männer, Frauen und Kinder des Dorfes, und es wurden immer mehr Menschen. Schon vier Dorfgemeinschaften waren es nun, die dem Ort der Heiligen Steine zustrebten – mit noch weiteren würden sie zusammentreffen. Seit neun Jahren hatte Haibe nicht mehr so viele Menschen gesehen.

Tante Kjolje, die jüngste der Tanten, die liebste und vertrauteste, schloß zu Haibe auf und fragte leise: »Wie geht es dir, Haibe, hast du Angst davor? Ich meine, natürlich hat dich die Priesterin auf alles vorbereitet, natürlich hat dir deine Mutter erzählt, was du wissen mußt, aber es ist doch etwas anderes, wenn man das erste Mal, und dann mit irgendeinem Mann, einem Fremden vielleicht, wenn ich dir irgendwie –« Die Tante brach ab, forschte in Haibes Gesicht.

»Mach dir keine Sorgen, Tante Kjolje!« Sie versuchte ein Lachen. »Es ist nicht das erste Mal. Ich war schon mit Taku zusammen.«

Die Tante stieß erleichtert die Luft aus. »Dann ist es ja gut!«

Nichts ist gut, Tante.

Sie kamen an der Stätte der Heiligen Steine an, zogen die Alltagskleidung aus und begannen sich für das Fest zurechtzumachen. Die Frauen und jungen Mädchen lösten die Zöpfe und kämmten ihre Haare in wallende Locken, bemalten einander die nackten Oberkörper mit roter Farbe und dunklen Mustern, legten bunte Ketten an und statt eines Kleides das kurze Röckchen aus kunstvoll geflochtenen Bastschnüren.

Endlich begann die Prozession entlang der Steinreihe von einem Grab zum anderen. Die Frauen und Mädchen auf der einen Seite, angeführt von den drei Erscheinungen der Einen: der mädchenhaft schönen Priesterschülerin, der mit allen Zeichen der Fruchtbarkeit geschmückten jungen Priesterin, der mit schreckenerregendem Weiß bemalten und zu einer Maske erstarrten alten Priesterin. Die Männer und Jungen auf der anderen Seite, angeführt von dem Einen, dem Auserwählten, dem Todgeweihten, dem Abbild des Sohn-Geliebten, der sterben würde, sterben mußte, um den die Erde in Trauer und Starre verfallen würde, ehe er wieder auferstand.

Haibe hielt den Blick auf ihre Füße geheftet im verzweifelten Bemühen, sich dem Fest würdig zu erweisen, an die Große Erneuerin zu denken, nicht mit den Augen Zirrkan zu suchen, der anwesend sein mußte, dessen Gegenwart sie spürte mit jeder Faser.

Das große Opferfeuer. Die Tötung von Stier und Schwein, den Tieren, die Ihr heilig waren, den Sinnbildern Ihrer Fruchtbarkeit.

Das Opfermahl, mühsames Hinunterwürgen des geweihten Fleisches.

Dort drüben, unter dem Baum, das ist er. Nein, ich werde nicht zu ihm gehen. Dies ist das Heilige Fest, das neun Jahre Segen über unsere Felder bringen soll, über unser Vieh, über uns selbst.

Die Lieder, die Tänze.

Er sieht mich an. Er soll mich nicht so ansehen!

Der feierliche Augenblick, als in der Abenddämmerung für einen kurzen Augenblick die feine, junge Sichel des Mondes halb um das fahle, kaum erkennbare Rund des Mondes sichtbar wird und dann hinter dem Horizont versinkt: Neumondlicht, Beginn eines neuen Neun-Jahres-Kreises.

Endlich die Nacht. Alle Kinder entfernt. Wir Frauen allein unter uns: Dies sind die Mysterien, auf die mich die Priesterin vorbereitet hat.

Heilige Mutter, wir feiern deine Hochzeit – vor aller Zeitgeschehen, geschieht sie auch heute. Wir feiern deine Fruchtbarkeit. Du hast alles hervorgebracht, Himmel und Erde, Pflanzen und Tiere, Steine und Menschen. Jedes Jahr gebierst du neu, was den Weg alles Vergänglichen gegangen ist, denn deine Fruchtbarkeit ist ohne Grenzen. Mach auch uns fruchtbar, unsere Felder und unser Vieh.

Im Fackelschein führen die Drei uns zu den Fruchtbarkeit spendenden Bäumen am Bachrain: Birke und Erle, Hasel und Weide. Im Fackellicht schneiden wir Zweige. Im Fackellicht trinken wir Met. Im Fackellicht streichen wir einander leicht mit den Ruten: Fruchtbarkeit dringt ein durch unsere Haut.

Dort schreitet die junge Priesterin mit der Fackel. Der Mann kommt zu ihr, der Auserwählte. Sie löschen die Fackel. Jetzt vollziehen sie die Heilige Hochzeit. Der Himmel neigt sich zur Erde und spendet ihr seinen Regen. Und die Erde öffnet sich und wird fruchtbar und läßt den Samen wachsen, der in ihr ruht.

Unser Getreide wird wachsen, fruchtbar werden unsere Felder sein, wenn wir sie fruchtbar machen, wir alle mit unserer Kraft, die wir im Monat der Enthaltsamkeit gesammelt haben. Jetzt muß ich es tun, mit irgendeinem fremden Mann, und dann noch einem, noch einem. Ihr zu Ehren, in Ihrem Dienst. Damit meine Kraft Ihre Kraft erhöht. Damit Ihr Segen die Erde befruchtet.

Da, im Dunkel, einer kommt auf mich zu, die du Eins bist in Drei und Drei in Eins, ich muß mich würdig erweisen.

Ich sehe nicht mehr als seinen Umriß, aber ich erkenne ihn, ehe er mich berührt. Er umarmt mich, zieht mich an sich. Seine schmalen Hände in meinem Haar. Seine weichen Lippen auf meinen Lidern.

Es ist wie eine Musik von ungeahnter Herrlichkeit. Töne offenbaren sich in Farben, überfluten mich. Mein ganzer Körper verwandelt sich. In leuchtende Musik, in klingende Farben, in tönendes Licht.

»Zirrkan«, flüstere ich, doch er verschließt meine Lippen mit seinem Mund.

Wie sehr ich mich nach seinen Lippen gesehnt habe.

Zart streicht sein Finger über meine Handfläche. Ich zerberste.

Er und ich. Keine Zeit mehr, kein Raum.

Am Himmel sind wir zwischen den Sternen.

Wir drängen zueinander, wir zittern beide und finden Halt im andern.

Er kniet vor mir nieder. Ich drücke seinen Kopf in meinen Schoß.

Und fühle mich weit und schön und groß.

Auf meinem Mantel, unter seinem Mantel, dringt er ein in mich.

Zirrkan, Zirrkan. Geliebter.

Ausgelöscht die Erinnerung an Taku, nichts ist so wie mit ihm. Zirrkan ist mein Mann, mein einziger.

Wir verlieren uns im Glück und finden uns im andern.

Wieder umfängt er mich. Ich bin geborgen in der Rundung, die sein Körper mir bereitet. Ich spüre mein Herz gegen seine Finger pochen.

Alles, was ich bin, fließt in ihn. Alles, was er ist, durchdringt mich.

Um uns herum bilden sich im Dunkel der Nacht immer neue Paare, vollziehen die Heilige Hochzeit nach – der Göttin zu Ehren.

Doch wir, er und ich, wir lieben.

Haibe wischte sich eine Träne aus dem Augenwinkel. Dann richtete sie sich auf. Was tat sie hier! Sie träumte der Vergangenheit nach und sollte sich doch lieber auf ihre Aufgabe vorbereiten! Statt sich nach Zirrkan zu sehnen, sollte sie versuchen die Steine zu erweichen.

Es galt, die Verbindung zu den Müttern und Ahnen zu finden. Es galt, Regen herbeizuflehen. Es galt, eine Hungersnot abzuwenden.

Sie begann zu beten, murmelte halblaut alle Anrufungen, die ihr in den Sinn kamen. Doch sie spürte die Nähe der Göttin nicht, und immer wieder glitten ihre Gedanken ab. Sie hatte es ja geahnt: Sie war nicht berufen.

Schließlich – wie weit mochte der Tag inzwischen fortgeschritten sein? – tastete sie mit vorgestreckter Hand nach der Wand und bewegte sich auf Knien darauf zu. Sie stieß gegen etwas Hartes: ein Tonbecher. Sie hörte, wie er umfiel, in Scherben zerbarst. Ein Knochen kollerte davon, höhnisches Kekkern.

Dann kniete Haibe dicht an einem großen Trägerstein. Sie breitete die Arme aus: Mit Mühe konnte sie seine Vorderseite umfangen, von Fuge zu Fuge. Sie drückte sich an ihn, umschloß seine leichte Rundung mit ihrem Körper, streichelte die glatte Fläche und legte ihre Wange an den kalten Stein. »Mutter«, flüsterte sie. »Mutter, hörst du mich? Mutter, wende dich mir zu! Hilf mir!«

Da war nichts, keine Zuwendung, keine Hilfe. Nur Härte.

So wie damals, vor vielen Jahren . . .

»Mutter«, flüsterte Haibe und umarmte ihre Mutter, »bitte hilf mir! Ich kann nicht leben ohne ihn!«

Der Körper der Mutter verhärtete sich. »Nicht leben ohne ihn?« wiederholte die Mutter. »Du kannst nicht leben mit ihm!«

Haibe ließ die Arme sinken, zuckte zurück.

Warum verstand die Mutter es nicht, da sie doch sonst alles verstanden hatte?

Am Morgen nach dem Heiligen Fest hatte das Entsetzen Haibe die Kehle zugeschnürt: Was habe ich getan, ich habe das Fest entweiht, statt die Heilige Hochzeit zu feiern, habe ich mich in der Liebe verloren, die Göttin wird uns alle dafür strafen! Sie hatte darüber sprechen müssen, unmöglich, diese Schuld allein zu ertragen, weinend hatte sie alles der Mutter erzählt. Und die Mutter hatte sie in die Arme genommen: Die Liebe ist eine Gabe der Göttin. Wenn es der Göttin gefallen hat, dich an ihrem Heiligen Fest die Liebe erfahren zu lassen, weshalb sollte sie dir deshalb zürnen? Hab keine Angst, meine Tochter. Freu dich daran. Und da es nun einmal so gekommen ist – genieße diese Feiertage mit deinem Zirrkan. Aber vergiß nicht, daß du bald Taku zum Mann nehmen mußt!

Wie hätte sie an Taku denken sollen, da sie doch Zirrkan liebte!

»Ohne Zirrkan bin ich nur ein zerbrochenes Gefäß«, sagte Haibe leise, »ein Scherbenhaufen!«

»Ach, Haibe!« erwiderte die Mutter. »Du bist verliebt. Jede von uns versteht das! Aber Verliebtheit ist eine Sache und Heirat eine andere. Du hast die Freuden der Liebe kennengelernt, nun lernst du den Schmerz. Nur für kleine Kinder hält das Leben Geschenke bereit – umsonst. Du aber bist kein kleines Kind mehr. Für alles, was du bekommst, mußt du etwas geben. Was ist eine von uns gegen das Ganze! Was sind deine Wünsche gegen das Wohl unserer Sippen! Also tu deine Pflicht!«

»Ich weiß es ja, Mutter, ich wollte meine Pflicht tun! Ich habe darum gekämpft. Aber ich kann es nicht!«

»Oh doch, du kannst! Deine Ehe mit Taku ist seit langem beschlossen. Zum nächsten Vollmond mußt du Taku zum Mann nehmen. Zum nächsten Vollmond wird durch deine Heirat einmal mehr die Verbindung zwischen den Dala und den Koa gefestigt, für deine Generation neu der Bund der

wechselseitigen Heiraten begründet. So haben unsere Mütter den Bund geschlossen und vor ihnen deren Mütter. So habe auch ich einst deinen Muga geheiratet, damit die Dala und die Koa einander beistehen in jeder Not, damit unsere Kinder im Leben vereint sind wie unsere Mütter und Ahnen im Tod.«

»Ich kann das nicht, begreif doch! Warum bist du auf einmal so hart?«

»Weil du es bist, die nicht begreifen will, Haibe! Du meinst, du könntest dich gegen die ewige Ordnung stellen, du ganz allein. Hast du die heilige Geschichte von den Urfrauen Ba und Ra vergessen?«

Wie könnte sie. Die ganze Kindheit hatte diese Geschichte sie begleitet:

Vor den alten Zeiten und vor der heiligen Ordnung lebte einst jede Sippe für sich allein, jede Frau bestellte das eigene Feld, und jeder Mann hütete das eigene Vieh. Wenn aber ein Feuer ihr Haus verbrannte, so gingen sie zugrunde, und wenn eine Mißernte kam, so verhungerten sie, und wenn eine Kuh im Sumpf versank, so hatten die Kinder keine Milch. Und sie litten große Not. Da sprach Ba zu Ra: Laß uns einen Bund gründen, daß nicht länger deine Sippe getrennt sei von meiner Sippe und daß wir uns beistehen in jeder Not. Daß wir dir Obdach geben und dir ein Haus bauen, wenn dein Haus verbrennt, und du uns nährst, wenn unsere Ernte verdirbt oder unser Vieh versinkt! Und Ra sprach: So sei es. Doch nicht nur für uns, sondern auch für unsere Kinder und Kindeskinder. Und Ba sprach: So sei es. Und so wollen wir den Bund gründen: Meine Töchter sollen deine Söhne heiraten und deine Töchter sollen meine Söhne heiraten. So werden unsere Söhne die Sippen verknüpfen und den Bund bewahren. Denn ihre Treue wird ihrer eigenen Sippe gehören, ihre Liebe aber der Sippe ihrer Frau. Und Ra sprach: So sei es.

»Ich weiß doch, Mutter, daß der Bund der Dala und Koa in

der heiligen Ordnung begründet ist und daß ich deswegen einen Koa heiraten muß! Meinst du, ich hätte mir das nicht selbst unzählige Male vorgehalten?! Tag und Nacht denk' ich nichts anderes! Und Tag und Nacht komm' ich zum gleichen Schluß: Ich kann weder Taku noch einen anderen Koa heiraten. Ich gehöre zu Zirrkan!«

»Zu einem Mann aus einem Dorf neun Wegstunden östlich von hier? Wenn du schon nicht begreifen willst, daß du Taku heiraten mußt, so begreife wenigstens, daß du Zirrkan nicht heiraten kannst! Wie sollte Zirrkan bei dir sein und zugleich seine Pflichten bei seiner Sippe erfüllen? Er ist der einzige Bruder seiner Schwester Kugeni, er wird der Große Oheim seiner Neffen und Nichten sein! Wie sollte er bei dir schlafen und bei den Seinen arbeiten? Wie sollte er deine Kinder lieben und die seiner Schwester erziehen?«

Da war sie wieder, die Macht der Einwände. Aber sie konnte dennoch nicht von Zirrkan lassen, sie konnte es nicht. »Dann verlasse ich eben unser Haus und unser Dorf! Soll Gwinne nach dir Sippenmutter werden, soll Gwinne den Bund mit den Koa schließen! Ich gehe mit Zirrkan und lebe bei ihm!«

Da schrie die Mutter sie an.

Niemals, ihr ganzes Leben nicht, hatte Haibe ihre Mutter im Zorn schreien hören. Doch nun schnitt die rasende Stimme der Mutter sie mitten entzwei:

»Sag das nie wieder, nie! Eine Frau läuft nicht einem Mann nach! Eine Frau verläßt nicht ihre Sippe! Eine Frau lebt nicht im Haus der Mutter oder Schwester ihres Mannes! Willst du alles mit Füßen treten, was uns heilig ist?! Willst du wie eine von den Frauen der Söhne des Himmels werden, über die es heißt, sie seien ohne Einfluß und ohne Ehre und ohne Stolz?!«

Haibe löste sich von dem Stein. »Du warst sehr hart zu mir, Mutter«, murmelte sie. »Aber du hast dein Ziel erreicht.

Vielleicht hätte ich dir widerstanden, wäre da nicht der Große Oheim gewesen, der sich an deine Seite stellte. Gegen seine unerbittliche Ruhe war ich wie eine Feder gegen den Wind.

Ihn konnte ich nicht hassen dafür. Aber dich, dich!«

Haibe umklammerte die Bernsteinperlen der Halskette.

Erst beim Tod der Mutter hatte sie begriffen, daß auch die Mutter unter dem gelitten hatte, was sie ihrer Tochter hatte antun müssen.

Haibe hatte Taku geheiratet. Acht Jahre lang hatte sie Zirrkan nicht wiedergesehen. Aber kein Tag, an dem sie nicht an ihn gedacht hätte.

Vielleicht war ihre Tochter Naki deshalb Zirrkan so ähnlich geworden, daß es sie schmerzte vor Liebe.

Und jedes Mal, wenn sie sich seither mit Taku vereinte, vereinte sie sich in Wahrheit mit Zirrkan.

Taku hatte die Veränderung bemerkt – natürlich hatte er sie bemerkt –, und er hatte sich darüber gefreut. Seit dem Heiligen Fest bist du völlig verändert, hatte er glücklich gesagt, die Göttin hat dich erweckt, so daß du mich richtig lieben kannst.

Sie hatte ihn in dem Glauben gelassen: Das war das Mindeste, was sie ihm schuldete. Und wenn sie in den letzten Jahren, seit Zirrkan als Heiler von Dorf zu Dorf zog und gelegentlich auch zu ihnen kam, sich mit Zirrkan vereint hatte, hatte sie es heimlich getan. Obwohl es keine große Bedeutung hatte, wenn eine verheiratete Frau mit einem anderen Mann zusammen war, solange sie es nicht in ihrem Haus tat. Aber sie wußte, daß es Taku trotzdem kränken würde. Und kränken wollte sie ihn nicht.

Denn Taku war ein guter Mann. Er war ein hervorragender Baumeister und ein treuer Freund. Vor allem aber war er ein guter Muga. Immer wieder neu erstaunte es sie, wie genau er beide Anforderungen zu erfüllen verstand: die eines Großen Oheims und die eines Mugas, wie er es fertigbrachte, den Kindern seiner Schwestern bei aller Freundlichkeit ein so ruhig bestimmter Erzieher zu sein, von ihnen Aufrichtigkeit, Fleiß und Ehrerbietung zu fordern und zu erhalten – und wenige Augenblicke später ihren eigenen Kindern der nachsichtigste Vertraute und Spielgefährte zu sein.

Sie war keine gute Mutter. Für ihre Söhne schon, aber nicht für Naki. Nachgiebiger als eine Tante war sie stets zu Naki gewesen. Wenn Mulai nicht stillschweigend für Naki die Festigkeit an den Tag gelegt hätte, die eigentlich Aufgabe der Mutter war, wo hätte das hingeführt?

Wenn Naki sie aus ihrem schmalen Gesicht mit ihren nachdenklichen hellen Augen ansah – Zirrkans Augen –, dann wurde alles in ihr weich, dann spürte sie nichts als Zärtlichkeit und Liebe. Und es gelang ihr nicht, Forderungen an Naki zu stellen oder ihr Wünsche abzuschlagen, es gelang ihr nicht, sie zurechtzuweisen, und wenn sie es doch versuchte, so wußte sie, daß ihre Blicke ihre Worte Lügen straften.

Niemals war ein Mädchen wie Naki aus der Sippe der Dala hervorgegangen.

Auch Zirrkan konnte sich dem Zauber ihrer Tochter nicht entziehen. Bei jedem Besuch band er das Mädchen stärker an sich. Mehr und mehr weihte er sie in sein Wissen und in die Anfänge der Heilkunst ein.

Haibe hatte schon lange geahnt, daß Naki etwas anderes bestimmt war, als Sippenmutter der Dala zu werden. Daß Naki mehr Zugang zur unsichtbaren Welt hatte als je ein Mädchen der Dala.

Bei seinem letzten Besuch im vergangenen Jahr hatte Zirrkan es ausgesprochen: Ich glaube, die Göttin wird ihre Hand auf deine Tochter legen und sie zu ihrem Werkzeug machen. Sei es als Heilerin, sei es als Priesterin. Bis sie dorthin kommt, ist es ein schmerzhafter Weg. Aber wen die Göttin erwählt, dem hilft keine Flucht.

Haibe seufzte. Es war schwer, Naki loszulassen. Und das würde sie tun müssen, wenn es soweit war.

Doch hatte ihr die Tochter jemals gehört?

In ihrem ganzen Wesen schien Naki eher zu Zirrkan zu gehören als in die Sippe der Dala.

Nie würde sie selbst vergessen, wie Zirrkan, bleich und krank vor Trauer und hilflosem Schmerz, zum ersten Mal wieder ins Dorf gekommen war und Naki gesehen hatte – und wie er sie angeblickt hatte: als sähe er einen Geist.

Ich kann es nicht fassen, hatte er ihr später gesagt, deine Tochter sieht aus wie meine Schwester als Kind, ich seh' Kugeni noch vor mir, als sie so jung war wie deine Naki jetzt ... Er hatte geweint.

Hilflos hatte sie seine Hand gehalten, sein Haar gestreichelt. Wie sollte man trösten bei einem so furchtbaren Schmerz. Wie sollte man trösten, wenn es keine Worte mehr gab, die an das Entsetzen reichten?

Acht Jahre war das nun her. In jenem trockenen Sommer, als der Bach schon einmal versiegt war und als die Söhne des Himmels Zirrkans Dorf ...

Da war etwas.

Haibe lauschte. Ihr war, als hätten die Steine geschrien. Ihr etwas zugeschrien.

Nichts.

Doch plötzlich, völlig unerwartet, war es da, das Grauen. Stand da wie ein Wolf, dem man unversehens zu nahe gekommen war, das Fell gesträubt, die Zähne gefletscht.

Aber es gab sich nicht zu erkennen.

Ihr Herz hämmerte.

»Hüte dich, in der Raserei der Furcht zu versinken, sonst kehrst du nicht zurück!« sagte sie laut in die Finsternis. Sie zwang sich zu ruhigem Atmen. Dann tastete sie nach der Trommel, begann sie sacht zu schlagen, wiegte den Körper im Rhythmus, sang leise. Sie sang Melodien ohne Anfang und Ende. Gleich einer Spirale wanden sie sich im immer wiederkehrenden Muster, erzählten vom Werden und Vergehen.

Sie halfen. Das Grauen zog sich zurück.

Alle Lieder sang sie, die sie kannte, verlor dabei jedes Gefühl für die Zeit. Als ihr kein Lied mehr einfiel, sang sie die gleichen noch einmal. Und noch einmal.

Diese Lieder hatten ihr Leben begleitet, waren ihr vertraut, solang sie denken konnte. Einst hatte die Mutter sie gesungen ...

Die Mutter stand am Webstuhl, arbeitete und sang.

Sie, das Kind, ließ sich mit der Spindel an der Feuerstelle nieder, zupfte an der Wolle, zwirbelte sie, streckte dabei die Füße zum Feuer aus und summte mit. Tante Kjolje fiel ein und wiegte ihr Baby an der Brust. Die Stimmen verwoben sich mit dem Prasseln und Rauschen des Regens, mit dem Knistern des Feuers.

Kusine Mulai verlas Linsen, die größeren Vettern drehten gemeinsam eine Schnur, Li und Aktoll, die kleinen Brüder, spielten mit Holzklötzen, und Ritgo widmete sich dem mühsamen Durchbohren einer Steinaxt, indem er gleichförmig den Bogen der Bohrvorrichtung hin- und herzog. Nun begann auch er mitzusingen.

Ritgos Stimme war die schönste.

Der Gesang endete. Eben wollte Haibe ein neues Lied vorschlagen, da ging die Tür auf. Der Muga kam herein, dicht hinter ihm Usko, der Muga von Mulai und ihren Geschwistern. Sie schüttelten sich. Wassertropfen stoben aus ihren Haaren. Sie hängten die durchnäßten Mäntel über das Feuer. Haibe brachte den Breitopf vor dem herabrinnenden Wasser in Sicherheit.

»Was für ein Regen!« sagte der Muga und legte der Mutter den Arm um die Hüfte.

Die Mutter lehnte ihren Kopf zurück an seine Schulter, ohne das Weben zu unterbrechen: »Frühlingsregen – Erntesegen!«

Der Muga küßte ihr Haar, ließ sie los, kauerte neben Ritgo nieder. »Langwierige Arbeit, was?«

Ritgo verzog das Gesicht. Er holte die Doppelaxt unter dem Bohrstab hervor, blies Sand und Steinstaub weg und zeigte sie dem Muga: »Hier! Ich bohre schon seit Tagen. Mein Oheim sagt, morgen muß es fertig sein!«

»Tja«, meinte der Muga, »wenn dein Oheim das sagt, da kann man nichts machen!«

Usko nahm Tante Kjoljes Baby auf seine Knie. »Auch!« rief der kleine Li und streckte dem Muga die Ärmchen entgegen.

Der Muga setzte sich auf einen Schemel, hob sich Li aufs Bein und ließ ihn auf und ab hüpfen. Und dann sagte er: »Männer gibt es, Li, die reiten so auf Pferden!«

»Ferden?« fragte Li verständnislos.

Haibe lachte. »Aber Li! Glaub doch nicht alles! Der Muga macht wieder nur Spaß!«

»Baaß?« wiederholte Li zweifelnd. »Kein Baaß!«

»Natürlich ist es Spaß!« warf Ritgo ein. »Pferde lassen niemanden auf ihrem Rücken reiten! Außerdem kann man ein Pferd gar nicht einfangen!«

»Hör nicht auf deine Geschwister, Li«, sagte der Muga. »Die haben keine Ahnung. Es ist kein Spaß. Es ist wahr. Es gibt sie wirklich, diese Männer, die auf Pferden reiten! Im Osten wohnen sie. Sie sprechen eine andere Sprache als wir. In ihrer Sprache nennen sie sich: Söhne des Himmels. Und die halten sich gezähmte Pferde und reiten auf ihnen.«

Die Mutter ließ den Webbaum fahren. Dumpf polterte er

gegen den Rahmen des Webstuhls. »Söhne des Himmels! Ich werde es nie begreifen. Wie können Menschen so vermessen sein, sich einen Namen zu geben, der eine einzige Beleidigung für die Große Göttin ist?«

»Aber du weißt doch, daß sie sie nicht verehren, die Große Göttin, in keiner ihrer Gestalten!« erwiderte der Muga. »Nicht als Schlange und nicht als Hirschkuh, nicht als Eule und nicht als Bärin, nicht als Vogelfrau und nicht als Sau. Sie haben Götter, die sie die Himmlischen nennen!«

Haibe öffnete stumm den Mund. Ihr Atem stockte. Plötzlich war alles fremd und unwirklich um sie. Als sei nicht mehr sie es, die hier am Feuer saß.

Die Spindel entglitt ihren kraftlosen Fingern.

Haibe erinnerte sich an das Erschrecken, das sie damals in ihrer Kindheit erfaßt hatte: Nie zuvor war ihr der Gedanke gekommen, daß es andere Götter geben könnte als die Große Göttin in ihren vielen Erscheinungsformen.

»Damals war mir, als würde der Boden wanken, auf dem ich stand«, sprach Haibe leise in die Dunkelheit, »der Boden, der doch bis dahin so fest und unerschütterlich gewesen war. Als ich hörte, daß es außerhalb der Gewißheit, in der ich aufgewachsen war, andere Götter gab, erfüllte es mich mit Angst und Unsicherheit.

Mir ist, als wäre dies der Augenblick gewesen, in dem ich meine Unschuld verlor.«

Haibe horchte ihren Gedanken nach. Es war gut, in Worte zu fassen, was man bisher nur ungenau gespürt hatte. Langsam sprach sie weiter, wußte selbst nicht, ob sie zur Göttin sprach, zu den Müttern und Ahnen oder zu sich selbst:

»Von diesem Tag an erfaßte mich eine beinahe krankhafte Neugier nach allem, was ich über diese Söhne des Himmels erfahren konnte. Und alles, was ich hörte, diente mir zu Bestätigung, daß diese Söhne des Himmels Irrsinnige waren.

Ich hätte nicht weiterleben können ohne diese Sicherheit.

Ich hing an den Lippen jedes Händlers, der etwas über die Söhne des Himmels zu berichten wußte, ich lauschte jedem Gespräch, das die Erwachsenen über sie führten, ich sammelte Geschichten über sie, wie andere Kinder bunte Steine sammeln. Und was waren das für Geschichten! Eine Welt, die auf dem Kopf stand.«

Haibe verstummte. Warum redete sie über ihre Kindheit? Verschloß sie sich damit nicht dem, was hier im Grab geschehen sollte, geschehen mußte?

Sie seufzte: Naki, so jung sie noch ist, wäre dieser Prüfung besser gewachsen als ich. Naki würde sie spüren, die Nähe der Göttin, die Nähe der Mütter und Ahnen. Ich aber war nie ein Mensch, dem sich die Tiefen der frommen Versenkung eröffnet haben. Ich war immer ein Mensch der Tat.

Doch noch hat mich ja der Hunger nicht zermürbt, noch bohrt er nur in meinem Magen. Noch quält mich der Durst nicht als Feuerbrand, noch sind mir nur Zunge und Mund trocken. Und das andere, von dem Lüre sprach? Da ist nichts anderes. Nur meine kindische Furcht vorhin. Wenn ich nur wüßte, wie spät es ist!

Sie suchte mit den Augen die Linie und das Dreieck des Lichts und fand sie nicht. Sieh an, ich habe den ersten Tag überstanden, stellte sie zufrieden fest. Nun denn, bete und leg dich schlafen!

Sie kniete nieder und sprach die Abendgebete, machte dabei die herkömmlichen Zeichen und Bewegungen. Gewöhnlich pflegte sie, erschöpft von der schweren Tagesarbeit, diese Gebete abzukürzen. Nun zog sie sie in die Länge. Doch auch das langsam gesprochene Gebet endet einmal.

Sie legte sich auf die Seite, deckte sich mit ihrem Mantel zu, rollte sich zusammen und bettete den Kopf auf den Arm. Sonst schlief sie ein, kaum daß sie lag. Heute blieb sie wach.

Sie war nicht müde genug. Nicht die vertraute Schwere in den Gliedern, nicht das ruhige Gefühl eines gelungenen Tagwerkes.

Der Granitgrus, mit dem der Boden des Grabes bedeckt war, drückte ihr hart in die Seite. Ihr war kalt. Fröstelnd zog sie den Mantel über die Schultern.

Warum hatte sie eigentlich kein Kissen mit ins Grab genommen? Und keine Decke?! Lüre hatte nicht gesagt, daß auch Kälte und schlechter Schlaf vonnöten seien, damit sie den Müttern und Ahnen begegnen konnte.

Sie wälzte sich auf den Rücken und verschränkte die Arme hinter dem Kopf. Der Boden war kalt.

Ihr Bett jetzt daheim –

Unwillig drehte sie sich auf die andere Seite. Ihre Hand stieß an Knochen. Sie zuckte zurück, fuhr wieder in die Höhe. Mit angezogenen Beinen setzte sie sich hin und stützte den Kopf auf die Knie.

Wenn ich wenigstens Spinnrocken und Spindel hätte! Wie viel Wolle könnte ich in den vier Tagen spinnen ...

Es war Schlafenszeit. Die Mutter hatte ihr längst erlaubt die Spindel wegzulegen und sich zur Ruhe zu begeben. Sie tat es nicht. Sie blieb im Winkel des Raums der Mutter sitzen und spann Flachs, obwohl ihre Finger schon wund wurden. Denn da am Feuer war der Händler mit seinen Geschichten.

»Riesige Viehherden haben sie, die Söhne des Himmels, Ziegen, Schafe, Schweine und Rinder, vor allem Schafe und Rinder. Und dann die Pferde! Sie reiten auf Pferden, wenn sie ihre Herden durch den Wald treiben, ich habe es mit eigenen Augen gesehen. Aber das andere, das habe ich nicht gesehen. Nur gehört.«

Er beugte sich vor und dämpfte die Stimme: »Männer gibt es bei denen, die sind in Wahrheit gar keine Menschen. Sie sind Wölfe, die Menschengestalt annehmen! Sie trinken Blut und begehen Greueltaten, von denen kann ich nicht reden, nicht hier vor dem Kind ...« Er warf ihr einen mißbilligenden Blick zu.

»Haibe, bist du immer noch nicht schlafen gegangen?« Die Mutter drehte sich um. »Jetzt aber schnell, Kind, geh!«

Sie folgte dem Befehl nur halb, zog die Tür hinter sich nicht ganz zu, blieb lauschend stehen. »Immer erzählst du nur von den Männern der Söhne des Himmels!« warf die Mutter dem Händler vor. »Erzähl doch mal von den Frauen!«

Dieser stieß einen seltsamen Laut aus. »Von denen gibt es nicht viel zu erzählen«, sagte er verächtlich. »Außer vielleicht, daß sie viel Zeit für das Kochen verwenden und beinahe täglich Fleischgerichte zubereiten. Und daß sie schöne Stoffe weben. Aber die verkaufen sie nicht selbst. Die Männer sind es, mit denen wir unsere Geschäfte machen. Wenn man den Frauen begegnet, so heben sie nicht den Blick und sprechen einen nicht an. Bei den Gastmählern bedienen sie, ohne selbst zu essen und ohne ein Wort zu sagen, und wenn man eine Unterhaltung mit ihnen anfangen will, läuft man Gefahr, von den Männern aus dem Haus geworfen zu werden.«

Die Mutter lachte. »Ach geh, du willst mich auf den Arm nehmen! Die Sippenmutter muß dich doch wenigstens in ihrem Haus willkommen geheißen und das Brot mit dir gebrochen haben!«

»Bei denen gibt es keine Sippenmutter, nur einen Mann, der der Sippe vorsteht, den alle fürchten und dem alle gehorchen, und es ist nicht ihr Haus, sondern seines!«

Haibe schüttelte den Kopf. Wie lang hatte sie nicht mehr an diese alten Geschichten gedacht. Doch gewöhnlich hatte sie ja auch nicht die Zeit, vor sich hin zu träumen.

Wenn der Schlaf sie sowieso floh, konnte sie auch weiterträumen.

Der Raum der Mutter überfüllt. Dicht gedrängt saßen sie

um die Feuerstelle, die Mutter und die Tanten, die Oheime und die Mugas, die Geschwister, Kusinen und Vettern, auch einige Frauen der Koa. Und der Händler, der im Haus der Mutter zu Gast war und auf dessen Neuigkeiten jeder gespannt war. Sie aßen ein Festmahl, bei dessen Zubereitung sie selbst geholfen hatte und von dem sie jeden Bissen genoß: zum Weizenbrot Linsensuppe mit Räucherspeck, dann eine Gerstengrütze mit Wassernußsamen, Kräutern, Gemüsen und kleinen Flußkrebsen, und schließlich honiggesüßtes Apfelmus mit gekochten Preiselbeeren, Haselnüssen und schaumig gerührter Sahne.

Der Händler bedankte sich bei der Mutter wortreich für die Gastfreundschaft. Dann sagte er: »Ich will euch etwas zeigen, was ihr wohl noch nie gesehen habt. Oder ist einer unter euch, der schon einmal eine Axt der Söhne des Himmels in Händen gehalten hat?«

Alle gaben ihrer Neugier Ausdruck. Der Händler holte mit wichtiger Geste aus seinem Korb eine Axt hervor und zeigte sie herum. Besonders die Männer wogen die Axt in der Hand und prüften die glatt geschliffene Steinklinge. Endlich kam die Reihe an Haibe.

Die Axt war schwer. Aber längst nicht so schön wie die Doppelaxt des Großen Oheims, deren beide Schneiden wie zwei Halbmonde geformt waren: der zunehmende Mond und der abnehmende. Keines Blickes hätte sie diese fremde Axt gewürdigt, wenn es nicht eine Axt der Söhne des Himmels gewesen wäre.

Sie hielt sie noch immer. Da sagte der Große Oheim: »Eine seltsame Axt. Ohne jeden tieferen Sinn. Wie soll sie taugen, ein Tier für das heilige Opfer zu töten?«

Haibe blickte von der Axt auf, zum Oheim und dann zum Händler. Dieser machte ein merkwürdiges Gesicht und erwiderte: »Dafür ist sie nicht gedacht, diese Axt. Es ist eine Waffe der Söhne des Himmels, geschaffen nur für einen Zweck: einem Mann den Schädel damit einzuschlagen. Und dafür taugt sie sehr gut. Vor allem in der Hand eines Kriegers, der sich seit frühester Jugend darin geübt hat!«

Haibe ließ die Axt fallen, starrte auf ihre Hände.

Auf einmal zitterte sie.

Im Raum war es totenstill.

Haibe drängte sich durch die Reihe der anderen, drängte sich an die Mutter.

Die Mutter legte die Arme um sie, drückte sie an sich und gewährte ihr die Sicherheit und den Schutz, die nur sie gewähren konnte. Dicht an Haibes Ohr sagte sie leise: »Du mußt dich nicht fürchten, Liebes! Sie sind weit im Osten, die Söhne des Himmels. Niemals werden sie über das große Moor und den See und die Sandberge kommen bis in unser Land!«

Haibe schüttelte den Kopf. »Ach Mutter, du hast dich getäuscht!

Oder hast du nur mich getäuscht?

Wolltest du eine Last von einer Kinderseele nehmen, weil diese zu schwach war, sie zu tragen?

Zirrkan und die alte Priesterin müssen sie tragen. Und wenn noch Frauen leben sollten aus ihrem Dorf, wenn Kugeni noch lebt, dann die erst recht!

Sie sind nicht im Osten geblieben, die Söhne des Himmels! Das große Moor und der See haben sie nicht aufgehalten! Nur die Sandberge trennen uns noch von ihnen. Nur die Sandberge, da hattest du recht, die Sandberge halten sie auf.«

Sie brach ab. Sie konnte es nicht aussprechen, nicht hier in der Finsternis.

Aber nie würde sie vergessen, wie Zirrkan nach der langen Trennung so furchtbar verändert in ihr Dorf gekommen war und davon berichtet hatte, daß er seine Mutter zu den Heiligen Steinen begleitet und bei seiner Heimkehr das Dorf seiner

Sippe zerstört vorgefunden hatte: eine Stätte grauenhafter Verwüstung. Nicht ein Haus hatte mehr gestanden – nur verbrannte Trümmer. Nicht ein Mensch hatte mehr gelebt – nur erschlagene, durchbohrte oder verkohlte Leichen von Männern und Kindern.

Nicht ein Überlebender, der berichten konnte, was geschehen war.

Aber die unmißverständliche Sprache der Spuren, und in der Eiche am Dorfplatz eine blutige Streitaxt der Söhne des Himmels: höhnisches Zeichen ihrer triumphierend eingestandenen Tat.

Zirrkan hatte kaum sprechen können, als er erzählte, daß er die Kinder seiner Frau und die seiner Schwester mit gespaltenem Schädel oder erwürgt vorgefunden habe. Seine Frau und seine Schwester aber habe er nicht gefunden – nicht eine Frau, nicht ein junges Mädchen.

Später hatten sie erfahren, daß Zirrkans Dorf nicht das einzige gewesen sei. Daß noch mehrere östlich der Sandberge gelegene Dörfer auf die gleiche grauenerregende Art überfallen worden seien, damals vor acht Jahren während der großen Trockenheit –

Da war etwas, ein halber Gedanke. Sie müßte ihn nur zu sich heranziehen. Aber sie war so müde.

Zirrkan, Geliebter, wo bist du? Welch schreckliches Unheil, und für mich war es der Anfang vom Glück. Wäre deine Familie nicht gemordet worden, so wärest du damals nicht zu mir gekommen, um bei mir Trost zu suchen. Was wäre ich ohne deine Liebe. Ich sollte so nicht denken, es ist schlecht von mir. Zirrkan, warum hast du nicht Abschied von mir genommen? Deine Mutter hat dich weggeschickt. Was ist das für eine Reise, von der ich nichts wissen darf, nicht einmal ich –

Sie ließ sich zur Seite gleiten und schlief ein.

2

Seit Tagen war er seiner Fährte gefolgt, nun endlich konnte er gegen den Wind an ihn herankommen: den mächtigsten Keiler, den er je gesehen hatte. Das erste Morgenlicht zeichnete die massig-gedrungene Gestalt.

Dort unter den Eichen brach der Keiler mit seinen gewaltigen Hauern den steinharten Boden auf – nur wenige Schritte von Lykos entfernt. Nah genug, daß das Tier sich, erst verwundet, zum Kampf stellen würde.

Dies war die äußerste Prüfung. Wenn er den Pfeil in die Seite des Schwarzwildes schoß, gab es kein Zurück mehr.

Wer einen solchen Keiler reizt, fordert den Tod heraus.

Lykos ruckte leicht mit der Schulter. Lautlos glitt der Bogen in seine Hand.

Einmal noch prüfte der junge Mann den Sitz der Streitaxt am Waffengürtel, vergewisserte sich, daß der starke Eibenholzspeer griffbereit neben ihm lehnte.

Behutsam legte er den Pfeil an.

Ein letzter Augenblick des Innehaltens: Aus eigener Kraft hält kein Mann diesem Untier stand, kein Mensch.

Göttlicher Krieger, Herrscher der Wölfe, du willst es. Ich folge dir. Nimm von mir Besitz.

Fest zog er Bogen und Sehne auseinander, dehnte die Spannung, schoß.

Die Bogensehne sang: triumphierendes Lied von Mannesmut und Gottvertrauen. Der Pfeil traf den Keiler, blieb in seiner Seite stecken.

Der Keiler klagte laut, fuhr herum. Schauerlich tönte das erregte Wetzen seines Gewaffs.

Lykos ließ den Bogen fahren, riß den Speer heran.

Als sich seine Finger um den glatten Schaft schlossen, geschah es: Lykos der Mann – er hörte auf zu sein.

Feuer schoß aus dem Speer in seine Glieder, glühend pulste das Blut. Die feinen Haare in seinem Nacken sträubten sich. Die Augen verengten sich zu schmalen Schlitzen, die Lippen bleckten drohend die Zähne.

Lykos der Wolf – er war geboren.

Geduckt, das linke Bein gebeugt, das rechte nach hinten gestützt, den Speer unter die Achsel geklemmt und mit beiden Händen fest umklammert, die Füße mit aller Kraft im Boden verankert, Spannung in jeder Faser seines Körpers: So erwartete er den Keiler.

Mit den überscharfen Sinnen des Wolfes nahm er den beißenden Geruch des Keilers wahr, hörte dessen stoßweisen Atem über das Dröhnen der Erde hinweg.

Augenblick, zur Ewigkeit gedehnt.

Mit todbringendem Ungestüm donnerte der Keiler auf Lykos zu. Die gefährlichen Hauer blitzten.

Dann der Aufprall, ein Sprengschlag entfesselter Gewalten. Der Speer drang in die Kehle des Keilers, fraß sich tiefer und tiefer, wurde erst vom seitlichen Knebel gebremst. Hellrotes, blasiges Blut rann die Speerrinne herab. Doch ungebrochen schien die Kraft des Tieres.

Die Wolfswut verzehnfachte Lykos' Kräfte. Seine Füße gruben sich in den Boden, er drückte mit dem Speer, wand sich von einer Seite zur anderen, hielt und hielt, suchte den Gegner zu Boden zu zwingen, wußte doch: Es war unmöglich.

Ein letztes Aufbäumen, dann ließ Lykos den Speer fahren, schnellte in die Höhe, zur Seite. Der Keiler brach an ihm vorbei, fing sich, kam zurück mit dem Speer im Rachen, den Kopf zum blindwütigen Angriff gereckt.

Lykos drehte sich in einem rasenden Wirbel einmal um sich selbst, riß dabei die Streitaxt vom Gürtel, den Arm nach hinten, warf die gesammelte Kraft der Besessenheit in diese eine Bewegung, schleuderte die Axt dem Keiler entgegen.

Die Streitaxt fuhr auf den mächtigen Schädel des Keilers hernieder, krachend zerbarst der Knochen, tiefer noch fuhr die Steinklinge. Blut spritzte auf. Bis zum Schaft im Hirn des Keilers blieb die Axt stecken.

Der Keiler sackte zusammen und fiel zu Boden.

Lykos war über ihm, zerrte die Streitaxt aus dem zertrümmerten Schädel, ließ sie wieder und wieder niedersausen, bis die Raserei sich erschöpfte. Dann sank er neben dem Keiler in die Knie.

Allmählich verebbte der rasende Herzschlag, die Züge glätteten sich.

Lykos schnitt dem Keiler mit dem Flintdolch die Kehle durch. Er fing mit beiden Händen das hervorquellende Blut auf und versprengte es über die Heide.

Höre mich, Herr der Wilden Schar, göttlicher Krieger, furchtbarer Herrscher der Wölfe! Kühle deine heilige Wut im Blut dieses Keilers. Bleibe mir gewogen und siehe, wie ich dir zu Ehren mein Leben gewagt habe! Denn ich bin dir treu.

Schwankend erhob Lykos sich. Merkwürdig schwach war ihm, wie immer nach der Verwandlung. Mühsam straffte er sich, zwang sich, mit festem Schritt zum Fluß hinunterzugehen. Er legte den Waffengürtel ab. Nackt lief er über Steine und hartgetrockneten, rissigen Schlick bis in die Mitte des Flußbettes, in dem eine tiefere Rinne noch Wasser führte, stieg ins Wasser, wusch sich, wusch die Hitze des Kampfes ab und den Blutrausch.

Dann ließ er sich von der Sonne trocknen und kämmte mit den Fingern das lange Haar. Schließlich schlug er junge Bäume und baute aus dünnen Stämmen, Zweigen und Waldreben einen Lastschlitten. Keuchend wälzte er den massigen Körper des Schwarzwildes auf das Gestänge, band seinen Gürtel am Schlitten fest und begann zu ziehen.

Nur mühevoll kam er zwischen den Bäumen vorwärts. Jeder Stein, jede Bodenwelle und jede Baumwurzel wurden zum Hindernis. Dennoch gab er nicht auf: Das Staunen der Wolfsbrüder zu sehen, wenn er mit dieser Last vor ihrer Hütte erschien!

Schweiß rann ihm in die Augen, trübte ihm die Sicht. Naß klebte das lange Haar auf seinem zernarbten Rücken. Die Muskeln schmerzten. Kaum achtete er mehr auf den Wald.

Die schleichenden Schritte hinter dem Gebüsch bemerkte er dennoch.

Ohne zu stocken, ohne den Kopf zu drehen, ohne auch nur aus den Augenwinkeln zur Seite zu spähen, ging er scheinbar ahnungslos weiter, hörte die Schritte verstohlen näher kommen, jenseits des Gebüschs zu ihm aufschließen. Den Gürtel fallen lassen, die Streitaxt vom Lastschlitten reißen, durchs Gebüsch springen, sich auf die Gestalt stürzen, sie zu Boden drücken, die Streitaxt gegen sie erheben: All dies war eins. Dann erst sah er, wen er niedergeworfen hatte: einen Jungen, der ihn mit schreckgeweiteten Augen anstarrte.

Lykos ließ den Arm sinken, warf die Streitaxt beiseite, packte den Jungen am Kinn. Schon wollte er ihn schlagen, doch plötzlich lachte er: »Bist du es wirklich, Temos, kleiner Bruder? Wie lang ich dich nicht gesehen habe! Beinahe hätte ich dich nicht wiedererkannt!«

»Ich – ich dich auch nicht«, stotterte der Junge.

Lykos gab ihn frei, erhob sich und schüttelte den Kopf. »Wie kannst du einen Wolfskrieger beschleichen, Kleiner! Weißt du nicht, wie leicht dich das dein Leben kosten kann?«

Temos stand auf, fuhr sich mit der Zunge über die Lippen.

»Schon. Aber ich war bei der Hütte, gestern abend bin ich dort angekommen, und deine Wolfsbrüder haben gesagt, du seist im Wald, und Vater hat doch gesagt, ich soll dich suchen, aber ich wußte nicht, ob du es wirklich warst, und da ...«

»Vater?« unterbrach ihn Lykos. »Er schickt dich zu mir?«

»Ja. Ich soll dir sagen, du sollst zu Hause vorbeikommen, ehe du zum Gastmahl des Rösos aufbrichst!«

Lykos runzelte die Stirn. »Wird Vater nicht bei Rösos sein?«

Temos sah zu Boden. »Ich weiß nicht«, erwiderte er zögernd. »Er ist seit Tagen nicht mehr ausgeritten.«

»Ist er krank?«

Temos hob die Achseln. »Er redet nicht darüber. Aber meine Mutter macht sich Sorgen um ihn.«

»So. Dann wollen wir keine Zeit verlieren. Hilf mir, den Keiler zur Hütte zu bringen!«

Lykos wies den Jungen an, den Lastschlitten zu schieben, während er selbst wieder zog.

Sein Vater ...

Wenige Male hatte er ihn in den letzten Jahren gesehen und es nicht vermißt. Nur bei den großen Gastgelagen war er ihm hin und wieder begegnet, die der König oder vornehme Familienväter gaben und zu denen auch die Wolfskrieger geladen waren: seltene Gelegenheiten höfischen Glanzes, die das wölfische Kriegerleben unterbrachen.

»Wie lang deine Haare gewachsen sind«, sagte Temos schüchtern.

Lykos drehte sich um. Seine Augen blitzten. »Es ist ja auch schon sechs Sommer her, seit ich zum ersten Mal einen Mann getötet habe und sie wachsen lassen durfte! Aber was ist mit dir? Ich war nicht viel älter als du, als ich zu den Wölfen ging und das Haar geschoren bekam! Wie lang willst du noch im Kinderhaar herumlaufen?«

Temos wurde rot. »In einem Jahr will ich mich den Proben unterziehen!«

Lykos nickte. »Na dann!«

»Sag mir, Lykos«, begann der Junge und brachte dann stokkend hervor: »Sind die Proben sehr schwer?«

»Nicht sehr!« erwiderte Lykos mit beißendem Spott. »Sie machen dich stark – oder sie bringen dich um!«

Temos wurde bleich. Lykos lachte: Warte nur, Kleiner, aus dir wird auch noch ein Mann!

»Jetzt komm! Schieb!« befahl er. Er beugte sich nach vorn, zog an der Last und ging stetig voran. Die Erinnerung ging mit ihm:

Er trug noch seinen Kindernamen und das Kinderhaar. Er war ein Prüfling. Und er fürchtete sich.

Alles hatte er ertragen: die einsamen Tage und Nächte im Wald, die harten Waffenübungen, die tagelangen Gewaltmärsche, die Hetzjagden, bei denen er mit den Hunden hatte Schritt halten müssen, das nächtliche Wachen, den Hunger, den Durst, das Schweigen, die immer neuen Erniedrigungen durch den Meister und die Wolfskrieger. Zahllose Tode war er gestorben, und ebensooft hatte er zitternd sein wiedergewonnenes Leben in Empfang genommen. Und nun hing er hier gefesselt in der Eiche, wie einst der göttliche Krieger gefesselt hing im Weltenbaum. Die letzte Prüfung sollte er bestehen und sein Blut opfern. Aber da war keine Ehrfurcht, kein Stolz und kein Mut. Da war nichts als Angst.

Wenn er schrie, wenn er nur einen Laut von sich gab, würde er sterben.

Ein bösartiges Zischen hinter ihm, schrecklich vertraut. Er zuckte zusammen, sein Körper erkannte den Schmerz, noch ehe die lange Rute ihn zum ersten Mal traf. Ein Hieb nach dem anderen brannte sich in seinen Rücken, fraß sein Fleisch.

Er preßte die Zähne zusammen, die Lippen aufeinander...

Durch die Macht der Schläge hin und her gebeutelt, wurde er an den Baumstamm geschleudert.

Kein Atemholen.

Blut rann warm an ihm herab, tropfte in den schwarzen Boden. Die Totenhunde, Hüter des Reiches der ruhmlosen Toten, leckten es auf. Ihre Augen glühten. Sie fletschten die Zähne, knurrten.

Sie warteten, daß er schrie.

Rote Nebel vor seinen Augen.

Göttlicher Krieger, dein Tod, mein Tod.

Mach ein Ende.

Aus dem roten Nebel wurde die Sonne geboren, drehte sich in rasendem Wirbel, schrillte in gleißendem Weiß.

»Du hast alle Proben bestanden«, sagte Temos.

»Sonst wäre ich kein Wolfskrieger!« erwiderte Lykos knapp.

»Erzählst du mir davon?« bat der Junge.

»Was fällt dir ein!« fuhr Lykos auf. »Du weißt, daß kein Uneingeweihter von den Proben erfahren darf!«

»Ich mein' ja auch nicht die Proben, sei nicht zornig, bitte, ich mein', was danach geschehen ist, was du als Wolfskrieger gemacht hast, was du eben erzählen darfst, bitte!«

Die Ablehnung schon auf der Zunge, wandte Lykos sich zu dem Bruder um. Sah die hingebungsvolle Bewunderung in dessen Gesicht. Und konnte nicht widerstehen.

»Na gut. Also hör. Aber vergiß das Schieben nicht dabei!« Lykos zog gleichmäßig an dem Lastschlitten. Er setzte seinen

Stolz darein, trotz der Anstrengung nicht zu keuchen, und erzählte dabei im Tonfall der Geschichtenerzähler, als sitze er am Feuer im Kreis der Krieger:

»Als ich die harte Zeit der Prüfungen hinter mir hatte und mit geschorenem Kopf in den Bund der Wolfskrieger aufgenommen war, schämte ich mich, mir täglich den Kopf rasieren zu müssen. Und ich setzte alles daran, die letzte Probe meiner Mannbarkeit abzulegen und im Kampf einen Mann zu töten. Also schloß ich mich einer Zwölferschar von Wolfskriegern an und beteiligte mich an einem Überfall auf ein Dorf des Alten Volkes. Es war das erste Mal, daß ich eines ihrer Dörfer sah. Aber ich war zu jung und zu unerfahren, und statt im Kampf einen Mann zu töten, wurde ich selbst verwundet. Die Wolfsbrüder lachten über mich. Die Schmach raubte mir beinahe den Verstand. Und ich schwor, allein im Wald zu leben, bis ich das Recht erworben hätte, das Haar wachsen zu lassen.«

Der Bruder gab einen erstickten Laut von sich.

»Viele Monde vergingen, die ich einsam verbrachte. Ich grub mir Erdlöcher und schlief darin wie eine Wölfin, ich ertrug die Kälte des Winters und den Regen des Frühjahrs. Ich folgte der Fährte von Ur, Wildschwein und Hirsch und der Spur von Wolf und Bär, unzählige Male sah ich bei der Jagd dem Tod ins Auge, forderte ihn heraus, wie es dem göttlichen Krieger gefällt. Pausenlos übte ich mich im Bogenschießen und im Gebrauch der Streitaxt. Erst als ich sicher sein konnte, daß ich bereit war, suchte ich mir eine neue Prüfung. Und da ich bei der ersten Prüfung so schändlich versagt hatte, wählte ich die zweite Prüfung schwer.«

»Wie schwer?« flüsterte Temos mit Schaudern.

»Ich griff zwei kräftige Bauern an, die im Wald Bäume fällten. Zwei Beile gegen meine Axt, zwei starke Männer gegen einen Wolf. Ich habe sie beide getötet.«

»Du hast sie beide getötet«, wiederholte Temos andächtig.

Lykos hielt an, ließ den Gürtel los, mit dem er den Lastschlitten gezogen hatte, streckte die schmerzenden Schultern und dehnte die Brust. Er spürte wieder den Augenblick, in dem er den Schaft der Waffe umfaßt hatte und die göttliche Wut über ihn gekommen war wie immer in diesem Augenblick der Verwandlung, er spürte die Raserei jenes Kampfes und dann das tiefe Glück, als ihm bewußt geworden war: Er hatte sein Leben bis zum Äußersten gewagt und die Probe erfüllt. Er hatte dem göttlichen Krieger gedient. Denn in nichts offenbarte sich die Macht und Herrlichkeit der Himmlischen mehr als in der Gewalt über Leben und Tod. Er war ein vollgültiger Wolfskrieger geworden.

»Danach schloß ich mich mit den vier Wolfsbrüdern zusammen, die du gesehen hast, und wir sind noch heute eine Schar«, sagte er zufrieden.

Die Augen des Bruders hingen an ihm. »Und dann? Vater sagt, du hast viele Heldentaten vollbracht. Aber nie erzählt er mir etwas davon! Was hast du alles gemacht?«

Lykos grinste. »Alles? Da würde ich morgen noch reden! Nur soviel:

Wir üben uns in der Jagd. Wir folgen dem König, wenn er uns ruft. In jedem Kampf sind wir die, auf die er zählen kann. Auf sein Geheiß schließen wir uns zu größeren Scharen zusammen, werfen uns Raubzügen des Nachbarstammes entgegen und messen uns mit den mächtigen Bärenkriegern der Cor. Längst habe ich aufgehört zu zählen, wie viele Männer ich getötet habe.«

»So viele?« stammelte Temos.

Lykos nickte. Der Bruder war nur ein Knabe. Dennoch tat seine Bewunderung wohl. Freundlich fuhr Lykos fort: »Für den König rauben wir Vieh im Nachbarstamm der Cor oder beim Alten Volk. Ich kann dir nicht sagen, wie viele Rinder, Ziegen und Schafe wir ihm schon zugetrieben haben. Mit der Opferung des von uns geraubten Viehs werden die Himmlischen geehrt. So bringen wir den Segen über das ganze Land.

Doch vor allem dienen wir dem göttlichen Krieger, denn wir sind ihm geweiht.

Wehe dem, der sich uns in den Weg stellt. Ur oder Bär, Keiler oder Wolf, Krieger oder Heer, wir fürchten nichts und niemand. Kein Tier ist uns so wild, kein Mann so wehrhaft, daß wir vor ihm das Weite suchen würden. Und was mich betrifft – die Ruhmeslieder meiner Heldentaten werden bei den Gastmählern gesungen.«

Temos holte tief Luft. »So will ich auch einmal werden!«

»Ja? Dann beweis erst mal, daß du Kraft hast, und schieb anständig«, erwiderte Lykos, nahm den Gürtel und begann wieder zu ziehen.

Schweigend kämpften sie sich nun voran. Der Junge mühte sich spürbar ab und keuchte vor Anstrengung, als sie endlich vor der Hütte im Wald anlangten. Klein und dürftig war sie, aus Rinde und Zweigen nur flüchtig erbaut. Mehr brauchte es nicht für das harte und unstete Leben von Wolfskriegern.

Enttäuscht stellte Lykos fest, daß die Hütte leer war. Die vier Wolfsbrüder waren auf der Jagd. Er zuckte die Achseln: Also kein Rühmen der gefahrvollen Begegnung mit dem Keiler, kein Abschied unter Brüdern.

Er meißelte und brach dem Keiler die Stoßzähne aus – er würde sie um den Hals tragen, die prächtigsten Hauer, mit denen sich je ein Mann geschmückt hatte, länger als seine ausgestreckte Hand –, legte einen Lendenschurz, den Waffengürtel und den roten Mantel der Wolfskrieger an, rollte den heiligen Wolfspelz in ein Bündel, hinterließ den Freunden ein geheimes Zeichen, daß sie ihm zum Hof seines Vaters folgen sollten, und winkte Temos.

Mit der Geschwindigkeit eines trabenden Pferdes lief er vor dem Jungen her durch den Wald, leicht und ohne Anstrengung. Was hatte er sich einst als Knabe gequält, wenn der Vater verlangt hatte, daß er ihm beim Ausritt folgte und hinter dem Hengst herlief!

Lange hatte er nicht mehr an seine Kindheit gedacht. Jetzt kehrte die Erinnerung zurück.

Er fuhr aus dem Schlaf, trunken vor Müdigkeit. Im schwachen Schein des Herdfeuers sah er den Vater an seinem Lager. »Steh auf!«

Glühender Schreck durchzuckte ihn. Schlagartig war er hellwach.

Hatte er eine seiner Pflichten vernachlässigt? War dem Vater etwas über ihn zu Ohren gekommen?

Wenn er wüßte, was es war!

Seine Gedanken jagten und fanden keinen Halt.

»Mein Pferd!« befahl der Vater.

Er sprang auf die Beine, zitternd.

Er holte den Fuchs, hielt dem Vater die Zügel hin. »Du folgst mir!« sagte dieser, schwang sich auf den Rücken des Hengstes.

Hinter dem Pferd rannte er durch die mondhelle Nacht. Nur mit äußerster Mühe hielt er Schritt. Dennoch hätte er lachen mögen vor Erleichterung. Sie kamen zur Koppel. Ein Knecht erwartete den Vater mit der Fackel in der Hand. Die weiße Stute lag zitternd am Boden. Die Hinterbeine eines Fohlens ragten aus ihrem Leib.

»Es steckt fest«, klagte der Knecht. »Ich bekomme es nicht heraus, Herr!«

Der Vater ließ sich auf ein Knie nieder, stützte sich ab, umfaßte die Fesseln des Fohlens und zog. Vorsichtig und doch mit äußerster Kraft. Die starken Muskeln in seinem Nacken, an seinen Armen traten hervor. Er zog das Fohlen ans Licht.

Da lag es. Blutig, das weiße Fell naß und verklebt, noch halb von der Fruchtblase bedeckt. Aber so vollkommen wie nur je ein Fohlen. Die Stute leckte es ab.

Schauer liefen ihm, dem Knaben, über den Rücken.

Das Fohlen mühte sich, auf die Beine zu kommen.

»Es hat starke Fesseln«, sagte der Vater und wischte sich die Hände am Gras. »Es wird einmal ein prächtiger Schimmel. Und du, mein Sohn, darfst für es sorgen, du ganz allein!«

Er hatte dieses Fohlen geliebt wie kein anderes. Es war sein Lebensinhalt gewesen, seine Rettung. An dessen Hals hatte er die Tränen geweint, die niemand sehen durfte.

Und es war wirklich ein prächtiger Schimmel geworden. Später hatte der Vater selbst den Hengst zugeritten und zu seinem bevorzugten Reittier gemacht.

Lykos lächelte. Er freute sich, das Tier wiederzusehen. Mehr als den Reiter.

Die Sonne überschritt den Höhepunkt. Noch immer lief Lykos unverändert schnell und mühelos. Die Schritte des Jungen hinter ihm wurden ungleichmäßig, sein Atem ein verzweifeltes Hecheln.

Dann stockten sie. Lykos wandte sich um. Der Junge war zu Boden gesunken, krümmte sich zusammen und röchelte. Sein Gesicht war weiß wie gebleichtes Leinen.

Lykos zögerte: Das geht vorbei. Vater würde nicht auf Temos warten. Auch ich war mehr als einmal so am Ende wie er, und keiner hat mir geholfen.

Dennoch hob er schließlich den Bruder auf, lud ihn sich auf die Schultern und lief mit ihm weiter. Erst als sie aus dem Wald herauskamen und vor sich das Gehöft des Vaters sahen, stellte er den Jungen wieder auf die Füße.

»Danke«, sagte Temos leise. Er wurde rot vor Scham. »Behältst du es für dich?«

Lykos lachte: »Unter Brüdern!« und gab ihm einen Stoß in die Seite.

Gemeinsam liefen sie auf den Hof zu.

Am Tor im Palisadenzaun blieb Lykos stehen: Ort meiner Kindheit. Alles wie einst – und doch fremd.

Das Haus. Die Flechtwand ist neu getüncht. Und das Schilfdach, war es nicht früher viel höher?

Als Kinder sind wir hinaufgeklettert und hinuntergerutscht, Hairox und ich. Unten hatten wir uns einen Laubhaufen aufgeschüttet, es war der größte Spaß, natürlich war es verboten, wir haben es nur getan, wenn Vater bei den Herden war, aber dann hat Noedia es Vater zugetragen, und der hat mich an den Zaun gebunden, halb totgeprügelt und –

Der Verschlag. Drei Schritte lang, keine zwei Schritte breit.

Das Knarren, wenn die Speichertür sich öffnet.

Nicht wissen: Kommt er, um mich zu begnadigen. Oder um –

Lykos' Blick hing an dem Speicher, an der Ecke, die den Verschlag barg. Schwer hämmerte sein Herz.

Unwillig zog er die Augenbrauen zusammen. Ich war ein Kind, damals. Das ist längst vorbei, und Schlimmeres habe ich seither ausgehalten.

Er riß den Blick los.

Dort der Windschutz über dem Mahlstein. Wenn es geregnet hat, haben wir uns darunter zusammengekauert, Hairox und ich, er hat damit geprahlt, daß er bald Wolfskrieger würde. Er war viel älter als ich – was habe ich ihn bewundert, ihn, meinen großen Freund!

Meine Schwester mußte manchmal als Strafe Getreide mahlen. Und dann, als Vater die neue Nebenfrau genommen hatte, Kugeni, die junge aus dem Westen geraubte Fremde vom Alten Volk ...

Es war ein heißer Spätsommertag. Die Hitze flimmerte über dem Hof. Still und ausgestorben lag er da. Der Vater, die Knechte und Brüder waren bei den Herden, Noedia mit den Mägden im Gemüsegarten, die Mutter bei der Nachbarin. Nur Kugeni kniete dort am Mahlstein, an Händen und Füßen gefesselt und an den Pfosten gebunden.

Kugeni, Vaters neue Nebenfrau. Sie war noch nicht lange am Hof. Und doch ein ganzes neues Leben lang.

Kugeni – was für ein Name, seltsam und wunderbar zugleich. Seltsam und wunderbar wie alles an ihr.

Er spürte ihre Nähe, auch wenn er sie nicht sah. Sie füllte seine Gedanken aus, seine Träume.

Hab ein Auge auf sie, hatte der Vater befohlen, wenn sie unbeobachtet ist, könnte es ihr gelingen, ihre Fesseln zu lösen und wegzulaufen.

Ein Auge auf sie ...

Wenn der Vater wüßte!

Er ließ sich im Hausschatten nieder und lehnte sich an die Wand. Er schnitzte an einem Pfeil. Aber immer wieder sah er zu Kugeni hinüber.

Nun endlich konnte er sie betrachten, ohne fürchten zu müssen, daß der Vater seinen Blick sah – und verstand.

Kugeni mahlte.

Es war grausam vom Vater, sie bei dieser Hitze den ganzen Tag am Mahlstein arbeiten zu lassen, da doch die Schwester jammerte, schon nach einem halben Tag Mahlen fühle man sich wie zerschlagen. Und sie dann auch noch zu fesseln! Und letzte Nacht hatte er sie geschlagen!

Aber so war er, der Vater.

Wenn es nach ihm selbst ginge, dann würde er ihr die Strikke abnehmen, und sie dürfte sich ausruhen, sooft sie wollte.

Auf dem Bett liegen und schlafen, so, wie er sie in jener Nacht im Feuerschein gesehen hatte, als er sich für einen wahnwitzigen Augenblick an ihr Lager geschlichen hatte, halb seitlich auf dem Bauch hatte sie gelegen, ihr einer Arm war herabgesunken, ihr Gesicht unter dem aufgelösten Haar so weich, und ihr Rücken, diese Rundung –

Er würde ihr die Fesseln lösen, mit ihr zum Wassertrog gehen, ihre Füße baden, ihre Beine kühlen, mit beiden Händen Wasser schöpfen und ihr über das erhitzte Gesicht rinnen lassen, zwischen ihre –

Er stöhnte. Schloß die Augen. Dann öffnete er sie wieder: Der Vater selbst hatte ihm befohlen, Kugeni zu beobachten.

Mit ihren aneinandergebundenen Händen schöpfte Kugeni Getreidekörner aus dem Vorratsgefäß, streute sie auf den Mahlstein, nahm den kleinen Läuferstein und rieb ihn hin und her. Mit dem ganzen Körper führte sie die Bewegung aus: vor und zurück, vor und zurück.

Ihre offenen Haare fielen nach vorn, sooft sie sich vorbeugte. Haare so hell wie Flachs.

Die Sonne brannte unter dem Windschutz. Schweißperlen glänzten auf ihrer Stirn, auf ihrer Oberlippe. Sie hatte sehr rote Lippen, weich und voll und leicht geöffnet.

Als kleine Rinnsale rann ihr der Schweiß den Hals hinunter, sammelte sich in dem Grübchen am Halsansatz, rann tiefer, rann in den Ausschnitt des Kleides.

Wenn sie sich vorstreckte, gab dieser Ausschnitt den Blick frei auf den Ansatz der Brüste.

Die Sonne brannte so heiß.

Kugeni richtete sich auf, strich sich mit den gefesselten Händen die Haare aus dem Gesicht, den Schweiß von der Stirn. Ihr Blick fiel auf ihn. Sie hatte sehr helle, sehr blaue Augen.

Gleichgültig, stumpf strich ihr Blick über ihn. Doch plötz-

lich kehrte er zu seinem Gesicht zurück, wurde lebhaft. Ein Funken blitzte in diesen hellen Augen auf. Dann senkte sie den Blick, neigte den Kopf, arbeitete weiter.

Er stand auf, schnitzte an dem Pfeil herum, setzte sich wieder, nun näher zu ihr.

Kugeni beugte sich beim Mahlen noch weiter vor. Jetzt konnte er ihre Brüste ganz sehen. Fest und voll, glänzend vor Feuchtigkeit.

Ihre Bewegungen wurden langsamer, weicher.

Sein Mund war ausgedörrt.

Ihr Ausschnitt verrutschte. Nun sah er ihre weiße Schulter. Die sanfte Wölbung.

Kugeni begann leise in ihrer Sprache zu singen. Eine Melodie, schmeichelnd, zärtlich, verlockend. Er kannte keines der seltsamen Worte. Dennoch verstand er dieses nie gehörte Lied, wußte, wovon es erzählte.

Sein Atem ging schneller.

Kugeni sah ihn an, sah ihm in die Augen. Ihre Zungenspitze fuhr über die Lippen. Dann warf sie mit einer geschmeidigen Kopfbewegung die Haare zurück, bog sich weit nach hinten, hob die zusammengebundenen Arme über den Kopf, preßte sie in den Nacken. Ihre Brüste zeichneten sich unter dem Kleid ab. Wie Knospen standen ihre Brustwarzen hervor. Ein Gewuschel heller, lockiger Haare wuchs unter ihren Achseln.

Ein erstickter Laut bildete sich in seiner Brust. Und plötzlich war er mit zwei Schritten vor ihr, kniete bei ihr nieder, preßte seinen Kopf zwischen ihre Brüste, sog den Geruch ein: Sonne und Schweiß und Getreide und noch etwas, etwas, das ihn betäubte.

Sie nahm seinen Kopf zwischen ihre gefesselten Arme und zog ihn fester an sich.

Er stöhnte.

Sie grub ihre Finger in seine Haare, flüsterte heiße Laute in sein Ohr, bog seinen Kopf zurück, küßte seine Augenlider, seine Nasenwurzel, seine Wangen, seinen Mund, streichelte seine Zungenspitze mit der ihren, sog sich daran fest. Plötzlich hatte sie die Arme wieder vor seinem Kopf, nahm sein Gesicht in die Hände, fuhr mit den Fingern über seine Lippen, über seinen Hals, seine Brust, tiefer und tiefer.

Sein Glied, steif wie noch nie, brannte in ungeahnter Hitze, fieberte der Berührung entgegen, die er nicht zu denken wagte. Erst vor kurzem hatte er begonnen, heimlich im Wald die Lust zu erkunden, die seine Hände an diesem geheimnisvollen Ding erregen konnten. Und immer hatte er dabei an sie gedacht, an ihre Haare, ihre Brüste, ihren Körper, hatte ihren Namen gestöhnt im Schauer der Erlösung. Doch auf einmal war ihm klar, daß dies alles nichts war gegen den Feuersturm, den sie selbst mit ihrer Berührung entfachen konnte.

Näher kamen ihre Hände, näher, jetzt, gleich ...

Da richtete sie sich auf, streckte ihm die gefesselten Handgelenke entgegen, sie sagte etwas, ihre Stimme war dunkel vor Verheißung, ihre Augen baten und versprachen zugleich, natürlich, die Fesseln, sie störten, mit gefesselten Händen konnte sie es nicht tun, schon zerrten seine Finger an dem festen Knoten im Strick, begannen ihn zu lockern – da hörte er Hufschlag, der rasch näher kam.

Er fuhr hoch, stieß Kugeni zurück, sprang auf, rannte zur Tränke, tauchte den Kopf ins Wasser. Das Blut dröhnte in seinen Ohren.

Er hörte den Vater rufen.

Langsam ging er dem Vater entgegen, kaum wagte er zu Kugeni zu blicken, streifte sie mit einem raschen Blick, sie kniete und mahlte wie eh und je, hob nicht den Kopf, die Hände noch immer gefesselt, nicht auszudenken, wenn der

Vater später gekommen wäre, nur einen kurzen Augenblick später ...

Der Vater warf ihm die Zügel des Pferdes zu, wollte sich schon ins Haus wenden, doch plötzlich stockte er, sah ihn, den verbrecherischen Sohn, scharf an, baute sich vor ihm auf, die Hände in den Waffengürtel gehakt. »Was ist?« fragte er streng. »Hast du mir etwas zu sagen?«

Er senkte den Kopf, der Vater war der Stellvertreter des Himmelsvaters, wie hatte er sich gegen den Vater auflehnen können, den Vater betrügen, der Vater sah es ihm an, schon immer war das so gewesen, er konnte den Vater nie belügen, es gelang nicht, der Vater würde es merken und ihn totschlagen, der Speicher, nicht der Speicher –

»Ja, Herr«, sagte er, seine Stimme brach, er rang nach Luft, Mutter, was soll ich tun. »Ja, Vater, verzeiht, ich ...«, er stockte, doch dann, auf einmal, waren die Worte da, die Rettung: »Ich wollte Euch bitten, mich zu den Wölfen ziehen zu lassen. Ich möchte die Prüfungen ablegen!«

Lykos drehte sich zu Temos um. »Hat Vater eigentlich diese Nebenfrau noch, diese Fremde, wie hieß sie doch gleich, Kugeni?«

Temos schüttelte den Kopf. »Nein. Vater hat überhaupt keine Nebenfrauen mehr. Seit deine Mutter tot ist, hat er nur noch meine Mutter. Fast, als wär' jetzt sie seine rechtmäßige Ehefrau.« Stolz klang in seiner Stimme.

Als sei sie durch ihre Erwähnung herbeigerufen, trat Noedia, Temos' Mutter, auf sie zu. »Lykos, willkommen in deinem Vaterhaus!« Sie reichte ihm einen Becher Bier und führte ihn ins Haus.

In der Tür blieb er stehen, gewöhnte die Augen an das Dämmerlicht, dann trat er ein, verneigte sich vor dem Vater auf der Bank. »Ich grüße Euch, Herr. Ihr habt mich rufen lassen?«

»Setz dich zu mir, mein Sohn!« Der Vater wies auf die zweite Bank, die mit Bärenfell bedeckte Gastbank.

Lykos lächelte. »Es ist mir eine Ehre, Vater.«

Früher hatte er diese Bank ehrfurchtsvoll bewundert. Nun lud der Vater ihn ein, darauf Platz zu nehmen.

Aus den Augenwinkeln beobachtete er den Vater. Herrisch und unbeugsam wie eh und je saß dieser da, achtunggebietend im herrschaftlich schwarzen Gewand. Aber sein Gesicht war schmal und hager geworden, scharfe Falten hatten sich eingegraben, und auch die Sonnenbräune konnte über eine seltsame Blässe nicht hinwegtäuschen.

Er ist alt, dachte Lykos. Wie kraftlos seine Arme sind. Der hebt seine Hand nicht mehr gegen mich. Im Kampf hätte ich leichtes Spiel mit ihm. Ich könnte ihn niederstrecken mit einem einzigen Schlag, ihn töten mit meinen bloßen Fäusten. Und ihn habe ich einst gefürchtet, vor ihm habe ich gezittert!

»Ich hoffe, Ihr erfreut Euch bester Gesundheit«, sagte er höflich, »und Eure Herden wachsen und gedeihen!«

»Der Sommer ist zu heiß und zu trocken, und im Frühjahr hat es so gut wie nicht geregnet, unsere eigene Ernte wird schlecht werden, die der Bauern natürlich auch, das drückt das Ausmaß der Abgaben. Und was fast schlimmer ist: Die Trockenheit läßt das Futter knapp werden, und die Hirten müssen ihre Kunst erweisen, um noch ausreichend Tränken für die Herden zu finden«, erwiderte der Vater. »Doch davon jetzt nicht. Früh genug wirst du dich darum zu kümmern haben. Denn ich muß dir sagen: Die Zeit deines wilden Wolfslebens ist bald vorbei. Nicht lange mehr wirst du im Wald bleiben. Nicht lange mehr wirst du der Jagd und dem Kampf leben. Nicht lange mehr wirst du ein Wolfskrieger sein.«

Lykos horchte auf: »Wie meint Ihr das, Herr?«

»Ich fühle die Kälte des Todes. Der Tag ist nicht mehr fern, an dem du mein Erbe antreten wirst. In Kürze wird es für dich Zeit, das Wolfsfell abzulegen, den roten Mantel mit dem schwarzen zu tauschen, eine Frau zu nehmen, Vieh zu züchten, diesem Hause vorzustehen und deinen Platz im Königsrat einzunehmen.

Bereite dich auf den Tag vor, an dem Lykos der Wolf im Feuer der Verwandlung sterben und Lykos der Herr durch Blut und Wasser geboren wird!«

Lykos schwieg. Er hatte immer gewußt, daß dieser Tag kommen würde. Nun begriff er selbst nicht: Sollte er stolz sein oder betrübt?

Die Tür öffnete sich mit lautem Ächzen. Noedia kam herein, brachte Met und Fleisch, Brot und Bohnen. Sie kniete bei ihnen nieder, wusch ihnen die Hände über der Wasserschale, schenkte Met ein, legte die Speisen vor, dann verließ sie wieder den Raum.

Der Vater lud die Himmlischen zum Mahl, sprengte ihnen Met ins Feuer, legte ihnen das beste Fleischstück in die Glut. Dann forderte er Lykos zum Essen auf. Lykos, von Hunger und Durst überwältigt, langte mit beiden Händen zu, aß viel, trank noch mehr, trank viel zu schnell. Sein Gesicht rötete sich. Der Vater fragte nach der Jagd. Prahlend erzählte Lykos von dem Keiler, den er am Morgen erlegt hatte, und wies die gewaltigen Hauer vor, die er – ehe er Zeit fände, sie zu spalten und zu durchbohren – an einer Schnur verknotet um den Hals trug. Der Vater nickte zerstreut.

Lykos schüttete den Met in sich hinein.

Der Vater war schweigsam, als warte er auf etwas. Dann endlich begann er zu sprechen: »Warum ich nach dir gesandt habe, Lykos – ich will, daß du eine Aufgabe erfüllst, für die ich zu alt bin. Und die auch besser von dem erfüllt wird, der hier bald Herr sein wird. Ich will, daß du mit deinen Wolfsbrüdern einige meiner Bauern bestrafst.«

Spott zuckte in Lykos auf. So schwach bist du schon, Vater, daß du mich brauchst, um deine Bauern zu bestrafen?!

Nur mit Mühe unterdrückte er ein höhnisches Grinsen.

»Ehe du das Wolfsfell ablegst«, fuhr der Vater fort, »präge das Brandmal deiner Stärke unauslöschlich in ihre Gemüter, damit sie ihren Herrn beizeiten kennen lernen!«

Lykos nickte und nahm einen Schluck. »Worum geht es?«

»Um die Bauern in den Höfen hinter dem Schwarzmoor. Sie liefern mir von Jahr zu Jahr weniger Getreide. Sicher, es fehlt an Regen, und die Ernteerträge werden schmäler, dieses Jahr besonders. Dennoch habe ich sie im Verdacht, Vorräte vor mir zu verbergen. Und was gefährlicher ist: Sie üben heimlichen Widerstand!«

»Widerstand?« fragte Lykos ungläubig. Seine Zunge formte die Worte nur noch mit Mühe.

»Wenn ich es sage! Kürzlich habe ich mein Pferd durch ihre Schuld verloren, den Schimmel, der mir mehr bedeutet hat als alles. Ich habe im Dorf hinter dem Schwarzmoor nach dem Rechten gesehen, ich hatte ihn in einem der Bauernhöfe angebunden, und als ich zurückritt, brach er zusammen, mitten im Moor, es hätte nicht viel gefehlt, und ich wäre selbst zu Schaden gekommen, den Hengst mußte ich töten, ich bin sicher, er wurde vergiftet – von den Bauern, von wem sonst!«

Lykos sprang auf, schwankte. Wut blitzte in seinen Augen. »Dein Schimmel! Kein Fohlen habe ich so geliebt! Wie können diese Bauern das wagen!«

»Es sind ihre Weiber, die sie dazu anstacheln«, sagte der Vater. »Höre auf mein Vermächtnis, Lykos, das ich seit langem in mir trage. Ich sage es dir im Vertrauen, denn du sollst es für die Zukunft wissen: Es sind die Weiber, die hinter der Aufsässigkeit und den Anschlägen der Bauern stecken! Sie sind der wahre Gegner. Wenn du der Bauern Herr werden willst, so werde ihrer Weiber Herr!«

»Ihrer Weiber?« Lykos leerte mit einem Zug einen ganzen Becher Met, lachte. Schwankend setzte er sich wieder. »Was sollen ein paar Weiber ausrichten?! Das verstehe ich nicht.«

»Nein, das verstehst du nicht. Auch ich habe lange gebraucht, es zu begreifen. Aber lerne aus meiner Erfahrung! Die Weiber sind es, die unter den Bauern die Erinnerung an die alte Zeit wachhalten, als unsere Väter noch nicht Besitz von diesem Land genommen hatten. Die Weiber sind es, die ihre Kinder die alte Sprache lehren und die Ehrfurcht vor ihrer Schwarzen Göttin. Die Weiber sind es, die den Himmlischen lästern und den gräßlichen Kult ihrer Schwarzen Göttin pflegen. Die Weiber sind es, die mit ihren lüsternen Ausschweifungen jede Sitte höhnen und die Gier ihrer Männer so anstacheln, daß diese ihnen hilflos verfallen. Die Weiber sind es, die ihren Männern einflüstern, wir seien Eindringlinge und nicht die rechtmäßigen Herren dieses Landes.

Brich die Kraft der Weiber – und du rottest die Wurzel des Widerstandes aus!«

»Die Kraft der Weiber brechen?« Lykos lachte immer lauter. Er spürte den Taumel im Kopf, die Hitze in den Lenden. »Da weiß ich ein Mittel, das nie versagt!

Seid unbesorgt, Vater, gleich morgen, auf dem Weg zum Gastmahl des Rösos, werden meine Wolfsbrüder und ich diese Bauernhöfe hinter dem Schwarzmoor heimsuchen. Und wenn wir wieder von ihnen ablassen, wird jeder dort mich kennengelernt haben, und niemandem wird mehr der Sinn nach Widerstand stehen, schon gar keinem Weib!«

»Da er dies alles vollbracht, da bettet zum Schlummer sich Trito,
gibt sich den Schwingen des Schlafs hin, der nimmer ermüdende Krieger.

Wie nun der Geist unsres Helden noch weilet in Traumes Gefilden
und seine Glieder noch liegen von sanfter Süße umfangen,
sieh, da erhebt sich die Schlange, die lauernd im Sumpfe gelegen,
recket die dreifachen Köpfe der wütend grimmige Drache.
Feuer entglimmt seinen Augen, und Rauch entsteigt seinem Rachen,
fauchend naht er sich furchtbar des Schlafenden viehreicher Herde,
treibt mit dem Schweife das Vieh und die Lämmer tragenden Schafe.
Keinerlei Laut warnt den Helden, kein Bellen den schlummernden Krieger,
weg führt der gräßliche Drache die Schafe und Rinder und Pferde.
Was einst die Himmlischen gütig dem Helden zu eigen geschenket,
stiehlt nun der gierigen Schlange gar niemals ersättliche Raublust.
Hin zu der Höhle im Berge, in unwegsames Gelände,
treibet der Drache das Vieh, so versteckt und verbirgt er die Herde,
sichert mit dreifachem Tor das Geraubte, versperrt es mit Balken,
ruft drauf zur Wache die Hunde, die wütend noch jeden zerrissen,
der je sich ihnen genähert, und sei es im arglosen Guten.«

Der Sänger hielt inne, raffte sein weißes Gewand, ließ seinen Blick über die Gäste gleiten, über den König zunächst, dann über Rösos und die anderen weißgekleideten Greise zu des Königs Rechten, hochverehrte Männer, die ihr Alter zum Amt der Richter und Priester auszeichnete, wartete auf deren kaum merkliches Nicken der Zustimmung, blickte weiter zu den schwarzgekleideten, Waffen tragenden Männern zur Linken des Königs, dem Königsrat, den Herren und Vätern der großen Familien, um dann schließlich bei der abseits lagernden dritten Gruppe zu verharren: den jungen Wolfskriegern in ihren blutroten Mänteln.

»Hört nun, was sich begab, als Trito, der Held, drauf erwachte«, fuhr der Sänger langsam fort, und seine Stimme tropfte in atemloses Schweigen, »als er erkannte den Raub und entdeckte den ruchlosen Frevel!« Wieder hielt der Sänger ein. Und Lykos, gefangengenommen von dem Lied, wurde selbst zu Trito.

Er war es, der aufsprang und einen Schrei ausstieß, daß die Bäume erzitterten und die Berge widerhallten, er war es, der blutige Rache schwor, er war es, dessen Gelübde den göttlichen Krieger gewogen machte, so daß dieser ihm die Spur des Drachen bis zur Höhle zeigte. Er war es, der sich den Hunden, diesen blutrünstigen Bestien, zum Kampf stellte, der sie besiegte mit Streitaxt und Speer, sie erwürgte mit seinen bloßen Händen, der die Tore der Höhle sprengte, das Vieh wieder fand und es herausführte. Und er war es, der sich plötzlich dem dreiköpfigen Drachen gegenübersah, er ganz allein.

»Hilf mir, göttlicher Krieger, ich bitte, eil mir zur Seite,
Götter nur töten den Drachen, nicht menschengeborene Krieger!
So ruft der tapfere Held und erflehet den göttlichen Beistand,
schwört auch, zu opfern sein Vieh zu des göttlichen Kriegertums Ehren,
hoffend, der Himmlische selbst würde Arme und Streitaxt ihm führen.
Siehe, der Himmlische hört ihn, es hört ihn der göttliche Krieger,

fährt in den Helden hinein in der Wut des reißenden Wolfes.
Alsbald erleidet der Held eine wundersame Verwandlung:
ist nicht mehr länger ein Mensch, ist ein unwiderstehlicher Wolf nun.
Zornfunken sprühet sein Auge und todbringend drohen die Zähne,
sträubt sich sein Fell, dringt ein Grollen hervor aus der Kehle.
Rasend vor Wut, als Wolf, mit göttlich verzehnfachten Kräften,
springt er der Schlang' an die Kehle, nicht fürchtend des Drachen Gewalten,
achtet gering die Gefahr, ist gegen jede Verletzung gefeiet,
wirbelt die Streitaxt im Kampf und zerschmettert den Drachen zu Tode.«

Lykos schloß die Augen und sog tief die Luft ein, stieß sie langsam wieder aus: Ja, das war es. Dieses Lied wußte von dem, was wirklich war.

Und während der Sänger von dem Opfer berichtete, das Trito nach gelungener Tat brachte, gelobte Lykos einmal mehr dem göttlichen Krieger Gefolgschaft.

Wenn der göttliche Krieger ihm so gewogen war wie Trito, so konnte auch er Heldentaten vollbringen, die Unsterblichkeit erlangen würden.

Wenn er eine Braut freite, so sollten ihre Ohren von den Ruhmesliedern klingen, die auf ihn gesungen wurden, und sie sollte beim Nennen seines Namens erröten, zitternd vor Furcht und Verlangen.

Der Sänger beendete sein Lied. Der König dankte ihm mit wohlgesetzten Worten. Dann klatschte Rösos in die Hände. Das Gastmahl konnte beginnen.

Die Frauen und Mädchen, die in gebotener Entfernung am Rande der Festwiese beim Hofzaun gewartet hatten, eilten herbei. Jede trug eine Schale mit Wasser und ein Tuch für die heilige Waschung.

Ein junges Mädchen kam auf die Wolfskrieger zu. Wie alle Jungfrauen trug sie ihr Haar offen, nur durch ein Stirnband gehalten. Der überreiche Kupferschmuck in diesem Stirnband und um ihren Hals ließ keinen Zweifel daran, daß sie eine Tochter des Rösos war.

Schon oft hatten Mädchen wie sie Lykos beim Gastmahl bedient. Doch heute war es anders.

Heute sah er.

Die Sonne glühte einen rotkupfernen Schein auf das braune Haar des Mädchens. Ihre Haut war sanft getönt und makellos, ihr Gesicht ebenmäßig und still.

Sie hielt den Kopf gesenkt, die Augen auf ihre Füße gerichtet.

Die ist es, dachte Lykos. Die soll meine Frau werden.

Diese Einheit von Anmut und Zurückhaltung.

Mit ihr kann ich bei jedem Gastmahl Ehre einlegen.

Welche Farbe wohl ihre Augen haben?

Ich will sehen, wie sie ihre Augen zu mir aufschlägt. Ich will sehen, wie diese Augen strahlen, wenn ich freundlich zu ihr bin, wie sie voll Bewunderung an mir hängen, wenn ich Anordnungen treffe, wie sie in Glück schwimmen, wenn ich sie in die Arme schließe.

Die Tochter des Rösos. Einen ehrenwerteren und bedeutenderen Schwiegervater kann man sich kaum vorstellen. Hieß es nicht, er habe Aussicht darauf, Oberpriester zu werden?

Mein Ansehen wird hoch steigen, wenn ich seine Tochter zur Frau habe. Lykos, Schwiegersohn des erhabenen Rösos ...

Es wird mich eine ganze Viehherde kosten, das Jawort ihres Vaters zu erhalten. Mehr.

Gleichviel. Eine Braut wie diese ist niemals zu teuer erkauft. Bei Rösos kann ich sicher sein, daß er seine Tochter mit Sorgfalt erzogen hat. Daß sie einen großen Haushalt zu führen und viele Gäste zu bewirten versteht. Daß sie meinem Namen niemals Schande bereitet.

Das Mädchen kniete bei ihm nieder, hielt ihm die Wasserschale hin.

Er tauchte seine Hände ein, dehnte dabei die Brust, damit die Hauer des Keilers leise aneinanderklapperten und ihre Aufmerksamkeit erregten. Sie konnte noch keinen Mann gesehen haben, der solch einen Keiler besiegt hatte wie er.

Hob sich nicht ihr Busen unter dem hochgeschlossenen Kleid?

Da war das Bild da.

Mit langen Sprüngen setzte er hinter der jungen Frau her. Ihr blondes Haar flatterte im Wind. Noch im Rennen löste er den Gürtel, warf den Lendenschurz ab. Sie war schnell. Ihre braungebrannten Beine flogen. Er war schneller. Er holte sie ein, fing ihre Haare, riß sie an ihnen herum.

Ihre Brust in dem tiefen Ausschnitt hob und senkte sich rasend. Aus ihren Augen schrie das helle Entsetzen.

Er wirbelte ihre Haare um seine Hand, zog ihren Kopf mit roher Gewalt zurück, zwang ihr Gesicht vor seines. Mit der Linken griff er in ihr Kleid und zerfetzte es.

Sie keuchte, trommelte mit den Fäusten auf seine Brust, zerkratzte seine Haut mit ihren Fingernägeln.

Er warf sie zu Boden, warf sich selbst über sie, prügelte auf sie ein.

Ich werde dir zeigen, wer dein Herr ist. Schamloses Biest! Huren seid ihr, ihr Weiber des Alten Volkes, und ich mache mit dir, was du verdienst! Du wirst meinem Vater kein Pferd mehr vergiften. Du wirst deinem Mann und deinen Kindern keine widerspenstigen Gedanken einflüstern. Fürchtet den Herrn, wirst du ihnen sagen, gehorcht ihm, sonst kommt er über euch, wie er über mich gekommen ist.

Siehst du, so bricht man den Widerstand eines Weibes.

Er stieß in sie, als würde er fortfahren, sie aus Leibeskräften zu schlagen.

Erst als er von ihr abgelassen hatte, aufgestanden war, begriff er, daß sie noch Jungfrau gewesen war.

Und erschrak.

Er nahm die Hände aus der Waschschüssel. Unwillkürlich zog er den Mantel enger zusammen, verbarg die frischen Kratzer auf seiner Haut.

Das Mädchen reichte ihm das Handtuch. Er trocknete sich ab.

Dir täte ich nie so etwas an, meine Braut.

Das Mädchen heute morgen, das war nur eine von den Bäuerinnen hinter dem Schwarzmoor, denen ich zeigen mußte, wer ihr Herr ist. Ich mußte es tun!

Du aber weißt, daß du einen Herrn heiratest und ihm Gehorsam und Ehrerbietung schuldest. Und du sollst meine geachtete und geliebte Hausfrau sein.

So wahr ich ein Wolfskrieger bin.

Das Mädchen erhob sich, verneigte sich leicht zum Gruß und kniete mit der Schale in Händen bei dem nächsten Krieger nieder.

Bald wirst du nur noch mich bewirten und meine Ehrengäste.

Doch plötzlich erschien Lykos diese Vorstellung unerreichbar.

Die Speisen wurden auf den niedrigen Tischen aufgetragen: gebratenes und gekochtes Fleisch. Beerenmus, Brot und Gemüse. Er würdigte das Essen keines Blickes, folgte nur ihr mit den Augen.

Rösos rief die Himmlischen im feierlichen Gebet an, pries ihre Größe und ihre ruhmvollen Taten, lud sie zum Gastmahl, brachte dem Feuer, dem Wasser und der Sonne, dem Himmlischen Vater, dem göttlichen Krieger und den heiligen Zwillingen Opfer an Fleisch und Met.

Lykos hörte nicht zu, denn ein Gedanke hatte von ihm Besitz ergriffen: Wenn ihr Vater sie nun schon einem anderen versprochen hat! Ihr Vater ist einflußreich genug, sich jeden Schwiegersohn wählen zu können, den er nur will.

Er merkte kaum, was er aß und trank.

Wenn ihr Vater sie mir nicht gibt!

Seine Gefährten redeten von dem morgendlichen Überfall auf die Bauernhöfe hinter dem Schwarzmoor. Genußvoll rühmten sie jede einzelne Gewalttat.

Er beachtete es nicht.

Andere Krieger gesellten sich zu ihnen, hörten zu, lachten beifällig.

Das Mädchen kam auf sie zu, ein großes Tablett mit gebratenen Wildgänsen in Händen.

Mit einem Ohr merkte er, daß die anderen über ihn sprachen. »Und ihr hättet sehen sollen, wie Lykos sich die Weiber vorgenommen hat!« lachte einer der Freunde. »Fragt ihn doch mal, wo er die Kratzer herhat, ich sag' euch ...«

»Halt den Mund!« fuhr Lykos ihn grob an.

»Was hast du, du magst doch sonst ...«

»Heute nicht!«

Das Mädchen neigte sich zum Tisch, stellte das Tablett ab.

In Lykos' Schläfen pochte das Blut.

Er trank seinen Becher in einem Zug leer.

Der König stand auf, verließ den Kreis der Familienhäupter und Priester und kam auf die Wolfskrieger zu, ein Trinkhorn in der Hand. »Meine Treuen! Meine Helden!« sagte er und ließ sich in ihrer Mitte nieder. »Trinkt mit mir!« Er nahm einen Schluck und reichte das mit Met gefüllte Horn des Auerochsen weiter. Ein Wolfskrieger nach dem anderen trank, bestätigte so den Bund der Gefolgschaft mit dem König.

Das Trinkhorn machte die Runde, kehrte in die Hand des Königs zurück. Dieser leerte es vollends, sah reihum jeden einzelnen Krieger an. Lykos erwiderte den Blick wie gewohnt. Ihm schien, daß der König ihn länger ins Auge faßte als die anderen.

»Glücklich ein König wie ich, der auf Gefolgsleute bauen kann wie euch«, sagte der König.

Lykos straffte sich. Jetzt galt es, auf der Hut zu sein. Etwas bahnte sich an.

»Vor allem in Zeiten wie diesen«, fügte der König hinzu.

In Zeiten wie diesen? Was meint er damit? überlegte Lykos und entschloß sich zu einem wissenden, gedankenschweren Nicken.

Der König nahm dieses Nicken aufmerksam zur Kenntnis und fuhr fort: »Ihr lebt weitab von den Geschäften der Familienhäupter, habt euch nicht darum zu sorgen, wie die Herden gedeihen und wie das Korn wächst, sondern wie ihr den Reichtum durch Viehraub vergrößern könnt.«

Die meisten Wolfskrieger lachten beifällig, doch Lykos erschien es besser, Ernst zu zeigen. Der König beobachtete ihn, und bald sollte er, Lykos, Mitglied im Königsrat sein. Wenn er seine Befähigung dazu zum Ausdruck bringen könnte. Was hatte noch der Vater auf die Frage nach den Herden geantwortet?

»Das Leben im Wolfsbund hindert uns nicht daran zu bemerken, daß im Frühjahr der Regen ausgeblieben ist und auch dieser Sommer zu heiß und zu trocken ist. Ich fürchte, die ungewöhnliche Trockenheit läßt das Futter für die Herden knapp, die Tränken rar und die Ernteerträge gering werden«, warf er ein.

Der König betrachtete Lykos überrascht. »So ist es. Ungewöhnlich für einen Wolfskrieger, sich derlei Gedanken zu machen. In der Tat beginnen wir uns im Königsrat zu fragen, ob dieses Land uns und unsere Herden noch tragen kann.

Ich habe dem Himmelsvater große Opfergaben gebracht, angerufen habe ich ihn. Unsere Priester haben ihn im Orakel um Weisung angefleht. Strafend kam seine Stimme im Donner zu uns, und sein Zorn fuhr im Blitz hernieder: Wir seien nicht würdig, seine Söhne zu heißen, wenn wir in solcher Lage zweifelten, was zu tun sei.

So hat nun der Königsrat beschlossen, daß wir unser Land ausdehnen und einige angrenzende Landstriche des Gebietes des Alten Volkes in Besitz nehmen. Der Königsrat beauftragt euch Wolfskrieger, einen kurzen, aber wirkungsvollen Kriegszug tiefer ins Land des Alten Volkes hineinzuführen als je zuvor. Seid ihr bereit?«

Die Wolfskrieger sprangen auf, schlugen sich an die Brust. »Wir sind bereit!« riefen sie. Lykos schrie am lautesten.

»So habe ich es von euch erwartet«, erklärte der König und erhob sich. Trat einen Schritt auf Lykos zu. Musterte ihn. »Lykos, knie nieder!«

Lykos tat es. Ahnte, was dies bedeutete. Wagte es dennoch kaum zu glauben.

Der König zog seine kupferne Streitaxt, dies funkelnde Sinnbild seiner Macht, und berührte damit Lykos' Schultern. »Ich rufe an die siegreiche Sonne. Ich rufe an das strahlende Rad der Sonne. Ich rufe an die alles sehende Sonne, den heiligen Späher, zum Zeugen meiner Entscheidung: Lykos, Sohn des Nuerkop, ich ernenne dich zum Anführer dieses Kriegszuges!«

Lykos dehnte die Brust.

Der König fuhr fort: »Trag ihn weit nach Westen ins Land des Alten Volkes hinein! Über die Sandberge. In eine Gegend, in der die Bauern unsere Streitäxte noch nicht geschmeckt haben! Ihr sollt den Schrecken vor unserer unbesiegbaren Stärke in ihre Gemüter pflanzen, ihr sollt ihrem Gedächtnis unauslöschlich einprägen, daß niemand sich uns in den Weg stellen kann, keiner!«

Die anderen Krieger brachen in Jubel aus.

Lykos aber erfüllte mit einem Mal ein tiefer Ernst. Er sollte der Anführer sein. Das war die Aufgabe, auf die er immer gehofft hatte. Feierlich erhob er sich.

»Wir sollen Beute machen?« fragte er in die Augen des Königs hinein. »Vieh, Frauen, Getreide?«

»Gewiß«, erwiderte der König ruhig, »das auch. Doch vor allem sollt ihr diesen Bauern und ihren halsstarrigen Weibern klarmachen, daß wir in ihr Land kommen werden. Als Herren. Und daß verloren ist, wer sich uns nicht unterwirft! Zeigt ihnen, wozu rasende Wölfe fähig sind!«

»Sie werden es nicht vergessen«, bestätigte Lykos. »Ihr erwartet, daß wir einen blitzartigen Überfall auf einige Dörfer tief im Land des Alten Volkes machen? Uns ebenso plötzlich wieder zurückziehen? Eine Zerstörung hinterlassen, die für sich selber spricht? So den Boden bereiten für eine neue Landnahme?«

»Du begreifst schnell«, sagte der König wohlgefällig. »Doch setzen wir uns wieder!

Ich will, daß jeder von euch sich über eines klar ist: Ihr sollt diese Bauern hinter den Sandbergen das Fürchten lehren, damit wir ihr Land in Besitz nehmen können, ohne uns um die Sicherheit unserer Familien zu sorgen.

Wenn euer Kriegszug vorüber ist, werden einige unserer Familien nach Westen ziehen. Keiner vom Alten Volk soll es wagen, ihnen das Recht streitig zu machen, Höfe zu errichten, Felder und Gärten anzulegen und das Vieh in die Wälder zu treiben. Keiner soll es wagen, auch nur einer Frau oder einem Kind der Söhne des Himmels zu nahe zu treten. Sie sollen wissen, was ihnen bevorstünde, wenn sie das täten.

Jeder Bauer soll sich glücklich schätzen, ihnen Getreide und andere Abgaben liefern zu dürfen, um so ihren Schutz zu gewinnen. Damit wir dort mit dem Alten Volk zusammenleben können, wie wir es hier tun: als ihre unangefochtenen Herren.

Das zu erreichen ist eure Aufgabe. Und deine vor allem, Lykos.

Wenn du deinen Auftrag zu meiner Zufriedenheit ausführst, hast du einen Wunsch bei mir frei! Nenne ihn mir gleich, und ich will ihn dir gewähren, wenn du als Sieger zurückkehrst!«

Lykos preßte die Zähne zusammen. Ein Anführer der Wolfskrieger mußte Entschlußkraft zeigen. Er durfte nicht lange überlegen, um welche Gunst er den König bitten sollte. Wenn er etwas wüßte, womit er den König beeindrucken könnte –

Da erinnerte er sich an das Mädchen.

»Wenn der Kriegszug Eure Erwartungen erfüllt, so werde ich Euch bitten, für mich bei Rösos um die Hand seiner Tochter zu werben. Euch wird er eine Werbung nicht abschlagen können!«

Die Augen des Königs verengten sich. »Rösos' Tochter? Da doch jeder weiß, daß Rösos bald unser Oberpriester sein wird? Mit der Tochter von Rösos erkaufst du dir mehr Ansehen und Einfluß als mit jeder anderen Braut – außer mit meiner eigenen Tochter. Ich sehe, du wirst auch im Königsrat eine erhebliche Rolle spielen.

Nun, du hast mein Wort. Wie ist ihr Name?«

»Ihr Name? Ich weiß nicht. Ich habe sie vorhin zum ersten Mal gesehen, das Mädchen, das uns heute abend bedient hat!« Lykos schaute um sich.

Da sah er sie. Ganz dicht bei ihnen stand sie, einen Stapel sauberer Tücher an sich gedrückt, hatte alles gehört, stand und starrte ihn aus großen dunklen Augen an.

Einen Herzschlag lang kreuzten sich ihre Blicke, dann schoß tiefe Röte in ihr Gesicht, sie senkte die Lider, drehte sich um und hastete davon.

3

Naki kniete am Brunnen und zog den Wassereimer hoch. Schwer war er, der große Eimer aus Eichenholz, randvoll mit Wasser gefüllt und noch mit einem Stein beschwert, damit er unterging.

Nakis Arme waren müde. Ein dumpfer Schmerz hatte sich in ihren Schultern und ihrem Rücken eingenistet. Seit Tagen zog sie Wasser aus dem Brunnen. Wenn es doch endlich regnete!

Mit dem Seil in der Hand erhob sie sich, trat einen halben Schritt vom Brunnen weg und lehnte sich weit zurück. Das Lindenbastseil scheuerte an der hölzernen Brunnenumrandung. Sie beachtete es nicht.

Gleichmäßig setzte sie die Hände um, rechte, linke, rechte, linke.

Endlich wuchtete Naki den Bottich über den niedrigen Brunnenrand und füllte einen der bereitstehenden Ledereimer. Sie ließ das Schöpfgefäß in den Brunnen zurückgleiten und wartete auf das klatschende Geräusch des Aufschlagens.

Sie zog erneut, stöhnte leise, als sie das Gewicht des vollen Eimers spürte, und bog sich rückwärts. Da plötzlich riß das Seil. Schlagartig von der Last befreit, verlor Naki das Gleichgewicht und fiel nach hinten. »Nein!« schrie sie laut. Schlaff lag das Ende des Seils in ihrer Hand.

Sie raffte sich auf, sprang hoch, starrte in den dunklen Brunnenschacht hinunter. Der Eimer war versunken. Das Seil trieb auf der Wasseroberfläche.

Der kleine Rablu, ihr jüngster Bruder, war herbeigelaufen und gaffte in den Brunnen. »Warum machst du das?«

»Na zum Spaß, was sonst!« Sie rieb sich das Gesäß.

»Alles in Ordnung mit dir?« fragte eine Stimme hinter ihr. Sie drehte sich um, Wirrkon, der älteste ihrer Brüder, war von der Baustelle herübergekommen.

»Mit mir schon. Aber nicht mit dem Eimer! Er ist im Brunnen versunken. Das Seil ist gerissen.«

»Ich hab's gesehen!« Er lachte. »Wenn du ein neues Seil besorgst, hol' ich dir den Eimer wieder hoch.«

»Danke!« Sie nickte und wandte sich zum Gehen.

»Laß dir ruhig Zeit!« rief er ihr nach. »Ich bin froh über eine Pause!«

Das verstand sie nur zu gut. Wirrkon spaltete schon den ganzen Morgen gemeinsam mit Oheim Aktoll Baumstämme zu Brettern für die Verschalung des neuen Brunnens. Oheim Aktoll war der geschickteste Zimmermann im Dorf. Es mußte schwer sein, mit ihm mitzuhalten und im Gleichklang mit ihm Keile mit dem Beil ins Holz zu treiben.

Über die Schulter lächelte sie Wirrkon zu und ging am Haus von Oheim Ritgos Frau Songo vorbei auf das Haus ihrer Mutter zu. Aufatmend trat sie in den Schatten des Vorplatzes unter dem hohen, mit Rinde gedeckten Dach. Neben dem Mahlstein stand ein Körbchen mit Walderdbeeren. Rasch schob sie sich eine Handvoll in den Mund. Sehr klein waren sie wegen der großen Trockenheit – aber darum um so süßer.

Sie stieß die schwere Holztür auf, mußte sich dagegen lehnen, damit sie sich ganz öffnete. Naki trat ein, wartete, bis ihre Augen sich an die Dunkelheit gewöhnt hatten, und sah sich suchend um. Ihr Blick glitt kurz über das breite, mit einer

Wolldecke zugedeckte Lager in der Ecke, über die Bänke an der Längsseite des Raumes, den Webstuhl, den Wollkorb, das Geschirr auf den Wandborden, die mit Steinen umgrenzte Feuerstelle und verharrte dann bei den vielen kleinen Gerätschaften, die an Holzpflöcken ringsum an den lehmverputzten, in roter Farbe mit den Zeichen der Göttin bemalten Flechtwänden hingen: den Steinbeilen und Flintmessern, Holzlöffeln und Käsesieben und vor allem den Lederriemen, mit denen die Ochsen ins Joch gespannt wurden. Ein langes Seil war nicht darunter.

Seufzend kletterte sie den Steigbaum zum Zwischenboden hinauf und sah sich um. Tongefäße und Körbe voll Getreide und anderen Vorräten, büschelweise Flachs, ein Haufen ungesponnener Wolle, ein zerbrochener hölzerner Pflughaken und vieles mehr. Könnte sie die Mutter fragen, wo hier ein Seil lagern mochte!

Die Mutter –

Heute war diese schon den dritten Tag im Grab. Ein kurzes Schaudern ließ Naki zusammenfahren.

Sie stieg vom Boden herunter, durchsuchte erfolglos den zweiten Raum des Hauses und betrat schließlich den dritten und letzten, die Töpferwerkstatt von Tante Gwinne. »Du bist ja hier!« sagte sie überrascht, als sie die Tante bemerkte. Vorhin noch hatte sie diese im Gemüsegarten angetroffen.

»Bei diesem Wetter trocknet der Ton so schnell aus«, erwiderte die Tante. »Er hat schon die richtige lederartige Festigkeit. Ich muß eben die Muster in die Becher ritzen, sonst ist es zu spät. Sei so gut, gib mir die beiden Stichel dort!«

»Wie du das machst«, meinte Naki bewundernd und beobachtete, wie die Tante ein Muster aus den heiligen Zeichen in den ebenmäßig geformten Becher grub. »Ich könnte das nicht.«

Die Tante lächelte. »Die Göttin gibt jedem andere Gaben.

Mir hat sie eben Hände gegeben, die den Ton zum Leben erwecken, damit jedes Gefäß, das meine Werkstatt verläßt, ein Sinnbild Ihres geweihten Leibes ist.« Sie hielt den Becher in die Höhe. »Siehst du die einladende Öffnung und das ausladende Rund – die weibliche Höhlung, Ursprung und Geheimnis des Lebens? Wann immer wir aus diesem Becher trinken, feiern wir damit Ihre Fruchtbarkeit. Und unsere eigene Weiblichkeit. Denn wir Frauen sind die Ebenbilder der Göttin.«

Naki nickte. Ihre Augen wanderten über die fertigen Gefäße auf den Wandborden. Weite Schalen, zierlich-dickbauchige Fläschchen, elegante Tassen, hohe Becher und rundliche Näpfe aus dunkel glänzendem, glattpoliertem Ton, deren weiß und rot leuchtende Muster nur von einem erzählten: der Heiligkeit der vielgestaltigen Göttin.

»Dir wird auch noch klarwerden, welche besonderen Gaben Sie dir gegeben hat«, meinte die Tante.

Naki zögerte. Sollte sie Tante Gwinne davon erzählen?

Da war diese Scheu, mit jemand anderem als Zirrkan darüber zu sprechen ...

Die alte Tante stöhnte.

Schweißperlen standen auf ihrer Stirn, blauschwarze Schatten dunkelten um ihre tiefliegenden Augen. Die fahle Haut spannte über den vorstehenden Wangenknochen.

Seit Tagen hatte Tante Kjolje vor Schmerzen nicht mehr schlafen können, trotz der bitteren Tees aus betäubenden Pflanzen, die die Mutter ihr einflößte. »Nicht mehr lange, Tante Kjolje«, sagte die Mutter, Tränen erstickten ihre Stimme, »nicht mehr lang mußt du dich so quälen. Bald wird Zirrkan hiersein, ich habe nach ihm geschickt. Er wird deine Schmerzen lindern.«

Sie selbst, das Kind, trat von einem Fuß auf den anderen. »Ich geh' ihm entgegen«, sagte sie und lief aus dem Haus, die Dorfstraße hinab, in den Wald.

Zirrkan, der Heiler. Erst dreimal hatte sie ihn im Dorf gesehen. Trotzdem mußte sie immer wieder an ihn denken. An seine Flöte. Seine Lieder. Seine Geschichten. Seine Trauer. Und sein stilles Lächeln, das sich auf die Menschen übertrug, mit denen er sprach, und auf die Dinge, die er berührte.

Alles war anders, wenn er da war. Vor allem die Mutter.

In Zirrkans Gegenwart leuchtete die Mutter.

Und wie er den Muga geheilt hatte, als diesen beim Grabbau ein unsichtbarer Zauberpfeil getroffen hatte, so daß der Muga sich kaum mehr bewegen konnte!

Zirrkan würde der armen Tante helfen. Er mußte.

Vor Ungeduld rannte sie.

Und dann sah sie ihn um die Wegbiegung kommen. Sie stürmte ihm entgegen.

Er hielt nicht die Arme auf, wie die Oheime und der Muga es taten, fing sie nicht auf, hob sie nicht in die Luft.

Er lächelte nur und nickte ihr zu: »Na, du!«

Dennoch war da wieder diese Vertrautheit zwischen ihnen. Als sei es die selbstverständlichste Sache der Welt, daß sie nebeneinander hergingen, miteinander schwiegen.

Er, der berühmte Heiler, und sie, das Kind.

Sie begleitete ihn ins Haus der Mutter, ans Lager der alten Tante.

Zirrkan begrüßte die Mutter. Einen Augenblick schien es, als seien die beiden allein im Raum. Dann wandte er sich der Tante zu, beugte sich über sie und sprach leise mit ihr.

Die Mutter reichte Zirrkan eine Schale mit Mehl. Zirrkan nahm etwas Mehl auf die flache Hand und blies es in die vier Winde. Dann malte er mit Mehl die Zeichen, mit denen die Göttin in der Gestalt der Großen Bärin verehrt wurde, auf den Boden und rief sie mit dem Lied seiner Trommel herbei.

Sie selbst beobachtete genau, was er tat, sah, wie sein Kör-

per unwillkürlich zu zucken und sich zu schütteln begann, als die heilige Kraft in ihn fuhr. Und spürte, wie etwas im Raum sich veränderte.

Auf einmal war sie anwesend, zum Greifen deutlich: die Große Bärin.

Zirrkan legte die Trommel beiseite und ließ sich am Kopfende des Bettes nieder.

Eine Weile saß er ganz still da, mit geschlossenen Augen, die Hände vor den Lippen zusammengelegt. Dann nahm er behutsam den Kopf der Tante in seine Hände.

Die Gesichtszüge der alten Tante verwandelten sich, verloren das krampfhaft Verzerrte, wurden weich und gelöst.

Das wimmernde Stöhnen verstummte. Ruhig strömte der Atem der Kranken.

Und sie, das Kind, stand da und dachte: Das will ich auch einmal tun. So heilen wie Zirrkan.

»Was ist«, fragte Tante Gwinne, »solltest du nicht eigentlich am Brunnen oder im Gemüsegarten sein?«

»O ja!« Naki schreckte auf. Wirrkon wartete auf sie! »Ich habe nur ein langes Seil gesucht.«

»Nebenan an der Wand über dem Bett. Die Mäntel hängen darüber!«

»Danke!«

Wenig später war Naki mit dem Seil bei Wirrkon. Er knotete es an der hölzernen Brunnenumrandung fest und schwang sich über den Rand.

»Paß bloß auf!« meinte sie, plötzlich besorgt, als sie beobachtete, wie er an dem Seil in den tiefen Schacht einstieg, die Füße gegen die eine Seite gestemmt, den Rücken gegen die andere.

Stück für Stück glitt er in die Tiefe. Mit angehaltenem Atem sah sie zu, wie er, über der Wasserfläche angelangt, nach dem Seil griff und wieder nach oben kletterte. »Schön kühl da unten!« meinte er, als er endlich wieder an die Oberfläche kam und ihr das Ende des zerrissenen Seiles reichte.

»Danke, Wirrkon!«

»Keine Ursache!«

Sie sah ihm nach, wie er zur Baustelle zurückging. Einen Bruder zu haben wie Wirrkon. Mit ihm an der Seite ließen sich einmal alle Schwierigkeiten meistern und die Geschicke einer Sippe lenken, so wie es jetzt die Mutter und Oheim Ritgo taten.

Schön wäre das. Und doch war da das Gefühl, daß es nicht so kommen würde. Daß ihre Bestimmung etwas anderes war.

Naki zog den Eimer hoch, knotete das neue Seil an seinen Henkel und machte sich wieder ans Wasserschöpfen. Ihre Gedanken aber waren bei Zirrkan.

Sie stellte den gefüllten Eimer auf den Brunnenrand und setzte sich daneben.

Seit jenem Tag in ihrer Kindheit, als sie Zirrkan zum ersten Mal heilen gesehen hatte, war sie an seiner Seite geblieben, wann immer er ins Dorf gekommen war und nach der Anrufung der Großen Bärin Kranken die Hände aufgelegt oder sie mit Nadelstichen, Kräutersud und ätherischen Dämpfen oder mit Operationen behandelt hatte – oder mit Hilfe seiner Trommel ihre Seelen im Niemandsland zwischen Leben und Tod gesucht und in ihren Körper zurückgeleitet hatte.

Er hatte ihre Anwesenheit dabei geduldet, ohne etwas dazu zu sagen. Er hatte sie sogar zusehen lassen, als er Oheim Li geheilt hatte. Nach einer Kopfverletzung hatten sich Dämonen in Oheim Lis Kopf eingenistet und ihm qualvolle Kopfschmerzen bereitet. Da hatte Zirrkan mit seinem Steinmesser ein rundes Loch in dessen Schädelknochen geschabt und die Dämonen zum Entweichen gebracht. Und Naki hatte die Heilpflanzen zu einem Brei stampfen dürfen, mit dem er die Wunde wieder verschlossen hatte.

Nach und nach hatte er sie immer mehr Handreichungen machen lassen und ihr die Wirkung mancher Kräuter erklärt.

Aber nur ein einziges Mal, bei seinem letzten Besuch im Dorf, hatte er davon gesprochen, was hinter dem stand, was er tat. Von dem, was man nicht sehen konnte.

Von dem Klang hatte er gesprochen, der in jedem Menschen schwinge und den es zu spüren gelte, wenn man die Hände auflege. Mit den Fingerspitzen – aber auch mit der Seele. Und daß man diesen Klang finden und aufnehmen und mit dem großen Lied der Lebenserhalterin verquicken müsse.

Und dann hatte er es sie fühlen lassen.

Zirrkan legte seine Hände an ihre Schläfen.

Da lag sie in weichem Moos, sank tiefer und tiefer hinein, sah Bäume über sich, sah in die wogenden Wipfel, löste sich aus dem Moos, wurde hinaufgetragen, schwebte höher –

Als er schließlich die Hände wieder von ihr löste, blieb sie liegen wie im Traum. Dann erhob sie sich und sagte: »Ich würde so gerne heilen wie du. Was muß ich tun, damit die Göttin mich dazu auserwählt?«

Er schwieg lang. Dann sagte er: »Du kannst nichts dazu beitragen, Naki. Sie tut es oder sie tut es nicht. Ich muß zugeben, daß ich es bei dir sehr gut für möglich halte, deshalb lasse ich dich ja schon an so vielem teilnehmen. Aber ob ich es dir wünschen soll, das weiß ich nicht.«

»Ist es so schwer?« fragte sie, und ein Schauer kroch ihr den Rücken hinab.

»Am Anfang ist es das. Jedem, den die Göttin erwählen will, fügt sie Schmerzen zu. Sie schickt einen durchs Feuer, bis man geläutert ist. Und der Einweihungsweg – er ist hart.«

»Würdest du mich dabei begleiten? Würdest du mich alles lehren?«

»Wenn das deine Berufung ist – gewiß.«

»Dann fürchte ich mich nicht davor!«

Er lächelte.

Doch woher sollte sie wissen, ob die Göttin sie berufen hatte?

»Naki, wo bleibst du so lang, meine Mutter wartet auf dich!«

Naki zuckte zusammen, blickte auf. Uori war an den Brunnen gekommen. Naki füllte den zweiten Ledereimer, ging in die Knie, nahm das Joch auf die Schultern, an dem die beiden Eimer hingen, richtete sich langsam auf und balancierte vorsichtig die Wassereimer zum Gemüsegarten. Rablu lief neben ihr her und versuchte die überschwappenden Wasserspritzer abzubekommen.

Der Vormittag verging mit Wassertragen. Es wurde glühend heiß. Naki atmete erleichtert auf, als die Tante sie ins Haus schickte, um den Brei für die Mittagsmahlzeit zu erwärmen.

Sie legte Holz auf die Feuerstelle und blies in die alte Glut. Als das Feuer wieder brannte, stellte sie den Topf mit der Grütze daneben, goß etwas Milch hinein und begann zu rühren.

Warum hatte sie eigentlich niemals mit ihrer Mutter darüber gesprochen? Irgend etwas hatte sie immer davon abgehalten. Nun plötzlich drängte es sie dazu.

Wenn die Mutter aus dem Grab zurückgekehrt war, würde sie mit ihr reden. Ob die Mutter ihr erklären könnte, woran man erkannte, ob man berufen war, und was mit den Schmerzen gemeint war, von denen Zirrkan gesprochen hatte? Oder ob sie entsetzt darüber war, daß ihre einzige Tochter nicht nach ihr Sippenmutter der Dala sein wollte, sondern eine von Dorf zu Dorf ziehende Heilerin?

Naki drehte den Topf etwas, damit er sich auch von der anderen Seite erwärmte. Dann stand sie auf und trat in die offene Tür.

Früher, bevor Zirrkan mit seiner Heilkunst in ihr Leben getreten war, hatte sie sich nichts anderes vorstellen können und nichts anderes gewünscht, als eines Tages so zu sein wie die Mutter.

Und nun …

Ohne es recht zu merken, ging sie vom Haus weg und schlug den Weg zum neuen Grab unter den Eichen ein. An ihrem Eichenschößling kauerte sie nieder und strich leicht über seine Blätter. Von den Steinen, die sie einst um die gepflanzte Eichel errichtet hatte, war nichts mehr zu sehen.

Ein kleines Bäumchen war er schon. Und war doch nur eine Eichel gewesen, damals, als die Männer das Grab erbaut hatten …

»Komm, Naki, wir bringen den Männern zu trinken! Sie werden Durst haben, so schwer, wie sie arbeiten!« Die Mutter rührte Wasser unter die Sauermilch, goß dann etwas von dem Getränk in einen kleineren Topf: »Trag du den!«, hob sich selbst den großen aufs Haupt.

Sie, das kleine Mädchen, faßte das Gefäß mit beiden Händen, setzte es sich vorsichtig auf den Kopf, hielt es mit einer Hand, faßte mit der anderen nach der der Mutter. Die Zunge zwischen die Zähne geklemmt, den Atem vor Anspannung fast angehalten, so ging sie neben der Mutter her, bemüht, deren stolzes Kopfhalten nachzuahmen.

Die Mutter ging mit ihr aus dem Haus, den Pfad zum Eichenhain entlang, zur Baustelle.

Unnahbar, hoheitsvoll, mit feierlichem Ernst ragten die großen Steine in die Höhe.

Als hätten sie dort gestanden vom Anbeginn der Welt.

Als wären es nicht die Männer gewesen, die sie zur Grabkammer errichtet hatten.

Naki stockte. Sie spürte ihn wieder, den Schauer, dieses Gefühl, für das sie keine Worte kannte, das sie zwang, in der

Abenddämmerung allein hierher zu gehen, die Steine anzuschauen, sie zu berühren, ihre Wange an die kalten Flächen zu legen. Und plötzlich vor ihnen niederzuknien.

»Siehst du«, sagte die Mutter, »die Männer bauen schon die Außenwand des Grabes. Es wird noch größer werden als das alte Grab drüben am Hang.«

Der Bann verflog. Naki sah nicht mehr die Ewigkeit der Steine. Sie sah die Männer, die sich an der Baustelle mit einem Findling abplagten.

»Mutter, warum bauen die Männer ein neues Grab? Wir haben doch ein Grab, wo die Großmutter drin schläft und alle anderen?«

»Wir haben ein neues Dorf gebaut, weil die alten Häuser morsch geworden sind. Nun bauen wir das Grab dazu. Ein neues Dorf – ein neues Grab. Alle, die in unserem Dorf sterben, werden in diesem Grab beieinander bleiben, bis zu ihrer Wiedergeburt.

Wie weit die Männer schon sind! Wie sie das geschafft haben! Und dein Muga ist der Baumeister, auf ihn kommt es am meisten an. Paß auf, gleich setzen sie einen neuen Stein!«

Die Männer waren mit einem Findling dicht vor einer ausgehobenen Grube. Auf Baumstämmen rollten sie ihn, die Koa zogen mit starken Seilen, die Dala schoben oder halfen mit Eibenholzstangen nach. Nakis Muga gab die Anweisungen.

Wie riesig dieser Stein war! Viel größer als jeder Mann und so dick wie fünf Männer gemeinsam! Selbst ihr Großer Oheim sah klein und schmal neben ihm aus, und dabei war er doch so groß und stark, ein Bär von einem Mann, sagte die Mutter immer.

Ein kurzer Ruf des Muga, ein letztes Aufbieten aller vereinten Kräfte, und der Stein rutschte von den Rollen über die schräge Fläche, glitt mit dumpfem Schlag in die Grube und blieb, bis zur Hälfte versenkt, aufrecht in ihr stehen.

Die Erde bebte.

»Die du Himmel und Erde und Meer geboren hast, gesegnet ist dein Leib in alle Ewigkeit«, sprach die Mutter.

»Muga!« rief sie selbst, ließ die Hand der Mutter los und rannte. Das Gefäß auf ihrem Kopf hüpfte, die Sauermilch schwappte über, rann kühl und klebrig den Nacken herab. »Ich bring' dir zu trinken!«

Der Muga nahm ihr den Topf ab, trank, zog sie kurz an sich. Sie drückte sich an ihn. Er blinzelte ihr zu: »Jetzt laß die anderen trinken! Die haben es nötiger als ich. Die haben die ganze Anstrengung gehabt!«

»Aber Mutter sagt, auf den Baumeister kommt es am meisten an«, widersprach sie.

Er grinste: »Na, wenn das deine Mutter sagt!«

Sie gab den Milchtopf an den Großen Oheim weiter, doch dann kehrte sie zu ihrem Muga zurück. »Erklärst du mir, wie das Grab aussehen wird?« bettelte sie.

Er strich sich über die Bartstoppeln.

Sie mochte dieses seltsam kratzende Geräusch.

»Ein andermal, Naki«, sagte er. »Du mußt mich jetzt den Stein einrichten lassen. Kletter dort auf die Eiche und sieh dir alles von oben an! Dann erkennst du selbst, daß es so etwas wie ein riesengroßes Ei ist, was wir hier bauen.«

Enttäuscht verzog sie sich, blickte zweifelnd den hohen Baum empor.

Sie versuchte den untersten Ast zu erreichen, sprang, verfehlte ihn, versuchte es immer wieder.

»So schaffst du das nie!« Oheim Li hob sie in die Höhe, setzte sie auf den Ast. »Paß bloß auf, daß du nicht runterfällst! Ritgo bringt mich um, wenn dir was zustößt!«

»Der Große Oheim bringt niemanden um!« erwiderte sie empört.

Er seufzte. »Natürlich nicht!«

Sie kletterte einen Ast höher, und noch einen, noch einen. Dann sah sie hinunter.

Überrascht sog sie die Luft ein.

Dort war die Baustelle. So anders sah von hier oben alles aus. Die lange Grabkammer aus den riesigen Findlingen mit den sorgfältig durch kleinere Steine vermauerten Fugen war mit einem Blick zu überschauen. Auf einer Seite führte eine Erdrampe bis zur Höhe der gewaltigen Decksteine. Im Abstand um die Grabkammer hatte der Muga einen schmalen Graben gezogen. Sieben große Steine waren bereits in der Linie des Grabens errichtet, standen dicht an dicht. Daneben war schon die Grube für den nächsten Stein ausgehoben.

Jetzt konnte sie es erkennen. Wenn alle äußeren Steine standen, würden sie so etwas wie einen langgezogenen Kreis bilden, der die Grabkammer umschloß.

Und wenn dann der Zwischenraum zwischen äußeren Steinen und Grabkammer mit Erde aufgefüllt und über der Grabkammer der Hügel aufgeschüttet war, würde es tatsächlich aussehen wie ein Ei.

Sie wiegte sich leicht im Baum, hin und her, hin und her.

Ein hünenhaftes Ei.

Sie wippte. Hin und her, auf und ab.

Sie schloß die Augen, ließ sich ganz in die sanfte Bewegung gleiten.

Da sah sie es vor sich, das Ei.

Gras wuchs auf seiner Wölbung, Blumen blühten. Hell glänzte das steinerne Rund, vollkommen glatt und schön.

Aber da, ein Sprung bildete sich an der Oberfläche des Eies, wurde breiter, größer.

Etwas drang daraus hervor, wuchs in die Höhe: ein junger Baum.

Er wuchs und sprengte das Ei, breitete seine Arme, gedieh zur mächtigen Eiche, erhob sich bis in den Himmel. Eine

Schlange kroch aus dem Ei, wand sich den Baum hinauf. Ein Vogel kam geflogen und ließ sich auf einem Zweig nieder.

Sie öffnete wieder die Augen. Dort unten stand die Mutter mit den Männern neben der Baustelle. Alles war unverändert. Und doch war das Ei dagewesen, der Baum, der Vogel und die Schlange.

Sie kletterte die Eiche hinunter, sprang auf die Wiese, hob eine Eichel auf. Dann lief sie zum nahen Bach und suchte Kiesel, sammelte sie in ihrem Rock, trug sie zum Eichenhain.

Sie kniete nieder, riß Gras aus, glättete die Erde, versenkte die Eichel darin und begann um die vergrabene Eichel herum eine lange Kammer aus Kieselsteinen zu errichten. Noch einmal mußte sie zum Bach rennen, noch einmal Steine sammeln. Sie deckte Kiesel über die Steinkammer. Nur in der Mitte, über der Eichel, ließ sie sie offen.

Dann ritzte sie den Umriß des Eies um die Kammer herum in den Boden, grub Kiesel in die vorgezeichnete Linie, füllte Erde dazwischen, drückte sie fest, glättete mit den Fingern ihr Werk.

»Was hast du denn da gebaut, Naki?« Die Mutter setzte sich neben sie ins Gras.

»Ein Ei«, erklärte sie.

Die Mutter nickte. »Da oben fehlt aber noch ein Stein! Und Erde!«

»Nein, das muß so sein. Weil der Baum aus dem Ei wachsen muß. Weil die Schlange aus dem Ei kriecht. Weil der Vogel im Baum wohnt.«

»O Kind!« Die Mutter legte die Arme um sie, zog sie an sich, preßte ihren Kopf an die Brust, drückte sie ganz fest, so fest hatte die Mutter sie noch nie gedrückt, es nahm ihr ja die Luft!

Sie sträubte sich. »Laß mich!«

Der Griff der Mutter lockerte sich. »Ja, ich lass' dich!« Die

Mutter zog sich ein kleines Lederbeutelchen über den Kopf, das sie an einer Schnur unter ihrer Kleidung verborgen um den Hals trug, und legte es ihr, der kleinen Tochter, um. »Das schenke ich dir. Es ist ein Stein darinnen. Heb ihn gut auf. Es ist kein gewöhnlicher Stein. Ein ganz besonderer. Die Göttin ist in ihm. Nun wird Sie immer bei dir sein.«

Die Mutter stand auf und ging.

Naki fühlte nach dem Stein in seinem Beutel, spürte ihn zwischen ihren Brüsten.

Das Ei, der Vogel und die Schlange – Zeichen der Göttin.

Hatte die Göttin sich ihr damals offenbart – und ihr angekündigt, daß Sie sie in Ihre besonderen Dienste nehmen wollte?

Und hatte die Mutter verstanden, was sie, das Kind, noch nicht einmal geahnt hatte?

Ja, ich lass' dich ...

Plötzlich wußte sie: Ihr Wunsch würde die Mutter nicht unvorbereitet treffen. Schon damals hatte die Mutter begriffen, daß sie ihre einzige Tochter für den Dienst der Göttin freigeben mußte. Und sie mit dem geweihten Stein dafür gesegnet.

Könnte sie nur gleich mit der Mutter darüber reden, über alles!

Naki ging zum Haus zurück. Sie öffnete die Tür. Beißend schlug ihr der Geruch von angebranntem Essen entgegen.

Der Brei!

Die Brüder, die Oheime, die Vettern und Kusinen. Tante Mulai und Tante Gwinne, alle waren im Raum. Und alle sahen sie an.

»Ist ja ganz großartig, daß du auch schon da bist!« sagte ihr Bruder Karu. »Kannst du uns verraten, wie man das Zeug runterbekommen soll?«

»Tut mir leid!« Erschrocken sah sie auf den Brei. Sie hatte

ihn ans Feuer gestellt und vergessen! Sie kostete davon, versuchte den Widerwillen zu unterdrücken. Es schmeckte wirklich sehr angebrannt.

Nein, das konnte man niemandem mehr anbieten.

Aber wegschütten durfte man es auch nicht – undenkbar.

Naki sog an ihrer Lippe. Sie spürte, daß ihr Großer Oheim sie wartend ansah, und wußte, daß er ebensowenig nachgeben würde wie Tante Mulai. Sie zögerte, holte tief Luft. »Ich esse es allein! In ein paar Tagen habe ich es geschafft. Ihr könnt ja heute mal Brot essen!«

»Das können wir!« Tante Gwinne lächelte Naki an.

Tante Mulai erklärte bestimmt: »Dann mußt du heute abend aber noch Mehl mahlen und Sauerteig ansetzen, Naki, damit wir neues Brot backen können!«

Naki unterdrückte ein Stöhnen. Kurz sah sie zu ihrem Großen Oheim hin. Er nickte kaum merklich, stimmte mit den Augen zu.

»Arme Schwester! Kein Glückstag für dich!« sagte Wirrkon leise. Jeder wußte, daß sie das Mahlen haßte.

Naki setzte sich neben ihn und zuckte die Schultern.

Tante Mulai holte einen Laib aus dem Holzkasten, schnitt ihn in Scheiben, sprach den Segen darüber und stellte eine Schüssel mit Frischkäse dazu. Alle langten nach dem Brot und fuhren damit in den Käse. Nur Naki nicht. Und auch nicht Wirrkon. Er lud sich eine Schale voll Brei und löffelte ihn, ohne eine Miene zu verziehen.

»Zur Abwechslung mal ein anderer Geschmack«, meinte er und grinste Naki an.

Sie grinste zurück. Auf einmal machte es ihr nichts mehr aus, den Brei zu essen.

»Ich werde mich sofort nach dem Essen auf den Weg machen«, ergriff der Große Oheim das Wort, »und das Schwein zu den Heiligen Steinen treiben. Dann bin ich zu Einbruch der Dunkelheit dort und kann es mit Lüre gleich morgen früh opfern. Auf dem Rückweg von den Heiligen Steinen will ich noch in einigen Dörfern Besuche machen. Vielleicht gelingt es mir, jemanden zu finden, bei dem wir gegen Gwinnes Töpferwaren Gerste oder Weizen eintauschen können, sonst wird es eng für uns im Winter. Ich bleibe wahrscheinlich ein paar Tage weg. Ihr kommt doch ohne mich mit dem Brunnen zurecht?«

Oheim Aktoll nickte bedächtig. »Werden wir wohl, Ritgo! Was ist, Jungs, wollen wir uns nicht wieder an die Arbeit machen?«

Die Jungen standen auf. Unmöglich, einen Oheim warten zu lassen.

Die Grenzen zwischen Wachen und Schlafen verwischten sich. Hatte sie eben etwas gehört, oder war es ein Traum?

Unruhig wälzte Haibe sich herum, stieß an Knochen und Scherben, hatte nicht mehr die Kraft, sie beiseite zu schieben.

Mit brennenden Augen durchforschte sie die Finsternis. Noch immer zeigte sich nicht die geringste Andeutung einer Lichtspur über dem Eingang. Ihre letzte Nacht im Grab nahm und nahm kein Ende.

O Göttin, steh mir bei!

Der Durst glühte in Augen, Nase, Mund und Rachen. Ihr ganzer Körper ein Schrei nach Wasser. Mit der ausgedörrten Zunge fuhr sie sich über die rauhen Lippen: Sand auf dürren Blättern.

Gnadenlos brannte die Sonne vom Himmel. Hitze flimmerte über dem Getreide. Glühend stand die Luft über dem sengenden Feld.

Längst waren die Lieder verstummt. Nun versickerten auch die Gespräche, versiegten, wie der Bach versiegt war.

Seite an Seite kämpften sie sich durch das Feld, alle Frauen und Mädchen des Dorfes. Ein Bündel Ähren mit der Linken zusammenraffen, mit der Sichel abschneiden, in den Korb werfen, weiter.

Gewöhnlich war die Ernte ein Fest, Höhepunkt des Jahres. Doch heute war es nichts als eine Schinderei: jede Bewegung eine schier unerträgliche Last. Selbst die Ältesten konnten sich nicht an eine vergleichbare Hitze erinnern.

Trocken klebte die Zunge am Gaumen, der Durst brannte in der Kehle.

Die kleine Naki sammelte mit der kleinen Uori, Mulais Tochter, herabgefallene Ähren in einen Korb. Ihr Gesicht war hochrot. »Geh, Naki, lauf zum Brunnen, schöpf Wasser, trink und kühl dich! Und du auch, Uori!« Dankbar sahen die beiden Mädchen sie an, stellten den Korb ab, wandten sich erleichtert zum Gehen. Mulai richtete sich auf.

»Aber dann kommt ihr zurück und bringt zwei Ledereimer Wasser mit!« rief sie den Mädchen nach.

Haibe strich sich den Schweiß von der heißen Stirn, reckte sich kurz. Da sah sie gegen die Sonne den Mann über den abgeernteten Acker auf sie zukommen. Die schlanke, schmale Gestalt.

Er kann es nicht sein. Nicht nach acht Jahren.

Sie starrte ihm entgegen. Ließ die Sichel sinken. Warf sie in den Korb. Setzte sich in Bewegung. Ihm entgegen.

Dann stand sie vor ihm. Wußte, er war es. Und erkannte ihn kaum.

Sein Gesicht war furchtbar verändert. Eingefallene Wangen. Tiefe Linien um seinen Mund. Und ein Ausdruck in den Augen –

»Tot«, sagte er leise. »Sie sind alle tot. Meine Vettern, mein Oheim, meine Freunde. Die Kinder meiner Frau, die Kinder meiner Schwester, alle Kinder. Tot. Alle tot.«

Sie konnte nicht sprechen. Wortlos streckte sie die Hände nach ihm aus, wortlos umfaßte sie sein Gesicht, wortlos zog sie seinen Kopf zu sich heran, barg ihn an ihrer Schulter.

Er weinte. Sie streichelte sein Haar, hielt ihn umfangen, wiegte ihn wie ein Kind.

»Die Wölfe«, flüsterte er heiser, »es waren die Wölfe.«

Haibe zog Arme und Beine an und rollte sich zusammen wie ein ungeborenes Kind, barg sich zitternd in sich selbst. Sie war so schwach, daß ihr jeder Atemzug zu schwer erschien.

Ich überstehe es nicht, dachte sie. O Göttin, es war alles umsonst. Meine Kraft reicht nicht für den vierten Tag. Sie reicht ja nicht einmal für die dritte Nacht.

Ach, Zirrkan...

Sie glitt hinweg in einen ohnmächtigen Schlaf.

Ein Sandsturm blies ihr ins Gesicht. Heiße Sandkörner bissen in ihre Haut, brannten in ihren Augen, glühten in ihrem Mund.

Sie lief, stemmte sich gegen den Sturm. Dort vorn war die Mutter. Sie mußte zu ihr.

Die Mutter schrie etwas. Sie konnte es nicht verstehen. Der Sturm heulte.

Die Mutter gab ihr Zeichen mit Armen und Händen. Was wollte sie ihr sagen?

Sie rannte der Mutter entgegen durch glimmenden Sand.

Da plötzlich gab der Boden unter ihr nach. Ihre Füße staken fest, sanken ein. Entsetzt sah sie nach unten: Treibsand. Sie sank tiefer. Bis zu den Hüften. Bis zur Brust. Sie schlug und ruderte mit den Armen. Sie wurde weiter gezogen. Glut hielt sie gefangen.

Die Sandberge, dachte sie, die Sandberge fließen nach Westen. Sie reißen mich mit.

Das Gesicht der Mutter über ihr, unendlich traurig. »Warum hast du mich nicht gehört?« fragte die Mutter. »Warum hast du meine Zeichen nicht verstanden?«

»Mutter, hilf mir!« schrie sie. »Zieh mich raus!«

Das Gesicht der Mutter sehr fern. »Aber ich hab' keine Hände!«

Sie rannte über rotglühende Kohle. Die Hitze flammte an ihrem Körper empor.

Dann sah sie die sonnenbeschienene Wiese. In deren Mitte einen großen Stein. Auf dem Stein eine Schlange.

Plötzlich war da ein Stier. Die Schlange glitt von dem Stein, glitt auf den Stier zu, richtete sich auf, ihm entgegen. Der Stier senkte seine Hörner, stürmte auf die Schlange zu. Und er zertrat sie unter seinen Hufen.

Nein! wollte sie schreien, das ist nicht möglich! Nie würde ein Stier die Schlange zertreten!

Aber da lag sie, die Schlange – tödlich verletzt.

Der Himmel wurde schwarz, und Blitze zuckten herab, die Welt hallte wider von Donnergetöse, und die Erde bebte von Pferdehufen.

Und Wölfe drangen aus dem Wald hervor, und Blut troff von ihren Lefzen.

Mit rauhem Schrei fuhr Haibe in die Höhe, starrte in die Finsternis. Ihr Puls jagte. Es dauerte lang, bis sie begriff, wo sie sich befand.

Erschöpft ließ sie sich wieder zu Boden sinken.

Die dritte Nacht im Grab – oder ist schon der vierte Tag? –, bald ist es soweit – du wirst Stimmen hören und Bilder sehen, in denen Erkenntnis liegt –

Die Wölfe, warum die Wölfe – Männer gibt es, die sind in Wahrheit gar keine Menschen – es waren die Wölfe – Blut troff von ihren Lefzen – die Sandberge halten sie auf – die Sandberge fließen nach Westen – die Hitze – die Sterne künden Unheil – die Priesterin ist in großer Sorge – eine weite Reise ohne Abschied – der Bach war ausgetrocknet – vor acht Sommern – Zirrkans Dorf – die Wölfe – der Bach war ausgetrocknet – das Zeichen – du bist doch meine Mutter – warum hast du meine Zeichen nicht verstanden ...

Auf einmal war sie da, die Erkenntnis: die Söhne des Himmels. Männer, die Wölfe sind. Sie werden uns überfallen. Die Große Göttin hat sich nicht von uns abgekehrt. Sie will uns helfen. Die Trockenheit ist ihre Warnung. Sie ist unsere Mutter. Sie hat uns ein Zeichen gegeben.

Aber wir haben es nicht verstanden.

»Taku!« schrie sie. »Taku! Komm und hol mich hier raus! Ich weiß, was wir wissen müssen! Ich muß es euch sagen! Ich muß euch warnen! Die Wölfe kommen! Fliehen! Wir müssen fliehen!«

Kalt und stumm umschlossen sie die Steine.

Taku hört mich nicht. Er holt mich erst am Abend. Ich muß bis zum Abend durchhalten.

Ich muß nachdenken.

Mein Kopf, alles ist so wirr, kein klarer Gedanke –

Zirrkans Dorf – das darf uns nicht geschehen.

»Mütter, Ahnen!« keuchte sie. »Ich bin Blut von eurem Blut, durch unzählige Fäden mit euch verbunden! Helft mir! Sagt mir, was ich tun soll!«

Den Allgemeinen Dorfrat muß ich einberufen, noch am Abend, sobald Taku mich hier befreit hat. Es ist meine Aufgabe. Ich bin die Mutter des Allgemeinen Dorfrates –

Wir müssen fliehen, werde ich ihnen sagen, sofort, noch diese Nacht –

Aber wohin?

Wir müssen unsere Vorräte mitnehmen und unser Vieh.

Aber die Ernte ist noch nicht eingebracht!

Und wir können doch unsere Felder nicht zurücklassen, den

Boden, in dem wir verwurzelt sind. Und unsere Gräber, unsere Mütter und Ahnen –

Nicht einen Mann, nicht ein Kind. Und die Frauen und Mädchen –

Ich muß es verhindern...

Und wenn wir uns verstecken? Doch wo? Und wann? Und wie lange?

Oder uns zur Wehr setzen? In aller Eile Befestigungen bauen? Aber wir können doch nicht kämpfen!

Die Streitaxt. Krieger, die von frühester Kindheit das Töten gelernt haben. Keine Menschen –

Ich weiß nicht, ich kann nicht, ich muß –

Naki wälzte sich herum. Erst hatte sie nicht einschlafen können, und nun wachte sie dauernd auf!

Noch immer war es dunkel. Aber irgend etwas hatte sich verändert. Etwas war da.

Naki lauschte.

Da war nichts. Nur die ruhigen Atemzüge der Schlafenden und der Wind im Rindendach.

Noch immer kein Regen.

Sie würde wieder den ganzen Tag Wasser tragen müssen. Und dann auch noch Brot backen! Sie sollte lieber schlafen.

Doch alles Zureden half nicht. Eine unerklärliche Unruhe hatte von ihr Besitz ergriffen. Es hielt sie nicht mehr im Bett.

Vorsichtig schob sie den kleinen Rablu beiseite, der sich dicht an sie gekuschelt hatte, richtete sich auf, kletterte über Uori und stieg vom Lager.

Sie tastete sich zur Tür, öffnete sie leise, trat hinaus. Die Luft war frisch. Das erste schwache Grau kündete das Ende der Nacht an.

Kaum im Freien, fühlte Naki sich ruhiger. Sie lehnte sich an einen der beiden Pfosten, die das vorgezogene Hausdach trugen, und sah nach Osten, beobachtete das Verblassen der Sterne. Zeichneten sich nicht Schleier am Himmel ab, die ersten Vorboten aufziehender Wolken?

Gespannt wartete sie, ob Morgenrot von baldigem Regen künden würde.

Und nichts, kein Vorgefühl warnte sie mehr.

Eine Männerhand preßte sich hart auf ihren Mund. Ein Männerarm umschlang sie von hinten, drückte sie an den Pfosten.

Und die Welt, die sie bis zu diesem Augenblick geborgen hatte, hörte auf zu bestehen.

Schreiend fuhr Haibe auf. Sie horchte. Das Blut dröhnte in ihren Ohren. Dahinter, schwach, fern, wie zum Echo zerfetzt – verzweifelte Schreie?

Sie strich sich über die Stirn: Wo war die Wirklichkeit, wo der Wahn?

Sie preßte die Fäuste an die Schläfen. O Göttin, hilf! Laß mich nicht schwach werden!

Sie durchforschte die Finsternis, sah die dünne Linie und das sich erweiternde Dreieck des Lichts. Der vierte Tag war angebrochen.

Diesen einen Tag laß mich noch durchstehen. Ich muß ihn überleben. Ich muß die anderen warnen.

Völlig entkräftet sank sie wieder zusammen.

Sie tanzte mit den Frauen des Dorfes vor dem Grab den Tanz der Erneuerung. Die Kraft strömte aus der Erde in ihre Füße, durch ihren Körper hindurch, verband sich mit den anderen, verband sich mit den Müttern und Ahnen.

Unter ihren Füßen tat die Erde sich auf, tiefer und tiefer tanzten sie hinab, tanzten in den Ursprung der Erde.

Ein schriller Schrei.

Der Kreis zerriß, wurde zur Schlange. In immer enger wer-

denden Windungen tanzten sie in die Mitte einer Schnecke. Dort im Zentrum brannte ein Feuer. Beißend hing der Rauch in der Luft.

Die erste Frau erreichte das Feuer, verschwand darin, die zweite, die dritte. Verschwand und kehrte nicht wieder.

Ich muß umkehren, dachte sie, dort im Feuer wartet der Tod.

Sie versuchte sich gegen die Richtung des Tanzes zu wehren, vom Feuer wegzutanzen, doch mit unheimlicher Kraft zog ihre linke Nachbarin sie weiter, zog sie näher ans Feuer. Haibe stemmte sich dagegen, vergebens, sie wollte ihre Hand zurückreißen, doch die vor ihr Tanzende umklammerte sie fest. Mit Fingern ohne Haut und Fleisch.

Entsetzt sah Haibe der Frau ins Gesicht: Ein Totenschädel grinste sie an. Um den knöchernen Hals schimmerte die Bernsteinkette.

Dann verschwand das Skelett im Qualm des Feuers.

Doch unerbittlich hielt sie die Knochenhand.

Sie zerrte und zog, bekam ihre Hand nicht frei. Der Qualm biß in ihren Hals.

Haibe wimmerte.

Sie roch den Rauch.

Ein Traum, nur ein Traum.

Aber das Feuer, in dem ich verbrennen werde – ich rieche den Rauch!

Sie krümmte sich.

Ich darf nicht dem Wahn verfallen! Lüre hat mir vorhergesagt, daß es so kommen werde. Du wirst deinen Sinnen nicht mehr trauen können und die Grenzen deines Körpers verlieren ... Du wirst dich dem Tode nah wissen ...

Nah wissen. Aber nicht sterben. Ich darf nicht sterben. Ich muß ihnen die Botschaft bringen ...

Fliehen, sollen wir fliehen, wohin, sagt es mir –

Sie glitt in einen tiefen Abgrund.

Da, plötzlich, hörte sie ein Dröhnen, im Schlag ihres jagenden Herzens dröhnte es lauter, die Steine hallten wider von diesem Dröhnen, und dann setzten sie sich in Bewegung, kamen immer näher, sie spürte es im Finstern, die gewaltigen Deckensteine senkten sich auf sie herab, die Trägersteine rückten heran, gleich würden sie sie umschließen, zermalmen.

Aus der Tiefe des Grabes schrien die Mütter.

Haibe preßte die Hände an die Ohren.

Schon berührte sie der kalte Atem der Steine.

Da plötzlich wichen die Steine zurück, weiteten sich, wurden durchsichtig, ließen den Blick frei, ließen Haibe in den Wald sehen.

Die Abendsonne schien durch die Bäume. Wie Kupfer glühten die Stämme. Rötlich schimmerte der Sand auf dem Pfad, der über die kleine Lichtung führte.

Dort am Bach die Trauerweide, unter deren dicht herabhängenden Zweigen sie auf Zirrkan gewartet hatte ...

Wie einst ließ sie sich unter dem Blätterzelt nieder, sah durch den grünen, wispernden Vorhang.

Sie hörte Schritte im Wald. Viele Schritte.

Dann traten Menschen zwischen den Bäumen heraus.

In tiefem Schweigen gingen sie, schwarze Schemen gegen das rötliche Licht, Männer zunächst, Männer mit bärtigen Gesichtern, wehenden Haaren und schrecklichen Wolfsschädeln auf ihren Köpfen, Wolfsfell auf ihren Schultern, darüber Langbogen und Köcher, dann Frauen, gebückt unter hoch aufgepackten Rückentragen, eine hinter der anderen, die Hände auf den Rücken gefesselt, mit Stricken aneinandergebunden. Eine Frau schwankte, blieb stehen, der Zug geriet ins Stocken, schon war einer der Männer neben der Frau, schlug sie, ein anderer drohte ihr mit erhobener Axt, die Frau taumelte weiter.

Die Frauen zogen auf dem Pfad an der Trauerweide vorbei, aneinandergefesselt, von den Männern getrieben wie Vieh, Haibes Augen noch immer geblendet, noch immer konnte sie niemanden erkennen, doch da, nicht weit von ihr entfernt, war das nicht Kugeni, Zirrkans Schwester?

Plötzlich war sie hinter Kugeni, legte ihr die Hand auf die Schulter.

Kugeni drehte sich um, sah sie aus verstörten Augen an.

Es war nicht Kugeni. Es war Naki.

»Naki!« schrie Haibe. Dann brach sie in tiefer Bewußtlosigkeit zusammen.

Feuer glühte in ihrem Leib.

Sie tastete sich ab, fühlte Knochen und darüber Haut wie trockenes, heißes Gras.

Qualvoll schrie jede Faser ihres Körpers nach Wasser. Alle Feuer ihres Lebens wüteten in ihr, vereinten sich zu einer alles verzehrenden Glut.

Wasser – Wasser –

Wenn Taku das Grab öffnete, würde er ihr etwas zu trinken bringen ...

Mußte nicht längst Abend sein?

Einmal noch nahm sie ihre Kräfte zusammen, bäumte sich auf in verzweifelter Willensanstrengung. Sie durchforschte die Finsternis, drehte sich nach allen Seiten, suchte mit brennenden Blicken nach dem schmalen Lichtstreifen und dem hellen, tröstenden Dreieck, fand es nicht.

Ihr Verstand weigerte sich zu begreifen, was das bedeutete: Es war Nacht.

»Taku«, flüsterte sie tonlos, ihre Stimme nur noch ein trockenes Kratzen, »am vierten Tag bei Sonnenuntergang, warum bist du nicht gekommen, du bringst mich um, warum, Taku, warum ...«

Zirrkans Schwester – der Zug der gefesselten Frauen – Naki –

Die Erkenntnis kam über sie und tötete sie.

Sie schwebte. Schwerelos ruhte sie dicht unter den mächtigen Decksteinen des Grabgewölbes.

Kein Durst mehr und kein Hunger, kein Brennen und keine Qual. Alles, was blieb, war gelöste Leichtigkeit.

Ihr Blick durchdrang den Stein. Hell sah sie das Morgenlicht im Freien. Im Dunkel des Grabes, zwischen Knochen und Scherben, sah sie sich selbst.

Leblos lag sie dort unten, merkwürdig verkrümmt und eingefallen, spitz stachen die Knochen aus der fahlen, vertrockneten Haut.

Was mache ich dort, warum liege ich am Boden, fragte sie sich mit lächelnder Verwunderung.

Da hörte sie ein schreckliches Knirschen. Schmerzhaft durchdrang es sie, wurde lauter und lauter. Die Steine traten auseinander, öffneten einen schmalen, schwarzen Spalt.

Sie wurde von einer ungeheuren Kraft erfaßt, auf diesen Spalt zugesaugt, sie wollte sich wehren – Laßt mich, ich will nicht, ich muß bei meinem Körper bleiben! –, umsonst, näherte sich unerbittlich diesem Spalt, wurde hineingezogen, hineingepreßt, ein schmaler, finsterer Höhlengang, kaum paßte sie hindurch, wußte plötzlich: Dies war der Weg, den sie gekommen war, nun ging sie ihn zurück, kein Sträuben half, zurück, zurück –

Und Freiheit – Weite – Licht.

Das Licht, heller noch als die Sonne, umfing sie mit glänzendem Schein, umschmiegte sie wie weiches, warmes Wasser und blendete nicht.

Sie sah nichts als dieses Licht, und doch wußte sie mit unerschütterlicher Gewißheit: Sie war in dem Licht, Sie war es selbst, die Eine, die Drei war in Eins und Eins in Drei.

Gestalten kamen aus dem Licht auf sie zu, sie hatten keinen menschlichen Körper, und doch erkannte sie sie sofort: ihre Mutter, Tante Kjolje, ihr Großer Oheim. Strahlend kamen sie ihr entgegen.

Freude und Ruhe umströmten sie. Sie bewegten ihre Lippen nicht, und doch sprachen sie zu ihr: Komm mit uns, Haibe, fürchte dich nicht, wir führen dich, wir geleiten dich, dein Schmerz hat ein Ende, es ist gut, alles gut...

Unwiderstehlich war der Wunsch, bei ihnen zu bleiben, tiefer in das Licht hineinzugehen.

Sie folgte ihnen.

Neue Gestalten tauchten auf, unsicherer als die anderen, Suchende beinahe noch wie sie selbst, und doch auch sie voll heiterem Frieden: ihre beiden Vettern, ihre Söhne Wirrkon, Karu und der kleine Rablu, ihre Brüder Li und Aktoll, und dort Taku und die anderen Männer der Koa.

Sie eilte ihnen entgegen, glücklich, sie alle zu sehen, heil bei sich zu wissen.

Aber da war etwas, das sie zurückhielt.

Sie formte den Gedanken, sie mußte ihn nicht aussprechen, sie wußte, daß die anderen ihn hörten: Was ist mit Naki?

Mitleid legte sich wie ein Schleier über die Gesichter: Naki ist noch nicht berufen.

Da war das Bild wieder da: Naki im Zug der gefangenen Frauen, gefesselt, gebeugt unter der schweren Last...

Ich muß zu Naki, schrie sie stimmlos in das Licht, ich bitte dich, Große Göttin, versteh, daß ich nicht bleiben kann, sosehr ich es mir wünschte, schick mich noch einmal zurück, bitte, ich muß Naki helfen...

»Haibe! Komm zurück! Du darfst nicht tot sein, nach allen anderen nicht auch noch du! Ich brauche dich! Trink das, ich flehe dich an, trink!«

Ihr Körper war eine flammende Qual.

»Große Bärin, hilf meiner Schwester! Laß mich nicht zu spät gekommen sein!«

Jemand hielt ihren Kopf, träufelte Wasser in ihren Mund, unter gräßlicher Anstrengung kämpfte sie gegen den glühenden Schmerz, schluckte das Wasser, trank.

»So ist es gut. Trink weiter, Haibe, trink! O Schwester, meine Schwester!«

4

»Amros, sag Agala, ich möchte Tee mit Sahne!«

»Ja, Herr!« Morias kleiner Bruder wandte sich gehorsam an die Schwägerin: »Mein Vater möchte Tee mit Sahne!«

Agala kauerte mit gesenktem Kopf an dem niedrigen Tisch vor dem Vater und Krugor und legte ihnen das Fleisch vor. Nun erhob sie sich – sorgfältig achtete sie darauf, daß sie dem Vater nicht das Gesicht zukehrte – und ging zur Tür, nein, sie ging nicht, sie huschte. »Sag deinem Vater, ich bereite den Tee sofort!« erwiderte sie leise.

»Agala sagt, sie macht ihn sofort«, gab Amrox weiter.

Eine belanglose Begebenheit, die sich von selbst verstand. Und doch war dies der Augenblick, in dem Moria die Erkenntnis mit spitzem Stich traf: Mir wird es ergehen wie Agala. Auch ich werde bald verheiratet. Dann bin ich nicht länger Rösos' Tochter in ihrem Vaterhaus. Sondern eine Fremde unter Fremden.

Mit einem Schwiegervater, vor dem ich das Gesicht abwenden muß und der mich behandelt, als wäre ich nicht da, einer Schwiegermutter, die mich mit Arbeit überhäuft und mir das Leben schwermacht, und einem Ehemann, der mich . . .

Moria stellte das Brot vor den Vater und den großen Bruder und folgte Agala in den rußgeschwärzten Nebenraum.

Agala kauerte an der Feuerstelle, blies in die Glut. Zum

ersten Mal bemerkte Moria die Anspannung in Agalas stillem Gesicht, die dunklen Schatten unter ihren Augen.

Agala wandte sich zum großen Wassergefäß. Ein Laut des Erschreckens entfuhr ihr. »Es ist kein Wasser mehr da!«

Die Magd, die gewöhnlich das Wasser holte, arbeitete mit der Mutter im Speicher. Und Agala mußte auch noch für Sahne sorgen.

In ungewohnter Hilfsbereitschaft sagte Moria: »Ich hol' dir schnell welches!«

Sie rannte über den Hof, zum Tor hinaus, zum Bach hinüber.

Der Vater würde ungeduldig werden und es Agala spüren lassen. Und Krugor würde es nicht in den Sinn kommen, Agala vor der Mißbilligung durch den Vater zu schützen.

Krugor kam es überhaupt nie in den Sinn, sich anders um seine junge Frau zu kümmern, als ihr knappe Befehle zu erteilen und sie nachts im Dunkeln rasch und ohne Zärtlichkeit zu nehmen.

Moria wußte es, obwohl sie in der anderen Zimmerecke schlief: Oft genug hatte sie sich in den Wochen seit der Hochzeit des Bruders die Hände an die Ohren gepreßt, um Krugors Keuchen nicht zu hören ...

Nein, das Keuchen war nicht das schlimme. Das schlimme war, daß man von Agala nichts hörte, nicht den geringsten Laut.

Moria bückte sich zum Bach, füllte das Gefäß nur halb, um schneller zurücklaufen zu können.

Krugor hatte Agala vor der Hochzeit nie gesehen noch sie ihn.

Sie konnten sich ja gar nicht lieben.

Dieser Wolfskrieger auf dem Fest ...

Lykos.

Mit ihm wäre es anders.

Mit ihm ließe sich sogar ein Schwiegervater ertragen und eine Schwiegermutter.

Er hatte sie beobachtet, sie nicht mehr aus den Augen gelassen.

Er wollte sie, nur sie, nicht einfach irgendein Mädchen aus guter Familie, wie es Krugors Absicht gewesen war.

Wie sie sich angeschaut hatten ...

Die Hitze schoß ihr in die Wangen.

Wenn sie nur wüßte, ob der König wirklich für ihn bei ihrem Vater um sie werben würde!

Sie rannte.

Als sie zurückkam, war auch die Mutter im Raum und bereitete Preiselbeermus für die Nachspeise. Agala hatte das Feuer nachgeschürt, Sahne aus der Vorratsgrube im Hof geholt und die Spanschachtel mit den Lindenblüten bereitgestellt. »Du warst schnell«, sagte sie dankbar, erhitzte ein klein wenig Wasser, brühte den Tee und füllte den Tontopf nach.

Moria preßte auf Geheiß der Mutter saure Milch durch ein Tuch.

Endlich war der Tee fertig. Agala brachte ihn zu den Männern. Als sie zurückkam, forschte Moria im Gesicht der Schwägerin.

»Mach dir nichts draus«, flüsterte sie ihr zu.

Agala blickte sie verwundert an, lächelte dann zaghaft. »Ich hole neues Brennholz, Schwiegermutter«, sagte sie über die Schulter und wandte sich hinaus.

»Und ich helfe dir!« rief Moria und folgte der Schwägerin, ehe die Mutter etwas einwenden konnte.

Draußen dehnte sich Agala und strich sich die Haare aus der Stirn. »Du bist plötzlich so hilfsbereit«, sagte sie.

»Ach«, meinte Moria und zuckte die Achseln. »Du tust mir leid.«

»Leid?«

»Na ja, es muß schwer sein, von daheim weg und in eine andere Familie, wir sind doch noch fremd für dich . . .«

Ein Zittern lief durch Agalas Körper. Und plötzlich legte Agala Moria die Arme um den Hals, lehnte ihren Kopf an ihre Schulter und weinte.

Moria stand hilflos da, rührte sich nicht.

»Noch nie hat hier jemand etwas so Liebes zu mir gesagt!« schluchzte Agala dicht an ihrem Ohr.

Zaghaft legte Moria die Hand auf das Haar der Schwägerin.

Agala löste sich wieder von ihr, wischte sich die Tränen aus dem Gesicht. »Holen wir Holz!«

In stiller Übereinkunft erledigten sie die Arbeit.

Als die Männer gegessen hatten, aßen Moria und Agala mit der Mutter und den anderen Frauen und den Kindern die Reste. Dann schickte die Mutter Agala und Moria in den Gemüsegarten: Die Beete mußten gehackt und gesäubert werden. Agala ging voraus. Moria holte noch die Geräte aus dem Schuppen.

Als sie in den Garten kam, kniete Agala mitten in einem Beet und zeichnete mit den Fingern etwas in die Erde. »Was tust du da?« fragte Moria und trat neben sie.

Agala zuckte zusammen, »Ach, nichts!« und verwischte hastig ihre Zeichnung.

Aber Moria hatte gesehen, was Agala gezeichnet hatte: ein offenes Dreieck. Plötzlich war Morias Mund trocken. Das Dreieck. Das Zeichen der Schwarzen Göttin des Alten Volkes.

Der Vater hatte streng verboten, daß an seinem Hof die Schwarze Göttin angerufen wurde.

Sie mußte es ihm sagen.

Er würde dafür sorgen, daß Krugor Agala schwer bestrafte, vielleicht sogar tötete, so wie der Vater vor Jahren eine seiner Nebenfrauen –

Ein Alp legte sich auf ihre Brust.

Sie konnte es nicht. Nicht Agala, die an ihrer Schulter geweint hatte.

Sollte sie die Schwägerin warnen? O nein, damit wäre offensichtlich, daß sie gesehen hatte, was sie niemals hätte sehen und verschweigen dürfen...

Wenn sie tat, als habe sie nichts bemerkt, dann war es so, als sei alles in Ordnung.

Und außerdem – vielleicht hatte sie sich getäuscht!

Agala nahm eine Hacke und begann scheinbar unschuldig zu arbeiten.

Moria ließ sich neben ihr nieder und versuchte zu vergessen, was sie gesehen hatte. Es gelang ihr nicht. Aber sie wußte nun, sie würde die Schwägerin nicht verraten. Denn schließlich, war sie selbst nicht um vieles schuldiger, auch wenn es schon so lange zurücklag?

Heftig hackte sie auf den Boden ein, hackte gegen das Wirbeln in ihrem Kopf an.

Sie war ein kleines Mädchen im kurzen Kleid: Den Finger im Mund stand sie am Tisch, keiner achtete auf sie, alle Frauen waren mit der Vorbereitung des Gastmahls beschäftigt. Sie nutzte die allgemeine Hast, um rasch den Finger in den süßen Brei und dann wieder voll scheinbarer Unschuld in den Mund zu stecken, wieder und wieder.

Niemand merkte es.

Mit hochrotem Gesicht gab die Mutter den Nebenfrauen, den Mägden und Cythia, der großen Schwester, Anweisungen, lief hin und her, kostete den Met, prüfte die Tücher, sah nach dem Brot im Ofen, der Suppe im großen Topf, dem Fleisch am Grillspieß, rührte Beeren unter die Dickmilch.

»Geh, Moria, steh mir hier nicht im Weg!« Ungeduldig schob die Mutter sie beiseite.

Sie schlüpfte aus dem Haus. Auf eine Gelegenheit wie diese hatte sie gewartet.

Sie spähte über den Hof. Kein Mensch zu sehen. Und das Tor einen Spaltbreit geöffnet.

Unbemerkt zwängte sie sich durch das schwere Tor, blickte noch einmal ängstlich zurück, dann rannte sie den Weg hinunter, so schnell sie konnte.

Als sie die Hecke erreicht hatte, verließ sie den Weg, lief im Sichtschutz der dichten Büsche, etwas langsamer nun: Hier hatte sie keine Entdeckung mehr zu fürchten.

Rauhreif lag auf der morgendlichen Wiese, brannte unter ihren nackten Füßen. Dennoch war ihr heiß.

Mit Cythia gemeinsam hatte sie schon manchmal etwas Verbotenes getan. Sie war sehr mutig, die große Schwester. Aber jetzt, ganz allein –

Sie erreichte das Wäldchen, schlug sich hindurch, trat wieder ins Freie hinaus, stockte: Dort lag er, am Rand des kleinen Dorfes, der armselige Hof ihrer Freundin Wai.

Sie durfte nicht mehr hingehen.

Der Vater war zornig geworden, als er erfahren hatte, daß sie mit einem Mädchen aus dem Dorf gespielt hatte, die Mutter hatte er angeherrscht: Warum hast du das nicht unterbunden! Ich will nicht, daß meine Tochter mit Kindern vom Alten Volk verkehrt!

Die Schwiegermutter hat gesagt, es kann nicht schaden, wenn eine zukünftige Hausfrau weiß, wie es bei den Bauern zugeht, hatte die Mutter sich verschüchtert zu rechtfertigen gesucht, doch da war der Vater noch zorniger geworden und hatte nicht nur auf die Mutter, sondern auch auf die Großmutter geschimpft, und dabei war die auf den Tod krank gewesen. Und dann hatte er Moria verboten, zu dem Dorf zu gehen oder mit der Freundin auch nur ein Wort zu reden oder einen Blick zu tauschen.

Aber eine Freundin blieb doch eine Freundin. Und außerdem hatte Wai versprochen, ihr das Geheimnis der Göttin zu verraten.

Wenn der Vater davon wüßte! Die Göttin zu besuchen, das war noch viel schlimmer, als zu Wai zu gehen.

Sie lief langsamer, blieb stehen, zögerte. Eben wollte sie wieder umkehren, da öffnete sich die Hoftür, und ein Mädchen kam heraus.

Sie lief auf es zu. »Wai!« rief sie schon von weitem.

Wai winkte, kam ihr entgegen. Ihre Zöpfe wehten im Wind. Dicht voreinander blieben sie stehen. Plötzlich war eine große Befangenheit zwischen ihnen.

»Du warst lang nicht hier«, sagte Wai.

»Ich durfte nicht.«

Wai nickte, als habe sie diese Antwort erwartet.

Sie schwiegen. »Ich darf auch jetzt nicht«, sagte Moria schließlich. »Aber es ist mir gleich!«

Wai strahlte. »Du traust dich was!« Und dann, nach einer Pause: »Dann trau' ich mich auch. Ich zeige es dir, das Geheimnis.«

»Gleich?« fragte sie. Ihr Herz klopfte.

»Ja, gleich. Aber erst mußt du schwören!«

Wai zeichnete ein großes offenes Dreieck auf den Boden. »Da trete hinein! Und jetzt schwöre bei der, die Eins ist in Drei und Drei in Eins! Schwöre, daß dir die Zunge abfallen soll und du nie wieder sprechen kannst, wenn du ein Wort von dem verrätst, was ich dir zeige!«

Sie schluckte. Schaute sich rasch noch einmal um. Dann trat sie in das Dreieck und sprach den Schwur.

»Dann komm!« Wai nahm ihre Hand. Gemeinsam liefen sie auf den großen Wald zu.

Sie krochen durch die Büsche, tauchten zwischen den Bäumen ein, drangen tiefer und tiefer in den Wald. Wußte

Wai überhaupt, wohin sie gehen mußten? Würden sie zurückfinden?

Nach endlos erscheinender Zeit erreichten sie eine kleine Lichtung. Wai blieb stehen und wies auf den großen runden Stein inmitten der Lichtung.

»Da ist sie«, sagte Wai sehr leise, feierlich und scheu.

Moria stieß die Luft aus. Die Göttin hatte Wai ihr versprochen, und nun war da nichts als ein riesiger Stein.

Wäre nicht Wai gewesen, wäre sie gleich wieder umgekehrt.

Langsam machte sie ein paar Schritte auf den Stein zu. Wai war ihre Freundin, Wai hielt diesen gewöhnlichen Stein für die Göttin ihres Volkes, sie durfte Wai nicht vor den Kopf stoßen.

Noch ein Schritt. Da plötzlich stockte sie.

Der Stein sah sie aus unzähligen glänzenden Augen an!

»Die Augen der Göttin«, flüsterte Wai dicht neben ihr.

Sie nickte. Plötzlich drängte alles in ihr niederzuknien. Etwas so Heiligem durfte sie sich doch nicht nähern! Widerstrebend ließ sie sich von Wai zu dem Stein ziehen. Die Augen erloschen.

Jetzt sah sie, daß in die glattgeschliffene Oberfläche des Findlings viele Schälchen eingelassen waren, in denen Feuchtigkeit schimmerte.

»Die Tränen der Göttin. Sie weint um unser Leid«, wisperte Wai und strich ehrfurchtsvoll über den Stein. »Faß Sie auch an, komm!«

Wai führte ihre Hand. Sonst hätte sie nie gewagt, den Stein zu berühren.

Sie zitterte, als sie die glatte, kühle Oberfläche fühlte.

»Du mußt dich nicht fürchten«, behauptete Wai. »Paß auf, mach alles so, wie ich es mache!«

Wai trat ganz dicht an den Stein, erhob sich auf die Zehen-

spitzen, näherte ihren Mund einem der Schälchen, trank. »Trink auch Ihre Tränen! Sie erhalten dich gesund!« befahl Wai.

Einen Augenblick fühlte Moria, wie etwas sie zurückhalten wollte, eine harte Hand griff mitten in ihr Herz, das Gesicht ihres Vaters blitzte vor ihr auf, zornig drohend sah er sie an, doch dann spürte sie den kühlen Schutz des Steines, näherte ihre Lippen dem Schälchen, saugte die Feuchtigkeit auf. Schauer rieselten ihr den Rücken hinunter.

»Jetzt müssen wir unsere Augenlider benetzen, damit wir sehend werden!« sagte Wai.

Moria wußte nicht, was das war: sehend werden. Aber sie tat es Wai nach.

Als sie mit dem feuchten Finger ihre Augenlider berührte und die Tränen der Göttin fühlte, spürte sie, wie etwas mit ihr geschah.

Sie wußte nicht, was. Aber es war da.

»Und wenn wir uns an dem Stein reiben, dann werden wir fruchtbar«, erklärte Wai. Und fügte in plötzlicher Verlegenheit hinzu: »Na ja, dazu sind wir noch zu klein.«

Stumm standen sie da.

»Paß auf«, sagte Wai endlich, »ich habe etwas für dich!« Wai öffnete ihre Gürteltasche und holte zwei Kieselsteine hervor. Den einen legte sie Moria in die Hand. »Tauch ihn in die Tränen der Göttin! Dann geht Ihre Kraft aus dem großen Stein in den kleinen! So kannst du Sie immer bei dir haben!«

Sie starrte auf den Kiesel in ihrer Hand. Hell und glatt war er, fast wie ein Vogelei geformt, nur da, an der Rundung, war eine kleine Vertiefung.

Sie schloß die Finger um den Kiesel.

Wai trat an den großen Stein, badete ihren Kiesel in einem der Schälchen.

Da machte sie es Wai nach. In den Tränen der Göttin begann der Kiesel zu schimmern und rötlich zu leuchten.

Die Kraft war in ihm.

Eine Weile hielt sie ihn noch in der Hand, dann verbarg sie ihn wie Wai in ihrer Gürteltasche.

Nun war Wais Göttin immer bei ihr.

Sie sahen sich an.

»Jetzt müssen wir mit unserer Spucke das Zeichen der Göttin auf den großen Stein malen, Blut wäre besser, aber Spucke geht auch«, flüsterte Wai, spuckte auf ihren Finger und malte ein offenes Dreieck auf den Fels. »Jetzt du!«

Sie gehorchte, zeichnete das Dreieck. Dann zog sie die Hand zurück, als hätte sie sich verbrannt.

In stiller Übereinkunft machten sie einen tiefen Kniefall vor dem Stein, drehten sich um, faßten sich wieder an den Händen und liefen zurück.

Auf dem ganzen Heimweg sprachen sie kein Wort, trennten sich am Wäldchen mit einer stummen Umarmung.

Als sie endlich allein den Hof ihres Vaters erreichte, war es längst Nachmittag.

»Moria, wo warst du?« Die Mutter rannte ihr entgegen, kniete vor ihr nieder, schloß sie in die Arme. »Was hast du gemacht, ich habe solche Angst um dich gehabt, ich bin so glücklich, daß du wieder da bist, du kannst doch nicht einfach weglaufen, den ganzen Tag wegbleiben, und ich weiß nicht, wo du bist, wir haben dich überall gesucht, tu das nie wieder, hörst du, nie wieder, ich bin fast gestorben vor Angst um dich!« Die Mutter weinte und lachte in einem, drückte sie, schüttelte sie, küßte sie.

Da erst wurde ihr klar, wie lange sie weg gewesen war, was sie getan hatte.

»Moria!« Das war die Stimme des Vaters.

Die Mutter ließ sie los, erhob sich, trat einen Schritt zurück.

Moria drehte sich um, er stand vor ihr. Er war so groß.

»Wo warst du?«

Sie ertrug seinen scharfen Blick nicht, schlug die Augen nieder, er faßte sie am Kinn, hob ihren Kopf: »Sieh mich an!«

Etwas schnürte ihr den Hals zu.

»Antworte!«

Sie schwieg.

Meine Zunge soll mir abfallen, daß ich nie wieder sprechen kann...

Verzweifelt suchte sie nach einer Ausrede, Cythia, was soll ich tun, Großmutter, warum bist du nicht mehr da, kein klarer Gedanke in ihrem Kopf, nur das Dröhnen ihres Herzens, zu spät, er wußte, daß sie ihm nicht sagen wollte, was sie getan hatte, er wußte, daß es etwas Verbotenes gewesen war, etwas Schlimmes...

Seine Augen verengten sich. Die strengen Linien um seinen Mund traten hart hervor.

Sie sah es, gelähmt vor Angst.

»Wie du willst.« Er packte sie am Handgelenk, drehte ihren Arm auf den Rücken, schob sie vor sich her über den Hof. An einer der Vorratsgruben hielt er an, rollte mit dem Fuß den schweren Stein weg, der den Deckel beschwerte, hob den Deckel mit der einen Hand ab, ohne sie mit der anderen loszulassen.

Dann steckte er sie in die Grube. »Dort bleibst du, bis du mir gestehst, wo du dich herumgetrieben hast!«

Er legte den Deckel auf. Unwillkürlich duckte sie sich, er drückte sie mit dem Schilfdeckel tiefer, schloß die Grube. Sie merkte, wie er den Stein darauf rollte.

Da erst fing sie an zu schreien.

Sie schrie, bis ihr die Stimme wegblieb. Dann begann sie still zu weinen.

Dunkel war es in der Grube, nur schwach sickerte Tages-

licht durch den Schilfdeckel und den winzigen Spalt, den er offen ließ.

Die Luft wurde ihr knapp. Und es war so schrecklich eng: Sie konnte nicht stehen, ohne den Kopf einzuziehen. Sie konnte nicht sitzen, da ein großer Korb mit Moosbeeren die Hälfte des Platzes einnahm. Erst nach vielen Verrenkungen fand sie eine Stellung, in der sie in der Grube kauern konnte.

Der Vater – er durfte es nicht erfahren – meine Zunge soll mir abfallen –

Der Deckel wurde geöffnet. Sie blinzelte ins Abendlicht: der Vater.

Er sagte nur ein einziges Wort: »Nun?«

Sie schüttelte stumm den Kopf.

Wieder schloß sich der Deckel.

»Cythia«, wimmerte sie leise, »was soll ich nur tun? Ach, Großmutter, warum bist du nicht mehr da?«

Ihre Beine prickelten, verkrampften sich, schmerzten unerträglich. Unruhig ruckte sie umher. Ihre Gürteltasche drückte.

Der Kiesel ...

Sie holte ihn aus der Tasche, schloß die Finger um ihn.

Glatt und kühl lag er in ihrer Hand. Die kleine Vertiefung an der Seite schien dafür geschaffen, die Kuppe ihres Zeigefingers zu bergen.

Sie streichelte mit dem Daumen über den Stein.

Eine wundersame Ruhe entströmte ihm, drang durch ihre Finger, ihren Arm, drang bis in ihr Herz.

Die Kraft der Göttin.

Sie schloß die Augen, atmete tief.

Da öffneten sich die Wände der Grube, und sie war frei.

Das Moor lag vor ihr. Sanft strich der Wind durch das Wollgras. Nebel lagen über dem Ried. Zwischen den Krüppelkiefern schimmerten rot die reifen Moosbeeren.

Sie gelangte zu ihnen, ohne den Boden zu berühren.

Sie bückte sich zu den Beeren, sog ihren säuerlichen Duft ein, pflückte sie, aß.

Endlich wollte sie zurück in den Wald. Sie sah sich um: Moor, schwankender Boden, braune Tümpel.

Sie wagte keinen Schritt zu machen, fürchtete, in jedem Augenblick zu versinken.

Da strich sie über den Stein in ihrer Hand. »Hilf mir!« flüsterte sie.

»Du hast mich gerufen?« Eine Gestalt kam über das Moor auf sie zu, in weit wallende schwarze Tücher gehüllt, ein dunkles, altes Gesicht. Die Großmutter? Nein, doch nicht. Fremd, aber auch irgendwie vertraut.

Die Worte kamen von selbst über ihre Lippen: »Ich brauche deine Hilfe!«

»Ich weiß!« Eine kühle Hand faßte nach der ihren. Sicher wurde sie über das Moor geleitet.

»Moria!« Der Vater war über ihr, hob sie aus der Grube, stellte sie auf die Füße. Sie schwankte. Jeder Muskel, jedes Gelenk schmerzte. In ihrer Hand verborgen der Stein.

Die Abenddämmerung war hereingebrochen. Sie konnte sein Gesicht kaum sehen.

» Was hast du mir zu sagen?«

Dieser Satz, immer der gleiche Satz...

Sie umklammerte den Stein.

»Ich wollte Moosbeeren pflücken«, sagte sie heiser. »Ich weiß, ich darf nicht zum Moor. Aber – ich war dort. Und dann wußte ich nicht mehr, wie ich zurückkommen sollte.«

»Du warst im Moor?« wiederholte der Vater. »Moria, es ist so tief, daß ein Kind darin versinken kann! Dein Ungehorsam hätte dich das Leben kosten können!«

»Ja, Herr.«

»Und wie bist du herausgekommen?«

»Eine alte Frau. Irgendwann ist sie gekommen und hat mich an Land geführt.«

»Wer war sie?«

Sie schüttelte den Kopf: »Ich habe sie nicht gekannt.«

»Nun, wer auch immer, sie hat dich gerettet, das ist dir hoffentlich klar!«

»Ja, Herr.«

»Und weil du mein Verbot übertreten hattest und Strafe fürchtetest, wolltest du es mir nicht sagen«, stellte er fest.

Sie senkte den Kopf.

»Du hättest dir die Grube ersparen können, wenn du es mir sofort gestanden hättest!«

»Ja, Herr. Es tut mir leid.«

»Ist das alles?«

Nun war es soweit. Unausweichlich. Unabänderlich.

Gegen das, was jetzt kam, konnte auch der Stein ihr nicht helfen.

»Ich warte!« sagte er scharf.

»Ich war Euch ungehorsam, Vater«, preßte sie hervor. »Ich habe Schläge verdient.«

»Allerdings! Du wirst sie erhalten – morgen! Und bis zur Wintersonnenwende wirst du den Hof nicht mehr verlassen!«

»Ja, Herr!«

Ein letzter strenger Blick, dann ließ er sie stehen und ging den Gästen entgegen, die eben am Hoftor erschienen.

Moria ließ die Hacke sinken. Nicht auszudenken, wenn der Vater damals die Wahrheit erfahren hätte.

Was war dagegen ein flüchtiges Zeichen, das Agala in den Boden geritzt hatte!

Sie selbst hatte es seinerzeit nicht mehr gewagt, dem Vater noch einmal so zuwiderzuhandeln. Sie war nicht noch einmal bei dem großen Stein im Wald gewesen und hatte sich mit Wai nicht mehr getroffen.

Nur den Kiesel, den hatte sie noch länger in ihrer Gürteltasche getragen, bis zu dem Tag, von dem an alles anders geworden war, dem Tag, an dem Cythia –

Ich habe ihr die Zöpfe geflochten.

Ich bin schuld an …

Moria packte die Hacke und hämmerte damit auf den Boden ein. Konnte sie es denn nie vergessen?

Ihr ganzes Leben war eine heimliche Buße seither.

Aber diese Schuld war nicht zu tilgen.

Das Baby, das die Nebenfrau dem Vater geboren hatte, schrie. Moria warf einen kurzen Blick in den Korb, in dem es auf sein festes Wickelkissen geschnürt lag, und prüfte, ob die Wickelbänder durchnäßt waren oder stanken. Das Gesichtchen des Kindes war dunkelrot angelaufen und verzerrt. Aber ihm fehlte nichts. Erst am Abend mußte es wieder gestillt werden. Erst am Abend durfte man es wieder kosen und mit ihm spielen.

Moria unterdrückte den Wunsch, das Kleine aus dem Korb zu nehmen und zu wiegen, damit es endlich aufhörte zu schreien. Die Mutter duldete nicht, daß ein Baby verzogen wurde. Um das Gebrüll nicht ganz so laut hören zu müssen, nahm Moria den Korb mit dem Baby und trug ihn nach nebenan in den Herrenraum, stellte ihn auf dem Bett der Eltern ab. Der Vater und Krugor feierten am Königshof, so daß die Frauen nun diesen Raum mitbenutzen konnten. Die Verbindungstür ließ sie vorsichtshalber offen.

Seufzend kehrte Moria an den Webstuhl zurück und webte pflichtschuldig weiter, drückte jede gewebte Reihe fest. Endlich schlief das Baby wieder ein. Die Ruhe war eine Wohltat.

Moria fuhr prüfend über den Rand des Webstücks. Er war gerade. Fast jedenfalls. Wenn man nicht allzu genau hinsah.

Einen so feinen, weichen und doch dichten Wollstoff hatte

sie noch nie gewebt. Gerne hätte sie ihn etwas lockerer gelassen, dann wäre es schneller gegangen. Aber da ließ die Mutter nicht mit sich reden. Schließlich war es der Stoff für Morias Brautkleid.

Sie lächelte. Würde er Lykos heißen, ihr Mann?

Wieder sah sie sein Gesicht vor sich wie in dem kurzen Augenblick, als sie sich angesehen hatten. Und wieder schlug ihr Herz schneller, nur beim Gedanken daran.

Jede Einzelheit rief sie sich ins Gedächtnis: den Schmuck aus den ungeheuerlichen Eberzähnen – was für ein mächtiger Krieger mußte er sein, wenn er einen solchen Keiler getötet hatte! –, die rasche Bewegung, mit der er den Mantel zugezogen hatte, damit sie nicht die blutigen Spuren seines letzten Kampfes sah – was für eine Feinfühligkeit! –, die achtungsvolle Art, wie er ihretwegen seinen Gefährten die rohen Reden verboten hatte – sie wußte es, obwohl sie nichts verstanden hatte, aber es waren meist rohe Reden, die Wolfskrieger untereinander führten, und selten machten sie sich die Mühe, dabei auf die sie bedienenden Mädchen zu achten ...

Sie nickte. Ja, das alles zusammengenommen konnte nur eines bedeuten: Er war ein Held, und dennoch war er nicht gefühllos wie ihr Bruder Krugor. Er liebte sie.

Was für ein Glück, wenn er wirklich um sie warb!

Nein, nicht er: der König für ihn. So viel Ehre für ein Mädchen wie sie!

Wenn er nur keinen roten Mantel trüge!

Unwillkürlich schauderte sie.

Sie runzelte die Stirn. Wie dumm sie war! Alle Wolfskrieger trugen rote Mäntel. Und wenn er sie heiratete, würde er bereits den schwarzen Mantel erworben haben.

Sie drehte sich zur Schwägerin um: »Hast du gehört, wie der Kriegszug ausgegangen ist?«

Agala hielt die Spindel an, wickelte den Faden auf. »Vermutlich ruhmvoll«, sagte sie. »Sonst hätte der König wohl nicht zum Fest geladen! Seit wann kümmern dich die Geschäfte der Männer?«

Einen Augenblick war Moria in Versuchung, Agala von Lykos zu erzählen, aber ehe sie den Mut dazu fand, wurde nebenan die Tür zum Hof aufgerissen, und die kleinen Geschwister stürmten in den Herrenraum, schüttelten sich den Regen aus Haaren und Kleidern und rannten zur Ehrenbank, die dem Vater, Krugor und den Ehrengästen vorbehalten war.

Moria beobachtete die Kleinen. Wie sich das Leben veränderte, wenn der Vater und Krugor nicht zu Hause waren. Wie übermütig dann die Spiele der Kleinen wurden und Regeln in Vergessenheit gerieten, die sonst mit peinlicher Genauigkeit beachtet wurden. Fast war es, als würden auch die Vögel lauter singen.

»Ich täte der Vater sein!« erklärte der kleine Amrox gewichtig, nahm einen Besen wie einen Stab in die Hand und setzte sich auf die Bank – eben die Bank, auf der nur der Vater, Krugor oder ehrenwerte Gäste sitzen durften. »Und ihr tätet die Bauern sein!«

Die kleinen Halbschwestern murrten etwas, gaben sich dann aber mit ihrer Rolle zufrieden und schleppten schwer an unsichtbaren Körben. Beide verbeugten sich tief. »Ich bringe Euch Gerste, Herr«, sagte die Größere. »Ich bringe auch Gerste«, ahmte die Kleinere nach.

Amrox warf sich in die Brust und stieß mit dem Besen auf den festgestampften Boden. »So wenig?« fragte er streng.

»Wir haben nicht mehr, die Ernte war schlecht«, sagte die Größere und verbeugte sich wieder.

»Die Ernte war schlecht«, wiederholte die zweite.

Amrox fuhr mit spitzem Zeigefinger auf sie zu. »Und das soll ich glauben«, schrie er. »Muß ich euch bestrafen?«

Die Größere fiel auf die Knie. Die Kleinere, vom Spiel ernsthaft erschreckt, begann zu weinen. »Nicht, Herr«, jammerte die Größere, »ich bringe Euch alles, was ich habe!« Sie sprang auf, schleppte noch einen unsichtbaren Korb heran.

Amrox strahlte Zufriedenheit aus. »Na also!«

»Amrox, was fällt dir ein! Runter von der Bank! Raus aus dem Herrenraum!« Die Mutter stand in der Tür. »Wenn ich das dem Vater sage!«

Amrox sprang von der Bank, ließ den Besen fallen, schob die Unterlippe vor. »Das tust du nicht!« bettelte er. Seine Unterlippe zitterte.

Die Mutter strich ihm über den Kopf. »Wenn du es nicht noch einmal machst!« Dann trat sie neben Moria, prüfte mit den Fingern den Stoff und seufzte: »Hier hast du schon wieder einen Fehler gemacht, Moria, hast du das nicht bemerkt? Es hilft alles nichts, das mußt du noch einmal auftrennen! Und paß auf, daß der Rand endlich gerade wird! Du ziehst manchmal den Faden zu fest, siehst du, hier!«

Moria stöhnte.

Die Mutter stützte das Kinn in die Hand. »Ich frage mich nur, in welcher Farbe wir die Borte wählen sollen. Vielleicht rot?«

»Nein, nicht rot!« entfuhr es Moria.

Die Mutter wiegte den Kopf. »Vielleicht hast du recht. Vielleicht wäre ein zartes Lila kleidsamer, zurückhaltender. Für ein Brautkleid besser. Also lila?«

Moria stimmte zu und begann mit dem Auftrennen.

»Fehlt nur noch der Bräutigam«, meinte die Mutter.

Moria spürte die Wärme im Gesicht. Die Mutter wußte es ja noch nicht...

Hufschlag wurde hörbar. Die Nebenfrau stürzte herein, gefolgt von der Magd: »Die Herren! Sie kehren schon zurück!«

Die Mutter fuhr herum, ihre Augen glitten durch den Herrenraum: »Wie sieht es hier aus! Räumt auf, rasch! Ich versuche sie etwas aufzuhalten! Macht das Feuer an und Wasser heiß! Mädchen, kämmt euch! Agala, das Bier!«

Amrox rannte in den Hof, um die Pferde in Empfang zu nehmen, Agala eilte zur Vorratsgrube, die Mutter griff zwei hohe Becher vom Wandbord und gab letzte Anweisungen, ehe sie das Haus verließ, um gemeinsam mit Agala die Männer mit einem Trunk willkommen zu heißen.

Die Nebenfrau nahm den Korb mit dem Baby, es wachte auf und schrie wieder, sie trug es im Korb in den dritten Raum des Hauses, zog die schwere Tür zu und schöpfte hastig Wasser in einen Kochtopf. Die Magd brachte zwischen zwei Holzstekken Glut vom Kochfeuer zur Herdstelle im Herrenraum und beeilte sich, ein Feuer zu entfachen. Moria aber räumte mit fliegenden Händen auf, zog die bunten Webdecken über den beiden Bettstellen zurecht, die Felle auf der Ehrenbank, fegte mit dem Arm die Kräuter, die zum Trocknen auf den niedrigen Tischen lagen, in ihren aufgehaltenen Rock, riß Kleidungsstücke von Haken und Stangen und warf sie in die Truhe – und wies neben allem die kleinen Halbschwestern an, Abfall und herumliegenden Kleinkram aufzusammeln und rasch die durcheinandergeratenen Binsen zu richten, die den festgestampften Boden bedeckten.

Schon hörte man Stimmen. Hastig flohen sie alle nach nebenan und brachten ihre Kleidung und Haare in Ordnung.

Da kam der Vater in den Herrenraum, hinter ihm her die Mutter. Er rief nach Moria. Noch einmal fuhr sie sich durch die offenen Haare, dann lief sie hinüber und knickste vor ihm.

Er nickte ihr zu. »Ich habe eine wichtige Nachricht für euch!« Halb sprach er zu ihr, halb zur Mutter. »Der König hat unserem Haus große Ehre erwiesen!«

Er warf seinen nassen weißen Mantel auf den Boden und setzte sich auf die Bank.

Moria hob den Mantel auf und hängte ihn über eine Stange. Die Mutter reichte dem Vater Bier.

Er trank, wischte sich den Mund und streckte sich. »Schön, wieder zu Hause zu sein!«

Moria schüttete warmes Wasser in die Schale, kniete bei dem Vater nieder und hielt ihm das Wasser zur Handwaschung. Sie merkte kaum, was sie tat. Der König hat unserem Haus große Ehre erwiesen ...

Der Vater trocknete die Hände, faßte leicht ihr Kinn. Sie kniete vor ihm, schlug nicht die Augen nieder wie sonst. Er lächelte ihr zu. »Der König hat für seinen besten Krieger um deine Hand angehalten! Ich habe sie ihm zugesagt.«

»Der König!« rief die Mutter aus. »Sein bester Krieger! O Moria, was für ein Glück! Du wirst ...« Sie stockte, sagte rasch in verändertem Ton: »Welch verdienter Ruhm für dich, mein Rösos!«

Moria preßte die Hände aufs Herz. Den Namen, Vater! Sag den Namen!

»Nun, in der Tat, es hat mich erfreut. Und der junge Mann hat alle Voraussetzungen, ein angesehener Herr zu werden. Er war der Anführer des letzten Kriegszuges und hat reiche Beute gemacht. Bei der Siegesfeier wurde von seinen Taten gesprochen und gesungen, und es war recht eindrucksvoll. Er hat Ehre, Tatkraft, Stärke und Mut, er verfügt über Weitblick, und er weiß sich Achtung und Gehorsam zu verschaffen. Mir scheint, er wird es weit bringen. Sein Name ist übrigens Lykos, Sohn des Nuerkop. Es heißt, Nuerkop wisse sich dem Tode nah. Wenn Lykos sein Erbe angetreten hat, wirst du Lykos' Frau, Moria! Vielleicht schon diesen Herbst!«

»Ja, Herr«, flüsterte sie. »Ich danke Euch.« Wie im Traum stand sie auf, ging zur Tür und trat hinaus.

»Moria, dein Vater hat dir nicht erlaubt zu gehen!« rief die Mutter hinter ihr her. Doch der Vater sagte ruhig: »Laß sie! Ich habe Verständnis dafür, daß sie jetzt allein sein möchte!«

Moria blieb unter dem Vordach stehen, sah in den Regen hinaus und lehnte sich an die Wand. So schwach war ihr plötzlich, ihre Knie weich und nachgiebig, ihre Hände zittrig.

Sie schloß die Augen. Lykos. Er hatte gesiegt. Und er hatte Wort gehalten.

Sie würde ihn lieben, ja, das würde sie.

Sie tat es ja schon längst!

Tränen rollten die Wangen hinab.

Sie wischte sie ab: Warum weinte sie? Sie war doch glücklich, so glücklich.

Was hatte der Vater gesagt? Er hat Ehre, Tatkraft, Stärke und Mut. Er weiß sich Achtung und Gehorsam zu verschaffen...

Gut. Es würde eine Freude sein, ihm zu gehorchen.

Mit ihm und ihr würde es anders sein als mit Krugor und Agala.

Göttin der Morgenröte, jungfräuliche Tochter des mächtigen Himmelsvaters, ich danke dir. Du hast meine Gebete erhört. Du hast dich für mich verwendet. Du hast mir den Bräutigam gewährt, den ich mir erhofft habe!

Hilf, daß ich ihm immer gefalle! Daß ich ihm viele Söhne schenke! Daß er mich immer liebt!

»Moria, ich habe gehört, du wirst verheiratet!« Agalas leise Stimme neben ihr.

Moria umarmte die Schwägerin.

Umschlungen standen sie da, hielten einander. »Ich wünsche dir Glück, Moria! Möge dieser Lykos ein guter Herr und freundlicher Gebieter für dich sein«, sagte Agala in Morias Haar hinein.

»Und ein rücksichtsvoller Mann!«

»O Agala!« Plötzlich weinte Moria. Agala streichelte ihr Haar, gab leise Laute des Trostes von sich.

Sicher dachte Agala, daß sie vor Angst weinte, sie mußte es ihr sagen, aber es ging nicht, die Tränen flossen einfach, und es war schön, von Agala getröstet zu werden.

Endlich trocknete sie die Tränen, rückte von der Schwägerin ab, lächelte ihr zu. »Danke, Agala. Ich bin so glücklich.«

Agala wandte ihr Gesicht ab, schwieg. Und dann sagte sie mit nüchterner Stimme: »Ein Gutes hat diese Heirat allemal: Du wirst nur einen Herrn haben und nicht zwei!«

Verblüfft starrte Moria ihre Schwägerin an, errötete. Es war wahr: Sie würde keinen Schwiegervater haben, und das war ein Glück. Aber es auszusprechen!

Die Mutter trat zu ihnen, holte Moria ins Haus.

Die ganze Familie versammelte sich, der Vater gab die Neuigkeit allen bekannt und lobte dabei den Brautpreis, den er für Moria erhalten würde. Jeder beglückwünschte Moria, jeder drückte ihr die Hand.

Der Vater brachte dem Himmelsvater ein Dankopfer und gelobte für den Tag der Hochzeit die Opferung eines Stieres.

Die Mutter und Agala trugen allein das Abendmahl auf, ließen nicht zu, daß Moria wie sonst die Männer bediente, richteten dann auch das Essen der Frauen und Kinder im Nebenraum festlich aus und bewirteten Moria, als sei sie ein Ehrengast.

Zum ersten Mal in ihrem Leben stand sie im Mittelpunkt, einen ganzen Abend lang.

Sie genoß jeden Augenblick davon.

Als sie sich zum Schlafen begaben, dankte sie dem Vater noch einmal. Er nickte wohlwollend. Und dann sagte er: »Übrigens, Nuerkops Hof, den Lykos übernehmen und in dem du leben wirst, liegt weit weg von hier. Aber in der Nachbarschaft von Hairox' Hof. Du wirst also Cythia wiedersehen!«

Morias Atem stockte. Mit offenem Mund stand sie vor ihrem Vater, starrte ihn an, merkte nicht, wie ungehörig das war.

Hinter sich hörte sie einen erstickten Aufschrei: die Mutter.

Cythia. Ihre Schwester Cythia.

Es war das erste Mal, daß der Vater den Namen der Schwester wieder in den Mund genommen hatte. Daß das Schweigen gebrochen wurde, welches seit damals jede Erinnerung an die Schwester bedeckte.

Als habe die Aussicht auf Morias ehrenvolle Heirat das Schandmal von Cythia getilgt.

Plötzlich wurde Moria schlecht. Hastig stürzte sie aus dem Haus. Schwer atmend hielt sie sich am Pfosten fest und sog tief die kalte Luft ein.

Lang stand sie noch im Regen, ehe sie wieder hineinging.

Schwach und zitternd legte sie sich schließlich auf ihr Lager, zog die Decke fest um sich, fror dennoch.

Im Laufe der Jahre hatte sie viele Wege erprobt, vor dem Einschlafen der Erinnerung zu entfliehen: An etwas anderes denken, Gebete aufsagen, sich Bußen auferlegen – zum Beispiel sich am nächsten Tag zu erbieten, trotz der Kälte die Wäsche im Bach zu waschen; oder die schlimme Aufgabe zu übernehmen, nach dem Brotbacken in den heißen Backofen zu kriechen und darin die Flachsbüschel zum Rösten aufzustellen – oder sich so fest in den Finger zu beißen, daß es schmerzte.

Heute versagten sie alle.

»Es ist schrecklich heiß! Und diese Haare!« Cythia blies sich eine Strähne aus der erhitzten Stirn, fuhr sich mit der

Hand in den Nacken, hob ihr schweres, offenes Haar für einen Augenblick in die Höhe, ließ es mit einem Seufzer wieder fallen.

Sie, die kleine Moria, sah die große Schwester bewundernd an: unerreichbar erwachsen und unerreichbar schön.

»Laß mich deine Haare flechten, dann ist dir nicht mehr so heiß«, bat sie schüchtern.

»Flechten?! Wie einem Bauernmädchen?! Du weißt schon, daß das verboten ist?«

Sie spürte, wie ihr die Röte in den Kopf stieg.

Die Schwester lachte. »Du böse Kleine! Na los, worauf wartest du noch!« Cythia setzte sich auf einen Schemel, zwinkerte ihr zu.

»Wirklich?« Ihr Herz klopfte. Schnell holte sie einen beinernen Kamm vom Wandbord, begann die Haare zu kämmen und zu flechten.

»Du machst das gut«, sagte die Schwester erstaunt. »Woher kannst du das?«

»Als ich noch mit Wai gespielt habe, habe ich ihr manchmal die Haare geflochten und ihr Blumen in die Zöpfe gesteckt.«

Cythia warf ihr einen raschen Blick zu. »Seit Vater dich in die Grube gesteckt hat, traust du dich nicht mehr zu Wai, oder?«

»Deine Zöpfe sind fertig«, erwiderte sie.

Cythia legte ihr den Arm um die Schulter. »Weißt du was, Schwesterchen, wir beide gehen jetzt in den Wald, Heidelbeeren pflücken, wir zwei allein! Zieh dein ältestes Kleid an!«

Sie nickte nur. Aber die Freude glühte auf ihren Wangen.

Cythia legte ihren Schmuck ab, zog sich ein altes, verwaschenes Kleid an, ließ es am Hals offen. Sie selbst machte der großen Schwester alles nach.

Die Mutter kam herein. »Wie siehst du denn aus, Cythia!«

rief sie entsetzt. »Zöpfe! Mach sie sofort wieder auf, du weißt, das gehört sich nicht!«

Cythia zuckte die Achseln: »So ist es nicht so heiß. Wir gehen in den Wald Heidelbeeren pflücken. Da sieht uns ja keiner!«

Die Mutter schüttelte den Kopf. »Wenn das dein Vater merkt!«

»Wird er nicht! Komm, Kleine!«

Rasch, ehe die Mutter sie aufhalten konnte, nahmen sie ihre Körbe, rannten über den sonnengetränkten Hof, aus dem Tor, den glühenden Weg zum Wald. Als sie endlich unter den Bäumen eintauchten, seufzten sie erleichtert auf.

»Puh!« stöhnte Cythia. »Ruhen wir uns erst einmal aus!« Cythia legte sich in den tiefen Schatten einer Linde, zog den Rock höher, fächelte sich Luft zu. »Erzähl mir von Wai! Was habt ihr zusammen gespielt, außer Zöpfe flechten?«

»Oh, ich, wir haben uns im Wäldchen Höhlen gebaut, weißt du, so aus Zweigen und Gras, und dann saßen wir da drinnen und haben uns Geschichten erzählt, na ja, und manchmal sind wir auf Bäume geklettert...«

»Geklettert? Du kannst klettern? Richtig auf Bäume? Das glaube ich nicht!«

»Ich zeig' es dir!« Sie sprang auf, schätzte die Linde mit den Blicken ab, suchte nach Ästen und Auswüchsen, und schon schwang sie sich auf den untersten Ast, stieg höher und höher, schaute nicht mehr nach unten, richtete alle Aufmerksamkeit aufs Klettern. Da hörte sie unter sich einen Aufschrei.

Erst dachte sie, Cythia habe Angst um sie, und grinste. Doch dann wiederholte sich der Schrei, und ein Ton war in ihm, ein Ton...

Sie bog die Zweige auseinander, spähte hinunter, konnte Cythia nicht sehen, aber dort, Rot schimmerte durch das Blattwerk, wirbelte herum, Äste brachen, da war Cythia,

Cythia rannte, Rot holte Cythia ein, Rot stieß Cythia zu Boden, Rot warf sich über Cythia.

Und Cythia schrie.

Wie war sie selbst vom Baum gekommen? Aus dem Wald? Zum Hof?

Der Vater legte eben seinem Hengst das Zaumzeug an.

»Herr!« Sie keuchte. Das Blut hämmerte. Pferdehufe dröhnten in ihrem Kopf.

Er drehte sich heftig zu ihr um, Unwillen im Gesicht – einem Mädchen war es nicht erlaubt, seinen Vater anzusprechen –, doch plötzlich kniete er bei ihr nieder, faßte sie an den Armen, »Ruhig, Kind, ruhig«, sagte er eindringlich, »was ist geschehen, sag mir, was geschehen ist!«

Nur zwei Worte würgte sie hervor: »Cythia! Rot!«

Und er wurde blaß. »Wo?«

Sie zeigte zum Wald. Sie zitterte.

Mit wenigen Schritten war er im Haus, schon wieder heraußen, Bogen, Köcher und Streitaxt in der Hand, er hob sie aufs Pferd, schwang sich hinter sie, hielt sie fest, stieß die Fersen in die Flanken des Hengstes, preschte mit ihr los. »Zeig mir, wo Cythia ist!«

Sie ritten. Zum ersten Mal saß sie auf einem Pferd. Er fragte sie nach dem Weg, sie versuchte zu antworten, es ging nicht, kein Ton, kein Laut, nur ein verzweifeltes Würgen, mit stummen Gesten lenkte sie ihn zu der Linde.

Und dann sah sie Cythia. Vor dem Gebüsch lag die Schwester, nackt und merkwürdig zusammengekrümmt, warum war die Schwester so weiß, nur um den Hals, da war die Schwester rot, warum zitterte die Schwester, es war doch heiß, ihr Gesicht blutig, Nasenbluten, die Schwester hatte nie Nasenbluten, sie selbst schon oft, aber nicht Cythia, und die Haare, offen und zerwühlt, keine Zöpfe mehr, sie hatte ihr so schöne Zöpfe geflochten –

Der Vater zügelte den Hengst unmittelbar vor der am Boden liegenden Cythia, Cythia blickte nicht auf, schlug die Hand vors Gesicht, kroch auf das Gebüsch zu, rote Flecken auf der blassen Haut, der Hengst stieg auf die Hinterhand, hart faßte der Vater zu.

Und der Vater wendete den Hengst, preschte weiter.

Cythia, wollte sie schreien, was ist mit Cythia, laß mich zu Cythia, helfen, ich muß ihr helfen.

Kein Ton.

Der Vater ritt. Weg von Cythia.

Dort auf dem Weg – Rot.

Ein Schrei. War sie es, die da schrie?

Rot fuhr herum.

Ein Krieger.

Der Vater ließ sie los, fast wäre sie gestürzt, sie klammerte sich an die Mähne des Pferdes. Es blieb einige Schritte von dem Krieger entfernt stehen.

Der Vater hatte den Bogen gehoben, den Pfeil auf der Sehne. »Eine Bewegung, und du bist tot!« Kalt zerschnitt die Stimme des Vaters die Luft.

Der Krieger erstarrte. »Rösos!« sagte er. »Ihr!«

»Ja, ich. Und du, Wolfskrieger, hast meine Tochter geschändet!«

»Eure Tochter geschändet? Ich verstehe nicht ...«

Ein kurzer Ruck, der Bogen spannte sich. »Willst du behaupten, du wärst es nicht gewesen, der Mädchenschänder eben, hier unter der Linde?«

Der Krieger erbleichte, stieß hervor: »Aber, es war doch, ich dachte, es war nur ein Bauernmädchen ...

Eure Tochter? O ihr Himmlischen, wenn ich geahnt hätte!

Rösos, bei der alles erspähenden Sonne, beim alles verzehrenden Feuer, bei des Himmelsvaters alles vernichtendem

Donnerkeil, ich schwöre Euch: Ich glaubte, daß es ein Bauernmädchen war! Nie und nimmer hätte ich mich an Eurer Tochter vergriffen!«

Der Vater ließ den Bogen sinken. »Ich glaube dir. Aber das ändert nichts daran, daß meine Tochter geschändet ist!«

Der Krieger riß seinen Mantel auf, bot dem Vater die Brust. »Tötet mich, so habt Ihr Genugtuung!«

Cythia, was ist mit Cythia, ist mit Cythia, helfen, ich muß ihr helfen . . .

Wie ein Rad ging es in ihren Gedanken herum. Und dennoch hörte sie jedes Wort dieser Unterhaltung, hörte es und sollte es in den Tiefen ihrer Erinnerung vergraben:

»Genugtuung durch deinen Tod?« fragte der Vater voller Verachtung. »Und was ist mit meinem Verlust? Wertlos wie weggeschüttetes Wasser hast du meine Tochter gemacht, und sie war doch einmal ein kostbarer Besitz! Eine Herde hätte ich als Brautpreis für sie bekommen! Ich will keine Rache, ich will Ersatz. Du wirst mir Recht widerfahren lassen, Wolfskrieger, das wird meine Genugtuung sein. Wie ist dein Name?«

»Ich bin Hairox, Sohn des Plicovit, und ich stehe zu Eurer Verfügung.«

»Nun denn! Da du meine Tochter geschändet hast, wirst du sie heiraten! So verlangt es der Brauch. Und du wirst mir zur Sühne den doppelten Brautpreis zahlen. Ich fordere achtzig Schafe, zwölf Kühe, vier Ochsen, drei Stuten und zwei Hengstfohlen. Und wenn du meine Forderungen nicht erfüllst, so ziehe ich dich vor den Rat der Weisen und vernichte dich und deinen Vater und deine ganze Sippe!«

Damit wendete der Vater das Pferd.

Endlich ritt er zu Cythia.

Cythia kauerte am Boden, hatte sich notdürftig mit ihrem

zerfetzten Kleid bedeckt, hielt es mit gekreuzten Händen an der Brust zu.

Der Vater sprang vom Pferd, riß Moria mit sich. Cythia wich vor ihm zurück.

Der Vater nahm sich den Umhang von der Schulter und hielt ihn Moria hin: »Da! Leg deiner Schwester das um! Ich will ihre Schande nicht sehen!«

Moria zog sich die Decke über den Kopf, krümmte sich zusammen. Wenn sie so weit war, konnte sie auch der anderen Erinnerung nicht mehr entfliehen, sie wußte es.

Verzweifelt versuchte sie dennoch, sich dagegen zu wehren und das Bild des Lykos vor ihren Augen zu beschwören.

Zu spät.

Die Stimmen der Eltern im Nebenraum.

Der Vater, erregt: »Dieser Wolfskrieger, dieser Hairox, er hat sich gerechtfertigt, er habe Cythia für ein Bauernmädchen gehalten.

Warum?!

Wie konnte so etwas geschehen?!«

Die Mutter, schluchzend: »Sie hatte ein altes Kleid an. Und sie hatte sich Zöpfe geflochten ...«

Der Vater, brüllend: »Zöpfe? Und du hast das gewußt? Du hast das zugelassen?!«

Die Mutter, noch heftiger schluchzend: »Ich hab' es ihr noch verboten, das gehört sich nicht, habe ich gesagt, mach sofort die Zöpfe wieder auf, wenn dein Vater das sieht, hab' ich gesagt, aber sie ist einfach in den Wald gelaufen ...«

Der Vater, kalt: »Dann ist es ihre eigene Schuld! Diese verfluchte Widerspenstigkeit! Und meine eigene Mutter hat ihr früher auch noch den Rücken gegen mich gestärkt!

Was habe ich an Strenge gegenüber Cythia angewendet, aber sie mußte sich ja immer wieder auflehnen! Das hat sie nun davon.

Zöpfe flechten!«
Die Zöpfe!
An allem sind die Zöpfe schuld.
Ich war es. Ich, ich, ich.
Ich habe ihr die Zöpfe geflochten.
Ich bin schuld.

5

Himmel und Erde, Höhe und Tiefe erbebten vom markerschütternden Klang. Im Dröhnen der Trommel stampften die Urzeitriesen, zürnte der Himmelsvater mit Donnerstimme, schlug der Heilige Krieger die Streitaxt. Die Schlachthörner tönten Wolfsgeheul.

Kein klarer Gedanke mehr, nur noch der Lärm, der den Kopf auftrieb.

Lykos umtanzte mit den Wolfsbrüdern das flammende Feuer – harte Schritte, rasche Drehungen, mutige Sprünge. Rasend wirbelten die Streitäxte, umzuckten die Tanzenden: tödliches Spiel.

Die Trommel verstummte. Klagend heulten die Hörner.

Ruhiger wurden die Schritte, verebbten, versiegten.

Die Hörner schwiegen. Stille zerriß die Nacht.

Die Tanzenden sanken in die Knie und beugten sich über die Wolfsfelle. Lykos erschauerte. Die ausgestreckte Hand hielt zitternd inne.

Herrscher der Wölfe, dir bin ich geweiht. Lange Jahre habe ich dir gedient, nicht Entbehrung noch Schmerz, nicht Verstümmelung noch Tod gefürchtet. Und du warst in mir in der Wut des reißenden Wolfes.

Was bin ich ohne dich? Wird die Hand, die du geführt hast, meinem Befehl noch gehorchen?

Ich war ein Wolfskrieger, der die Welt in Furcht und Schrekken versetzte. Was werde ich in Zukunft sein?

Heiliger Krieger, ich beschwöre dich: Wenn du jetzt ein letztes Mal Besitz von mir ergreifst, so töte mich oder mache mich stark für alle Zeit.

Er versenkte die Finger in das weiche Wolfsfell.

Erinnerungen, Bilder blitzten auf: die Weihe zum Wolfskrieger, als er das erste Mal die unwiderstehliche Kraft dieses Felles gespürt hatte – die Feste mit den Wolfsbrüdern – die Verwandlungen vor entscheidenden Kämpfen – die letzte Verwandlung vor dem Überfall auf jenes Dorf weit im Westen –

Dann zog er das Wolfsfell über den Kopf, drückte sich den Wolfsschädel auf die Stirn, und alles Denken hörte auf.

Wolfsblut glühte durch seine Adern, pulste im Schlag der wieder einsetzenden Trommel, dröhnte von Stärke und Zorn, von Unverletzbarkeit und Unbesiegbarkeit.

Kein Gegner, den er jetzt noch gefürchtet, keine Gefahr, die er geflohen hätte.

Ein Wolf war er, als er den Tanz ums Feuer wieder aufnahm und sich zu immer wilderen Sprüngen steigerte. Besessen von heiliger Wut, erfüllte ihn die große Kraft, die nicht die seine war.

Die Zeit zerrann. Augenblick oder Ewigkeit – wer konnte das sagen?

Als die Trommel abbrach, sank er in tiefer Bewußtlosigkeit zu Boden, und mit ihm die Wolfsbrüder.

Er erwachte bei Morgengrauen mit einem unbestimmten Gefühl der Leere.

Der Tag war angebrochen, an dem Lykos der Wolf sterben und Lykos der Herr wiedergeboren werden sollte zum neuen Leben – dem Leben im Dienste des Einen, vor dem auch der Heilige Krieger sich beugte als ein bezwungener Sohn vor seinem gestrengen Vater.

Eine Gestalt gegen den grauen Himmel: der Priester. Er neigte sich zu Lykos herab, reichte ihm einen Becher, sah ihm in die Augen, ein Blick, in dem sich die Erde auftat und ein schwarzer Schlund öffnete, der Lykos in sich hineinsog. Der Priester sprach nur ein Wort: »Stirb!«

Und Lykos trank und tat, wie ihm geheißen.

Die Wolfsbrüder umringten Lykos, bildeten einen schweigenden Kreis um ihn, der starr am Boden lag. Im Zwielicht verschmolzen ihre Gesichter mit den Wolfshäuptern, reißende Zähne drohten aus gebleckten Lefzen, Wolfsruten blähten sich im kalten Luftzug. Kein Laut, nur das Klagen des Windes in den alten Eichen.

Die Wolfsbrüder knieten um Lykos nieder, schoben ihre Hände unter seinen Körper, trugen ihn zur ausgehobenen Grube, legten ihn hinein, drehten ihn auf die Seite, kreuzten seine Arme über seiner Brust, beugten seine Knie.

Reglos, willenlos ließ Lykos alles mit sich geschehen, unfähig, sich zu rühren, auch nur einen Finger zu heben. Unbeteiligt über ihren Häuptern schwebend, sah er zu, wie sie an seinem Leichnam rückten.

Dann war er wieder in diesem steifen, fühllosen Körper, sah das sanfte Herunterrieseln der Sandkörner an der Wand des Grabes.

Dunkel wurde es um ihn. Er wußte: Nun richteten die Wolfsbrüder Stroh- und Schilfgarben wie ein Zelt über der offenen Grube auf.

Einst, in einem fernen Leben, hatte auch er nach Weisung der Priester daran mitgewirkt, diesen hoch entflammbaren Bau für Wolfsbrüder zu errichten, die im Feuer der Verwandlung sterben sollten.

Himmelsvater, gib mir den Mut und die Kraft, mich den Flammen zu ergeben! Laß den Wolf im Feuer sterben, aber erwecke den Herrn zu deinem Dienst!

Ein Knistern im Stroh, von allen Seiten zugleich, dann ein Brausen, rotgoldener Feuerschein, verzehrende Hitze, Luft wie kochendes Wasser, Brüllen der Flammen –

Und er mittendrin. Reglos. Starr.

Das brennende Dorf – der Dorfplatz bedeckt mit Toten, der Boden getränkt vom Blut. Kein Kampflärm mehr, nur das Knistern des Feuers und die Schreie der Frauen und Mädchen. Schon haben die ersten Wolfskrieger die Waffen abgelegt und sich wahllos irgendwelche der gefesselten Weiber gegriffen, sich auf sie geworfen vor den Augen der anderen – mit dem Widerstand von wenigen den von allen zu brechen.

Doch er, der Anführer, geht mit gespannten Sinnen durchs Dorf, blickt jedem Toten ins Gesicht, gibt diesem oder jenem den letzten Stoß, forscht hinter jedem Trümmerhaufen nach etwa Überlebenden, nach unbemerkter Gefahr.

Da sieht er das Mädchen. An einen der beiden Pfosten, die das Vordach eines brennenden Hauses tragen, ist sie gebunden, ihr Mund mit der Fessel geknebelt. Über ihr lodern die Flammen. Jeden Augenblick kann das Feuer auf sie herabstürzen. Schon ist er neben ihr, zieht den blutigen Flintdolch, schneidet den Strick durch, der ihre Füße an den Pfosten bindet, den Strick, der ihre Hände fesselt – wir sollen Beute machen, Vieh, Getreide, Frauen, jede ist von Wert, eine junge wie die hier allemal –, und löst den Knebel.

Und er sieht sie.

Ihr flachsblondes Haar glänzt im Feuerschein, ihre hellen Augen starren ihn an, sehr blau, ihr Gesicht dicht vor seinem, ein Stöhnen in seiner Brust, die Sommerhitze auf dem Hof seines Vaters, »Kugeni«, flüstert er, streckt die Hand aus, sanft berührt er ihre Wange, »du!«

Sie zittert unter seiner Berührung, einen Augenblick steht sie still, wie ein Reh, denkt er, das den Jäger sieht, dann dreht sie sich um und rennt davon, flieht aus dem Dorf. Er rührt sich nicht, blickt ihr nach. Lauf, Kugeni, lauf, bring dich in Sicherheit.

Hinter ihm stürzt das brennende Dach herab. Er springt zur Seite.

Als er wieder Ausschau nach ihr hält, sieht er, wie sie von einem Wolfskrieger eingeholt und zu Boden gestoßen wird, wie der Krieger sie mit der Faust schlägt, ihr Kleid zerfetzt.

Da stürmt er los, reißt den Krieger zurück. »Laß sie los!« schreit er den Wolfsbruder an, erst als er dessen auflóderndes Mißtrauen bemerkt, wird ihm klar, wie ungeheuerlich ist, was er tut, welch ein Verrat, er erschrickt, faßt sich, scharf fügt er hinzu: »Sie gehört mir!«

Das endlich versteht der Wolfsbruder, fügt sich gehorsam und zieht sich zurück. Und doch weiß Lykos, daß der Bruder ihn nun von ferne beobachtet. Keine Möglichkeit mehr, Kugeni zu verschonen. Aber schlagen wird er sie nicht.

Er kniet auf ihr, reißt ihr Kleid noch weiter auf, preßt ihre Arme in den Sand, ihre Brüste sind weiß, waren sie früher nicht voller, noch nie hat er so feste rote Knospen gesehen, sie windet sich, kämpft, ihr Busen spannt sich an, rundet sich, kräftiger faßt er zu, ihre Augen plötzlich fast schwarz, er drückt mit dem Knie ihre Beine auseinander, da wehrt sie sich nicht mehr, liegt ganz reglos, er läßt ihre Arme los, streichelt über ihren Busen, umfaßt ihre Hüften, das Mädchen still, sehr still, er ist in ihr, sie starrt, Tränen zwischen ihren Wimpern, »Kugeni«, keucht er, der Atem wird ihm knapp, »so ist's gut, so ist's brav, nicht weinen, wein doch nicht, ich beschütze dich, nun gehörst du mir, nicht mehr meinem Vater, für alle Zeit nur mir ...«

Lykos rang nach Luft. Die Flammen rasten über ihm. Funken und brennendes Stroh rieselten auf ihn herab, glühten sich in seine Haut. Feuer nistete sich im Wolfsfell auf seinen Schultern ein.

Jetzt würde der Heilige Krieger ihn vernichten. Er vernichtete alle, die schwach wurden. Und er war schwach geworden. Schwach durch ein Mädchen vom Alten Volk, das – höhnisches Blendwerk der Dämonen – der ersten heißen Liebe seines Lebens glich.

Nicht wert, verschont zu werden.

Asche regnete. Und dann, in einem warmen Schwall ohne Ende, schüttete es Blut herab, es strömte über ihn, drang ihm in Augen und Ohren, in Mund und Nase und löschte das Feuer und die schwelende Glut.

Ein gurgelnder Schrei quälte sich aus seiner Kehle, Blut schäumte aus seinem Mund.

Hände griffen nach ihm, zogen ihn aus der Grube. Blinzelnd durch einen klebrig roten Schleier sah er den Stier mit durchtrennter Kehle neben der Grube liegen.

Hände rissen das Wolfsfell von seinen Schultern und das Wolfshaupt von seinem Kopf, warfen es ins Feuer.

Hände zerrten ihn vorwärts zum Brunnen, stießen ihn kopfüber hinein, hielten ihn an den Füßen ins kalte Wasser.

Feuer, Blut und Wasser: die dreifache Taufe.

Himmelsvater, großer zorniger Gott, nimm mich an als deinen Sohn!

Atemnot sprengte die Brust, Krämpfe schüttelten ihn. Atmen, Wasser einziehen, das Ende –

Und hochgehoben, an den Beinen aus dem Brunnenloch gezogen, auf die Füße gestellt.

Tief sog er die Luft ein.

Er lebte.

Die Schwärze vor seinen Augen lichtete sich, sein Blick faßte. Vor ihm standen, feierlich schweigend in ihren weißen Gewändern, die Priester. Hinter ihnen, in weitem Kreis, die

Wolfskrieger, schauerlich anzusehen in ihren Wolfsfellen, mit Asche beschmiert, mit Blut befleckt. Er wandte den Blick von ihnen: vorbei.

Dort drüben, im schwarzen Mantel, mit der schimmernden, kupfernen Streitaxt am Gürtel, der König.

»Knie nieder, Lykos, und gelobe dem Himmelsvater Gehorsam, ihm, dem obersten Herrn über Leben und Tod!« befahl der Oberpriester. »Beuge dich vor seiner Gewalt, denn sie ist vollkommen!

Gelobe, daß dir das Feuer und das Blut und das Wasser heilig scin werden, wie sie ihm heilig sind! Gelobe, daß du die Himmlischen ehren wirst, niemals ein Festmahl feiern, ohne sie zu Gast zu laden und ihren Ruhm zu singen, daß du ihnen Opfer bringen wirst von deinem Reichtum, den du ihrer Gunst verdankst! Gelobe, daß du dein Haus als Ebenbild des Himmelsvaters auf Erden führen wirst, streng und gerecht wie er, ein starker Herr und Gebieter über die Deinen, ihr unerschütterlicher Schutz und Schirm in jeder Gefahr! Gelobe, daß du die heilige Ordnung des Himmelsvaters erfüllen wirst, alle, die in deine Gewalt gegeben sind, Ehrerbietung und Gehorsam gegenüber den Himmlischen und gegenüber dir selbst als deren Stellvertreter lehren wirst. Gelobe, daß du deine Herrschaft über Leben und Tod der Deinen nach dem Willen des Himmelsvaters ausüben wirst. Gelobe, daß du alles tun wirst, um Macht und Ruhm der Söhne des Himmels zu mehren, ihre Herrschaft über das Alte Volk zu festigen und ihre Feinde in den Staub zu treten! Gelobe, daß du deinen Platz im Königsrat gewissenhaft und ohne Eigennutz ausfüllen wirst und, wenn es not tut, auch bereit bist, unter der Führung des Königs zu den Waffen zu greifen!«

»Ich gelobe es«, sagte Lykos fest.

Er kniete noch, als der König vor ihn trat, ihn mit der kupfernen Streitaxt an der Schulter berührte, ihn segnete, ihm den schwarzen Mantel umlegte und ihm das Pferd zuführte.

Seine ganze Kindheit über hatte er die Pferde des Vaters versorgt und gehütet. Auf dem Rücken der Pferde war er groß geworden. Dann, als Wolfskrieger, war ihm das Reiten verboten gewesen.

Nun endlich hatte er das unverlierbare Recht zu reiten erworben.

Er stand auf, nahm die Zügel aus der Hand des Königs in Empfang und schwang sich auf das Pferd.

Als sich die Stute, dem Druck seiner Schenkel gehorchend, in Bewegung setzte und er von der Höhe des Pferderückens herab auf die anderen blickte, die unter ihm standen und zu ihm aufsahen, da begriff er, daß er ein Herr war.

Allen sicht- und hörbar mit dem Pferd ausreiten – und das Pferd auf der Koppel lassen, um lautlos zum Hof zurückzukehren. Hin und wieder angewandt, unvorhersehbar, war es eines der Mittel gewesen, mit denen der Vater seine Hausfamilie in Furcht und Gehorsam gehalten hatte. Mehr als einmal hatte es Lykos als Knaben Prügel eingebracht.

Langsam schritt Lykos dem offenen Tor entgegen und prüfte, was er sah. Temos striegelte hingebungsvoll das Fell der weißen Stute und begann ihre Hufe zu reinigen. Noedia und die älteste Magd standen mit dem Rücken zum Tor am Backtrog und kneteten Brotteig. Naki kniete unter dem Windschutz am Mahlstein und zerrieb Getreide. Keiner bemerkte ihn. Und jeder erfüllte seine Pflicht.

Lykos lächelte und blieb im Tor stehen. Die Sonne vergoldete den Hof. Herbstlich leuchtete die Eiche.

Täglich neu nahm Lykos mit den Augen Besitz: Das behäbig breite Wohnhaus mit dem tiefgezogenen Schilfdach und den gekalkten, lehmverputzten Flechtwänden, die bescheidene

Hütte für das Gesinde, der wohlgefüllte Speicher auf seinen halbhohen Pfosten, die mit Steinen beschwerten Deckel, unter denen in Erdgruben reiche Vorräte lagerten, Pferch und Unterstand für die Schimmelstute und den Rappen, die aus einem Baumstamm ausgehöhlte Tränke, der Windschutz mit dem Mahlstein, der hohe Palisadenzaun, das starke Tor. Dies alles war sein, ebenso wie die Knechte und Mägde, die ihrer Arbeit nachgingen, und die Pferde und Rinder, Schafe, Ziegen und Schweine, die auf sein Geheiß im Wald gehütet wurden. Er trug den schwarzen Mantel. Er war der Herr dieses Hofes.

Sein Blick blieb an Naki hängen.

Der Tag, an dem er nach erfolgreichem Kriegszug vom Königsfest zu seinem Vater zurückgekehrt war und dieses Mädchen mit sich geführt hatte, das so täuschend Kugeni ähnlich sah...

Er erreichte den Hof. Wie den Blick in das Auge eines gereizten Auerochsen genoß er den Gedanken, was sein Vater empfinden möge, wenn ihm in Naki das Ebenbild Kugenis ins Haus gebracht würde.

Die Hunde schlugen an. Temos lief ihm strahlend entgegen, begrüßte ihn stotternd vor Begeisterung, eine junge Magd versank stumm vor ihm in einem Kniefall und streifte Naki mit einem anzüglichen Blick. Dann trat Noedia auf den Hof, einen Willkommenstrunk in der Hand. Setzte zu ehrerbietiger Begrüßung an. Sah Naki. Und ihr Mund öffnete sich zu einem lautlosen Schrei.

Ungerührt von dem greifbaren Entsetzen im Antlitz der Noedia, drehte er sich zu Naki um, griff sie am Arm, zog sie vor Noedia her hinter sich ins Haus, in den Raum des Hausherrn, vor den Vater auf seiner Bank.

»Ich grüße Euch, Herr«, sagte er höflich, »die Himmlischen mögen Euch Eure Gesundheit zurückgeben! Ich möch-

te Euch davon unterrichten, daß ich als Kriegsbeute eine nicht unerhebliche Anzahl Rinder, Ziegen und Schafe an Euren Hof gebracht habe, einiges an Kupfer, Bernstein, Tuch und anderer wertvoller Habe, und dies Mädchen als meine Nebenfrau!«

Der Vater starrte an ihm vorbei, starrte auf Naki. Sein Gesicht, fahl, gerann zu einer Maske des Grauens. Er griff sich an den Hals, an die Brust, rang nach Luft, krümmte sich zusammen, sackte nach vorn, fiel von der Bank, wand sich, röchelte, zuckte.

Dann lag er still.

Mit lautem Jammern rannte Noedia zu ihm, warf sich über ihn, »Tot«, schrie sie, »er ist tot!« Und dann, in wilder Anklage auf Naki deutend: »Die da, die hat ihn umgebracht! Verflucht hat sie ihn! Verhext! Tötet sie, Lykos!«

»Schweig!« herrschte er sie an. »Die Himmlischen haben meinen Vater abberufen. Trauere du um ihn, wie es sich für dich gehört! Alles andere ist meine Sache!«

»Aber sie ist eine Wiedergängerin, habt Ihr nicht gesehen, wie entsetzt Euer Vater sie angesehen hat, sie hat ihn umgebracht, rächt ihn, treibt ihr einen Pfahl ins Herz!« kreischte Noedia und fuhr in die Höhe, als wolle sie sich mit ihren Fingernägeln auf das Mädchen stürzen.

Unwillkürlich stellte er sich schützend vor Naki, deckte sie mit seinem Körper. »Zurück! Kein Wort mehr!« sagte er scharf. »Vergiß nicht, daß ich jetzt der Herr bin!«

Stirnrunzelnd strich Lykos seinen Bart. Wäre es wirklich seine Pflicht gewesen, seinen Vater zu rächen?

Nein. Was immer den Vater bei Nakis Anblick getötet hatte, Nakis Schuld war es nicht. Was dann?

Eine Wiedergängerin ...

Ein Schauer ließ ihn zusammenfahren. Auch er war einst diesem Trugbild erlegen. Inzwischen wußte er längst, daß

Naki außer dem Aussehen nichts mit Kugeni gemeinsam hatte.

Leider.

Es half auch nicht, daß er Naki von früh bis spät Getreide mahlen ließ, gefesselt, wie einst Kugeni.

Wie sie dort am Mahlstein kniete –

Vor und zurück, vor und zurück.

Mehrmals am Tag blieb er bei ihr stehen und gönnte sich einen Blick auf den Ansatz ihrer kleinen Brüste im Ausschnitt ihres Kleides.

Aber nie ein Lächeln von ihr oder ein Lied, mit dem sie ihm Liebe versprach, nicht die Spur einer Verlockung in ihren stumpfen Bewegungen, nichts von der Verheißung, die Kugeni ihm gegeben hatte und nie erfüllt.

Lykos unterdrückte ein Stöhnen. Diese Rundung ihres Hinterteils brachte ihn um den Verstand.

Wenn sie es ihm nur einmal voller Lust hinstreckte! Es hieß doch, sie seien zügellos sinnlich, die Frauen des Alten Volkes, genossen es, die Gier der Männer ins Unermeßliche aufzustacheln! Warum tat sie es dann nicht bei ihm?! Begriff nicht, welche Gunst er ihr erwies?! Und liebte ihn nicht?!

Nicht eine einzige Liebkosung, die sie ihm freiwillig schenkte, nicht daran zu denken, daß sie ihn so berührte, wie Kugeni es getan, nicht ein Kuß, den sie erwiderte. Getäuscht hatte sie ihn beim ersten Mal, als er wähnte, sie habe in ihm ihren Herrn erkannt, zu allem mußte er sie gewaltsam bringen, rohe Kraft mußte er anwenden, wo er sich nach Zärtlichkeit sehnte, selbst um sie streicheln zu können, mußte er sie –

Nun stöhnte er wirklich.

Geduld! ermahnte er sich. Laß ihr Zeit.

Sie hat ihre Heimat verloren, ihre Familie. Wer weiß, wie viele der von uns Erschlagenen ihre Verwandten waren! Kein Wunder, daß sie trauert.

Wenn sie erst begriffen hat, daß sie bei mir eine neue Heimat gefunden hat, eine neue Familie, wird sie mich lieben. Die Hände wird sie mir küssen vor Dankbarkeit. Und dann werden wir all das machen, wovon ...

Die alte Magd verließ den Backtrog. Sofort verscheuchte Lykos die Träume und beobachtete. Noch immer hatte niemand ihn bemerkt.

Mit einer Holzschale ging die Alte zu Naki, stellte das leere Gefäß neben dieser auf den Boden, nahm ein halbvolles und trug es kopfschüttelnd zu Noedia.

»Ein faules Luder! Daß der Herr sie nicht besser zieht!« schimpfte sie dabei. »Sieh dir das an! Viel zu grob, das Mehl! Und so wenig! Zum Mahlen taugt sie jedenfalls nicht, die Nebenfrau unseres Herrn!«

»Sie taugt auch sonst nicht«, erwiderte Noedia und schnaubte verächtlich. »Nicht einmal für die Pflicht, für die sie als Nebenfrau da ist! Weißt du, daß Lykos sie an sein Bett binden muß, wenn er sie, du weißt schon ...«

»Nein! Wirklich? Sag bloß, sie läßt ihn nicht freiwillig ran?!« Die Alte stützte die Hände in die Hüften. »Das ist doch! Das hätte unserem alten Herrn mal unterkommen sollen!«

Noedia fuhr auf. »Nuerkop? Undenkbar wär' das gewesen bei ihm! Der war ein Herr!«

Die Magd nickte. »Das ist wahr. Der war ein Herr.«

Lykos schoß das Blut in den Kopf.

Lautlos zog er sich vom Tor zurück, trat hinter die Palisade.

Was hätte er tun sollen, wenn sie ihn bemerkt hätten?

Das schlimmste war, daß sie nicht einmal gelogen hatten.

Er preßte die Zähne zusammen, daß es knirschte.

Seit wenigen Tagen erst war er der Herr dieses Hofes, und schon spottete man über ihn. Die Zügel waren ihm entglitten, ehe er sie richtig in Händen hielt.

Diese Schande.

Er mußte dafür sorgen, daß Naki ihm gehorchte und ihn nicht der Lächerlichkeit preisgab. Doch was sollte er tun?

Was der Vater getan, zu welchen Mitteln der Vater gegriffen hätte, wußte er.

Aber er wollte sie nicht brechen. Sie sollte nicht so leiden, wie er selbst gelitten hatte.

Es mußte einen anderen Weg geben. Zähmte man nicht gerade die edelsten Pferde mit Freundlichkeit, gepaart mit Festigkeit?

Er würde ihr zeigen, daß er ihr vertraute. Das würde sie überwinden.

Langsam ging er zur Koppel zurück, rief nach dem Rappen, ritt zum Hof und mühte sich, vom Pferd herab seinen Blick schweifen zu lassen als ein Herr.

Temos kam gerannt und nahm die Zügel in Empfang. Noedia und die alte Magd grüßten und formten Brotlaibe in Flechtkörben. Naki mahlte.

Er stieg vom Pferd, schickte mit einer Handbewegung die beiden Frauen weg, ging zu Naki, blieb vor ihr stehen.

Sieh mich an! befahl er stumm.

Sie hielt den Kopf auf ihre Arbeit gesenkt, kniete über den Mahlstein gebeugt, schob mit eintönigen Bewegungen den Läuferstein vor und zurück.

»Naki!« sagte er laut.

Sie hob den Kopf. Ihr Gesicht blieb ausdruckslos, ihr Blick ging durch ihn hindurch.

Aber sie war so schön mit ihrem hellen Haar, ihren blauen Augen.

Er kniete bei ihr nieder, zog sie an sich.

Ihr Körper wurde steif vor Abwehr.

»Naki«, sagte er leise, »weißt du nicht, daß ich zu dir so gut bin wie noch nie zu einem Menschen? Weißt du nicht, wie glücklich du dich schätzen kannst?

Ich habe dich vor dem Feuertod gerettet.

Ich habe dich aus der Gewalt des Wolfskriegers befreit.

Ich habe meine Hand schützend über dich gehalten.

Ich habe dich zu meiner Nebenfrau gemacht.

Ich habe meinen Vater nicht an dir gerächt.

Ich habe dich nie gestraft.

Und du?

Wie vergiltst du mir das alles?«

Er schob sie von sich, betrachtete sie prüfend. Sie stierte an ihm vorbei, die Arme vor die Brust gedrückt.

Ihre Handgelenke waren blutig, aufgerieben von dem harten Strick.

Er zog seinen Flintdolch vom Gürtel.

Da zuckte sie vor ihm zurück, drängte sich in den Winkel des Winddachs, starrte ihn angstvoll an, stammelte: »Herr, Herr!«

Freude schoß ihm in die Brust. Zum ersten Mal hatte sie in seiner Sprache geredet, wußte, wie sie ihn zu nennen hatte!

Er griff ihr ins Haar, bog ihren Kopf zurück. »Ja, ich bin dein Herr. Gut, daß du es endlich begreifst. Du gehörst mir. Du bist meine Nebenfrau, und ich will, daß du mir freudig gehorchst! Daß du dich mir liebevoll hingibst!«

»Herr!« flüsterte sie. »Herr!«

Er sprach eindringlich weiter: »Ich werde jetzt deine Fesseln durchschneiden. Du sollst nur noch durch meinen Willen an mich gebunden sein, und durch deinen Gehorsam!«

Fest nahm er ihr Kinn in die Linke. »Schwöre, daß du nicht weglaufen wirst!«

Er wußte, daß sie seine Worte nicht verstehen konnte. Und doch war er sicher, daß sie den Sinn begriffen hatte.

Sie flehte ihn mit den Augen an, nickte in seine Hand.

Da ließ er sie los. Schnitt die Stricke an ihren Händen und Füßen durch. Stand auf.

Aus der Höhe sah er zu ihr hinunter.

Sie kniete vor ihm, blickte zu ihm auf, rieb sich die wunden Gelenke. Tränen strömten über ihr Gesicht.

Alle Strenge legte er in seine Stimme und seinen Blick, wies auf das Hoftor und machte eine verneinende Geste: »Du darfst den Hof nicht verlassen!«

Sie nickte, stieß hastige Laute hervor, schüttelte beteuernd den Kopf.

Er zeigte auf den Mahlstein: »Du bleibst hier und mahlst Getreide!«

Wieder nickte sie, nahm den Läuferstein auf und begann zu mahlen, warf ihm noch einmal einen angstvoll fragenden Blick zu.

»So ist es recht!« bestätigte er. Drehte sich um und ging ins Haus.

Im Wohnraum war er allein. Er setzte sich auf die Bank an der Feuerstelle, stieß mit der Stiefelspitze in die Glut, lauschte in den Hof. Endlich stand er wieder auf und trat in die Tür.

Naki kniete am Mahlstein und arbeitete. Die alte Magd bestrich die Brotlaibe mit Wasser. Noedia rieb den Backtrog aus.

Er kehrte zur Bank zurück und rief nach Noedia.

Als sie kam, forschte er in ihrem Gesicht nach Zeichen von Mißachtung, suchte nach einem Anlaß, sie zurechtzuweisen. Ihre Züge waren ausdruckslos.

Dafür fand er an ihrer Kleidung etwas auszusetzen. »Tritt man so dem Hausherrn gegenüber?« tadelte er. »Den Rock geschürzt, die Hände voller Mehl!«

»Ich habe meine Pflichten«, erwiderte sie gekränkt.

»Eben!« sagte er in scharfem Ton. »Vor allem eine: mir Ehrerbietung zu zollen. Also sieh dich vor!«

»Es tut mir leid, Herr«, rang sich Noedia mit sichtlicher Mühe ab und rückte ihren Rock zurecht. »Womit kann ich Euch dienen, Herr?«

»Bring mir Bier, aber mit sauberen Händen!«

Er genoß es, sie gedemütigt zu haben. Sie würde bald merken, daß er sich nicht weniger als der Vater darauf verstand, ein Herr zu sein.

Schneller noch als gewöhnlich schüttete er das Gebräu in sich hinein. Bald begann es zu wirken. Die Unruhe legte sich.

Er holte seinen Dolch und einen Stift aus Lindenholz hervor und begann sorgfältig die handlange Dolchklinge zu schärfen. Mit äußerster Vorsicht drückte er mit dem Stift feinste Splitter von der hellen Flintklinge, zwang sich, an nichts anderes zu denken als an diesen kunstvollen Dolch, den er nicht verderben wollte. Endlich prüfte er sein Werk am Haar des Bärenfells, das die Bank bedeckte, und stellte zufrieden fest, wie scharf die Klinge geworden war. Sorgfältig steckte er den Dolch in die verzierte Scheide aus weißgegerbtem Leder zurück.

Als sich die Männer des Hofes zum Mittagsmahl in seinem Raum versammelten, begrüßte er sie gelassen wie stets. Mit der gebotenen Würde brachte er das Trank- und Speiseopfer und führte beim Essen ein langes Gespräch über ein vielversprechendes Fohlen.

Und dennoch war die ganze Zeit ein Teil von ihm draußen im Hof, am Mahlstein.

Zwei Mägde reichten gebratene Äpfel zur Nachspeise, als Noedia ebenso eilig wie heftig in den Raum trat, rote Flecken der Erregung auf den Wangen.

Er wußte, was geschehen war, ehe sie den Mund öffnete.

Nur notdürftig kam Noedia der Sitte nach, die ihr verbot, ihn in Anwesenheit anderer Männer anzusprechen. Sie wandte sich ganz richtig an den rangniedrigsten der Männer, aber sie übertönte sein Gespräch mit einem unüberhörbaren: »Sag dem Herrn, daß ihm seine Nebenfrau davongelaufen ist!«

Das war nicht einfach Erregung, was da aus ihrer Stimme sprach. Das war triumphierende Verachtung.

Die Stille, die ihren Worten folgte, glich dem stummen Kräftemessen von Kriegern vor dem Zweikampf.

Alle Blicke richteten sich auf Lykos.

Noch immer gab niemand einen Laut von sich. Und doch spürte Lykos: Die Achtung seiner Hausfamilie – die unverzichtbare Grundlage seiner Herrschaft – hing an einem hauchfeinen Faden.

Wenn er jetzt nicht unter Beweis stellte, daß er ihrer aller Herr war, würde er es nie wieder sein.

Er stand auf. »Holt die Hunde!« befahl er den Männern. »Laßt sie Nakis Spur aufnehmen, und folgt ihr! Sie kann noch nicht weit sein. Ehe der Tag sich neigt, bringt ihr sie zurück an meinen Hof!

Und nun zu dir, Noedia! Da du den Platz, der dir zukommt, nicht kennst, werde ich ihn dir zeigen! Wenn meine Braut ins Haus kommt, wirst du als die geringste ihrer Mägde ihren Befehlen gehorchen!

Jetzt geht! Heute abend werdet ihr erleben, wie ich zu strafen weiß!«

Die Männer murmelten eilfertig Zustimmung, Noedia erblaßte, die Mägde zogen sich erschreckt zurück – kein Gedanke mehr daran, daß eben noch jeder von ihnen bereit gewesen war, seine Herrschaft in Zweifel zu ziehen.

Mit einer knappen Handbewegung schickte er sie alle hinaus.

Erregt durchmaß er den Raum: Wenige Schritte bis zur Wand, zurück.

Er wußte, er hatte richtig gehandelt, seine erste Bewährungsprobe als Hausherr bestanden. Dennoch spürte er keine Erleichterung.

Naki. Wie hatte er so wahnsinnig sein können, auf Güte zu setzen und auf Vertrauen! Sich von dem Weg der Väter abzukehren und zu meinen, es gäbe einen anderen, besseren!

Er hatte ihr vertraut, und sie hatte ihn verraten.

Er war gütig zu ihr gewesen, und sie hatte ihm den Gehorsam verweigert.

Er hatte sie geliebt, und sie hatte ihn verhöhnt.

Mit ihrer Flucht hatte sie alles in Frage gestellt: seine Macht, seine Herrschaft und seine Männlichkeit.

Sie mußte sterben.

Er umklammerte den Dolch.

Vor der Öffentlichkeit seiner gesamten Hausfamilie mußte er sie töten, damit nie wieder jemand an seinem Hof es wagte, sich gegen ihn aufzulehnen.

Er sah ihr Gesicht vor sich, ihr helles Haar, ihre hellen Augen.

Kugenis Gesicht, Kugenis Haar, Kugenis Augen.

Und ihren jungen Körper, nachts auf dem Bärenfell, rötlich schimmernd im flackernden Feuerschein –

Er ließ sich auf die Bank fallen, vergrub seinen Kopf in den Händen, stöhnte.

Er wollte es nicht.

Er konnte es nicht.

Nicht Naki.

Lange saß er so, dann erhob er sich, straffte die Schultern und reckte den Kopf. Was für ein blinder Narr war er gewesen, zu wähnen, er könne auf die Weisheit der Väter verzichten und komme ohne ihre tausendfach erprobten Mittel aus.

Entschlossenen Schritts ging er aus dem Haus und aus dem Hof, auf dem Weg bis zum Waldrand. An den Haselsträuchern blieb er stehen, suchte einen, der im Frühling des letzten

Jahres bis auf den Stock zurückgeschnitten worden war und frisch ausgetrieben hatte...

Das Gesicht des Vaters gnadenlos. »Du gehst jetzt Ruten schneiden, lang, dünn und biegsam! Damit werde ich dich gehorchen lehren...«

Lykos preßte die Lippen zusammen. Der Vater hatte recht behalten: Es hatte ihn gehorchen gelehrt. Bei Naki würde es dies auch tun.

Er schnitt die Zweige und befreite sie von den Blättern. Als er sie prüfend durch die Luft pfeifen ließ, zuckte er unwillkürlich zusammen.

Dennoch hielt er die Ruten in der Hand, als er zum Hof zurückkehrte. Er würde sein Gelübde halten.

Die Männer brachten Naki zurück, ehe die Sonne unterging.

Auf seinen Befehl versammelte sich die ganze Hausfamilie auf dem Hof. Schweigend standen sie im großen Kreis, folgten jeder seiner Bewegungen mit den Augen.

Naki, gefesselt, stand im Mittelpunkt des großen Kreises, allein. Sie hielt den Kopf tief gesenkt, verkroch sich förmlich in sich selbst.

Einen kurzen Augenblick hatte Lykos das überwältigende Bedürfnis, sie in die Arme zu nehmen, zu trösten, zu schützen.

Als Ebenbild des Himmelsvaters auf Erden – ein starker Herr und Gebieter – allen, die in deine Gewalt gegeben sind – Ehrerbietung und Gehorsam – gelobe – gelobe –

Mit kühler Stimme gab Lykos kurze Befehle, hieß die Mägde, Naki zu entkleiden, die Knechte, sie an den Zaun zu binden, nahm selbst die Ruten, trat hinter Naki.

Jeder im Hof hielt den Atem an. Nur der Wind heulte im Hausdach.

Nakis nackter Körper zitterte in der Abendkälte.

So jung, so vollkommen.

Fest preßte er die Zähne aufeinander.

Der erste Hieb fiel ihm schwer. Er mußte sich zwingen, weit auszuholen, mit aller Kraft zuzuschlagen. Dann, als ihr Schrei gellte, als er das Zucken ihres Fleisches sah, ihr Blut, kam der Rausch über ihn, und nicht mehr er selbst war es, der sie auspeitschte.

Er hörte erst auf, kam erst wieder zu sich, als ihre Schreie abbrachen und sie bewußtlos in den Fesseln hing.

Er ließ seinen Blick über die ganze Hausfamilie gleiten. Nicht einer, der nicht erschreckt die Augen vor ihm niedergeschlagen hätte.

Da wußte er, daß er sich mit dieser Züchtigung mehr Gehorsam verschafft hatte, als wenn er Naki getötet hätte.

»Bringt mir mein Pferd!« Leise und gleichgültig ließ er die Worte in das zitternde Schweigen fallen. Ihre Wirkung war ungeheuerlich.

Temos und ein Knecht stoben davon. Die anderen aber standen, als würden sie sich nie wieder regen können.

Er schwang sich auf den Hengst. Von dessen Rücken herab befahl er einem Knecht mit einer angedeuteten Kopfbewegung zu der noch immer bewußtlosen Naki hin: »Binde sie los, und sperr sie in den Verschlag im Speicher! Und du, Noedia, versorg ihre Wunden!«

6

Naki fuhr mit den Fingerspitzen über das rauhe Holz der Spaltbohlen. Ein Spreißel bohrte sich in ihre Haut. Sie zuckte zurück, führte den Finger an die Lippen, tastete mit der Zunge nach dem Splitter und zog ihn mit den Zähnen heraus. Dann begann ihr ruheloses Tasten von neuem.

Jede Handbreit der Bretter war ihr vertraut. Diese Mulden hatte sie mit den Fingernägeln hineingebohrt, jene Späne herausgeschält.

Längst waren alle Fingernägel abgebrochen.

Nie würde es ihr gelingen, ohne Werkzeug dieses harte Brett zu durchbrechen.

Eichenholz.

Bilder blitzten auf: Karu und Wirrkon, wie sie Keile in den Eichenstamm trieben, um ihn zu spalten – Oheim Aktoll, wie er mit dem Beil eine Nabe in ein Eichenrad schlug – der Große Oheim, wie er einen Baum fällte –

Gute Bilder.

Verzweifelt versuchte sie sie festzuhalten. Sie gehorchten ihr nicht, verschwanden.

Da war wieder nichts als schwach sichtbar die Holzwand in dem spärlichen Dämmerlicht, das durch die Spalten in der Decke des Verschlags hereinsickerte, und zwischen diesen Spalten die schmalen Ausblicke auf den Dachstuhl des Speichers. Die Seitenwände des Verschlags waren fugenlos aneinandergefügt und auch die aus einem einzigen Eichenbrett gefertigte starke Tür erlaubte keine Durchsicht.

Naki wiegte ihren Oberkörper vor und zurück, schlug bei jedem Rückneigen mit dem Hinterkopf an die Wand.

Manchmal half der dumpfe Schmerz, den das verursachte.

Nicht denken müssen. Und nicht sich erinnern.

Das Dorf brennt. Schreie gellen in ihren Ohren.

Sie rennt.

Eine Männerhand packt sie an der Schulter, reißt sie herum. Sie stürzt.

Ein bärtiges Gesicht über ihr, gekrönt von einem furchtbaren Wolfshaupt.

Eine Faust trifft sie am Kinn. Sie spürt keinen Schmerz.

Ich werde sterben.

Der Wolfskrieger zerreißt ihr Kleid, schlägt sie. Jetzt wird er mich töten.

Warum fühle ich nichts.

Wieder hebt er die Faust.

Ich will nicht sterben.

Der andere ist da. Mein Retter.

Der Retter reißt den Wolfskrieger zurück.

Er hilft mir. Er schützt mich.

Ich sollte erleichtert sein. Warum fühle ich nichts.

Sie will sich aufrichten. Sie kann nicht.

Der Retter kniet über ihr, drückt ihre Arme in den Sand, schiebt ihre Beine auseinander.

Nein!

Heftig knallte Naki ihren Hinterkopf an die Holzwand. Ihr Schädel dröhnte. Die Erinnerung verschwand.

Für wie lange?

Sie mußte diesem Zwang entfliehen, dem Zwang, sich zu

erinnern an das, was sie vergessen wollte, was sie vergessen mußte, doch wie, in diesem Gefängnis, das keine Hilfe bot, nicht die geringste Ablenkung, keine Arbeit, in die sie fliehen konnte, keinen Menschen, zu dem sie Zuflucht nehmen konnte, niemanden, nur Sie, die Eine, die überall war –

»Große Göttin, du ewig fruchtbare, trächtige Sau, geheiligt ist dein schwangerer Leib«, begann sie laut zu beten, schrie fast, beschwor mit ihrer Stimme die Vergangenheit, versuchte sich in das Gebet zu hüllen wie in eine Decke: »Segen trägt dein reiches Füllhorn. Ewige Mutter Erde, Leben schaffst du aus dir selbst, aus deinem feuchten schwarzen Schoß.«

Er packt ihre Hüften, zwingt sie zu sich heran.

Seine Bewegungen unendlich langsam und doch unaufhaltsam.

Er dringt ein in ihr Innerstes.

Nicht daran denken, Göttin, hilf mir.

Naki faßte nach dem Lederbeutelchen um ihren Hals, holte den kleinen Stein hervor und umklammerte ihn, klammerte sich an die Worte, mit denen die Mutter ihr einst diesen Stein geschenkt hatte: Die Göttin ist in ihm. Nun ist Sie immer bei dir.

Zum unzähligsten Male dankte sie im stillen jenem Menschen, der ihr den Beutel mit dem Stein wieder umgelegt haben mußte, als man sie bewußtlos in dies Gefängnis gebracht hatte. War es Noedia gewesen?

Naki drückte ihre Lippen auf den Stein. Dann begann sie erneut zu beten: »Alles Geborene ist durchdrungen von deiner Kraft. Blumen und Bäume, Korn und Früchte, Steine und Hügel, Flüsse und Moore, Äcker und Wälder, Tiere und Menschen sind aus dir geboren und mit Leben erfüllt von dir. Von dir komme ich, du trägst mich und nährst mich –«

Ich habe furchtbaren Hunger, Große Bärin, wie lange habe ich nichts zu essen bekommen –

»Du verläßt mich nicht, wo immer ich bin, bin ich bei dir. Und wenn ich sterbe, so werde ich leben, denn du nimmst mich auf. Du machst heil, was zerstört ist...«

Langsam wurde sie ruhig. Sie schloß die Augen, lehnte den Kopf an die Wand, sprach die seit Kindheit vertrauten Gebetsformeln immer leiser, immer langsamer, ließ sie versickern.

Sie spürte nichts mehr, nur eine friedvolle Leere für ungemessene Zeit. Endlich sank sie aufs Stroh und schlief ein, gerettet für den Augenblick.

Ein Geräusch zerschnitt die Ruhe ihres Schlafes.

Ein langes Knarren: die Speichertür.

Hitze wallte aus ihrer Körpermitte empor, Schweiß brach aus allen Poren, der Herzschlag jagte, dröhnte in den Schläfen. Die längst verheilten Striemen am Rücken begannen wieder zu brennen.

Schritte.

Das Quietschen eines Truhendeckels.

Rascheln.

Das Knallen, mit dem der Deckel geschlossen wurde.

Eine Magd.

Nicht *er.*

Wieder knarrte die Tür.

Allein.

Keine Schläge.

Kein –

Und noch immer kein Essen.

Viermal war er bisher gekommen...

Es knarrte. Schwere Schritte näherten sich.

Sie hörte den Riegel. Und dann öffnete sich die Tür des kleinen Verschlages.

Er stand darin. Er hielt eine Schale mit Brei in der Hand, hielt sie ihr hin, dicht unter die Nase.

Der Duft von warmer Milch und frischen Kräutern.

Endlich Essen!

Sie faßte nach der Schale. Er zog sie zurück. Sie konnte die Augen nicht davon wenden. Das Wasser schoß ihr in den Mund.

Er bückte sich und stellte die Schale hinter sich in die offene Tür. Dann richtete er sich wieder auf. Sah sie an.

Im Dämmerlicht konnte sie sein Gesicht kaum erkennen. Dennoch spürte sie, wie sein Blick ihren Körper entkleidete. Langsam schlug er seinen Mantel auseinander. Er trug nur einen Lendenschurz darunter. Langsam, sehr langsam faßte er an den Gürtel, begann ihn zu lösen.

Nicht das! Nicht wieder das!

Sie wich vor ihm zurück, drückte sich in den Winkel des Verschlags, preßte die gekreuzten Hände vor die Brust.

Er kam näher, faßte in ihren Nacken, grub seine Finger in ihr Haar, zog ihren Kopf zu sich heran und versuchte sie zu küssen.

Sie wand sich, drehte das Gesicht zur Seite, schloß fest die Lippen.

Da stieß er sie zurück. Hob die Hand. Schlug zu. Wieder. Und wieder.

Sie taumelte, fiel.

Er trat ihr mit dem Fuß in die Magengrube.

Der Schmerz raubte ihr die Luft. Sie krümmte sich. Ihr wurde schwarz vor Augen.

Sie hörte die Tür, hörte den Riegel, hörte die Schritte.

Keuchend richtete sie sich auf.

Er war weg.

Die Schale mit dem Brei auch.

Stille im Speicher. Nur ferne Geräusche aus dem Hof: unverständliche Frauenstimmen, Schweinegrunzen und -quieken, das rauhe Schreien einer Krähe, ein regelmäßiges Pochen, das sie nicht zu deuten wußte.

Langsam verebbte die Hitze. Die Unruhe blieb.

Naki sprang auf und begann in ihrem Verschlag auf und ab zu gehen. Drei kleine Schritte hin, umdrehen, drei kleine Schritte zurück, umdrehen, drei kleine Schritte hin, umdrehen, drei kleine Schritte zurück, umdrehen ...

Das Stroh unter ihren Füßen raschelte.

Blind achtete ihr Körper darauf, nicht an den hölzernen Wassereimer zu stoßen. Sie hatte ihn auf das runde Loch im Boden gestellt. Heute ertrug sie den Anblick ihrer Verbindung zur Außenwelt nicht, ihrer einzigen, ewig enttäuschten Hoffnung: das kleine Loch, durch das sie ihre Notdurft verrichtete und das ihr einen Ausschnitt des Erdreichs unter dem auf halbhohen Ständern errichteten Speicher zeigte.

Manchmal sah sie durch die Öffnung kleine Tiere: Käfer, die auf ihren Ausscheidungen herumkrabbelten, hin und wieder ein Ferkel, das im Schmutz wühlte, oder eine Ratte. Aber nie waren ihre Gebete in Erfüllung gegangen, dort möge ihr einmal ein mitleidiger Hofbewohner heimlich etwas Eßbares zustecken.

Oder einen Dolch.

Mitleid – nicht von denen hier.

Auch Noedia machte keinen Versuch mehr, ihr zu helfen ...

Das erste, was sie spürte, als sie zu sich kam, war der Durst. Das zweite die flammenden Schmerzen auf dem Rücken.

Mit den Schmerzen kam die Erinnerung.

Sie stöhnte.

Jemand hielt ihr einen Becher an die spröden Lippen.

Sie öffnete die Augen. Sah Noedias Gesicht dicht vor dem ihren.

Noedia sagte etwas, das sie nicht verstand.

Aus dem Becher roch es bitter und würzig.

Der Geruch erinnerte sie an Zirrkan.

Sie trank den Becher leer, spürte den Taumel im Kopf.

Noedia legte den Finger an die Lippen, machte ihr warnende Gesten, beschwor sie mit den Augen.

Sie nickte, verstand: Er *durfte davon nicht wissen.*

»Danke«, flüsterte sie. Jetzt erst bemerkte sie, daß ihre Wunden verbunden waren. Und daß sie sich in einem winzigen, festgefügten Verschlag befand.

Sie glitt hinweg.

Seltsam, sie war sicher gewesen, daß diese Noedia sie haßte.

Doch der Trank, den Noedia ihr gereicht hatte, hatte die Schmerzen betäubt und hatte sie in einen langen gnädigen Schlaf fallen lassen.

Aber seither hatte auch Noedia keinen Versuch mehr gemacht, ihr zu helfen.

Natürlich, sie fürchtete *ihn*.

Man brauchte die Sprache dieser Leute nicht zu verstehen, um zu begreifen, daß alle an dem Hof hier *ihn* fürchteten.

Es gab nichts, das nicht in *seiner* Macht stand.

Und nichts, wovor *er* zurückschrecken würde.

Was für ein dummes, ahnungsloses Kind sie damals gewesen war, als er sie an seinen Hof gebracht hatte.

Zu glauben, es könne nicht mehr schlimmer kommen. Nur weil die eigene Vorstellung nicht ausreichte, sich noch Schlimmeres auszudenken –

Tante Mulai legte die Arme um sie und drückte sie an sich.

»Mut, Naki, Mut! Wenn du jetzt von uns getrennt bist – gib dich nicht auf!

Da tief in dir drin, da ist etwas, das kann keiner zerstören, wenn du es nicht zuläßt.

Du darfst es nicht zulassen, du mußt kämpfen!

Deine Ehre und deine Würde, die kann er dir nicht nehmen, ganz gleich, was er dir antut.«

Drei Schritte hin, umdrehen.

»Meine Ehre und meine Würde!«

Drei Schritte her, umdrehen.

»Da ist nichts, Tante Mulai, nichts!«

Drei Schritte hin, umdrehen.

»Kein Kern, noch so tief drinnen!«

Drei Schritte her, umdrehen.

»Er hat ihn zerstört.«

Drei Schritte hin, umdrehen.

»Und ich hab' es nicht zulassen wollen! Beim ersten Mal konnte ich mich nicht wehren, ich war wie gelähmt, aber später hab' ich mich immer gewehrt, nie habe ich seine Küsse erwidert, nie hat er mich anders nehmen können als mit Gewalt, ich habe gekämpft, hörst du –«

Sie trommelte mit den Fäusten gegen die Wand, lehnte sich schließlich erschöpft dagegen.

Der Augenblick, als sie begriffen hatte –

Er selbst hatte ihre Fesseln durchschnitten. Auf unmißverständliche Art hatte er ihr gedroht, hatte ihr befohlen weiterzumahlen.

Aber er war im Haus, und die Tür war geschlossen.

Alle Männer waren im Haus verschwunden, als letztes der Junge.

Jetzt würden sie essen, lange beieinandersitzen.

Und keine Magd zu sehen.

Hier vom Mahlstein aus überblickte sie den ganzen Hof. Und hatte alle Vorgänge beobachtet und sich gemerkt.

Der günstigste Augenblick für eine Flucht war der Mittag während des Essens, denn abends wurde das Hoftor geschlossen und mit einem Eichenbalken verrammelt, den sie allein nicht heben konnte.

Jetzt.

Ihre Eingeweide verkrampften sich.

Du darfst dich nicht aufgeben – du darfst es nicht zulassen – du mußt kämpfen –

Das Hoftor stand angelehnt. Vorsichtig erhob sie sich. Sah sich noch einmal nach allen Seiten um.

Kein Mensch.

Der Hund lag dösend in der Sonne.

»Guter Hund, lieber Hund, du kennst mich doch, bleib liegen, es ist alles in Ordnung, alles in Ordnung –«

Ihr Mund war trocken. Kaum brachte sie die beruhigenden Worte hervor. Langsam ging sie an ihm vorbei, ließ ihn nicht aus den Augen.

Roch er nicht ihre Angst?

Er hob gelangweilt den Kopf.

»Guter Hund. Schlaf weiter, schlaf!«

Die letzten Schritte zum Tor endlos.

Draußen rannte sie. Rannte dem Wald entgegen, erreichte den Schutz der Bäume, sah sich um, konnte den Hof nicht mehr sehen, hastete weiter.

Das Rennen fiel schwer. Nach den langen Tagen des gefesselten Kniens kam das Blut schmerzhaft in Bewegung, hatten die Beine die Gelenkigkeit verloren.

Und dennoch war da eine ungeheure Freude und eine unglaubliche Erleichterung, keine Angst mehr, ein strahlender Triumph: Ich habe es getan, ich lasse mich nicht zerstören, ich bin ich!

Große Göttin, ich danke dir!

»Ich bin ich!« Naki lachte schrill. Ihre Stimme überschlug sich. »Wohin hat mich das gebracht?! Und was ist von mir übriggeblieben?!

Nichts, nichts, nichts!«

Sie ließ sich an der Wand hinabgleiten, kauerte am Boden, stieß den Holzeimer zur Seite und faßte mit beiden Händen in das Loch. Mit aller Macht zerrte und rüttelte sie, bis ihre Kraft sich erschöpfte.

Weinend gab sie auf – zum unzähligsten Mal.

Der Boden des Verschlags war zu fest verzimmert für ihre bloßen Hände.

Und selbst wenn sie hinausgelangte – es gab keine Rettung, keine Flucht.

Dafür sorgten die Hunde.

Sie preßte die Hand in den Leib, rannte weiter, die Hunde, ihr Bellen wurde immer lauter, sie schleppte sich zum Gebüsch, Dornenranken verfingen sich in ihrem Kleid, sie riß es los, taumelte aus der Hecke, stolperte über einen umgestürzten Baum, fiel hin.

Ein Hund war über ihr, größer als ein Wolf.

Da war wieder diese unselige Sehnsucht, jemand möge sie in die Arme nehmen, irgend jemand, sie trösten, wie es die Mutter einst getan hatte, sie wiegen und streicheln.

Auf seinen Befehl zerrten die Knechte sie nackt zum Zaun, banden ihre Hände fest, ihre Füße.

Und alle sahen zu.

Naki hatte das Gesicht in den Händen vergraben.

Tränen quollen zwischen ihren Fingern hervor. Sie leckte die Lippen und schmeckte Salz. Das Salz weckte den Hunger zu einem wütenden Brand.

Der angebrannte Brei damals. Wie hatte es sie davor geschaudert. Und was gäbe sie jetzt darum, wenn sie ihn hätte.

Sie nahm einen großen Schluck Wasser. Schal und schwer lag es in ihrem Magen und betäubte nicht den Hunger.

Wollte er sie etwa verhungern lassen, qualvoll langsam verrecken in diesem Loch?

Wieder war die Hitze da, das Herzklopfen, die Enge.

Naki biß sich in den Finger, zwang sich zu gleichmäßigem Atmen.

Mutter, hilf mir!

Ach Mutter, Mutter –

Hattest du Angst im Grab?

Aber du mußtest nicht fürchten, daß *er* kommt. Und du warst nicht allein. Du warst bei den Ahnen und Müttern. Im Leib der Einen.

Die Eine, die Eine. Sie, die helfen konnte, wenn nichts mehr blieb.

Naki tauchte die Hand in den Eimer und versprengte ein wenig Wasser, ein paar Tropfen in jede Ecke des winzigen Verschlages.

Dann malte sie sich einen Kreis auf die Stirn, darin einen kleineren, Eulengöttin, Weiße Frau, ich flehe dich an, steh mir bei.

Früher waren es heilige Formeln gewesen, Sprüche, die sie ehrfürchtig nachgesprochen hatte, Zeichen, die sie mit frommem Schauer gemacht hatte.

Nun war es ihre Rettung. Das einzige, das trug.

Naki kniete, hob die Arme.

»Eule mit den wissenden Augen, Allsehende, alles Erspähende, nichts kann sich vor dir verbergen. Wenn dein Schrei tönt in der Nacht, rufst du einen Menschen vom Leben ab in den Tod.«

Der kleine Rablu im Sand, sein Kopf widernatürlich verdreht, sein Gesicht blau –

Nein, dieses Bild nicht!

»Eule mit den wissenden Augen, Allsehende, alles Erspähende, nichts kann sich vor dir verbergen. Deine weit ausgebreiteten Schwingen künden den Tod im unheilvollen Flug.«

Der Pfeil sirrt durch die Luft, seine Federn glänzen in der Morgensonne, nicht Wirrkon, nicht mein Bruder –

Nicht daran denken!

»Eule mit den wissenden Augen, Allsehende, alles Erspähende, nichts kann sich vor dir verbergen. Du führst die Lebenden zurück in den schwarzen Schoß, aus dem sie geboren sind und aus dem nur geboren werden kann, wer zuvor gestorben ist.«

Die Mutter im Grab, als sie begriffen haben mußte, daß keiner kommen würde, ihr den Stein wegzurollen –

Ein anderes Gebet – rasch!

»Starre Weiße Frau, du Hüterin der fahlen Knochen, durch dein Wirken verstummet alle Natur und versinket in tiefen Schlaf. Leblos und starr liegt, was eben noch freudig blühte und sprang. Du Gebieterin über Himmel und Wasser, zu der alles einkehrt, das aus dem Leben scheidet auf den Schwingen der Eule, die du die Sonne hervorbringst und den Mond ...«

Und es gelang: Halb singend, halb sprechend versank Naki in der endlosen, sich kreisförmig wiederholenden Litanei des Gebetes, wiegte dabei ihren Oberkörper hin und her, verlor sich mit geschlossenen Augen in der Eintönigkeit ihrer Stimme, ihrer Bewegung, spürte, wie etwas sie erfaßte und mitnahm, alle Unruhe verschwunden, keine Angst mehr, keine quälenden Erinnerungen, nichts als der stete Strom des Gebets.

Als sie aufwachte, fühlte sie sich seltsam wohl, schwer in den Gliedern und leicht im Kopf.

Sie genoß dieses Gefühl als eine Gnade, hielt es fest, lag still, bis es sich restlos verflüchtigt hatte. Dann öffnete sie die Augen. Durch die Spalten der Bohlen an der Decke sah sie die Sonnenstrahlen im Dachstuhl des Speichers. Es mußte Morgen sein: Die Giebelöffnung des Speichers zeigte nach Osten.

Sie verschränkte die Arme hinter dem Kopf und beobachtete das Tanzen des Staubs dort oben in dem schmalen Ausschnitt des Sonnenstrahls.

Schau genau dort hin, denk an nichts anderes, denk nichts!

So ist es gut. So überstehst du den Tag.

Eulengöttin, Weiße Frau, ich danke dir, wieder einmal hast du mich gerettet.

Die du Eins bist in Drei und Drei in Eins! Unter deinen Schwingen bin ich geborgen.

Was wäre ich ohne dich. Alles, was ich noch an Kraft habe, alles, was noch lebt in mir, verdanke ich dir. Ohne deine Nähe wäre ich verloren.

Mein ganzes Leben will ich dir weihen. Wenn du mich aus diesem Gefängnis befreist, soll jeder Atemzug ein Dank an dich sein. Wenn du mich befreist und ich dich je verrate, so soll mir in alle Ewigkeit die Rückkehr zu dir verwehrt sein. Ausgestoßen soll ich sein von den Lebenden und den Toten, das schwöre ich beim Blut meiner ermordeten Brüder.

Als der Sonnenstrahl verschwunden war und mit ihm das Tanzen des Staubes, setzte sie sich auf, zog die Knie an, schlang die Arme darum und legte das Kinn darauf. Still stierte sie vor sich hin und überließ sich den Bildern. Sie spürte, heute würden sie gut sein.

Die hohle Eiche, in der sie mit Wirrkon ihr Geheimversteck gehabt hatte, und niemand wußte davon –

Die Abendsonne über den für das neue Grab aufgerichteten Steinen – Mutter und sie im Gemüsegarten, die Hände voller Erde, sie gräbt mit den Fingern einen Engerling aus und zeigt ihn der Mutter auf der flachen Hand, die Mutter nickt ihr zu: Grab ihn wieder ein, Kleine, damit er im Winter nicht friert und im nächsten Frühjahr ein schöner großer Käfer aus ihm wird –

Die Schaukel im Lindenbaum, die der Muga für sie gemacht hat, sie sitzt auf dem Brett, stößt sich ab, biegt sich weit nach hinten, fliegt durch die Luft, der kurze Augenblick, als sie die Höhe erreicht, als ob die Zeit stehenbleibt, und dann beginnt die Talfahrt, sie schreit und lacht, dieses Ziehen im Bauch, dieses Glück –

Zirrkan, der den Weg herauf zum Dorf wandert, sie steht am Tor und wartet auf ihn, geht ihm nicht entgegen, um die Freude zu dehnen: Gleich ist er da –

Zirrkans Hände an ihren Schläfen, unter ihnen öffnet sich ihr Kopf, das läßt ihre Seele in den Himmel steigen –

»Zirrkan«, flüsterte sie. Das Bild zerrann.

Dunkler war es geworden. Eintönig trommelte Regen auf das Schilfdach des Speichers.

Sie lauschte. Wenn sie nur menschliche Stimmen hören würde! Oder wenigstens Tiere!

Nichts. Nur der Regen, trostlos und einförmig.

Neue Bilder wollte sie rufen. Es gelang nicht.

Ihr Atem ging rascher. Sie spürte sie kommen, die Angst.

Sie versuchte zu singen, erschrak über den schrillen Klang ihrer Stimme, verstummte.

Fieberhaft suchte sie nach Gebetsformeln. Ihr Kopf war leer.

Die Unruhe wuchs. Und nichts, was sie dagegen tun konnte.

Fahle Geister bewegten sich schemenhaft im Dunkel des Verschlags, huschten von rechts nach links. Sie griff danach, faßte ins Leere. Farbige Blitze zuckten vor ihren Augen.

Ich halte das nicht mehr aus!

Ihr Mund war ausgedörrt. Sie langte nach dem Holzeimer.

Sie hob ihn an, stockte, stellte ihn zurück.

Es war nur noch wenig Wasser darin, kaum mehr als ein paar Handvoll.

Gestern noch hatte sie Wasser für ihr Gebet versprengt und keine Angst dabei empfunden.

Nun plötzlich vernichtete dieser Anblick alle mühsam errichtete Beherrschung.

Bleib ruhig! beschwor sie sich selbst. Du bist geborgen unter den Schwingen der Eule.

Es half nicht gegen den stechend heißen Gedanken: Wenn er mir kein neues Wasser bringt, werde ich verdursten. Wie lange wird es dauern? Vier Tage? Fünf?

Schwer hämmerte ihr Herz.

Ich will nicht sterben, will nicht sterben, will nicht sterben –

Sie spürte ihn, diesen merkwürdigen Klick. Und alle Dämme, die sie gegen die Sturzflut der Angst in sich errichtet hatte, brachen ein.

Sie fiel und fiel. Da war ein Abgrund ohne Ende.

Nichts mehr, das sie hielt. Nichts, woran sie sich halten konnte.

Sie fiel und fühlte ein Entsetzen, das alle Verzweiflung, alle Schmerzen und alle Angst in sich aufsog und verwandelte in ein einziges schwarzes Nichts.

Sie schrie.

Sie tobte.

Sie schlug mit den Fäusten an die Holzwand, mit dem Knie.

Sie brüllte sich die Kehle heiser.

Sie warf sich gegen die Tür.

Sie trat mit den Füßen dagegen.

Sie heulte.

Sie kreischte.

Sie riß sich an den Haaren.

Es blieb wirkungslos gegen dieses schwarze Nichts.

Rasend drehte sie sich zur Tür, wollte mit dem Kopf dagegen rennen.

Da öffnete sich die Tür.

Sie erstarrte mitten in der Bewegung. Ihr Schreien erstarb.

Er stand in der Tür.

Gelassen. Lächelnd.

Sie wankte. Warm spürte sie ihr Wasser die Innenseite der Beine hinabrinnen.

Er ist gekommen. Ich bin nicht mehr allein.

Er sagte etwas, sie verstand seine Worte nicht, aber sie hörte den Ton, sicher, ruhig und beruhigend, so spricht man zu einem verängstigten Tier, dachte sie seltsam losgelöst, wiederholte diese beiden Sätze: Er ist gekommen. Und: So spricht man zu einem verängstigten Tier.

Wie aus weiter Ferne sah sie, sah seine leeren Hände. Er bringt dir nichts zu essen und nichts zu trinken, hörte sie ihre frei schwebenden Gedanken, sie sah, daß er ihr die Hände auf die Schultern legte und spürte sie nicht, er zog sie an sich heran, ihren Kopf an seine Brust, hielt sie, seine Hand auf ihrem Haar, wieder sprach er, seine Stimme nun Tadel und Tröstung zugleich, etwas in ihr geriet ins Gleiten, er durfte sie nicht wieder allein lassen, alles würde sie ertragen, aber nicht noch einmal das schwarze Nichts, sie wollte sich ergeben, sie würde ihm gehorchen, dann würde er sie nicht länger einsperren, sie würde alles tun, was er verlangte, könnte sie es ihm sagen, alles könnte gut sein, wenn er sie befreite, er hatte die Macht dazu, zu allem –

Er schob sie zurück, ließ sie los.

Da sank sie vor ihm in die Knie, sie wußte nicht, daß sie den Entschluß dazu gefaßt hatte, es geschah einfach, sie nahm seine Hände und küßte sie. »Herr!« brachte sie mühsam in seiner Sprache hervor, dies einzige Wort, das sie kannte: »Herr!« Und wieder küßte sie seine Hände.

Eine Weile ließ er es zu, dann entzog er sie ihr, umfaßte ihr Kinn, hob ihr Gesicht zu sich, ernst sah er nun aus, aber nicht zornig, er sagte etwas, streng und mahnend, sie nickte, nickte, »Herr«, wiederholte sie, »Herr!«

Und er hob sie auf, nahm sie auf die Arme, trug sie aus dem Verschlag und aus dem Speicher, sprang mit ihr im Arm in den Hof hinunter, die Sonne brach durch Regenwolken und stach ihr schmerzhaft blendend in die Augen, ihr Kopf an seiner Schulter, er befreite sie, er rettete sie vor dem schwarzen Nichts, er hatte sie nicht geschlagen, nie mehr der Speicher, nie mehr hungern, nicht verdursten, sie war so dankbar, so dankbar, er trug sie ins Haus, ihr war schwindlig.

Neben der Feuerstelle legte er sie auf den Boden, beugte sich über sie und griff wieder ihr Kinn. Und dann neigte er sich zu ihr herab und küßte sie auf den Mund.

Mit der Zunge schob er ihre Lippen auseinander, sie spürte den fordernden Druck, gehorsam öffnete sie den Mund, gehorsam nahm sie die Zähne auseinander, ließ ihn ein, gehorsam überließ sie ihre Zungenspitze der herrischen Liebkosung, gehorsam saugte sie an seiner Zunge.

Seine Hand fuhr an ihre Brust, über ihren Körper hinunter bis zu ihrem Knie, noch immer küßte er sie, noch immer ergab sie sich, er schob ihr den Rock in die Höhe, seine Hand glitt zwischen ihre Schenkel, gehorsam nahm sie die Beine auseinander, öffnete sie weit, hielt still, er faßte in ihren Schoß.

Er beendete den Kuß, zog seine Hand zurück, richtete sich auf, strich ihr zärtlich über die Wange und lachte leise. Dann stand er auf und ging hinaus.

Eine Woge heißer Übelkeit stieg in ihr hoch. Sie rang nach Luft. Fuhr sich mit beiden Händen an den Mund. Versuchte die Berührung wegzuwischen.

Klebrig spürte sie seine Zunge auf der ihren. Klebrig spürte sie seine Hand zwischen ihren Beinen.

Da hörte sie Tante Mulai, höhnisch: »Das war's dann wohl!«

Naki zuckte zusammen, wie kam die Tante hierher, sie sah sich um, da war niemand, sie war allein im Raum, aber diese Stimme, die war da, laut, klar und sehr bitter: »Jetzt hast du klein beigegeben! Jetzt hat er dich da, wo er dich haben wollte!«

Naki preßte die Hände an die Ohren. Krümmte sich zusammen und erbrach bittere Galle.

Noch immer nieselte der unaufhörliche Herbstregen von einem verhangenen Himmel.

Lykos zügelte das Pferd. Es blieb stehen und schüttelte die Mähne. Wassertropfen stoben Lykos ins Gesicht.

Die Erde war naß und schwer. Dennoch ließ er die Erdarbeiten verrichten: Das Grab seines Vaters mußte zum mächtigen Hügel aufgeschüttet und mit Pfosten verziert werden, und trockenes Wetter könnte den ersten Frost bringen. Im übrigen tat es diesen aufsässigen Bauersleuten nur gut, wenn sie wieder einmal die Hand ihres Herrn spürten. Und für Naki galt das gleiche.

Durch den Regenschleier prüfte Lykos den Fortschritt der Arbeiten. Der Graben war zu einem vollkommenen Kreis ausgehoben und die hölzerne Grabkammer in der Mitte dieses Kreises errichtet und mit dem ausgehobenen Erdreich abgedichtet – die Kammer, in welcher Nuerkop auf geweihtem, durch Pflug und Feuer gereinigtem Boden ruhte, umgeben von Waffen, wertvoller Kleidung und Bechern mit Met. Nun galt es, einen breiten Hügel aus Sand und Erde darüber aufzuschütten, einen Hügel, der den ganzen durch den Graben vorgezeichneten Kreis ausfüllte, damit er weithin sichtbar Zeugnis von der Bedeutung des Toten und dem Ansehen seiner Familie ablegte.

Das fehlende Erdreich mußte von weit her angekarrt werden, um den Boden in der Nähe des Grabes nicht zu verletzen. Die Bauern hinter dem Schwarzmoor hatte Lykos dazu verpflichtet, mit Ochsenkarren Sand, Steine, Humus und Heideplaggen herbeizuschaffen. Ihre Frauen und Kinder hatten beim Entladen und Verteilen zu helfen. Und Naki.

Dort drüben schleppte sie eine Rückentrage auf die Höhe des Hügels, bückte sich, ließ die Erde aus dem Korb gleiten, stieg den Hügel wieder hinab, kehrte zum Karren zurück und griff nach der Schaufel.

Lykos beobachtete sie: Blaß und schmal sah sie aus. Sie hatte lange gehungert und lange kein Licht gesehen. Viel länger als erwartet hatte er sie im Verschlag lassen müssen, ehe ihr Widerstand ganz gebrochen war.

Woher sie die Kraft gehabt hatte, das so lange auszuhalten –

Wäre es doch zu vermeiden gewesen!

Als Knabe hatte er seinen Vater dafür gehaßt, daß dieser so hart zu Kugeni gewesen war. Nun hatte er selbst Naki nicht besser behandelt.

Er preßte die Zähne aufeinander. Damals hatte er noch nicht geahnt, was es hieß, ein Herr zu sein. Ein Herr durfte nicht einfach seinem Gefühl folgen. Ein Herr durfte sich nicht zum Gespött machen lassen.

Es war ihm nichts anderes übriggeblieben, als Naki zu zähmen.

Und er hatte sie gezähmt. Nun war sie fügsam wie ein Lamm.

Er mußte sie nicht mehr fesseln, wenn sie am Mahlstein arbeitete. Er mußte sie nicht mehr fesseln, wenn er sie in sein Bett holte. Sie wehrte sich nicht mehr gegen seine Liebe. Willig richtete sie sich nach seinen Wünschen.

Noch einmal würde sie nicht zu fliehen versuchen.

Und wenn doch?!

Er wußte, daß er sie dann töten müßte.

Und er wußte auch, daß selbst ihr Tod nicht sühnen könnte, was ihre neuerliche Flucht bedeuten würde: ein nicht wiedergutzumachender Angriff auf die Ordnung.

Gab es nicht doch noch Augenblicke, in denen ihr Gesicht etwas zu erkennen gab, das ihre Ergebenheit Lügen strafte?

Vielleicht wartete sie nur auf eine günstige Gelegenheit zur neuerlichen Flucht? Unwillkürlich ballte er die Faust, riß so hart am Zaumzeug, daß der Hengst sich aufbäumte.

Er beruhigte das Pferd, brachte es zum Stehen und gab dem Aufseher einige Anweisungen. Dann hielt er wieder nach Naki Ausschau.

Sie schaufelte Erde in die Rückentrage und sprach dabei mit der Bäuerin, die neben ihr den Korb füllte.

Ein scharfer Stich fuhr ihm in die Brust: Die Bauern vom Alten Volk verstanden Nakis Sprache, konnten mit ihr reden.

Er konnte es nicht.

Er lenkte sein Pferd nahe an den Karren heran.

Naki und die Bäuerin luden sich ihre Körbe auf den Rükken, stiegen Seite an Seite den Hügel hinauf, ohne ihr Gespräch zu unterbrechen.

Vertraut sah das aus.

Die kleine Tochter der Bäuerin, die neben dem Karren im Matsch gespielt hatte, folgte den beiden.

Schneller als die Bäuerin leerte Naki ihren Korb.

Die Kleine glitt auf der Böschung des Hügels aus, rutschte ihn bäuchlings hinab, schrie.

Naki drehte sich um, sprang den Hügel hinunter, hob die Kleine auf, wischte ihr den Schmutz aus dem Gesicht, küßte sie, warf sie in die Höhe und fing sie wieder auf.

Die Kleine gluckste vor Vergnügen.

Da ging ein Strahlen über Nakis Züge, ein Lachen, das ihr Gesicht leuchten ließ.

Zum ersten Mal sah er Naki lachen.

Die Bäuerin war neben Naki angelangt, beide nahmen das Kind an den Händen zwischen sich, sahen sich in wortlosem Einverständnis an und ließen es durch die Luft fliegen, während sie zum Karren gingen. Hell klang Nakis Lachen.

Da plötzlich war Lykos klar, wie er sich Nakis Gehorsam und Nakis Treue mit unerschütterlicher Gewißheit sichern konnte.

Noch einmal würde er nicht den Fehler begehen, die Lehren der Väter zu mißachten.

Er rief die Bäuerin zu sich und befahl ihr, Naki und das Kind vor ihn zu bringen.

Vom Pferd herab sah er mit berechnender Strenge auf die beiden Frauen, nahm mit Befriedigung ihre unverhohlene Angst wahr.

»Wie ist dein Name?« fragte er die Bäuerin.

»Daire, Herr.«

»Du kannst mit ihr sprechen, verstehst ihre Sprache?« fragte er mit einer Kopfbewegung auf Naki hin.

»Nicht alles, Herr, aber das meiste!« erwiderte die Bäuerin zögernd.

»So sorge dafür, daß sie versteht, was ich dir jetzt sage! Sorge dafür zu deinem eigenen Besten und um des Lebens deines Kindes willen! Wie heißt es?«

»Kori, Herr«, preßte die Frau hervor.

Er sprang vom Pferd, hob die kleine Kori auf, zog seinen Dolch und richtete ihn dem Kind auf die Brust.

Naki schrie auf und preßte sich beide Hände vor den Mund.

Starr hingen ihre Augen an ihm.

Die Kleine in seinem Arm verzog weinerlich das Gesicht und strebte von ihm fort. Da nahm er den Dolch von ihrer Brust und gab sie Naki in die Arme, sah dabei Naki an.

Noch immer Naki mit dem Blick festhaltend, befahl er der verängstigten Bäuerin: »Übersetze Naki genau, was ich dir jetzt sage!

Sag ihr, wenn sie mir ungehorsam ist, werde ich dein Kind dafür bestrafen. Ich schwöre beim Grab meines Vaters: Vor ihren Augen werde ich statt ihrer deine Kori züchtigen. Und sag ihr: Wenn sie von mir wegläuft, werde ich Kori töten. Ich schwöre beim Andenken meines Vaters, daß ich noch am selben Tag dein Kind töten werde! Alle Kinder, die du je geboren hast, je gebären wirst!«

Er drehte sich um, stieg wieder aufs Pferd, wartete nicht mehr, daß die Bäuerin sich aus ihrer Erstarrung löste und Naki seine Worte mitteilte.

Er hatte gesiegt.

Geschäftige Unruhe verwandelte den Hof in einen summenden Bienenstock. Mägde scheuerten rußgeschwärzte, durch den Abdruck von Schnüren kunstlos verzierte Töpfe aus rauhem Ton, kehrten Abfall, Schmutz und verbrauchte Binsen aus dem Haus, buken Brot, brauten Bier und kochten Beerenmus und Würste. Knechte schlachteten Schafe und Ziegen, Schweine und ein Rind und stellten Käse und vergorene Stutenmilch her.

Alles sollte bereit sein für das Hochzeitsfest.

Lykos gab letzte Anweisungen und prüfte noch einmal den Fortgang der Arbeiten. Heute mußte er zum Rösoshof aufbrechen. In drei Tagen würde er seine Braut heimholen.

Er schloß kurz die Augen und versuchte sich das Bild zu vergegenwärtigen: Rösos' Tochter auf der Festwiese, die Schüssel mit Wasser in der Hand.

Es gelang nicht.

Andere Bilder drängten sich auf: Naki nackt auf seinem Lager, im Widerschein des Feuers, wie sie die Arme ausbreitet – Naki, wie sie ihm kniend die Schuhriemen löst, eine Flut heller Haare auf ihrem gebeugten Nacken – Naki, wie sie langsam ihren Kittel öffnet, ihre sanft gerundete Schulter und diese kleine Kuhle am Ansatz ihres Halses entblößt und wie ihm plötzliche Ergriffenheit vor so viel Vollkommenheit die Kehle zuschnürt – Naki, wie sie in seinem Gesicht forscht und sich bemüht, seine Worte zu verstehen, wie sie eine stockende Antwort versucht – Naki, wie er sie lobt und über ihr Gesicht streicht und wie sie zaghaft lächelt und ihre Wange in seine Hand drückt – Naki, wie sie vor ihm kniet und ihm ihr festes Hinterteil hinstreckt, bereit, ihn aufzunehmen –

Was würde Moria empfinden, wenn sie hierherkam und Naki sah?

Er gab einen unwilligen Laut von sich: Moria hatte kein Recht, sich über eine Nebenfrau zu beklagen. Eine Hausfrau und eine Nebenfrau – das waren zwei Sachen, die nichts miteinander zu tun hatten.

Und er selbst?

Er könnte nicht mehr jede Nacht mit Naki verbringen.

Vielleicht war das gut so. Sie hatte eine Bedeutung in seinem Leben, die einer Nebenfrau nicht zukam.

Es wurde Zeit, daß er seinen Kopf frei bekam von ihr und seine Aufmerksamkeit stärker auf seine Aufgaben richtete.

Nebenfrau – Nebensache!

Er nahm seine Streitaxt von der Wand und befestigte sie an seinem Gürtel. Seit dem Tod seines Vaters hatte er die Axt nicht mehr getragen.

Der Vater starrte an ihm vorbei, starrte auf Naki. Abgründe taten sich auf in seinem Blick. Sein Gesicht gerann zu einer Maske des Grauens. Er griff sich an den Hals, an die Brust, krümmte sich zusammen...

Lykos stierte auf die Bank, von welcher der Vater im Todeskampf gefallen war. Er runzelte die Stirn. Warum war der Vater mit allen Anzeichen des Entsetzens gestorben, als er Naki gesehen hatte?

Nun gut, er mochte gewähnt haben, Kugeni zu sehen. Daß ihm das einen Schlag versetzen würde, war zu erwarten gewesen, doch was hatte ihn daran zu Tode erschreckt? Von so weibischer Schwäche war doch ein Herr der Söhne des Himmels nicht, daß er bei der Begegnung mit einer Wiedergängerin sein Leben aushauchte!

Es mußte sich mehr dahinter verbergen. Und es mußte mit Kugeni in Zusammenhang stehen.

Wie hatte er diese Sache so lange ungeklärt lassen können! Er mußte wissen, was damals geschehen war.

Entschlossen rief er nach Noedia.

Sie kam und beugte den Kopf vor ihm.

Kalt sah er sie an. Er hatte sie gedemütigt und zu seiner ohnmächtigen Feindin gemacht. Aber jetzt brauchte er sie.

Er durfte sich keine Blöße vor ihr geben.

»Noedia«, sagte er und legte absichtsvoll einen herrischen Ton in seine Stimme, »nach dem Tod meines Vaters hast du hemmungslose Anklagen gegen meine Nebenfrau ausgestoßen. Ich habe das hingenommen, weil ich dir deinen Schmerz um meinen Vater zugute gehalten habe. Aber ich will diese Sache bereinigt haben, ehe deine Herrin hier eintrifft. Ich verlange, daß du mir jetzt Rede und Antwort stehst.«

»Wie Ihr wünscht, Herr«, erwiderte Noedia mit erkennbarer Mühe.

»Also rede! Sprich frei heraus! Warum diese Anschuldigungen gegen Naki? Und warum deine Furcht, als du sie sahst?«

»Ich bereue, was ich damals gesagt habe. Im ersten Augenblick hat manches anders ausgesehen als jetzt.«

»Ich erwarte keine Entschuldigung, sondern eine Antwort! Hast du verstanden?«

»Ja, Herr. Aber – es ist nicht mit wenigen Sätzen gesagt.«

»Dann erzähle eins nach dem anderen!«

Noedia trat unruhig von einem Fuß auf den anderen. Ihre Augen irrten zur Seite. Erst unter seinem strengen Blick begann sie zu sprechen: »Es ist so, Ihr wart damals noch sehr jung, aber Ihr werdet Euch erinnern, Euer Vater hatte eine Nebenfrau vom Alten Volk, Kugeni hieß sie, vielleicht ist Euch nicht aufgefallen, wie sehr Naki ihr ähnlich sieht, und

damals, als ich sie sah, ich fürchtete, sie sei zurückgekehrt ...«
Noedia verstummte.

»Fürchtete?« fragte er.

Noedia schwieg.

»Was war mit Kugeni?« fragte er scharf.

»Sie ist schon lange tot«, erwiderte Noedia widerstrebend.

»Und als du Naki gesehen hast ...«, forderte er sie zum Weitersprechen auf.

»... habe ich gedacht, es sei Kugeni«, flüsterte Noedia.

»Gedacht?« wiederholte er gereizt, fuhr immer schärfer fort: »Eben sagtest du, du hättest es gefürchtet! Warum?« Nun schrie er sie an: »Warum hast du dich vor dieser Kugeni gefürchtet?!«

Noedia schlug die Hände vors Gesicht und brach in Tränen aus.

So würde er sie nie zum Reden bringen.

Er nahm sie am Arm, führte sie zu einer Bank, drückte sie darauf nieder und wartete eine Weile, ehe er sie in ruhigem Ton zum Weitersprechen aufforderte.

»Es war ihre eigene Schuld«, stieß Noedia hervor, »sie hat sich nicht untergeordnet. Diese Frauen vom Alten Volk, sie taugen nichts. Immer wieder hat der Herr sie zurechtweisen müssen und sie bestrafen. Dann, Ihr seid schon bei den Wolfskriegern gewesen, Herr, dann ist sie schwanger geworden, und eine Zeitlang hat es so ausgesehen, als habe sie sich gebessert. Je runder ihr Bauch geworden ist, desto besser hat sie sich gefügt. Aber dann, dann –« Noedia brach ab.

»Weiter! Erzähl alles!«

»Der Herr, Euer Vater, hat uns manchmal Met zu trinken gegeben, es hat ihm gefallen, wenn wir dann lustig geworden sind«, brachte Noedia heiser hervor. »Und da, er hat verlangt, daß Kugeni Met trinken sollte, aber sie hat sich geweigert. Es ist nicht gut für das Kind, hat sie behauptet. Da hat er ihr erklärt, daß er es ist, der bestimmt, was gut ist und was nicht.

Warum hat sie nicht geschwiegen und gehorcht?! Aber nein, sie hat sich auf einmal ganz stolz aufgerichtet, einen Blick hat sie gehabt, mein Leben lang habe ich nicht einen solchen Blick gesehen, und dann hat sie gesagt: Die Große Göttin verbietet schwangeren Frauen, sich zu betrinken wie Männer.

Die Große Göttin! Hier, im Haus Eures Vaters, hat sie diesen Namen in den Mund genommen, in diesem Namen ihm den Gehorsam verweigert! Sie hat doch wissen müssen, was ihr da drohte! Euer Vater hat sie verprügelt, und als sie am Boden gelegen hat, da hat er sie getreten und da ...« Noedias Stimme brach.

Ein dumpfer Druck lastete auf seiner Brust. Wie als Knabe, wenn er von Alpträumen aufgewacht war und nicht gewußt hatte, wovor er sich fürchtete.

»Und da?« fragte er.

»Und da haben die Wehen eingesetzt, und das Kind ist vorzeitig geboren worden, ein Mädchen, und es war tot.«

Etwas in ihm zog sich schmerzhaft zusammen. Als sei er noch der Knabe, der von Kugeni geträumt hatte. Dann rief er sich zur Ordnung.

»Das erklärt noch immer nichts«, sagte er. »Kugeni hat also ihr Kind verloren. Was weiter?«

Noedia knetete den Stoff ihres Rockes, zerrte und zog daran. Mit spröder Stimme fuhr sie schließlich fort: »Kugeni hat das tote Neugeborene in den Arm genommen, ist in den Raum Eures Vaters gegangen, alle Männer waren beim Essen, ich selbst habe Met ausgeschenkt, Eure Mutter hat den Braten geschnitten, da stand Kugeni einfach da, mit dem Finger hat sie auf Euren Vater gezeigt, und dann hat sie ihn verflucht, hat ihn im Namen ihrer Schwarzen Göttin verflucht. Nie wieder soll ihm ein Kind geboren werden, hat sie gesprochen, und noch als Tote werde sie ihre kleine Tochter rächen und ihm den Tod bringen.«

Lykos erstarrte.

Aus weiter Ferne hörte er Noedia: »Euer Vater hat seinen Dolch gezogen und sie getötet. Aber es war zu spät. Ihr Fluch ist in Erfüllung gegangen. Eurem Vater wurde kein Kind mehr geboren. Kein einziges Kind mehr.«

Noedias Stimme steigerte sich zu einer wilden Klage, drängte sich durch Lykos' Entsetzen, drängte sich in sein Bewußtsein: »Wißt Ihr, was das bedeutet hat?! Leer ist mein Schoß geblieben, leer sind meine Arme geblieben! Nie wieder ein kleines Kind, das Glück in meine Tage gebracht hätte! Nie wieder ein kleines Kind, das ich hätte lieben dürfen! Unfruchtbar waren wir alle. Ich. Eure Mutter. Jede andere, die Euer Vater zur Nebenfrau genommen und wieder verworfen hat. Keine Nacht, in der ich nicht die Himmlischen um Erbarmen und Hilfe angefleht habe. Umsonst. Stier um Stier hat Euer Vater geopfert. Umsonst. Keine Macht des Himmels und der Erde konnte den Fluch brechen. Und nun hat er sich ganz erfüllt. Kugeni ist zurückgekehrt und hat Eurem Vater den Tod gebracht!«

Lykos drehte sich um, ging langsam, traumwandlerisch, zur Tür. Hinter ihm gellte Noedia: »Und solange sie hier ist, wird der Fluch über dem Hof liegen! Kein einziges Kind wird geboren werden, solange sie hier ist!«

Lykos stürmte aus dem Haus, rang nach Luft.

Vor der Tür stieß er mit Naki zusammen.

Erschrocken entschuldigte sie sich, stammelte Worte in seiner Sprache.

Er packte sie, schüttelte sie und schrie in ihr furchtsames Gesicht: »Du mußt fort, hörst du, fort! Ich will nicht, daß der Fluch auch mich trifft! Ich will nicht, daß Moria unfruchtbar wird! Wenn ich mit meiner Braut zurückkomme, bist du weg!«

Ratlos schaute sie ihn an, nichts hatte sie verstanden, sie nickte ängstlich fragend und versuchte ein Lächeln, das kläglich mißlang.

Verzweiflung stieg in ihm auf. Nein, er wollte sie nicht verlieren. Es mußte einen anderen Weg geben.

Noch fester griff er ihre Arme. »Aber ich gebe dich nicht frei! Du gehörst mir! Nur an meinem Hof kann ich dich nicht mehr dulden! Zu den Bauern hinter dem Schwarzmoor werde ich dich geben, zu dieser Daire. Dort wirst du in Zukunft leben, und wenn ich es möchte, wirst du mir zu Willen sein, nur mir, hast du gehört, mir allein!«

Er ließ sie los. Sie weinte, kniete vor ihm nieder, ergriff seine Hände und küßte sie.

Und sein ganzer Aufruhr legte sich.

Er zog sie hoch, nahm sie in die Arme und drückte ihren Kopf an seine Brust.

7

O Göttin, ich ertrage es nicht. Nimm mich zu dir.

Wirrkon, Karu, Rablu, Aktoll, Li, Taku – alle tot.

Weiße Mutter, Eulenfrau, laß mich deinen Ruf hören! Ich bin es, Haibe, Sippenmutter der toten Dala, die nach dir schreit.

Ich weiß, ich habe dich angefleht, mich ans Leben zurückzusenden.

Ich wußte nicht, was ich tat.

Jetzt aber weiß ich es: Ich kann nicht leben mit diesen Bildern vor meinen Augen.

»Haibe, Schwester, hörst du mich?«

»Haibe, Schwester, hörst du mich?«

Ritgos Stimme, fern und verzerrt, wie von Nebel verschluckt. Mühsam öffnete sie die Augen.

»Schwester, ich brauche deine Hilfe.«

Die Augen fielen ihr wieder zu.

Er richtete sie auf. »Haibe, du warst zu lange im Grab eingeschlossen, es war ja keiner im Dorf mehr am Leben, der dich hätte befreien können, und ich kam fast zu spät, ich weiß, du bist sehr krank, aber du mußt aufstehen, unsere Toten...«, seine Stimme zitterte. »Du mußt die Totenlieder singen, es ist keine Frau da außer dir, die sie singen...« Seine Stimme brach.

Der Bruder hob sie auf die Arme, trug sie. Ihr Kopf sank an seine Schulter.

Sie hatte sich im Schnee verirrt. Der Große Oheim hatte geschimpft, weil sie nicht die Suppe gekocht hatte, mit Mulai hatte sie auf dem Zwischenboden gespielt und gar nicht auf die Zeit geachtet, böse war der Oheim geworden. Wir können keine Tochter brauchen, die über dem Spielen ihre Pflichten vergißt, hatte er gesagt, und da war sie aus dem Haus gegangen und aus dem Dorf, immer weiter durch den tiefen Schnee, ihre Beine wurden müde, sie fror, sie hatte keinen Mantel an, wenn sie tot war, dann würde der Oheim weinen, leid würde es dem Oheim tun. Es schneite plötzlich, wo war das Dorf, sie wollte heim, sie konnte den Weg nicht mehr finden, Mutter, ich will zu dir, sie sank in eine Schneewehe ein, schlafen, ich bin so müde, Mutter... Da war der Große Oheim da, hob sie auf, wickelte sie in seinen Mantel, trug sie heim. Ihr Kopf lag an seiner Schulter. Du dummes Kind, sagte er, wenn ich mit dir schimpfe, mußt du doch nicht weglaufen, mach das nie wieder, hörst du, wenn ich dich nicht gefunden hätte, wärst du erfroren, du dummes, dummes liebes Kind!

»Nie wieder«, flüsterte sie heiser.

»Nein«, sagte Ritgo, »nie wieder. Ich habe es geschworen. Nie wieder soll so etwas geschehen wie hier!«

Verwirrt sah sie ihn an. War da nicht eben der Große Oheim gewesen?

Vor dem Eingang zum Grab setzte er sie ab. »Da hinein kann ich dich nicht tragen, es ist zu eng. Schaffst du es, Haibe? Ich habe alle unsere Toten ins Grab gebracht. Es war mir unmöglich, ihre Gebeine vorzubereiten, viel zuviel Tote, und keiner, der mir helfen konnte, unsere Nachbardörfer sind ausgelöscht wie unseres, keine Menschenseele weit und breit, nur du und ich, die Göttin wird sie auch so zur Wiedergeburt in ihren Schoß aufnehmen, o Haibe –

Ich habe das heilige Feuer angezündet. Aber du mußt singen! Wenigstens die Lieder sollen sie geleiten!«

Auf den Knien rutschte sie in den Gang.

Was sollte sie hier? Es war das falsche Grab, das neue. Hier ruhten nicht die Mütter und Ahnen.

Mütter, ich wollte mit euch sprechen ...

Sie kroch zur Schwelle. Im Grab loderten Fackeln und das heilige Feuer.

Dann sah sie –

Die toten Körper füllten rechts und links vom Eingang das ganze Grab. Dicht an dicht lagen sie auf dem Boden, bedeckten das Steinpflaster, der Platz reichte nicht aus, in einer zweiten und einer dritten Lage waren die Toten darüber gestapelt, Leere in ihrem Kopf, kein Begreifen. Wie Holz, dachte sie, wie Holz für den Winter.

Doch da – Karu.

Und die Wahrheit kam über sie.

Karu, ihr Sohn.

Sein Schädel war eingeschlagen, Reste von Blut und Hirn, zu einer furchtbaren Masse verkrustet, klebten in seinem Haar ...

»Haibe, ich rede mit dir, warum antwortest du nicht?« Ritgos Stimme, fern und verzerrt, wie von Nebel verschluckt.

Laß mich. Ich will nicht.

Er rüttelte sie an der Schulter, schrie sie an: »Ich ertrag' es nicht länger, daß du so starr und teilnahmslos bist! Dafür hab' ich dich nicht aus dem Grab geholt, daß du nun toter bist als eine Tote! Ich weiß, das Grauen übersteigt jedes Maß! Aber du lebst!«

Ich lebe nicht, Bruder.

Alles Leben habe ich verloren in dem Augenblick, in dem ich Karu sah. Und Wirrkon. Und Rablu.

Ich war nicht bei meinen Söhnen, als sie starben.

Nicht bei Karu, nicht bei Wirrkon. Und nicht bei meinem kleinen Rablu.

Er hat nach mir geschrien, ich höre es, Mutter, hat er geschrien, Mutter, hilf mir, und dann schlossen sich die Hände um seinen Hals, und ich war nicht da.

»Wir hätten es ahnen müssen, du und ich, Ritgo«, sagte sie in den Rücken ihres Bruders hinein, »die Göttin hat uns ein Zeichen gegeben, der Bach war ausgetrocknet, wir hätten daran denken müssen, daß es wieder geschehen könnte, daß es unserem Dorf so ergehen könnte wie Zirrkans.«

Er drehte sich zu ihr um. Seine Augen waren dunkel vor Trauer, sein Gesicht kantig und fremd. »Meinst du, ich sage mir das nicht selber, Tag für Tag, Nacht für Nacht?« brach es aus ihm heraus. »Meinst du, ich gäbe nicht alles darum, das Rad der Zeit anhalten zu können, das Verhängnis zu verhindern? Mich verfolgen die Erinnerungen nicht weniger als dich! Ich war es, der die verkohlten Leiber unter den schwelenden Trümmern hervorgeholt hat, ich war es, der den Toten das Blut abgewaschen und die Pfeile aus der Brust gezogen hat!

Bei jedem Toten, den ich in meinen Armen ins Grab getragen habe, habe ich meinen Schwur erneuert: Nie wieder sollen diese Wölfe ein friedliches Dorf überfallen, nie wieder schlafende Männer und ahnungslose Kinder niedermetzeln, nie wieder Frauen und Mädchen entführen, nie wieder!«

Nie wieder?

Was soll mir das, Bruder?

Was geschehen ist, das ist geschehen.

Große Bärin, wir sind deine Kinder, warum läßt du zu, daß wir so blind sind?

Karu, sein Gesicht –

Eule, hörst du mich nicht?

»Was hast du gesagt, Ritgo?«

»Nichts«, erwiderte er voll Bitterkeit. »Du hörst mir ja doch nicht zu!«

Stumpf schleppte sie sich hinter ihm her, mit hängenden Schultern, den Kopf gesenkt. Der Regen strömte auf sie, durchdrang den Binsenhut. Der Kopf schmerzte, der Rücken schmerzte, die Gelenke schmerzten. Schwer lastete der nasse Vliesmantel. Schwerer lastete die Verzweiflung.

Warum ging sie hier?

Sie wußte es nicht mehr. Ritgo war es, der sie auf diesen Marsch mitgenommen hatte.

Als käme es jetzt noch darauf an, wo man war, wohin man ging – und mit wem.

Wenn sie die Hand ausstreckte, schien sie ihn berühren zu können, seinen breiten, starken Rücken, der ihr immer so verläßlich erschienen war: ein unerschütterlicher Fels.

Wenn sie die Hand ausstreckte, stieße sie an jene unsichtbare Wand, die sie umschloß.

Die Wand, die sie von allem trennte, was lebendig war, die sie einschloß mit ihren Toten.

Die Wand, die sie gefangenhielt, die sich nachts auf sie senkte und ihr den Atem nahm.

Die Wand, die Worte sprachlos machte und Farben grau, die ihre eigenen Schreie verschluckte im Abgrund der Tonlosigkeit.

Rechter Fuß, linker Fuß, rechter Fuß.

Wirrkon – erschossen. Eulengöttin, erlöse mich.

Mein kleiner Rablu – sein Gesicht blau und verzerrt, dunkle Male an seinem Hals. Weiße Frau, laß den wütenden Eber frei, laß ihn über mich kommen.

Und Naki ...

Da war das Bild wieder da, der Zug der gefesselten Frauen, gebückt unter schweren Körben, und ihre eigenen Worte: Laß mich zurück, ich muß Naki helfen!

Die Wand kam näher, von allen Seiten lastete sie auf ihr.

Naki, wo bist du? Was mußt du erleiden?

Meine Tochter in der Gewalt der Söhne des Himmels, wehrlos in den rohen Händen eines Wolfes von einem Mann –

Besser wäre dir, du wärst tot.

Ich bin unfähig, dich zu retten.

Ich habe keine Kraft mehr.

Alles, was an Kraft in mir war, ist mit dem Blut meiner Söhne versiegt.

Die anderen Frauen spannen.

Unermüdlich zupften sie Wolle vom Spinnrocken, ließen die Spindeln tanzen, zwirbelten den Faden und wickelten ihn auf.

Haibe, in sich zusammengefallen, die Hände um die Bernsteinkette der Mutter geschlossen, spann nicht.

Unermüdlich sprachen die Frauen miteinander, drehten und wendeten Rede und Gegenrede, wogen das Für und Wider.

Haibe, die Lippen zu einer schmalen Linie der Qual geschlossen, sprach nicht.

Kaum wußte sie, wo sie war.

Von Dorf zu Dorf hatte Ritgo sie mitgenommen, der Herbst war darüber ins Land gezogen und hatte die Blätter von den Bäumen gefegt, ohne daß Haibe es recht bemerkt hatte. Immer wieder hatte Ritgo sie der Obhut irgendwelcher Frauen überlassen, während er selbst mit den Männerversammlungen sprach, er und die anderen Männer, die sich ihm anschlossen, von Dorf zu Dorf mehr. Bei ungezählten Versammlungen des Allgemeinen Dorfrats in ungezählten Dörfern hatte sie still und reglos neben ihm gesessen, das Ratschlagen der Frauen und Männer gehört und kein Wort davon aufgenommen.

Längst hatte Ritgo seine hilflosen Versuche aufgegeben, sie

aus ihrer Starrheit zu lösen, hatte sich damit abgefunden, daß sie keinen Anteil an dem nahm, was er tat, kaum aß, noch weniger sprach.

Und keiner, der wußte, welch wütende Pein in ihrem Körper bohrte – krank seit den Tagen im Grab.

Und keiner, der wußte, welch grausamer Kampf in ihrem Inneren tobte.

Sie starrte ins Feuer. Bilder lösten sich daraus, fielen über sie her.

Der kleine Rablu – sein Gesicht noch gerötet vom Weinen, die Spuren der Tränen auf seinen Wangen – lag in ihren Armen und schlief, den Kopf an ihre Brust geschmiegt, ganz weich und gelöst das liebe Gesicht, das eben noch von übermächtigem Kummer über den Tod des alten Hundes gezeichnet gewesen war. Sie hatte ihn gewiegt und ihm von dem warmen Schoß der Großen Göttin erzählt, in den der Hund eingegangen war und schlief, und aus dem er wieder neu geboren werden würde. Bald? hatte Rablu unter Schluchzen gefragt, und sie hatte die Tränen von seinen Augen geküßt und gesagt: Ja, bald.

Rablus Gesicht im Grab, blau angelaufen, in der Todesqual verzerrt, die Augen aus den Höhlen hervorgetreten ...

Wirrkon und Naki – der Augenblick, als Naki Wirrkon die Hand auf den Arm gelegt hatte: Danke, Bruder, und die beiden einander angesehen hatten: Was kann uns geschehen, solange wir füreinander einstehen, du für mich, ich für dich ...

Aktoll hatte Naki nach dem Kittel gefragt, den er ihr am Vorabend zum Flicken gegeben hatte. Ich bin noch nicht dazu gekommen, hatte sie erwidert, aber Aktoll, der den Kittel brauchte, war so verärgert gewesen, daß er sie »bodenlos faul« genannt hatte, und Naki, tief verletzt, hatte geschwiegen. Haibe war nahe daran gewesen, einzugreifen und Naki zu rechtfertigen, die den ganzen Abend die Wiedergeburt des Mondes in Gebet und Tanz gefeiert hatte – nur das Wissen um das Verdienst ihrer Brüder an Nakis Erziehung hatte sie noch davor zurückgehalten –, da hatte Wirrkon ruhig gesagt: Hast du vergessen, Oheim, daß gestern abend Neumondlicht war? Aktoll hatte bestürzt eingehalten und sich entschuldigt: Es tut mir leid, Naki. Ich sollte wissen, daß es manchmal Wesentlicheres gibt als einen Kittel.

Und nun stand Wirrkon für niemanden mehr ein, und niemand stand Naki bei …

Das Feuer leckte und züngelte an einer Baumwurzel. Wie mußte das Dorf gebrannt haben …

Aktolls Körper bis zur Unkenntlichkeit verbrannt, einer der namenlos verkohlten Leichname, die Ritgo im Grab übereinandergelegt hatte …

Haibe floh vor dem Bild, flüchtete in die Rede der Frauen, unter denen sie saß, hörte auf die Worte, ohne ihnen einen Sinn zu geben, nur um Aktolls Leichnam nicht sehen zu müssen, hörte und vergaß, was sie hörte, kaum daß es verklungen war.

»Was sie im letzten Sommer taten, können sie im nächsten wieder tun, und vielleicht ist dann unser Dorf an der Reihe!«

»Eben, und darum sag' ich, wir müssen unser Getreide dreschen und unsere Vorräte und Werkzeuge auf Ochsenkarren packen und uns auf den Weg machen. Wir müssen fliehen, je weiter weg, desto besser!«

»Wie du dir das vorstellst! Wohin sollen wir denn gehen?! Wo der Boden einigermaßen gut ist, da leben Bauern. Meinst du, die freuen sich, wenn wir kommen?«

»Wir können doch nicht unseren Boden und unser Dorf verlassen, und schon gar nicht das Grab unserer Mütter und Ahnen!«

»Das mein' ich auch! Wie sollen wir leben ohne diesen Ort

der Verbindung zu ihnen, ohne die Nähe der Steine! Und vor allem ohne die Heiligen Steine, die Gräber der Urfrauen! Nicht nur unsere Körper, auch unsere Seelen wären ohne Heimat. Mit dem Gedanken kann ich mich nicht abfinden.«

»Kannst du dich eher mit dem Gedanken abfinden, daß deine Söhne ermordet werden und deine Töchter entführt?«

»Es heißt, sie wüten nicht in allen Dörfern so. Es heißt, in den Gegenden, wo sie selbst leben, verschonen sie die Bauern. Sie verlangen nur, daß die Bauern ihnen Getreide liefern, ihnen Boden und Wald überlassen und ihnen Arbeit leisten, aber sie lassen sie am Leben.«

»Was ist das noch für ein Leben, täglich in Angst vor Vergewaltigung, täglich in Not! Nie willige ich darein!«

»Ritgo sagt, es gibt nur eines, was wir tun können, nur eines, was wir tun müssen: uns wehren. Er sagt, vor einer Gewalt wie der der Söhne des Himmels kann man sich nur mit Gewalt schützen. Er sagt, es gibt keinen anderen Weg, die aufzuhalten, weil die sich durch nichts anderes aufhalten lassen. Wir sollen uns im Gebrauch der Waffen üben, Männer und Jungen, vielleicht sogar Frauen und Mädchen, nur so können wir den Söhnen des Himmels Einhalt gebieten!«

Für einen Augenblick horchte Haibe auf. Ritgo? Welcher Ritgo? Nicht ihr Bruder. Ihr Bruder würde so etwas nicht sagen.

»Aber das bedeutet Krieg!« erwiderte erregt eine andere Frau. »Und wo soll das hinführen? Gewalt erzeugt wieder Gewalt, und die wieder, ein Kreis ohne Ende, in den man niemals eintreten darf, hat das der Dala nicht von seinem Großen Oheim gelernt?!«

Karu und Wirrkon spielten im Hof. Doch plötzlich kein Spiel mehr, plötzlich Streit.

Sie wälzten sich im Sand.

Wirrkon, obwohl älter und größer als Karu, kam unten

zu liegen, Karu kniete auf ihm, drückte ihn zu Boden, brüllte.

Ritgo kam aus dem Schuppen, ging zu den raufenden Jungen, beugte sich über sie und legte Karu die Hände auf die Schultern, ruhig und fest.

Karu drehte den Kopf, wurde rot, ließ Wirrkon frei und stand auf. Auch Wirrkon rappelte sich auf.

»Was ist hier los?« fragte Ritgo.

»Weil«, begann Karu, »Wirrkon hat mir den Ring weggenommen, ich hab' damit gespielt, und da kommt Wirrkon und nimmt ihn mir einfach weg ...« Er sprach nicht weiter.

»Wirrkon nimmt dir was weg, und du stürzt dich auf ihn!« Ritgo schüttelte den Kopf. »Wie zwei Kleinkinder, die es nicht besser wissen. Geht wie Männer miteinander um! Gewalt ist niemals ein Mittel, das zu bekommen, was man will, und das zu verteidigen, was man hat. Niemals!«

»Gewalt ist niemals ein Mittel, das zu bekommen, was man will, und das zu verteidigen, was man hat. Niemals!« wiederholte Haibe heiser.

Die Frauen drehten sich nach ihr um, sahen sie erstaunt an. »Haibe! Du sprichst ja mit uns! Und wir haben geglaubt, du hörst uns gar nicht! Wie geht es dir?«

»Flieht!« flüsterte sie. »Hört ihr! Flieht! Sie kommen! Die Gräber werden die Toten nicht fassen! Und ihr und eure Töchter werdet ...«

Sie brach zusammen, geschüttelt von krampfhaftem Weinen.

8

Der Abend war kalt und klar. In tiefem Rot war die Sonne untergegangen, als brenne am Horizont ein riesiges Feuer.

Im Osten aber erhob sich glänzend der volle Mond, löste sich aus den Baumwipfeln des fernen Waldes und schwamm im dunkel werdenden Himmelsmeer.

»Komm, Haibe, tanz mit uns!« Eine Frau ergriff Haibes Rechte, eine andere ihre Linke. Langsam schritten sie im Kreis. Willenlos ließ Haibe sich mitziehen.

Die Frauen sangen. Sie sangen vom Mond und von der Erde, vom Wasser und von der Göttin. Haibe sang nicht.

Vorwärts gingen die Schritte, das Gesicht zur Zukunft gekehrt: Zeig uns, Mutter, den Weg, den alles Leben geht.

Rückwärts wandten sie sich im Voranschreiten: Hinter uns die Mütter und Ahnen. Laßt uns bedenken, woher wir kommen.

In den Kreis hinein schritten sie: zur Mitte, zu Ihr.

Leise, zögernd, mit geschlossenen Lippen, summte Haibe die uralten Weisen mit, vertraut ihr ganzes Leben lang – und viele Leben zuvor.

Die Arme hoben sich zum Himmel, priesen die Schönheit, die Güte, die Allmacht.

Haibe richtete sich auf. Der Mund öffnete sich. Fester klang das Lied.

Dann beschrieben die Arme den weiten Kreis, senkten sich im großen Bogen herab, reckten sich wieder zum Himmel, schlossen in dieser einen Bewegung alles ein: den Mond und die Sterne, den Erdkreis und das Himmelsgewölbe, die Höhle des Grabes und den Leib der Großen Göttin, den ewigen Gral des Lebens und des Heils – die Pflanzen und die Tiere, die lebenden Menschen und die toten, das Geheimnis der Wiedergeburt.

Vor dieser Größe zerbrach die Wand, die Haibe umschloß. Steine rückten zur Seite, und Fels zerbarst, und Berge wälzten sich von ihrer Seele.

Und sie sah das Licht und erkannte es wieder.

Die Frauen faßten Haibe wieder bei den Händen, eine zur Rechten, eine zur Linken, zogen sie in den Kreis, nahmen sie mit in die sich windende Schlange, tanzten mit ihr in den Tod hinein, aus dem Tod wieder hinaus ins Leben.

Noch immer sah Haibe das Licht.

Und sie wußte, dort waren ihre Söhne, ihre Brüder, ihr Mann: geborgen bei Ihr.

Sie lächelte.

Als der Tanz endete und der Mond hoch am Himmel stand, erblickte Haibe den Weg vor sich, den sie zu gehen hatte.

Sie kehrte nicht mit den anderen für die Nacht ins Haus ihrer Gastgeberin zurück, sondern legte sich allein in die Laubstreu im Schuppen. Und zum ersten Mal, seit Ritgo sie aus dem Grab befreit hatte, waren die Schmerzen in ihrem Kopf, in ihren Gliedern und Gelenken nur noch schlimm, nicht mehr unerträglich.

Zum ersten Mal schlief sie wieder tief und fest.

Naki war an den Pfosten gebunden. Flammen loderten um sie herum. Glühend umbrauste sie der Feuerwind. Beißend stach der Rauch in ihre Lunge.

Oheim Ritgo! wollte sie schreien, Großer Oheim, hilf mir!

Doch kein Ton kam über ihre Lippen.

Er hörte sie dennoch. Er war da. Sie sah ihn nicht, der Rauch war zu dicht, aber sie spürte seine Hände, er löste die Fesseln, er hob sie hoch, trug sie, schritt mit ihr auf den Armen durch Feuer und Rauch.

Sie schlang die Arme um seinen Hals. Oheim, wo du bist, da ist Sicherheit.

Sie ließen das Feuer hinter sich.

Oheim Ritgo, flüsterte sie, mein Großer Oheim! Fest drückte sie einen Kuß auf seine Wange.

Sein Bart kitzelte in ihrer Nase.

Seit wann hast du einen Bart, fragte sie und sah ihn an.

Sie zuckte zurück.

Es war nicht der Große Oheim. Es war Lykos.

Laß mich! schrie sie und wand sich in seinen Armen.

Er hielt sie fest. All ihre Kraft bot sie auf, zerrte und zog. Seine Hände, hart wie Fels, hielten sie unerbittlich. Nicht einen Fingerbreit konnte sie sich von ihm bewegen.

Verflucht sollst du sein! schrie sie.

Da verwandelte er sich in einen Wolf.

Er warf sie um, sein furchtbares Gebiß blitzte. Nein! schrie sie. Nein!

Der Wolf war über ihr, sie trat nach ihm, wehrte ihn mit den Händen ab. Da schlug er seine Zähne hinein.

Sie riß den Arm zurück, vergebens, seine Zähne ließen nicht los, fetzten ihr das Fleisch von den Knochen . . .

Naki schrie, fuhr in die Höhe. Rasend hämmerte ihr Herz. Sie keuchte. Finsternis um sie.

Und dann Männerarme, die sich um sie schlossen, sie beschwichtigend wiegten, eine tiefe Stimme, die ihren Namen murmelte, ein Traum, begriff sie, nur ein Traum, mein Oheim, wie gut, daß du da bist!

Sie drückte ihr Gesicht an seine Brust, langsam beruhigte sich ihr Herz.

»Naki«, hörte sie die Stimme wiederholen, und dann noch weitere Worte, fremde Worte, die die Wirklichkeit zurückbrachten in den zweifachen Traum.

Nicht Oheim Ritgo.

Lykos.

Sie schluchzte.

Er hielt sie.

Es könnte gut sein, gehalten zu werden, sie wollte, daß jemand sie hielt, wenn sie nur weiter glauben könnte, es wäre der Oheim, nur nicht Lykos, nicht er.

Er stand auf, zog sie mit sich.

Sie taumelte in die Höhe und begriff: Er wollte gehen.

Endlich wach und ernüchtert dachte sie: Etwas Besseres könnte er nicht tun.

Sie schlug den Vorhang beiseite, der auf Lykos' Befehl die Ecke des Bauernhauses abtrennte, in der man ein Lager für Naki aufgeschlagen hatte, tastete zur Feuerstelle und blies hinein. Rot leuchtend erwachte die Glut. Naki hielt einen Span daran und entzündete die Lampe.

Vor Lykos kniend, band sie die Lederschnüre seiner Schuhe. Dann stand sie auf und reichte ihm den Kittel, hielt die Augen dabei gesenkt, damit sie ihn nicht sehen mußte, sein bärtiges Gesicht, seine breiten Schultern, seine von Narben bedeckte behaarte Brust. Voller Entsetzen merkte sie, daß sein Glied sich regte.

Nicht noch einmal, flehte sie stumm, nicht schon wieder!

Er faßte sie am Kinn, zog sie hoch, drückte einen fordernden Kuß auf ihre Lippen.

Für dich, Kori, ich ertrage es nur für dich!

Hörst du, Tante Mulai, ich muß es geschehen lassen, ich muß so tun, als sei ich willig, sonst quält er das Kind.

Die Tante erwiderte – deutlich hörte Naki diese kühle, nüchterne Stimme in ihrem Kopf: Du hast es auch schon geschehen lassen, ehe er gedroht hat, Kori statt deiner zu züchtigen.

Naki stöhnte, krampfte ihre Finger in seine Arme.

Er umfaßte sie fester, sein Atem ging schneller, er drängte seinen Unterleib an ihren Körper, hart spürte sie seine Männlichkeit an ihrem Bauch, wenn ich mich wehre, schlägt er Kori, wenn ich seiner Lust nicht nachgebe, tut er ihr weh, das darf ich nicht zulassen, sie ist noch so klein, Tante Mulai, das kannst auch du nicht wollen, nicht daran denken, daß *er* es ist, es ist ein anderer Mann, irgendein anderer, einer von uns, Mutter, hilf mir. Irrkru, wenn er es wäre, ja, er ist es, es ist Irrkru –

Mit geschlossenen Augen ließ sie sich fallen in seine Umarmung.

Sein Kuß wurde weich. Er streichelte ihren Rücken, nahm ihr Ohrläppchen zwischen seine Lippen und knabberte sanft daran.

Irrkru, du bist zärtlich und doch so stark, halt mich fest, sei gut zu mir –

Lykos ließ sie los, zog sich den Kittel über den Kopf und band den Gürtel um.

Sie stand mit hängenden Armen da, hilflos verwirrt. Ein schweres Klopfen in der Brust, ein heißes Gefühl zwischen den Beinen.

»Schade, daß ich gehen muß«, flüsterte er ihr ins Ohr.

Die fremden Worte, die sie mit Mühe verstand, brachen den Bann.

Brennend stieg ihr Scham in die Wangen.

Er ist der Mörder deines Bruders! schrie Tante Mulai.

Sie stand gelähmt.

»Was ist los?« fragte Lykos.

»Schade, daß Ihr gehen muß, Herr«, erwiderte sie mühsam.

Er lachte.

Rasch warf sie sich ihr Kleid über und legte Lykos den schwarzen Mantel um.

Vor ihm her ging sie zur Tür, kein Blick zu dem großen Familienlager in der anderen Hausecke, auf dem Daires Familie schlief oder sich schlafend stellte, und stieß die Tür auf.

Klare Nacht. Der Vollmond stand hoch am Himmel.

Zitternd atmete sie ein.

Hirschkuh, Bärin, Vogelfrau, steh mir bei. Was habe ich getan. Ich bin es nicht wert, deine Tochter zu sein.

Tief verbeugte sie sich vor Lykos, ergriff seine Hände, neigte ihren Kopf darüber und hauchte einen Kuß darauf.

Du küßt die Hände, die deinen Bruder ermordet haben. Du bist Abschaum! sagte die Stimme von Tante Mulai. Die Stimme von Oheim Ritgo bestätigte: Naki, es wird immer schlimmer mit dir.

Aber ich tu' es doch für Kori, ich muß es doch tun! verteidigte Naki sich stumm, holte gequält Luft und formte die Worte in Lykos' harter Sprache: »Ich danke Euch für Euern Besuch, Herr.«

Er griff in ihr Haar, hob ihr Gesicht. Langsam und deutlich sprach er, was sie längst zu verstehen gelernt hatte: »Bleib mir treu und gehorsam, Naki. Du weißt, was sonst geschieht.«

Die Drohung war eine Erleichterung: Er ist ein Unmensch, und ich schütze ein wehrloses Kind vor ihm. Da kann Tante Mulai sagen, was sie will.

»Ja, Herr, ich weiß«, erwiderte sie.

Er ließ sie los, ging zu seinem Pferd und schwang sich hinauf.

Sie öffnete das schwere Tor. Als sie ihn auf dem Weg davonreiten sah, der durch das Schwarzmoor zu seinem Hof führte, weinte sie.

Es war kalt. Dennoch blieb sie stehen. Sie wußte, an Schlaf war jetzt nicht zu denken.

Sie wandte das Gesicht zum Mond.

Mondin, Mondfrau. Hilf mir vergessen.

Du hast dich in seine Arme fallen lassen, und einen Augenblick war es nicht die Angst, war es nicht der Zwang! sagte Tante Mulais Stimme unerbittlich.

»Bitte nicht, Tante, sag das nicht«, bettelte Naki. Sie wandte ihr tränenüberströmtes Gesicht zum Himmel und flüsterte: »Mondin, du blickst so unerschütterlich. Du verbirgst dein Angesicht nicht vor mir. Du hast dich gerundet wie jeden Monat. Als wäre alles beim alten. Laß mich glauben, daß alles beim alten ist!

Daheim würden wir jetzt den Vollmondtanz tanzen.«

Gib zu, sagte die Stimme der Tante kalt, du hast dir einen Augenblick *gewünscht*, er würde dich –

»Nein!« schrie Naki laut und hielt sich die Ohren zu.

Verzweifelt dachte sie: Nicht auf Tante Mulai hören. Vergessen, was vorhin war. Nie mehr dran denken. Tanzen. Beten. Meine Rettung, meine einzige. Wenn die anderen den Vollmondtanz tanzen und wenn ich selbst tanze, dann sind wir darin vereint.

Sie hob die Arme.

Vorwärts schritt sie im Kreis, das Gesicht zur Zukunft gewandt: Weise mir den Weg, Große Mutter, den Weg, den alles Leben geht.

Rückwärts wandte sie sich im Voranschreiten: Hinter mir die Mütter und Ahnen. Laß mich wissen, woher ich komme.

In den Kreis hinein schritt sie: zur Mitte, zum Zentrum, zu Ihr.

Wieder wollte die Erinnerung sich aufdrängen, gleich würden wieder die Stimmen kommen, rasch begann Naki zu singen, sang die uralten Weisen, vertraut ihr Leben lang – und viele Leben zuvor.

Und die Lieder trugen. Sie vertrieben die Stimmen. Sie löschten alles andere aus.

Auf einmal, mit überwältigender Klarheit, war die Mutter neben ihr und tanzte mit ihr.

Mutter, dachte sie, unzählige Male habe ich dich gerufen, unter den Toten habe ich dich gesucht, du hast mich nie gehört, doch nun bist du da.

Verachtest du mich nicht?

Ach Mutter, Mutter, ich schäm' mich so furchtbar, und mit jedem Tag mehr.

Ich hätte nicht schwach werden dürfen, als er mich eingesperrt hat. Jetzt kann ich nicht mehr zurück.

Du hast im Grab ohne Trinken ausgeharrt, warum habe ich nicht das Wasser ausgeschüttet, dann wäre der Ruf der Eule an mich ergangen, aber ich wollte nicht sterben, Mutter, und jetzt, jetzt muß ich leben.

Ich bin schwanger, Mutter.

Bist du in dem Kind, das ich trage, bist du es, die in mir wächst bis zur Wiedergeburt?

Kann ich deine Nähe deshalb spüren?

Nie habe ich deine Stimme gehört. Immer nur die von Tante Mulai, und manchmal die vom Großen Oheim. Ich weiß nicht, wo sie herkommen. Sie sind böse auf mich. Warum haben sie kein Mitleid mit mir? Was sie sagen – es ist schlimm.

Ich habe Angst vor ihren Stimmen. Aber ich kann ihnen nicht entkommen.

Wenn ich deine Stimme hören könnte, wenn du mich trösten würdest –

Bleib bei mir, Mutter, verlaß mich nie mehr! Hilf mir, das alles auszuhalten! Denn mein Kind, es soll leben.

»Es soll leben!« wiederholte Naki laut. »Möge die Bärin

das Ungeborene schützen und die Hirschkuh mir bei der Geburt beistehen, damit es nicht Schaden nimmt!« Dann hob sie die Arme zum Himmel und sang trotzig von der Allmacht der Bärin und der Güte der Hirschkuh. Je länger sie sang, desto freier wurde ihr.

Sie beschrieb mit den Armen den weiten Kreis, die Mutter, unsichtbar neben ihr, tat es wie sie, senkte die Arme im großen Bogen herab, reckte sie wieder zum Himmel, schloß in dieser einen Bewegung alles ein: den Mond und die Sterne, den Erdkreis und das Himmelsgewölbe, die Höhle des Grabes und den Leib der Großen Göttin als ewigen Gral des Lebens und des Heils, die Pflanzen und die Tiere, die lebenden Menschen und die toten, die Mutter und das ungeborene Kind, das Geheimnis der Wiedergeburt.

Da fielen andere Stimmen in ihr Lied ein, Naki wunderte sich nicht darüber, Daire und Lele waren aus dem Haus gekommen und sangen ihr Lied mit, tanzten ihren Tanz.

Sie faßten sich an den Händen und tanzten schreitend und hüpfend im Kreis.

Vergaßen alles andere.

Als sie endlich aufhörten zu tanzen, umarmten sie einander.

Daire, die Hofbäuerin, war es, die Naki in die Arme schloß und sagte: »Lange war es nicht mehr so wie heute nacht. Lange haben wir diesen Tanz nicht mehr so voller Andacht getanzt.

Böses wollte Lykos, als er dein und mein Schicksal und das meiner Kori so furchtbar verwoben hat. Aber trotz allem hat er Gutes für uns bewirkt. Mit dir, Naki, ist der Segen an unseren Hof zurückgekehrt, und gesegnet sollst du sein!«

Eine leise Stimme weckte sie im Morgengrauen: »Haibe, mein Lieb!«

Sie öffnete die Augen, und dann lag sie in Zirrkans Armen.

Kein Gedanke an die Leidenschaft, die zwischen ihnen gebrannt hatte, an die Umarmungen, in denen sie sich wie Ertrinkende aneinandergeklammert hatten. Kein Gedanke an die lustvollen Zärtlichkeiten.

Da war nur Wärme, Trost und Schutz.

Sie weinte still vor sich hin, und er murmelte Laute und halbe Worte des Zuspruchs und streichelte beruhigend wie eine Mutter ihr Haar.

»Zirrkan, ich hab' dich so vermißt«, flüsterte sie, erst als sie die Worte aussprach, wußte sie, daß sie stimmten, sie hatte nicht an ihn gedacht, die ganzen qualvollen Tage und Nächte nicht, und doch war es die Wahrheit.

»Ich weiß«, gab er leise zurück, »ich konnte nicht eher zu dir kommen, ich erklär' es dir später, mein armes Lieb, ich weiß, was du durchgemacht hast, ich kenne es, Haibe, ich habe das alles selbst erlebt, damals vor acht Jahren. Keiner, der das nicht erlitten hat, ermißt, was es bedeutet.«

»Nein«, stimmte sie zu, »keiner.«

»Laß mich dir helfen!« bat er.

»Das tust du bereits.«

»Nicht so, nicht nur als Freund. Als Heiler. Wozu habe ich diese Hände!«

Sie zögerte.

Früher, wenn Zirrkan in ihr Dorf gekommen war, hatten sich stets Frauen, Männer und Kinder gefunden, die ihn um Heilung gebeten hatten. Aber ohne daß sie je darüber gesprochen hätten, waren sie sich immer eins gewesen, daß dies etwas war, was zwischen ihnen nicht sein sollte.

»Die Göttin hat mir geholfen, heute nacht beim Tanz«, wehrte sie ab.

»Die Göttin kennt viele Wege. Einen hat sie dir durch den Tanz geöffnet. Ich geh' einen andern. Vertrau mir!«

Sie legte sich nieder, wie er es wollte, und schloß die Augen.

Er rief die Große Bärin herbei. Dann kniete er hinter ihr.

Seine Hände waren kühl und leicht, berührten sie kaum, legten sich wie Federflaum auf ihre Schläfen.

Ruhe kam über sie. Bilder zogen an ihr vorbei, Gedanken blitzten auf und verschwanden wieder, reichten einander die Hand wie beim Tanz. Und auch die qualvollsten Erinnerungen brachten nur stille Trauer, kein Entsetzen, keine Angst.

Die Fingerspitzen an ihren Schläfen – längst war es nicht mehr Zirrkan, der sie berührte, längst war es etwas viel Größeres – kreisten sanft, nahmen die Schwingungen ihres Wesens auf, brachten sie klarer und klarer hervor.

Ihr Schädel weitete sich, sie spürte, wie die Knochen auseinanderwichen, ihrer Seele den Weg öffneten. Sie schwebte, schwerelos und leicht, stieg höher, das Dach des Schuppens hinderte sie nicht, sie stieg auf in den Äther.

Am Himmel war sie, kein Morgengrauen mehr, tiefe, strahlende Nacht. Zwischen den Sternen zog sie die ewige Bahn, Stern unter Sternen, ruhig und gelöst. Dann umtanzte sie schwebend den Mond. Im Kreisen der Fingerspitzen, im Kreisen ihres Seins kreiste sie um sein milde glänzendes Rund.

Die Hände lösten sich von ihren Schläfen, nahmen ihren Kopf zwischen sich, behutsam drückten sie in die Spannung ihres Nackens. Schmerz – stark und doch heilsam – durchflutete ihren Körper und ebbte ab.

Sie ließ sich sinken in diese Hände, tiefer, die Erde tat sich auf unter ihr, dunkel und warm wurde es um sie, der Schoß der Mutter umfing sie, barg sie, der Herzschlag der Mutter pochte in ihrem Blut.

Und noch weiter sank sie, sank durch die Tiefe der Erde hindurch in die Bodenlosigkeit des Meeres, in den Ursprung der Welt.

Und Hände, die das All umfaßten, umfaßten auch sie.

Alles wurde von ihr genommen, die Qual des Körpers und der Seele, nur eines gelassen: ein tiefer Frieden.

Ewigkeiten verrannen in jedem Atemzug.

Behutsam wurde ihr Kopf ins Laub gebettet. Sie war zurückgekehrt und träumte dem Wunder nach.

Sacht legte Zirrkan seine Hand in ihre Seite. Wärme durchströmte ihren Körper, und dann auf einmal, ungeahnt, längst vergessen, das Gefühl von Kraft.

Als Zirrkan seine Hände von ihr löste, hatte ein neues Leben begonnen.

Sie richtete sich auf, ungläubig fuhr sie sich über die Stirn.

Sie wollte ihm sagen, was ihr widerfahren war, und doch hielt etwas sie davon ab, das Unaussprechliche in Worte zu schmälern. »Deine Hände ...«, sagte sie nur leise und scheu, »ich kann nicht fassen, was sie vermögen!«

Er stand auf. »Die Göttin hat sie mir gegeben«, erwiderte er beinahe abwehrend, »und der alte Heiler hat mich eingeweiht, sie zu gebrauchen!«

Eine Weile standen sie stumm, beinahe befangen. Dann legte er die Arme um sie. »Kommst du mit mir?« fragte er leise. »Du und ich, wir beide, für immer eins? So, wie wir davon geträumt haben, ein Traum, der nicht in Erfüllung gehen durfte, nun darf er es. Sag ja, sag, daß du mit mir kommst!«

»Wohin?« fragte sie, nur ein Traum, laß ihn mich ein wenig weiterträumen, Vogelgöttin mit den wissenden Augen.

Er hielt sie noch immer, sprach in ihr Haar hinein: »Weit nach Nordosten, über das Meer, in ein Land, das ich dir zeigen werde, dir und allen, die mit uns kommen wollen. Es ist ein Land der hellen Sommer und dunklen Winter, der endlosen Wälder und zahlreichen Seen, ein Land, groß genug, uns alle aufzunehmen, die hier noch leben im weiten Umkreis unserer Heiligen Steine.«

Du und ich und alle, die mit uns kommen wollen. Und wir beide auf immer ungetrennt, in einem Dorf vereint, du jede Nacht in meinem Haus – was für ein schöner Traum ...

»Ich bin schon im letzten Jahr auf die Suche nach der neuen Heimat aufgebrochen«, fuhr er fort. »Meine Mutter hatte drohende Gefahr in den Sternen gelesen, doch konnte sie weder Einzelheiten erkennen noch den Zeitpunkt der Gefahr. Aber immer wieder hatte sie in Gesichten ein Land erblickt und gespürt, daß dies unsere neue Heimat sein würde, ein fernes Land über dem Meer, ein Land mit hellen Sommern und dunklen Wintern, mit vielen Seen und endlosen Wäldern.

Sie hat mir die Hinweise anvertraut, die ihr offenbart waren, damit ich das gesehene Land finden könnte. Sie hat mich ausgesandt und mir verboten, zu irgend jemandem hier davon zu sprechen, denn sie wollte euch allen die Warnung der Sterne und den Rat der Gesichte erst dann eröffnen, wenn ich von dem Land berichten könnte, das sie gesehen hatte.

Darum habe ich es gesucht. Ich habe es gefunden, und es ist alles so, wie meine Mutter es gesehen hat.

Die Priesterinnen haben darüber beraten und sind zu dem einhelligen Schluß gekommen, daß wir uns möglichst rasch auf den Weg machen und dorthin ziehen sollten.

Es ist das Land, in dem wir in Sicherheit vor den Söhnen des Himmels leben werden.«

Große Bärin, Hirschkuh, heilige Schlange, ich habe vergessen, an deine Macht zu glauben. Wie sehr beschämst du mich.

Eine Bleibe für alle.

Eines Tages vielleicht auch für mich und für Naki, für Gwinne und Mulai, für Songo und alle anderen?

Erzähl weiter, Geliebter, laß mich träumen. Es wäre so schön.

»Das Land ist groß genug. Es wohnen nicht sehr viele Menschen dort. Aber die dort wohnen, sind uns verwandt, sind Kinder der Göttin wie wir.«

»Wie wir?«

Er nickte. »Ja. Sie beten die Göttin an wie wir, sie rufen sie an mit ähnlichen Zeichen, sie bauen Gräber ähnlich wie wir, in vielem leben sie ähnlich wie wir. Allerdings sprechen sie eine andere Sprache, und anfangs war es schwer, mich mit ihnen zu verständigen. Die Sippenmütter haben mich gastfreundlich aufgenommen, keine Spur von Feindseligkeit, aber doch eine große Zurückhaltung und eine Ferne, als sei ich auf der einen Seite eines Flusses und sie auf der anderen.

Doch mit der Zeit konnte ich ihr Vertrauen gewinnen. Es begann, als ich einen kleinen Jungen heilen konnte, der sehr krank war. Sie brachten mehr und mehr Kranke zu mir, holten mich in ihre Häuser. Und als ich einen Sippenältesten von der Lähmung seiner Beine befreien konnte, hatte ich einen einflußreichen Freund.

Ich habe ihre Sprache einigermaßen gelernt. Genug, um mit ihnen eine Vereinbarung zu treffen. Mit der Hilfe meines Freundes habe ich mit den Sippenältesten vieler Dörfer sprechen können. Sie nehmen uns auf, überlassen uns ein großes Waldgebiet, das wir für unsere Felder roden und wo wir unsere Dörfer errichten können.«

»Und wenn die Häuser stehen und die Felder Frucht tragen und die Fremde uns zur Heimat geworden ist, dann kommen die Wölfe und brennen alles nieder!« sagte hinter ihnen eine Stimme.

Ritgo.

Haibe löste sich von Zirrkan, drehte sich um.

Seit langem zum ersten Mal sah sie ihren Bruder an, sah ihn wirklich, sah die harten Linien, die sich in sein Gesicht eingegraben hatten, die seine Brauen zusammenzogen und seinen

Mund fest verschlossen, seine Augen unnachgiebig verengten – Linien, die früher nicht dagewesen waren.

»Warum redest du so?« fragte sie leise.

»Weil es die Wahrheit ist«, erwiderte er harsch, doch dann trat er zu ihr, nahm ihr Gesicht in beide Hände, einen Augenblick war er wieder der alte. »Der Großen Göttin sei Dank, die Dämonen haben dich verlassen, du bist wieder du selbst, meine Schwester«, sagte er warm.

»Ja, der Großen Göttin sei Dank. Und Zirrkan, der mich geheilt hat!«

»Ach ja?« Ritgo ließ sie los, trat einen Schritt zurück – fremd, er ist mir so fremd. »Der dich geheilt hat nur zu dem einen Zweck: dich zu überreden, mich im Stich zu lassen?!«

Sie starrte ihn an.

»Dich im Stich lassen?« wiederholte Zirrkan, auch in seiner Stimme schwang plötzlich ein gereizter Ton. »Warum machst du schlecht, was ein Gesicht der alten Priesterin ist? Der Rat der Priesterinnen hat sich für die Flucht ausgesprochen. Bedeutet dir das nichts? Haben uns die Priesterinnen nicht von alters her mit Weisheit geführt, uns den Willen der Göttin aus dem Lauf der Gestirne verkündet und zu unserem Wohl uns beigestanden, ihn zu erfüllen?«

»Aber auch sie konnten nicht verhindern, daß unsere Familien von den Wolfskriegern abgeschlachtet wurden wie Schafe«, sagte Ritgo bitter.

»Nein, das konnten sie nicht«, stimmte Zirrkan bedrückt zu. »Aber nun haben die Priesterinnen mich beauftragt, alle Menschen, die dazu bereit sind, sich in die Fremde zu wagen, in Sicherheit zu bringen. Hier sind wir es jedenfalls nicht, jederzeit können sie wiederkommen, die Wölfe, und du hast selbst gesagt: Wen sie nicht töten, den zwingen sie unter ihr Joch, und das ist furchtbarer als der Tod! Bist nicht du es, der, wie ich hörte, seit Monden Erkundigungen einzieht darüber, wie es jenen Bauern im Osten geht, die mit uns verwandt sind, die die gleiche Sprache sprechen wie wir und den gleichen Glauben haben wie wir und die unterworfen wurden von den Söhnen des Himmels?«

»In der Tat, der bin ich!« erwiderte Ritgo hitzig. »Sie müssen den Herren so viele Feldfrüchte abliefern oder Arbeit leisten, daß sie selbst Mangel leiden, die Frauen und Mädchen leben in ständiger Furcht vor Vergewaltigung durch die Wolfskrieger, und alle miteinander sind sie der Willkür ihres jeweiligen Herrn ausgeliefert. Ich ziehe meine Folgerungen aus dem, was ich höre. Es gibt Leute, die lernen, und andere, die bleiben unbelehrbar!

Hast nicht auch du einst die Toten deines Dorfes bestattet? Hast nicht auch du das Grauen in ihren Gesichtern gesehen, die Pfeile in ihrer Brust, ihre zertrümmerten Schädel? Hast nicht auch du verkohlte Leichen unter verbranntem Gebälk hervorgezogen und weinend in deinen Armen zum Grab getragen, nicht wissend, ist es Bruder oder Oheim, den du da trägst?

Wie konntest du das tun, ohne dir bei jedem Atemzug zu schwören, daß du das Auge ausstechen wirst, das den Pfeil auf deinen Neffen gerichtet hat, daß du die Hand abhauen wirst, die deinem Bruder den Schädel zerschmettert hat?

Wie kannst du weiterleben und nichts tun, um den Wölfen in den Weg zu treten und sie an ihrem Schreckenszug zu hindern?

Weniger als nichts!«

Haibe, fassungslos, legte ihrem Bruder die Hand auf den Arm.

»Ritgo, warum tust du das? Warum beleidigst du Zirrkan?«

Ritgos Augen wurden noch schmaler. »Er weiß genau, worum es geht! Wir beide, er und ich, haben die halbe Nacht gestritten, seit er gestern abend hier ankam!

Versteh doch, Haibe: Wo wir hingehen können, da können auch die Söhne des Himmels hingehen! Solange wir sie nicht hindern, werden sie uns vor sich herjagen wie der Jäger das Reh, und wo wir uns niederlassen, da werden sie über uns kommen und uns vernichten oder unterjochen!«

»Aber Zirrkan sagt, das Land liegt weit entfernt, jenseits des Meeres – warum sollten sie uns dorthin folgen, wenn sie erst unsere Heimat in Besitz haben?«

»Warum?« erwiderte Ritgo erregt. »Weil es nicht nur die Not ist, die sie treibt, nicht nur die Trockenheit und der Mangel an Weideland! Weil es die reine Mordlust ist! Die Toten schreien es zum Himmel, hört ihr es nicht?!«

»Ich höre, die Toten mahnen uns zu raschem, entschiedenem Handeln!« erwiderte Zirrkan.

»Das auch«, stimmte Ritgo zu. »Aber ich lasse nicht zu, daß du Haibe auf deine Seite ziehst, kaum daß sie wieder denken kann!

Zu mir gehörst du, Haibe, ich brauche dich! In jeder Männerversammlung, mit der ich spreche, sammle ich die mutigsten Männer um mich, aber dann gehen sie heim und beraten sich mit ihren Schwestern und Müttern und Nichten, und dann werden sie wieder wankend in ihrem Entschluß! Und mehr als einmal stand der Rat der Sippenmütter gegen die Meinung der Männerversammlung.

Darum mußt du mir helfen! Du mußt die Frauen überzeugen, denn du weißt selbst, ohne sie ist jeder Entschluß der Männerversammlung nur eine halbe Sache! Ohne die Frauen gibt es keine Einigung im Allgemeinen Dorfrat, und ohne den Allgemeinen Dorfrat und den Rat der Sippenmütter gibt es keine Entscheidung. Und nun, da sich die Priesterinnen für die Flucht ausgesprochen haben, wird es noch viel schwerer für mich, ziehen sich auch Männer wieder zurück, die bereits fest auf meiner Seite standen!«

»Wovon redest du?« fragte Haibe, ein Schaudern kroch ihr den Rücken herauf.

»Krieg«, sagte Zirrkan, »dein Bruder redet von Krieg!«

Worte bildeten sich auf ihrer Zunge, woher kamen sie, sie drängten sich ihr auf: »Gewalt ist niemals ein Mittel, das zu bekommen, was man will, und das zu verteidigen, was man hat. Niemals!«

»Ich weiß, daß ich das gesagt habe!« brach es aus Ritgo heraus. »Ich weiß, daß ich das meinen Neffen beigebracht habe, so wie es mich mein Oheim gelehrt hat! Schwer genug war es, etwas davon in Karus Kopf hineinzubekommen! Und nun ist Karu tot. Tag für Tag habe ich meine Blindheit verflucht, daß ich nicht sehen wollte, was sichtbar war: Die Söhne des Himmels werden sich niemals mit dem bescheiden, was sie haben. Sie werden immer mehr haben wollen. Und noch mehr. Und noch mehr. Es gibt nur einen Weg, ihnen wirksam zu entkommen: bewaffneten Widerstand!«

»Willst du alles verraten, was uns heilig ist?« fragte sie.

Er faßte sie an den Schultern. »Schwester«, sagte er eindringlich: »Ich schwöre bei unseren Toten: Ich will es nicht verraten, ich will es retten! Meinst du, die Vorstellung macht mich glücklich, ich müßte einem Mann den Schädel einschlagen?! Ich war ein Bauer, und ich war ein guter Bauer, und nichts in der Welt wollte ich je sein als ein Bauer. Doch die Welt, in der ich Bauer war, gibt es nicht mehr.

Seit Menschengedenken haben wir in Frieden gelebt nach den Regeln unserer Ahnen und der heiligen Ordnung der Urfrauen und dem ewigen Willen der Großen Göttin. Und wie es war, war es gut, und es wäre so geblieben für alle Zeit. Aber nun sind sie gekommen, die Söhne des Himmels, und nichts ist mehr, wie es war! Und es wird auch nie wieder so sein, wie es war, wenn wir nicht mit dem Einsatz unseres Lebens darum ringen. Wenn wir die heilige Ordnung retten wollen, so müssen wir mit Fäusten und Beilen, mit Pfeilen und Speeren für sie kämpfen!«

»Indem du für sie kämpfst, verrätst du sie«, ging Zirrkan dazwischen. »Du zerstörst, was du zu retten glaubst! Begreifst du nicht, Ritgo: Wenn du mit der Keule auf eine Raupe schlägst, die eine zarte Pflanze auffrißt, so tötest du beide – die Raupe und die Pflanze!

Die heilige Ordnung bleibt nur dann unversehrt, wenn wir nach ihr leben. Hören wir damit auf, so hört sie auf zu sein! Wo soll sie sein, wenn nicht in uns?

Wenn du ein Krieger wirst, so wirst du nicht nur kämpfen und töten wie ein Krieger – du wirst denken und fühlen wie ein Krieger, und nie mehr wirst du Knaben erziehen können in der heiligen Ordnung. Du wirst die heilige Ordnung in den Untergang ziehen, so wie du jeden in den Untergang ziehen wirst, der wie du den Rat der Priesterinnen mißachtet und sich dir anschließt!«

»Ich ziehe niemanden in den Untergang!« schrie Ritgo. »Ich nicht! Die Söhne des Himmels sind es, die es tun, sie sind es, die uns vernichten! Und wen sie am Leib leben lassen, den zerstören sie an der Seele! Aus aufrechten Menschen machen sie Hunde, die den Schwanz zwischen die Beine klemmen und den Fuß lecken, der sie tritt! Und das lasse ich nicht länger zu!

Flieh, wenn du willst, Zirrkan, flieh und bau die neue Heimat auf, die deine Mutter gesehen und die du gefunden hast! Flieh und nimm alle mit, deren Furcht größer ist als ihr Mut! Aber die anderen laß mir!

Denn ohne uns, die wir uns den Wölfen in den Weg stellen werden, wird es bald keinen Ort auf dem Erdkreis mehr geben, der sicher ist vor den Söhnen des Himmels, auch nicht im Nordosten jenseits des Meeres, auch nicht in dem Land, das der alten Priesterin in ihrem Gesicht offenbart wurde! Wie ein Brand in trockener Heide werden die Söhne des Himmels sich ausbreiten, und diesen Brand gilt es zu löschen, eh' es zu spät ist!

Flieh, Zirrkan, und rette, wen du retten kannst! Nehmt die heilige Ordnung in euren Herzen mit, das Saatgut für eine friedvolle Zukunft, und sät sie in die Herzen der Kinder.

Ja, ich gebe zu, ich wollte, meine Neffen und Nichten wären bei dir, würden von dir gerettet, könnten in der neuen Heimat leben nach der heiligen Ordnung! Ich will nicht länger streiten mit dir.

Was du tust, ist gut und richtig auf seine Art.

Aber vergiß nicht, daß du es nur tun kannst, weil es Männer gibt wie mich und wie die, die ich um mich gesammelt habe und weiter um mich sammeln werde, Männer und vielleicht bald auch Frauen, die euch den Rücken freihalten werden für eure Flucht!

Die eure neue Heimat vor den Söhnen des Himmels schützen werden!

Die die Söhne des Himmels aufhalten und für eure Sicherheit und für den Fortbestand der heiligen Ordnung ihr Leben lassen werden!

Die es auf sich nehmen, den Rat der Priesterinnen zu mißachten, damit ihr ihn erfüllen könnt, die es auf sich nehmen, der heiligen Ordnung entgegenzuhandeln, damit ihr sie bewahren könnt!«

Er brach ab.

Haibe griff sich an den Hals. Wo war sie gewesen, all die Zeit, daß sie nichts von dem erkannt hatte, was mit Ritgo geschehen war?

Zirrkan, sehr blaß, reichte Ritgo stumm die Hand.

»Haibe«, sagte er dann leise, seine Stimme versprach ihr Sicherheit und Frieden – bei ihm bleiben können, auf ewig ungetrennt –, »ich warte auf deine Antwort! Kommst du mit mir in die neue Heimat? Willst du mit mir die heilige Ordnung bewahren, damit sie nicht untergeht?«

Nichts lieber als das, Geliebter. Ich täte nichts lieber als das.

Sie schüttelte langsam den Kopf. »Nein, Zirrkan. Ich kann nicht mit dir kommen.«

»Ich wußte es!« rief Ritgo. »Du bist meine Schwester! Du läßt mich nicht im Stich! Du wirst mit mir den schweren Kampf kämpfen gegen die Söhne des Himmels, auch wenn die Priesterinnen zur Flucht mahnen! Und wenn du die erste Frau bist, die mit uns kämpft, so werden bald auch weitere Frauen an unserer Seite stehn!«

Sie sah ihn an. Fremd, Bruder, warum bist du mir so fremd geworden, und bist doch Blut vom gleichen Blut, durch zahllose Fäden untrennbar mit mir verknüpft, ganz gleich, was sein wird.

Wieder schüttelte sie den Kopf. »Nein, ich werde auch nicht bei dir bleiben, Ritgo. Ich hatte gehofft, du würdest bei mir bleiben. Doch nun weiß ich, daß unsere Wege sich trennen müssen.

Ihr Männer! Ihr streitet ums Ganze. Und vergeßt das Einzelne dabei. Die einzelnen Menschen. Denkt ihr denn nicht mehr an unsere Frauen und Mädchen, die von den Wolfskriegern entführt worden sind? Haltet ihr deren Schicksal schon für unwiderruflich? Ich nicht! Ich werde mich nicht damit abfinden, daß sie verloren sind!«

»Aber was willst du tun?« fragten Zirrkan und Ritgo wie aus einem Mund.

»Ich werde sie suchen gehen. Allein. Im Osten, unter den Söhnen des Himmels. Ich werde nach Naki suchen. Nach Mulai, nach Gwinne, nach Uori. Nach all meinen Kusinen und Nichten. Nach deiner Songo, Ritgo, und ihrer Eire. Nach allen Mädchen und Frauen der Koa. Und nach all den anderen, die verschleppt worden sind. Ich schwöre, ich werde nicht ruhen, ehe ich weiß, was ihnen geschehen ist!«

Zirrkan. Seine Wärme, der Trost seiner Arme.

Sie lag von ihm abgewandt, in sich zusammengerollt wie ein Kind. Er hielt sie von hinten umfangen.

Sie schien nur geboren, um in die schützende Rundung seines Körpers aufgenommen zu werden.

Die Hitze war verklungen. Stille Traurigkeit kam über sie und deckte sie zu.

Eben noch waren sie eins gewesen, heil und vollkommen.

Leise begann er zu sprechen: »Ich weiß, Haibe, daß du nicht bei mir bleiben kannst. Ich weiß, daß du nach Naki und den anderen suchen mußt. Ich will es dir nicht ausreden. Aber hör mir zu, ja?«

Sie nickte in seine Hand hinein.

»Was nützt es, wenn du Naki findest und sie nicht retten kannst? Was nützt es, wenn du deine Schwester, deine Kusinen und Nichten, deine Freundinnen und ihre Töchter findest und keinen Ausweg für sie weißt? Sei nicht blind vor Schmerz, mach die Augen auf!«

Einen Augenblick wünschte sie, er hätte geschwiegen, hätte nicht ihre Wunden aufgedeckt.

Dann wandte sie sich um und stützte den Kopf auf. »Ich habe die Augen offen! Ich will sehen, ob Naki lebt und ob die anderen leben. Ich will sehen, ob sie fortgehen können, dort, wo sie sind.

Vielleicht ist es nur die Hoffnungslosigkeit, die sie festhält. Und wenn sie gefangengehalten werden, so will ich sehen, ob ich sie befreien kann.

Wenn die Wölfe sie hätten töten wollen, so hätten sie es doch im Dorf getan!

Aber wenn sie am Leben sind, so müssen sie irgendwo zu finden sein. An den Höfen der Söhne des Himmels!

Es kann nicht möglich sein, so viele Frauen lebend einfach verschwinden zu lassen.

Und schließlich – wozu sollten die Söhne des Himmels die Frauen überhaupt verstecken? Wen sollten sie fürchten?!«

»Ich glaube, du hast recht«, stimmte Zirrkan nachdenklich zu.

»Ich muß herausbekommen, was da vor sich geht«, fuhr Haibe fort. »Dann erst weiß ich, ob ich etwas tun kann – und was.

Vielleicht bereiten sie längst ihre Flucht vor und wissen nur nicht, wohin sie sich wenden sollen?

Ich will versuchen, ihnen zur Flucht zu verhelfen oder sie zu sammeln. Und ich werde nicht aufgeben, ehe ich Naki bei mir habe.

Und dann, wenn das alles gelingen sollte – dann will ich sie zu dir führen, in die neue Heimat, von der du sprichst!

Das, Zirrkan, das ist mein Traum, der mich am Leben halten wird.«

»So träumst du das gleiche wie ich!« Mit dem Handrücken strich er über ihre Schulter. »Aber auch wenn die Göttin mit dir ist und du Naki und alle anderen findest und sie wirklich befreien kannst, wie willst du mit ihnen den Weg an einen Ort finden, den du nicht kennst?«

Sie zögerte. »Kannst du mir den Weg nicht erklären?«

»Erklären?!« Er setzte sich auf. »Mach dir nichts vor! Du kannst einen solchen Weg nicht nach meinen Erklärungen gehen! Ich werde selber Mühe genug haben, ihn wiederzuerkennen, und bin ihn doch schon einmal hinauf- und einmal herabgezogen!

Mehrere Monde habe ich mit all meinen Irrtümern und Fehlversuchen für den Hinweg gebraucht, und wäre ich einer

Wegbeschreibung gefolgt und nicht dem Gesicht meiner Mutter, so hätte ich ihn nie gefunden! Mein Rückweg hat immerhin noch mehr als einen Mond gedauert, und da bin ich sehr rasch und angestrengt gewandert und wußte, wonach ich Ausschau hielt!«

»Ich dachte, ich muß immer nach Norden gehen?« fragte Haibe.

»O nein, so einfach ist es nicht! An den richtigen Stellen mußt du dich nach Osten wenden, du mußt Moore und Sümpfe umgehen, Irrwege um Meeresbuchten herum vermeiden, über Ströme übersetzen und vor allem die drei Meerengen finden, die du überqueren mußt. Wenn du diese Meerengen verfehlst, werdet ihr niemals zu uns gelangen!

Und du weißt nicht, wo du Menschen bitten kannst, dich mit einem Boot überzusetzen, du sprichst ihre Sprache nicht – glaub mir, Haibe, es ist unmöglich!«

»Es darf nicht unmöglich sein! Wenn man es nicht versucht hat, kann man nicht sagen, es sei unmöglich!«

»Das ist wahr. Aber du mußt alles tun, um das Unmögliche zu ermöglichen!«

»Und wie?«

Sie wußte, was er antworten würde. Sie wollte es hören. Und glauben.

»Du mußt in diesem Winter mit uns ziehen. Du mußt die neue Heimat mit eigenen Augen sehen und dir den Weg einprägen.

Dann, im Frühjahr, kannst du zu den Söhnen des Himmels umkehren und die Deinen suchen und zu uns führen. Und die Göttin beschütze dich und die Frauen und Mädchen und uns!«

Eine Frist.

Ein Glück, das ihr nicht zustand.

Mit beiden Händen griff sie danach.

Schneidend pfiff der Wind über das weite Moor und trieb ihr feinen Schneeregen ins Gesicht. Schaudernd zog Naki den Mantel enger um die Schultern: So scharf weht der Wind bei uns daheim nie.

Bei uns daheim! höhnte Tante Mulais Stimme.

Naki preßte die Lippen zusammen.

Hinter den anderen ging sie auf dem Bohlenweg durch das Moor. Kaum konnte sie diesen überwucherten Weg erkennen, doch die anderen fanden ihn mit traumwandlerischer Sicherheit.

Nakis Augen glitten vom Pfad ab, über Wollgras und Ried, braune Tümpel und trügerisches Torfmoos.

Ein paar Schritte nur zur Seite, und du würdest versinken! sagte Tante Mulais Stimme.

Wie tief das Moor hier wohl sein mag – tief genug? fragte Oheim Ritgos Stimme.

Alles hätte ein Ende! flüsterte Tante Mulai verheißungsvoll. Die Alpträume. Lykos' Umarmungen. Und die furchtbaren Erinnerungen.

»Lele!« rief Naki voll Angst.

Lele, die junge Schwester der Hofbäuerin, drehte sich um, eine Hand auf ihrem schwangeren Leib. »Was ist, Naki? Heute werden wir fertig, dann hat diese Schufterei am Grab von Nuerkop ein Ende!«

Naki antwortete nicht. Schweigend gingen sie weiter. Naki starrte auf Kori, die an Leles Hand auf einem Bein den Weg entlanghüpfte. Ein Stück auf dem rechten Bein, ein Stück auf dem linken Bein.

So war ihr kleiner Bruder an ihrer Hand gehüpft. Rablu –

Naki sah nicht mehr den Weg und nicht mehr das Moor.

»Mutter!« schrie der kleine Rablu. »Mutter!«

Er rannte aus dem brennenden Haus, an ihr vorbei, auf den Dorfplatz.

Rablu, nicht, sei still, Rablu, versteck dich!

Sie zerrte und riß an ihren Fesseln. Die Stricke zogen sich immer fester. Der Knebel schnitt in ihren Mund. Nur ein ersticktes Stöhnen drang hervor, kein Schrei der Warnung.

Dort der Wolfskrieger – halb Wolf, halb Mann. Das Wolfshaupt mit den drohend gefletschten Zähnen auf dem Kopf, der zottige Pelz, das hochrote Gesicht.

Rablu, Rablu ...

Der Kleine rannte genau in die Arme des Wolfskriegers.

Der fing ihn am Kittel, riß ihn in die Höhe. Fest schlossen sich die grausamen Hände um Rablus kleinen Hals.

Rablu zappelte, schlug verzweifelt um sich.

»Laß meinen Bruder los!« Wild gellte der Schrei, und Karu stürzte herbei, schwang einen schweren Stock, stürzte sich blindlings auf den Krieger.

Der warf Rablu von sich, mit blau angelaufenem Gesicht blieb Rablu liegen, den Kopf merkwürdig verrenkt. Der Wolfskrieger fing den Schlag ab, den Karu gegen ihn führte, riß Karu an dem Stock zu sich heran. Laß los, Karu, lauf weg, doch Karu hielt den Stock umklammert. Da riß der Wolfskrieger die Streitaxt vom Gürtel ...

Naki preßte die Hände vors Gesicht. Blind taumelte sie vorwärts. Der Boden gab unter ihren Füßen nach. Entsetzt schrie sie auf.

Das Moor.

Na also! höhnte die Tante.

Naki sank. Schrie.

Bis zu den Knien, bis zu den Hüften stak sie im Moor, Große Göttin, rette mich, tiefer sank sie. Hilf mir, rette mich ...

Da war festerer Boden unter ihr, der sie aufhielt, und dann waren da Arme, die nach ihr griffen, Lele kniete hinter ihr, umschlang sie vom Bohlenweg aus. Auch Daire eilte herbei, gemeinsam zogen die beiden Frauen Naki auf den festen Steg. Kori hielt Nakis nassen Rockzipfel.

»Danke«, sagte Naki zitternd.

Große Göttin, heilige Bärin, du schützt dein Junges, ich danke dir!

Daire nahm sich den Mantel von den Schultern und schlug ihn um Naki. »In dem nassen Kleid holst du dir noch den Tod, Mädchen, wie konnte das geschehen, du mußt besser auf den Weg achten, geht es denn wieder?«

Schwankend erhob sich Naki: »Es ist alles in Ordnung! Vielen Dank noch mal!«

Nun blieb Lele dicht neben ihr, während Kori an der Hand ihrer Mutter weiterlief.

Tante Mulai enthielt sich weiterer Äußerungen.

Naki und Lele erreichten als letzte das Ende des Moores und betraten festen Boden.

Vor ihnen, durch den Regen verschleiert, erhob sich der Grabhügel.

Naki blieb stehen. Der Grabhügel wölbte sich wie der Leib einer hochschwangeren Frau. Wie der Leib der Göttin. Nakis Herz stockte: Auf dem Gipfel des Grabhügels, durch ein Gerüst erhöht, stand ein Mann und trieb mit wuchtigen Beilschlägen einen riesigen Pfosten in den Hügel – in den Nabel des schwarzen Leibes.

Naki keuchte.

Die Göttin – der Pfahl – er treibt der Göttin einen Pfahl in ihren Bauch – er martert die Göttin – er tötet ihre Leibesfrucht – er tötet das Leben – er tötet *Sie* –

Schwindel erfaßte sie. In ihren Ohren schrillten zahllose Grillen.

Eine schwangere Frau – sie krümmt sich am Boden – über ihr der schwarzgekleidete Mann – er hebt den Arm zum furchtbaren Schlag – ein Holzscheit in seiner Faust – er schlägt zu, wieder und wieder – sie schützt nicht ihren Kopf, Blut in ihrem hellen Haar, sie schützt nur ihren Bauch, das Kind, das Kind – ein schwerer Fußtritt in ihren gesegneten Leib – das Ungeborene, es wird sterben, ein Mädchen –

Sie wankte, Schwärze vor ihren Augen, brennend und bitter stieg die Übelkeit in ihr hoch, sie beugte sich vornüber und erbrach sich.

Wimmernd kauerte sie am Boden.

Lele kniete bei ihr nieder. »Du bist schwanger«, sagte sie leise, »ich hab' es schon geahnt, jetzt weiß ich es: Du bist schwanger von Lykos wie ich!«

Naki umschlang die Beine mit den Armen, drückte den Kopf auf die Knie.

»Ich weiß, wie das ist«, flüsterte Lele neben ihr. »Ich hasse ihn wie du. Ich stelle mir vor, wie dieser Lykos im Moor versinkt, wie ein Pferd ihm den Schädel eintritt, ein Eber ihn niedertrampelt, wie ein Bär ihn zerquetscht, wie ein Blitz sein Haus entzündet und er bei lebendigem Leib verbrennt – aber er, er lebt, und nicht genug mit allem, was er dir und mir angetan hat, müssen wir auch noch sein Kind in uns tragen!«

Naki hob den Kopf, langsam sickerten Leles Worte in ihr Bewußtsein, dennoch begriff sie nicht, wovon Lele sprach. »Sein Kind«, wiederholte sie tonlos.

»Mit vier anderen Wolfskriegern hat er in diesem Sommer unseren Hof überfallen, er hat behauptet, wir hätten den Hengst seines Vaters vergiftet und dafür werde er uns bestrafen, gewütet wie die Bestien haben die Wolfskrieger unter uns, unseren großen Bruder und Daires Mann haben sie erschlagen und Irrkru mit dem Dolch das Gesicht zerfetzt, und mich – ich bin vor Lykos davongerannt, beinahe wäre ich ihm entkommen, aber er hat mich eingeholt und niedergeschlagen, halb tot hat er mich geprügelt, aber das andere war schlimmer, ich kann nicht leben und nicht sterben seither ...« Lele stockte.

Naki starrte Lele an. Unendlich müde war sie auf einmal. Nur mit Mühe formten sich die Worte: »Dich hat er auch...?«

Lele nickte. »Mich auch. Und weißt du, was am schlimmsten ist? Ich kann es nicht lieben, das Kind, herausreißen möchte ich es mir, denn täglich erinnert es mich an das, was er mir angetan hat!

Dir geht es genauso, nicht wahr?«

»Was redest du da«, fuhr Naki auf, »was hat mein Kind damit zu tun! So darfst du nicht denken! Lykos hat meinem Kind nur den Weg bereitet, das hat keine Bedeutung, die Göttin hat mir mein Kind gegeben und dir deines auch!«

Lele schlug die Hände vors Gesicht »Du hast ja recht. Aber die Söhne des Himmels sagen, ein Kind wachse aus dem Samen, den der Mann in die Frau pflanze, sie habe nicht mehr Anteil daran, als daß sie es nähre, sein Schößling sei es, sein Fleisch und Blut! Früher habe ich darüber gelacht, wo man hinsieht, erkennt man doch die Allmacht der Göttin in der Fruchtbarkeit alles Weiblichen. Aber seit Lykos mich vergewaltigt hat, er muß doch gemerkt haben, daß ich noch nie einen Mann hatte, wenn er erfährt, daß ich schwanger bin, dann hält er sich für den Erzeuger meines Kindes –«

Tante Mulai lachte schrill: Naki, jetzt weißt du, was Lykos denken wird, wenn er erkennt, daß du ein Kind bekommst! Sein Kind!

Naki preßte die Hände an die Ohren, vergrub ihr Gesicht zwischen den Knien. Nicht hinhören!

Da wurde die Stimme lauter: Er wird sagen, es ist sein Kind! Sein Fleisch und Blut!

Sie wimmerte.

Jemand stieß sie in die Seite, zog sie in die Höhe. Scharfe Worte in der fremden Sprache schnitten sich in ihr Bewußtsein. Sie blickte auf: Lykos. Hoch über ihnen saß er auf dem

Pferd und herrschte sie mit einer zornigen Rede an, von der Naki nicht viel mehr als zwei Wörter verstand: Arbeit, Strafe.

Lele war es, die sie zum Aufstehen gebracht hatte. Zitternd klammerte sich Naki an sie.

Lele antwortete Lykos mit hastig hervorgestoßenen Worten.

Lykos schwang sich vom Pferd, nahm sich den Mantel ab und legte ihn Naki fürsorglich um.

»Ich habe ihm gesagt, daß du schwanger und krank bist«, flüsterte Lele ihr zu, »und daß ich mich um dich kümmern mußte!« Beschwörend fügten ihre Augen hinzu: Sorg dafür, daß er es glaubt!

Lykos hob Naki auf, setzte sie auf das Pferd, schwang sich hinter sie, rief Lele einen Befehl zu und ritt mit Naki los, zurück über den Bohlenweg zu Daires Hof.

Er wärmte sie, hielt sie sicher und gut. Und kein Wort mehr von Arbeit oder von Strafe.

Tante Mulai lachte. Kein gutes Lachen.

9

Es war doch noch Winter geworden. Zwei Tage vor dem Mittwinterfest strahlte eine frostige Sonne auf leuchtenden Schnee. Und gleich erschien das Leben freudiger.

Seit die Sonne schien, hatte Naki keine Stimmen mehr gehört.

Sie hatten für das Fest ein Schwein geschlachtet. Nun hatten sie im Hof ein Feuer entzündet und kochten Wurst. Lele wusch und bürstete die Gedärme und die Blase des Schweins, ihr größerer Bruder Irrkru schnitt Fett und Fleisch in kleine Würfel, Naki selbst kauerte am Feuer und rührte das Blut in dem großen Topf.

Ihr Blick glitt über den Hof, streichelte, was sie sah: die kleine Kori, die im Schnee spielte, Fior, den jungen Bruder von Irrkru, Daire und Lele, der sich wieder einmal vor der Arbeit drückte und im Bogenschießen übte, und Irrkru, dessen Rückenansicht sie so sehr an ihren Bruder Wirrkon erinnerte, daß es schmerzte: der helle Schopf lockiger Haare, der breite Rücken.

Irrkru wandte den Kopf, bemerkte ihren Blick, lächelte ihr zu. Das Strahlen seiner Augen ließ die wulstig rote Narbe vergessen, die vom Ohr bis zum Mundwinkel sein Gesicht entstellte. Naki lächelte zurück. Kurz legte sie die Hand auf ihren Bauch: Mein Kind, du wirst an einem guten Hof aufwachsen.

Du wirst einen guten Onkel und gute Tanten haben und eine liebe Kusine – und wenn Lele einen Sohn bekommt, dann hast du auch einen Vetter. Nur einen Muga, einen Muga wie meinen, den kann ich dir nicht geben.

Der Muga rannte aus dem Haus. Da, auf dem Dach, der Wolfskrieger, er duckt sich zum Sprung...

Gewaltsam schüttelte sie das Bild ab. Sie drehte sich zu Lele um: »Komm, lernen wir weiter!«

Lele nickte und fuhr fort, Naki Sätze in der Sprache der Söhne des Himmels vorzusprechen. Naki sprach sie nach.

Tag für Tag übte sie sich in der Sprache von Lykos. Sie hatte es ihrem Kind versprochen. Und sie wunderte sich selbst darüber, wie leicht sie lernte – und wie gern.

Wenn sie lernte, brauchte sie sich nicht zu erinnern. Wenn sie lernte, brauchte sie nicht nachzudenken. Wenn sie lernte, hörte sie keine Stimmen.

»Was heißt: Ich freue mich, Euch zu sehen?« fragte Lele.

Naki suchte nach den Worten. Langsam sprach sie den Satz. Da traf sie etwas sehr Kaltes ins Gesicht. Unwillkürlich schrie sie auf.

Kori lachte laut.

»Na warte«, rief Naki, »mir einen Schneeball ins Gesicht zu werfen! Dich kriege ich!«

Quietschend rannte die Kleine vor ihr davon. Naki lief hinterher, tat, als versuche sie Kori einzuholen, als schaffe sie es nicht, warf mit Schnee nach der Kleinen, warf mit Absicht daneben, Kori wieselte hin und her, kreischte.

»Geht weg, hier will ich schießen!« beschwerte sich Fior, sie achtete nicht auf ihn, warf sich vorwärts, fing Kori ein, kugelte mit ihr durch den Schnee. Auf dem Rücken blieb sie liegen, hob mit ausgestreckten Armen Kori in die Luft, Kori strampelte, »Runter, runter!«

»Du bleibst da oben, bis du mir versprichst, daß du auch

Irrkru einen Schneeball ins Gesicht wirfst!« sagte Naki mit gespielter Strenge.

Kori kicherte. »Zwei!« versprach sie.

»Na dann!« Sie setzte die Kleine ab, formte ihr zwei große Schneebälle, drückte sie ihr in die Hände. »Versprochen ist versprochen!«

Kori rannte los, rannte zu Irrkru und warf die Bälle nach ihm, verfehlte ihn mit beiden. Er fing einen der Schneebälle auf, warf ihn zurück und traf die Kleine mit einem wohlgezielten Wurf. »Noch einmal, und ich stecke dich bis zum Hals in einen Schneehaufen!« drohte er im Spaß.

Hingerissen vor Bewunderung, staunte Kori zu ihm empor. »Geht nicht!« sagte sie dann entschuldigend zu Naki.

»Schade!« Naki zuckte die Achseln und lachte. Ihre Augen trafen sich mit Irrkrus. Sie wurde rot. Hastig rührte sie wieder in der Blutsuppe.

Irrkru pfiff ein Lied.

»Ich hab's geschafft!« schrie Fior triumphierend. »Sieh her, Irrkru, ich habe genau in die Mitte von dem Balken getroffen!« Aufgeregt wies er auf den Pfeil, der in dem Fachwerk des Wohnhauses steckte.

Irrkru ging zum Haus und nickte: »Nicht schlecht gezielt! Aber der Pfeil steckt nicht tief. Da ist nicht genug Kraft dahinter. Paß auf, du mußt die Sehne bis ans Ohr ziehen! Ich mach' es dir vor!« Er unterwies Fior darin, wie er den Bogen zu spannen habe, dann kehrte er an seinen Arbeitsplatz zurück.

»Warum machst du das, Irrkru«, fragte Naki. »Warum läßt du deinen Bruder Bogen schießen, statt ihn anzuhalten, uns hier zu helfen?«

Irrkrus Gesicht verschloß sich. »Vielleicht kommt der Tag, an dem es wichtiger ist, Bogenschießen zu können, als Wurst zu machen«, erwiderte er und fuhr sich mit den Fingern über seine Narbe. »Nicht wahr, Lele?«

»Ich hoffe es«, sagte diese. Dann wandte sie sich ab und verschwand im Schuppen.

Daire rief aus dem Wohnhaus: »Irrkru, kommst du bitte! Wir müssen die Vorratsgrube öffnen!«

Irrkru ging ins Haus.

Naki sah ihm nach.

Die Vorratsgrube im Wohnhaus. Unter dem Familienbett, das so fest und unverrückbar aussah, als wäre es noch nie von der Stelle bewegt worden.

Daire hatte sie schon nach wenigen Tagen in das Geheimnis dieser Vorratsgrube eingeweiht. Kein Wort davon zu Lykos! hatte sie gesagt. Seinetwegen, wegen der hohen Abgaben, die er von uns verlangt, müssen wir einen Teil unserer Vorräte verstecken. Wir haben sonst nicht genug zum Essen. Aber wenn er herausbekommt, daß wir ihm Abgaben vorenthalten, zündet er uns den Hof an und vernichtet unser ganzes Hab und Gut.

Naki schüttete die Fleisch- und Fettbrocken in die Blutsuppe und rührte.

Lele kam zurück, einen Holzzuber in der Hand. Sie trat ans Feuer und kostete von dem Wurstbrei. »Da fehlt noch etwas an dem Geschmack!«

Naki nickte. »Ich hole die Kräuter«, sagte sie und ging zum Wohnhaus.

Da, die Hand schon an der Tür, hörte sie den Hufschlag.

Sie riß die Tür auf.

»Lykos!« schrie sie, ihre Stimme überschlug sich. »Lykos kommt!«

Das große Lager war aus der Ecke des Raumes beiseite geschoben, die Grube darunter geöffnet. In dieser Grube stand bis zum Kopf versteckt Daire und reichte eben Irrkru ein Vorratsgefäß. Wie mitten in der Bewegung erstarrt, sahen beide zu Naki.

»Lykos?!« stieß Irrkru hervor. »Naki, bitte, schaff uns Zeit, halt ihn auf! Wir sind verloren, wenn er das hier sieht! Bitte!«

Sie drehte sich um, zog die Tür hinter sich zu, lief über den Hof, dem Reiter entgegen. Tun, was soll ich tun.

Lykos zügelte mitten im Hof das Pferd, stieg ab, winkte Fior, der herbeikam, Pfeil und Bogen in der Hand, und reichte ihm die Zügel. »Trockne es ab!« befahl er und wandte sich zu Naki um.

Ich bin gespannt, was du dir jetzt einfallen läßt, meinte Tante Mulai.

Naki zwang sich ein Lächeln ab. Beide Hände streckte sie ihm entgegen: »Ich freue mich, Euch zu sehen, Herr«, sagte sie langsam den Satz, den sie gelernt hatte.

Ein Strahlen ging über sein Gesicht: »Du sprichst immer besser!«

»Ich lerne fleißig«, erwiderte sie sorgfältig in seiner Sprache und fügte mit absichtsvoller Verschämtheit hinzu: »Sagt man so?«

»Aber ja!« Er lachte und zog sie an sich.

Ihr Kopf an seiner Schulter. Gleich würde er sie auf die Arme heben und ins Haus tragen. Und dann würde er sehen, was er unter keinen Umständen sehen durfte.

Verzweifelt irrten ihre Augen umher. Wenn sie Lele ein Zeichen geben könnte, oder Fior!

Doch Lele rührte mit gesenktem Kopf im Wurstbrei, und Fior hatte ihr den Rücken zugewandt und striegelte das Pferd.

Allmächtige Schlange, hilf!

Da, mit einem Mal, wußte Naki, was sie tun würde.

Sie bemühte sich um einen schüchternen Augenaufschlag. »Eine Bitte, Herr«, flüsterte sie schmeichelnd – Oheim Ritgo, was wirst du dazu sagen – »Darf ich Euch eine Bitte ...?« Was ihr an Wörtern fehlte, ersetzte sie mit dem Blick und haßte sich selbst dafür.

»Eine Bitte?« Lykos hob die Augenbrauen, erfreut, doch auch sehr wachsam. »Sprich!«

Sie zermarterte ihr Hirn nach den richtigen Sätzen, fand sie nicht. Warum bloß konnte sie seine Sprache nicht besser – wie nannte man in Lykos' Sprache das Bogenschießen? »Fior«, sagte sie mit einer unsicheren Geste, sie mußte Lykos nichts mehr vormachen, ihre Hilflosigkeit war echt. »Darf ich ihn, darf er für mir ...?«

Lykos nickte, wandte sich um und rief selbst nach Fior.

Ängstlich kam Fior näher. »Paß auf, Fior«, sagte sie hastig – jetzt keinen Fehler machen, vielleicht versteht Lykos von unserer Sprache viel mehr, als er je erkennen läßt – »jetzt bitte den Herrn um das, was du dir wünschst, er ist bereit, dir eine Gnade zu erweisen, bitte ihn, dich im Bogenschießen zu unterrichten!«

Fiors Augen wurden rund. Ungläubig glotzte er sie an, dann Lykos, öffnete stumm den Mund, ganz Fassungslosigkeit, stotterte blöde ein paar Sätze in der Sprache der Herren.

In Lykos' Gesicht erst Mißtrauen, dann eine gnadenlose Härte.

Tante Mulai höhnte: Du hast alles verdorben, alles verloren!

Kälte kroch in ihr Herz. »Verzeiht, Herr«, flüsterte sie tonlos die fremden Worte, sank vor Lykos in die Knie, keine Verstellung mehr, tödlicher Ernst.

Ein endloser Augenblick.

Und dann – zog Lykos Naki mit einer Hand hoch, sprach mit Fior, knappe Fragen in nicht unfreundlichem Ton, zitternde Antworten von Fior, und schon nickte Lykos, lächelte sogar, ließ sich von Fior den Bogen reichen und ging mit ihm zur Seite.

Naki starrte den beiden nach. Heilige Schlange, ich danke dir. Du bist wahrhaft allmächtig.

Ich habe mich getäuscht. Ich habe geglaubt, er hätte alles durchschaut –

Ihr war so elend, daß sie sich setzen mußte.

Lykos spannte den Bogen, redete dabei mit Fior, reichte ihm den Bogen, verbesserte dessen Haltung, ließ ihn schießen.

Lele setzte sich neben Naki auf die Bank. »Was hat das zu bedeuten?« fragte sie leise.

»Ich mußte Lykos irgendwie aufhalten«, gab Naki flüsternd zurück. »Im Haus war eure Vorratsgrube geöffnet.«

Lele preßte Naki die Hand.

Lykos hatte den Bogen wieder an sich genommen, zielte damit auf einen Vogel, eine kleine Meise, die vom Hausdach in Richtung auf den Baum flog, einen kurzen Augenblick verfolgte Lykos ihren Flug, dann schoß er. Und der kleine Vogel fiel vom Pfeil durchbohrt auf den Hof.

Eine Meise im Flug – o Wirrkon, es war völlig unmöglich für dich, Lykos' Pfeil zu entkommen ...

Fior rannte zu dem Vogel, brachte den Vogel mit dem Pfeil zu Lykos, hielt ihn mit unverkennbarem Erschrecken hin.

Blutdunst wehte vom Schlachtplatz herüber. Flau spürte Naki die Übelkeit im Magen.

Lykos zog den Pfeil aus der Meise, warf diese achtlos in den Schnee, reichte Pfeil und Bogen an Fior zurück, gab diesem erneut Anweisungen. Als verstünde es sich von selbst, daß ein Herr wie er einen Bauernjungen unterrichte.

Fior, vor Anspannung die Zunge zwischen die Zähne geklemmt, befolgte mit bleichem Gesicht, was Lykos sagte.

»Naki, du hast uns gerettet«, flüsterte Daire. Naki hatte nicht bemerkt, wie Daire und Irrkru herzugekommen waren. »Wie hast du das fertiggebracht, daß Lykos sich mit Fior abgibt!«

Naki schüttelte nur den Kopf, holte tief Luft.

Der Vogel im Schnee – Wirrkon im Sand ...

Noch immer kämpfte sie gegen das Erbrechen.

»Irrkru! Irrkru!« Fior rannte über den Hof, rannte auf sie zu. »Der Herr hat gesagt, er braucht einen Jungen wie mich. Ich, ich soll seine Pferde versorgen und er, er will mich erziehen, Irrkru, bitte, sag, daß das nicht geht, ich, ich will das nicht, nicht zu ihm –« Er brach ab, starrte den großen Bruder hilfeflehend an.

Irrkru sog scharf die Luft ein. »Das lasse ich nicht zu!« stieß er zwischen zusammengepreßten Zähnen hervor. »Und wenn er mich umbringt!«

»Um Himmels willen, Irrkru«, flüsterte Daire, »denk an den Überfall, denk an Lele, denk an unseren toten Bruder und an meinen toten Mann, diesmal wird er uns alle umbringen, sag nichts dagegen, du kannst nichts tun, halt den Mund!«

Was hast du getan, Naki! warf die Stimme des Großen Oheims Naki vor. Vor der einen Gefahr hast du sie gerettet. Aber um welchen Preis! Er nimmt ihnen Fior weg, was wird aus dem Jungen werden, du hättest es wissen sollen ...

Lykos trat zu ihnen, blieb vor Naki stehen, hob leicht mit der Fingerspitze ihr Kinn. »Zufrieden, meine Liebe?« fragte er lächelnd. Doch in seinen Augen ein harter Glanz.

Unmöglich, darauf zu antworten. Unmöglich, sich länger zu beherrschen.

Schreien, ich möchte schreien, lächeln, ich muß lächeln ...

In ihrer Not ergriff sie seine Hände und drückte ihr Gesicht hinein.

Er streichelte ihre Wangen mit seinen Daumen.

Da war er wieder, der Ton. Dieses Schrillen in ihren Ohren.

Ein Geräusch im Hof. Naki erstarrte.

War das Hufschlag?

Das Schlagen des Gartentors im Wind.

Ihr Herz hämmerte. Sie preßte die Hände an die Brust, zwang sich zu ruhigem Atem, zwang ihre Gedanken zu der Geschichte, die Daire erzählte.

»... da lachte die alte Frau ein böses Lachen und sagte zu dem jungen Mädchen: Wenn du bis morgen nicht allen Flachs gesponnen hast, dann fresse ich dich auf!« fuhr Daire fort.

Kori, das Gesicht hochrot, die Augen weit aufgerissen, drückte sich dicht an Naki, versteckte sich in den Falten des Kleides. »Das tut sie doch nicht, oder? Sie frißt das Mädchen nicht auf?« flüsterte sie angstvoll.

»Nein«, gab Naki im Flüsterton zurück, »das tut sie nicht, weil doch die Elfen dem Mädchen helfen den Flachs zu spinnen! Hab keine Angst, Kori, hör zu!«

Erleichtert seufzte Kori auf, wagte sich mit dem Gesicht wieder aus Nakis Kleid hervor, blieb dennoch dicht an ihre große Freundin gedrückt.

Naki legte kurz den Arm um sie, drückte sie an sich, dann hechelte sie weiter mit dem Rippenknochenkamm den Flachs.

Ihre Hände flogen: Unruhe, verwandelt in Bewegung.

Mutter, dachte Naki, ich habe auch Angst. Ich möchte mich auch in deinen Rock flüchten!

Warum ist das so? Es sind doch alle gut zu mir bei Daire. Seit fünf Tagen schon war Lykos nicht mehr hier.

Warum habe ich auch dann Angst, wenn er nicht da ist? Schau' dauernd zur Tür, ob er kommt?

Was redest du mit deiner Mutter, sagte Tante Mulais Stimme. Deine Mutter ist nicht da. Ich bin da. Und dein Großer Oheim. Aber es freut uns nicht, was wir sehen. Ich will dir sagen, was mit dir ist: Ein dünner Faden ist in dir, zum Zerreißen gespannt. Nur eine kleine Berührung, und er zerspringt. Du gehst auf Eis, auf sehr dünnem Eis. Und ich höre schon, wie es knackt.

Naki warf das gehechelte Bündel Flachs in den Korb, nahm sich ein neues, weiter.

Daire, am Boden kniend und den Röststrohflachs über einer Steinklinge brechend, erzählte und erzählte.

Naki versuchte sich die Worte einzuprägen, als müsse sie die Geschichte auswendig lernen.

Daire beendete ihre Geschichte.

Naki griff nach ihrem Stein, holte ihn aus dem kleinen Beutel und preßte ihn in der Hand. Was außer dem Stein sollte sie vor der Angst und vor den Stimmen schützen, wenn Daire nicht mehr sprach?

Das Knistern des Feuers, das leise Knacken der verholzten Rinde des Flachsstrohs, das leise Wetzen des Sandsteins, mit dem Irrkru den neuen Schaft für sein Beil glattschliff, den er aus Lindenholz geschnitzt hatte. Dann ein Knarren.

Naki zuckte zusammen. Schweiß brach ihr aus.

Die Tür zum Speicher – die Schritte – der Verschlag –

Zitternd drehte sie sich um. Lele war zur Tür hereingekommen.

Naki schloß die Augen. Hat das denn nie ein Ende?

Nie! meinte Tante Mulai.

Göttin, Große Mutter, die du deine Kinder verteidigst wie die Bärin ihr Junges, betete Naki stumm, du hast mich noch aus jeder Verzweiflung gerettet, in jeder Not geholfen, aus dem Verschlag hast du mich befreit, hilf mir auch jetzt!

Da, wie eine Antwort, spürte Naki eine kaum wahrnehmbare, leichte Bewegung in ihrem Bauch, als sei da drinnen ein kleines Fischlein, das sie sanft mit seiner Flosse berührt habe.

Und alles war gut.

Naki hielt den Atem an, spürte der Berührung nach.

Dann sagte sie: »Daire, ich hab' mein Kind gespürt! Es hat sich bewegt! Wirklich, es hat sich zum ersten Mal bewegt!«

»Wie schön!« Daire sah auf und lächelte ihr zu. »Dann brauchst du jetzt ein Amulett, das dein Kind schützt, damit ihm nichts zustößt! Kori, komm her zu mir, du mußt mir eine Haarlocke für Nakis Baby schenken!«

Kori lief zu ihrer Mutter. »Machst du dann auch einen Ring aus meinen Haaren wie für Lele?« fragte sie aufgeregt.

»Aber ja, wie für Lele!«

»Einen Ring aus einer Haarlocke?« wunderte sich Naki.

Daire nickte. »Weißt du das nicht? Das Haar eines gesund geborenen Kindes schützt das Leben eines ungeborenen!« Sie flocht Kori einen dünnen kleinen Zopf aus einer Haarsträhne, band ihn mit einem Flachsfaden ab, schnitt ihn mit ihrem Steinmesser von Koris Kopf und wand ihn zu einem kleinen Ring. »Da, Kori, bring das Naki! Und sag ihr, daß sie es immer tragen muß, daß sie es nie ablegen darf, solange sie das Baby im Bauch hat, damit ihm nichts passiert!«

Kori richtete den Auftrag aus. Strahlend stand sie vor Naki. »Meine Haare schützen jetzt nämlich dein Baby«, erklärte sie ernst.

»Danke, Kori, vielen Dank!« Plötzlich hatte Naki Tränen in den Augen, küßte die Kleine. Die ließ es sich willig gefallen, doch dann lief sie zu Lele. »Zeig mir deinen Ring, den von meinen Haaren!« forderte sie wichtig.

Lele wandte sich ab. »Ich hab' ihn verloren.« Ihre Stimme klang heiser.

»Aber«, meinte Kori und sah sich unsicher um. Keiner sagte etwas.

Daire brach den Flachs. Irrkru schliff den Holzschaft. Lele riß mit dem Kamm durch ein Flachsbüschel.

Naki schluckte.

Große Göttin, trächtige Sau. Lele weiß nicht, was sie da tut.

»Ich kann dir einen neuen Ring geben!« schlug Kori zaghaft vor. »Hier, da sind noch lange Haare!«

»Laß, Kori«, sagte Daire. »Komm her zu mir, hilf mir! Siehst du, das Flachsstroh dort am Boden, kannst du mir daraus ein Büschel zusammenlegen?«

Kori, rasch ablenkt, erfüllte eifrig den Auftrag.

Lele aber stand auf und ging hinaus.

Als sie nach einiger Zeit wieder ins Haus kam, war ihr Gesicht noch blasser als sonst.

»Lele«, fragte Naki – reden, so tun, als wäre nichts – »geht die Sonne bald unter?«

»Ja, bald!«

»Dann«, Naki zögerte, »Daire, brauchst du mich noch, ich würde gerne das Neumondgebet tanzen – du weißt, heute ist Neumondlicht!«

Daire nickte: »Geh nur, Naki! Und – bete für uns!«

»Ich will mit Naki!« forderte Kori.

»Nein«, sagte Daire bestimmt, »du bleibst hier, Kori!«

Naki band sich die Fellschuhe um die Füße, nahm den Wollmantel – warmes, dicht gewalktes Tuch, der beste Mantel, den sie je besessen hatte, auch wenn er vor ihr schon viele Jahre von einer anderen Frau getragen schien: ein Geschenk von Lykos –, verließ das Haus und den Hof und stapfte durch den Neuschnee zu der leichten, kaum merklichen Erhebung, die das Dorf vom Schwarzmoor trennte.

Am Morgen hatte es noch geschneit, doch am Mittag war der Himmel aufgeklart, und nun färbte die untergehende Sonne einen wolkenlosen Himmel in Farben von überirdischer Pracht.

Naki blieb stehen, breitete die Arme und schaute.

Lele und Lykos, die Alpträume und die Erinnerungen, diese Angst und Unruhe in ihr, die Stimmen und das Schrillen – nach und nach fiel alles von ihr ab.

Sie schaute, und jeder Atemzug war ein Gebet.

Als die Sonne den Horizont berührte, kniete Naki nieder und malte mit dem Finger die heiligen Zeichen in den unberührten Schnee.

Sie malte das heilige Wasser in endloser Zackenlinie, schloß sie zum Kreis, ohne Anfang und Ende: Lebensspenderin, dich verherrliche ich.

Sie malte einen kleinen Ring, umrandete ihn mit einem größeren, den wieder mit einem noch größeren: Eulengöttin mit den wissenden Augen, dich verherrliche ich.

Sie malte das offene Dreieck: Die du Eins bist in Drei und Drei in Eins, Wiedergebärerin, dich verherrliche ich.

Dann stand sie auf, hob die Arme und tanzte in den makellosen Schnee mit ihren Füßen die Doppelspirale, tanzte von innen nach außen und im großen Bogen daran anschließend von außen nach innen, vom Tod ins Leben und vom Leben in den Tod, drehte sich im Zentrum des zweiten Kreises um, tanzte zurück ins Leben, hin und her, hinein und hinaus, der ewige Kreislauf.

Längst schaute sie nicht mehr auf ihre Füße, sah nicht mehr nach den Spuren, sah nur zum langsam dunkler werdenden Himmel, beobachtete das Tieferwerden des Rotes, den Wandel zum Violett.

Ruhig und gelöst, versunken in ein Gebet ohne Worte, wartete sie, wartete und war glücklich.

Und da, dicht über dem Horizont, kurz vor dem Entschwinden, konnte sie ihn sehen, den schmalen, feinen Halbreif, den neugeborenen Mond.

Wiedergeboren ist er, der vom Tod verschlungen war. Der Geliebte, der Sohn – drei Tage und Nächte war er tot, geweint hat seine Mutter, seine Geliebte, und das Universum war versunken in Traurigkeit.

Aber siehe, er lebt.

Denn kein Tod ist von Dauer.

Singe, du Himmel! Lache, du Erde! Freut euch, ihr Steine! Breitet mit mir die Arme und tanzt vor Freude!

Wieder hob Naki die Arme, nun drehte sie sich zum Freudentanz, der Schnee wirbelte unter ihren stampfenden, springenden Füßen.

Zurückgekehrt ist das Leben aus dem Tod. Denn ohne Anfang und ohne Ende ist das Mysterium.

»Naki! Was tust du! Her zu mir!«

Sie hörte nicht, tanzte weiter.

»Naki, weißt du nicht mehr, wie du dich vor deinem Herrn zu benehmen hast!«

Hart fuhr eine Hand in ihr Haar, riß ihren Kopf herum.

Ein bärtiges, verzerrtes Gesicht, zornrot.

Fremd sah sie es an: Was willst du. Ich kenne dich nicht.

»Ich verbiete dir das! Bete nie wieder die Schwarze Göttin an! Mein Kind soll ohne deinen Zauber heranwachsen! Verstehst du!« Sie verstand jedes Wort. Und doch nichts.

Er packte sie an den Schultern, rüttelte sie. Dennoch war sie noch immer weit weg.

Der Mond. Kaum geboren, versinkt er wieder.

Sie suchte ihn am Horizont. Der schmale, silberne Leuchtstreif neigte sich in den Schnee.

»Naki! Auf die Knie vor deinem Herrn!« Die Stimme war schneidend scharf.

Ihre Augen irrten über den Schnee. Die Spuren, er hat sie zertrampelt. Er hat die heiligen Zeichen zerstört. Ich muß sie neu...

Er drückte sie in den Schnee, auf die Knie, faßte sie gewaltsam am Kinn, zwang ihr Gesicht in die Höhe. »Du wirst nie wieder die Schwarze Göttin anrufen! Ich verbiete es dir! Hast du das verstanden! Kein schwarzer Zauber mehr!

Schwöre, daß du mir gehorchen wirst! Schwöre!«

»Nein!« sagte sie und merkte kaum, daß sie in seiner Sprache redete – die Spuren, ich muß sie neu machen, dieser Fremde, wer ist es, ach ja, der Pferdmensch, er hat so große Füße, viel zu große Füße, Füße und Hufe, Hufflüße –

Sie lachte schrill.

Er schlug ihr ins Gesicht. »Hör auf zu lachen! Ich warne dich, Naki, ich warne dich!

Sprich mir nach: Ich werde nie wieder die Schwarze Göttin anrufen! Sprich es!«

»Nein!« Ihr Lachen überschlug sich.

Er packte sie am Handgelenk, zog sie hoch, zog sie hinter sich her, zerrte sie durch den Schnee, zum Hof, zum Haus.

Oskyl, Grofü, Pferdmenschhuf – sie lachte, lachte – Spurschnee, Mondheil, Eugödreiwassdoppelspi ...

Er stieß sie ins Haus. Drinnen die Frauen und Kori wichen erschreckt vor ihm zurück. Und Irrkru, der Einzige, war nicht da.

Sohnlieb, Traukeit, Erdsteinfreud, Himne, Steimel, Wiespendleb ...

Lach! sagte laut eine Stimme, wer war es, nicht der Große Oheim, nicht Tante Mulai, da war keiner, der sprach, alle schwiegen, stumm vor Entsetzen, aber *Es* war da, *Es* redete und lachte, lachte: »Merkst du nicht, es ist verkehrte Welt, gleich schlägt er dich, der Pferdmensch, lach, Naki, lach, er wird dich an den Zaun binden lassen, die Ruten, dein Rücken zerfleischt, das schwarze Nichts, Wirrkon im Sand, der Vogel im Schnee, die Narbe in Irrkrus Gesicht, der Pfahl im Leib der Göttin, lach. Naki, lach, dein Blut wird fließen, du wirst dir wünschen tot zu sein, aber du kannst nicht sterben, du mußt leben, ewig leben, tanze, du sollst dich traurig freun!«

Er riß ihr den Gürtel vom Leib.

Schlätel, Gürge, Pfahltinleib ...

Mit wenigen Schritten war er bei Kori, packte das Kind, schlug es, schlug das kleine Kind mit dem Gürtel.

Da schrie es aus Naki, ihre Stimme gellte in die Höhe, als Blitz aus der Tiefe zuckte sie zum Himmel empor, bohrte sich in die Eingeweide des Universums.

Dann war da nur noch Schwärze.

»Ich habe das letzte Brot aus dem Ofen genommen, Herrin!«

»Ist gut, Sahir!« Moria nickte der jungen Magd zu – der Vertrauten, die ihr der Vater von zu Hause hierher in die Fremde mitgegeben hatte – und befühlte die knusprig braunen, frisch gebackenen Brote. Dann ging sie zum niedrigen Ofen, berührte vorsichtig prüfend die heiße Lehmkuppel, kniete vor dem Feuerloch nieder, streute ein paar Getreidespelzen auf den gebrannten Lehmboden des Ofens und beobachtete, wie sie bräunten.

»So ist es grad' richtig, nicht mehr zu heiß und noch nicht zu kalt«, sagte sie und seufzte: »Ich hoffe es wenigstens!«

Die Mutter ließ keinen Kuchen in den Ofen schieben, ohne selbst zu prüfen, ob er genau die richtige Wärme habe. Die Mutter täuschte sich darin nie.

Manchmal wäre es gut, zur Sicherheit die Mutter fragen zu können. Oder eine erfahrene ältere Frau wie Noedia.

Moria runzelte die Stirn.

Sahir füllte den Rest des Kuchenteiges in die letzte Birkenrindenform. Dann begann sie ganz selbstverständlich, die saure Sahne mit einem gelochten Holzlöffel zu schlagen.

Es war gut, mit Sahir zusammenarbeiten zu können. Sahir mußte man nicht jeden Handgriff erklären wie den anderen Mägden. Auch Sahir hatte bei der Mutter gelernt.

Moria rieb die Backsteine mit Schmalz ein, drückte in jeden Kuchenteig einen der glatten, vollkommen runden Steine und schob die Kuchenformen in den heißen Ofen. Dann stach sie sich rasch mit einer Knochennadel in den Finger, preßte ein paar Blutstropfen hervor und ließ sie auf die Ofenplatte fallen. »Herdmutter«, flüsterte sie, »besänftige den Feuergott! Laß meine Kuchen nicht verbrennen, ich bitte dich!«

Feinstes, fünfzehnmal gemahlenes und gesiebtes Weizenmehl – was für ein Jammer um die ganze Arbeit, wenn die Kuchen nicht gelingen würden!

Sie steckte den Finger in den Mund, leckte das Blut ab.

Doch wenn sie gut würden...

Als sie zum ersten Mal für Lykos einen solchen Kuchen gebacken hatte, hatte er sich ein Stück davon achtlos in den Mund geschoben wie das meiste, was er aß. Doch dann hatte er erstaunt innegehalten – sie hatte ihm eben Tee eingeschenkt – und gesagt: »Was ist das? Das schmeckt gut!«

Damals hatte sie die Höhlung, die der Stein im Kuchen hinterließ, mit Preiselbeermus gefüllt. Heute würde sie es mit einer Mischung aus gekochten Moosbeeren und schaumig gerührter saurer Sahne versuchen.

Vielleicht konnte sie Lykos damit wieder überraschen...

Sie lächelte.

Rasch ging sie im Geist noch einmal die Speisenfolge durch: gebratenes Rebhuhn, Ackerbohnen, Lammschmorbraten mit frischem Brot, Kuchen.

Ob Lykos heute Freunde mitbrachte? Ackerbohnen, Lamm, Brot und Kuchen würden auch für Gäste reichen. Aber das Rebhuhn...

Sie saugte an ihrem Finger.

Wie sollte man Ehre einlegen, wenn man nicht vorher wußte, ob man Gäste zu bewirten hatte!

Sie würde das Rebhuhn weglassen müssen und statt dessen Pökelfleisch mit der Grütze auftragen, die vom Morgenmahl übrig war.

Nein! Kein Pökelfleisch mit Grütze. Da merkte doch jeder, daß sie nicht auf Gäste vorbereitet war!

»O Himmel! Nicht heute, nicht jetzt!«

Das Gesicht der Mutter, bleich vor Erschrecken, als der Vater mit einer großen Schar von Herren in den Hof ritt.

»Rösos! Und so viele Gäste! Kein Fisch, kein frisches Fleisch, was soll ich tun, Cythia, rasch – Moria, geh mir aus dem Weg!«

Sie, die kleine Moria, drückte sich an die Wand, kroch hinter den Backofen, streichelte den Welpen, sah zu, wie die Mutter und Cythia, die Nebenfrau und die Magd mit fieberhafter Eile versuchten, ein Mahl zu bereiten.

Der Raum summte vor Erregung. Und die Stimme der Mutter schrill, voll Angst.

Sie drückte den Welpen an sich.

Der Tag war so schön gewesen: Die Binsen auf dem Boden des Wohnhauses waren gewechselt worden, und sie hatte aus den alten Binsen ein Feuer schüren dürfen. Alle Kleider und Teppiche waren gewaschen worden, und sie hatte mit den anderen Kindern im Bach gespielt und die nassen Stoffe zum Trocknen auf die Wiese gebreitet, und die Frauen hatten so viel Arbeit gehabt, daß keine bemerkt hatte, wie sie ohne Erlaubnis kurz mal zu Wai gerannt war. Keine außer Cythia, und die verriet sie nie. Zu essen hatte es heute nicht viel gegeben – nur Grütze, doch das war gleich, bei so viel Freiheit.

Und nun plötzlich alles verändert.

Wäre der Vater doch weggeblieben ... Die Mutter hatte so Angst!

Der Finger rutschte von selbst in den Mund. Sie saugte daran, doch keiner merkte es, keiner verwehrte es ihr.

Schwer wurde ihr Kopf. Der kleine Welpe schlief in ihrem Schoß.

Schließlich schlief auch sie ein.

Irgendwann in der Nacht wachte sie auf. Der Welpe hatte auf ihr Kleid gepinkelt. Doch das war es nicht, was sie weckte.

Das scharfe Klatschen – der Gürtel des Vaters.

Übelkeit würgte sie. Sie preßte die Hand an den Mund.

Die zornige Stimme des Vaters: »Habe ich dir nicht gesagt, du hast jederzeit in der Lage zu sein, ein Gastmahl aufzutragen, jederzeit?«

Klatsch.

Die Stimme der Mutter, schluchzend, gequält, kaum zu erkennen:

»Ja, Rösos. Jederzeit.«

»Und heute, war das ein Gastmahl?«

Klatsch.

»Nein, nein, das war kein Gastmahl!«

Klatsch.

»Pökelfleisch und alte Grütze!«

Klatsch.

»Es tut mir leid, Rösos! Ich hatte Großputz, und du warst zum Königsfest, ich dachte, du bliebest noch Tage weg ...«

Klatsch.

»Jederzeit, habe ich gesagt!«

Klatsch.

»Ja, jederzeit! O bitte, Rösos, bitte! Bitte!«

Klatsch.

Sie preßte die Hände an die Ohren. Warm rann ihr das Wasser die Beine hinunter.

Moria strich sich über die Stirn. Plötzlich fror sie.

So war das eben. Eine gute Hausfrau hatte immer gerüstet zu sein. Männer kümmerten sich nicht um die Schwierigkeiten, die das bereitete. Wahrscheinlich ahnten sie nicht einmal etwas davon.

Ihrer Mutter war so etwas nicht noch einmal passiert.

Und ihr selbst würde es nie passieren.

Sie hatte von der Mutter gelernt.

Was würde die Mutter jetzt an ihrer Stelle tun? Wenn dein Essen für unvorhergesehene Gäste nicht ausreicht, dann mußt du sehen, wie du es verlängerst, hatte die Mutter ihr eingeschärft. Gieß Wasser zur Suppe, und laß deine schönste Magd um so reichlicher starke Getränke ausschenken! Wenn ihre Sinne benebelt sind, achten die Herren nicht so darauf, was sie essen.

Nun, starke Getränke hatte sie: Der Brombeersaft war schon lange vergoren. Und Sahir in dem blauen Kleid, das sie ihr geschenkt hatte, war eine Augenweide. Doch wie um alles in der Welt verlängerte man ein Rebhuhn?

Sie konnte es ausbeinen und kleinschneiden. Und schön anrichten. Mit Holzäpfeln. Am besten hackte sie die Äpfel, sie waren noch etwas hart. Und mischte sie unter das Rebhuhnfleisch.

Das war immer noch etwas dürftig. Warum fiel ihr nichts ein.

Die Mutter verfeinerte viele Speisen mit Haselnüssen. Und Kräutern. Halt, das war noch zu trocken. Vielleicht saure Sahne dazu? Nein, die war für die Kuchen aufgebraucht. Also Dickmilch. Und Preiselbeermus. Fruchtig und knackig. Ja, das war gut. Sie spürte geradezu auf der Zunge, wie das schmecken würde.

»Sahir, lauf in den Speicher, und hol Haselnüsse und Holzäpfel! Und knack die Nüsse auf!«

Wenn die Nüsse fertig waren, würde die Zeit reichen. Wenn wirklich Gäste kamen, konnte Noedia die Äpfel hacken und das Rebhuhn zerkleinern, während sie selbst mit Sahir den Brombeerwein ausschenkte. Das Weitere wäre rasch bereitet. Sie seufzte erleichtert auf.

Moria holte den Honigtopf, träufelte etwas Honig in den

geschlagenen Schmant – nicht zuviel, Lykos mochte nichts allzu Süßes – und zog vorsichtig das Moosbeerenmus darunter.

Sie kostete. Säuerlich, sahnig, frisch. Es würde Lykos schmecken. Vielleicht würde er sie wieder dafür loben ...

Auch Sahir, die vom Speicher zurückkam, probierte und schloß genießerisch die Augen.

»Wie Ihr das macht, Herrin«, sagte sie. »Diese Kuchen! Ihr könnt es genauso gut wie Eure Mutter! Ich habe es von den anderen Mägden gehört. Alle sagen, Ihr seid eine viel bessere Hausfrau, als Noedia es war!« Moria schluckte. Da war wieder dieses seltsame Gefühl, das sie immer spürte, wenn etwas sie daran erinnerte, daß Noedia vor ihr die Herrin dieses Hofes gewesen war.

Moria ließ den Löffel sinken.

Der ernste Augenblick, als Lykos ihr zum Abschluß der Heiratsfeierlichkeiten die Wasserschale reichte – Dies ist das Wasser meines Hofes, ich will es teilen mit dir, denn du sollst Gemeinschaft haben mit mir –, als er sie um die Herdstelle führte – Dies ist das Feuer meines Hofes, ich will dich daran aufnehmen, denn du sollst Gemeinschaft haben mit mir –, als er sie schließlich der Hausgemeinschaft vorstellte: Seht her, dies ist Moria, meine ehrenwerte Frau. Ehrt sie und gehorcht ihr, denn sie ist eure Herrin!

Nur einen Gedanken hatte sie in diesem Augenblick: Ihm alles recht zu machen, ihn immer zufriedenzustellen.

In ihren Ohren die Ratschläge der Mutter: Du wirst keine Schwiegermutter haben. Das ist gut, weil du von Anfang an Herrin bist. Und schlecht, weil du allein für alles verantwortlich bist. Bring die Mägde auf deine Seite! Wenn sie dich lieben, werden sie besser arbeiten, als wenn sie dich fürchten. Vergiß nicht, es rächt sich an dir, wenn sie einen Fehler machen, du mußt dich vor deinem Mann rechtfertigen, nicht sie! Und vor allem, gewinne mit Freundlichkeit die Frau für dich, die vor dir den Haushalt geführt hat! Rechne damit, daß sie dich haßt, weil du in ihr Amt einbrichst. Demütige sie nicht, sondern bitte sie um Hilfe. Sie kann dir das Leben schwermachen, doch wenn sie dich unterstützt, dann hast du schon gewonnen!

Lykos stellte ihr die Mägde vor, begann bei den ranghöheren, fuhr mit den rangniedrigeren fort. Angespannt versuchte sie sich alle Namen zu merken, jeder zuzulächeln, zu jeder etwas Freundliches zu sagen. Ihre Knie zitterten. Hinter dem Rücken schlang sie die Finger ineinander, verbarg das Beben ihrer Hände.

Sie dürfen nicht merken, wie unsicher ich bin.

»Und das ist Noedia, die Letzte deiner Mägde!« schloß Lykos und wies auf eine ältere Frau.

Die Magd verneigte sich. Keine Spur von Lächeln. Das Gesicht abweisend ausdruckslos.

Die freundlichen Worte erstarben auf den Lippen.

Sie knetete den Stoff ihres Rockes zwischen den Fingern. Dann straffte sie die Schultern, sah in die Runde der Mägde, sprach die Worte, die sie sich seit Tagen zurechtgelegt hatte, und endete: »Und jetzt wüßte ich gern, wer von euch seit dem Tod meiner Schwiegermutter den Haushalt hier geführt hat?«

Schweigen.

Ihre Finger verkrampften sich. Hatte sie etwas Falsches gesagt?

»Das war ich, Herrin«, sagte Noedia schließlich spröde, trat einen Schritt vor, sah starr an ihr vorbei.

»Aber, wieso?« stammelte Moria, brach ab. Hilft mir denn keiner?!

Noedia warf den Kopf in den Nacken. Plötzlich keine Magd mehr. Plötzlich eine Herrin.

»Ich bin Lykos' Stiefmutter, die Mutter seines Bruders«, sagte Noedia herausfordernd. »Nach dem Tod von Lykos' Mutter hat mich sein Vater wie seine rechtmäßige Frau gehalten. Oder, Herr, wollt Ihr das leugnen?!«

»Warum sollte ich«, erwiderte Lykos eisig.

»Das, das wußte ich nicht, dann, dann habe ich et... etwas falsch ver...«, Blut schoß ihr in den Kopf, sie stotterte, ergriff Noedias Hände, »verzeih, Noedia, daß ich dich nicht anders..., ich habe viel von dir zu lernen, ich bin noch so jung und unerfahren, hab Nachsicht mit mir, bitte, hilf mir...«

Lykos' Stimme fuhr dazwischen: »Ich sagte, Noedia ist die Letzte deiner Mägde!«

»Aber warum?« begehrte sie auf, Schreck durchzuckte sie im gleichen Augenblick – sie hatte ihm widersprochen, kaum vermählt, noch nicht richtig seine Frau, hatte sie alle ihre Vorsätze vergessen und sich ihm widersetzt, und zu allem Übel auch noch vor der versammelten Hausgemeinschaft!

Lykos' Augen verengten sich. »Weil ich es sage! Reicht dir das nicht?«

Strenge Linien um seinen Mund.

Ihr Herz schlug im Hals, Tränen brannten in ihren Augen. »Doch«, flüsterte sie. »Doch. Es tut mir leid. Verzeih mir!«

Was soll ich tun, alles würde ich machen, wenn ich ihn nur versöhnen kann, aber wie, Mutter...

»Geht jetzt!« Herrisch wies seine Hand Verwandte, Knechte und Mägde aus dem Raum.

Dann waren sie allein, zum ersten Mal allein, er und sie.

Ein schwerer, dumpfer Druck in ihrer Brust, ein seltsames Schwanken und Gleiten in ihrem Kopf, als wanke der Boden, auf dem sie steht, als gäbe er nach.

Er machte einen Schritt auf sie zu.

Die Stimme ihres Vaters, unerbittlich: Was hast du mir zu sagen, Moria?

Unmöglich, den Kopf zu heben. Unmöglich, Lykos anzusehen.

»Bitte«, flüsterte sie, »bitte, es tut mir leid, Lykos, es wird nie wieder vorkommen, ich will alles tun, was du verlangst ...«

»Ja?« sagte er leise, dicht an ihrem Ohr. »Das ist gut, meine Liebe, sehr gut! Paß auf, ich stell' dich auf die Probe! Halt ganz still, Moria, ganz still!«

Sein warmer Atem strich über ihre Schläfe, seine Lippen berührten ihr Haar, seine Arme schlossen sich um sie. Mit behutsamer Kraft bog er ihren Kopf zurück, küßte sacht ihre Augenlider, ihre Wangen, ihren Mund.

Er liebte sie.

Sie hatte Angst vor der ersten Nacht gehabt. Aber es war nicht so, wie sie gefürchtet hatte.

Lykos war anders zu ihr als ihr Bruder zu Agala, viel sanfter.

Daß ein Mann wie Lykos, bis vor kurzem noch ein Wolfskrieger, derart schonungsvoll sein konnte ...

Oder – war es nicht Rücksichtnahme, weshalb Lykos so vorsichtig mit ihr umging, sich nur selten und nie mit roher Gewalt sein Recht an ihr nahm, nicht Nacht für Nacht über sie herfiel wie Krugor über Agala, war es –

Sie biß sich auf die Lippen: Da war es ja noch besser, über Noedia nachzudenken!

Sie hatte Lykos' Befehl gehorcht, hatte Noedia stets zu niedrigen Arbeiten eingeteilt, hatte unterlassen, Noedia als Gleichrangige zu behandeln, sie um Rat und Auskunft zu fragen. So schwer ihr das auch fiel.

Seltsam – bei ihrer ersten Begegnung mußte sie sich in Noedia getäuscht haben. Noedia wollte ihr nicht übel.

Mehr als einmal hatte Noedia ihr schon scheinbar zufällig geholfen. Als sie selbst vergessen hatte, das Stroh in den Betten wechseln zu lassen, wie es jeden Winteranfang üblich war, hatte Noedia gesagt: Herrin, befehlt Ihr, daß ich die Lager frisch herrichte? Und auch als sie die Salzlauge zum Einlegen des Fischs zu schwach zubereitet hatte, war es Noedia gewesen, die gefragt hatte, ob sie noch mehr Salz unterrühren solle.

Gerne hätte sie Lykos davon erzählt. Aber es nie gewagt.

Wenn sie nur wüßte, warum Lykos seiner eigenen Stiefmutter mit solch eisiger Verachtung begegnete!

Jedes Mal, wenn sie den Blick sah, mit dem Lykos Noedia bedachte – als sei sie ein Hund, den es zu bändigen galt –, spürte sie dieses bange, dumpfe Pochen in der Brust.

Sie schaute zu Sahir hinüber, die am Boden kauernd zwischen zwei Steinen die Nüsse aufschlug.

Sie wußte, Sahir war ihr bedingungslos ergeben. Mit Sahir müßte es möglich sein, darüber zu reden.

Sie erstickte noch daran, wenn sie nicht darüber sprach.

Dennoch drehte sie lang am Spieß das Rebhuhn über dem Feuer, ehe sie den Mut fand, die Worte auszusprechen.

»Sag mal, Sahir«, sie bemühte sich ihrer Stimme einen beiläufigen Klang zu geben, »du hörst doch, was die anderen Mägde so reden, was hat das eigentlich mit Noedia auf sich? Wenn sie früher den Haushalt geführt hat – warum hat der Herr sie dann so zurückgesetzt?«

»Ach«, Sahir blickte nicht auf, knackte die Nüsse auf einmal viel schneller, »ach, ich weiß nicht so genau ...«

»Du weichst mir aus!« sagte Moria streng.

Sahir schwieg. »Herrin«, sagte sie dann hastig, »der Kuchen, er riecht schon!«

Moria stieß einen kleinen Schrei aus, stürzte zum Ofen, kniete nieder, nahm die hölzerne Schippe, langte in den Ofen hinein, holte einen Kuchen heraus, bernsteinfarben sah er aus, sie prüfte ihn rasch mit einem kleinen Holzspan, schob ihn auf das Brett, nahm auch die restlichen Kuchen aus dem Ofen. Ein Stoßgebet zur Herdmutter.

Dann lächelte sie der Magd zu. »Danke, Sahir! Das war knapp!«

Das Mädchen strahlte.

Moria goß das Wasser ab, in dem sie die getrockneten Ackerbohnen eingeweicht hatte, und würzte die Bohnenkerne mit Leinöl, Himbeeressig, Salz und Kräutern. Im Topf rührend, wandte sie sich wieder zu Sahir um. »Aber du hast mir noch immer nicht geantwortet: Was ist mit Noedia vorgefallen?«

Sahir erhob sich, ging zum Feuer und übernahm das Drehen des Spießes. »Ach Herrin, warum fragt Ihr«, sagte sie leise.

»Weil ich es wissen muß!«

»Es war an dem Tag, an dem die Fremde weggelaufen war, diese Naki, die Nebenfrau des Herrn«, begann Sahir stokkend.

Schweig, Sahir! Von dieser Naki will ich nichts hören!

»Der Herr, er hatte sie immer gefesselt, aber an dem Tag hatte er sie losgebunden, Noedia, sie hatte den Herrn vor der Fremden gewarnt, beschworen hatte sie ihn, sie vom Hof zu jagen oder sogar zu töten, aber der Herr hatte Noedia den Mund verboten, und dann, an dem Tag, die Fremde war allein am Mahlstein, und der Herr hatte doch ihre Fesseln gelöst, da ist sie weggelaufen ...«

Warum habe ich gefragt?

Naki, die Fremde.

Lykos' Nebenfrau.

»Und Noedia, als sie dem Herrn mitgeteilt hat, daß Naki geflohen war – Herrin, ich hab' ja auch nur gehört, was die anderen erzählt haben, daß Noedia es dem Herrn gegenüber an Ehrerbietung hat fehlen lassen, und da hat er sie so zurückgesetzt ...«

Moria starrte Sahir an. »Das glaube ich nicht«, flüsterte sie.

»Doch, Herrin! So sagen die Mägde. Allerdings – manche sagen auch, der wahre Grund war, daß Noedia gezeigt hat, daß sie froh darüber war, als Naki weggelaufen war.«

Der Löffel entglitt Morias Händen.

Um dieser Naki willen also hatte Lykos seine eigene Stiefmutter, die Mutter seines Bruders, so erniedrigt.

Mit solcher Härte gestraft – um nichts, als daß sie gegen Naki war.

So sehr liebt er diese Naki...

Moria drehte sich um, ging hinaus, ging über den Hof, zum Tor hinaus, stapfte mit leichten Ledersandalen durch den Neuschnee, merkte die Kälte nicht.

In tiefstem Violett klang der Himmel nach von einem prachtvollen Sonnenuntergang. Schmal und zart schwebte die hauchfeine Sichel des Neumondlichtes über dem Horizont.

Sie beachtete es nicht.

Naki, die Fremde.

Lykos' Nebenfrau – Lykos' Geliebte.

Was hatte diese gewöhnliche Bauerntochter aus dem Westen, diese unterworfene Sklavin eines besiegten Volkes, diese zügel- und sittenlose Hure, das sie, Moria, sorgfältig erzogene Tochter des erhabenen Rösos, nicht hatte?

Waren es die blonden Haare, die Lykos verhext hatten?

Waren es Zauberkünste, mit denen die Fremde ihn verwirrte?

Wie Lykos sie selbst damals beim Gastmahl ihres Vaters angesehen hatte, wie er mit den Augen jeder ihrer Bewegungen gefolgt war, wie er voller Rücksicht die Wunden auf seiner Brust vor ihr verborgen hatte, wie er den König gebeten hatte, für ihn um ihre Hand anzuhalten, als Belohnung, wenn er Erfolg habe auf dem Kriegszug...

Sie hatte er geliebt, sie hatte er haben wollen, nur sie.

Doch wenige Tage später hatte er diese Fremde in sein Bett geholt. Die ganze Zeit der Brautwerbung über, während sie selbst auf ihn gewartet, sich für ihn bereitet hatte, hatte er die Nächte mit dieser Hure verbracht...

Aber sie, Tochter des Rösos, liebte er dennoch, sie, sie, sie! Vom Hof hatte er die andere verbannt, ehe sie selbst als seine Frau eingezogen war, ein Feingefühl, das selten ein Eheherr aufbrachte!

Freundlich war er zu ihr. Nie tadelte er sie ohne Grund. Nie strafte er sie. Nie war er so roh zu ihr wie Krugor zu Agala.

Er nahm sie nicht gewaltsam, er nahm sie nicht Nacht für Nacht. Rücksichtsvoll ließ er sie schlafen, wenn er spät nach Hause kam, legte sich leise neben sie, ohne sie zu wecken...

Weil er sie nicht liebte. Weil es die andere war, zu der es ihn trieb.

Weil es die andere war, von der er kam in der Nacht.

Bestimmt war es so, daß die andere seine Sinne erregen konnte, seine Leidenschaft entfachen – und erwidern.

Diese Sinnlichkeit, die man den Frauen vom Alten Volk nachsagte...

Und sie selbst?

Sie konnte nichts, als seine Zärtlichkeiten und die Vereinigung still und gefügig hinzunehmen. Und nichts anderes empfinden als Erleichterung, wenn es vorbei war.

Es mußte da mehr geben.

In vielen dunklen Nächten hatte sie es daheim in kaum hörbar geflüsterten Worten, in Seufzern und heißem Atmen, in unterdrückten kleinen Schreien und in der prickelnden Spannung des finsteren Raumes gehört und gespürt – nicht zwischen dem Vater und der Mutter, aber zwischen dem Vater und seiner liebsten Nebenfrau, hatte mit Herzklopfen dagelegen und gelauscht, bis es ruhig wurde zwischen den beiden...

Nichts davon zwischen Lykos und ihr.

War sie Lykos zu langweilig – zu fühllos?

Trieb sie ihn damit zu der anderen?

Aber wie sollte sie ihm etwas geben, das sie nicht kannte!

Flehend hob sie die Hände zum Himmel – und ließ sie mutlos wieder sinken.

Wie könnte sie sich mit solchen Sorgen an die Himmlischen wenden! Was wußten die Götter von den Nöten einer Frau . . .

Und die Göttin der Morgenröte – wie könnte sie ihr damit in den Ohren liegen, ihr, der jungfräulich reinen Tochter!

Sie wischte sich mit dem Handrücken die Nase, wischte die Tränen aus dem Gesicht.

Du dummes Ding! schalt sie sich selbst. Es ist Lykos' gutes Recht, sich Nebenfrauen zu nehmen, soviel er will! Und selbst wenn er jeden Tag eine andere hätte und alle an seinen Hof brächte, wäre es nicht deine Schuld, und du hättest kein Recht, dich zu beklagen!

Du bist seine einzig rechtmäßige Gemahlin, die Herrin seines Hofes, und er hält dich in Ehren.

Mehr steht dir nicht zu, und es ist weit mehr, als andere haben! Undankbar bist du, durch und durch undankbar! Denk an Cythia! Die hätte Grund zu weinen – und tut es nicht!

Und jetzt hör auf, dich wie ein albernes Kind zu benehmen und durch den Schnee zu laufen! Geh heim und kümmere dich um das Essen, sonst mußt du dich nicht wundern, wenn Lykos wirklich einmal streng mit dir wird!

Plötzlich merkte sie, wie sehr sie fror.

Sie kehrte um.

Zwei Jungen liefen auf dem Weg von der Pferdekoppel zum Hof. Temos und dieser Bauernjunge, den Lykos kürzlich als Pferdeknecht aufgenommen hatte.

Pferdeknecht? Das war wohl nicht das rechte Wort.

Moria winkte, die beiden blieben stehen und warteten auf sie. »Temos«, fragte sie, »bist du heute Lykos begegnet? Weißt du, wann er zum Essen kommen wird? Und ob er Gäste mitbringt?«

Temos schüttelte den Kopf. »Nein. Er war vorhin bei den Pferden und hat seinen Hengst aufzäumen lassen. Aber mehr weiß ich nicht.«

»Doch!« sprudelte der Bauernjunge hervor. Seine Wangen röteten sich. »Ich weiß, der Herr ist über das Schwarzmoor auf unseren Bauernhof zu ...«

Temos stieß ihn in die Seite, trat ihm auf den Fuß.

»... Naki«, vollendete der Junge seinen Satz und sah Temos verwundert an: »Was ist los?«

»Vergiß es!« zischte Temos und zog den Jungen weiter.

Naki, Naki, Naki.

Der Knoten –

Sie wachte früh auf, konnte nicht mehr einschlafen. Leise erhob sie sich und richtete ihren Teil des Bettes, in dem die kleinen Halbschwestern noch schliefen. Zum letzten Mal ihr Mädchenlager.

Heute würde er sie holen, Lykos, ihr Bräutigam.

Sie schüttelte das Kissen auf. Da sah sie die Schnur, die unter dem Kissen lag. Drei Knoten waren darinnen.

Sie hielt die Schnur in der Hand, als die Mutter hereinkam. »Mutter, was ist das?«

Die Wangen der Mutter röteten sich. »Wirf es ins Feuer, schnell!«

»Wieso?«

»Nun tu's schon!«

Sie verbrannte die Schnur und sah zu, wie die Knoten verschmorten, zu einer unkenntlichen Masse zusammenschrumpften, zerfielen.

»Jetzt können sie sich nie mehr lösen«, sagte die Mutter. »Jetzt gelten sie für alle Zeit.«

Ein feines Kribbeln lief über Morias Rücken und Arme und sammelte sich in ihrer Körpermitte. »Was hast du getan, Mutter?«

Die Röte im Gesicht der Mutter vertiefte sich. »Nichts, was ich bereuen müßte!« Die Mutter zog sie in den Nebenraum, schloß sorgfältig die Tür hinter sich. »Komm, setz dich zu mir, Moria. Ich will es dir verraten. Aber behalte es für dich, sprich nicht darüber, niemals, es sei denn einst mit deiner erwachsenen Tochter, wenn sie aus dem Haus geht. Versprich es mir! Schwör es!«

Benommen nickte sie.

Die Mutter sah sich noch einmal um, vergewisserte sich, daß sie allein waren. Dann begann sie flüsternd: »Die Knoten sind ein mächtiger Zauber. Sie binden die Wünsche. Gute und böse. Was du in Knoten bindest, wird sich erfüllen. Tu es nur im geheimen und nie ohne Not!

Und so mußt du es machen: Was du wünschst, dir oder anderen, das stell dir fest vor, während du die Knoten in eine Schnur bindest.

Dann leg die Schnur unter das Kissen, dein Kissen, wenn es Wünsche für dich sind, oder das Kissen des anderen Menschen, dem deine Wünsche gelten. Eine Nacht drüber schlafen, dann am Morgen die Knoten verbrennen!

Und was du in Knoten gebunden hast, wird eintreten. Es ist ein gewaltiger Zauber – ob Segen, ob Fluch!«

Sie konnte es nicht fassen. »Ein Zauber?« stammelte sie. »Und du hast mich damit behext! Meine eigene Mutter!«

»Leise, Kind, leise! Nur zu deinem Besten, ich wünsche doch meiner Tochter nur Gutes!

Der erste Knoten: Viele Kinder, fast jedes Jahr eines, vor allem Söhne, starke, große und gesunde Söhne.

Der zweite Knoten: Glück und Geschick bei der Haushaltsführung, wohlgefüllte Speicher, fleißige Mägde, immer ein Gastmahl zur rechten Zeit bereit.«

Die Mutter stockte.

»Und der dritte Knoten«, fragte Moria heiser, »was wünscht mir der dritte Knoten?«

Die Augen der Mutter irrten zur Seite. »Daß Lykos ein gerechter und freundlicher Eheherr ist.«

Die Mutter griff nach ihren Händen, drückte sie. »Aber wenn du selbst den Zauber anwendest, dann achte darauf, daß niemand es merkt, keiner, am allerwenigsten dein Mann! Hörst du, Moria, sei um des Himmels willen vorsichtig damit! Lege nie deinem Mann Knoten unter sein Kissen! Es sei denn, du wärst so verzweifelt, daß du ...

Ach Kind, du wärst hoffnungslos verloren, wenn er es erführe, Lykos würde dich verstoßen, von Feuer und Wasser ausschließen, und keiner könnte dir helfen, niemand würde dich aufnehmen, auch nicht dein Vater!«

Der Zauber.

Wenn nichts mehr hilft, wenn Lykos nie aufhört, diese Naki mehr zu lieben als mich, dann bleibt als Rettung nur noch der Zauber –

Moria rannte. Ihre Zähne schlugen mit leisem Klappern aufeinander.

Nur im äußersten Notfall – er würde dich verstoßen – von Feuer und Wasser ausschließen – keiner könnte dir helfen –

Ich tu' es nicht, ich tu' es nicht, ich tu' es nicht.

Sie stieß die Tür zum Haus auf.

Der Backofen strömte noch immer Hitze aus. Moria wärmte Hände und Füße an der warmen Lehmkuppel. Endlich ließ das Zittern nach.

Naki.

Der Tag, an dem sie beim Kleiderbürsten zum ersten Mal

die blonden Frauenhaare auf Lykos' schwarzem Kittel bemerkt hatte, die Mägde zur Rede gestellt hatte, lange hatte kämpfen müssen, ehe sie die Wahrheit erfahren hatte – und gewünscht hatte, sie hätte nie gefragt...

Denk an das Essen! An nichts anderes!

Sie prüfte den im Tontopf schmurgelnden Lammbraten – nicht mehr lang, und er wäre gar. Dann begann sie vorsichtig die Backsteine aus den Kuchen zu heben und die Kuchen aus ihren Birkenrindenformen zu lösen.

Der erste Kuchen zerbrach. Den mußte sie den Mägden geben.

Sie holte tief Luft, zwang sich mühsam zur Ruhe.

Vergiß alles. Nur auf den Kuchen kommt es an.

Den nächsten brachte sie heil aus der Form, auch die letzten.

Sorgfältig strich sie den Beerenschmant in die Höhlungen der Kuchen, verzierte sie liebevoll mit einem Muster aus gekochten Moosbeeren.

Ob Lykos bemerkte, wie hübsch das aussah? Ob er begriff, daß sie das nur für ihn tat? Und daß er lange suchen mußte, um eine andere zu finden, die das so gut verstand wie sie?

Wenn Gäste da wären, würden sie bestimmt diese Kuchen bewundern. Und Lykos würde sich freuen, daß man seine Gastfreundschaft lobte.

Lykos hatte einen Hirsch erlegt. Zwei Tage hatte sie das Fleisch schon in Buttermilch eingelegt, am nächsten Tag wollte sie den Braten mit geräuchertem Schweinespeck und Wacholderbeeren spicken und in der geschlossenen Erdgrube über stetiger Glut sachte schmoren. Ein Festessen, mit dem sie ihren Ruf als Hausfrau begründen könnte.

Natürlich kam es nicht in Frage, Lykos vorzuschlagen, Gäste einzuladen. Auch der Vater hätte niemals zugelassen, daß die Mutter den Zeitpunkt für Gastmähler bestimmte,

Männer seien nun einmal in allem die Herren, sagte die Mutter, und man tue gut daran, sich danach zu richten. Was nicht heiße, daß man sie nicht beeinflussen könne, wenn man es geschickt anfange. Nur merken dürften sie es auf keinen Fall.

Also sprach Moria von dem Hirsch, was für ein prächtiges Tier er sei, wie hervorragend er schmecken würde, zu schade für die Dienerschaft, ein Ereignis für jeden verwöhnten Gaumen. Endlich, endlich befahl ihr Lykos, den Hirsch für ein Gastmahl am dritten Tag vorzubereiten, er werde Freunde einladen.

Sie erzählte im Vertrauen Sahir von ihrem Erfolg und begann mit den Vorbereitungen. Doch dann brachte Lykos die Gäste einen Tag zu früh mit, ohne jede Vorankündigung. Zu allem Überfluß waren es auch noch besonders ehrenwerte Gäste: mehrere Herren des Königsrates und sogar ein Priester!

Lykos nahm sie beiseite. »Moria, ich habe die Freunde zum Hirschbraten gebeten. Dieses Gastmahl ist sehr wichtig für mich. Sieh zu, daß es gelingt und die Zunge der Herren löst!«

Sie war den Tränen nahe. Ihren Ruf hatte sie mit einem sorgfältigst vorbereiteten Essen begründen wollen, und nun das!

Ihre Gedanken flogen. Gut, sie konnte den Hirsch auch einen Tag früher braten, aber das brauchte Zeit, viel Zeit.

Nur um Haaresbreite war sie davon entfernt, die Fassung zu verlieren und Lykos weinend zu gestehen, daß er Unmögliches von ihr verlangte. Dann fielen ihr die Lehren der Mutter ein. Zum Glück hatte sie für das geplante Fest bereits Stutenmilch in Unmengen vergoren.

Sie zwang sich zu einem strahlenden Lächeln und einem verschwörerischen Blick. »Nichts löst die Zungen besser und macht die Gäste erwartungsvoller gestimmt als ein starkes Getränk auf halbleeren Magen«, erklärte sie. »Wenn es dir recht ist, zögere ich das Mahl eigens etwas hinaus und schenke kräftig vergorene Stutenmilch aus, zu der ich stark gesalzenen Fisch reiche, das steigert den Durst! Du sollst sehen, wie heiter die Herren dann werden! Wünschst du es so?«

Er lachte. »Nur zu! Aber mir verdünne die Milch, ohne daß jemand es merkt!«

Sie zog ihr Brautkleid an und ließ sich von Noedia die Haare mit kupfernen Röllchen schmücken, die über aufgesteckte Haarsträhnen gezogen wurden. So geschmückt, bot sie unermüdlich den Salzfisch auf kleinen Brotstücken mit saurer Sahne an und schenkte noch unermüdlicher das Rauschgetränk aus, während ihre Gedanken um den Braten kreisten, der unter Sahirs Aufsicht schmorte.

Endlich war es soweit. Das Fleisch war zart, würzig und mürbe, wie es besser nicht sein konnte, und die Soße aus Steinpilzen, Fleischbrühe, Preiselbeeren und saurer Sahne gelang ihr wie nie.

Sie reichte den Herren zum wiederholten Mal die Platte mit dem Fleisch. Es war eine Freude, zu sehen, wie es ihnen schmeckte.

»Hier, hochehrenwerter Herr«, sagte Lykos zu Daios, dem Priester, »darf ich Euch noch von dem Braten geben, wie Ihr wißt, habe ich den Hirsch selbst geschossen, ein schönes Tier war es, stattlich und doch nicht zu alt, es ist gut, nicht wahr?«

»Hervorragend«, bestätigte Daios mit Genuß. Seine Zunge ging schon etwas schwer. »Ich kann nicht sagen, je besseren Hirsch gegessen zu haben! Diese Zubereitung! Köstlich. Was für ein Segen für dich, Lykos, daß du die Tochter von Rösos nach Hause führen konntest! Dein Haus ist wirklich gut bestellt, eine Freude für jeden Gast und eine Ehre für die Himmlischen!«

Sie hielt den Kopf gesenkt, spürte die Röte in den Wangen, nicht aufsehen, nicht zeigen, wie sehr man sich freut, nicht den eben gewonnenen Ruf aufs Spiel setzen!

Draußen dann, im Nebenraum, lachte sie, mußte plötzlich Sahir in den Arm nehmen, Sahir an sich drücken.

Spät in der Nacht, als die Gäste sich volltrunken zur Ruhe begeben hatten, zog Lykos sie an sich und küßte ihre Hände. »Moria, ich danke dir! Du bist eine gute Hausherrin! Und du bist eine Gastgeberin, wie du besser nicht sein könntest«, sagte er. »Wie recht du damit hattest, den Braten erst so spät anzubieten! Dieser Abend war außerordentlich wichtig für mich. Die bedeutendsten Gäste, die ich bisher hatte. Und durch dich konnte ich alle Ehre einlegen!«

Durch mich! Nicht durch diese Naki!

Hoffentlich bringt er Gäste mit! Dann merkt er, was er an mir hat!

Und wenn keine Gäste kommen?

Sie seufzte, zuckte die Achseln: Dann erhalten die Knechte und Mägde das meiste von den Kuchen. Die Mutter sagt immer, gutes Essen hält Leib und Seele beisammen und die Dienerschaft bei gutem Willen.

Sie stockte, lauschte. Ja, da war Hufschlag. Und dann Lykos, wie er nach dem Bauernjungen schrie.

Der Ton in seiner Stimme, scharf wie nie ...

Sie schluckte.

Sie wischte die Hände an dem Tuch ab, das sie über ihren Rock gebunden hatte, riß es herunter, fuhr sich durch die Haare und rückte ihren Bernsteinschmuck zurecht. Die in den Herrenraum führende Haustür wurde heftig aufgestoßen. Krachend schlug das schwere Türblatt gegen die Hauswand.

Moria schenkte Tee in einen Becher, verschüttete etwas, heiß rann es über ihre Finger. Sie öffnete die Verbindungstür und trat zu Lykos.

Er war allein. Aber er saß nicht wie sonst auf der Bank,

nickte nicht wie sonst lächelnd zum Gruß, sondern lief erregt hin und her.

»Sei mir gegrüßt, Lykos«, sagte sie leise.

Er antwortete nicht, unterbrach nicht seine ungeduldige Wanderung.

Hilflos stand sie da, den Becher in der Hand. »Möchtest du Tee?« fragte sie schließlich zaghaft.

»Habe ich etwas davon gesagt?!«

Erschreckt sah sie auf. Sein Gesicht war rot. In seinen Augen blitzte der Zorn.

»Ich, ich dachte nur, weil du sonst immer...« Sie verstummte. Warum ist er so zornig?

So habe ich ihn noch nie gesehen.

Stumm blieb sie stehen. Was erwartete er von ihr? Sollte sie wieder gehen? Oder würde ihn das noch zorniger machen?

»Lykos«, flüsterte sie, »habe ich etwas falsch gemacht?«

»Du? Nicht, daß ich wüßte!«

Hin und her. Hin und her.

Plötzlich stoppte er, blieb schlagartig vor ihr stehen.

»Auf die Knie vor deinem Herrn!« sagte er scharf.

Heiß, dumpf und schwer dröhnte eine Trommel in ihr.

Sie kniete nieder, wagte nicht den Kopf zu heben, zitterte.

Moria, was hast du mir zu sagen.

Kaum kniete sie, riß Lykos sie wieder in die Höhe, riß sie an sich, preßte ihr Gesicht zwischen seinen Händen. Achtlos fiel der Becher zu Boden.

»Siehst du, du gehorchst mir!«

»Ja, Lykos«, flüsterte sie. Die Trommel sprengte ihre Brust.

»Wenn ich dir etwas verbieten würde, das dir viel bedeutet, wenn ich dein Versprechen verlangte, deinen Schwur, würdest du schwören?«

»Natürlich.«

»Ganz gleich, was es ist, nur weil ich es befehle?«

»Ja.«

»Du würdest mir nicht ins Gesicht lachen?«

»Lachen? Lykos, was glaubst du von mir, du bist mein Herr, was soll ich schwören, ich tu' es, gleich!«

»Und wenn ich dich ohrfeigen würde, weil du mir ins Gesicht gelacht hast, würdest du dann weiterlachen?«

»Lykos, wie könnte ich so etwas tun, womit habe ich dir Anlaß gegeben, so schlecht von mir zu denken...« Tränen liefen über ihr Gesicht. Die Trommel nun auch in ihrem Kopf.

Er zog sie noch gewaltsamer an sich, preßte seine Lippen auf ihre, zwang mit seiner Zunge ihre Zähne auseinander.

Noch nie hatte er sie so wild geküßt.

Schwach und willenlos wurde sie unter diesem Kuß.

Schneller schlug nun die Trommel, höher. Und immer lauter.

Er hob sie hoch. An ihn gedrückt, gehalten von seinen Armen, schwebte sie dicht über dem Boden – und doch irgendwo im Nichts, nur er und sie, er und sie.

Seine Lippen saugten sich fest in der Beuge ihres Halses. Ihre Hände suchten Halt in seinen Haaren.

Ohne seine Lippen von ihr zu lösen, trug er sie zu dem Lager in der Ecke, warf sie darauf, sich über sie. Er riß ihr die Kleider herunter, grub schmerzhaft seine Finger in ihr Fleisch.

Sie stöhnte, bedeckte sein Gesicht mit Küssen. Fieberhaft nestelten ihre Hände an dem Verschluß seines Kittels, wühlten sich in die krausen Locken auf seiner Brust, krallten sich in die Narben auf seinem Rücken.

Das war nicht mehr sie, die die Zähne in seine Muskeln schlug, die sich in seiner gewaltsamen Umarmung wand, die von Hitze überflutet wurde, deren Haut zerbarst vor seiner Berührung, die die Grenzen ihres Körpers verlor und zerschmolz zu einer Feuersglut, die ihn in sich sog.

Das war nicht mehr sie, die da schrie vor Lust.

10

Naki spann.

Unzählige Augen beobachteten sie aus dem Haufen ungesponnener Wolle heraus, folgten argwöhnisch jeder ihrer Bewegungen, sahen durch die Oberfläche ihres Körpers hindurch, wollten bis in ihr Innerstes sehen.

Aus den Reisigbesen lauschte es mit übernatürlich geschärftem Gehör, lauschte auf jeden Laut, auf jeden ihrer Atemzüge, suchte ihr die Gedanken abzulauschen.

Die Marder, die an den Hinterbeinen gefesselt vom Dachbalken herabhingen, wisperten einander zu: Seht ihr, was sie denkt? Hört ihr, was sie fühlt? Wenn sie aufhört zu spinnen, wenn sie aufhört zu spinnen – merkt es euch, merkt es euch, sagt es ihm, ihm, ihm!

Weh, wenn sie tanzt, weh, wenn sie betet, weh, wenn sie die Zeichen macht, weh, weh, weh!

Das Kind! höhnten die in der Wolle hausenden Geister. Die kleine Kori! lachten die Besen. Mit ihrem Gürtel! schrillten die Marder.

Naki preßte die Augen zu. Die Ohren konnte sie nicht verschließen. Sie mußte spinnen, spinnen. Der Faden durfte nicht abreißen, die Spindel nicht zum Stillstand kommen.

Solang die Spindel sich drehte, war sie geschützt. Solang die Spindel sich drehte, war Kori in Sicherheit. Solang die Spindel sich drehte, konnten die Augen in der Wolle und die Ohren in den Besen nicht ihre innersten Gedanken und Gefühle erreichen.

Nicht rühren an diese Grenze in ihr, hinter der die Gebete verborgen waren. Nicht denken an das geheime Heiligtum, in dem die Große Bärin und die Hirschkuh wohnten, die trächtige Muttersau und die heilige Schlange, die Vogelfrau und die Eule. Nichts verraten.

Vor und zurück wippte Naki beim Spinnen. Sie durfte nicht einschlafen. Wenn sie einschlief, war sie denen ausgeliefert. Wenn sie einschlief, war Kori verloren.

Sie war so jung, so zart, die kleine Kori. Noch solch eine Züchtigung konnte sie nicht überstehen.

Habt ihr gehört, was sie denkt? flüsterten die Marder. Noch nicht, noch nicht, murmelten die Geister in den Reisigbesen enttäuscht. Wenn sie endlich aufhören würde zu spinnen! empörten sich die aus der Wolle.

Rot kreischte die Tür, ging auf: Der Pferdmensch.

Nakis Finger flogen. Rasend drehte sich die Spindel im Kreis. Mit dem Hinterkopf schlug Naki an die Holzwand. Rums, rums, rums. Dieser Lärm! Wir können nichts hören! wüteten die Geister in den Besen. Nichts sehen! heulten die in der Wolle.

Rums, rums, rums.

»Was ist in sie gefahren?! Was macht sie da?!« Eine Stimme, seine Stimme, empört, voll Entsetzen und Abscheu. Hufpferd, Kosly, Lewol, Senbe, Riko, Nenspin, Nenspin, Nenspin –

»Sie ist völlig von Sinnen, Herr. Sie ist nicht mehr sie selbst, sie kann nicht anders. Keinen Augenblick schläft sie mehr. Spinnen, spinnen, Tag und Nacht, Nacht und Tag. Sie ist von Dämonen besessen, das ist es.«

Er gab einen entsetzten Laut von sich. »Dämonen?! Und ihr könnt nichts dagegen tun?!«

»Herr, wir haben schon die Priesterin und den Heiler geholt, aber niemand kann ihr helfen, es ist furchtbar, grauenerregend, wir wissen nicht, was in ihr vorgeht, wir wissen nur: Gräßliche Dämonen halten sie besetzt! Jeder, der sich ihr nähert, bekommt sie zu spüren.«

Dämonen? Daire, Daire, was redest du da, es sind keine Dämonen, es sind die Marder und die Geister, Redramretseig –

Aber sie wissen nichts, ich lass' sie nichts sehen, nichts hören, ich bin schlau, schlauer als sie, ich spinne, spinne –

Der Pferdmensch schreit. Unverständliche Worte. Nimmt einen Besen. Bricht den Besenstiel über dem Knie entzwei. Wirft ihn ihr zu Füßen. Dreht sich um. Stürmt aus dem Haus.

Rot kreischt die Tür. Schwarz schlägt zu. Rums.

Der Besen gellt. Flammend orange.

Ein Becher an ihren Lippen. Sie öffnete den Mund, trank. Warm rann es die ausgedorrte Kehle hinunter.

Sie war daheim. Sie war krank, und die Mutter gab ihr zu trinken. Die Mutter hielt sie. Mit geschlossenen Augen ließ sie sich tiefer in die Arme der Mutter sinken.

»Naki? Hörst du mich? Kannst du mich sehen?«

Sie öffnete die Augen. Verständnislos blickte sie sich um. Nicht die Mutter. Lele.

Langsam kam die Erinnerung zurück. Sie war bei Daire. Und – Lykos –

Schlagartig richtete sie sich auf. »Lele?« fragte sie heiser. »Ist er – ist er – weg?«

Lele strich ihr die Haare aus der Stirn, nahm sie wieder in die Arme, wiegte sie. »Ja, Naki, er ist weg. Schon lange. Für immer, hörst du?! Er kommt nicht wieder. Es ist vorbei, Naki. Vorbei.

Du mußt dich nicht mehr vor ihm fürchten!

Wir alle müssen uns nicht mehr vor ihm fürchten!«

Naki schüttelte die Umarmung ab. »Wie meinst du das, vorbei?«

»Trink noch mehr Bier, Naki, ja, so ist es gut, trink alles aus! Ich bin so glücklich, so glücklich!« Lele weinte.

»Warum weinst du dann?«

Lele wischte sich die Tränen von den Wangen. »Ich weine ja gar nicht! Es ist nur – ich hatte solche Angst um dich, ich habe nicht geglaubt, daß du noch einmal, so wie jetzt –« Lele brach ab.

Naki runzelte die Stirn. Die am Dachsparren zum Trocknen aufgehängten Marderfelle baumelten leblos. Die Augen in der Wolle waren verschwunden. Die Reisigbesen waren unbelebt. Nur noch zwei Besen. Den dritten –

»Lele, was ist mit dem dritten Besen?«

»Der Besen?« Leles Stimme klang erregt. »Hast du begriffen, warum Lykos den Besen zerbrochen hat? Weißt du, was das bedeutet?«

Naki schüttelte den Kopf. »Er hat geschrien, der Besen«, murmelte sie zögernd.

»Nicht der Besen hat geschrien, Lykos hat geschrien! Er war entsetzt, als er dich sah. Und als Daire ihm sagte, daß du von Dämonen besessen seist, da bekam er es mit der Angst. Diese Söhne des Himmels – sie haben eine Angst vor Dämonen, die ich nie verstehen werde!

Das ist unsere Rettung, deine Rettung, verstehst du?«

»Nein. Ich – ich versteh' gar nichts.«

Lele drückte ihre Hand. »Ist ja auch nicht nötig, Naki. Du hast Zeit, viel Zeit.

Du mußt schlafen und essen und trinken und dich erholen und ruhig sein, ganz ruhig, er kommt nicht wieder, Naki, er hat sich von dir losgesagt, daß er den Besen zerbrochen hat, das war sein Zeichen der Trennung, er will nichts mehr mit dir zu tun haben, ein für allemal, hat er gesagt. Er fürchtet sich vor dir.«

»Du meinst – er kommt nicht wieder? Er will nichts mehr von mir?«

»Nichts mehr!« bestätigte Lele.

»Er wird mich nicht mehr – du weißt –«

»Bestimmt nicht! Er teilt doch mit keiner das Bett, die von Dämonen besessen ist, hat er gesagt!«

»Und, und, wenn die Wolle doch wieder Augen hat und die Besen Ohren und wenn die Marder ihm verraten, daß ich –«

»Ruhig, Naki, ruhig. Sei still, Liebes, ganz still. Niemand verrät dich. Niemand beobachtet dich. Es ist gut, alles gut.«

»Und wenn er doch wiederkommt?«

»Dann passen wir auf dich auf. Dann sagen wir ihm, daß die Dämonen schreckliche Dinge mit dir anstellen. Und du nimmst einfach wieder die Spindel und wippst vor und zurück und tust so, als ob du ihn nicht siehst, und er wird glauben, daß du besessen bist, und sich vor dir fürchten, es ist ganz leicht, ihn zu täuschen, ich hab' es mit Daire und Irrkru genau abgesprochen, für den Fall, daß unsere Hoffnung doch noch in Erfüllung geht und du wieder ... Es wird uns gelingen, uns allen gemeinsam, glaub mir!«

»Aber wenn er merkt, daß ich die Göttin verehre, wenn er merkt, daß ich bete, ich darf doch nicht beten –«

»Und ob du beten darfst! Natürlich darfst du es! Er schert sich nicht mehr darum! Er schert sich nicht mehr um dich!

Hier, nimm deinen Stein! Spürst du sie, die Göttin? Bete, Naki, bete und tanze, tu es für dich, für dein Kind, für uns alle. Komm, steh auf, tanz mit mir, tanz!«

Lele zog Naki auf die Füße.

Schwankend stand Naki da. Fühlte den Stein in ihrer Hand. Sah zu dem Haufen ungesponnener Wolle: nur Wolle. Sah zu den Reisigbesen: nur Besen. Sah zu den Marderfellen: nur tote Bälger.

Keine Augen. Keine Ohren. Keine Stimmen.

Zaghaft hob sie die Hände.

Lele streckte die Arme in die Höhe und begann zu singen.

Da fiel Naki in das Lied ein, sehr leise erst. Doch dann immer lauter.

Sie tanzten.

Die kalte Sonne glitzerte auf den Eisflächen und funkelte im Rauhreif auf den Wollgrasbüscheln, dem Ried und den Sträuchern.

Zirrkan legte einen Arm um Haibe und wies mit dem anderen in die Ferne: »Siehst du den flachen Hügel mit der Baumgruppe auf der Höhe? Dort findest du den Weg, den du einschlagen mußt, um das Moor und den Sumpf zu umgehen!

Für jetzt hatte ich auf den Frost gehofft. Bei unserer Schwerfälligkeit würden wir mindestens vier Tage brauchen, die Moor- und Sumpfflächen zu umgehen. Wenn wir uns über das Eis wagen, sind wir heute abend drüben. Ob es fest genug gefroren ist?« Er wandte sich zur Seite: »Was meinst du, Mutter?«

Die alte Priesterin hob die Schultern. »Ich bin weder eine Ried- noch eine Moorgängerin! Ich weiß nicht, ob das Eis trägt. Ich weiß nur: Wir kommen zu langsam voran!

Mit jedem Tag, den wir in Verzug geraten, steigt die Gefahr, daß wir die neue Heimat zu spät erreichen, um noch vor dem Frühling Wälder zu roden und um noch zur rechten Zeit das Getreide in den Boden zu bekommen.

Der Lauf der Gestirne, des Mondes und der Sonne schreitet unerbittlich voran.

Wenn du etwas tun kannst, um unseren Weg abzukürzen, so tu es!«

Zirrkan stöhnte auf. »So tu es!« wiederholte er bitter. »Seit wir aufgebrochen sind, bin ich es, der ununterbrochen Entscheidungen treffen muß!«

»Aber du bist der einzige, der den Weg kennt«, sagte Haibe und drückte seine Hand.

»Das meine ich nicht! Wer bin ich, daß alle mir so viel Verantwortung aufbürden? Früher wurden Entscheidungen gemeinsam besprochen, und niemand ...«

»Früher waren wir nicht auf der Flucht!« unterbrach ihn seine Mutter kurz angebunden. »Im übrigen hindert dich niemand daran, dich zu beraten und den Beschluß mit anderen zu fassen. Nur schnell muß es gehen!«

Zirrkan ließ Haibe los, straffte die Schultern und hob den Arm. »Die Männer zu mir!« rief er laut. »Prüft das Eis! Wir müssen entscheiden, ob wir uns über das Moor und den Sumpf wagen können!«

Sofort drängten sich Männer an den Rand des Moores, traten auf das Eis, stampften mit den Füßen, knieten nieder, legten ihr Ohr auf die Eisfläche und begannen zu beratschlagen.

Die Frauen unterdessen, froh um eine kurze Pause, in der sie sich um die Kinder kümmern konnten, wechselten die Windeln der Kleinsten, rieben frierende Füße der Älteren, ließen die Kinder die Hände an Steinen wärmen, die sie im nächtlichen Lagerfeuer erhitzt hatten und in Felle gewickelt mit sich führten, und teilten hartes Brot und die letzten Schlucke lauwarmen Tees aus.

»Weißt du, wo die alte Priesterin ist?« wurde Haibe von Corgli, einer jungen Frau mit verweinten Augen, angesprochen.

Haibe nickte und sah Corgli besorgt an. Corglis Schwester Wölai hatte in der Nacht ein Kind geboren, und es stand schlecht um sie. Die halbe Nacht hatte Zirrkan bei ihr ausgeharrt und vergebens versucht, den steten Strom des Blutes zu stoppen...

Schweigend nahm Haibe Corgli bei der Hand und führte sie zur Priesterin. Fest, als suche sie Halt bei ihm, drückte Corgli ihr Baby an sich.

»Priesterin«, sagte Corgli stockend, »das Blut meiner Schwester fließt immer weiter. Wir wärmen sie, aber sie friert. Ich fürchte...«

Die alte Priesterin nickte. Zu dritt gingen sie an den lagernden Menschen und Tieren vorbei bis zu dem von Frauen umringten Karren, auf dem Wölai unter Felldecken verpackt lag, ihr Neugeborenes im Arm.

Wölais Gesicht war bleich, ihre Lippen blaßbläulich, die matten Augen tief umschattet.

Die Priesterin beugte sich über sie. »Ich habe die Eule gehört«, flüsterte Wölai.

»Ja«, sagte die Priesterin leise, »sie ruft dich zu sich. Wie das Korn in die Erde gebettet wird, so kehrst auch du zurück in den Schoß der Erde, den heiligen Leib der Göttin. Doch so gewiß, wie aus dem Korn Halme wachsen, wirst auch du wiedergeboren werden von deiner Großen Mutter.

Es ist der ewige Kreislauf, Wölai. Ein Leben hat sie geschenkt, ein anderes fordert sie dafür. Dein Leben für das deines Kindes.«

Die junge Mutter nickte kaum wahrnehmbar. Dann irrten ihre Augen zu Corgli. »Du«, bat sie, »mein Kind...«

Corgli weinte. »Ich werde es nähren und pflegen und lieben wie mein eigenes«, versprach sie.

Wölais Atem wurde schwach. Corgli legte sich neben sie auf den Karren, nahm sie in die Arme, bettete vorsichtig Wölais Kopf an ihre Brust.

Die Priesterin summte leise, kaum hörbar, das Sterbelied.

Ein leichtes Lächeln verwandelte das Gesicht der Sterbenden, ließ es leuchten – und fror darauf fest.

Haibe hätte den Augenblick nicht zu sagen vermocht, in dem Wölai ihren letzten Atemzug getan hatte.

Die alte Priesterin schloß Wölai die Augen.

Corgli löste vorsichtig das Neugeborene aus den Armen der Toten und barg es unter ihrem Mantel. Dann stieg sie wieder vom Karren und warf sich mit den anderen Frauen weinend über die Tote.

Die alte Priesterin stimmte das Totenlied an.

Haibe kniete auf dem gefrorenen Boden nieder und sang mit. Alle Umstehenden fielen in das Lied ein.

Naki, dachte Haibe plötzlich, wer wird dir beistehen, wenn du ein Kind gebierst?

Und wenn du dabei stirbst...

Nein, du darfst nicht sterben, du mußt leben, ich suche dich, ich führe dich in die neue Heimat, warum dauert es so lange...

Haibe stand auf, drängte sich durch die Trauernden und rannte zu Zirrkan.

Dieser nickte ihr zu: »Wir haben beschlossen, das Wagnis einzugehen! Das Eis scheint zu halten. Wir gehen in größerem Abstand und in weit gestreuten Gruppen. Mutter soll den Moorgeistern opfern, damit sie uns verschonen! Sag ihr Bescheid, Haibe, und den anderen auch!

Aber, was ist – du weinst ja!«

Sie flüchtete in seine Arme. »Wölai ist gestorben!«

Zirrkan hielt sie einen Augenblick fest, dann schob er sie zurück und wandte sich zum Moor. »Heute nacht werden wir um sie trauern. Jetzt müssen wir das Moor überqueren!«

11

Es hatte getaut. Vorfrühlingshaft warm strahlte die Sonne und ließ den Himmel leuchten.

Doch der Hof war in einen schmutzig braunen Sumpf verwandelt.

Moria hob ihren Rock, trat vorsichtig mit spitzen Füßen den kurzen Weg vom Wohnhaus zum Speicher an: Sie brauchte Ziegenkäse und Honig. Nichts verfeinerte eine würzige Grütze geschmacklich so vollkommen wie fein zerstampfter Ziegenkäse. Und die Rebhühner, die Lykos höchstpersönlich geschossen hatte, wollte sie in Honig einlegen, dann würden sie übermorgen – knusprig gebraten, mit Kochäpfeln und Nüssen angerichtet und mit einer mit Honig und Apfelessig gewürzten Soße zu Gerstenbrei gereicht – ein unübertreffliches Mahl abgeben. Noch besser wäre es natürlich, wenn sie die geheime Würzbrühe der Mutter zur Verfügung hätte, aber sie mußte bis zum Sommer warten, ehe sie diese in der Sonne aus vergorenem Fisch, Salz und Kräutern zubereiten konnte. Dann würde Lykos das Staunen lernen!

Leise sang Moria vor sich hin.

Im Hof übten Temos und der Bauernjunge Fior Bogenschießen.

Auf einem Holztritt blieb sie stehen, sah den beiden zu.

Ihr Vater hatte den Umgang mit den Bauernkindern verboten.

Lykos aber ließ nicht nur zu, daß Temos mit Fior seine Zeit verbrachte – Lykos hatte es so befohlen.

Warum tat er so etwas, warum verlangte er von seinem Bruder, Gemeinschaft mit einem Bauernjungen vom Alten Volk zu pflegen?

Er ließ diesem Fior eine Ausbildung zukommen, die ihm nicht zustand. Er unterwies ihn sogar selbst im rechten Glauben und im Gebrauch der Waffen!

Warum band er ihn an sich und erzog ihn sorgfältig wie einen Bruder, statt ihn als Knecht zu behandeln?

Es kommt mir nicht zu, Lykos' Entscheidungen in Zweifel zu ziehen! rügte sie sich selbst. Wenn er anordnet, daß Fior wie ein Sohn des Himmels aufwachsen soll, so ist es richtig.

Nachdenklich sah sie weiter den Jungen zu.

Temos verschoß einen Pfeil. Statt in den Fuß des Pfostens traf er in den Schlamm. Mit einem ärgerlichen Ausruf rannte Temos dem Pfeil nach, zog ihn aus dem Dreck und wischte ihn mit den Lederstreifen ab, die er, in einen steinernen Ring geknotet, an einer Schnur um den Hals trug.

Es schauderte Moria, und sie raffte das Tuch um die Schultern.

»Aber es gehört mir! Onkel Xyros hat es mir geschenkt!« Mit beiden Händen bedeckte sie das Schmuckstück auf ihrer Brust, den durchlochten runden Stein mit den daran hängenden bunten Lederstreifen, den sie dem Onkel abgeschmeichelt hatte. Der Onkel hatte darüber gelacht, daß sie es haben wollte. Aber das ist nichts für kleine Mädchen, hatte er kopfschüttelnd gesagt, doch sie hatte so lange gebettelt, bis er es ihr zum Abschied geschenkt hatte, zum Trost, daß er sie mit der Großmutter nicht auf die Hochzeit der Kusine mitnahm wie ihre Schwester Cythia.

Krugor grinste abfällig. »Was kannst du damit anfangen! Du weißt ja nicht einmal, was das ist!«

»Weiß ich wohl«, schrie sie. »Es ist ein Schmuck, Onkel Xyros hatte es um den Hals, und es sieht schön aus!«

»Schmuck!« Krugor lachte höhnisch. »Ihr Mädchen könnt doch an nichts anderes denken! Man braucht es zum Bogenschießen, man putzt die Pfeile daran ab! Also gib her!«

»Nein!« schrie sie noch lauter.

»Schrei nicht, Moria!« sagte der Vater. »Und tu, was Krugor sagt! Er ist dein Bruder, und du bist nur ein Mädchen. Du hast ihm zu geben, was er verlangt. Also!«

Sie fuhr herum. Sie hatte nicht gewußt, daß der Vater in den Hof gekommen war.

Ihre Finger krampften sich um das Schmuckstück.

Mir gehört es. Onkel Xyros hat es mir geschenkt. Sie dürfen es mir nicht wegnehmen. Nicht wahr, Cythia, das dürfen sie nicht?

»Willst du nicht gehorchen?« fragte der Vater.

Stumm und reglos stand sie.

Es ist nicht recht.

»Dann bist du nicht mehr meine Tochter! Bis du gehorcht und dich entschuldigt hast«, sagte der Vater. »Ich sehe dich gar nicht mehr, und ich höre dich auch nicht mehr. Niemand sieht dich. Niemand hört dich.«

Von diesem Augenblick an war es, als gebe es sie nicht.

Sie schrie, und keiner hörte es. Sie bat um Essen, und niemand gab ihr etwas, sie bettelte und flehte, und alle sahen durch sie hindurch.

Alle, auch die Mutter.

Den ganzen Tag lang.

Und Cythia und Großmutter, die beiden Einzigen, waren nicht da . . .

Verzweiflung und Entsetzen schnürten ihr den Hals zu. Sie

lief zum Weiher und betrachtete ihr Spiegelbild im Wasser und traute ihren Augen nicht, als sie es sah. Sie rief den Hunden und war so erleichtert, als sie ihr folgten, als sie an ihr hochsprangen, daß sie weinte.

Abends traute sie sich nicht in das Familienbett – wenn die anderen sie nicht sahen, würden sie sich auf sie legen und sie erdrücken. Weinend versteckte sie sich im Schuppen.

Da war ihr, als höre sie Großmutters Stimme: »Mut, Kleine! Ich versteh' dich. Du hast recht. Aber gib trotzdem auf! Es lohnt nicht, du kommst damit nicht gegen deinen Vater an! Tu, was er verlangt!«

Wenn selbst die Großmutter es sagte ...

Der Weg bis zum Wohnhaus war endlos weit.

Die Haustür ließ sich nur mit aller Mühe öffnen.

Sie stand im Raum. Voll war er mit Menschen. Und keiner sah sie.

»Ich, ich wollte sagen ...«, begann sie mühsam. Niemand hörte sie.

Sie schlich zu ihrem Bruder. »Krugor!« sagte sie leise, er hob nicht den Kopf, schnitzte an einem Pfeil, laut wiederholte sie: »Krugor, bitte!«

Keine Regung von ihm.

»Aber, aber, ich bin doch da!« schluchzte sie.

Die anderen redeten miteinander, hatten nichts gehört.

Da nahm sie sich das Schmuckstück vom Hals, legte es Krugor in den Schoß, »Es tut mir leid«, ihre Stimme zitterte, und dann stürzte sie zu ihrem Vater, warf sich vor ihm nieder, umklammerte seine Beine.

»Was hast du mir zu sagen?« fragte er.

»Ich war Euch ungehorsam. Ich habe Schläge verdient!« schluchzte sie.

Er zog sie sich übers Knie und züchtigte sie mit der Rute, die immer am Wandbord bereitlag. Und sosehr es auch schmerzte, es war eine Wohltat: Sie war wieder da.

Dann weinte sie in seinen Armen, ihr kleiner Po brannte, sie drückte ihr nasses Gesicht an seine Brust, und alles war gut.

Moria verscheuchte die Erinnerungen. Sie kletterte die Leiter zu dem auf Pfosten erbauten Speicher hinauf, suchte einige von den kleinen, steinharten Ziegenkäsen hervor und prüfte bei der Gelegenheit gleich die sachgemäße Lagerung der Vorräte.

Siehst du, Lykos, mit welcher Umsicht ich dein Anwesen versehe?

Ihr Blick streifte durch den Speicher. Versuchte die Ecke mit der Tür zu vermeiden. Blieb doch daran hängen, unweigerlich wie immer, seit sie es wußte, seit sie Sahir die Geschichte entlockt hatte, die diese von den Mägden erfahren hatte.

Die Geschichte von Naki.

Heute wollte sie es nicht tun, heute nicht.

Sie wußte, daß sie es doch tun würde.

Langsam ging sie auf die Tür in der Ecke zu. Wie fest sie war. Wie mühsam der Balken sich zurückschieben ließ.

Sie öffnete die schwere Tür, trat in den dunklen, stark verzimmerten Verschlag und zog die Tür hinter sich zu. Wenn sie verschlossen wäre ...

Eingeschlossen hier drinnen. Blutig ausgepeitscht. Verzweifelt hoffen, daß er kommt. Und noch mehr es fürchten –

Da war es wieder, dieses bange Klopfen in der Brust. Und zwischen den Beinen. Dieser Taumel.

Sie stieß die Tür auf, warf sie hinter sich zu, stürzte durch den Speicher, sprang in den Hof hinunter, rannte durch den Matsch und merkte nicht, wie der Schlamm ihren Rock beschmutzte.

Am Abend kam Lykos nicht nach Hause.

Moria wartete und wartete, hielt das Essen warm, solange sie konnte, ließ schließlich den Männern des Hofes im Herrenraum auftragen und aß mit den Frauen an der Kochstelle.

Die Frauen lobten das Essen, unterhielten sich, lachten, schwatzten und klatschten.

Sie hörte nicht zu.

Sie lauschte in den Hof.

Kein Hufschlag.

Er ist bei ihr.

Und ich dachte, es wäre vorbei.

Ich dachte, jetzt hätte er keinen Grund mehr, zu ihr zu gehen.

Wenn es sie nicht gäbe ...

Die Knoten –

Die anderen legten sich schlafen, die Verwandten im Nebenraum, die Knechte und Mägde in der Hütte.

Ruhelos wanderte sie durch den Herrenraum, richtete Becher und Töpfe auf den Wandborden in Reih und Glied aus, zupfte Felle und Webdecken an den lehmverputzten Flechtwänden gerade, schüttelte die mit Wollgras gefüllten Kissen auf ihrer gemeinsamen Bettstatt und dem Gastlager auf, faltete die Kleidung in der Truhe neu, rückte die Eckbank, den niedrigen Tisch und die Hocker vom Platz und zurück, kämmte das Bärenfell, nahm die Waffen und Werkzeuge von den Wandhaken, rieb sie, bis Holz und Stein nur so glänzten, und hängte sie wieder auf, schichtete sogar das Brennholz im Korb zu einem gleichmäßigen Stapel.

Lykos war noch immer nicht da.

Sie nahm einen Reisigbesen und kehrte vorsichtig die Binsen, bis alle Halme geordnet lagen. Wie weit war die Nacht wohl schon vorgedrungen?

Sie fand nichts mehr zu tun im Raum. Unruhig nahm sie Rocken und Spindel und setzte sich auf einen Hocker neben die Feuerstelle.

Immer wieder legte sie Holz auf, starrte in die lodernde Glut. Da war nichts mehr, was sie vor ihren Gedanken retten konnte.

Ist er wirklich bei ihr?

Ich muß es wissen.

Und dann? Was ist, wenn ich es weiß?

Die Knoten.

Ich ertrage es nicht mehr, nicht zu wissen, ob er noch die andere hat neben mir.

Endlich, mitten in der Nacht, hörte sie ihn heimkommen, nach Fior rufen, den Jungen ohrfeigen und schelten, weil er nicht schnell genug zur Stelle war.

Dann trat er herein. »Du bist noch auf?« fragte er und hob die Augenbrauen.

»Ich habe auf dich gewartet, Lykos.«

»Du weißt, daß du das nicht sollst!« erwiderte er barsch.

»Willst du noch etwas essen oder trinken?«

»Nein!« kam unwillig die Antwort. Er drehte ihr den Rükken zu, löste den Waffengürtel.

Deutlich genug die Zurückweisung. Deutlich genug die Warnung: Sei still, Moria.

Bedräng ihn nicht. Er ist dir keine Rechenschaft schuldig. Halt den Mund und reize ihn nicht!

Aber da war dieser Zwang, stärker als ihr Wille. Sie mußte es wissen.

Mühsam, mit zuckenden Lippen, fragte sie: »Warst du – bei Naki?«

Er fuhr zu ihr herum, packte sie an den Armen, drückte sie gegen die Wand, hielt sie mit schmerzhafter Härte.

Sein Gesicht dicht vor ihrem, dunkel vor Zorn.

»Tu das nie wieder! Frag mich nicht, was dich nichts angeht!

Und sprich vor mir ihren Namen nie wieder aus, nie! Hast du das verstanden!«

»Ja«, flüsterte sie tonlos.

»Hast du das verstanden?!« schrie er noch einmal.

»Ja, Lykos, ja. Nie wieder. Es tut mir leid. Es tut mir so leid!«

Noch immer blitzte der Zorn in seinen Augen. Aber er nickte langsam, gab sie frei und begann die Verschnürung seiner Fellschuhe zu lösen.

»Darf ich das machen?« bat sie heiser, kniete vor ihm nieder, knüpfte die Lederriemen seiner Schuhe auf.

Er ließ sie gewähren.

Sie hatte Tränen in den Augen vor Erleichterung.

Zögernd band sie auch die Beinlappen auf, fuhr mit bebenden Fingern über die behaarten Unterschenkel, spürte sein Erschauern, spürte, wie seine Männlichkeit erwachte, höher und höher glitten ihre Hände unter seinen Kittel, schlossen sich um sein hartes Glied.

Da endlich faßte er nach ihr.

Wachs war sie, und seine Hände, seine zornigen Hände waren so heiß.

Moria hatte sich zum Besuch bei der Schwester eine Näharbeit mitgenommen. Nun hielt sie die feine Knochennadel ans Licht und fädelte den dünnen Faden durch das Öhr. Dann zeigte sie der Schwester den schwarzen Kittel für Lykos, an dem sie arbeitete. »Meinst du, das ist gut so?« fragte sie zweifelnd.

Cythia begutachtete das Stück. »Ist schon in Ordnung. Du könntest etwas kleinere Stiche machen, und die Naht da ist auch nicht ganz gerade. Aber das wird Lykos wohl kaum auffallen. Gewebt ist der Stoff jedenfalls gut. Köperbindung! Hast du das gemacht?«

Moria seufzte. »Nein. Dann wäre er wohl nicht so gelungen. Mutter hat ihn mir mitgegeben. Zum Glück kann eine der Mägde hier ganz ordentlich weben ...«

Cythia lächelte. »Dann bist du ja gerettet! Aber laß Lykos nicht wissen, daß du seine Kleidung nicht selber webst.«

»Oh, das ...« Moria kam ins Stottern.

Die Schwester sah sie an. »Du hast es ihm doch nicht etwa gesagt?«

»Na ja. Es ist mir so rausgerutscht. Daß ich nicht gerne webe«, sagte sie verlegen.

Cythia schüttelte den Kopf. »Ach, Kleine! Du mußt noch viel lernen. Vor allem das: Nutze die Schwächen deines Mannes, aber verbirg ihm deine!«

»Aber er hat mich nicht dafür getadelt!« widersprach Moria. »Er hat gar nichts dazu gesagt.«

»Doch er merkt es sich. Und eines Tages verwendet er es gegen dich. So sind sie, die Männer. Moria, begreifst du denn nicht! Er hat genug Gewalt über dich, du mußt ihm nicht noch mehr in die Hand geben!«

»Was du nur hast! Lykos ist nicht so wie Vater. Oder wie Krugor!«

Die Schwester schwieg, schüttelte nur wieder den Kopf. Geschickt bewegten ihre Finger die Webbrettchen. Cythia arbeitete an einer bunten Borte mit aufwendigem Muster, fast ohne hinzusehen.

»Er ist gut zu mir«, fuhr Moria fort. »Ganz anders als Krugor, der für Agala nie ein freundliches Wort hat. Gestern hat Lykos mich öffentlich gelobt. Er hatte wieder einmal Gäste mitgebracht, von denen ich vorher nichts wußte, zehn Männer, stell dir das vor! Du weißt ja selbst, wie schlecht die Jahreszeit jetzt zum Kochen ist. Nichts Frisches, keine

Milch und keine Sahne, und die meisten Vorräte aufgebraucht!«

Cythia nickte und lächelte spöttisch. »Da hilft nur starkes Bier oder schwerer Met!«

»Genau!« Moria spürte, daß sie rot wurde. Sie sahen sich an und lachten.

»Ich weiß von der Großmutter ein Rezept, das muß ich dir einmal verraten«, meinte Cythia. »Ein Sud besonderer Kräuter und Pilze, den man in den Met rührt. Du mußt vorsichtig damit umgehen, es ist recht gefährlich. Doch in der richtigen Menge zeigt es den Herren die Welt in so freundlichen Farben, daß du ihnen Schweinefutter vorsetzen könntest, und sie würden es loben!«

»Wirklich?« Moria schüttelte ungläubig den Kopf. »Mutter hat davon nie...«

»Ich glaube nicht, daß Großmutter es unserer Mutter gesagt hat. Nur mir. Sie hat unserer Mutter manches nicht anvertraut, was sie mir offenbart hat. Sie hat immer befürchtet, Mutter könne sich vor Vater verraten –

Aber du wolltest von deinem Gastessen reden. Ich nehme an, Schweinefraß hast du den Herren nicht vorgesetzt?«

»Wohl kaum!« Moria lachte. »Ich hatte Holundersuppe und danach Linsen mit Räucherspeck vorbereitet und wollte Forellen grillen, dazu einen Salat aus den ersten zarten Löwenzahnblättern, aber für so viele Gäste war das natürlich kein Essen, die Fische reichten nicht, ich brauchte einen Gang, bei dem alle wirklich satt wurden. Ich habe es schon mit der Angst bekommen, denn ich hatte kein frisches Fleisch mehr, nicht ein Stück, wer will bei einem Gastmahl schon Pökelfleisch anbieten, und zum Schlachten war es natürlich zu spät. Zum Glück hatte ich gerade Brotteig fertig und den Backofen schon eingeheizt, da habe ich mich an die Erfindung unserer Mutter erinnert und Pökelfleisch mit dem Teig umwickelt und wie Brote gebacken, aber ich habe noch eingeweichte Trokkenpilze, Kräuter und alten Schafskäse als Füllung dazugetan und war selber überrascht, wie gut und würzig das geschmeckt hat. Ja, und da hat er vor allen Gästen gesagt: Mein Haus ist jederzeit für Gäste bereit. Moria ist als Hausfrau unübertrefflich!«

»Das hört man gern!« stimmte Cythia zu. »Zumal so ein öffentliches Lob nicht gerade üblich ist. Aber ich finde, du hast es verdient. Was das Kochen anlangt, nimmst du es sogar mit unserer Mutter auf.«

Moria ging nicht darauf ein. Jetzt, da sie endlich damit angefangen hatte, wollte sie weiter über Lykos reden. »Den ganzen Tag muß ich jetzt immer an ihn denken«, begann sie neu. »Es ist, als wäre er da, bei allem, was ich tue. Als stünde er neben mir und sähe mir bei der Arbeit zu und als spräche ich mit ihm.

Und nachts ist es jetzt so – so stark. Du weißt schon, was ich meine, oder? Nicht mehr wie am Anfang, wo es nur eine Pflicht war.

Weißt du, Cythia, ich habe nicht geahnt, daß es das gibt. Daß ich fähig bin, so etwas zu fühlen.«

»Das freut mich für dich«, meinte die Schwester spröde.

Moria beugte sich tief über ihre Näharbeit. Sie konnte Cythia jetzt nicht ansehen. Aber sie hatte einfach darüber sprechen müssen, und die Schwester war die einzige, der sie alles erzählen konnte.

Nein, alles nicht.

Das mit dem Knoten konnte sie ihr nicht erzählen.

Sollte sie etwa sagen: Ich habe heimlich einen Zauber dagegen gefunden, daß er diese Naki begehrt? Und der Zauber hat geholfen?

Laut fuhr sie fort: »Ich glaube auch, er geht in letzter Zeit nicht mehr zu der Nebenfrau. Er redet nicht darüber, und ich,

ich frage ihn natürlich nicht. Aber – ich habe nie mehr blonde Frauenhaare auf seiner Kleidung ...« Sie brach ab, errötete.

Cythia lachte.

Die Hitze in Morias Wangen vertiefte sich. Sie ließ ihre Näharbeit sinken. »Oh, entschuldige! Ich bin ein Schaf! Ich habe nicht daran gedacht, daß du, daß Hairox ja zwei Nebenfrauen ...«

Die Schwester lachte wieder, doch nun klang es sehr bitter. »Und du glaubst, das bedaure ich?! Du hast recht, Kleine, du bist wirklich ein Schaf! Wenn ich Hairox für etwas dankbar bin, dann dafür, daß er Anstand genug besessen hat, sich diese beiden Nebenfrauen zu nehmen und mich nicht häufiger zu belästigen, als unbedingt nötig ist, um mich regelmäßig zu schwängern! Es ist nicht gerade ein Vergnügen, mit dem Mann das Bett zu teilen, der einen geschändet hat!«

Moria holte erschreckt Luft. »Es tut mir so leid«, sagte sie leise. »Es ist meine Schuld, alles meine Schuld. Wenn ich dir damals nicht die Zöpfe geflochten hätte –«

»Deine Schuld?!« fuhr Cythia auf. Heftig warf sie die Webbrettchen in einen Korb. »Was redest du! Es ist weder deine Schuld noch meine! Du warst ein kleines Kind, das sich einen harmlosen Spaß erlaubt hat, mit meiner Zustimmung übrigens!«

»Aber wenn du nicht wie ein Bauernmädchen ausgesehen hättest, dann hätte Hairox dich nicht –«

»Na wunderbar! Das hat Vater mir damals auch eingeredet, und Hairox ebenso. Ich bin daran fast zugrunde gegangen. Sie machen es sich sehr leicht, die Herren! Geben uns die Schuld an ihren Verbrechen.«

»O Cythia, wenn ich mir vorstelle, ich wäre mit einem Mann verheiratet worden, der mich – du tust mir so leid!«

Cythia starrte vor sich hin. »Ich wollte sterben, damals.

Und habe doch überlebt. Oder das, was von mir übriggeblieben war.«

»Du Arme!« flüsterte Moria und legte der Schwester die Hand auf den Arm.

»Arm?« Cythia lachte noch einmal ihr bitteres Lachen. »Ich will dein Mitleid nicht! Irgendwie werde ich mit allem fertig, wenn es sein muß – mehr oder weniger. Ich beiße mich durch. Ich habe sehen gelernt – schmerzhaft genug sind mir die Augen geöffnet worden!«

Moria gab einen erschreckten Laut von sich.

Cythia beachtete es nicht, fuhr nachdenklich fort: »Inzwischen habe ich sogar gelernt, meine Vorteile daraus zu ziehen, daß sich Hairox mir gegenüber in tiefer Schuld weiß. Daß er mich nicht verstoßen kann, weil die Ehe mit einer Frau, die man geschändet hat, unauflöslich ist. Und daß Vater es als Beleidigung seiner Person und als Verletzung der von Hairox geforderten Buße auffassen würde, wenn Hairox mich nicht in Ehren hielte.

Es gibt eine Grenze zwischen uns, die Hairox nie überschreitet. Und ich traue mir zu, diese Grenze zu verteidigen. Es reicht schon eine ganz leise Andeutung, daß es in meiner Hand liegt, ihn mit schlechten Gastmählern bis auf die Knochen bloßzustellen. Oder bei Vater Klage gegen ihn zu führen.

Der soll bloß nicht wagen, mit mir so umzuspringen wie Vater mit unserer Mutter!«

»Aber er könnte dich doch bestrafen!« sagte Moria ungläubig. »Ich meine, nicht nur zurechtweisen, sondern richtig bestrafen –«

»So wie Vater unsere Mutter?! Sicher könnte er das. Aber er ahnt, daß ich mich dafür rächen würde, seinen Ruf für alle Zeiten untergraben. Auch wenn ich ihm das so natürlich niemals sagen würde. Merk dir das, Moria: Laß dich nie auf einen offenen Kampf ein! Du würdest unweigerlich verlieren. Wahre immer den Schein!«

»Ich habe nicht vor, mich überhaupt auf einen Kampf einzulassen, ich verstehe nicht, wieso du –«

»Ach ja, ich vergaß! Lykos ist ja so gut zu dir!«

Moria sah die Schwester unsicher an. Was war das für ein beißender Ton in deren Stimme?

Doch sie hatte sich wohl getäuscht, denn nun lächelte Cythia ihr zu und fragte freundlich: »Du meinst also, Lykos läßt seine Nebenfrau jetzt in Ruhe?«

»Ja, ich –

Ich glaube jetzt, er hat sich eigentlich nie wirklich etwas aus ihr gemacht. Du kennst es ja, wie Mägde so klatschen. Jedenfalls, was ich zufällig gehört habe ...«

»Und was hast du gehört, zufällig?« fragte Cythia.

Moria überhörte den Spott. »Ich dachte erst, er hat sie sich genommen, weil sie ihm gefallen hat«, erzählte sie. »Aber so war das nicht. Er hat sie auf dem Kriegszug geraubt, wie Wolfskrieger das so machen. Sie hat ihm als Beute gehört, und er war sehr streng zu ihr. Er hat sie den ganzen Tag mahlen lassen und immer gefesselt, auch nachts, an sein Bett. Und einmal hat er sie –« Sie schluckte. Es wäre besser, sie würde nicht davon sprechen. Aber da war dieser Zwang. »Hat er sie öffentlich ausgepeitscht und danach lange in dem Verschlag im Speicher eingesperrt. Sie hatte es nicht anders verdient – aber deshalb ...«

»Nicht anders verdient?!« schrie Cythia. »Geraubt?! Gefesselt?! Eingesperrt?! Und du erzählst mir das, als ob du es auch noch in Ordnung fändest?!«

Moria starrte die Schwester mit aufgerissenen Augen an.

Cythia war aufgesprungen, rannte im Raum auf und ab. »Was ist los mit dir, Moria?! Hast du dein Herz und deinen

Verstand abgegeben, als du mit Lykos verheiratet wurdest?! Ich begreife dich nicht! Ich glaube es einfach nicht!

Hast du nie darüber nachgedacht, was er diesem Mädchen angetan hat? An sein Bett gebunden! Ich werde wahnsinnig, wenn ich mir das vorstelle, und du sitzt da und schwärmst von deinem hochverehrten Lykos!«

Trocken brannte ihre Kehle. Moria fuhr sich an den Hals, sagte heiser: »Aber – er ist doch im Recht! Er ist ihr Herr, sie gehört ihm, und sie muß ihm gehorchen!«

»Ist sie deswegen kein Mensch?!« schrie Cythia. »Kein Mädchen, das einen unberührten Körper hatte, bis so eine Bestie über sie herfiel?!« Cythia ließ sich auf die Bank sinken und vergrub das Gesicht in den Händen.

Moria saß erstarrt. Bestie!

Sie weiß nicht, was sie sagt. Es ist wegen Hairox. Ich hätte nicht davon anfangen dürfen.

Moria legte den Arm um die Schwester, drückte sie an sich. »Es tut mir so leid, Cythia.

Nicht weinen. Wein doch nicht!

Das damals bei dir, es ist doch etwas ganz anderes, du warst ein ehrenhaftes Mädchen, und sie ist doch nur eine vom Alten Volk, nur eine Sklavin, es hat doch nichts miteinander zu tun ...«

»Meinst du?« fuhr Cythia auf und wischte sich mit dem Arm über das Gesicht. Dann kauerte sie vor Moria nieder, nahm deren beide Hände in ihre und sagte eindringlich: »Wach auf, Schwester, wach auf! Deine Ergebenheit Lykos gegenüber in allen Ehren.

Aber verlier dich nicht selbst dabei!

Weißt du nicht mehr, als wir Kinder waren, wir beide? Du warst noch ein kleines Kind und ich ein junges Mädchen, aber wir haben immer zusammengehalten, weißt du noch? Wie wir die kleinen Welpen versteckt haben, die Vater erschlagen wollte? Wie du heimlich zu deiner Freundin gegangen bist, und keiner wußte es, nur Großmutter und ich? Wir haben zusammen Dinge gemacht, die nur unsere Großmutter wußte, und als die gestorben war, gab es gar niemanden mehr, der sie wissen durfte, Dinge, die wir eben tun mußten, du und ich. Obwohl uns klar war, wie Vater uns bestrafen würde, wenn es herauskam.«

»Viel weiß ich davon nicht mehr. Ich war ja noch so klein. Aber wie ich dich bewundert habe, das weiß ich noch. Und daß ich sein wollte wie du. Später war ich dann nicht mehr so, so schlimm.

Weißt du, als du weg warst, da war alles anders.

Aber was hat das mit Lykos zu tun?«

»Ich kenne dich nicht mehr, Moria. Bist du nicht mehr meine Schwester von damals? Hast du nicht mehr dieses mitleidvolle Herz und diesen unbändigen Sinn für das, was recht ist?«

Moria zog ihre Hände zurück. »Natürlich habe ich den!« sagte sie heftig. »Das ist es ja gerade! Lykos ist mein Herr, und es steht mir nicht zu, über ihn zu urteilen. Und auch nicht, zuzulassen, daß du so über ihn redest!«

»Ja dann«, erwiderte Cythia leise und stand auf. »Dann ist dir nicht zu helfen!«

12

Das Baby der toten Wölai schlief. In der Schlinge lag es, gestützt von Haibes Arm, gewiegt vom gleichmäßigen Voranschreiten.

Die Wärme des Kindes, sein weicher, kleiner Körper an ihrer Brust. Vertraut war das. Und so richtig.

Noch einmal selbst ein Kind haben...

Nicht jetzt.

Sie kamen aus dem Wald, tauchten in den peitschenden Wind.

Haibe zupfte die Kapuze über die Ohren des Babys.

Zirrkan machte einige rasche Schritte voran und wandte sich dann nach ihr um: »Siehst du es, dort am Horizont?«

Sie kniff die Augen zusammen: braune Heide, Schneereste an schattigen Stellen, windgeducktes Gebüsch, Äcker, ein kleines Dorf, Dünen in der Ferne, darüber der Himmel, jagende Wolken und hin und wieder ein Fetzen Lichtblau, und dort der graue Dunst, in dem Erde und Himmel einander umfingen –

»Das Meer!« rief Corgli und streckte ihr Baby in die Luft.

Zirrkan nickte: »Morgen können wir es erreichen. Wenn wir erst über die Meerenge gesetzt haben, sind es nur noch wenige Tage!«

»Man kann wieder das Meer sehen!« Corgli rannte in den

Wald zurück, den Zug der schwer beladenen Wanderer und Ochsenkarren, der Rinder und Schweine, Schafe und Ziegen entlang. Wie eine Welle pflanzte sich der Ruf fort und brachte den trägen Fluß des schwerfälligen Auswandererstromes zum Strudeln. Immer mehr Menschen drängten sich aus dem Wald und spähten zum Horizont.

»Ich gehe mit meiner Mutter zum Dorf und statte den Sippenmüttern einen Besuch ab«, erklärte Zirrkan zu allen gewandt. »Wir erbitten ihre Gastfreundschaft. Rastet hier, und folgt uns erst, wenn wir schon länger im Dorf sind! Mutter, bist du bereit?«

Die alte Priesterin trat neben ihn. »Ich bin immer bereit«, erwiderte sie gelassen.

Zirrkan legte leicht seine Rechte an Haibes Wange. »Bis dann!«

Ihr wurde warm unter seiner Berührung. »Bis dann!«

Neben der alten Priesterin schritt er davon.

Nur noch wenige Tage. Dann war der Zug am Ziel. Dann wurde der Abschied unabweisbar.

»Kommst du mit mir Brennholz sammeln, Haibe?« riß Corgli sie aus ihren Gedanken. Haibe nickte, dankbar für die Ablenkung, und lief neben der jungen Frau am Zug entlang in den Wald zurück.

Ein Ochsenkarren war vom Weg abgekommen und seitwärts in den Graben gestürzt. Angefeuert von den Zurufen der Schaulustigen, mühten sich einige junge Männer, das schwerfällige Gefährt aus dem Graben zu wuchten.

Der Boden war von der Schneeschmelze und dem Regen aufgeweicht, immer tiefer sank der Karren in den Schlamm, immer wieder rutschten die Männer aus und fielen hin. Sie erleichterten sich die Plackerei, indem sie Witze darüber machten und jedes Mißgeschick mit Lachen beantworteten, am meisten das eigene.

Corglis Bruder zwängte sich zwischen die Ochsen und den Karren, kroch unter die Zuggabel und stemmte sie mit dem Rücken hoch. Die anderen hoben den Karren auf die schweren Scheibenräder. Ein winziges Stück bewegte sich der Wagen aus dem Graben, dann kam er wieder zum Stocken. In diesem Augenblick ließ einer der beiden Ochsen Wasser und bespritzte Corglis Bruder mit einem dichten Strahl.

Dieser schrie auf, zuckte in die Höhe und gab damit dem Karren einen entscheidenden Ruck. Die Ochsen zogen an, Corglis Bruder sprang zur Seite, der Karren fuhr auf den Weg.

Die Zuschauer lachten. »Wie viel Stärke in einem Ochsen steckt! Selbst sein Wasser verleiht noch ungeahnte Kräfte!«

Die Heiterkeit war ansteckend. Jetzt, da das Ziel ihrer weiten Reise greifbar nahe war, fiel mit einem Mal alle Anspannung von ihnen ab.

Corgli kicherte so laut, daß ihr Baby aufwachte und mit großen Augen um sich sah.

»Geh zum Bach, Bruder«, lachte Corgli und wischte sich kleine Tränen aus den Augenwinkeln, »und gib mir deinen Kittel, ich wasch ihn dir!«

Haibe nahm die Fröhlichkeit der anderen in sich auf: Naki, zu diesen Menschen hier werde ich dich bringen, dich und alle anderen! Sie werden euch mit offenen Armen empfangen, als wären sie eure Sippe. Denn all die verschiedenen Menschen, die aus der Heimat geflohen sind, um eine neue Heimat zu finden, sind eine einzige Gemeinschaft geworden, in der auch ihr Platz finden werdet.

Vom Weg ab ging sie zwischen die Bäume und bückte sich nach herabgefallenen Ästen. Das Baby wachte auf und gab leise Unmutslaute von sich. Sie nahm es aus der Schlinge, legte es über die Schulter und nutzte die Schlinge zum Sammeln des Holzes. Das Baby schmatzte und bewegte unruhig den Kopf.

»Ach, Kleines«, sagte sie, »du weißt doch, bei mir findest du nichts zu trinken!«

Das Baby verzog das Gesicht und begann zu weinen.

»Nicht weinen, Dummerchen! Wir beide suchen jetzt Corgli, die hat Milch genug für dich. Für dich ist gesorgt, auch wenn ich nicht mehr bei dir bin. Es wird immer eine dasein, die dich mit sich herumträgt, die dich hätschelt und an die du dich schmiegen kannst!«

Das Baby hatte aufgehört zu weinen, hielt sich an ihrem Zopf fest und hörte ihr aufmerksam zu.

»Ich habe sieben Kinder gehabt. Zwei sind gestorben, als sie noch jünger waren als du. Und meine kleine Tochter in ihrem dritten Sommer. Jetzt sind auch meine drei Söhne tot. Aber meine große Tochter lebt. Ich werde sie finden und zu euch bringen. Wer weiß, wenn ich mit ihr wieder zu dir komme, kannst du vielleicht schon krabbeln! Ich hoffe doch sehr, daß ich nicht so lange wegbleibe, bis du laufen kannst...«

Haibe langte bei Corgli an. Diese kniete neben dem Bach und wrang eben den Kittel aus. Ihr Bruder stand mit nacktem Oberkörper neben ihr, warf immer wieder ihr Baby in die Höhe und fing es wieder auf. Das Baby lachte laut.

»Dein kleiner Neffe hat Hunger«, meinte Haibe und streckte der jungen Frau Wölais Kind hin.

Corgli nickte und legte es sich an die Brust.

Corglis Bruder wirbelte seine kleine Nichte durch die Luft.

Haibe sah ihm zu. So hatte auch Ritgo mit Naki gespielt, und später mit ihren weiteren Kindern.

Haibe wandte sich ab, sammelte Holz.

Ritgo.

Ihn hatten ihre Kinder verehrt.

Um ein Lächeln der Anerkennung, ein Nicken der Zustimmung von ihm hätten sie jede Anstrengung auf sich genommen.

Auf seine Worte hatten sie mit Vertrauen gehört. Wenn er ihnen die Geschichten erzählt hatte, in denen die heilige Ordnung begründet lag, so hatten sie sich ernsthaft bemüht zu verstehen, was er sie lehrte.

Nun lehrte er nicht mehr die heilige Ordnung.

Nun lehrte er das Töten.

»Gibt es nichts mehr, womit ich dich von deinem Vorhaben abbringen kann, Bruder?« fragte sie.

»Nichts«, erwiderte Ritgo.

Sie nahm seine Hände zwischen ihre. »Mit diesen Händen willst du Menschen töten?«

»Mit diesen Händen will ich Menschen das Leben, die Heimat, den Besitz und die Freiheit retten!«

»Wir sprechen nicht mehr die gleiche Sprache, Ritgo.«

»Nein. Aber ich verstehe deine Sprache. Nur du verstehst meine nicht!«

Sie lehnte ihren Kopf an seine Brust. »Ein Teil von mir versteht sie schon. Ein Teil von mir sagt: Es ist nicht Ritgo, der die heilige Ordnung verleugnet, die Söhne des Himmels sind es, die sie zerstören. Sie säen Gewalt, und Ritgo will tun, was er tun muß – ihnen Einhalt gebieten.

Aber der andere Teil in mir schreit: Es kann und darf nicht sein! Niemals darf man einen Menschen töten, es sei denn als geweihtes Opfer für die Große Göttin!

Nichts, das gegen die heilige Ordnung ist, vermag sie zu retten. Und was bedeutet noch unser Leben, wenn die heilige Ordnung tot ist?

Es reißt mich mittendurch.«

Er legte seinen Arm um sie. »Mich auch, Schwester! Mich auch.

Aber ich sehe keinen anderen Weg.

Wir dürfen nicht wie Kinder sein, die die Augen zumachen, damit sie das Dunkel nicht sehen.

Sie ist da, die Gewalt. Mit den Söhnen des Himmels und ihren himmlischen Göttern ist sie zu uns gekommen.«

»Deswegen bin ich ja auch für Flucht!«

»Was nützt es, wenn wir alle fliehen?

Die Gewalt wird uns einholen.

Was nützt es, wenn wir unser eigenes Leben retten?

Sie wird das unserer Kinder vernichten.

Wenn wir die Söhne des Himmels nicht vertreiben, so werden sie die ganze Welt vergiften! Die heilige Ordnung wird für alle Zeiten sterben, und jeder, der sie bewahren möchte, mit ihr.

Ich habe es erkannt, als ich die Zerstörung in unserem Dorf sah, die Toten. Als ich die Leichen meiner Brüder und Neffen ins Grab trug. Als ich den kleinen Rablu in meinen Armen hielt.

Deine Söhne, Haibe, deine ermordeten Söhne waren es, die mir in die Eingeweide schrien: Tu etwas, damit dies ein Ende hat!

Darum werde ich kämpfen. Darum werde ich töten. Darum führe ich andere Männer an, mit mir zu kämpfen und zu töten. Darum, Haibe!«

»Es wird dich selbst töten. Es wird deinen Leib töten und dein innerstes Wesen, alles das, was du gewesen bist. Und selbst, wenn du überleben solltest, wirst du nicht mehr der sein, der du warst.«

»Mag sein«, stimmte er zu. »Ja, mag wohl sein!«

Lange standen sie aneinandergelehnt. Dann nahm sich Haibe die Bernsteinkette der Mutter vom Hals, die sie nicht mehr abgenommen hatte, seit sie sie im Grab umgelegt hatte. »Hier, Ritgo, nimm die Kette unserer Mutter, und trage sie von jetzt an! Möge sie dich immer erinnern, wo deine Wurzeln sind – und wofür du kämpfst!«

Haibe legte das Bündel Holz ab, kniete nieder, riß einige

Büschel Heidekraut aus, glättete den Waldboden und malte die heiligen Zeichen hinein.

Dann neigte sie den Kopf, bis die Stirn die Zeichen berührte, und betete für ihren Bruder, den einzigen, der noch lebte – vielleicht.

Die alte Priesterin hatte drei Ferkel getötet und unter Gebeten und Gesängen im Schoß der Erde vergraben. Langsam erhob sie sich nun, breitete die Arme aus.

»Gepriesen seist du, Große Göttin, die du uns den Weg in dieses fruchtbare Land gewiesen hast.

Verfolgt waren wir, und du hast uns gerettet.

Heimatlos waren wir, und du hast uns eine neue Heimat gegeben.

Verzweifelt waren wir, und du hast uns getröstet.

Du nimmst uns in deine Arme wie eine Mutter, du nährst uns wie eine Hirschkuh ihr Kalb und schützt uns wie eine Bärin ihr Junges.

Drei Ferkel opfern wir dir, die du Drei bist in Eins und Eins in Drei.

Laß die Fruchtbarkeit der trächtigen Sau die Felder durchdringen, die wir unter den Pflug nehmen wollen!«

Die alte Priesterin ließ die Arme sinken, wandte sich an alle: »Geht schlafen, ihr Lieben! Morgen beginnen wir mit der Rodung der neuen Felder!«

Zirrkan trat neben seine Mutter und erklärte: »Wir müssen mit aller Kraft arbeiten, damit wir die Felder noch rechtzeitig zur Sommersaat bestellen können. Von Sonnenaufgang bis Sonnenuntergang müssen wir unsere äußersten Anstrengungen vereinen. Gemeinsam kann es uns gelingen.«

Ein einziger Ruf der Zustimmung ging durch die Menge.

Die Sippenältesten umringten Zirrkan, besprachen noch einmal die Aufteilung und Planung der Arbeit, während die anderen sich zerstreuten und das Lager für die Nacht herrichteten.

Haibe hörte Fetzen von Frage und Antwort, sah, mit welcher Selbstverständlichkeit Zirrkan um Rat und Weisung gebeten wurde und sie erteilte.

Vorbei die Zeiten, in denen Zirrkan es als Last und Zumutung empfunden hatte, die Führung übernehmen und Anordnungen treffen zu müssen.

Eine leise Unruhe bemächtigte sich Haibes.

Die Veränderung hatte unmerklich begonnen, kaum wahrnehmbar. Nun plötzlich sah sie, was geschehen war.

Früher waren Entscheidungen von weit geringerer Tragweite mit weit größerer Gründlichkeit und allgemeiner Beteiligung beraten worden. Nichts von Bedeutung, das nicht über Tage hinweg von den Männern in der Männerversammlung und den Frauen bei der Arbeit besprochen und in jeder Familie am Herdfeuer unter allen Erwachsenen beraten worden wäre, ehe Sippenmutter und Sippenältester den Auftrag bekamen, die Meinung der Familie im kleinen Dorfrat zu vertreten, oder ehe in wichtigen Fällen der Allgemeine Dorfrat aller Frauen und Männer zusammentrat und abstimmte.

Kein Entschluß, an dem nicht alle mitgewirkt, der nicht von allen getragen worden wäre.

Doch nun waren es mehr und mehr Zirrkan und die Sippenältesten allein, die die Richtung wiesen.

Das Getreide mußte in den Boden, jeder Augenblick war kostbar, und es blieb keine Zeit für langwierige Beratungen. Wer etwas dagegen einzuwenden hätte, daß Zirrkan mit den Sippenältesten den Plan für die Rodung festlegte, der konnte es sagen.

Aber alle waren damit zufrieden, Männer wie Frauen – dankbar, daß nicht durch tagelange Gespräche kostbare Zeit verstrich.

Später, wenn das Leben hier eingerichtet wäre, würden sie zu den alten Bräuchen zurückkehren...

Haibe ging am Ufer des Sees den Waldrand entlang.

Sie konnte es vor sich sehen: die Felder als Inseln in den Wald getrieben, die Dörfer in der Nähe des Wassers.

Bleiben, bis der Wald gerodet ist. Bis die Felder bestellt sind. Bis die Häuser gebaut.

»Nicht schwach werden!« sagte sie laut zu sich selbst. »Du müßtest dich selbst hassen, wenn du jetzt noch einen Tag länger zögern würdest!«

Und sie sammelte ihre Gedanken und beschwor die Erinnerung an Naki.

Sie kniete am Mahlstein und zerrieb Weizenschrot, den schlafenden Wirrkon auf den Rücken gebunden. Hin und wieder warf sie einen Blick über die Schulter zurück auf Naki.

Diese, noch keine zwei Jahre alt, spielte auf dem Dorfplatz mit den anderen Kindern.

Doch plötzlich lief Naki zu ihr, blieb neben ihr stehen, sah ihr eine Weile beim Mahlen zu und sagte: »Auch!«

Sie rückte dem Kind den kleinen Mahlstein hin, an dem sie selbst das Mahlen gelernt hatte, drückte ihm den Kiesel als Läuferstein in die Hand, den sie einst von ihrer Mutter erhalten hatte.

Mit hochroten Wangen, die Zunge zwischen die Zähne geklemmt, mühte das Kind sich, zu mahlen wie sie.

Eine schmerzhafte Welle von Zärtlichkeit erfaßte sie.

Und sie spürte wieder den Faden. Weit zurück verband er sie mit den Müttern, aber auch weit vorwärts mit den Kindern und Kindeskindern: ohne Anfang und Ende.

»Ich werde den Faden weiterspinnen, Naki«, versprach Haibe laut. »Er soll nicht zerreißen zwischen dir und mir. An diesem See sollen deine Kinder spielen, und die Kinder deiner Töchter!

Morgen früh mache ich mich auf. Ich werde dich unter den Söhnen des Himmels suchen.

Und ich schwöre beim Andenken meiner Mutter, daß ich nicht ruhen werde, ehe ich dich gefunden und hierher geführt habe!«

13

Die Schale mit dem Met machte die Runde ums Feuer. Lykos nahm sie zum unzähligen Mal in Empfang, tat einen langen Zug und reichte sie weiter.

Heilige Trunkenheit vereinte ihre Seelen zu einem einzigen Strom, führte sie in die Gemeinschaft mit den Himmlischen.

Sie hatten das Fleisch des geopferten Stieres gegessen, hatten so an des donnernden Gottes unendlicher Kraft teilgehabt.

Nun war er gekommen, in Gebeten und Gesängen beschworen: der Augenblick der heiligsten Handlung.

Zwei Wolfskrieger führten den jungen Schimmel unter die heilige Eiche auf den dichten Teppich herabgefallener Eicheln, den reichen Sinnbildern männlicher Zeugungskraft.

Die Wolfskrieger hielten den weißen Hengst am Zaumzeug und konnten ihn kaum bändigen. Ungezähmt, nie geritten, nie in die Nähe einer Stute gelassen, von vollendeter, strahlender Schönheit, voll hitziger Wildheit und gefährlich aufbegehrender Kraft.

Der König trat vor, den schwarzen, weit und überlang hinter ihm herschleppenden Mantel bestickt mit weißen Sternen. In seiner Hand die Axt mit der blitzenden, funkelnden Kupferklinge.

Hinter den König traten drei Priester: Rösos, Daios, Hoiriacos.

Der König vor dem Hengst, die Axt in der Hand.

Der Schimmel bäumte sich auf, stieg auf die Hinterhand, drohend blitzten seine entblößten Zähne, zornig trommelten seine Vorderhufe gegen die Luft.

Mit äußerster Mühe brachten die Wolfskrieger den Hengst wieder zu Boden.

Lykos dehnte die Brust. Auch er hatte einst wie diese Krieger einen geweihten Hengst gebändigt.

Der König riß den Arm weit zurück, ließ die Axt mit vernichtender Stärke niederfahren, dem Hengst in den Schädel. Der Hengst brach in die Knie.

Schon war Rösos, Oberster der Priester, über dem Pferd, trennte ihm mit dem Dolch die Kehle durch.

Wie einen Schrei aus einer einzigen Kehle ließen die Männer markerschütternden Ruf erklingen, alle: die weißgekleideten Priester, die schwarzgekleideten Herren, die Krieger mit den roten Mänteln. Dann brachen sie ab – atemlose Stille.

Rösos hielt die Schale in den heftig quellenden Blutstrom und sprengte rote Tropfen in das Feuer.

»Siehe dies Blut in der Flamme, o Weltenrichter und
-lenker,
Herrscher der Herrscher und Vater der Väter, erhör unser
Bitten!
Pflege Gemeinschaft mit uns, nimm an, womit wir dich
ehren,
heilig die Glut dir, das Feuer der Wahrheit, das Licht
deiner Weisheit!«

Hoiriacos nahm seine Stelle ein, beugte sich vor, eine Streitaxt aus makellosem Stein in der Hand, tauchte die Axt in das Blut, hielt sie in den bittend geöffneten Händen gen Himmel.

»Siehe das Blut auf der Streitaxt, o göttlicher Krieger und Kämpfer,
alles vernichtender Rächer und Held aller Helden, erhör uns!
Pflege Gemeinschaft mit uns, nimm an, womit wir dich ehren,
heilig die Axt dir, männlichste Waffe und Schneide des Todes!«

Langsamer strömte nun das Blut des Pferdes. Da kniete Daios vor dem Blutsee nieder, legte eine sorgsam aus Eichenholz geschnitzte Pflugschar und ein buntledernes Zaumzeug hinein und bot dann beides dar.

»Sehet das Blut auf der Pflugschar, auf des Pferdes Zügel und Zaumzeug,
göttliche Brüder, Hüter der Viehzucht, Bewahrer der Feldfrucht!
Pfleget Gemeinschaft mit uns, nehmt an, womit wir euch ehren,
heilig der Pflug euch, das Zaumzeug, die Zeichen des sorgsamen Landwirts!«

Rösos stimmte den heiligen Gesang an, alle versammelten Männer fielen in das Lied ein.

Da wandte sich der König ab, ging gemessenen Schritts über die frühlingsgrüne Wiese, auf dem Steg über den um den Königshof herum ausgehobenen Graben, durch das Tor der hohen Palisadenbewehrung hinein in seinen Hof – und trat mit einer tief verschleierten Frau wieder heraus.

Unter dem Gesang der Männer führte er feierlich an erhobener Hand die Verschleierte zu dem geopferten Hengst und blieb mit ihr vor dem toten Tier stehen: einzige Frau unter Männern.

Der Gesang verklang.

Lykos erschauerte.

Unzählige Male hatte er ohne Erschauern dem Tod ins Auge geblickt.

Dies hier war etwas anderes.

In das Schweigen hinein sprach der König:

»Heiliger Hengst, du Hort aller Stärke, du Wilder und Schöner,
der du geopfert dein Leben den Göttern zu Ruhm und Ehre,
siehe, die stets ich gehütet in eifersüchtigem Zorne,
meine Geliebte, von allen Weibern die Reinste und Schönste,
dir nun biet' ich sie dar, die außer mir keiner besessen,
daß du ihr beiwohnst und teilest mit ihr das heilige Lager,
teilhaben läßt uns durch sie an deinem unsterblichen Segen!«

Damit hob der König die verschleierte Frau auf seine Arme, kniete mit ihr nieder, legte sie neben den Leichnam des Hengstes, legte sie in das Blut zwischen die Schenkel des Hengstes.

Dann stand er auf, nahm seinen gewaltigen Sternenmantel von den Schultern und deckte damit beide zu, den Hengst und die Frau.

Der König trat zurück, kniete nieder.

Mit ihm die Männer.

Lykos schloß die Augen wie alle. Dies war der Augenblick des Mysteriums, zu groß für menschliche Sinne.

Nun geschah das Unfaßliche: Nun wurde die Frau zum Gefäß für den göttlichen Segen – für kurze Zeit nur, bis sie ihn an den König weiterreichte, wenn dieser ihr beiwohnte.

Im Heil des Königs würde der Segen über sie alle kommen.

Damit die Welt in der rechten Ordnung blieb, Regen und Sonne das rechte Maß hielten, so daß ihre Herden Nahrung im Überfluß fanden und das Getreide gedieh, damit das Vieh sich vermehrte und von Seuchen verschont blieb.

Damit Stärke und Wut der Wolfskrieger ins Unermeßliche stiegen, ihre wilde Lust am Kampf ebensowenig erlahmte wie ihr untrüglicher Sinn für Gefahr.

Damit Weisheit und Klugheit regierten, Strenge und Gerechtigkeit, Ehrfurcht und Furcht vor den Himmlischen.

Die Himmlischen, zu Gast geladen beim Königsmahl – herbeigebeten und gepriesen in Liedern und Gesängen, geehrt im Opfer, in Feuer und Wasser, bewirtet mit dem Besten aller Speisen und Getränke –, weilten unter ihnen. Das Mahl zu Beginn des Königsrates war in vollem Gange.

Eine sehr junge Frau kniete bei Lykos nieder und reichte ihm Lammfleisch und Grütze. Sie hatte flachsblondes Haar.

Er saß auf dem Bett, noch wohlig schwer und weich von der Liebe.

Naki kniete bei ihm nieder, wickelte die Fellstreifen um seine Füße, band die Lederschnüre.

Ihr flachsblondes Haar schimmerte im Fackellicht wie Bernstein.

Er streckte die Hand aus, strich sanft darüber.

Sie schrak zusammen, der Flaum feiner Härchen in ihrem Nacken sträubte sich.

Sie griff nach seiner Hand, drückte ihr heißes Gesicht hinein. Ihre Lippen zitterten. Er spürte das Beben in seiner Handfläche.

Er zog die Hand zurück, stand auf.

Eine unbestimmte Traurigkeit erfüllte ihn.

»Gib mir meinen Mantel! Ich will gehen!« Der harsche Ton seiner eigenen Worte vertrieb ihm die seltsame Stimmung.

Die junge Frau lud mehr und mehr Fleisch in seine Schale. Ein Stück davon brach ab und fiel auf seinen Kittel. Ein Fettfleck breitete sich aus. »Kannst du nicht aufpassen!« sagte er scharf.

Sie stammelte unbeholfen eine fehlerhafte Entschuldigung – in Nakis singendem, dunklem Tonfall. Panische Furcht in ihren hellen Augen.

Er griff in Nakis Haar, bog ihr den Kopf zurück.

Ihre Augen weiteten sich vor Entsetzen. »Herr«, bettelte sie in panischer Furcht, »Herr!«

Mit einer ungeduldigen Handbewegung verscheuchte er die junge Frau.

Was sollten ihm diese Erinnerungen! Die Zeit mit Naki war vorbei. Endgültig. Als ihm aus ihrer leeren Fratze die Dämonen entgegengegrinst hatten, waren ihm die Augen aufgegangen.

Er war fertig mit ihr.

Er widmete sich dem Essen, aß mit großem Hunger, doch mäßigem Vergnügen: Das Lamm dürfte zarter und saftiger sein, die Grütze würziger.

Hairox neben ihm war der gleichen Meinung. »Cythia sorgt für besseres Essen als die Gemahlin des Königs! Und deine Moria erst recht!«

»Rösostöchter!« sagte Lykos zufrieden und lachte. »Mit Moria als Hausfrau würde ein Königsmahl ein Ereignis, von dem man noch Monde später spräche!«

»Da hast du recht«, bestätigte Hairox. »Ich wollte es dir sowieso schon sagen: Überall rühmt man deine Gastfreundschaft – und Morias Bewirtung! Noch nie, so sagt man, fand man sie unvorbereitet. Noch nie wurde man an deinem Herd mit altem Brot, schalem Bier, Pökelfleisch und Grütze abgespeist.

Du hast mit deiner Frau einen guten Griff getan, Schwager, das muß man dir lassen!«

Lykos grinste. »Vor allem halte ich sie gut im Griff! Ich stelle sie auf die Probe. Lade Gäste ein, ohne ihr davon zu sagen. Eine ständige Prüfung – das ist das ganze Geheimnis! Machst du's mit Cythia anders?«

Hairox strich seinen Bart. »Sie sind Schwestern und können beide kochen. Aber Cythia ist nicht wie Moria«, erwiderte er einsilbig.

Lykos hörte kaum hin.

Er würde weiter Moria mit unvorhergesehenen Gastmählern in Übung halten. Es war nötig, damit sie nie erlahmte und gerüstet war für jene entscheidenden Augenblicke, in denen er gezwungen war, bedeutende Gäste wirklich ohne vorheriges Wissen willkommen zu heißen.

So wie damals vor Wintereinbruch, als er im Heiligen Eichenhain den eichenkundigen Priester Daios beim Orakel für einige Herren des Königsrates getroffen und die Gelegenheit erfaßt hatte ...

Damals hatte er zum ersten Mal begriffen, daß es auf mehr ankam, als ein angesehener Herr zu sein, irgendein Mitglied des Königsrates unter vielen.

Damals hatte er zum ersten Mal begriffen, daß der König, obwohl noch in der Blüte seiner Kraft, in nicht allzu ferner Zeit ein alter Mann sein würde, dessen Nachfolger gewählt werden müßte: einer der jungen Herren, der stärkste, beste, machtvollste ...

Es galt, Netze zu knüpfen, Freunde zu gewinnen.

Es galt, seine Fähigkeiten unter Beweis zu stellen.

Für das eine waren die Gastmähler gut, für das andere vor allem – der Krieg.

Ein großer Krieg, nicht nur die ständigen Geplänkel, Überfälle und Abwehrkämpfe, die die Wolfskrieger allein bewältigten, sondern ein Krieg wie eine verheerende Feuersbrunst: der die Aufbietung aller Kräfte erforderte, der auch die Herren nötigte, zu den Waffen zu greifen und eine gewaltige berittene Streitmacht zu bilden, der mit gnadenloser Hand die Spreu vom Weizen trennte – er, der strenge Vater aller Dinge.

Lykos schob ein großes Stück Fleisch in den Mund, kaute und spülte es mit Met hinunter.

Er hoffte, daß dieser Krieg kommen würde, *seine* Zeit. Er würde schon unter Beweis stellen, daß er ein hervorragender Krieger war, würdig, die Kupferaxt des Königs zu übernehmen.

Aber noch war es nicht soweit. Noch hatte er anderes zu beweisen: seine politische Klarsicht, sein vorausschauendes Denken, sein untrügliches Urteil. Und seine Befähigung zur Herrschaft.

Schwerer war das, als er früher gedacht hätte. Und vieles wurde ihm jetzt klar von dem, was der Vater getan und wofür er diesen gehaßt hatte. Wie einfältig er selbst gewesen war, als er Nakis Fesseln zerschnitten hatte – zu meinen, Herrschaft ließe sich durch Güte erreichen! Aber er lernte schnell. Vor allem, daß es galt, die Erfahrung und Weisheit der Alten für sich zu nutzen.

Der Priester Daios beim Gastmahl...

Er hatte Moria angewiesen, Daios und den anderen Gästen so viel vergorene Stutenmilch nachzuschenken wie nur möglich, ihm selbst aber heimlich nur mit Wasser verdünnte zu reichen. Und je mehr die Gäste betrunken waren, desto mehr hatte er sich bemüht, das Gespräch vorsichtig dorthin zu lenken, wo er es haben wollte...

Eraiox' Gesicht war gerötet. »Unsere Wölfe«, lallte er, »haben scharfe Zähne! Nichts kann sie aufhalten! Und wenn wir erst unsere berittene Streitmacht aufstellten! Niemand kann uns widerstehen! Wenn wir es wollen, halten uns selbst die Grenzen des Meeres nicht auf!«

Die Männer schrien Zustimmung.

Daios hob den Becher. Auch sein Gesicht vom Trinken schon gerötet. Doch sein Geist geschliffen wie eh und je. »Und dann, mein Held, und dann? Auch tapferste Kämpfer fallen im Krieg. Je weiter sie ziehen, desto weniger werden es sein. Und das Land, das sie erobert haben? Es muß besetzt und unterworfen gehalten werden, muß mit strenger Hand und wachsamem Auge regiert werden, sonst fällt es wieder ab!

Ich sage dir, Eraiox, nicht das Erobern ist die Schwierigkeit, sondern das Behalten und Beherrschen!«

Eraiox, der am meisten von allen getrunken hatte, rülpste. »Unsere Wölfe haben scharfe Zähne«, wiederholte er dümmlich.

Die anderen lachten.

Moria schenkte den Rauschtrank nach.

Er selbst beugte sich vor. »Was sind deine Folgerungen, weiser Daios?«

Daios wischte den Mund, hielt Moria den Becher hin. »Wir sind zu wenige an der Zahl, das ist die Schwierigkeit. Unsere Stärke bezwingt jeden Gegner. Aber unsere Zahl läßt es nicht zu, ihn unbegrenzt auf den Knien zu halten.

Wir müssen Sorge tragen, daß unserer mehr werden. Mehr Krieger, die kämpfen. Mehr Herren, die herrschen. Mehr Richter, die richten. Mehr Frauen, die Kinder gebären.«

»Das tue ich«, lachte Hairox. »Dafür trage ich Sorge! Meine Frau ist jedes Jahr schwanger! Und meine beiden Nebenfrauen auch!«

»Und meine erst!« grölte Eraiox. »Ich habe fünf Nebenfrauen! Und meine Kinder, es sind, Himmel, dauernd vergesse ich, wie viele es sind!«

Betrunkenes Gelächter.

»Schwachkopf«, hörte Lykos Daios verächtlich murmeln.

Niemand hörte es außer ihm. »Ist das nicht richtig, erhabe-

ner Daios«, fragte er leise, »fördert es nicht unsere Stärke, wenn wir für viele Nachkommen Sorge tragen?«

»Selbstverständlich ist es richtig«, erwiderte Daios und trank. »Aber es reicht nicht!« Anzüglich sah er Moria nach, die eben den Raum verließ. »Deine Frau, ist sie schwanger?«

Röte stieg ihm ins Gesicht. »Wir sind noch nicht lange verheiratet, Daios. Aber – ich habe eine Nebenfrau, und die trägt mein Kind.«

Daios nickte. »Zuwenig!«

»Meint Ihr, ich sollte mir noch eine Nebenfrau nehmen?« fragte er zweifelnd.

Daios machte eine wegwerfende Handbewegung. »Ihr jungen Herren! Könnt ihr alle nicht denken?!« Er widmete sich ausgiebig dem Trinken.

Lykos wartete mit Ungeduld. So nah war er dem Ziel. Wenn Daios weiter so trank, würde er morgen von nichts mehr wissen, was er jetzt sprach. Niemand außer ihm, dem Gastgeber, würde noch etwas davon wissen, betrunken, wie sie alle waren.

Wenn Daios nur spräche!

»Ich hab's«, rief Eraiox. »Siebenunddreißig! Es sind siebenunddreißig!«

»Oder dreiundsiebzig?« rief einer der Herren dazwischen und hieb sich auf die Schenkel vor Lachen.

»Ja! Aber ja! Dreiundsiebzig!« Eraiox grinste, trank, kratzte sich auf der Brust. »Oder doch siebenunddreißig?« grübelte er dann und rutschte von der Bank, blieb am Boden liegen.

»Zu lange«, sagte Daios. »Es dauert zu lange, ehe sie erwachsen sind. Und viele sterben. Seht ihr nicht, daß es bei den Bauern Knaben im besten Alter gibt, starke Knaben im Übermaß, wohl fähig, die Ausbildung zum Wolfskrieger zu überstehen?«

Sein Herz ein Trommelwirbel.

»Knaben?« fragte er leise.

Daios lachte. »Mit ihren eigenen Söhnen, was für ein Witz, mit ihren eigenen Söhnen könnten wir sie unterjochen!«

Die Söhne der Bauern. Die Söhne des Alten Volkes.

Ihm schwindelte bei dem Gedanken.

»Und«, er stockte – das ist es, warum habe ich es nicht selbst gesehen – »und es wäre nicht gegen den Willen der Himmlischen? Der göttliche Krieger würde diese Knaben nicht mit Verachtung von sich weisen, uns für solche Zumutung strafen?«

»Strafen? Weil wir ihm Knaben bringen, nach denen sein Herz verlangt? Wer ist betrunken, du oder ich, Lykos? Trink, Freund, trink, auch das gefällt dem göttlichen Krieger, aber Knaben, Knaben noch viel mehr ...« Daios trank.

»Aber – wenn es mißlänge?« fragte Lykos und schenkte Daios nach. »Wenn wir uns mit ihnen wahrhaft gefährliche Gegner heranzögen?«

Daios formte die Worte nur noch mit großer Mühe. Dennoch gelang es ihm, Verachtung in seine Stimme zu legen: »Warst du ein Wolfskrieger, oder hast du deine Jugend auf dem Schoß deiner Mutter verbracht, Lykos?« Lykos fuhr auf – welch eine ungeheuerliche Beleidigung –, doch dann beherrschte er sich. Wichtigeres galt es jetzt.

»Hast du die Prüfungen durchlitten, ohne etwas zu begreifen?!« fuhr Daios mit schwerer Zunge fort. »Du kennst doch die unwiderstehliche Kraft der Todesangst! Das ist etwas, das bei jedem wirkt. Auch bei einem verzogenen, aufsässigen Bauernlümmel! Denk nur an die Pfeilprüfung!« Daios kicherte.

»Die Pfeilprüfung«, wiederholte er selbst langsam, und es schauderte ihn unwillkürlich – wie mußten diese und andere Prüfungen auf ahnungslose Knabenherzen wirken, die noch

nichts wußten von der tödlichen Stärke des göttlichen Kriegers, die nicht durch die harte Erziehung eines wissenden Vaters auf ihre Grausamkeit vorbereitet waren!

»Du beginnst zu begreifen, was? Die Prüfungen...« Daios kicherte immer mehr. »Sie werden sich danach selbst nicht mehr kennen – sie werden nur noch Wölfe sein, Wölfe, sag' ich dir, Wölfe...

Die Himmlischen wissen das. Nur ihr wißt das anscheinend nicht!« Daios hielt schon wieder den Becher hin und rülpste. Schwerfällig lallte er: »Keiner weiß es. Nur ich.

Aber ich sag' es keinem. Sollen die Herren selber drauf kommen, dann werd' ich sie unterstützen!

Wenn ich jünger wäre...

Es müßte einmal einer den Mut aufbringen, es zu versuchen.

Sehr junge Knaben mit Sorgfalt auswählen und sie sich ordentlich ziehen...

Wenn ich jünger wäre...«

»Was für eine begnadete Erkenntnis!« stieß Lykos ergriffen hervor.

Daios trank, lachte. »Stutenmilch«, lallte er. »In ihr ist die Wahrheit der Götter. Aber ich sag' es keinem. Keinem!«

Dann sank er gegen Lykos und schlief ein.

Einige Zeit hatte er noch gezögert. Zu ungeheuerlich war ihm der Plan erschienen.

Doch dann dieser Fingerzeig der Götter:

Naki fiel vor ihm auf die Knie. Das Entsetzen war ihr ins Gesicht gemalt wie dem Knaben die Lüge –

Bogenschießen? Was für ein Vorwand! Was wollen sie vor mir verbergen?

Jetzt, Lykos, sieh nach dem Rechten und laß sie fühlen, daß du ihr Herr bist!

Und plötzlich der Augenblick der Erkenntnis: Unerforsch-

lich ist der Ratschluß der Himmlischen. Sie kehren Auflehnung zum Mittel der Unterwerfung.

Ich muß sie nur zu gebrauchen wissen.

Lykos lächelte: Er hatte sie zu gebrauchen gewußt.

Fiors Augen weit aufgerissen vor Entsetzen. Er, der Meister, legte den Pfeil an, zielte dicht über die rechte Schulter des mit gebreiteten Armen und gespreizten Beinen in krampfhafter Bewegungslosigkeit vor der Palisade stehenden Knaben. »Jetzt beweise mir, daß du gehorchen gelernt hast!« sagte er leise, fast sanft. »Keine Bewegung, nicht die allerkleinste! Und nicht einen Laut!«

Er schoß. Der Pfeil fuhr fingerbreit über der Schulter des Kindes mit der scharfen Steinspitze ins Holz und blieb zitternd stecken.

Er sah dem Kind in die Augen, sah in ihnen die gleiche lähmende, alles verzehrende Angst, die er selbst empfunden hatte, als die Wolfskrieger ihn der Pfeilprüfung unterzogen hatten. Er schoß wieder.

Fior rührte sich nicht. Blieb stumm. Starr hing sein Blick an ihm, der mit den Pfeilen den Umriß des Knaben in die Holzwand prägte – und ungesprochene Worte in dessen Herz.

Merk dir, mein Junge, daß ich der Herr bin – Schuß – *über dein Leben* – Schuß – *und deinen Tod,* – Schuß – *wie die Götter es sind.* – Schuß – *Merk dir, daß ich vollkommene Macht über dich habe* – Schuß – *und dir jeden Schmerz zufügen kann.* – Schuß – *Merk dir, daß du ohnmächtig bist,* – Schuß – *ganz und gar ohnmächtig,* – Schuß – *nichts tun kannst* – Schuß – *als gehorchen* – Schuß – *und als auf meine unendliche Überlegenheit bauen* – Schuß – *und auf mein großes Können.* – Schuß – *Und hoffen auf meine Gnade.* – Schuß – *Und wage nie,* – Schuß – *dich mir zu widersetzen.* – Schuß.

Nach dem Pfeil über der linken Schulter, als er bereits Rumpf und Gliedmaßen des Jungen mit Geschossen umrun-

det und dabei mehrfach den Kittel an die Holzwand geheftet hatte, verharrte er einen Augenblick und sah wieder Fior in die Augen. Noch immer war dessen Gesicht starr vor Entsetzen, doch etwas in seinen Augen war neu. War es Anbetung?

Der Junge hatte verstanden.

Er, der Meister, lächelte. Dann umrahmte er den Kopf des Kindes mit einem dichten Hagel makelloser Schüsse.

Er wußte: Seither verehrte Fior ihn wie einen zornigen Gott. Hin und her gerissen zwischen demütiger Ehrfurcht, begeisterter Bewunderung und panischer Angst, war er leicht zu erziehen. Nicht umsonst hatte Lykos von seinem Vater am eigenen Leib erfahren, wie man dabei vorging ...

Lykos schreckte auf. »Wie sagst du? Entschuldige, Hairox, ich war mit meinen Gedanken woanders!«

Hairox verzog den Mund, erwiderte leise: »Das scheint mir auch so, Schwager! Ich würde dir raten aufzupassen. Es ist zufällig der König, der da spricht!«

»... immer größere Verluste«, sagte der König. »Immer häufiger geschieht es, daß nicht alle Wolfskrieger zurückkehren von einem Überfall im Westen. Den Lämmern wachsen Hörner und den Schafen Reißzähne! Sie lassen sich nicht mehr widerstandslos abschlachten oder fliehen nicht mehr, bevor unsere Krieger ihre Dörfer erreichen.

Sie haben sich zusammengeschlossen, sie haben, wie stümperhaft auch immer, begonnen, sich im Kämpfen zu üben, und es sind Männer unter ihnen – nun, die können uns zu schaffen machen.

Ihr Anführer – unsere Wolfskrieger nennen ihn den Bernsteinbären, wegen der Bernsteinkette, die er stets um den Hals trägt – ist nicht ohne Mut, Kraft und Geschick. Zwar kann keiner von ihnen unseren Wolfskriegern das Wasser reichen – aber ihre Zahl macht es aus. Denn ihrer werden immer mehr.

Keine unmittelbare Gefahr für uns. Aber eine Herausforderung, über die wir uns klar sein müssen, wenn wir eines Tages einen Großangriff planen und ihr Land bis zu den Grenzen des Meeres an uns reißen wollen – und vielleicht darüber hinaus.

Übt euch in den Waffen, und bestellt euer Haus, ihr Herren! Es könnte der Tag kommen, an dem ihr es getreu eurem Gelübde verlassen und eine Streitmacht bilden müßt, die den Ruhm der Himmlischen trägt bis an die Enden der Welt!«

Ein tosender Schrei war die Antwort. Kein Herr, der nicht auf die Füße sprang, die Hand auf der Streitaxt. Keiner, der nicht schwor, auf der Stelle bereit zu sein.

Lykos schrie lauter als alle. Wolfsblut wallte auf, durchpulste ihn mit lang nicht mehr gefühlter glühender Kraft. Endlich!

Der König hob beide Arme, gebot Ruhe. »Er könnte kommen, der Tag, sagte ich! Nicht: Er ist da!

Unsere Wölfe halten den Bären im Zaum. Wir aber müssen uns rüsten für seine Vernichtung. Das will geplant sein. Muß ich euch erst daran erinnern, daß ihr Herren des Königsrates seid und nicht mehr heißblütige Wölfe?!

Wenn wir uns für den großen Krieg mit dem Westen entscheiden, so besteht kein Zweifel an unserem Sieg. Mögen sich uns Männer in den Weg stellen, so viele wollen – wir werden sie töten oder vor uns herjagen wie schreckhafte Rehe.«

Die Herren riefen Beifall.

Der König wiegte den Kopf und fuhr fort: »Eine Sorge aber erfüllt mich: Wenn unsere Kräfte im Westen gebunden sind, wenn wir in der Ferne kämpfen, um unseren Sieg weit über die Grenzen unseres Landes hinauszutragen, könnte sich Widerstand regen unter den Bauern, die wir hier niederhalten. Sie könnten unseren Familien gefährlich werden, während wir fern sind, unfähig, sie zu schützen.

Darum dürfen wir diesen großen Krieg nicht beginnen, ehe wir eine Frage gelöst haben: Was können wir tun, um während eines solchen Krieges hier im Land unsere Herrschaft zu halten und zu festigen?«

Bedenkende Stille.

Einer schlug vor, die Streitmacht zu teilen.

Die Bedächtigeren unter den Herren wiesen dies zurück: Zu wenige, die der Waffen mächtig waren. Wenn das Alte Volk erstmalig ernsthaft Widerstand leistete, so würde man jeden waffengeübten Mann, ob Wolfskrieger oder Herrn, brauchen, um den Sieg über alle zu erringen.

Lang ging die Beratung hin und her, doch führte sie zu keinem Ergebnis.

Lykos saß schweigend und rang mit sich. Seit dem Winter hatte er gewußt, daß der Tag kommen würde, an dem er seine Rede zu halten hatte. Seit dem Winter hatte er Sätze in seinem Kopf hin und her bewegt, hatte mit angespannter Aufmerksamkeit den Gesprächen der weisesten Herren und Priester gelauscht und sie in seine Richtung gelenkt, hatte Gedanken übernommen, geformt und wieder verworfen. War er vorbereitet genug? Sollte er es wagen? Er mußte es. Dies war sein Tag.

Er erhob sich, räusperte sich. »Mein König! Meine Herren! Besondere Zeiten erfordern besondere Maßnahmen. Laßt mich einen Rat einbringen, der die vorgezeichneten Wege verläßt!«

Gespanntes Aufhorchen. Der König nickte Zustimmung.

Jetzt galt es. »Unserer sind wenige, der Bauern aber sind viele. Dennoch beherrschen wir sie. Wir üben Gewalt über sie nach dem glanzvollen Beispiel unserer Götter.

Wie können wir das, wir wenigen über die vielen? Was ist unsere Stärke?

Die Himmlischen sind es und unser Vertrauen in die Kraft, Macht und Gewalt unserer Götter.

Unsere Waffen sind es, unsere Streitäxte vor allem, und unsere Überlegenheit als Kämpfer und Krieger.

Und unsere Erziehung ist es, die Prüfungen, die wir abgelegt haben, die Weihen, die wir empfangen haben, die Wut des göttlichen Kriegers, die in uns lebt, uns Mut gibt und uns unbesiegbar macht!«

Einige spendeten Beifall. Andere murrten. Dergleichen Reden kannte jeder von ihnen von beinahe jedem Fest.

Lykos nickte: »Nun, das ist niemandem von euch etwas Neues. Aber ich frage euch: Warum wenden wir das, was uns geformt hat, das, was uns zu den mächtigen Kriegern gemacht hat, die wir sind, nicht an auf die Söhne der Bauern? Knaben genug gibt es unter ihnen vom rechten Alter, Knaben, die stark und gesund genug wären, um die Ausbildung und die Prüfungen zum Wolfskrieger zu überstehen!«

Nun war das Schweigen atemlos, vom Donner gerührt.

»Fürchtet ihr, es wäre unmöglich?« fragte Lykos. »Fürchtet ihr, ein Knabe, der nicht von frühester Kindheit an im Gehorsam, in der Furcht der Götter und des Vaters und in der Verherrlichung der Waffen erzogen ist, wäre untauglich? Oder er könnte uns, wenn wir ihn ausgebildet hätten, als Mann gefährlich werden, ein Dorn sein in unserem starken Fleisch?«

Einige Herren bestätigten diese Befürchtung. Die meisten aber schwiegen noch immer, gebannt von der Aussicht, die Lykos ihnen eröffnet hatte.

»Auch ich hegte diesen Zweifel«, fuhr Lykos fort. »Darum habe ich einen Versuch gemacht. Ich habe einen Knaben aus einer Bauernfamilie an meinen Hof geholt und zu erziehen begonnen. Wohlgemerkt, es ist ein Knabe aus einer sehr unbotmäßigen Familie, die ich zu strafen Anlaß hatte, die sicher den Keim der Auflehnung in das Kind gepflanzt hat.

Dennoch ist der Versuch so überzeugend gelungen, wie man sich nur wünschen kann. Es war ein leichtes! Nicht nur, ihn das Fürchten und Gehorchen zu lehren, daran hatte ich nie gezweifelt.

Was mich mehr in meiner Meinung bestätigt, ist: Dieser Knabe fürchtet mich nicht nur, nein, er liebt und bewundert mich zugleich, ja, er verehrt mich wie einen Gott. Oder richtiger: Er verehrt in mir die Himmlischen selbst. Er hat längst vergessen, wo er herkommt, kennt nur noch ein Bestreben: mich zufriedenzustellen, mein Lob zu erringen, in meinen Augen etwas zu gelten – zu sein wie ich.

Alles habe ich in ihn pflanzen können: die Begeisterung für die Waffen und für die Pferde, für den Kampf und für die Jagd. Die Verherrlichung der Gewalt, der Herrschaft über Leben und Tod als des Glanzes des Himmels, den wir in Händen halten. Die Anbetung der Götter und die Furcht vor ihnen.

Ich wüßte nichts, was ich in ihn nicht einpflanzen könnte. Noch einige Zeit, und er unterscheidet sich nur noch durch sein jüngeres Lebensalter von meinem Bruder. Ja, ich kann sogar ohne Zögern sagen: Er unterwirft sich mir leidenschaftlicher, als mein Bruder es tut.

Doch wenig ist das, was ich bei diesem Knaben bewirke, im Verhältnis zu dem, was die Ausbildung zum Wolfskrieger noch bewirken könnte!

Bedenkt, wie sehr euch einst diese Ausbildung das Innerste nach außen gekehrt und euch durch und durch verwandelt hat!

Bedenkt, was ihr bei den Prüfungen bis an die äußersten Grenzen des Ertragbaren erlitten habt!

Bedenkt, wie der Geist und die Wut des göttlichen Kriegers über euch kamen!

Wie müssen diese Prüfungen auf ahnungslose Knabenherzen wirken, die noch nichts wissen von der tödlichen Stärke des göttlichen Kriegers!

Die Prüfungen werden diese Knaben um so grausamer treffen, je weniger sie durch die harte Hand eines wissenden Vaters darauf vorbereitet wurden.

Alles, was in ihnen war, werden die Prüfungen ausmerzen wie durch Feuersglut. Und in den so bereiteten Boden werden die Weihen die wahre Lehre pflanzen, und die heilige Wut.

Sie werden sich danach selbst nicht mehr kennen – nur noch die Götter. Sie werden keine Bauernsöhne mehr sein – nur noch Wölfe, blutdurstig, wie jemals Wolfskrieger waren!

Und wer einmal Wolfskrieger geworden ist, ist einer von uns – so gut, als wäre er als Sohn des Himmels geboren!«

»Doch wenn es mit anderen Knaben nicht geht wie mit dem Jungen, von dem du berichtest?« fragte einer der ältesten Herren dazwischen. »Wenn sie sich verweigern, wenn sie schändlich versagen?«

Lykos zuckte die Schultern. »Wer sich weigert, sich auflehnt oder versagt – nun, ich meine, den muß man töten. Weiß jemand ein besseres Erziehungsmittel als Todesangst? Einige Hinrichtungen von abschreckender Grausamkeit, und die anderen Knaben werden ihre Anstrengungen verdoppeln und jeden Gedanken an Auflehnung für immer aus ihren Herzen verbannen!

Ihre Familien aber, wohl wissend, daß wir ihre Söhne in unserer Gewalt haben, werden uns ihre Treueschwüre nur so aufdrängen!

Mit ihren eigenen Söhnen könnten wir das Alte Volk besiegen!

Es muß nicht hier in ihrer eigenen Heimat sein, sie müssen nicht gerade gegen ihre eigenen Familien eingesetzt werden – aber in der Ferne, im Westen.

Als Wölfe, die den Bernsteinbären das Fürchten lehren, dürften sie ebenso gut sein wie unsere eigenen Krieger. Und damit blieben aus unseren Reihen Wolfskrieger genug, die hier im Land jeden Widerstand im Keim erstickten!

Laßt uns die Stärksten und Gesündesten der Bauernsöhne auswählen, vom Alter her etwas jünger als unsere eigenen Knaben, damit sie um so empfänglicher und leichter bildbar sind und um so länger unsere Erziehung genießen können! Laßt uns diese Knaben von ihren Familien trennen und sie in den Wald bringen, ein jeder Herr die Besten aus seinen Dörfern! Laßt uns die Zahl der Meister vervielfachen, die die Wölfe heranziehen!

Einige Jahre nur – und wir wären soweit. Gerüstet für den großen Krieg.

Das, mein König, meine Herren, ist mein Rat, den ich zu bedenken gebe!«

Lykos setzte sich, ballte die Fäuste, um das Zittern zu unterdrücken, das ihn plötzlich ergreifen wollte.

Nun mußte es sich zeigen.

Er machte sich auf einen schweren Kampf gefaßt. Doch es war leicht.

Manche der Herren äußerten Bedenken gegen seinen Vorschlag, andere zeigten sich hellauf begeistert. Beeindruckt waren alle.

Lykos mußte nicht mehr viel reden: Die Befürworter gewannen rasch die Oberhand und führten den Streit für ihn.

Der König hielt sich lange zurück. Als er endlich sprach, gab sein Wort die Stimmung wieder, die sich mehr und mehr herausgebildet hatte: Er erklärte Lykos' Rede als richtungweisend für die Zukunft.

Schließlich wurde Lykos' Vorschlag einhellig gebilligt. Es wurde beschlossen, ihn dem Rat der Priester und Richter zur geistlichen Prüfung vorzutragen. Wenn diese nichts gegen ihn einzuwenden fänden, so sollte die Entscheidung durch ein Orakel herbeigeführt werden.

Lykos hörte ohne Furcht, daß er seine Rede vor den Weisen wiederholen sollte – Daios ins Angesicht. Daios konnte nicht mehr wissen, daß er ihm von diesem Plan gesprochen hatte. Wenn Daios seine eigenen Gedanken ausgesprochen fand, so würde er nur um so mehr diesen Plan unterstützen.

Daios war einer der einflußreichsten unter den Priestern. Der Oberste der Priester aber war vor kurzem Rösos geworden, Morias Vater...

Lykos lächelte. Er lehnte sich zurück, schloß die Augen.

Mit Rösos und Daios als Fürsprechern war kaum daran zu zweifeln, wie die Entscheidung im Rat der Priester und Richter ausfallen würde.

Und was das Orakel betraf, so war es eine Erleichterung, nicht selbst die ganze Last der Verantwortung für diese Entscheidung zu tragen, sondern sie denen anheimzugeben, die alle Geschicke lenkten – den Himmlischen selbst.

Wie immer aber die Entscheidung ausfallen würde, konnte er sich jedenfalls eines Erfolges freuen: Sein Name war in aller Munde. Er war der unbestrittene Sieger des Abends.

Er hatte den ersten und entscheidenden Schritt getan zu seinem heimlichen Ziel.

Spät in der Nacht, längst wurde gefeiert, rief der König ihn neben sich und bot ihm den Ehrenplatz zu seiner Rechten an.

Lykos ließ sich neben dem König nieder – so viel ausgesuchte Ehre für ihn, einen der jüngsten Herren – und erwiderte den Trinkspruch des Königs. Er trank wenig, vorsichtig auf der Hut.

Der König lobte ihn noch einmal für seinen Weitblick. Dann fragte er vertraulich: »Deine Frau – ich erinnere mich, für dich bei Rösos um sie geworben zu haben –, wie bist du mit ihr zufrieden?«

Überrascht sah Lykos den König an. Seit wann waren Frauen ein Gesprächsstoff im Königsrat? »Moria ist eine gute Hausherrin und bereitet mir Ehre«, erwiderte er vorsichtig.

Der König nickte, strich seinen Bart. »Und sie ist die Tochter des eichenkundigen Rösos, des Oberpriesters. Das macht es unmöglich, sie ohne ernste Verfehlung zu verstoßen.«

Lykos schwieg, fassungslos. Was ging hier vor?

»Nun denn!« sagte der König. »So biete ich dir meine Tochter Briseia zur zweiten Frau an! Nicht zur Nebenfrau, wohlgemerkt, sondern zur rechtmäßigen Gemahlin. Aber nur der zweiten, sei's drum!«

Blut schoß ihm in den Kopf. Er starrte den König an.

Dieser fuhr ungerührt fort: »Ich werde sehr genau ein Auge darauf haben, daß du sie in gleichen Ehren hältst wie deine erste. Wenn Briseia sich bei mir über Zurücksetzung durch Moria beklagt, werde ich dich zur Rechenschaft ziehen!«

Noch immer fand Lykos keine Worte.

Der König lächelte spöttisch: »Was ist, Lykos? Zögerst du? Fürchtest du, deine Moria nicht im Zaum halten zu können? Fürchtest du mit zwei rechtmäßigen Frauen nicht fertig zu werden?«

»Wie könnt Ihr das fragen!« brauste er auf. Der Zorn gab ihm die Fassung zurück. »Ich werde dafür zu sorgen wissen, daß Eure Tochter sich über meine erste Frau nicht zu beklagen hat! Ich war nur stumm vor Überraschung. Ich weiß nicht, wie ich solche Ehre verdient habe!«

»Ach nein, weißt du das nicht?« Um die Lippen des Königs zuckte es. »Oder legst du nur Wert darauf, es aus meinem Munde zu hören? Nun denn, Schwiegersohn: Ich kann mir nicht leisten, einen aufstrebenden Mann wie dich gegen mich zu haben! Also binde ich dich an mich. Unwiderruflich.

Oder willst du die Hand meiner Tochter ausschlagen?«

»Wie könnte ich! Mein Schwiegervater, mein König, ich werde Euer treuester Schwiegersohn sein!«

Die Augen des Königs wurden schmal. »Und der ehrgeizigste Anwärter auf meine Nachfolge, nicht wahr, Lykos, das ist es doch?«

Das Abendrot verdunkelte sich. Die Dämmerung löschte alle Farben. Schwarz stand der Wald.

Das Feuer wurde in der Mitte der Lichtung entfacht. Ein letztes Mal kehrten Daire und die beiden anderen Sippenmütter das sandige Erdreich. Mit den Reisigbesen zeichneten sie Wellenlinien in den Boden, den die Frauen des Dorfes hinter dem Schwarzmoor wie jedes Jahr auf den Knien, mit bloßen Händen, von Heide, Gras und aufkeimendem Buschwerk gereinigt hatten, um ihn für die neun Nächte des Frühjahrstanzes vorzubereiten.

Nakis Mund war trocken. Sie faßte nach Leles Hand. »Und wenn *er* davon erfährt?«

Lele zuckte die Schultern. »Er weiß es. Auch Nuerkop hat gewußt, daß wir unsere alten Bräuche feiern, und nichts dagegen unternommen.«

»Aber, aber, wenn er hierherkommt und wenn er mich sieht?«

»Er kommt nicht. Er begeht am Königshof das Frühjahrsfest der Söhne des Himmels.«

»Und wenn ihm jemand sagt, wenn er erfährt, daß ich ...«

»Naki! Hör auf! Begreif doch endlich, daß es ihm gleich ist, was du tust! Nicht ein einziges Mal hat er mehr nach dir gesehen! Er hat dich unterworfen, benutzt und ausgepreßt. Und dann hat er dich weggeworfen. Für ihn gibt es dich nicht mehr. Und das ist deine Rettung!«

Naki schwieg. Jeder Tag bestätigte, daß Lele recht hatte. Wenn sie es nur endlich glauben könnte!

Am Tag gelang es ihr. Wenn sie im Garten die Beete hackte oder Rillen für Erbsen und Bohnen zog, wenn sie Brotteig knetete oder Wolle färbte, wenn sie an den Windeln für ihr ungeborenes Kind webte oder mit Kori spielte – dann konnte sie daran glauben, daß alles vorbei war. Und sogar von einer Zukunft träumen. Einer Zukunft mit ihrem Kind und mit Kori, mit Lele und mit Daire. Und mit Irrkru.

Aber nachts, wenn sie schweißüberströmt aus kurzem Schlaf auffuhr, wenn das Herz gegen die Rippen hämmerte und die Brust zu zersprengen drohte, dann war *er* wieder da.

Und die Angst, von der Decke herab könnten Augen sie beobachten und in den Besen könnten die Geister lauern, die sie im Auftrag von Lykos belauschten.

Daire und die beiden anderen Sippenmütter beendeten das Kehren, lehnten die Reisigbesen an den Stamm einer Eiche.

Schwarz standen die Besen im Dunkel. Naki starrte. Verkrampfte die Finger ineinander.

Es sind bloß Besen.

Aber dann rannte sie los, griff die drei Besen, rannte mit ihnen zum Feuer und warf sie hinein.

»Was tut sie da?!« erregte sich die Nachbarin. »Zerstört die heiligen Linien. Und die Reisigbesen waren doch noch gut!«

Hitze stieg Naki ins Gesicht. Schweigend stellte sie sich wieder neben Lele.

»Laß sie«, sagte Lele müde zur Nachbarin. »Sie konnte nicht anders.« Sie legte Naki den Arm um die Schulter.

Naki biß die Zähne zusammen.

Sie hätte dieser sinnlosen Angst nicht nachgeben dürfen.

Nur harmlose Besen.

»Jetzt rufen wir die Große Bärin«, sagte Lele leise. »Sie wird uns heilen, uns alle. Auch dich und mich.« Ihre Stimme war unendlich traurig.

Etwas in Naki zog sich schmerzhaft zusammen: die arme Lele. Tag für Tag hatte die längst überfällige Geburt von Leles Kind auf sich warten lassen. Als wage es sich nicht auf eine Welt, in der es *ihn* gab. Und dann hatte Lele ihr Kind mit einem Schwall stinkend grünlichen Wassers unter schrecklichen Schmerzen geboren.

Tot.

Lele erholte sich schwer. Sprach nicht darüber. Wie unglücklich mußte sie sein.

Und wie dankbar durfte sie selbst sein, daß ihr Ungeborenes so kräftig in ihrem Bauch strampelte, während Leles schon Tage vor der Geburt kein Lebenszeichen mehr von sich gegeben hatte.

Naki streichelte ihren Bauch. Nicht mehr sehr lang...

Die älteste Sippenmutter schritt zum Feuer, einen Brotkorb mit Mehl in der Hand. Sie verneigte sich und streute eine Handvoll Mehl in das Feuer. Dann blies sie Mehl in alle vier Winde. Daire stimmte das Lied an, mit dem die Große Bärin gerufen wurde. Im weiten Kreis um das Feuer stehend, sangen sie alle das Lied. Danach griff die älteste Sippenmutter nach der Tontrommel und begann sie im raschen, einförmigen Rhythmus zu schlagen.

Naki schloß die Augen, legte den Kopf in den Nacken, rollte die Finger zusammen, als würde sie in jeder Hand ein Ei halten, und legte die Hände auf den Bauch. Bilde mit deinen eingerollten Händen ein Dreieck, in dessen Mittelpunkt dein Bauchnabel ruht, und dann überlaß dich der Trommel, hatte die alte Priesterin gesagt, als sie vor Jahren in der Einweihungszeit Naki in die Anrufung der Großen Bärin eingeführt hatte.

Naki tat alles so, wie sie es gelernt hatte. Dennoch war es heute ganz anders.

Kaum hatte sie die Augen geschlossen, kaum spürte sie den Rhythmus der Trommel, begann sie zu schwanken. Sie schwankte so stark vor und zurück und zu beiden Seiten, daß sie zu fallen fürchtete. Ohne die Augen zu öffnen, ohne das Dreieck ihrer Hände zu lösen, kniete sie schwerfällig nieder, weiter das Gesicht zum Himmel erhoben.

Ramdamdamdamramdamdamdamramdamdamdam ...

Das Schwanken wurde noch stärker, ging über in ein heftiges Schütteln, das jede Faser erfaßte. Eine ungeheure Kraft hatte sich ihres Körpers bemächtigt und stieß ihn hin und her.

Große Bärin, was tust du mit mir –

Die Bärin antwortete nicht, zeigte sich nicht. Doch immer gewaltiger beutelte sie Nakis Körper. Als wolle sie ihn so lange rütteln, bis er zersprang.

Einen Augenblick war die Versuchung da, sich dieser unheimlichen Macht zu entziehen, das magische Dreieck zu lösen, sich Schutz suchend auf den Boden zu werfen. Doch sie widerstand ihr und ließ sich ergeben noch tiefer in das Unfaßliche fallen.

Die Zuckungen ihrer Glieder steigerten sich zu Raserei. Dann plötzlich hörten sie auf.

Ein tiefviolettes Licht leuchtete vor Nakis geschlossenen Augen auf. Und dann erschien sie, die Große Bärin. Riesengroß. Übermächtig.

Naki kniete und sah. Sah die Bärin vor sich und spürte sie doch zugleich hinter sich, sich selbst winzig klein zwischen den mächtigen Beinen der Bärin, die sich hinter ihr niedergelassen hatte, spürte ihren eigenen Kopf zart und zerbrechlich in den furchtbaren Pranken, die sich sanft und schützend von hinten an ihre Schläfen legten. Und dann spürte sie ohne Schmerz, wie die Bärin ihr den Schädel spaltete und ihr eine Flüssigkeit ins Hirn träufelte, die golden glänzte wie die Sonne.

Ein strahlendes, warmes Glück durchflutete Nakis Hirn und ihren ganzen Körper.

Als die Trommel schwieg, sank Naki nach vorn, kniete am Boden, die Stirn ins Erdreich gedrückt. Sie fühlte sich so ruhig, so gelöst und heil wie seit dem Überfall nicht mehr.

Eine Weile blieb sie so knien, dann stand sie langsam auf,

reichte die eine Hand Lele, die andere Daire und tanzte mit ihnen und den anderen Frauen zu der neu einsetzenden Trommel ums Feuer.

Nie wieder würde sie sich vor Besen fürchten.

Und wenn Lykos ins Dorf kommen sollte, eines Tages, irgendwann einmal, so würde sie ihn täuschen. Die von Dämonen Besessene würde sie ihm vorspielen, so daß er sich mit Grausen von ihr wenden mußte. Und wie sie das würde!

Lykos ließ das Pferd in langsamem Schritt gehen. Dort vorne: sein Hof.

Im letzten Sommer noch der Hof seines Vaters.

Bereits jetzt hatte er seinen Vater in den Schatten gestellt! Was hatte der Vater schon Großes erreicht – nur ein Herr unter vielen!

Auf ihn selbst aber würde man noch Lieder singen, wenn der Name des Vaters längst vergessen war.

Der Rat der Weisen hatte auf Vorschlag von Rösos seinen Plan gebilligt. Daios war es gewesen, der mit einer geschliffenen Rede die letzten Bedenken beiseite geschoben hatte. Das Orakel hatte die Zustimmung der Himmlischen verkündet.

Allgemein hieß es: Lykos hat die Richtung gewiesen.

Und nun wurde er auch noch ein Schwiegersohn des Königs.

Lykos lachte.

Briseia, die Braut.

Blutjung war sie, fast kindlich, jünger, als Moria gewesen war. So eilig hatte der König es, ihn an sich zu binden...

Bedauern streifte ihn: Um Moria tat es ihm leid.

Nebenfrauen, das war etwas anderes. Aber eine rechtmäßige zweite Gemahlin, sogar eine Tochter des Königs!

Nicht leicht.

Wie sollte er ihr das beibringen? Und ihr zugleich ein für allemal klarmachen, daß sie Briseia als Gleichrangige zu behandeln, zu ehren und zu lieben habe?

Dieser Hohn in den Augen des Königs: »Fürchtest du, deine Moria nicht im Zaum halten zu können?«

Unwillig stieß er die Fersen in die Flanken des Pferdes, trieb es zum Galopp.

Er preschte in den Hof, sprang vom Pferd.

Fior rannte ihm entgegen, die Backen rot vor Aufregung.

Lykos warf dem Jungen die Zügel zu, »Du striegelst den Hengst, bis sein Fell glänzt wie Kupfer!« und wandte sich zum Haus.

Plötzlich wünschte er sein Anwesen in Unordnung vorzufinden: weiblicher Kram im Herrenraum verstreut, Moria nachlässig gekleidet, das Bier verdorben, kein anständiges Essen gekocht – irgend etwas, das ihm Grund zu scharfem Tadel gab.

Moria konnte nicht ahnen, daß er gerade heute vom Königshof heimkehrte.

Die Tür ging auf. Moria trat heraus, schritt ihm entgegen, einen Becher in der Hand.

Ihr Haar sorgfältig frisiert, ihr ganzer Anblick eine Wohltat.

Erstmals bemerkte Lykos, daß man ihre Schwangerschaft schon sah. Und daß sie noch schöner geworden war: rundlicher, weicher und reifer.

»Lykos, mein geliebter Herr«, sagte sie und lächelte ihm zu, ihre Augen strahlten, »wie schön, daß du nach Hause kommst! Sei mir von Herzen willkommen!«

Sie verneigte sich und reichte ihm den Becher. Das Bier war kühl und gut.

Moria öffnete ihm die Tür in den Herrenraum, trat zur Seite

und ließ ihm den Vortritt. Mit einem Blick erkannte er, daß es hier nichts auszusetzen gab.

»Wünschst du, daß ich dir sofort Essen auftrage?« fragte sie. »Ich habe ein Zicklein mit Schafskäse gefüllt und gebraten, es wird dir schmecken!«

Er umfaßte ihr Kinn. »Du bist wirklich ohne Fehl«, sagte er.

Röte schoß ihr ins Gesicht.

Sehr hübsch sah das aus.

Er küßte sie, nahm sie in die Arme, streichelte ihr Haar, ihren Nacken.

Könnte er ihr ersparen, was er jetzt tun mußte...

Unwillkürlich wurde sein Griff hart.

Sie stöhnte leise, drängte sich an ihn. Er spürte, wie ihr Körper erwachte.

Da vergaß er seinen Vorsatz in der Umarmung mit ihr.

Erst als ihrer beider Atem wieder langsam ging und ihr Kopf an seiner Brust ruhte, erinnerte er sich.

Er mußte es hinter sich bringen, vollständig, sofort.

»Moria«, begann er, »du weißt, ich war zum Frühjahrsfest und den darauf folgenden Beratungen am Königshof. Ich habe großen Erfolg im Königsrat errungen. Ich habe bei der Beratung den Weg in die Zukunft gewiesen. Der König hat mich sehr geehrt und wünscht sich meiner besonderen Treue und Nähe für immer zu versichern.« Er machte eine Pause.

»O Lykos, mein Herr, mein Geliebter«, flüsterte sie, führte seine Hände an ihre Lippen und bedeckte sie mit zärtlichen kleinen Küssen. »Daß ich deine Frau sein darf! Ich bewundere dich so sehr!«

Es wurde immer schwerer.

Er machte sich von ihr frei. »Ich verlange keine Bewunderung von dir«, sagte er schroff. »Ich verlange nur, daß du dich in alles schickst, was ich verfüge, auch, wenn es dir nicht gefällt! Sonst werde ich es dir beibringen, verlaß dich drauf!«

Ein Zittern lief über ihren Körper. Ihre Augen weiteten sich wie bei einem erschreckten Kind. »Aber ja«, beteuerte sie und schmiegte sich wieder dichter an ihn.

Er schob sie zurück und stand auf, ordnete seine Kleider. Auch Moria richtete sich auf. Sie kauerte jetzt auf dem Lager und forschte in seinem Gesicht.

Lykos blieb vor ihr stehen, sah auf sie herab. »Ich nehme dich beim Wort! Also höre: Der König wünscht mich als seinen Schwiegersohn. Es geht nicht gegen dich, Moria. Du bist eine gute Frau, und du wirst meine hochgeehrte rechtmäßige Gemahlin bleiben. Aber ich werde eine zweite rechtmäßige Gemahlin nehmen. Briseia, die Tochter des Königs.«

Sie gab keinen Laut von sich. Ihm schien, sie hörte sogar auf zu atmen. Starrte ihn stumm an.

Jetzt würde es geschehen. Gleich würde sie weinen, schluchzen, betteln, ihn anflehen, ihn fragen, ob sie ihm Grund gegeben habe, ihr das anzutun – kurz, sie würde weibische Gefühlsausbrüche über ihn ergießen.

Alles in ihm verhärtete sich in Abwehr.

So nicht!

»Damit du mich recht verstehst«, fuhr er fort und zog mit seiner herrisch kalten Stimme einen Graben zwischen sich und sie, »du wirst Briseia liebevoll und schwesterlich empfangen! Du wirst Briseia gleichberechtigt neben dir bestehen lassen! Du wirst mit ihr die Aufgaben und die Ehren der Hausherrin teilen!

Wage nicht, sie wie eine Nebenfrau oder eine Magd zu behandeln und ihr Befehle zu geben! Wage nicht, sie zu benachteiligen! Wage nicht, auch nur einmal unfreundlich zu ihr zu sein!

Wenn du sie Ablehnung spüren läßt oder gar Krieg mit ihr

anfängst, so wirst du es mit mir zu tun bekommen! Ist das klar?«

Moria, noch immer mit diesem verstörten Ausdruck im Gesicht, wich vor ihm zurück, drückte sich an die Wand, gab keinen Laut von sich.

»Ist das klar?« wiederholte er noch schärfer.

Sie nickte. »Ja. Das ist klar. Sehr klar«, flüsterte sie fast tonlos. Dann schob sie sich an der Wand entlang vom Lager herunter, an der Wand entlang zur Tür, das bleiche Gesicht noch immer ihm zugewandt, drehte sich um und stürzte hinaus.

»Trink, Schwager, trink!« Hairox schenkte den Becher mit Bier randvoll, trank Lykos zu. »Du brauchst dir keinen Zwang anzutun, ich habe die Weiber ins Haus geschickt, wir sind ganz allein!«

Lykos rückte näher ans Feuer. Weitab vom Hof hatte Hairox es entzündet, nur für sie zwei. Die Nacht war kalt, der Wind fegte über die Wiese und ließ die Flammen lodern und die Funken sprühen.

»Fast wie früher, unter Wölfen«, sagte Lykos.

»Fast wie früher«, bestätigte Hairox. »Lang liegt es bei mir zurück. Aber das Leben im Wald – das vergißt man nie.«

»Die heiligen Wolfsriten, die Jagd, der Kampf – und wenn einem danach war, ein hübsches Bauernmädchen –, das war das ganze Leben. So einfach, stark und wild.«

»Keine langwierigen Beratungen und keine politischen Reden – sondern die Streitaxt sprechen lassen, den Pfeil und den Speer! Nicht sich um die Herden kümmern, sondern im Nachbarland Viehherden rauben!«

Lykos nickte. »Und nicht sich täglich Rechenschaft ablegen, ob man alles getan hat, die Herrschaft zu festigen und seine Bauern und seine Hausgemeinschaft in der rechten Ehrfurcht zu halten – und doch zugleich Sorge für ihr Wohl zu tragen. Sondern einfach dreinschlagen, wo's not tut!«

Hairox grinste. »Was für Töne von dem vorausblickenden Berater des Königs, von seinem angehenden Schwiegersohn! Man könnte meinen, es reut dich, daß deine Hausgemeinschaft demnächst um eine zweite Gemahlin bereichert wird! Fürchtest du den Unfrieden, den das bringen wird, den Widerstand deiner Moria?«

»Fürchten?« fuhr Lykos auf. »Wenn du nicht mein Schwager wärst! Die Frau muß erst geboren werden, vor der ich mich fürchte! Und was Moria betrifft, so wird sie sich schwer hüten, Unfrieden zu stiften.«

Hairox lachte, schenkte schon wieder Bier nach. »Ist ja gut, Schwager, ist ja gut! Mir brauchst du nichts vorzumachen. Ich bin schon länger mit einer Rösostochter verheiratet als du, ich weiß, daß sie Haare auf den Zähnen haben!«

»Was soll das?« Lykos setzte den Becher ab. »Was redest du? Moria ist sanft und fügt sich in alles, wie es sich gehört!«

»Tatsächlich? Das sollte mich wundern! Was Cythia betrifft, so ist sie so sanft wie eine Wildkatze und so fügsam wie ein ungebändigter Hengst.«

Lykos glotzte den Schwager an. »Und das gibst du – das läßt du zu?«

Dieser zuckte die Achseln. »Solange sie den Anstand wahrt und meine Ehre mehrt. Solange sie den Haushalt ordentlich führt. Solange sie meine Herrschaft nicht untergräbt. Was ich brauche, das hole ich mir bei anderen als bei ihr.

Mach's genauso, laß es dir von deinem alten Schwager gesagt sein, junger Herr! Und wenn deine Moria jetzt schmollt und dich nicht mehr ranlassen will, dann mach dir nichts draus! Laß sie schmollen, bis sie schwarz wird, und tröste dich bei einer Nebenfrau!«

Lykos schoß das Blut in den Kopf. »Wie kommst du darauf, daß sie ...« Er brach ab.

Hairox trank und lachte. »Ich habe doch Augen!«

So war das also. Man wußte es schon. Man sprach schon darüber. Man lachte über ihn!

Wie hatte er es so weit kommen lassen können!

Alles nur, weil er tief im Inneren – so verborgen, daß es ihm erst jetzt recht bewußt wurde – das Gefühl gehabt hatte, daß Moria im Recht sei, wenn sie gekränkt sei. Daß es nur beweise, wie sehr sie ihn liebe. Und daß er ihr Zeit lassen müsse.

War es eine unzulässige Schwäche, so zu empfinden?

Einmal schon hatte er gewähnt, mit Güte weiterzukommen als mit Härte. Und es hätte ihm beinahe die Herrschaft gekostet.

Machte er jetzt mit Moria den gleichen Fehler wie damals mit Naki?

Aber es war ja nicht so, daß Moria ihm den Gehorsam gekündigt hätte – dann wäre er schon eingeschritten! Doch sie hielt weiter vorbildlich Haus und Hof in Ordnung, bereitete hervorragende Gastmähler, bediente ihn wie gewohnt, führte jeden Auftrag aus.

Doch sie sah ihn nicht mehr an, lächelte ihm nicht mehr zu.

Und nachts drehte sie sich schweigend zur Wand, und wenn er sie berühren wollte, dann war sie kalt und starr oder stellte sich schlafend.

Und Hairox wußte es!

Diese Schande.

»Na komm, trink dir Mut an, ehe du nach Hause reitest!« lachte Hairox und drückte Lykos den Becher in die Hand.

Lykos schüttete das Bier in sich hinein, hielt den Becher hin, ließ nachschenken, trank weiter.

»Du, du hast doch zu niemandem etwas davon ...«, begann er mit schwerer Zunge. Das Blut pochte in seinen Schläfen.

»Mach dich nicht lächerlich«, erwiderte Hairox unwirsch. »Übrigens – hast du nicht eine Nebenfrau?«

Nakis Gesicht unter dem strähnigen Haar starr, der Blick leer.

Sie saß auf der Bank und spann. Ruhelos zupften ihre Finger den Flachs, wirbelten die Spindel in rasender Fahrt, drillten den Faden.

Eintönig wippte sie mit dem Oberkörper vor und zurück –

»Nein, ich hab' keine Nebenfrau!« schrie Lykos auf, langte nach dem Becher und leerte ihn.

Ruhiger fügte er nach einer Weile hinzu: »Entschuldige, Hairox. Ich hatte eine Sklavin aus dem Alten Volk. Aber ein Dämon ist in sie gefahren. Inzwischen verstehe ich nicht mehr, was ich einmal an ihr gefunden habe. Warum ich so wild nach ihr war.

Ich habe sie nicht mehr angerührt, und ich werde sie auch nicht mehr anrühren. Ich will nicht, daß ihr Dämon auch noch mich befällt!«

»Tja, dann«, meinte Hairox und sprach nicht weiter.

Sie tranken, lang und schweigend.

»Weiber«, lallte Hairox schließlich und rülpste, »Weiber! Also, wenn dir heute nacht danach ist, du bist mein Schwager, bleib bei mir, du kannst eine meiner Mägde ...«

»Das fehlte gerade noch!« brüllte Lykos und sprang auf. Er schwankte, griff Halt suchend um sich. Das Blut schien die Adern auf seiner Stirn sprengen zu wollen. »Ich reite jetzt heim!«

»Recht so, Schwager! Zeig's ihr!« Hairox' trunkene Stimme war kaum mehr zu verstehen.

Schwankend gingen sie über die Wiese zum Hof und riefen nach dem Pferdeknecht.

Lykos ritt. Der kalte Wind ernüchterte ihn. Aber er kühlte nicht seinen Zorn. Es tat gut, ihn wieder einmal zu spüren, übermächtig und wild, diesen Zorn, der alle Bedenken beiseite fegte.

Fior hatte auf ihn gewartet und war zur Stelle, ehe er im Hof vom Pferd gestiegen war.

Lykos ging mit raschen Schritten zum Wohnhaus – kein Schwanken mehr –, stieß die Tür auf und entzündete eine Fackel an der Glut.

Moria lag zur Wand gedreht auf dem Bett und rührte sich nicht.

Er riß ihr die Decke weg, war über ihr, faßte sie an den Armen, drehte sie herum.

»Laß mich«, murmelte sie, ohne die Augen zu öffnen.

Da schlug er ihr mit dem Handrücken auf den Mund.

Sie schrie, starrte ihn aus aufgerissenen Augen an, ihre Lippen waren aufgesprungen, Blut sickerte hervor.

Blut – die Wut des Wolfes – der Rausch –

Als er wieder zu sich kam, lag sie weinend in seinen Armen, ihre Tränen netzten die Narben auf seiner Brust.

Sie war so schmal, so zerbrechlich. Und auch noch schwanger.

Er hatte sich geschworen, ihr nie so etwas anzutun, nie.

Und nun –

Entsetzen erfaßte ihn vor dem, was geschehen war, vor dem, was sie nun empfinden mochte, vor sich selbst.

Er suchte nach Worten und fand sie nicht.

Sie drückte sich an ihn, wimmerte leise.

Es war, als suche sie Schutz bei ihm – vor ihm!

Zögernd hob er die Hand, um ihre Schulter zu berühren, wagte es nicht, verharrte mitten in der Bewegung.

Da begann sie zu sprechen, unter Schluchzen zu stammeln: »Verzeih mir, Lykos, bitte verzeih, ich wußte nicht, was ich tat, ich war so unglücklich, ich, ich wollte dich doch ganz für mich, ich liebe dich doch so sehr, aber bitte, bitte, ich füge mich in alles, es tut mir leid, so leid...«

Sie küßte seine Narben mit ihren geschwollenen Lippen.

Er traute seinen Sinnen nicht.

Sie begann ihn zu streicheln, zu umschmeicheln. »Verzeihst du mir?« bettelte sie.

»Aber ja«, murmelte er hilflos.

Das verstehe, wer will!

Lykos wachte auf. Es war noch dunkel, nicht der geringste Schein drang durch die Giebelöffnung.

Morias Kopf drückte auf seine Schulter. Vorsichtig zog er seinen Arm unter ihr hervor.

Er lächelte: Es tat gut, sie ganz wiederzuhaben.

Sie war jedenfalls wieder die alte. Und er – nun, er würde nicht noch einmal den Fehler machen, sich durch allzu viel Rücksichtnahme die Macht über sie entgleiten zu lassen. Er hatte aus dem Vorfall gelernt und die Zügel straffer gezogen.

Er verscheuchte den Gedanken an Moria: Es gab Wichtigeres zu bedenken. Seine Aufgabe im Dorf, noch vor Sonnenaufgang.

Dort würde er seine Sinne beisammen brauchen und nicht das leiseste Zeichen von Schwäche durfte ihm unterlaufen...

Er schlief wieder ein.

Naki kniete im Schnee. Ein irres Licht tanzte in ihren Augen. Sie lachte.

Er schlug ihr ins Gesicht.

Sie lachte.

Er schlug sie wieder.

Ihr Lachen wurde immer lauter.

Auf einmal waren Menschen da, viele Menschen, die Bäuerinnen und Bauern, Hairox und Daios, Rösos und der König, Moria, Temos und Fior.

Und sie alle lachten.

Lykos fuhr in die Höhe. Hart schlug sein Herz. Er warf die Felldecke zurück und stand auf.

Er verließ das Haus, stand im ersten morgendlichen Zwielicht im Hof und zwang sich zu einem prüfenden Blick. Doch plötzlich sah er Naki vor sich, ihr flachsblondes Haar ...

Und da war es wieder, dieses unbestimmte Gefühl von Verlust.

Unwillig schüttelte er den Kopf.

Er hatte geschworen, sie nicht mehr anzurühren.

Trüge sie nicht sein Kind, er würde sie davonjagen.

Aber der Gedanke, es könnte ein Sohn sein, den er damit verlöre –

Er straffte die Schultern, ermahnte sich selbst zur Tatkraft.

»Temos! Fior!« rief er laut.

Die beiden Jungen rannten herbei, rieben sich noch den Schlaf aus den Augen.

»Bringt mir meinen Hengst! Ihr kommt mit mir!«

Rechtzeitig vor Sonnenaufgang ritt er aus dem Hof, befahl den Jungen, hinter ihm herzulaufen. Er ließ das Pferd in raschen Trab fallen, warf hin und wieder einen kurzen Blick über die Schulter zurück.

Die Knaben quälten sich sichtlich, mit ihm Schritt zu halten, vor allem der jüngere Fior. Verächtlich verzog Lykos den Mund: Bald, bei den Prüfungen, würden sie ganz anderes zu leisten haben!

Am Schwarzmoor stieg er vom Pferd, führte es selbst am Zügel durch das Moor, sorgfältig den Weg beobachtend.

Hinter dem Moor stieg er wieder auf und ritt zum Dorf.

Er befahl den Jungen von Hof zu Hof zu rennen und die Dorfbewohner zu verständigen, daß sie sich sofort auf der Wiese einzufinden hätten, alle, selbst die Kranken, vom hinfälligsten Greis bis zum neugeborenen Säugling.

Auf dem Pferd sitzend wartete er, bis sich alle versammelt hatten, und hieß sie sich in einer einzigen langen Reihe aufstellen.

Langsam ritt er die Linie entlang, sah von oben herab jeden Bauer, jede Bäuerin und jedes Kind lange und streng an, wohlüberlegte Vorführung seiner Herrschaft.

Ein Kind weinte. Rasch legte die Mutter ihm die Hand auf den Mund. Dann war es wieder still. Noch immer war kein Wort gesprochen.

Am Ende der Reihe verharrte er bei Naki. Sie trug ihr Kleid verkehrt herum. Unförmig hing es über ihrem hochschwangeren Leib.

Naki blickte nicht auf, hielt den Kopf gesenkt, die nach vorne fallenden ungekämmten Haare verbargen das Gesicht, die leeren Hände machten ruhe- und sinnlos die Bewegungen des Spinnens, zwirbelten den unsichtbaren Faden, wickelten ihn auf die unsichtbare Spindel.

Eintönig wippte sie vor und zurück, vor und zurück.

Mit dem Treibstachel hob er ihr Kinn, prüfte sich selbst mit einem langen Blick in ihr schmutziges, stumpfes Gesicht, ihre leeren Augen, die blicklos durch ihn hindurchstarrten.

Sie brabbelte etwas, zeigte ihm ihre unruhigen Hände, als halte sie darin eine Kostbarkeit, und verzog den Mund zu einem einfältigen Grinsen.

Da ließ er angewidert von ihr ab, wendete das Pferd und ritt langsam die Reihe zurück. Nun zeigte er mit dem Treibstachel auf Jungen etwa in Fiors Alter, auf kräftige, gesund und widerstandsfähig aussehende Jungen: »Du, du, du und du! Tretet vor!« Zögernd befolgten sie seinen Befehl, Angst in den Augen.

Das Schweigen der Erwachsenen änderte sich, knisterte vor Feindseligkeit.

Er legte die Hand an die Streitaxt, spürte, wie die Kraft ihn durchpulste.

Nicht mehr lang, und die Wolfskrieger würden dasein, die er für den Augenblick nach Sonnenaufgang hierher ins Dorf bestellt hatte.

Aber noch war er allein gegen sie alle.

Er lächelte. Dann begann er zu sprechen, langsam, leise. Mit voller Absicht trieb er durch die scheinbare Freundlichkeit seiner Stimme die Härte seiner Worte auf den Gipfel:

»Ist einer unter euch, den ich erst erinnern muß, was er mir schuldet?

Ist einer unter euch, dem ich ins Gedächtnis rufen muß, was die Wolfskrieger mit diesem Dorf und allen seinen Menschen anfangen werden, wenn auch nur einer von euch mir Widerstand leistet?

Daß sie jeden hier töten werden, wenn ich von einem Ritt in euer Dorf nicht zurückkehren oder eines unerklärlichen Todes sterben sollte?«

Er machte eine Pause, ließ seinen Blick über alle schweifen, sah in jedes Auge so lange, bis es sich senkte.

»Nein?

Nun, dann will ich gleich zum Wesentlichen kommen!

Ich habe im Winter aus eurer Mitte Fior zu mir genommen. Das wißt ihr. Ich habe ihn zu einem anständigen Jungen erzogen, der mir treu ergeben ist. Das seht ihr. Was ihr nicht wißt: Ich habe Großes mit ihm vor. Und nicht nur mit ihm. Mit jedem der Jungen, die hier vorgetreten sind!

Fior, berichte deinen Freunden, was du an meinem Hof gelernt hast!«

»Ja, Herr!« Fior, rote Flecken im Gesicht, machte einen Schritt nach vorn. »Ich habe reiten gelernt und die Pferde versorgen. Ich habe besser Bogenschießen gelernt, und mit der Steinschleuder eine Maus zu treffen. Ich habe rennen geübt. Ich habe viel über die Himmlischen gelernt, und wie man sie richtig verehrt, und Lieder und Geschichten und auf vornehme Art essen.« Er stockte, sah Lykos unsicher an.

»Und vor allem hast du gehorchen gelernt«, sagte Lykos sanft.

Die Röte im Gesicht des Jungen vertiefte sich. »Ja, Herr. Ich habe gehorchen gelernt«, bestätigte er leise.

»Gut!« Freundlich lächelte Lykos dem Jungen zu. »Doch warum das alles, Fior, kannst du das auch sagen?«

Fior schaute ratlos. »Ihr wolltet es so, Herr«, sagte er und lächelte zögernd.

»Ja, ich wollte es. Ich habe dich aus der Enge und Dumpfheit dieses Dorfes ans Licht geholt. Ich habe dich erhöht.

Du sollst mir ein Bruder werden und dem König ein Gefolgsmann. Doch nicht nur du.

Mit dir deine Freunde hier.

Denn das ist es, wozu ich dich und sie auserwählt habe: Ihr alle sollt Wolfskrieger werden, Wolfskrieger wie die edelsten Knaben der Söhne des Himmels!«

»Niemals! Niemals!« Der schrille Schrei einer Frau, in den andere Stimmen einfielen, die wütenden Einspruch brüllten, sich steigerten – und abbrachen in atemlosem Entsetzen.

Denn wie vom Himmel gefallen, waren plötzlich die Wolfskrieger da.

Wolfskrieger standen hinter den Jungen und legten ihnen die Linke auf die Schulter, während die Rechte die Streitaxt umspielte.

Wolfskrieger richteten Pfeil und Speer auf die Erwachsenen und die anderen Kinder.

»Einige von euch scheinen noch nicht begriffen zu haben, welche Gnade euch zuteil wird!« sprach Lykos. »Eure Söhne werden unseresgleichen sein, in ihnen werdet ihr euch mit uns verbinden. Ihr solltet vor Dankbarkeit auf die Knie fallen!«

Plötzlich schrie er in scharfem Ton: »Auf die Knie, habe ich gesagt!«

Einige Bäuerinnen, Bauern und Kinder fielen sofort auf die Knie, andere mußten von den Wolfskriegern mit dem Speerschaft dazu ermuntert werden.

Lykos schrie weiter: »Wagt nicht, noch ein Wort des Widerspruchs zu sagen!

Wir nehmen jetzt eure Söhne mit und machen Wolfskrieger aus ihnen.«

Er schwieg. Kinder und Frauen weinten leise. Ungerührt sangen die Vögel. Sonst war es furchtbar still.

Lykos wußte: Er hatte sie dort, wo er sie haben wollte. Nun mußte er nur noch ein Letztes tun.

Leise und kalt fuhr er fort: »Wenn ihr euch auflehnt, so werden wir die Knaben unter Qualen töten, von denen ihr in euren schlimmsten Alpträumen nichts ahnt, und euch die gemarterten Körper vor die Türen werfen. Das Grauen werden wir euch lehren an den Leichen eurer Söhne.

Also seht euch vor! Ich warne euch: Seht euch vor!«

Damit gab er den Wolfskriegern mit dem Kopf ein Zeichen, ihm mit den Jungen zu folgen, und wendete sein Pferd.

14

Der Atem der Göttin erfüllte das Feld. Es knisterte und wisperte in den goldenen Ähren. Brütend stand die Hitze über dem Weizen, preßte die letzte Reife in das Korn.

Unterschiedslos schüttete die Göttin Ihr Füllhorn aus über Gläubige und Ungläubige. Dieses Jahr hielten Regen und Sonne endlich wieder das rechte Maß.

Naki hielt mit einer Hand das Köpfchen des kleinen Wirrkon im Brusttuch, blies leicht in den Flaum seiner dunklen Haare. Mit der anderen strich sie im Gehen über die Ähren.

Sie kauerte im Schatten des Baumes neben dem Kornfeld nieder, befreite den Boden von Gras und Kräutern und legte den kleinen Wirrkon auf das bloße Erdreich. Sie raffte eine Handvoll Krume und ließ sie auf Wirrkons nackten Bauch rieseln.

»Fühlst du die Erde? Sie ist deine Mutter, mehr noch als ich.«

Er lachte, strampelte mit den Beinchen, reckte ihr die Ärmchen entgegen.

Wieder griff sie in die Krume, stockte. Klein, ausgebleicht und vollkommen in seiner zerbrechlichen Schönheit lag dicht neben ihrem Kind ein Schneckenhäuschen. – Wie ein Geschenk.

Vorsichtig hob sie es auf, hielt es auf der ausgestreckten

Hand, pustete den Sand aus der Öffnung. Dann umfaßte sie Wirrkons kleine Hand, nahm seinen Zeigefinger – wie vollkommen er war mit diesem winzigen Fingernagel – und fuhr leicht mit seiner Spitze die Windungen des Gehäuses nach.

Wirrkon war ganz still, schaute ihr mit großen dunklen Augen ins Gesicht.

»Fühlst du es?« fragte sie leise. »Fühlst du das Geheimnis der Schnecke? Wie sie sich zur Spirale dreht? Wie sie sich windet wie die heilige Schlange, die sich einrollt?

Sie gehört dir. Die Erde hat sie dir geschenkt.

Sie erzählt eine Geschichte, weißt du. Viele Geschichten. Aber die eine, die will ich dir jetzt erzählen.

In den alten Zeiten, als die Menschen wie die Tiere von den Gaben der Großen Göttin lebten, als sie die Früchte aßen, die sie fanden, und die Tiere jagten, welche Erde, Luft und Wasser bevölkerten, da wußten sie nicht um das Geheimnis des Korns und kannten nicht die Sättigung des Brotes. Kinder waren sie, die lachend nahmen, was ihnen gegeben wurde, und nicht für den nächsten Tag sorgten.

Doch die Früchte reichten nicht länger für alle Menschen, und die Tiere flohen in die Tiefen des Waldes und des Meeres. Hunger quälte die Menschen, und viele starben.

Da riefen sie ohne Unterlaß ihre Große Mutter an.

Neun mal neun Frauen tanzten neun Tage und neun Nächte den Weg in den Tod. Wie der Gang eines Schneckenhauses wand sich ihr Tanz zu einer neunfachen Spirale. In deren Mittelpunkt aber tat sich unter ihren stampfenden Füßen die Erde auf. Je länger sie tanzten, um so tiefer wurde die Grube.

Am Abend des neunten Tages geschah es, daß eine Jungfrau mit goldfarbenem Haar, goldfarbener Haut und goldfarbenem Gewand unter ihnen erschien, und sie erkannten sie nicht.

Die goldene Jungfrau tanzte mit ihnen, und sie zogen sie in die Mitte. Da stürzte die goldene Jungfrau in die Grube.

Und die neun mal neun Frauen bückten sich und hoben mit ihren Händen Erde auf und warfen sie auf die Jungfrau in der Grube. Und die Erde bedeckte die Jungfrau und begrub sie unter sich, so daß sie des Todes starb.

Und die Frauen weinten vor Entsetzen über diese furchtbare Tat und diesen furchtbaren Tod. Viele Monde trauerten sie um die goldene Jungfrau.

Dann aber öffneten sie die Grube und fanden deren fahle Gebeine und holten sie empor und zerstückelten sie. Und sie nahmen den Schädel und die gebrochenen Knochen der goldenen Jungfrau, verstreuten sie über den Boden und bedeckten sie mit Erde.

Und siehe, da erstand die goldene Jungfrau neu aus ihrem Schädel. Aus ihren Knochen aber wuchsen goldene Ähren.

Und die goldene Jungfrau lehrte die Menschen, das Korn der Ähren zu sammeln und zu mahlen, Brot aus ihm zu backen und Brei aus ihm zu kochen. Und sie lehrte sie, etwas von dem Korn in der Erde zu begraben, wie sie ihre Gebeine begraben hatten, auf daß neue Ähren aus ihnen wüchsen.

Dann kehrte die goldene Jungfrau zurück in die Arme ihrer Mutter. Doch diese war niemand anderes als die Große Göttin selbst.

Von diesem Tag an hatte die Not ein Ende, und die Frauen schnitten die Ähren und mahlten das Getreide, buken das Brot und kochten den Brei, säten das Korn und hegten die Halme. Und der Segen der Großen Göttin war mit ihnen.

Verstehst du, Wirrkon?«

Der Kleine lachte, strampelte.

Da lachte Naki auch, hob ihn auf, drückte ihn an sich. »Ach du! Deine Mutter erzählt dir Geschichten, als wärst du schon ein großer Junge!

Mir hat sie meine Mutter erzählt, daheim.«

Sie griff nach einem Halm vom Emmerfeld, bog ihn herab, kitzelte mit den Grannen Wirrkons Wange.

Er griff danach, lachte noch lauter.

»Es ist bald reif, das Korn. Dann werden wir es schneiden. Und dann dreschen und worfeln und darren und stoßen und wieder worfeln...«

Schwärze um sie.

Sie stürzte und stürzte, ein Abgrund ohne Ende.

Plötzlich waren da Messer, scharfe Steinklingen, die in ihr Fleisch schnitten.

Sie öffnete den Mund, preßte Luft aus ihren Lungen, spannte die Kehle zum Schrei.

Doch kein Laut kam über ihre Lippen.

Tiefer und tiefer schnitten die Messer, schnitten äonenlang –

Ein schwerer Prügel traf sie, schlug ohne Unterlaß auf sie ein, auf ihren Kopf, ihre Arme, ihren Rücken, ihre Beine, ihren Leib, schlug ihr das zerschnittene Fleisch von den Knochen. In blutleeren Fetzen fiel es von ihr ab –

Sie wurde in die Luft geworfen. Gespenstisch klapperten ihre Knochen. Letzte Fleischreste rieselten herab, Haare, Haut und Sehnen. Sie stürzte auf hartes Geflecht, wurde wieder emporgeschleudert, hin und her, auf und nieder, rasender Schwindel, der Aufprall –

Glühende Hitze um sie. Bewegungslos lag sie auf sengendem Stein, unfähig, sich zu rühren. Durst quälte sie. Glut brannte sie. Keine Rettung. Sie sah, wie ihre blanken Knochen vertrockneten, verblichen –

Geschleudert in ein finsteres Loch. Ein Pfahl stieß auf sie hernieder, hob sich, stieß zu, hob sich, stieß zu, hob sich –

Zerschmettert ihre Knochen, zermahlen –

Und wieder emporgeworfen. Schwerelos schwebte sie im

Wind, rieselte sanft herab, ein Regen aus zahllosen Knochensplittern, klein wie Körner.

Sie fiel auf die Erde.

Weich war die Erde, feucht und kühl.

Sie spürte Linderung, und ihre Wunden heilten.

Dunkel und still wurde es um sie. Unaussprechliche Ruhe erfüllte sie. Frieden.

Da, mit einem Mal, spürte sie die Kraft. Die Kraft, die einen Baum aus einer Eichel wachsen läßt, eine Blume aus einem Samen, Halme aus einem Korn –

Naki starrte. Erst das Weinen von Wirrkon brachte sie zurück.

Sie drückte ihn an sich, wiegte ihn, küßte sein Gesicht. »Nicht, Wirrkon, nicht weinen! Es ist gut, alles gut.«

Manchmal kamen sie über sie, diese – ja, was? Welchen Namen sollte sie dem Unbegreiflichen geben?

Manchmal verstand sie, was sie sah.

Öfter verstand sie es nicht.

Wenn sie die alte Priesterin fragen könnte.

Oder Zirrkan. Zirrkan könnte ihr das alles erklären. Vielleicht wäre das nicht einmal nötig, in seiner Gegenwart. Allein wenn er zuhörte, klärten sich viele Dinge von selbst ...

Wirrkon weinte lauter.

Sie lehnte den Rücken an den Baumstamm, öffnete ihren Kittel und nahm Wirrkon an die Brust.

Sofort begann er zu trinken.

Sie streichelte sein Köpfchen, freute sich über die Berührung seiner weichen Haare.

Daß er in ihrem Körper gewachsen war. Und daß ihr Körper alles hatte, was der kleine Wirrkon brauchte zum Leben ...

Als er satt war, fielen seine Augen zu. Seine Lippen öffneten sich, gaben halb die Brustwarze frei. Schwer und schlaff hing er in ihrem Arm.

Sie wartete noch ein wenig, dann legte sie ihn vorsichtig ins schattige Gras, schloß ihren Kittel und griff nach dem mitgebrachten Korb mit den Erbsenschoten.

Ihre Finger pellten die Samen aus den Hülsen. Ihre Augen glitten über das sanft wogende Kornfeld, verloren sich im Labyrinth der Halme.

Die Mücken summten. Das Korn knisterte.

Es war so heiß. Die Luft gesättigt von der Sonne.

Schläfrig ließ sie ihren Kopf gegen den Baumstamm sinken.

Dämmriges Licht drang gedämpft durch das grüne Laubdach. Sie ging durch den Tunnel aus dichten Zweigen.

Wände aus undurchdringlichem Grün gaben nur einen schmalen Gang frei. Sie folgte ihm. Er öffnete sich zu einem kleinen Platz. Rechts, links, vor ihr: Überall bogen neue Gänge ab, aus dichtem Grün gewoben wie der erste. Sie zögerte.

Sie wußte, sie mußte den Weg finden.

Sie bog nach rechts. Der Weg führte um eine Kurve, mündete in eine neue Kreuzung.

Das Laubdach über ihr, die Laubwände neben ihr, Wege, Gabelungen, Biegungen, Plätze.

Sie verlor jeden Sinn für die Richtung, für die Zeit.

Weiter, immer weiter.

Rechts, links, geradeaus.

Im Kreis.

War sie nicht hier schon gewesen?

Eins wie das andere.

Sie kehrte um, zweifelte, irrte hin und her.

Kein Ausweg.

Sie lief.

Sie hörte ein Lachen. Überall war es. Neben ihr, hinter ihr, über ihr.

Sie suchte die Quelle des Lachens und fand sie nicht.

Da: ein warmes Schnauben.

Sie drehte sich um.

Da sah sie ihn. Den Stiergestaltigen.

Weiß lockte sich das Stirnhaar zwischen den gewaltigen Hörnern. Aus seinen Augen sprühte unbändige Kraft.

»Naki, bist du eingeschlafen?«

Naki schreckte auf. Lele stand vor ihr, lachte, ließ sich neben ihr nieder.

»Ich wollte dir Nachschub bringen«, sagte Lele und stellte einen Korb Erbsenschoten ab. Mit einem Blick auf Nakis noch halb gefüllten Korb fügte sie hinzu: »Aber das war wohl nicht nötig.«

»Tut mir leid. Ich bin heute ziemlich langsam!«

Lele zuckte die Schultern. »Das macht die Hitze.« Doch ihr Blick war besorgt.

Lele ließ sich neben Naki nieder, forschte in ihrem Gesicht. »Wie geht es dir, Naki? Ist alles in Ordnung?«

Naki lachte. »Aber ja doch, ja!«

Lele sah erleichtert aus. »Einen guten Platz hast du dir hier ausgesucht«, meinte sie dann. »Schattig und schön. Und der Weg so weit zu überblicken.«

Naki streifte Lele mit einem kurzen Seitenblick. Was steckte hinter dieser Bemerkung? Wußte sie etwa ...

Doch Lele hatte sich vorgebeugt und schaute dem Baby in das schlafende Gesicht.

Arme Lele. Es mußte schwer für sie sein, den kleinen Wirrkon aufwachsen zu sehen.

Naki berührte Lele am Arm. »Die Göttin schenkt dir auch wieder ein Kind«, sagte sie leise. »Wenn du endlich einen Mann nimmst.«

Lele richtete sich steil auf. »Ich will keinen Mann!«

»Aber dieser Zitu, er ist dir doch schon lang versprochen, und er ist sehr freundlich, finde ich, und so lieb zu dir.«

»Jetzt auch noch du!« erwiderte Lele heftig. »Müßt ihr mir denn alle damit in den Ohren liegen!«

»Entschuldige«, murmelte Naki. »Tut mir leid. Ich wollte dich nicht –«

»Schon gut!« Lele griff in den Korb mit den Erbsenschoten. Ungeduldig brach sie die Schoten auf und pulte die Erbsen heraus. »Irrkru müßte heute zurückkommen. Ich bin gespannt, ob sich sein Weg gelohnt hat. Ob er Neues über den Bernsteinbären erfahren hat!«

»Ich dachte, er wollte ein Feuersteinbeil einhandeln!«

Lele seufzte. »Das auch.«

Sie arbeiteten. Naki blickte hin und wieder wie zufällig über das Weizenfeld zum Weg hinüber. Leise begann sie ein Erntelied zu singen. Vergebens wartete sie darauf, daß Lele mit ihrer tieferen Stimme einfiel.

»Es heißt, dieser Bernsteinbär fürchtet die Wolfskrieger nicht«, sagte Lele in Nakis Lied hinein. »Es heißt, er führt sie an der Nase herum. Und er bekommt immer mehr Zulauf. Von Männern, die nichts zu verlieren haben.«

Naki stimmte ein neues Erntelied an.

»Wenn unsere Hände nicht gebunden wären«, fuhr Lele fort. »Wenn wir einen wie den hätten, hier bei uns! Wenn einer uns Mut machte! Das könnte die Wende sein. Unsere Rettung.«

Naki unterbrach ihr Lied. »Unsere Rettung ist die Göttin!«

»Natürlich! Wie konnte ich das vergessen!« erwiderte Lele bitter, stand auf, nahm den Korb mit den ausgepulten Erbsen und ging zum Hof.

Naki sang das Labyrinthlied. Und dachte wieder an ihren Traum. Was wäre geschehen, wenn sie nicht aufgewacht wäre?

Ihre Hände taten die Arbeit von allein. Der Erbsenhaufen wurde immer größer.

Als sie den Korb fast geleert hatte, sah sie einen Mann auf dem Weg aus dem Wald kommen.

Rasch rückte sie ihren Rock zurecht und befeuchtete ihre Lippen.

»Naki! Schön, daß du die erste bist, der ich bei meiner Heimkehr begegne!« Irrkru setzte sich neben sie.

Sie lächelten sich an und schwiegen.

»Du warst lang weg«, sagte sie schließlich. »Fünf ganze Tage.«

»Ja.« Er griff nach ihrer Hand. »Aber es war nicht umsonst! Einige der Bauern, die ich aufgesucht habe, denken ähnlich wie wir. Es bewegt sich etwas, Naki. Wir sind nicht mehr allein. Und noch etwas, was ich gehört habe: Beim Königsfest diesen Sommer sollen viel weniger Wolfskrieger anwesend gewesen sein als in den früheren Jahren. Weißt du, was das heißt? Ihre Kräfte sind im Westen gebunden!«

»Ja.« Sie lehnte den Kopf an seine Schulter. »Hast du dein Feuersteinbeil?«

»Habe ich. Und noch etwas!« Er faßte in seine Gürteltasche und brachte eine Halskette zum Vorschein. Naki erkannte auf einer Lederschnur aufgefädelt die zierlichen Knochenperlen, an denen er abends des öfteren geschnitzt hatte. In der Mitte der Kette aber, zwischen den weißen Perlen, hing nun ein kleiner honigfarbener Bernsteinanhänger.

»Für dich«, sagte Irrkru beiläufig. Seine Narbe rötete sich. »Darf ich?«

Vorsichtig streifte er ihr die Kette über den Kopf. Länger als nötig hielt er seine Hände an ihrem Nacken.

Sie zuckte zusammen.

Lykos, seine Hand in ihrem Haar –

Aber es ist Irrkru!

Sie beugte sich vor und küßte ihn sanft auf seine Narbe. »Danke, Irrkru! Ich freue mich sehr darüber!«

Er stöhnte leise auf. Dann nahm er sie in die Arme.

Sie hielt ganz still, lächelte ihm zu, flüsterte seinen Namen, immer und immer wieder.

Diesmal lass' ich mich küssen, dachte sie, diesmal lass' ich es zu!

Doch als es soweit war, drehte sie das Gesicht zur Seite.

Sie konnte nicht anders.

Die junge Frau kniete auf einem flachen Stein am Bach, ihr Baby auf den Rücken gebunden, und wusch. Leise sang sie vor sich hin, während sie die Leinenkittel schrubbte und auswrang.

Haibe, zwischen den Zweigen des Gebüschs verborgen, beobachtete die Wäscherin. Die zur Krone aufgesteckten Zöpfe, das erdfarbene Zackenmuster im hellen Wollrock: die Tracht der Bäuerinnen des Alten Volkes.

Mit vielen Frauen und Mädchen des Alten Volkes hier im Land der Söhne des Himmels hatte Haibe schon gesprochen. Von manchen war sie voll Mißtrauen abgewiesen worden, von anderen freundlich aufgenommen und gastlich bewirtet. Aber keine hatte ihr je einen Hinweis für ihre Suche nach Naki und den anderen geben können.

Der Frühling war über dieser Suche dem Sommer gewichen. Längst wußte Haibe nicht mehr, wie viele Nächte sie einsam im Wald verbracht hatte, wie viele Tage gehungert, wie viele Herrenhöfe von ferne beobachtet – stets in der Furcht, entdeckt zu werden –, wie viele Bauerndörfer aufgesucht, wie oft dort um Gastfreundschaft und Hilfe gebeten.

Endlose Zeit, und noch immer keine Spur. Als habe es die Frauen und Mädchen nie gegeben.

Dennoch, jedes Mal wieder die Hoffnung: Heute bringe ich etwas in Erfahrung.

Haibe teilte die Zweige und trat in den Sonnenschein hinaus. Die junge Frau zuckte zusammen, fuhr herum, fluchtbereit.

»Entschuldige, habe ich dich erschreckt?« fragte Haibe. »Ich will dir nichts Böses!« Sie gab ihrer Stimme den seltsam näselnden und schleppenden Tonfall, in dem die Bäuerinnen und Bauern hier sprachen.

Die andere beruhigte sich zusehends. »Ach, es hat nichts mit dir zu tun. Man kann nur nie wissen, ob nicht ein Wolfskrieger –«

Haibe nickte. Mehr als einmal hatte sie gemerkt, daß die Frauen und Mädchen hier in ständiger Angst davor lebten, ein Wolfskrieger könnte über sie herfallen.

»Es tut mir leid«, sagte sie. »Der Segen der Göttin sei mit dir!«

Die junge Frau erwiderte: »Und mit dir auch!«

Haibe ließ sich im Gras nieder. »Stört es dich, wenn ich mich zu dir setze?«

Die andere zuckte die Schultern: »Warum sollte es!« und beugte sich wieder über ihre Wäsche. Nach einer Weile fügte sie hinzu: »Ich bin sogar froh, nicht allein hier zu sein. Zu zweit fühlt man sich sicherer.«

Wie furchtbar das sein muß, diese Angst vor Vergewaltigung, dachte Haibe bedrückt. Ach Naki –

Laut sagte sie: »Ich bin Haibe, und ich komme aus einem Dorf weit im Westen.«

Mit einem Auflachen erwiderte die andere: »Das hört man!« Dann fügte sie höflich hinzu: »Ich bin Wai und wohne in dem Dorf gleich dort drüben!«

Sie schwiegen. Wai wusch, Haibe sah ihr zu.

Das Baby wurde unruhig. Wai nahm es aus der Schlinge und setzte es neben sich. Sofort krabbelte es zum Wasser und platschte mit den Händchen hinein.

»Ein Mädchen?« fragte Haibe. »Dein erstes Kind?«

Wai nickte. »Ja, ein Mädchen.«

»Wie schön!« sagte Haibe. Sie sahen sich an und lächelten.

»Ich hatte auch als erstes Kind eine Tochter«, begann Haibe.

»Hatte?« fragte die junge Frau und sah auf.

Etwas war in diesem offenen Blick, das Haibe jede Vorsicht vergessen ließ. »Die Wolfskrieger haben sie entführt«, sagte sie, »sie und alle anderen Mädchen und Frauen unseres Dorfes. Sie haben unser Dorf überfallen und zerstört. Und die Männer und Jungen haben sie ermordet. Meine drei Söhne, zwei meiner Brüder, meinen Mann.«

Wai stieß einen Schreckenslaut aus. Das Baby drehte den Kopf zur Mutter und krabbelte zu ihr.

»Wie furchtbar«, flüsterte Wai. »Ich weiß gar nicht, was ich dazu ...« Sie drückte ihr Baby fest an sich.

»Ich suche nach meiner Tochter und den anderen«, fuhr Haibe nach langer Pause fort. »Ich muß wissen, ob sie leben. Und was ihnen geschehen ist.«

Die junge Frau nickte. »Das verstehe ich. Aber wie willst du sie finden?«

»Ich weiß es nicht. Ich frage überall, wo ich hinkomme. Ich habe geglaubt, die Frauen würden an den Höfen der Söhne des Himmels sein. Aber ich habe noch keinen Hinweis auf sie gefunden. Weißt du etwas, was mir weiterhelfen könnte?«

Wai schüttelte den Kopf. »Nein. Am Hof von Rösos und Krugor ist keine fremde Frau und auch kein fremdes Mädchen, das wüßte ich. Woanders bin ich noch nie gewesen. Aber wir können meinen Bruder fragen, der kommt weiter herum als ich. Und er interessiert sich für alles, was an den Herrenhöfen geschieht!«

»Würdest du das tun?« bat Haibe.

»Natürlich!« Wai erhob sich, steckte ihr Kind wieder in die

Schlinge und griff nach dem Wäschekorb. »Komm mit in unser Haus! Du mußt hungrig und müde sein. Meine Mutter wird dich gerne für die Nacht aufnehmen!«

»Ich danke dir!«

Nebeneinander gingen sie auf dem Wiesenpfad dem kleinen Dorf entgegen.

»Wann ist das geschehen, das mit deiner Tochter und deinen Söhnen und...?« fragte Wai zögernd.

»Im letzten Sommer.«

Wai nickte. »Ich habe davon gehört.«

Haibe griff nach ihrem Arm. »Was hast du gehört? Von Frauen, die geraubt worden sind?«

»Nein. Aber von einem Kriegszug der Wolfskrieger nach Westen. Erfolgreich sei er gewesen, hieß es. Der Mann, mit dem Moria verheiratet wurde, soll ihn angeführt haben.«

»Moria?« fragte Haibe.

»Ach – die Tochter von Rösos, unserem Herrn. Als Kinder waren wir Freundinnen. Aber ich habe schon lange nicht mehr mit ihr gesprochen. Tut mir leid, ich kann dir wirklich nichts über diesen Kriegszug erzählen.«

Wai versank nachdenkend in Schweigen.

Sie langten am Dorf an. Wai führte Haibe ins erste Gehöft und rief schon unter der Tür in das dämmrige Haus: »Mutter, ich bringe Haibe mit, eine Frau aus dem Westen, der ich Gastfreundschaft versprochen habe!«

»Mutter ist im Gemüsegarten!« tönte eine Männerstimme über den Hof, und ein junger Mann kam heran, ein Beil in der Hand. Er musterte Haibe neugierig und verneigte sich grüßend vor ihr.

»Das ist Otru, mein Bruder«, stellte Wai mit einer Kopfbewegung vor und fragte gleich: »Otru, hast du etwas gehört über Mädchen und Frauen aus dem Westen, die im letzten Jahr hierher verschleppt worden sind?«

Er schüttelte den Kopf, sah mit aufkeimender Wachsamkeit zwischen Wai und Haibe hin und her.

Wai stieß enttäuscht die Luft aus. »Das hier ist Haibe aus dem Westen. Sie sucht nach ihrer Tochter. Ihr Dorf ist im letzten Sommer zerstört worden und ihre Söhne und Brüder und ihr Mann ermordet und ihre Tochter und die anderen Frauen und Mädchen geraubt!«

»Das tut mir leid«, sagte Otru. »Weiß man, wer es war?«

»Die Wolfskrieger natürlich, diese blutrünstigen Bestien«, erregte sich Wai. »Alle Übel dieser Welt wünsche ich ihnen an den Hals – für alle Zeit!«

Die Augen Otrus verengten sich. »Bist du von Sinnen?! Hüte deine Zunge!« sagte er harsch. »Hast du vergessen, daß es dein eigener Bruder ist, den du da verfluchst?

Im übrigen – was verstehst du von Kriegen und Eroberungen! Red du über die Geschäfte der Frauen und nicht über die der Männer!«

Wai trat einen Schritt zurück. Sie war rot geworden. »Wie kannst du nur so reden!« sagte sie zornig, nahm Haibe bei der Hand und zog sie mit sich: »Komm, wir suchen meine Mutter!«

Haibe folgte ihr verwirrt, beunruhigt. Daß es dein eigener Bruder ist, den du da verfluchst...

War es ein Fehler gewesen, sich dieser jungen Frau anzuvertrauen?

Als sie die Hofbäuerin, Wais Mutter, kennenlernte, vergaß sie die Bedenken.

Ein Gesicht, in dem das Leben seine Spuren hinterlassen hatte, ohne es zu verschließen. Augen, denen nichts fremd zu sein schien.

Wai berichtete ihrer Mutter von Haibes Anliegen, und die Hofbäuerin richtete sich aus dem Gemüsebeet auf, umfaßte mit ihren erdigen Händen Haibes und drückte sie.

»Sei unser Gast für eine Nacht oder für so viele Nächte, wie du es willst! Ich weiß, was es bedeutet, einen Sohn durch die Wolfskrieger zu verlieren. Wie viele Tode mehr als ich mußt du gestorben sein durch den Tod deiner Söhne, deiner Brüder, deines Mannes!«

Haibe sah sie fragend an: »Du hast einen Sohn, der auch von den Wolfskriegern ...«

Die Hofbäuerin unterbrach sie: »Laß uns von dir sprechen und davon, wie wir dir helfen können! Komm, setzen wir uns hier in den Schatten. Wai, bring etwas zu trinken! Und frag Tante Babu, ob sie nicht zu uns kommen mag!«

Haibe ließ sich neben der Hofbäuerin auf einer Bank unter einem Kirschbaum nieder. Auf einmal drängte nichts mehr.

Wai setzte ihr Baby zu Füßen ihrer Mutter ab, verschwand und kehrte kurz darauf mit einem Krug Milch zurück, eine sehr alte, gebrechliche Frau am Arm führend.

Gemeinsam saßen die Frauen im Schatten des Baumes und tranken die Milch. Das Kind kroch zwischen ihren Füßen herum und steckte sich kleine Steine in den Mund, die Wai ihm geduldig wieder herausnahm. Es dauerte nicht lang, und Haibe erzählte von allem, was seit dem letzten Sommer geschehen war.

Mit wachsender Betroffenheit hörten die anderen zu. Doch als Haibe von ihren erfolglosen Bemühungen berichtete, eine Spur der geraubten Mädchen und Frauen zu finden, sprang Wai plötzlich auf und rief: »Agala! Vielleicht kann sie dir weiterhelfen!«

»Agala?« fragte Haibe.

Die alte Tante nickte. »Ja. Agala ist die Frau von Krugor, unserem jungen Herrn. Sie ist eine Tochter der Söhne des Himmels. Aber in gewisser Weise ist sie dennoch eine von uns.« Sie versank in Schweigen.

»Du mußt wissen«, nahm die Hofbäuerin das Wort auf,

»meine Kusine Blobele, Tante Babus Tochter, hat ein schweres Leben gehabt. Sie war noch ein junges Mädchen, da hat Rösos, unser alter Herr, sie für sich beansprucht, als wir nach einer schlechten Ernte die Abgaben nicht liefern konnten. Und Rösos hat Blobele einfach verschenkt, an einen seiner Freunde.«

Haibe fuhr auf. »Das kann er?«

»O ja, das kann er«, sagte die Hofbäuerin bitter. »Blobele wurde die Nebenfrau von Rösos' Freund, einem Herrn, der weit weg von hier wohnt. Dessen rechtmäßige Frau war gerade gestorben und hatte ein kleines Mädchen zurückgelassen. Und das war Agala.

Blobele hat Mutterstelle an der kleinen Agala vertreten. Wir wußten es nicht, wir haben Blobele niemals wiedergesehen, aber Agala hat es uns gesagt.

Kurz vor Agalas Hochzeit mit Krugor, dem Sohn von Rösos, ist Blobele gestorben, aber zuvor hat sie Agala ihre Lebensgeschichte erzählt und ihr aufgetragen, uns von ihrem Tod zu unterrichten. So kommt es, daß wir die Frau unseres jungen Herrn kennen. Mehr als kennen.«

»Meine Blobele«, murmelte die alte Tante. »Sie war so mutig, so stark. Und sie hat nie vergessen, wer sie war.

Sie hat der kleinen Agala heimlich die Liebe zur vielgestaltigen Göttin eingepflanzt. Eine Tochter der Söhne des Himmels hat sie im Glauben an die Göttin erzogen, ohne daß deren Vater es merkte!«

»Und jetzt verehrt Agala mit uns die Große Göttin, ohne daß ihr Mann und ihre Schwiegereltern es wissen«, ergänzte Wai. »Manchmal, wenn Rösos und Krugor weggeritten sind und ihre Schwiegermutter einen Besuch macht, kommt Agala zu uns, tanzt mit uns, singt mit uns, betet mit uns.

In letzter Zeit öfter.

Unter größter Geheimhaltung natürlich – sie setzt viel

damit aufs Spiel, wahrscheinlich sogar ihr Leben. Aber die Hoffnung, daß die Göttin ihr hilft, ist größer als ihre Angst.«

Die Hofbäuerin nickte. »Ja, so ist es. Agala ist noch immer nicht schwanger. Und schon das zweite Jahr verheiratet. Ihr Mann, ihr Schwiegervater, ihre Schwiegermutter, alle beginnen sie für ihre Unfruchtbarkeit zu verachten.«

»Wenn sie die Heilige Hochzeit mit euch feiert, wird ihr sicher geholfen«, meinte Haibe.

»Die Heilige Hochzeit!« Die alte Tante brach in trockenes Kichern aus. »Du glaubst doch nicht, daß eine Frau der Söhne des Himmels an einem solchen Fest teilnehmen könnte! Nächtelang wegbleiben! Mit einem anderen Mann als ihrem eigenen Hochzeit feiern!

Es wäre ihr sicherer Tod.

Nichts ist einem Sohn des Himmels wichtiger, als daß kein anderer als er selbst mit seiner Frau das Lager teilt!«

»Ja dann –«, murmelte Haibe hilflos.

Die Hofbäuerin erhob sich. »Lassen wir das! Ich werde eine Möglichkeit finden, mit Agala zu reden. Ich werde sie fragen, ob sie etwas über Frauen aus dem Westen gehört hat. Bei Rösos und Krugor gehen viele Herren, Krieger und Priester aus und ein. Gut möglich, daß Agala aus ihren Gesprächen einiges über den Kriegszug weiß. Doch jetzt laßt uns ins Haus gehen, es wird Zeit für das Essen!«

Haibe umarmte die Hofbäuerin. Endlich eine Hoffnung.

Nach und nach fand sich die ganze Familie im Haus um die Feuerstelle ein: ein Bruder und ein Vetter der Hofbäuerin, eine Kusine mit ihren beiden kleinen Kindern, Otru sowie ein junges Mädchen und ein kleiner Junge, die Wai als ihre weiteren Geschwister vorstellte.

Die Erwachsenen hießen Haibe mit der größten Selbstverständlichkeit willkommen, die Kinder lächelten ihr schüchtern zu.

Die Hofbäuerin begann ein Lied zu singen, alle anderen stimmten ein. Haibe sang mit. Unzählige Male hatte sie selbst dieses Lied angestimmt, hatte als Kind gehört, wie die Mutter es angestimmt hatte. Sie war nicht mehr als Fremde im Land der Söhne des Himmels. Sie war daheim.

Als Wai den Breitopf vom Feuer zog und die Hofbäuerin das Brot brach, sagte Haibe: »Ich danke herzlich für die freundliche Aufnahme. Möge immer der Segen der Göttin über diesem Hause sein, so wie er es jetzt ist.« Und dann zur Hofbäuerin gewandt: »Wie froh du sein kannst um solche Söhne und Töchter!«

Das Gesicht der Hofbäuerin verdunkelte sich. »Ja, das bin ich. Aber um den einen, um meinen Stimu, weine ich jede Nacht.«

Haibe fragte: »Was ist mit ihm?«

»Krugor, unser junger Herr, hat ihn uns weggenommen! Ihn und alle Jungen seines Alters aus unserem Dorf. Er – er zwingt sie, Wolfskrieger zu werden.«

Haibe fuhr sich mit der Hand ans Herz.

»Manchmal denke ich, es wäre für Stimu besser, er wäre tot«, flüsterte die Hofbäuerin.

»Mutter«, rief Otru aus, »was redest du! Wie kannst du Stimu den Tod wünschen! Er ist noch immer mein Bruder!

Und sieh es doch auch einmal anders! Mit Stimu wird eine neue Zeit anbrechen. Er wird nicht mehr der verachtete Knecht sein!

Ihm wird es besser ergehen als dem Oheim und mir!«

»Besser?« fragte die Bäuerin heftig. »Bei dem, was sie ihm antun?«

»Versteh doch, Mutter«, Otru beugte sich vor und legte die Hand auf die seiner Mutter, »Stimu wird einmal an den Herrenhöfen ein und aus gehen, mit den Herren beim Mahl sitzen, von gleich zu gleich mit ihnen sprechen und handeln! Er wird einer von ihnen sein und trotzdem einer von uns!

Die Zeiten werden besser werden, es wird sie nicht mehr geben, diese unüberbrückbare Kluft, die Hände werden wir einander reichen, wir Männer vom Alten Volk und die Söhne des Himmels! Brüder werden wir sein!

Ich wollte, ich wäre jünger, und Krugor hätte mich statt Stimu zum Wolfskrieger ausgewählt. Ich hätte das schon ausgehalten.

Und ich hätte unter Beweis gestellt, daß auch wir vom Alten Volk Heldenmut haben!«

Ein tiefes Schweigen folgte diesen Worten.

In das Schweigen hinein sagte Wai: »Heldenmut! Bewunderst du die Wolfskrieger etwa?! Was du da redest, Otru, widert mich an!«

Otru fuhr zu ihr herum. »Ach ja? Wenn du glaubst, daß du mich beleidigen kannst mit deinen Ansichten von vorgestern, so hast du dich getäuscht!

Wir leben nicht mehr in der Zeit unserer Urahnen, geht das nicht in deinen Kopf? Wir müssen uns anpassen, oder wir werden zugrunde gehen! Und was mich betrifft – ich finde manches gar nicht so übel, was wir von den Herren lernen könnten.

Reiten – das täte ich auch gerne. Was für ein freies Leben, auf dem Rücken eines Pferdes eine große Herde hüten ...«

»Und daheim Befehle erteilen und sich von Frau und Nebenfrau bedienen lassen und Frauen und Kinder verprügeln und hin und wieder ein Mädchen vergewaltigen«, fiel ihm Wai ins Wort.

Otru sprang auf. »Das ist bösartig, Wai, und das weißt du genau! Ich hätte dir eine ganze Menge zu sagen, aber nicht vor den Ohren eines Gastes. Schlimm genug, was Haibe sich hier hat anhören müssen!«

Mit großen Schritten ging er hinaus. Krachend fiel die Tür zu.

Der Bruder der Hofbäuerin sah Wai an. Unter seinem Blick wurde sie rot. »Es tut mir leid«, murmelte sie.

»Das ist immerhin ein Anfang«, erwiderte er kühl. »Du weißt, ich teile Otrus Ansichten nicht. Aber in einem hat er recht: Es ist beschämend, was sich hier vor einem Gast abgespielt hat.«

Wai nickte. »Entschuldigt bitte. Ich – ich gehe dann jetzt mal zu Otru.« Sie setzte sich ihr Baby auf die Hüfte und ging ihrem Bruder nach.

»So weit ist es gekommen«, sagte der Bruder der Hofbäuerin und sah ihr nach. »Daß Schwester sich gegen Bruder wendet, Sohn gegen Mutter.

Was unzweifelhaft war, wird in Frage gestellt, und was unerschütterlich war, gerät ins Wanken.

Ich liege wach in der Nacht und möchte etwas dagegen tun und weiß nicht, was.«

Vorsichtig näherte sich Haibe dem Baum unweit des Gemüsegartens. Angestrengt spähte sie in die Dunkelheit der weichenden Nacht: Auf keinen Ast treten, kein Geräusch verursachen!

Der Wind wehte vom Hof her. Die Hunde konnten sie nicht wittern. Aber wenn sie sie hörten ...

Kein Hof der Söhne des Himmels ohne Wachhund.

Endlich erreichte sie die Linde. Nichts regte sich, nur die ersten Vögel begannen ihr Morgenlied. Der große Hof jenseits des Gartens lag – hinter Palisaden fast verborgen – ruhig und noch schlafend.

Prüfend betrachtete sie den Baum, warf das mitgebrachte Seil über den untersten Ast, fing das herunterfallende Ende auf, knotete eine Schlaufe, setzte den Fuß hinein und kletterte den Stamm hinauf.

Sie holte das Seil wieder ein und stieg höher in die Linde. In einer Astgabel ließ sie sich nieder, lehnte den Rücken an den Stamm, schlang den Arm um einen Ast und stützte die Füße sicher auf einen anderen. Noch einmal prüfte sie, daß sie vor Blicken gut verborgen war und dennoch zwischen dem dichten Blattwerk hindurch zum Gemüsegarten spähen konnte.

Nun blieb nichts als warten. Warten, ob die Frau, von der Agala gesprochen hatte, in den Gemüsegarten kommen werde. Ob sie sie wenigstens aus der Ferne sehen könnte, vielleicht sogar erkennen.

»Es ist nicht Naki«, flüsterte sie vor sich hin. »Es wäre vermessen, zu erwarten, daß es Naki ist.«

Und doch, wider alle Vernunft, war da die Hoffnung.

Agala hatte ihr den Weg zu diesem Hof gewiesen. Dank Agala hatte sie endlich eine Spur, nein zwei: hier und am Königshof.

Agala, ihr stilles Gesicht, ihr scheuer Blick, und dann das plötzlich aufflammende Mitgefühl in ihren Augen, als die Hofbäuerin vom Überfall auf Haibes Dorf und von Haibes Suche berichtete.

Worte, hastig hervorgestoßen – schon drängte für Agala die Zeit, fürchtete sie, die Schwiegermutter könnte mißtrauisch werden, warum der Gang zum Wasser so lange dauere –: »Ja, ich habe von geraubten Frauen gehört. Viele sollen es sein, aus mehreren Dörfern im Westen, die meisten seien am Königshof, als Geschenk der Wolfskrieger an den König. Gut möglich, daß deine Tochter unter ihnen ist!

Und da ist noch etwas, meine Kusine, sie ist mit Eraïox verheiratet, ein großer Hausstand, fünf Nebenfrauen und so viele Nebenkinder, meine Kusine sagte mir letzten Sommer, sie habe Eraiox darum gebeten, ihr ein oder zwei der geraubten Frauen aus dem Westen zu verschaffen. Sie sagte, sie brauche eine tüchtige Magd für den Gemüsegarten und sie habe gehört, auf dem Feld und im Garten gebe es keine besseren Mägde als die Frauen aus dem Westen.

Beginn dort deine Suche, einen halben Tag durch den Wald nach Westen, bis du an einen kleinen Fluß kommst, ein Stück flußaufwärts, ein großer Hof hinter einem Eichenhain. Du erkennst ihn an der alten Linde neben dem Gemüsegarten.

Aber nimm dich in acht, daß du Eraiox nicht in die Hände fällst! Er ist –« Agala hatte abgebrochen und sich mitten im Satz zum Gehen gewandt.

Haibe schloß die Augen und beschwor Nakis Gesicht vor sich: die hellen blauen Augen, die winzige Narbe zwischen den Brauen, der sanfte Schwung der schmalen Nase, das flachsblonde Haar, der Wirbel am Haaransatz, diese widerspenstige Locke, die sich allen Zähmungsversuchen widersetzte...

Stimmen riefen im Hof, eine schwere Tür knarrte, Hunde schlugen an, ein Pferd wieherte.

Haibe öffnete die Augen. Hatte sie etwa geschlafen? Es wurde bereits hell.

Das Tor war aufgestoßen. Ein Reiter verließ den Hof, ein Junge und ein Hund rannten hinter dem Pferd her. Der Reiter trug einen schwarzen Mantel.

Zwei Mädchen gingen mit großen Gefäßen zum Bach, schöpften Wasser, kehrten zum Hof zurück. Ihre Haare waren dunkel. Nicht Naki. Auch keine anderen jungen Mädchen der Dala oder Koa.

Geduld!

Ein schwerer Ochsenkarren rumpelte aus dem Hof, begleitet von einem Mann und einem Jungen. Ein Mann mit einer Kiepe auf dem Rücken näherte sich durch den Eichenhain und verschwand im Hof.

Lange ereignete sich nichts mehr.

Zirrkan, hilf mir dies Warten zu ertragen!

Endlich kam wieder jemand aus dem Tor. Gespannt beugte

Haibe sich vor – kein junges Mädchen. Es war eine alte, grauhaarige Frau, die sich an Krücken zum Gemüsegarten schleppte.

Mühsam hüpfend bewegte sich die Alte an zwei Stöcken vorwärts. Ihr verkrüppelter linker Fuß baumelte über dem Boden.

Enttäuscht lehnte Haibe sich zurück.

Unter den Dala und Koa gab es keine alte Frau mit verkrüppeltem Fuß.

Die Alte hielt an der Gartentür an, nahm beide Stöcke in eine Hand, öffnete das Gatter, humpelte hinein. Dann kniete sie nieder, legte die Krücken beiseite, nahm eine Hacke vom Gürtel und begann die Erde zwischen den Erbsen zu lockern und das Unkraut herauszureißen.

Von jedem Büschel schüttelte sie sorgsam die in den Wurzeln hängende Erde, ehe sie es auf den Weg warf.

Diese Bewegung – was war es, woran sie Haibe erinnerte?

Ihr Herz begann heftig zu klopfen.

Keinen Blick ließ sie mehr von der Alten. Sie war fremd. Und doch ...

Die Alte glättete mit den Händen das Erdreich, das sie vom Unkraut befreit hatte, malte mit dem Finger in fließender Linie das Zeichen des heiligen Wassers hinein. Dann kreuzte sie die Hände über der Brust und verneigte sich, bis ihre Stirn den Erdboden berührte.

»Songo«, flüsterte Haibe, »Songo!«

Tränen strömten über Haibes Gesicht. »Songo, ich habe dich nicht erkannt, so furchtbar verändert – Vogelgöttin mit den wissenden Augen, was ist mit Songo geschehen?«

Songo, Ritgos Frau, Sippenmutter der Koa, im letzten Sommer eine tatkräftige Frau in den besten Jahren, mit weizenblondem Haar und festem Schritt, war nun eine verkrüppelte, grauhaarige Alte.

Wenn Songo so furchtbar gelitten hat, was ist dann mit Naki, mit Gwinne, Mulai und Uori –

Lange saß Haibe an ihren Ast geklammert. Endlich befahl sie sich selbst Mut, vergewisserte sich sorgfältig nach allen Seiten, daß sie mit Songo allein war, und rief leise deren Namen.

»Songo! Songo, hörst du mich, ich bin es, Haibe, Sippenmutter der Dala, ich bin ganz in deiner Nähe, in der Linde versteckt!«

Die grauhaarige Frau ließ die Hacke fallen, als habe sie sich verbrannt, fuhr herum, starrte zur Linde hinauf.

»Du kannst mich nicht sehen, aber ich sehe dich! Songo, ich«, sie brach ab. Eine Frau trat zum Hoftor heraus und ging auf den Gemüsegarten zu.

Songo begann wieder zu hacken.

Die andere schnitt einige Kräuter, unterhielt sich mit Songo in der harten Sprache der Söhne des Himmels, lachte freundlich. Endlich wandte sie sich wieder zum Gehen.

Eine Weile arbeitete Songo weiter, als habe sie Haibe vergessen. Dann richtete sie sich auf, sah sich um, nahm die beiden Krückstöcke und humpelte aus dem Gemüsegarten auf die Linde zu, ließ sich unter ihr nieder.

»Sei mir gegrüßt, Geist der Haibe. Ich danke dir, daß du mit mir sprichst«, sagte sie, ohne den Kopf zu heben.

»Songo, ich bin es selbst, Haibe. Ich bin kein Geist, ich lebe. Wenn du nach oben blickst, kannst du mich sehen!«

»Haibe ist im Grab gestorben«, erwiderte Songo bestimmt, »denn keiner war mehr im Dorf, der ihr das Grab öffnen konnte.«

»Nein. Ich war dem Tod nah, aber Ritgo hat mich aus dem Grab geholt.«

Songo gab einen überraschten Laut von sich, blickte zu ihr empor, entdeckte sie und sah sie ungläubig an.

»Ich bin es wirklich, und ich bin gekommen, um euch zu suchen und zu befreien.«

Songo lachte.

Haibe fuhr zusammen.

»Befreien?« lachte Songo. »Sieh meinen Fuß an! Mich kann nur noch die Eulengöttin befreien! Ich höre schon ihren Ruf in der Nacht. Aber sag mir, hast du meine Tochter gesehen, weißt du, ob Eire lebt?«

»Es tut mir leid, Songo. Ich weiß es nicht. Seit dem Frühjahr suche ich nach euch, aber du bist die erste, die ich gefunden habe. Und sprechen kann.«

»So hat dieser Fuß doch sein Gutes! Ich werde nicht mehr so streng bewacht, seit er ...« Sie sprach nicht weiter.

»Wie ist das geschehen?« Kurz sah Haibe auf den dunkelblau angelaufenen, dicken und seltsam verkrümmten Fuß, wandte schnell wieder die Augen ab.

»Geschehen? Das ist wohl nicht das rechte Wort. Eraiox hat meinen Knöchel mit seiner Streitaxt zertrümmert!«

Haibe schrie auf.

»Leise, Haibe, sei leise! Aber sag schnell, warst du bei den Heiligen Steinen?«

»Nein. Seit letztem Sommer nicht mehr.«

Songo seufzte erleichtert. »So besteht doch Hoffnung, daß sie es geschafft hat!«

»Wovon redest du?«

»Von Eire. Du mußt wissen, Eire war mit mir an diesem Hof gefangen, und im Frühling haben wir versucht zu fliehen, Eire und ich.

Den ganzen Winter über haben wir von der Flucht geträumt und sie geplant, aber wir wußten nicht, wohin, kein Ort mehr auf der Welt, nur weg von hier. Doch mir war es im Winter zu gefährlich, denn Eire war schwanger.

Wir haben bis zum Frühling gewartet, und es ist uns gelungen, uns eines Nachts davonzustehlen, den ganzen Tag sind wir gelaufen, und ich dachte schon, wir wären entkommen, aber da haben wir die Hunde gehört, wir sind in einem Bach gewatet, um sie abzulenken, aber Eire konnte sich kaum mehr aufrecht halten, und ich hatte Angst um das Ungeborene, und da – wir haben uns getrennt, um die Hunde zu verwirren. Bleib im Bach, habe ich ihr gesagt, und wenn wir uns verlieren, so treffen wir uns in der alten Heimat wieder, bei den Heiligen Steinen, ich bin durch den Wald, aber ich habe gehört, wie die Hunde dem Bach immer näher gekommen sind, und da –«

Haibe wartete. Und plötzlich sah sie es vor sich: Songo zwischen den Bäumen, die Hunde schon nahe der Stelle, an der Eire sich versteckte – nicht die Tochter, sie dürfen die Tochter nicht finden –, und Songo bricht durch die Bäume, hält sich nicht mehr versteckt, sondern rennt, macht absichtlich Lärm, lenkt alle Aufmerksamkeit auf sich, weg von Eire, die Hunde hinter ihr her...

»Du hast die Hunde auf deine Spur gelockt«, sagte Haibe leise.

Songo nickte. »Ein Leben gegen zwei.«

Sie schwiegen.

»Und dann –«, begann Haibe neu.

»Sie haben mich hierher zurückgebracht. Und Eraiox hat vor aller Augen meinen Fuß zertrümmert.

Damit ich nicht mehr fliehen kann. Vor allem aber, um einmal mehr seine ausgesuchte Grausamkeit unter Beweis zu stellen. Er liebt es, wenn alle ihn fürchten.« Sie verstummte. Doch dann fügte sie ganz fest hinzu: »Aber Eire hat er nicht gefunden!«

Haibe weinte. »Sie hat es bestimmt geschafft, Songo! Und ich verspreche dir, ich werde zu den Heiligen Steinen wandern und Eire suchen, und dann werde ich sie und das Kind in die neue Heimat führen, wie alle anderen von uns, die ich finde.«

»Die neue Heimat?« Songo hob den Kopf. Durch das Blattwerk hindurch trafen sich ihre Blicke.

»Wir gründen neue Dörfer, weit im Norden, jenseits des Meeres. Zirrkan und die alte Priesterin haben uns hingeführt«, erzählte Haibe.

Songo lächelte. »Das ist gut. Und Ritgo – wie froh bin ich, zu hören, daß er lebt! Kommt er mit euch?«

»Nein. Ritgo will kämpfen. Er sammelt Männer, die mit ihm gegen die Wolfskrieger ziehen.«

»Ritgo?! Das tut er wirklich?! Daß er sich so geändert hat! Ich sehe, er hat begriffen, und das ist gut. Was gäbe ich darum, neben ihm, mit ihm in den Kampf ziehen zu können! Sag es ihm, und sag ihm, daß ich es ihm danke! Daß meine Gebete ihn begleiten werden und er meinen Segen dafür hat! Noch mit meinem letzten Atemzug werde ich ihn segnen für diesen Kampf. Aber sag ihm auch, daß er sich vorsehen soll, diese Männer hier sind furchtbare Krieger, wenn er ihnen gegenübersteht und nur einen Augenblick zaudert, so ist er verloren...«

»Bitte, Songo, ich werd' es ihm sagen, es wird ihm sehr helfen, zu wissen, daß du gutheißt, was er tut, aber eine Frage: Weißt du, wo unsere anderen Mädchen und Frauen sind? Weißt du etwas von Naki?«

Songo schüttelte den Kopf. »Nein. Eire und ich, wir wurden als erste von den anderen getrennt. Da war Naki mit Gwinne, Mulai und Uori zusammen. Es tut mir leid, ich kann dir nicht weiterhelfen. Ach, Haibe –«

Von fern her tönte Hundegebell. Songo fuhr herum, spähte zum Horizont. Sie stand auf und nahm ihre Krücken. »Eraiox kehrt zurück. Ich muß weiterarbeiten. Ich danke dir, daß ich diesen Tag erleben durfte. Jetzt stirbt es sich leichter.

Flieh, schnell, flieh! Komm nicht mehr hierher! Eraiox ist gefährlich – für dich und für mich!«

»Leb wohl, Songo. Die Eulengöttin möge dich unter ihre Flügel nehmen!«

Haibe kletterte und sprang vom Baum und huschte eilig davon.

Die Hunde bellten, kamen immer näher. Schon hörte sie ihr heißes Hecheln.

Sie brach durch den Wald. Nasse Zweige peitschten ihr ins Gesicht. Der Regen strömte auf sie herab. Ihr Atem keuchte.

Vor ihr lief Naki. Nakis Arme teilten das Gebüsch. Nakis nackte Füße traten achtlos Äste, Brennesseln und Dornengestrüpp nieder.

Plötzlich war da das Moor. Wollgrasbüschel, Tümpel, Torfmoos –

Naki rannte.

»Naki«, schrie sie, »nicht, nein!«

Naki hörte nicht. Naki rannte.

Wütendes Knurren hinter sich. Nicht umdrehen.

Fangzähne schlugen sich in ihr Bein. Sie stürzte, kroch weiter, zog den Hund mit sich, verbissen in ihrem Fleisch.

»Mutter!« schrie Naki. »Hilf mir!«

Die Hunde waren über Haibe, zerrten an ihrem Kittel. Sie schlug um sich, kämpfte. Ich muß zu meiner Tochter.

Naki im Moor, die Augen angstvoll aufgerissen, die nassen Haare wirr im Gesicht.

Naki sank ein. Bis zur Hüfte, zur Brust, zum Hals.

»Warum hilfst du mir nicht!« schrie Naki.

Endlich hatte sie die Hunde abgeschüttelt, taumelte vorwärts, weicher, schwankender Boden, sie lief und lief, kam nicht vom Fleck, kam Naki nicht näher.

Mein Fuß, fiel ihr ein, ich kann nicht laufen, mein Fuß ist zertrümmert.

Sie streckte die Arme vor, konnte Naki nicht erreichen.

Nakis Gesicht zwischen den Wollgrasbüscheln. Tiefer sank es und tiefer.

Braunes Wasser schoß in Nakis Mund, erstickte gurgelnd ihren Schrei.

Braunes Wasser schloß Nakis Augen.

Luftblasen stiegen auf.

Das Torfmoos bedeckte die Wunde im Moor.

Nakis Haar wie gesponnener Flachs auf dem trügerischen Grün.

Haibe fuhr auf. Sie stieß sich den Kopf an taunassen Zweigen.

Naki im Moor. Ertrunken.

Ein Traum, weiter nichts. Ich bin eine Bäuerin, keine Priesterin. Ich habe nicht mehr die Gabe des Sehens wie im Grab.

Mit klammen Händen zog Haibe den Mantel dichter um die Schultern, zog die Knie an und kauerte sich wieder zusammen.

Dunkel war es im Wald. Noch immer wollte die Nacht nicht enden. Über dem Moor sangen die Geister.

Warum hilfst du mir nicht ...

O Naki, Naki, ich will dir doch helfen! Ich habe es versucht, immer wieder.

Aber ich habe alles verdorben.

Die selbstverständliche Gastlichkeit der Bauernfamilie in einem der Dörfer, die zum Königshof gehörten. Nach dem gemeinsamen Essen begann sie von dem Überfall auf ihr Dorf, von der Entführung der Frauen und Mädchen, von ihrer verzweifelten Suche zu erzählen.

Die anderen schwiegen.

Sie schloß: »Und nun habe ich Hinweise darauf, daß viele der Frauen hier am Königshof gefangengehalten werden. Vielleicht auch meine Tochter!«

»Davon wissen wir nichts«, sagte der Bauer. Auf einmal war seine Stimme abwehrend, fast feindselig.

Schweigen.

»Aber, da ist doch . . .«, widersprach ein junges Mädchen.

Die Bäuerin fuhr ihm über den Mund: »Sei still! Red nicht von Dingen, von denen du nichts verstehst!«

Das Mädchen verstummte.

Die Bäuerin legte geschäftig Holz auf das gut genährte Feuer und blies in die lodernden Flammen.

»Unser König ist ein mächtiger Herr«, sagte sie, ohne aufzusehen. »Er bricht nie sein Wort. Er ist streng, verlangt unbedingten Gehorsam und Treue. Aber wir leben unter seinem Schutz und Schirm sicher vor jedem Übergriff – auch wir Frauen.«

Der Bauer erhob sich. »Du solltest deine Suche anderswo fortsetzen, Haibe! Wir gewähren dir gerne Gastfreundschaft, wie es die alte Ordnung verlangt. Aber wenn du gehen mußt, wollen wir dich nicht aufhalten!«

Naki, so oder ähnlich ging es mir überall, wo ich versucht habe, etwas über die Frauen am Königshof in Erfahrung zu bringen.

Es war wie eine unsichtbare Palisade, die den Königshof umgab – wirkungsvoller als die hölzerne. Ich habe mir den Kopf daran eingerannt.

Wie einfältig ich war, daß ich geglaubt hatte, jeder aus den Bauernfamilien des Alten Volkes würde mir helfen!

Nur einmal hat ein junges Mädchen mir zugeflüstert, sie habe davon gehört, ihr würdet im Webhaus gefangengehalten.

Naki, ich habe mich so sehr bemüht, zu euch zu gelangen,

euch eine Botschaft zu senden, wenigstens zu erfahren, ob du unter den Gefangenen bist.

Es war unmöglich.

Die bereit gewesen wären, mir zu helfen, wußten nichts.

Und die etwas wußten, waren nicht bereit, mir zu helfen.

Die letzte Bauernfamilie, bei der ich Aufnahme gefunden habe, in dem Weiler am Weg zum Königshof, nur durch die weite Wiese von diesem getrennt.

Klug geworden, hatte ich den Grund meines Besuchs verschwiegen –

Sie hatte sich erboten, das Walken der Wolltuche zu übernehmen, eine harte, kraftzehrende Arbeit, die sich jede Frau gern abnehmen ließ. Den Platz dafür hatte sie im Hof so gewählt, daß sie durch das offene Gatter hinaus- und zum Königshof hinübersehen konnte. Abgeschirmt lag er hinter einem Graben und einer beinahe baumhohen Palisade, und ein Mann mit Streitaxt und Lanze bewachte das einzige Tor.

Sie sah jeden, der hineinging, jeden, der herauskam.

Naki war nicht darunter. Auch keine der anderen.

Unermüdlich schlug Haibe mit dem schweren Holzhammer auf den Tuchpacken, besprengte ihn mit heißem Wasser, schlug weiter. Ihre Augen aber hingen an dem Tor des Königshofes.

Die Bäuerin half ihr den Packen nassen Tuchs zu wenden.

Ein junger Mann kam aus dem Königshof, lief auf den Weiler zu, kam herein, »Mutter«, rief er schon von weitem, »stell dir vor…«, er stockte, nickte Haibe zu, grüßte sie höflich, doch schon sprach er zur Bäuerin gewandt weiter: »Ich muß dir was erzählen!« und zog diese am Arm auf die Bank neben dem Gatter.

Sie selbst legte den Holzhammer beiseite, nahm das dicke

Rundholz, kniete auf dem Tuch nieder, benäßte es und rollte es aus.

Das Schlagen hatte Lärm gemacht, das Rollen nicht.

»Der König hat mich bemerkt«, stieß der junge Mann hervor, »stell dir vor, er ist mir wohlgesonnen! Immer habe ich gedacht, er sieht mich gar nicht, aber so ist es nicht, er sieht alles, er hat mich geprüft, ohne daß ich es wußte! Und nun – er hat gesagt, ich sei nicht nur stark, ich sei auch klug, es sei schade darum, wenn ein Mann wie ich bei Feld- und Hofarbeit versaure, ich sei zu Höherem berufen, und ...«

»Bei Feld- und Hofarbeit versauern? Zu Höherem berufen?« unterbrach die Bäuerin. »Was soll das heißen! Schmähst du unsere Arbeit?«

»Ach Mutter, so ist das nicht gemeint! Begreifst du nicht, er bietet mir Möglichkeiten, von denen ich nie zu träumen gewagt hätte, vielleicht nimmt er mich sogar in sein ...«

Das weitere Gespräch ging im Rattern und Poltern eines Ochsenkarrens unter, der am Hof vorbeifuhr. Endlich hörte sie wieder die Stimme des jungen Mannes: »... ganz im Königshof leben. Ich werde eines von den im Webhaus gefangenen Mädchen zur Frau nehmen und eine eigene Familie gründen.«

»Du hast eine eigene Familie, und das sind wir!«

»Mutter, du weißt, was ich meine! Du hängst am Alten und verstehst die Zeichen der Zeit nicht! Ich werde ein Hausvater sein, ein Herr in meiner Familie wie der König in seiner!«

»Da täusch dich nicht! So ein Mädchen aus dem Westen kuscht nicht vor dir!«

Er lachte. »Das bring' ich ihr schon bei!« Er stand auf und ging ins Haus.

Klebriger Gestank stieg aus der nassen Schafwolle auf.

Haibe verbarg das Gesicht in den Händen.

Ich habe einen Fehler gemacht, Naki, einen furchtbaren Fehler.

Ich konnte nicht länger warten. Ich konnte es nicht tatenlos ertragen, daß da einer war, der die Antwort wissen mußte.

Ich bin diesem jungen Mann ins Haus gefolgt und habe ihn nach dir und den anderen gefragt. Und dann ...

Wenn die Bäuerin mich nicht gewarnt hätte ...

Die Hunde des Königs ...

Fernes Gebell.

Haibe sprang auf. Das Bellen –

Sie kämpfte sich aus dem Gebüsch, rannte. Sie rutschte im feuchten Laub aus, stolperte über Äste und Wurzeln, hastete weiter. Nur schemenhaft ahnte sie im kaum gelichteten Dunkel die Bäume, bahnte sich einen Weg zwischen den Zweigen, bemerkte nicht, wie sie sich verletzte.

Die Hunde des Königs. Sie waren noch immer hinter ihr her.

Vor Tagen war sie ihnen entkommen, war vor ihnen durch endlose Wälder nach Westen geflohen, um sich bei Ritgo in Sicherheit zu bringen – und nun waren sie ihr doch wieder auf den Fersen!

Sie keuchte eine Sanddüne hinauf, stürzte sich auf der anderen Seite hinunter, glitt in einen Sumpf. Mühsam raffte sie sich auf, ihre Füße sanken in glitschigen Schlamm, Sumpfgewächs schlang sich um ihre Beine, bis zu den Hüften stak sie im modrigen Wasser.

An einem umgestürzten Baum fand sie Halt, watete vorwärts, jeder Schritt ein zähes Ringen mit den dunklen Mächten, die sie umfingen.

Ein Platschen hinter ihr, Wasser spritzte auf, das war kein Hund, das war ein Mann – Der König hat einen Wolfskrieger hinter mir hergeschickt! –, der schwimmende Baumstamm trieb ruckartig zur Seite, sie strauchelte, schwankte, fiel.

Sie tauchte unter Wasser, etwas Glitschiges, Widerwärtiges

berührte ihr Gesicht, schreiend tauchte sie auf – und wurde wieder zurückgestoßen.

Eine Hand auf ihrer Schulter und eine Hand auf ihrem Hinterkopf hielten sie unerbittlich unter Wasser. Sie schlug um sich, ruderte, stemmte sich gegen den harten Griff.

Vergebens.

Luft, Luft –

Da wurde sie an den Haaren aus dem Wasser gezogen, einen kurzen Augenblick holte sie qualvoll Atem, und schon wieder stießen diese grausamen Hände sie zurück in den Sumpf.

Schlammiges Wasser in ihrem Mund.

Auftauchen. Würgen. Atemringen.

Gnadenlos untergetaucht werden.

Keine Rettung.

Naki, ich –

Nach unermeßlichem Kampf erschlaffte sie, ergab sich, öffnete den Mund, bereit, ihre Lungen mit dem schlammigen Wasser zu füllen.

Eulengöttin ...

Wieder wurde sie in die Höhe gerissen, pfeifend schoß die Luft in ihre Lungen.

Die harten Hände hatten sich um ihre Haare geschlungen und bogen ihren Kopf nach hinten.

»Wer bist du, und was treibst du hier«, sagte dicht an ihrem Ohr eine drohende Männerstimme. »Antworte, oder ich tauche dich zurück!«

»Ich bin Haibe aus der Sippe der Dala«, stieß sie röchelnd hervor. In ihren Ohren noch immer der Ruf der Eulengöttin.

Es wurde ihr nicht bewußt, daß die Stimme ihres Peinigers im vertrauten Dialekt der Heimat gesprochen hatte.

»Haibe aus der Sippe der Dala?« Der Mann packte sie an den Schultern, drehte sie zu sich herum. Vage sah sie im Zwielicht sein Gesicht. Kam es ihr nicht bekannt vor?

Unfähig, etwas zu begreifen, stierte sie ihn an.

»Wie heißt dein Bruder?«

»Ritgo. Mein lebender Bruder heißt Ritgo, Sohn der Gilai«, antwortete sie, noch immer willenlos. »Meine Brüder Aktoll und Li sind tot.« Tot, warum bin ich nicht tot...

»Haibe, Ritgos Schwester! Es tut mir leid, wenn ich geahnt hätte, du mußt verstehen, ich bewache das Lager, ich machte einen Wachgang, der Hund hat dich gewittert, man kann nicht vorsichtig genug sein, wir müssen ständig auf der Hut sein vor Wolfskriegern und Spähern, ich habe dich doch nicht verletzt, nicht wahr, ich habe dich nicht verletzt?«

Schwarz wurde es um sie. Sie spürte, wie ihre Beine wegsackten.

Die Hände hielten sie.

Der Mann trug sie durch den Sumpf, legte sie am Hang der Sanddüne nieder, kniete neben ihr. »Was ist mit dir?« murmelte er hilflos.

Sie schloß die Augen. Schlafen.

Plötzlich schoß sie in die Höhe. »Ritgo? Was hast du von Ritgo gesagt? Kennst du ihn?«

»Aber ja. Er ist unser Anführer. Unser Lager ist ganz in der Nähe. Ich gehöre zur letzten Nachtwache. Ich konnte nicht ahnen, daß du es bist, daß du deinen Bruder aufsuchen wolltest, es war noch dunkel, das verstehst du doch? Du wirst doch nicht bei Ritgo Klage gegen mich führen?«

»Klage gegen dich?« Ihr Lachen schrillte.

15

Die Sonne stach.

Der kleine Wirrkon, auf Nakis Rücken gebunden, wimmerte leise.

Naß und heiß klebte der Kittel an ihr. Hitze staute sich zwischen Wirrkons Körper und ihrem.

Kein Schatten im Gemüsegarten.

Es würde Mittag werden, ehe sie mit Daire und Lele alle Ackerbohnen abgeerntet hatte.

Wirrkons Körper verhärtete sich. Er bäumte sich auf, schrie.

Naki stellte den Bohnenkorb ab und nahm Wirrkon aus dem Tragetuch. Sein Gesicht war rot.

Sie wiegte ihn. Er schrie.

»Ich hab' ihn doch gerade erst gestillt«, sagte sie.

Daire fuhr über Wirrkons schweißnasse Stirn und nickte. »Ihm ist zu heiß. Bring ihn ins Haus! Dort schläft er bestimmt wieder ein, und Kori kann auf ihn aufpassen.«

»Meinst du wirklich«, murmelte Naki unsicher.

»Natürlich! Kori, geh mit Naki ins Haus! Du darfst den kleinen Wirrkon hüten!«

Kori hüpfte neben Naki her. »Ich pass' ganz gut auf ihn auf! Daß sich keine Fliegen auf sein Gesicht setzen. Ich verscheuche sie einfach. So!« Sie wedelte mit der Hand.

Naki lächelte. »Und wenn er aufwacht und weint, dann holst du mich!«

Kori nickte. »Dann hol' ich dich!«

Aufatmend trat Naki in die dämmrige Kühle des Wohnhauses. Sie benetzte ein Tuch mit Wasser aus dem Krug, nahm Wirrkon auf den Schoß, wusch ihn und kühlte ihn. Er hörte auf zu brüllen.

»Ich will auch mal«, bat Kori.

Naki gab ihr das nasse Tuch. Vorsichtig betupfte die Kleine damit Wirrkons Stirn und pustete ihm ins Gesicht.

Wirrkon lachte.

Naki legte ihn auf das große Lager, Kori krabbelte neben ihn und kitzelte seinen Bauch. Wirrkon griff nach ihrem Finger und hielt ihn fest umklammert.

»Er mag mich!« sagte Kori andächtig. »Ich bin seine große Schwester.«

Naki lächelte Kori zu. »Ja, du bist seine große Schwester. Und große Schwestern passen ganz gut auf ein kleines Baby auf. Und wenn das Baby weint, holen sie sofort seine Mutter.«

Kori strahlte und nickte.

Dennoch wartete Naki, bis Wirrkon eingeschlafen war, ehe sie in den Gemüsegarten zurückkehrte.

Seltsam leer fühlte sie sich ohne die vertraute Last des Kleinen. Eine leise Unruhe stieg in ihr auf, doch entschieden nahm sie den Korb und begann wieder Bohnen zu pflücken. Mit halbem Ohr hörte sie Leles und Daires Gespräch über die bevorstehende Getreideernte zu.

»Hoffentlich gibt es kein Gewitter mehr«, sagte Daire.

»Ja«, stimmte Naki zu. »Das wäre ein Jammer. Unser Emmer steht so gut!«

»Unser?« wiederholte Daire und lächelte ihr zu. »Wie schön, Naki, daß du ›unser‹ gesagt hast!«

Überrascht hielt Naki inne, suchte nach einer Antwort.

Da stürzte Kori in den Garten.

Naki erstarrte.

Wirrkon. Es ist etwas geschehen –

»Kori!« Sie rannte dem Kind entgegen. »Was ist passiert?«

Kori zeigte zum Wohnhaus, ihr Gesicht blaß, ihre Augen vor Schrecken geweitet. Stumm flüchtete sich Kori in Daires Rock.

Doch das sah Naki nicht mehr. Naki rannte.

Aus dem Wohnhaus drang kein Laut. Kein Babygeschrei.

Naki riß die Tür auf, stürmte ins Haus, konnte mit von der Sonne geblendeten Augen kaum etwas erkennen, eilte zum Lager, auf das sie Wirrkon gelegt hatte.

Es war leer.

Sie stand da mit hängenden Armen.

Da plötzlich Wirrkons fröhliches Geplapper hinter ihr.

Sie fuhr herum.

Auf der Wandbank saß Lykos. Und er hob mit ausgestreckten Armen Wirrkon in die Luft.

Der Kleine strampelte und lachte.

Wirrkon. Er lebt!

Dann nur noch ein Gedanke: Das Kind an sich reißen.

»Mir mein Kind gebt!« rief sie in seiner Sprache und stürzte auf Lykos zu. Sie begegnete seinem Blick und stockte.

Er hält mein Kind, ich darf ihn nicht in Wut bringen.

Zitternd blieb sie stehen.

Lykos betrachtete sie noch immer mit erhobenen Augenbrauen.

Da erst erkannte sie mit eisigem Schreck, daß sie vergessen hatte, sich vor ihm in den Anschein stumpfer Blödigkeit zu retten.

Sie hatte sich verraten.

»Naki! Du erkennst mich!«

Es war zu spät für Verstellung. Sie ging vor ihm in die Knie.

Er hat Wirrkon. Nichts falsch machen.

Lykos faßte ihr ans Kinn. »Wer bin ich?«

»Ihr Lykos seid.« Sie stockte, fügte heiser hinzu: »Mein Herr.«

»Und der Vater deines Sohnes!« sagte er, ließ ihr Kinn los, faßte ihre Hand und zog sie aufstehend in die Höhe.

Sie spürte: In dieser Geste lag etwas Endgültiges.

Eine unbestimmte Hoffnung erfüllte sie. Bittend streckte sie die Hände nach Wirrkon aus.

Lykos gab ihn ihr nicht. Seine breite Hand ruhte auf dem zerbrechlichen Köpfchen. »Was für ein hübscher, gesunder Junge«, sagte er. »Und so kräftig!«

Rasche Schritte näherten sich, ein leiser Aufschrei von der Tür her. Lele war hereingekommen.

Naki nahm kaum wahr, was um sie herum geschah, sah nur das eine: Die viel zu starke Hand auf dem viel zu zerbrechlichen Köpfchen.

Lykos redete, plötzlich gelang es ihr nicht mehr, die fremden Sätze zu erfassen, »Dank«, hörte sie, »Sohn«, »Vater« und »Pflicht«, begriff nicht.

»Verzeiht, Herr, ich nicht verstehe!« murmelte sie und dachte nur: Wirrkon darf nichts geschehen. Nicht Wirrkon.

Er winkte Lele, ihr zu übersetzen.

Lele hatte rote Flecken im Gesicht. Ihre Stimme aber war ausdruckslos, als sie Lykos' Rede wiedergab:

»Er sagt, da es ihm scheint, daß die Dämonen aus dir herausgefahren sind und du wieder deiner Seele mächtig bist, will er die Gelegenheit ergreifen, dir zu danken, daß du ihm einen gesunden und kräftigen Sohn geschenkt hast.«

Lele schwieg, hörte mit eisiger Miene zu, was Lykos weiter sprach, übersetzte wieder. Und so hörte Naki noch einmal von Lele, was sie halb und halb bereits von Lykos verstand:

»Er sagt, er hat dich unwiderruflich als seine Nebenfrau verstoßen, du bist eine verwerfliche Zauberin, und die Himmlischen haben dich für deinen Ungehorsam geschlagen – er sagt, aber keiner soll behaupten, daß ein Herr der Söhne des Himmels sich einer Frau nicht großmütig erweist, die seinen Sohn geboren hat – er mußte dich bestrafen, aber er wird dich dennoch belohnen – er sagt, du bist nicht länger sein Besitz, er gibt dich frei, du kannst hier an unserem Hof bleiben, aber du kannst auch gehen, wann du willst und wohin du willst –« Lele gab ihre unbeteiligte Übersetzerrolle auf, flüsterte erregt: »Naki, hast du gehört?! Du bist frei!«

Frei?

Gehen dürfen?

Ihn nie mehr fürchten müssen?

Sie schloß die Augen.

Ein Taumel erfaßte sie, sie zitterte, weinte auf einmal, »Danke, Herr«, schluchzte sie, »ich Euch danke!« Worte, zu denen sie sich so oft hatte zwingen müssen, nun kamen sie von selbst.

Wirrkon, du und ich, nun wird alles gut.

Wirrkon an Lykos Schulter drehte sich zu ihr um, strebte ihr entgegen, verzog sein Gesicht.

»Mir meinen Sohn gebt jetzt?« bat sie und streckte die Hände aus.

Lykos trat einen Schritt zurück. »Deinen Sohn?« wiederholte er. »Aber es ist mein Sohn! Ich bin gekommen, meine Vaterpflichten zu erfüllen!«

»Vaterpflichten erfüllen?« stammelte sie die sinnlosen Worte nach. Mit einem Mal schnürte ihr wieder Furcht die Kehle zu.

Etwas in ihr ahnte, was geschehen würde. Aber sie weigerte sich es zu denken.

Lykos sprach weiter. Sie hörte ihn fern und unwirklich, wie durch eine Nebelwand, hörte Leles entsetzten Aufschrei –

Leles Stimme zitterte: »Er sagt, ein Sohn gehört zu seinem Vater – er sagt, er wird ihn erziehen, wie es sich für einen Sohn des Himmels gehört – er sagt, er ist gekommen, um seinen Sohn an seinen Hof zu holen –« Lele flüsterte nur noch: »Er sagt, es ist sein Recht und seine Pflicht!«

Es ist nicht wahr.

Langsam machte Naki einen Schritt auf Lykos zu.

Dieser stieß sie zurück.

Da endlich machte sich ihr Entsetzen Luft, und sie schrie, ohne daran zu denken, daß er ihre Sprache nicht verstand: »Das könnt Ihr nicht tun! Wirrkon braucht mich! Ihr dürft mir meinen Sohn nicht wegnehmen! Gebt ihn mir zurück, gebt ihn mir ...«

Sie schrie noch, als er schon aus dem Haus gegangen war, Wirrkon auf dem Arm.

Lele schleuderte einen wilden Fluch hinter ihm her.

Naki aber starrte die Tür an, durch die Lykos mit Wirrkon verschwunden war. Ihre Beine schienen im Erdboden verankert zu sein.

Lele legte die Arme um Naki.

Da riß Naki sich los und rannte hinter Lykos her.

Er war bereits auf sein Pferd gestiegen.

Sie sprang dem Hengst in den Weg, umklammerte Lykos' Beine. »Herr«, bettelte sie, sie mühte sich in seiner Sprache, Tränen liefen ihr übers Gesicht, »Herr, bitte! Alles ich tu', alles. Laßt mir Wirrkon! Meinen Sohn, mein Kind –«

Einen Augenblick zögerte er. Einen Augenblick blitzte etwas wie Mitleid in seinem Blick auf. Einen Augenblick sah es aus, als wolle er ihrem Flehen nachgeben.

Doch dann schüttelte er sie ab, stieß die Fersen in die Flanken des Pferdes und ritt mit Wirrkon davon.

Moria beugte sich über das Bett. Lykos hatte es anfertigen lassen. Einen breiten Kasten. Zu breit für eine Person allein.

»Sahir, füll noch einen Bund Stroh in das Bett der Königstochter!«

Unmöglich, die andere bei Namen zu nennen, »Briseia«. Oder gar: »Zweitfrau«.

»Sofort, Herrin!« Sahir lief aus dem Haus.

Moria wandte sich zur Truhe, ließ sich schwerfällig auf die Knie nieder und öffnete den wuchtigen Deckel, bemüht, sich dabei gerade zu halten, um den Rückenschmerzen zu entgehen. Ihr Bauch war gewölbt, als stehe die Niederkunft kurz bevor. Dabei mußten noch mehr als zwei Monde vergehen.

Sie ließ die Tücher durch die Finger gleiten. Dichte Woll- und Leinenstoffe, von ihr selbst, ihrer Mutter und den Mägden daheim gesponnen, gewebt und gefärbt.

Nie hätte sie daran gedacht, daß sie mit einem dieser Stoffe einmal das Lager einer anderen bereiten müßte.

Moria wählte ein besonders ebenmäßiges Leinentuch. Das hatte die Mutter gewebt. Darüber konnte die Königstochter nicht die Nase rümpfen.

Sie konnte gut spinnen und weben, die Königstochter. Der Mantel, den sie Lykos als Gegengabe für den Bernsteinschmuck geschickt hatte, war ein Meisterwerk. Sosehr Moria auch gesucht hatte, sie hatte keinen Fehler daran gefunden, nicht die kleinste Unregelmäßigkeit.

Morgen würde Lykos ihn tragen. Morgen, wenn er aufbrach, um die Königstochter zu holen.

Er hatte befohlen, bereits vorher alles für deren Ankunft vorzubereiten. Er hatte befohlen, dieses Bett hier zu richten. Er hatte befohlen, daß in drei Tagen, wenn er mit ihr zurückkehren würde, der ganze Hof mit Blumen und grünen Girlanden geschmückt zu sein habe. Und er hatte ein Festmahl befohlen, wie es noch nie dagewesen war.

Er hatte befohlen, er hatte befohlen –

Und bei jedem Befehl hatte er sie angesehen, auf diese Art, mit einem Blick aus leicht verengten Augen, der ihren Blick in die Knie zwang –

Jedesmal erinnerte er sie mit diesem Blick daran, daß sie versprochen hatte, mit allem einverstanden zu sein, sich in alles zu fügen.

In jener Nacht...

In jener Nacht, in der er sie mit Gewalt aus der Erstarrung befreit hatte, in die sie verfallen war, in der er mit harten Schlägen die Wand eingerissen hatte, hinter der sie sich eingemauert hatte zu ihrer eigenen Verzweiflung, in der er ihr mit den Schmerzen das Gefühl wiedergegeben hatte und das Wissen, ich bin wieder da, bei ihm –

Und die gelöste Weichheit danach, als sei sie zerschmolzen.

Damals war ein Damm in ihr gebrochen, der letzte. Aber was dahinter lag, diese irrsinnige Lust, die sie selbst nicht begriff, das war etwas für die Nacht, fürs Dunkel, und da sollte es bleiben, am Licht wollte sie, daß er sie achtete, ehrte, liebte – und nicht behandelte wie einen Hund, den es abzurichten galt.

Doch genau das tat er seither.

Moria ließ den Deckel mit lautem Knall zuschlagen.

Sahir, die eben mit dem Stroh hereinkam, zuckte zusammen, sah ihre Herrin erschreckt an.

Moria erhob sich und warf das Laken heftig auf das Bett. »Mach du das fertig, Sahir!« Sie drehte sich um, setzte sich auf die Bank und griff nach Spindel und Rocken.

Ungeduldig zupfte sie an der Wolle, zwirbelte den Anfang eines Fadens, wickelte ihn auf den Holzstab, ließ die Spindel schwirren.

Wenn ich nur mit jemandem darüber reden könnte.

Aber da ist niemand. Auch nicht Cythia.

Die schon gar nicht.

Was regst du dich über eine Zweitfrau auf, es gibt Schlimmeres! hatte Cythia gesagt. Sorg dafür, daß du die Haushaltsführung in der Hand behältst, daß du die einzige bleibst, die für die Gastmähler zuständig ist, und du behältst deinen Ruf und deinen Einfluß! Ihr gib die Tuch- und Kleiderherstellung ab, du sagst doch, der Mantel ist einwandfrei gewebt, wenn sie das so gut kann, fühlt sie sich damit zufrieden und nicht zurückgesetzt, und ihr kommt euch nicht ins Gehege. Weben und Nähen waren noch nie deine starken Seiten, du sagst ja selbst, daß du es nicht gern tust, sei froh, wenn du das los bist! Und wenn dein Kind erst mal da ist, wirst sogar du dankbar dafür sein, wenn dein heißgeliebter Lykos dich nachts in Ruhe läßt! Rücksichtnahme darauf, daß du als junge Mutter erschöpft und elend bist – das kannst du von einem Mann nur erwarten, wenn er eine andere hat, bei der er sich holen kann, was er will!

Cythia. Bei der war alles so nüchtern und klar.

Unmöglich, mit Cythia über so verworrene, geheime Gefühle zu sprechen.

Cythia fände nichts dabei, das Bett zu richten, in dem er die andere zu seiner Frau macht...

Der Faden riß.

Moria stockte, knotete ihn wieder zusammen.

Lykos wird es noch bereuen, die Königstochter geheiratet zu haben.

Wenn die Königstochter unfruchtbar ist. Und ihr Versagen auch Unfruchtbarkeit über das Vieh bringt.

Unwillkürlich banden ihre Finger noch einen Knoten.

Wenn sie ängstlich ist, wenn sie kalt und steif in seinen Armen liegt wie ein gefrorener Fisch, unfähig, seine Leidenschaft zu entfachen, unfähig, ihn so in Hitze zu bringen wie ich.

Knoten.

Wenn sie blaß und krank vor Heimweh wird, wenn sie sich nach ihrer Mutter und ihren Schwestern die Augen ausweint, wenn sie keinen Blick und kein Lächeln für ihn hat.

Knoten.

Wenn sie, während ich im Kindsbett liege, den Haushalt führt und der Braten zäh wird, das Bier sauer und das Brot schimmelig. Und wenn dann Gäste kommen und sie ihnen nur Pökelfleisch und fade Grütze anbietet und mit ihrer schlechten Wirtschaft Schande über sein Haupt bringt.

Knoten.

»Soll ich ein Kissen mit Wollgras füllen, Herrin?«

Ein Kissen.

Moria achtete nicht auf Sahir, sah nur die Knoten im Faden.

Benommen öffnete sie die Augen.

Lykos stand neben dem Bett. Hell loderte das Feuer.

»Was ist?« murmelte sie schlaftrunken und schreckte plötzlich auf. War sie eingeschlafen? Und hatte doch die ganze Nacht wachen wollen!

»Ich habe Holz nachgelegt. Es war zu kalt!« Lykos legte sich wieder neben sie, zog an der Decke, rollte sich zur Seite, fuhr mit der Hand unter das Kissen und stopfte es unter seinen Kopf.

Die Schnur kam zum Vorschein, die Schnur mit dem Knoten.

Sie sah es, kalt vor Entsetzen.

Seine Hand stieß an die Schnur, unwillkürlich schlossen sich seine Finger darum. Jetzt geschieht es.

Jetzt kommt heraus, was ich getan habe.

Jetzt bin ich verloren.

Verstoßen, verjagt, von niemandem aufgenommen. Mutter!

Göttin der Morgenröte, Tochter der Himmlischen, hilf mir, ich schwöre, ich tu' es nie wieder, nie wieder –

Zitternd drängte sie sich an Lykos, küßte seine Schultern, streichelte die Narben. Steht mir bei, ihr Nothelferinnen!, ließ ihre Hand nach unten gleiten, blies heißen Atem in sein Ohr.

Lykos lachte leise, drehte sich herum, drehte sie auf den Rücken. Achtlos entglitt die Schnur seinen Fingern, ehe er den Knoten gefühlt hatte.

Er war über ihr.

Bebend schob sie die Schnur unter das Kissen zurück.

Nie wieder, nie wieder, ich schwöre ...

Ich habe geschworen.

Und beinahe den Schwur gebrochen.

Sie nestelte an dem Faden, löste mit fliegenden Fingern die Knoten, wickelte den Faden auf die Spindel, warf die Spindel in den Korb und stand hastig auf.

Schwärze. Schwindel.

Sie schwankte.

Sahir eilte herbei und hielt sie.

»Laß nur, es geht schon wieder«, wehrte Moria ab und stürzte aus dem Haus.

Luft!

Moria lehnte sich an die Hauswand, drückte sich in den Schatten.

So schlecht bin ich.

Knüpfe Knoten gegen ein Mädchen, wie ich einmal eines war. Das nichts kann für das, was geschieht. Das nicht gefragt worden ist, ob es Lykos' Frau werden will.

Knüpfe Knoten gegen meinen eigenen Mann.

Alles, was ich jetzt hinnehmen muß, ist die Strafe dafür.

Sie preßte die Fäuste an die Schläfen.

Daß Lykos zurückgekehrt war, merkte sie nicht. Sie wurde seiner erst gewahr, als er auf sie zukam.

Ein schuldbewußtes Lächeln zuckte in ihr Gesicht. Und gefror.

Lykos trug einen Säugling im Arm, einen Säugling, der nicht in Wickelbänder gebunden, sondern fast nackt war.

Sie vergaß zu grüßen.

Er streckte ihr das Baby hin. »Hier, Moria, ich übertrage dir die Sorge für meinen Sohn! Meine Nebenfrau hat ihn mir geboren. Ich will, daß du ihn aufziehst wie dein eigenes Kind. Vergiß nicht, daß du selbst für ihn die Verantwortung hast! Er soll hier am Hof unter deiner Fürsorge und meiner Aufsicht nicht anders aufwachsen als die Söhne, die du mir gebären wirst. Wenn er das Alter dafür hat, werde ich persönlich ihn erziehen.«

Das Kind der Nebenfrau.

Er verlangt, daß ich das Kind aufziehe, das er der anderen gemacht hat.

Ich habe den Knoten gebunden.

Als habe es einen Sinn, sich gegen den Willen der Götter aufzulehnen.

Ich habe ihn hintergangen, indem ich seine Leidenschaft zu der anderen heimlich zerstört habe.

Es geschieht mir recht, daß ich nun für die Frucht dieser Leidenschaft sorgen muß.

»Moria, hörst du nicht?« Er faßte sie am Kinn. Da war er wieder, der Blick.

»Doch. Ich höre.«

Das Baby verzog das Gesicht und begann jämmerlich zu weinen.

Sie nahm es aus Lykos' Händen und drückte es an sich.

»Und seine Mutter?« fragte sie mühsam.

Er zuckte die Achseln. »Mit Naki habe ich nichts mehr zu schaffen. Ich habe sie verstoßen.«

Verstoßen. Und ihr das Kind weggenommen.

Da war keine Erleichterung, keine Befriedigung, kein Triumph.

Da war nur Entsetzen.

Wenn er wüßte, was ich getan habe. Wenn er es je erführe –

Er nähme mir mein Kind weg –

Er kennt keine Gnade.

Sie wiegte hilflos das weinende Kind. Es ließ sich nicht beruhigen. Sein Brüllen steigerte sich zu höchster Not und Verzweiflung.

Schrei nur, Kind, schrei!

»Nun beruhige es doch!« sagte Lykos harsch.

»Aber ihm fehlt eine Mutter!«

»Hast du nicht verstanden, daß du jetzt seine Mutter bist?!« fuhr er sie an.

»O doch! Ich meine nur, es braucht Milch«, erwiderte sie. »Und hier am Hof ist keine Amme, die es stillen könnte!«

»Milch?« Er faßte sich an den Bart. »Nun gut, ich werde mich darum kümmern! Morgen, ehe ich aufbreche, besorge ich eine Magd, die zur Amme taugt. Und jetzt tu endlich was, damit es aufhört zu brüllen, ich kann es nicht mehr hören!«

Er ging ins Haus.

Ich hasse dich, Lykos. Du bist ein Schwein. Ein elendes Schwein.

Sie erschrak über ihren eigenen Gedanken. Aber sie nahm ihn nicht zurück.

Laut rief sie nach Noedia und drückte der Älteren das schreiende Baby in die Arme. »Bitte, Noedia, bitte, du hast doch Kinder großgezogen, versuch du es zu beruhigen, ich kann das nicht, morgen erst bekommt es eine Amme, es ist ein Sohn des Herrn, meinst du, wir könnten ihm etwas Kuhmilch ...«

»Bloß nicht!« erwiderte Noedia. »Das bringt nur sein Gedärm in Aufruhr. Ich versuche es mit Tee. Und dann werde ich es erst mal ordentlich auf ein Wickelkissen schnüren, sonst kratzt es sich noch die Augen aus. Nicht zu glauben, wie diese

Bäuerinnen ihre Kinder verlottern lassen. Das arme Würmchen! Was ist mit seiner Mutter?«

Moria schüttelte den Kopf.

Noedia wandte sich ab, legte sich das Baby über die Schulter und klopfte es. »Na komm schon, Kleines, komm«, tröstete sie es im Weggehen. »Siehst deine Mutter nicht wieder. Dein Vater will es so. Und was der will, das geschieht, dagegen schreist du nicht an. Du hast ja recht, hast ja recht. Das Leben ist zum Schreien. Das ist es, jawohl. Merk es nur gleich, dann weißt du alles, was du wissen mußt!«

Und das Kind wurde ruhig.

Lykos neben ihr schlief. Fest und sicher ging sein Atem. Kein Zweifel trübte seine Ruhe, kein Alp drückte ihn.

Moria wälzte sich unruhig hin und her. Die Nacht war schon halb vorüber, und noch immer lag sie wach.

Könnte sie sich wenigstens auf den Bauch drehen! Auf dem Bauch liegend, war sie immer am besten eingeschlafen.

Doch daran war nun nicht mehr zu denken.

Ein großer, starker, gesunder Sohn ...

Er mußte sehr groß werden, so mächtig, wie sich ihr Leib schon gerundet hatte.

Göttin der Morgenröte, Tochter der Himmlischen, gib, daß es ein Sohn ist! Ein Sohn, für den Lykos mich achtet. Ein Sohn, den ich der Königstochter voraushabe.

Das Kind trat kräftig, drückte auf die Blase. Schon wieder mußte sie aufstehen.

Vorsichtig erhob sie sich – nicht Lykos wecken –, stieg aus dem Bett, schlich zur Tür, öffnete sie und trat in den Hof.

Mondlicht zeichnete scharfe Schatten und helle Flächen.

In der Hütte weinte das Baby.

Moria bog um die Hauswand. Als sie zurückkam, schlug der Hund an.

»Dummer Köter!« rief sie leise. »Ruhig!«

Das Bellen des Hundes wurde lauter, erregter.

»Herrin, seid Ihr das?« fragte von der Hütte her ein Knecht, der in die Tür trat.

»Ja, ja! Stell den Hund ruhig, er weckt sonst den Herrn!«

»Hör' ich da nicht einen Reiter?«

Ein Reiter? Muß ich jetzt auch noch nachts gewärtig sein, einen Gast aufzunehmen?!

Sie trat an das Tor, schob den Riegel des kleinen Gucklochs zurück, öffnete es und spähte hindurch. Ein schwarzer Reiter auf einem schwarzen Pferd jagte dem Hof entgegen.

Fröstelnd zog sie ihren Kittel enger, sah an sich herab. So konnte sie keinem Fremden begegnen.

Der Reiter war heran, zügelte sein Pferd, hielt vor dem Tor. Der Mond schien ihm ins Gesicht. Buschige Brauen, kraftvolle Züge, eine scharf geschnittene Nase –

»Krugor!« rief sie aus. »Bruder!«

»Laß mich ein, Moria! Rasch! Ich muß mit Lykos sprechen. Sofort!«

Sie gab dem Knecht ein Zeichen, das Tor zu öffnen, und trat zur Seite, während dieser den schweren Balken in die Höhe wuchtete. Krugor ritt herein, sprang vom schweißnassen Pferd und faßte Moria an den Schultern. »Sei gegrüßt, Schwester! Schnell, wecke deinen Mann!«

»Nicht nötig«, antwortete eine Stimme vom Haus her. Lykos trat ins Mondlicht, zog dabei seinen Gürtel zu. »Was führt dich in der Nacht zu mir, Schwager? Nichts Gutes, wie ich annehmen muß!«

»Nichts Gutes, wahrhaftig! Der Hof des Königs wurde überfallen. Das Königsfeuer ist ausgelöscht. Briseia ist tot.«

Lykos schrie.

Moria fuhr sich mit den Händen ans Herz.

Briseia tot.

So habe ich das nicht gewollt. Ihr Himmlischen, so nicht!

Lykos zog Krugor mit sich ins Haus.

Nun wird er Briseia nicht heiraten ...

Was ist mit dem Festmahl, mit den geschlachteten Ochsen, den Wildschweinen ...

»Moria, wo bleibst du? Ich bin am Verdursten!« rief Krugor aus dem Haus.

Sie eilte hinein und reichte dem Bruder einen Becher mit Bier.

»Nun berichte endlich! Wer hat den Königshof überfallen? Wer hat Briseia gemordet?« drängte Lykos.

Krugor schloß erschöpft die Augen und trank schweigend den Becher aus.

Beinahe zögernd begann er dann zu sprechen. »Du weißt, der König weilte gestern mit seinem ganzen Gefolge im Heiligen Hain in der Nähe von unserem Hof. Das Stieropfer bereiten für deine Heirat mit Briseia. Den Segen auf die Ehe ...« Er brach ab.

»Weiter!« forderte Lykos ungeduldig.

»Am Königshof waren nur die Frauen, ein paar Knechte und der Verwalter«, fuhr Krugor fort und machte eine lange Pause. »Wer rechnet auch damit, daß diese Horden des Bernsteinbären die Stirn haben, unseren Königshof zu überfallen!«

»Die Horden des Bernsteinbären? Sie haben den Königshof überfallen?!« schrie Lykos und sprang auf.

»Das haben sie. In der Tat. Sie hatten leichtes Spiel damit. Der Bernsteinbär muß gewußt haben, daß der König und die Gefolgsmänner nicht am Hof waren. Ein feiger Angriff. Feig wie ihre Gesinnung. Feig wie der Mord an Briseia.«

Moria lehnte sich an die Wand, rang nach Luft.

Lykos riß sein Messer vom Gürtel, ritzte sich der Länge nach die Haut des linken Unterarmes auf und ließ das Blut in die Glut der Feuerstelle tropfen. Es zischte.

»So wahr hier mein Blut verbrennt, so wahr schwöre ich: Ich werde Briseias Tod rächen! Wenn nötig, werde ich bis zu meinem letzten Blutstropfen kämpfen, um sie zu rächen. Ich werde ihren Mörder töten.«

»Nur zu, Lykos, nur zu!« Krugor lachte rauh. »Doch für dich allein dürfte die Aufgabe denn doch zu groß sein! Es gilt, alle Männer zu töten, die der Bernsteinbär um sich geschart hat! Und ihn selbst auch! Denn keiner weiß, wer Briseias Tod verschuldet hat.«

»Noch mehr Tote?« fragte Lykos knapp.

Krugor zuckte die Achseln. »Nur die Knechte. Auch der Hof nicht niedergebrannt. Offensichtlich diente das ganze Unternehmen dem Zweck, uns alle zu demütigen und die gefangenen Frauen aus dem Webhaus zu befreien. Was auch geschehen ist.

Diese Schande! Da wird die Ehre unseres Königs in den Schmutz getreten, sein Hof überfallen, das Königsfeuer gelöscht, seine Tochter getötet, und dann verschmähen sie sogar die Beute und nehmen nur ein paar Sklavinnen mit!

Es ist der blanke Hohn!«

Lykos griff nach seinem Waffengürtel und schob die Streitaxt in die Schlaufe. »Wir werden die Ehre unseres Königs wiederherstellen!«

»Das meine ich auch«, bestätigte Krugor. »Jetzt sollen die Enden der Welt die Stärke der Söhne des Himmels erkennen! Vorbei mit dem Geplänkel! Vorbei mit den kleinen Kriegszügen der Wolfskrieger! Wenn das nicht der Anlaß zu einem großen Krieg ist, zu dem ganz großen Krieg, dann weiß ich nicht, was einer sein sollte!«

Lykos streckte Krugor die Hand hin. »Krieg! Bewaffnung der Herren! Aufbietung der großen Streitmacht! Wir sind uns einig, daß wir dafür stimmen. Nur so können wir auf Dauer auch unsere eigenen Höfe schützen. Hairox und Eraiox gewinnen wir auch. Endlich kommt Bewegung in die Sache!«

Krugor nickte. »Nun wird auch der König nicht mehr zaudern, und selbst mein Vater kann nicht mehr zum Abwarten raten!

Rüste dich, Schwager, und nimm Abschied! Morgen abend ist Versammlung am Königshof. Und du wirst schwerlich noch einmal hierher zurückkehren, ehe es in den Krieg geht!«

Lykos lief aus dem Haus, rief Befehle und bestimmte die Pferde, die mitgenommen werden sollten, und die Männer, die ihn zu begleiten hatten.

Moria saß noch immer an die Wand gelehnt, die Hände an ihren Bauch gepreßt.

»Krugor«, keuchte sie, »warum mußte sie sterben, Briseia?«

Krugor verzog den Mund. »Darauf kommt es nicht an. Sie ist tot, und sie muß gerächt werden. Der Anlaß kommt gelegen.«

»Wie meinst du das?«

»Vergiß es! Männergeschäfte!«

Sie schwieg.

Das Bett war schon bereit für sie...

Sie erhob sich. »Ich muß Lykos' Kleidung richten. Und Verpflegung«, entschuldigte sie sich bei dem Bruder. »Kann ich dir etwas zu essen auftragen lassen?«

Sie ging in den Nebenraum, wies Mägde an und füllte Packtaschen.

Und wenn er nicht wiederkommt?

Still, Moria, still!

Noch vor dem Morgengrauen der Abschied. Eine kurze, feste Umarmung, ein Kuß, letzte Anweisungen: »Chtairus ist in meiner Abwesenheit der Verwalter des Hofes. Er ist verantwortlich für eure Sicherheit. Ich habe ihm eingeschärft, vor dem Bernsteinbären auf der Hut zu sein und den Hof Nacht für Nacht zu bewachen. Besprich dich mit ihm!

Du leite hier alles, als wäre ich anwesend. Vergiß nicht, daß du mir Rechenschaft schuldest.

Es werden wohl Monde vergehen, vielleicht wird es Winter, ehe ich heimkehre. Ich verlasse mich auf dich, Moria. Und ich wünsche dir eine glückliche Niederkunft. Die Götter seien mit dir und mit unserem Kind!«

Ein Pferd wieherte. In der Gesindehütte schrie das Baby.

Lykos schwang sich auf seinen Hengst. »Ach«, sagte er, »die Amme für meinen Sohn – nun mußt du dich selbst darum kümmern! Du bürgst mir für ihn!«

Er gab das Zeichen zum Aufbruch.

Sie sah Lykos aus dem Hof reiten, sah Krugor und die anderen Männer ihm folgen, und bedeutete dem Knecht, das Tor wieder zu schließen.

Seltsam stumpf und fühllos schleppte sie sich ins Haus zurück, Steingewichte an den Füßen.

Vor dem Bett der Königstochter blieb sie lange stehen.

Dann legte sie sich hinein, zog die neue Decke über den Kopf und fiel in einen tiefen, traumlosen Schlaf.

Als sie aufwachte, schien ihr die Sonne ins Gesicht.

Sie schreckte auf: Ich habe verschlafen! Die Morgenmahlzeit für Lykos!

Dann ließ sie sich wieder zurücksinken: Er ist weg. Nichts, was mich drängt.

Kein Mann. Keine Gäste. Kein Festmahl!

Mit wie viel Arbeit hatte ich für heute gerechnet, wie habe ich die nächsten Tage gefürchtet!

Und nun! Wenn ich einfach liegenbliebe – niemand, der mich daran hindern würde.

Sie verschränkte die Arme hinter dem Kopf, räkelte sich und lächelte.

Für die Mahlzeiten ist auf lange im Überfluß gesorgt. Den größten Teil des Fleisches muß ich einpökeln oder räuchern lassen. Dennoch werden wir essen, als sei jeder Tag ein Fest!

Ich könnte Cythia einladen. Auch sie wird jetzt frei sein.

Krugor und Lykos schienen ganz sicher, daß es Krieg gibt...

Cythia und ich. Es wird Zeit, daß wir miteinander reden.

Wenn ich ihr von dem Baby erzähle –

Das Baby! Ich muß ihm eine Amme besorgen.

Wenig später verließ sie in Begleitung von Noedia den Hof.

Kaum hatten sie das Tor hinter sich gelassen, traten ihnen zwei junge Frauen in den Weg.

Blondes Haar in Zöpfen aufgesteckt, ärmellose Blusen mit viel zu weitem Ausschnitt, nackte Füße und grob gewebte Röcke in erdfarbenem Muster: zwei Bäuerinnen.

Noedia sog scharf die Luft ein, faßte nach Moria, »Kommt, Herrin«, doch die eine der jungen Bäuerinnen war bereits vor Moria auf die Knie gefallen und hielt sie am Rock fest.

Rotgeweinte, flehende Augen, Spuren von Tränen und Schmutz in einem von Verzweiflung zerstörten Gesicht. »Bitte, Herrin«, sagte die Fremde in schleppendem, seltsamem Tonfall, »mein Kind, meinen Sohn, ihn mir gebt, bitte!«

Moria wich zurück.

Das also ist sie. Die da war die Nebenfrau meines Mannes.

Nicht zu glauben, daß ich mich derentwegen in Eifersucht verzehrt habe. Daß ich derentwegen den Knoten gebunden habe.

Sie ist nicht einmal hübsch.

»Kümmert Euch nicht um sie«, zischte Noedia, »kommt weiter!«

Die Fremde hielt Morias Rock, berührte Morias Bauch: »Ihr Mutter seid. Ihr versteht!«

Chtairus war da, packte die Fremde unter den Armen und riß sie von Moria weg.

Die Fremde wehrte sich. »Mein Kind!« schrie sie. »Ihn mir gebt!«

Chtairus keuchte: »Ich habe die beiden schon zu verjagen versucht, Herrin. Aber sie bleiben einfach. Ich kann doch nicht den Hund auf zwei junge Frauen ...«

»Du mußt uns schon töten, wenn du uns verjagen willst«, sagte die andere Bäuerin und schaute Moria ruhig, fast kalt, an. »Tut es doch, tut's! Bringt das Unrecht zu Ende, Herrin, das der Herr begangen hat! Entführt hat er Naki, mit roher Gewalt hat er sie in sein Bett gezwungen, mit gemeiner Erpressung hat er sich ihre Treue gesichert, und jetzt nimmt er ihr auch noch ihr Kind weg! Sie liebt ihren Sohn, wie nur je eine Mutter ihr Kind geliebt hat, und um nichts in der Welt wird sie von ihm lassen! Versteht Ihr das, Herrin?

Solange wir leben, werden wir uns von diesem Tor nicht wegrühren! Ich schwöre Euch, wir werden nicht essen und nicht trinken, bis Naki ihren Sohn zurückhat! Und wenn wir sterben, so habt Ihr uns getötet. Unser Leben ist in Eurer Hand, Herrin! Habt Ihr gehört?«

Moria floh.

»Was soll ich nur tun, Noedia?«

»Das fragt Ihr mich, Herrin? Ich bin nur die Letzte der Mägde!«

»Du weißt, daß das nicht mein Wille ist. Daß ich dir für deine Hilfe dankbar bin. Und wenn ich in Kindsnöten bin und im Kindbett – ich wollte dich bitten, daß du mich dann in der Führung des Haushalts vertrittst! Und daß du in Zukunft bei mir im Haus schläfst, solange der Herr nicht da ist.«

»Ich danke Euch, Herrin. Ich werde Euch nicht vergessen, wie freundlich Ihr zu mir seid, obwohl der Herr es nicht will. Aber ich kann Euch trotzdem nicht sagen, was Ihr tun sollt!«

»Habe ich etwas falsch gemacht? In jedem Bauernhof bin ich gewesen, überall habe ich nach einer stillenden Mutter gefragt, die an den Hof kommen kann. Großzügige Geschenke habe ich dafür angeboten. Und keine Frau gefunden.«

»Was habt Ihr erwartet? Daß sich die Bäuerinnen darum reißen, ihre eigenen Kinder zu verlassen, um den Sohn ihres Herrn zu stillen?!«

»Aber Lykos sagte, er würde eine Amme besorgen. Als sei das die einfachste Sache der Welt!«

Noedia lachte bitter. »O ja, Lykos! Für ihn wäre es auch die einfachste Sache der Welt! Er hätte sich ein Kind gegriffen, ihm den Dolch an die Kehle gesetzt – und schon wäre die Mutter bereit gewesen, alles zu tun, um ihr Kind vor ihm zu retten!«

Morias Wangen wurden heiß. »Du solltest dich schämen, so über deinen Herrn zu sprechen«, murmelte sie schwach.

»Ich schäme mich, Herrin. Und wie ich mich schäme!«

Sie schwiegen.

»Wie lange kann das Kind überleben, ohne Milch«, fragte Moria schließlich.

»Nicht sehr lange, fürchte ich. Mit Tee ein paar Tage.«

»Und Kuhmilch mit Wasser und Honig? Ist das wirklich unmöglich?«

»Im Winter würde ich sagen: Versuchen wir es. Aber im Sommer – ich habe noch von keinem so kleinen Baby gehört, das im Sommer mit Kuhmilch ernährt werden konnte. Auch nicht mit Ziegenmilch oder Schafmilch oder Stutenmilch.«

Es wird sterben, wenn ich keine Abhilfe finde.

Du bürgst mir für ihn.

So leicht hat Lykos es sich gemacht. Und mir so schwer.

Aber wann fragt er schon nach anderen!

Langsam schleppte sich Moria voran. Jeder Schritt in der Mittagssonne eine Anstrengung. Jeder Schritt dem Hof entgegen eine Überwindung.

»Noedia, ob die Frauen das wahrmachen – nichts essen, nichts trinken?«

»Ich fürchte. Verzweifelt genug schienen sie.

Aber eins ist sicher: Lange werden sie Euch nicht belästigen! Bei der Hitze werden sie elendiglich verdursten, in weniger als drei Tagen. Aber was geht Euch das an?«

Warum sagst du das, Noedia. Du mußt doch auch spüren, daß sie in Wahrheit im Recht ist, diese Naki.

Einen Säugling von seiner Mutter reißen! Einer Mutter ihr Neugeborenes wegnehmen!

Wenn das dein Recht ist, Lykos, dann schreit es zum Himmel!

Sie bog um die Hecke, sah den Hof liegen.

Vor seinem Tor standen zwei Frauen.

Endlos die kurze Wegstrecke bis zu ihnen.

Ich darf ihnen das Kind nicht geben.

Mit abgewandtem Gesicht wollte Moria an den Frauen vorbei. Doch wieder fiel Naki vor Moria zu Boden und umfaßte deren Knie, schweigend diesmal. Feuchte Flecken auf ihrem Kittel verrieten, daß die Brüste vor Milch überquollen.

Im Hof schrie das Baby.

»Steh auf! Ich kann es nicht, verstehst du«, sagte Moria heiser, »ich kann dir dein Kind nicht geben! Der Himmel weiß, nichts täte ich lieber als das! Aber es ist, er ist Lykos' Sohn, und Lykos hat befohlen, daß er an seinem Hof erzogen wird ...«

»Er weint«, sagte Naki flehend, erhob sich und zeigte zum Hof. »Er Hunger hat.« Sie faßte an ihre Brust. »Ich Milch habe. Bitte!«

Die andere Bäuerin sprach hastig in der Sprache des Alten

Volkes auf Naki ein, doch Naki schüttelte den Kopf, wiederholte nur: »Ich Milch habe. Bitte!«

Sein Befehl war eindeutig.

Nie würde er mir das verzeihen.

»Ich bürge für das Kind, hat Lykos gesagt. Wenn ich es weggebe, dann«, ein Schaudern ließ sie zusammenfahren, warum sprach sie das aus, sie war dieser Frau keine Rechenschaft schuldig, »dann, ich weiß nicht, was er dann mit mir macht, vielleicht verstößt er mich, schließt mich von Feuer und Wasser aus, nimmt auch mir mein Kind ...«

Die zweite Bäuerin sprach wieder leise mit Naki, eine kurze Rede flog zwischen den beiden hin und her, von der Moria nichts verstand, wohl aber merkte sie, daß die beiden nicht einer Meinung waren. Dann wandte sich die zweite wieder an Moria:

»Herrin, ich bin Lele vom Dorf hinter dem Schwarzmoor. Laßt mich für Naki sprechen, denn sie versteht Eure Sprache zwar einigermaßen, aber das Sprechen fällt ihr noch schwer.

Naki sagt, sie glaubt Euch, daß Ihr das Kind nicht freigeben könnt. Sie sagt, Ihr habt recht, wenn Ihr Euch vor dem Herrn fürchtet. Sie sagt, sie will nicht, daß er sich an Euch rächt.

Aber sie würde alles tun, um bei ihrem Kind zu sein, alles. Darum bittet sie Euch, sie als Eure Magd anzunehmen. Der Herr hat sie freigelassen, hat ihr erlaubt hinzugehen, wohin sie will. Nun möchte sie für Euch arbeiten. Wenn Ihr sie für ihren Sohn sorgen laßt!«

»Bitte, Herrin!« Naki streckte ihr beide Hände hin.

Himmel! Sie ist frei und will sich selbst zur Magd machen. Täte ich das auch, für mein Kind?

Lykos. Er würde es nicht wollen. Er schert sich nicht mehr um sie.

Daran sind meine Knoten schuld ... Er wird toben!

Das Baby braucht Milch. Sie hat welche.

Schon wollte sie den Mund öffnen, da hielt sie erschreckt inne: Aber wenn sie mit dem Kind flieht? Vielleicht ist alles nur eine List, damit sie das Kind entführen kann?

Sahir hat erzählt, schon einmal hat diese Naki zu fliehen versucht, und da war Lykos selbst im Hof –

»Ich nicht fliehe. Mein Sohn hier bleibt. Ich schwöre«, sagte Naki langsam und deutlich.

Wai zeichnete ein großes offenes Dreieck auf den Boden. »Da trete hinein! Und jetzt schwöre! Bei der, die Eins ist in Drei und Drei in Eins …«

Moria ging in die Knie, malte ein offenes Dreieck in den Sandboden, richtete sich schwer atmend wieder auf. »Schwöre!« sagte sie. »Schwöre bei der, die Eins ist in Drei und Drei in Eins! Schwöre, daß du deinen Sohn nicht entführen wirst!«

Naki und Lele starrten sie an.

»Herrin, nicht, was tut Ihr?« stieß Noedia entsetzt hervor und zog an Morias Arm.

Moria schüttelte sie ab. Sah Naki in die Augen.

Naki und sie. Nur sie beide allein.

»Schwöre!« wiederholte Moria.

Und Naki trat in das Dreieck und schwor.

»Götter, Euch zieh' ich zu Zeugen, Himmlische, hört meinen Schrei!
Jungfrau von edelster Jugend, bräutlich Briseia hier war.
Tot liegt sie nun auf der Trage, meuchlings gemordet vom Feind.
Rache rat' ich als Richter. Blut wird gesühnt nur durch Blut!«

Rösos, der Oberste Priester, zog das Tuch von der Trage. Da lag sie aufgebahrt im weißen Kleid, mit der Bernsteinkette, Lykos' Brautgeschenk, geschmückt, das blasse Gesicht schmal und zerbrechlich in einer Flut dunkler Locken – Briseia, die Braut.

Lykos stöhnte auf. Sein Stöhnen wurde aufgegriffen, ging wie ein Lauffeuer durch die Menge der anwesenden Priester, Herren und Wolfskrieger.

»Seht sie an, meine Tochter!« sagte der König. »Und bedenkt, daß es eure Tochter sein könnte, eure Schwester, eure Braut! Sie lebte an meinem Hof unter meinem Schutz, tugendhaft und gehorsam wie nur eine.

Und sie ist tot. Nicht dahingerafft von einer Seuche. Nicht dem unerforschlichen Ratschluß der Himmlischen anheimgefallen.

Nein, gemordet. Gemordet von einer Horde roher Bauern des Alten Volkes aus dem Westen. Gemordet vom Bernsteinbären.

Wer von Euch könnte jetzt noch sagen, daß sein Hof sicher sei – da meiner es nicht war?

Wer von Euch kann jetzt des Segens und der Heiligkeit seines Herdfeuers noch gewiß sein, da das Königsfeuer erstickt wurde?

Wer von Euch könnte behaupten, er sei in der Lage, seinen Frauen, Töchtern und Schwestern sicheren Schutz zu gewährleisten – da ich es nicht konnte?

Gestern wollte ich sie in die Hände des Mannes geben, den ich ihr zum Gatten gewählt hatte. Morgen wollte er sie um sein Herdfeuer führen.

Doch sie ist tot. Und mein Herdfeuer ist erloschen.

Und wessen Schuld ist es?

Meine?

Soll ich meinen Hof nicht mehr mit meinem Gefolge verlassen können, soll ich meinem Amt und meinen Pflichten nicht mehr nachgehen können, weil ich fürchten muß, sobald ich den Rücken kehre, wird mein Hof überfallen?«

»Nein!« schrien die Männer. »Nie und nimmer!«

»Wessen Schuld also ist es?«

»Die Schuld des Bernsteinbären – die Schuld des Alten Volkes – die Schuld der Bauern aus dem Westen!« schrien die Männer durcheinander.

Der König hob beide Arme, gebot Ruhe.

»Ihr sagt es. Mein Herdfeuer wurde entweiht, und meine Tochter wurde getötet durch die Schuld des Bernsteinbären und seiner Männer vom Alten Volk aus dem Westen.

Warum haben sie meinen Hof überfallen? Weil sie uns alle treffen wollten, mich und jeden einzelnen von Euch, indem sie das Königsfeuer vernichteten und so unser aller Hausfrieden zerstörten. Und weil sie mir mein Hab und Gut rauben wollten: die Frauen, die als rechtmäßige Kriegsbeute in meinem Webhaus arbeiteten. Nein, nicht nur die Frauen, auch die Säuglinge, die diese Frauen mir geboren haben, deren Vater ich war, oder meine Gefolgsleute und Wolfskrieger! Söhne, die zu Kriegern herangewachsen wären, Töchter, die den Kindersegen gemehrt hätten!

Sollen wir in Zukunft um unser Hauswesen, unsere Familien, unsere Nachkommen, unsere Habe fürchten müssen?!«

»Nein! Niemals!«

»Was also sollen wir tun?«

»Krieg!« schrie Lykos. »Tod den Mördern meiner Braut! Tod dem Bernsteinbären! Tod dem Alten Volk!«

Sein Ruf wurde aufgegriffen, steigerte sich zu dröhnendem Schlachtruf: »Krieg! Tod den Mördern von Briseia! Tod dem Bernsteinbären! Tod dem Alten Volk!«

»Ihr fordert den Krieg?« rief der König. »So schwört ihn! Schwört, daß ihr all eure Kräfte aufbieten werdet in einem Krieg, wie er noch nie dagewesen ist!

Schwört, daß ihr eine Streitmacht bilden werdet, die ihresgleichen nicht hat!

Schwört, daß ihr kämpfen und nicht ruhen werdet, solange noch eine Hand eines Bauern sich gegen uns erhebt, solange noch ein Mann des Alten Volkes lebt, der das Knie nicht vor uns beugt, solange noch eine Frau des Alten Volkes uns trotzt!

Schwört es einer nach dem anderen am Leichnam meiner unschuldigen Tochter!

Lykos, du solltest Briseia heimführen. Du als ihr Bräutigam teilst vor allen meinen Schmerz. Du mach den Anfang!«

Lykos trat vor, schritt zu der Trage, ließ sich aufs Knie nieder.

Da lag sie, seine Braut – im Tod noch jünger, noch kindlicher als im Leben.

Nur zweimal hatte er sie gesehen, und sie hatte kaum Eindruck auf ihn gemacht.

Doch nun, als er sie anblickte, spürte er den unwiederbringlichen Verlust.

Er hätte sie geliebt. Er hätte sie behütet und geschützt wie einen kleinen Vogel in der hohlen Hand.

Sie hatte nichts von den dunklen Seiten des Lebens gewußt. Ihre Unschuld hätte ihm die seine wiedergegeben.

Er weinte. Und weinend erneuerte er den Schwur, den er bereits mit seinem Blut besiegelt hatte.

Nach ihm schworen alle, zunächst die Herren, dann die Wolfskrieger. Nicht einer, der gezögert hätte.

Kein Neid auf den Nachbarn, Haß auf den Vater, Ärger auf die Frau waren mehr von Bedeutung, keine Liebschaft und keine Leidenschaft, nicht die Ernte, nicht die Herden und nicht die Steigerung des eigenen Ansehens. Mit einem Schlag zurückgetreten, nichtig geworden vor dem einen Großen, das sie alle erfüllte: dem Krieg.

Lykos dehnte die Brust. Jetzt war sie gekommen, die Stunde der Bewährung.

Er hatte den letzten Kriegszug geführt und zu glänzendem Abschluß gebracht.

Freilich – es war nur ein kleiner Raubzug gewesen im Vergleich zu dem großen Krieg, der vor ihnen lag.

Aber war er nicht dem König so wichtig geworden, daß dieser ihn an sich gezogen hatte?

Er war der Bräutigam von Briseia. Was lag näher, als daß er einer der Befehlshaber dieses großen Krieges wurde?!

Schon legte er sich die Worte zurecht, mit denen er den Auftrag übernehmen würde. Ehre und Verpflichtung – meine eigene Rache im Dienst einer viel größeren Sache – zum Ruhme des Himmelsvaters und des heiligen Kriegers – ich gelobe –

»Ich schlage vor, daß wir unsere Streitmacht in zwei Stoßrichtungen teilen«, erklärte der König. »Eine nach Nordwesten und eine nach Südwesten. Die nördliche gedenke ich selber zu führen, wie ich auch den Oberbefehl über die gesamte Streitmacht bei mir behalte. Für die Leitung der südlichen fordere ich eure Vorschläge! Wir brauchen einen Führer, der ein gewaltiger Krieger und mächtiger Herr ist, in seiner Härte und Unerschrockenheit durch nichts zu erschüttern, erfahren in den Listen und Widrigkeiten des Krieges und bewährt in vielen und großen Schlachten.«

Namen flogen hin und her.

Seiner nicht.

Bald blieben die Vorschläge bei dem einen: Eraiox.

»Wählen wir Eraiox?« fragte der König.

Tosender Beifall.

Lykos grub die Fingernägel in die Handballen.

Sein Name war nicht einmal gefallen.

Verloren.

»Bleibt noch die dritte Gruppe des Heeres«, fuhr der König fort, »deutlich kleiner als die beiden anderen, aber dennoch von erheblicher Wichtigkeit!«

Lykos horchte auf. Doch noch eine Gelegenheit?

»Ich meine die Führung der Krieger, die hier in der Heimat bleiben und für die Sicherheit unserer Familien wie für die Herrschaft über die Bauern sorgen müssen. Wenige müssen reichen, und diese wenigen müssen Wunder vollbringen!«

»Es gefällt mir nicht, daß du von wenigen sprichst, König!« wandte der Oberpriester Rösos ein. »Ist die Sorge um unsere Familien und unsere Herrschaft nicht der Grund, warum wir diesen Krieg nicht längst begonnen hatten? Waren wir uns nicht darüber im klaren, daß es allzu gefährlich wäre, die Heimat ohne den ausreichenden Schutz einer starken Streitmacht zu lassen? Daß dies den Aufruhr der Bauern herausfordern könnte?

Soll dies nun nicht mehr gelten?!«

»Die Lage hat sich verändert«, erwiderte der König hitzig. »Wir können und dürfen nicht länger warten!«

Rösos nickte. »Wohl wahr! Aber ich fordere, daß ein Drittel der Streitmacht in der Heimat bleibt!«

»Gib mir den Befehl über sie, und ich brauche kein Drittel, mir reicht ein Zehntel!« rief Hairox.

»Ein Zehntel! Ein Zehntel für Hairox!« schrien die Männer.

Lykos biß die Zähne zusammen. Warum war er nicht auf dieses Angebot verfallen!

»Nun gut, ein Zehntel und Hairox als Befehlshaber, wenn ihr es so wollt!« schloß sich der König der allgemeinen Stimmung an. »Das muß reichen. Der Bernsteinbär wird eiligst seine Truppen nach Westen ziehen, wenn er bemerkt, daß wir seine Heimat mit Krieg überziehen, so daß wir zumindest vor seinen Übergriffen hier sicher sein dürften. Und unseren Bauern dürften die Flügel gestutzt sein, da wir ihre Söhne als Geiseln haben. Sie werden nicht wagen sich zu erheben. So hoffe ich. Wohler wäre mir freilich, wir könnten mehr Krieger hierlassen, wie der weise Rösos es fordert. Aber das ist unmöglich. Wir können keinen großen Krieg nur mit zwei Dritteln unserer Streitmacht führen! Wenn wir jetzt nicht alles wagen, werden wir nichts gewinnen.«

Lykos nahm an den folgenden Beratungen über das Zusammenziehen der Streitmacht keinen Anteil. Scham und Zorn brannten in ihm. Mußte ihm nicht jeder ansehen, daß er nach den Sternen gegriffen hatte und einen Haufen Dreck in den Fingern hielt?

Als sei er nur irgendeiner. Irgendeiner von vielen.

Mit seinem Rat, die Bauernsöhne als Geiseln zu nehmen, war die Aufbietung der Streitmacht erst ermöglicht worden – und keiner dankte es ihm!

»Nun, Lykos, so schweigsam?« Der König legte ihm die Hand auf die Schulter und lächelte ihm hintergründig zu. »Kein kluger Rat von deiner Seite?

Ist es die Trauer um Briseia, die dich so verstummen läßt?«

Lykos preßte die Zähne zusammen, stieß schließlich hervor: »Ihr sagt es, mein König. Die Trauer um Briseia.«

Der König nickte. »Ich weiß, was deine Trauer stillen kann. Ich erteile dir einen Auftrag, der dich heilen wird.

Ich möchte, daß du den Bernsteinbären aufspürst. Keiner der drei Heeresgruppen sollst du fest angehören, sondern: Wo der Bernsteinbär ist, da sollst auch du sein. Stelle ich ihn, so wirst du an meiner Seite sein. Ist es Eraiox, so ist dein Platz bei diesem. Sollte der Bernsteinbär noch einmal in unserer Heimat sein Unwesen treiben, so wirkst du dort mit Hairox zusammen.

Wo immer es Anzeichen für den Aufenthalt des Bernsteinbären gibt, dorthin sollst du eilen. Du sollst ihm auf den Fersen bleiben, ihn jagen, und sei es bis ans Ende der Welt.

Und du sollst es sein, der ihn tötet. In der Schlacht, im Zweikampf, im Hinterhalt – wo auch immer. Wähle dir zu deinen eigenen Männern eine Handvoll Wolfskrieger aus, die besten meinetwegen, und mit ihnen erfülle deinen Auftrag!

Und wenn es dir gelingt – nun, in ein, zwei Jahren kommt meine Tochter Langonia ins heiratsfähige Alter!«

Kein Warten je so furchtbar wie dieses.

Seit Tagen harrte Haibe im Wald aus, verborgen im Versteck des Bruders und seiner Gefährten, und wartete.

Wartete, daß Ritgo mit den anderen Männern die Frauen befreite und glücklich herführte: die Schwester, die Kusinen, die Nichten, die Schwägerinnen und die Freundinnen. Und vor allem die eine, die Tochter.

Oder daß sie erfuhr, daß alles verloren war. Der Überfall auf den Königshof gescheitert. Jede Hoffnung zunichte. Ritgo tot.

»Weißt du, wie sie mich nennen, die Söhne des Himmels?« Ritgo lachte, fuhr sich mit den Fingern durch das struppige Haar, seine Augen blitzten, Spottlust und Verwegenheit, die sie nicht an ihm kannte: »Den Bernsteinbären!«

»Den Bernsteinbären?«

Er grinste. »In ihrer Sprache natürlich. Mir haben's Bauern zugetragen, ich habe da meine Verbindungen. Jedenfalls, der Name gefällt mir nicht schlecht. Und den habe ich dir zu verdanken!«

»Mir?« fragte sie verständnislos.

Er nickte, faßte an die Bernsteinkette um seinen Hals. »Die Kette unserer Mutter, weißt du nicht mehr?«

»Und ob ich es weiß!«

Möge sie dich immer erinnern, wo deine Wurzeln sind – und was es ist, wofür du kämpfst ...

Wo hatte sie den Hochmut hergenommen, zu glauben, sie sei berufen, ihn daran zu mahnen?

»Ritgo, du wirst es doch tun, nicht wahr?«

Er, schroff – dieser Ton, früher hat er ihn nicht gehabt –: »Was werde ich tun?«

»Unsere Frauen und Mädchen aus dem Königshof befreien?«

»Befreien, Haibe? Aus einem befestigten, bewachten Hof, in den hineinzugelangen es dir, einer unverdächtigen Bäuerin, nicht gelungen ist?«

Warum macht er es mir so schwer. Es sind doch auch seine Schwester, seine Kusinen, seine Nichten.

Ritgo fuhr fort, unerbittlich. »Meinst du, ich könnte, was du nicht konntest: hineinspazieren, mit den Frauen sprechen, sie herausführen – einfach so? Ohne Kampf, ohne Blutvergießen? Meinst du das mit befreien?«

»Ich – nein.« Ihre Stimme heiser. »Nein, das meine ich nicht.«

»Was dann?«

»Ritgo, warum fragst du noch, warum tust du das ...«

»Sprich es aus, Schwester. Findest du nicht, du schuldest es mir?«

Sie schluckte. »Doch. Ich schulde es dir.«

Schweigen.

Es geht um Naki. Ich will meine Tochter wiederhaben. Meine Schwester. Meine Kusinen. Meine Nichten. Meine Schwägerinnen. Das einzige, was zählt.

Mühsam rang sie sich ab: »Ritgo, ich bitte dich und deine Gefährten: Überfallt den Königshof. Dringt in ihn ein, mit List oder mit Gewalt oder mit beidem. Es gibt keine andere Möglichkeit. Holt sie heraus, unsere Frauen und Mädchen. Und – und –«

Seine Augen unnachgiebig.

»Und wenn es sein muß«, sprach sie weiter – Große Göttin, wohin ist es mit mir gekommen, es ist nicht mehr die Zeit der heiligen Schlange, es ist die Zeit des reißenden Ebers, warum

läßt du das zu –, »und wenn es sein muß, dann kämpft, kämpft um das Leben unserer Frauen und Mädchen, kämpft um euer eigenes Leben.«

Noch immer gab er sie nicht frei. Noch immer zwang er sie mit seinem Blick, alles zu sagen.

Da sprach sie es aus: »Und tötet die, die ihr töten müßt!«

Sie weinte.

Ritgo legte die Arme um sie, zog sie an seine Brust. »Siehst du, nun bist du da, wo ich schon vor einem Jahr war. Arme Schwester. Auch du trägst das Zeichen. Und nie mehr wirst du es loswerden!«

»Du wirst es tun, du und die anderen?« flüsterte sie.

»Ja. Wir werden es tun. Zumindest werden wir es versuchen.

Leicht wird es nicht werden. Besser gesagt: Du hast uns die schwerste Aufgabe gestellt, die ich mir vorstellen kann. Ich hoffe, wir finden einen Weg!«

»Laß mich mit euch kommen! Laß mich helfen! Ich kenne dort Frauen, die uns vielleicht raten, uns zu einer List verhelfen –«

»Wie ich die finde, erkläre mir. Du bleibst hier! Ich nehme dich nicht mit. Unter gar keinen Umständen!

Nein, kein Wort dagegen, Haibe! Einst habe ich dich angefleht, daß du mit mir kämpfst – jetzt will ich es nicht mehr. Du hast mich um Hilfe gebeten, und die sollst du haben. Aber zu meinen Bedingungen!«

Seine Bedingungen: dies nervenaufreibende Warten. Das Teilen der Verantwortung. Aber nicht der Gefahr.

Ein ferner Pfiff: rasche Folge hoher Töne in ungewöhnlicher Melodie. Blätterrascheln. Ein Mann sprang aus der Eiche am Bach – einer von denen, die am Lager geblieben waren.

»Ist das das Zeichen?« fragte Haibe erregt.

Der Mann nickte: »Sie kommen zurück!«

Haibe brach durch das Gebüsch, rannte. Dort unter den Ulmen sah sie Menschen kommen, Männer und Frauen, noch erkannte sie niemanden.

Ihre Füße flogen über den Waldboden. Dann fiel sie Ritgo um den Hals. »Du lebst, Bruder, du lebst!«

»Ich hoffe doch, das bleibt noch eine Weile so«, erwiderte er trocken und klopfte ihr auf den Rücken.

Sie sah die Frauen und Mädchen, so viele waren es, die Männer hatten ein Wunder vollbracht: Gwinne, Mulai, Uori –

Sie umarmte eine nach der anderen, weinte, lachte, hörte wieder und wieder Worte des Dankes für ihre Mühen, ihre Suche, küßte Säuglinge – Trächtige Muttersau, du hast uns die Kinder wiedergegeben, die dem Ruf der Eule folgen mußten – und hielt doch immer Ausschau nach der Einen.

»Naki?« fragte sie schließlich leise, so müde auf einmal, ein Abgrund unter ihr, in den sie sank.

Gwinne nahm sie in den Arm. »Naki war nicht bei uns, nicht am Königshof. Ich weiß, du hast damit gerechnet, Ritgo hat es uns gesagt.

Nicht verzweifeln, du Liebe, nicht! Ich glaube, wir wissen, wo Naki ist!«

»Wo ist sie? Wo?«

Mulai erwiderte: »Der Anführer der Wolfskrieger, die unser Dorf überfallen haben, hat sie für sich beansprucht. Er war wie besessen von ihr. Und als er uns dem König übergab, da behielt er Naki für sich!«

»Für sich?!« Sie schrie auf, zitterte auf einmal, konnte das Beben ihrer Glieder nicht mehr beherrschen. »Ihr meint, er hat sie, hat sie –«

»Er hat sie vergewaltigt, sprich es nur aus!« sagte Mulai hart. »Wenige von uns, denen das erspart blieb – und keinem der jungen Mädchen!

Im übrigen hat er sie besser behandelt als die anderen. Er wird sie zu seiner Nebenfrau gemacht haben, wie die Söhne des Himmels das nennen, und es wird so schwer nicht sein, sie zu finden.

Und da euch das schier Unmögliche gelungen ist, uns aus dem Königshof zu befreien, sollte es vergleichsweise ein leichtes sein, auch Naki zu retten!«

Mulai faßte Haibe mit festem Griff an den Schultern und schüttelte sie. »Hörst du, Haibe, gib jetzt nicht auf! Naki braucht dich! Du mußt ihr helfen, wie du uns geholfen hast!«

Haibe strich die Tränen aus dem Gesicht und straffte sich. »Wißt ihr, wer dieser Wolfskrieger ist? Und wie ich ihn finden kann?«

Gwinne nickte ihr Mut zu. »Wir denken schon. Uori hat ihn wiedergesehen, sie kann dir von ihm berichten.«

»Ja, Tante.« Uori versuchte ein Lächeln. »Ich, mich haben sie nämlich manchmal aus dem Webhaus geholt und am Herd arbeiten lassen, und eines Tages, ich war gerade im Hof beim Mahlstein, da kam er hereingeritten, er sah sehr verändert aus, kein Wolfsfell, sondern ein schwarzer Mantel, und das Haar so anders, aber ich habe ihn trotzdem erkannt, und sie haben auch seinen Namen genannt, den gleichen Namen, mit dem die Wolfskrieger ihn angeredet haben: Lykos.

Er muß ein großer Herr sein, ein berühmter und mächtiger Herr, einer, den jeder kennt und zu dem dir jeder den Weg zeigen kann, mit einem großen Hof, denn er, er«, sie geriet ins Stocken.

»Er war der Bräutigam der Tochter des Königs, der armen Briseia«, vollendete Mulai den Satz, und ihre Stimme, die eben noch so harsch geklungen hatte, schien zu versagen.

Schweigen.

»Der armen Briseia?« wiederholte Haibe. Wovor fürchtete sie sich auf einmal?

»Der armen Briseia, ja«, brach es aus Ritgo heraus. Er schrie: »Wir haben uns vorgesehen, keine Frau und kein Kind sollten zu Schaden kommen, sogar das Feuer haben wir gelöscht, damit nicht in der Hitze des Kampfes ein Unglück damit geschehen und Brand um sich greifen konnte, nur die Männer, die uns angriffen, mit denen wir kämpfen mußten, die haben wir getötet, aber wir wußten nicht, daß Briseia im Haus war, ein ganz junges Mädchen, wir mußten die Tür aufstemmen, wir nahmen einen Balken als Rammbock, das Türblatt war viel dünner, als wir dachten, es gab beim ersten Aufprall nach, der Balken schlug hindurch, wer konnte auch ahnen«, er hielt ein, sprach plötzlich ganz leise, fast tonlos weiter, »wer konnte auch ahnen, daß dieses Mädchen sich in seinem kindlichen Mut von innen gegen die Tür gedrückt hatte, um sie zu halten!«

Haibe wandte sich ab.

Ging allein in den Wald.

Ich war es, die Ritgo zu diesem Überfall gedrängt hat.

Ich habe einer Mutter die Tochter getötet.

Sie schleppte sich zum Bach, kniete nieder, steckte das Gesicht ins Wasser, wusch sich die Hände, wusch und wusch.

Dann war Ritgo neben ihr. »So was wäscht man nicht ab, Haibe. Ich weiß es«, sagte er.

Ihre Blicke wichen einander aus.

Und auf einmal, mit schrecklicher Klarheit, war das Wissen da: Ich werde meine Tochter verlieren.

16

So ruhig wie heute war es noch nie am Hof gewesen. Die wenigen zurückgebliebenen Knechte bei den Herden, Chtairus mit einem Auftrag unterwegs, alle Frauen außer ihr selbst, Sahir und Naki im Wald beim Beerenpflücken.

Seltsam. Sie konnte an diese Naki denken, sie konnte sogar daran denken, daß Lykos mit der das Lager geteilt hatte, und es tat nicht mehr weh.

Naki oder irgendeine andere. Was machte es für einen Unterschied!

Es waren nicht die Mädchen. Es war Lykos.

Moria nahm die Arme aus dem Backtrog, krümmte sich zusammen, preßte die Zähne aufeinander.

Da war er wieder, der Schmerz. Oft schon hatte es ihr in den letzten Tagen im Rücken gezogen, aber noch nie derart heftig wie heute morgen.

Mutter! Es tut so weh. Fast könnte ich denken, die Geburt beginnt.

Aber das ist unmöglich. Noch beinahe zwei Monde!

Der Schmerz verklang.

Moria streifte Teig und Mehl von Händen und Armen. »Sahir, knete du weiter!« sagte sie und trat aus der Tür, lehnte sich Atem schöpfend an den Pfosten.

Naki kniete unter dem Windschirm und mahlte Mehl. Ihr

Baby lag in der Schlinge auf ihrem Rücken, hatte die Wange an die bloße Haut im weiten Halsausschnitt gelegt, hielt sich an einer Haarsträhne fest, ließ sich von den Bewegungen der Mutter hin und her schaukeln und schaute aufmerksam um sich.

Wie zufrieden und gelöst es aussah.

Anders als alle Säuglinge, die Moria daheim am Hof erlebt hatte.

Aber es war ganz falsch.

Lykos hatte ihr die Aufsicht über seinen Sohn befohlen...

Sie räusperte sich. »Du sollst das Kind nicht auf deinem Rücken tragen! Es verkrümmt seine Glieder! Und so, wie es die Arme frei hat, könnte es sich die Augen auskratzen!«

Naki sah auf. »Aber nein, alle Mütter ihre Kind tragen bei Arbeit!«

Moria schüttelte den Kopf, sprach langsam und betont: »Ihr vielleicht, weil ihr es nicht besser wißt!

Ich habe dir doch erklärt: Ein Baby gehört fest in Wickelbänder gewickelt und auf ein hartes Wickelkissen geschnürt, damit seine Glieder gerade wachsen und es sich nicht verletzen kann.

Es braucht einen festen Platz und Ruhe zum Schlafen. Und regelmäßige Abstände, zu denen es gestillt wird.

Strenge Gewohnheiten, sonst wird es verzogen und hoffnungslos verwöhnt!

Nun nimm das Wickelkissen und die Wickelbänder, und lege sie an, wie ich es dir gezeigt habe. Und paß auf, daß du die Arme gut an den Körper bindest!«

Nakis Gesicht wurde rot. »Nein, nein! Wirrkon nicht gebindet!« Sie griff hinter sich, faßte ihren Sohn unter den Armen, zog ihn aus der Schlinge, hob ihn sich über den Kopf – nackt war er bis auf die Windel –, drückte ihn fest an ihre Brust und kreuzte schützend die Arme über ihn.

Er brabbelte und faßte ihr mit seinen winzigen Händchen ins Gesicht.

»Ich geschworen. Aber Ihr versprochen, ich für mein Sohn tue alles. Ich allein!« sagte Naki erregt.

»Ja, natürlich, aber ich muß darauf sehen, daß du es richtig machst. Damit ein starker Junge aus ihm wird!«

»Mein Wirrkon starker Junge ist!« erklärte Naki bestimmt. Und dann streckte sie ihn lächelnd Moria hin. »Da! Ihn nehmt! Selbst seht!«

Moria hielt das Baby im Arm. Weich und entspannt schmiegte es sich an sie.

Nie hatte sie den kleinen Halbbruder daheim ohne das starre Wickelkissen im Arm gehalten. Wie steif hatte er sich in seiner festen Verschnürung angefühlt –

Das Baby schaute mit dunklen Augen forschend in ihr Gesicht. Sie fuhr ihm leicht mit dem Zeigefinger über die Nase, die Wangen, die Lippen. »Ach du«, sagte sie leise, »ach du!« Sie drückte einen Kuß auf seine Haare.

Noch zwei Monde –

Da, plötzlich, war der Schmerz wieder da, zerrte im Rükken, zog krampfhaft im Bauch. Unwillkürlich stöhnte sie auf, bog sich nach vorn.

Naki nahm ihr das Baby ab und stützte sie, hielt sie, bis der Schmerz verklungen war.

Erleichtert richtete Moria sich wieder auf, versuchte zu lächeln, als sei nichts gewesen.

Aber Naki musterte sie besorgt. »Ihr das öfter habt, Herrin?«

»Ach, es ist nichts. Nur heute!«

»Heute? Schon lang?«

»Ab und zu. Den ganzen Morgen schon.« Unsicher fügte sie hinzu: »Ich glaube, es kommt immer schneller.«

»Kindschmerz –« Naki stockte. »Wie sagt man, wenn Kind kommt?«

»Du meinst Wehen?!« Moria versuchte zu lachen. »Nein, dazu ist es viel zu früh!« Sie wandte sich ab und ging über den Hof.

Naki lief hinter ihr her. »Eure Mutter!« sagte sie eindringlich. »Ruft Eure Mutter!«

»Meine Mutter?! Wo denkst du hin! Meine Mutter kann nicht zu mir kommen!« Sie merkte selbst, wie schrill ihre Stimme klang.

»Arme Herrin!«

Heftig drehte Moria sich um. Was bildete diese Magd sich ein! Da packte sie der Schmerz von neuem. Sie lehnte sich an den Zaun. »Hol Sahir!« keuchte sie.

Naki rannte davon. Als sie mit Sahir wiederkam, war der Schmerz schon zum nächstenmal über Moria gekommen.

Unmöglich, jetzt zu sprechen.

Moria wartete, bis der Schmerz verklang. »Sahir, lauf zum Hof von Hairox, frag nach der Herrin, meiner Schwester. Sag ihr, ich bitte sie, zu mir zu kommen, sofort. Sag ihr, ich fürchte, die Wehen haben eingesetzt, viel zu früh! Sie soll sich beeilen, ich brauche sie!«

»Ja, Herrin, ja, ich renne, die Nothelferinnen mögen Euch beschützen!« Sahir eilte davon. Nur Naki war noch bei ihr.

Moria blieb an den Zaun gelehnt stehen.

Zu früh, viel zu früh.

Die Strafe der Himmlischen.

Eine neue Wehe.

Sie wimmerte.

Naki faßte sich in den Ausschnitt, zog ein Lederbeutelchen am Band heraus, öffnete es und entnahm ihm einen Kiesel, den sie ihr in die Hand drückte. »Da, Herrin! Die Eins ist in Drei und Drei in Eins! Die Hirschkuh. Sie Euch hilft!«

Morias Hand schloß sich um den Kiesel. Kühl und glatt lag

er in der Hand. Eine Ruhe entströmte ihm, ein Trost, eine Kraft –

Die Kraft der Göttin.

Sie strich über den Stein in ihrer Hand. »Göttin, hilf mir!« flüsterte sie inbrünstig.

»Du hast mich gerufen?« Eine Gestalt kam über das Moor auf sie zu, in weit wallende schwarze Tücher gehüllt, ein dunkles, altes Gesicht. Fremd, und doch irgendwie vertraut.

Die Worte kamen von selbst über ihre Lippen: »Ich brauche deine Hilfe!«

»Ich weiß!« Eine kühle Hand faßte nach der ihren.

Die nächste Wehe. Morias Finger krallten sich um den Stein.

Er half.

Naki, den kleinen Wirrkon auf dem Rücken, legte sich Morias Arm über die Schulter und führte sie im Schatten des Hauses auf und ab.

Und Moria ließ sich führen. Eine endlose Zeit.

Die Schatten wurden größer. Und noch immer war Cythia nicht da.

Bei jeder Wehe klammerte sich Moria an Naki.

»Ins Haus, Herrin, auf Bett. Ihr viel Kraft braucht jetzt!«

Die Magd bereitete ihr mit Kissen und Decken ein Lager, auf dem sie sich halb sitzend, halb liegend anlehnen und zwischen den Wehen ausruhen konnte.

Die Kraft des Steines. Der Schutz von Nakis Nähe.

Und wieder und wieder der Schmerz, der alles andere auslöschte. Draußen versank die Sonne. Die Wehen steigerten sich immer mehr.

Moria keuchte, hechelte, wand sich, kroch wimmernd auf allen vieren auf dem Lager herum. Schmerzen, die schlimmer waren als alles, was sie sich je hatte vorstellen können.

»Laß mich nicht allein«, stöhnte sie. »Laß mich nicht allein!«

»Nein, Herrin. Alles gut wird. Es bald kommt, ich glaube. Kniet Euch auf Boden! Euer Kopf in mein Schoß. Ist gut, Herrin, ist gut. Es vorbeigeht. Bald. Schreit ruhig, schreit!«

Moria hatte die Mutter bei der Geburt des kleinen Bruders schreien hören, hatte die Nebenfrau bei der Niederkunft wie eine Irrsinnige toben sehen.

Und hatte doch nicht geahnt, daß ein solcher Schmerz möglich war.

Als Sahir endlich mit Cythia zurückkam – den ganzen Tag habe sie Cythia gesucht, da diese im Wald gewesen sei, erzählte Sahir aufgeregt –, hatten die Preßwehen schon eingesetzt.

Die Schwester war es, in deren Hände Moria ihre Tochter gebar.

Von einem Augenblick zum anderen war alles gut. Alle Qual vergessen. Nur dieses eine große Glück: glitschig und warm das Neugeborene auf ihrem Bauch.

Sie umfing es mit beiden Händen – und zuckte zurück.

Es war zu klein. So winzig und zerbrechlich, daß sie es kaum zu berühren wagte.

Zitternd zwischen Erlösung und Angst wartete sie auf seinen ersten Schrei.

Es röchelte, rang spürbar um Luft.

Cythia streichelte, massierte und klopfte seinen Rücken. Da endlich prustete es, atmete ein und wimmerte.

Cythia band die Nabelschnur mit einem Bastfaden ab, durchtrennte sie mit dem Steinmesser und legte Moria die Tochter in den Arm. Naki wechselte die Tücher.

»Du hast es geschafft, Moria, es ist vorbei!« Cythia umarmte sie und drückte sie an sich. »Jetzt kommt nur noch die Nachgeburt, aber das ist nicht mehr schlimm.«

Moria weinte.

»Nun wein doch nicht! Du bekommst schon noch einen starken Sohn, vielleicht schon in ein, zwei Jahren! Noch viele starke Söhne!«

»Aber das, deswegen wein' ich doch gar nicht, es ist nur – Sie ist zu klein, wird sie sterben, sag es mir!«

Die Schwester strich ihr die verklebten Haare aus der feuchten Stirn. »Sehr klein ist sie, ja. Sehr zart. Selbst dafür, daß sie fast zwei Monde zu früh geboren ist.

Ich weiß es nicht, ob sie überleben kann.

Moria, still, Liebe, still, vielleicht ist ja Hoffnung, manchmal werden auch aus schwachen Neugeborenen kräftige Kinder, wenn ihr Vater sie nicht...

Nicht weinen, Schwesterchen, nicht aufgeben, wir versuchen sie durchzubringen, keiner kann uns dran hindern, wir tun es, wir beide, du und ich!«

Cythia half ihr, dem Töchterchen die Brustwarze zuzuführen. Doch es nuckelte nicht.

Moria lag ganz still, wagte kaum zu atmen.

Mein Töchterchen. Du darfst nicht sterben! Du mußt leben, hörst du, leben!

So saug doch! Saug endlich!

Lykos – wenn er da wäre –

Niemals höbe er dich vom Boden auf.

Ein Kind, das nicht saugen mag. Zu klein, zu schwach –

Seinen Fuß würde er dir in den Nacken setzen und dich zum Tode verdammen.

Nicht weinen, nicht, er ist nicht da!

Kindchen, Kindchen, die Nothelferinnen sind mit dir. Sie haben dafür gesorgt, daß dein Vater dich nicht sieht.

Kleines, Liebes, ich darf es nicht denken, er müßte mich mit dir töten, ich liebe dich so, verstehst du, ich liebe dich...

Nichts auf der Welt würde ich tauschen gegen dich.

Da!

Moria stöhnte auf. Wieder hatte eine Wehe sie gepackt, mit unverminderter Heftigkeit. Und Cythia hatte behauptet, die Nachgeburt sei nicht schlimm!

Cythia nahm ihr das Baby ab, sah ihr besorgt ins Gesicht.

Naki aber, die vor Moria kniete, sacht an der Nabelschnur zog und auf die Nachgeburt wartete, faßte ihr auf den Bauch.

»Da ist«, stammelte Naki, »da ist – ich glaube –«

Cythia legte der Magd das Neugeborene in die Hand und betastete Morias Leib, drückte und fühlte.

»Himmel!« rief sie aus. »Da ist noch ein Kind! Du bekommst Zwillinge, Moria, Zwillinge! Vielleicht doch noch einen Sohn!«

Die nächste Wehe. Etwas stimmte nicht, so war es vorhin nicht gewesen, etwas stimmte nicht –

Cythia betastete noch immer Morias Bauch. Beugte sich über sie. Moria sah das Entsetzen im Gesicht der Schwester. Und wußte alles.

Cythia begann an Morias Bauch zu drücken und zu schieben. Betete, bettelte, fluchte. »Nun komm schon, Kind, komm schon, laß dich wenden, du liegst quer, *so* kommst du nicht heraus, den Kopf nach unten, wie es sich gehört, ihr Nothelferinnen, hört ihr denn nicht, so habt doch Erbarmen, helft mir das Kind zu drehen, helft mir doch endlich! Es bringt meine Schwester um, warum helft ihr nicht, ich opfere euch meinen Bernsteinschmuck, was sag' ich, all meinen Schmuck, ihr könnt es doch, tut es endlich, verflucht noch mal, du sollst dich drehen, Wurm!«

Eine Wehe jagte die andere, heftiger und immer noch heftiger. Jede unerträglich bis zum Unvorstellbaren – und doch alsbald übertroffen von der folgenden.

Moria schrie. Brüllte. Gellte.

Keine Pausen mehr. Eine endlose gleißende Qual.

Sie rannte durch den Wald, keuchte.

Etwas war hinter ihr her.

Plötzlich war da ein Wolf. Drohend stand er vor ihr, das Gebiß gefletscht, den Kopf vorgereckt.

Sie wollte sich bücken, einen Stock aufheben, einen Stein.

Da stürzte er sich auf sie. Er schlug seine Zähne in ihren Bauch.

Sie schrie.

»Was hast du mit meinem Sohn gemacht?!« brüllte Lykos sie an.

»Hier!« Zitternd streckte sie ihm das Söhnchen entgegen. Winzig, kalt und starr lag es in ihren Händen, weiß wie das Totentuch, in das es gehüllt war.

»Wirf ihn weg! Er ist tot!« Lykos stieß sie zurück. »Meinen lebenden Sohn, meinen starken Sohn!«

»Naki ist seine Amme, ich, ich hab' keine andere ...«

»Naki?!« Er zog seinen Dolch, rammte ihn ihr in den Leib.

Sie schrie.

Lykos, die Schnur in der Hand. Blanke Wut im Gesicht. »Was ist das für ein Knoten?«

»Bitte«, stammelte sie, »versteh, es ist doch – weil ich dich liebe ...«

»Liebe?« brüllte er. »Du verfluchte Hexe! Ich werde dich lehren, Knoten zu binden!«

Krallen an seiner Hand. Raubtierkrallen.

Er riß ihren Bauch auf, riß die Gedärme heraus. Und begann die blutigen Gedärme zu verknoten.

»Da hast du deinen Knoten!« Sie schrie.

Rote Nebel waberten um sie.

Ihr Körper ein sengendes Feuer. Glut in ihren Adern.

Da. Die Nebel teilten sich.

Cythias Gesicht. Verschwommen und ins Riesenhafte verzerrt.

Tränen liefen Cythia über die Wangen.

»Meine arme, arme Schwester. Du bist sehr krank. Versuch zu schlafen, Liebes. Schlaf, Moria, schlaf!«

Sie saß mit dem Vater auf dem Pferd. Vor ihnen ein Mann im roten Mantel. Der Vater ließ sie los, griff nach dem Bogen. Sie fiel.

Der Vater trieb das Pferd weiter. Es stieg auf die Hinterhand, scheute vor ihr, die am Boden lag.

Plötzlich waren Flammen um sie herum. Sie konnte sich nicht rühren. Sie versuchte wegzukriechen. Unsichtbare Stricke hielten sie. Mitten im Feuer.

»Vater«, wimmerte sie, »warum hilfst du mir nicht?«

»Ich kenne dich nicht«, hörte sie die Stimme des Vaters.

Hände wie Flügel an ihrem Kopf. Leichte Berührung der Schläfen, sanftes Kreisen.

Das Feuer im Leib fiel in sich zusammen. Kühle löschte die Glut.

Sie begann zu pulsen. Rot erst, dann violett, dunkler und dunkler, samtig schwarz.

Die Große Frau war neben ihr, über ihr, unter ihr. Hielt sie. Stieg mit ihr empor. Schwebte mit ihr über dem Moor.

Ihre schwarzen Tücher wallten im Nachtwind. Ihr dunkles Gesicht leuchtete stad, wie ein kleines Licht hinter dichtem Stoff.

»Verlier den Stein nicht!« Eine Stimme wie das Murmeln einer Quelle. »Der Stein führt dich den Weg zurück.«

Jemand flößte ihr Suppe ein.

Jemand wickelte ihr kalte Tücher um die Waden.

Jemand strich ihr den Schweiß von der Stirn.

»Nein«, murmelte sie schwach. »Nicht so. Die Hände. Die Hände der Großen Frau.«

»Geh, Sahir, hol Naki!« sagte leise eine Stimme.

Cythia?

Und dann waren die Hände wieder auf ihren Schläfen. Die Kühle. Das Schweben. Die Große Frau.

Das Töchterchen der Herrin war an Nakis Brust eingeschlafen. Die winzigen Lippen hatten sich geöffnet, und die Brustwarze war halb freigegeben. Sacht nuckelte die Kleine noch vor sich hin.

Naki lag auf dem Rücken, fühlte kaum das Gewicht des Winzlings: leicht wie eine Feder. Der rasche, kleine Herzschlag flatterte wie ein Vogel.

»Vögelchen«, flüsterte sie, streichelte über den viel zu kleinen Kopf, begann ein Lied zu summen.

Wirrkon neben ihr wachte auf, strahlte sie an. Sie hielt ihm ihre Halskette hin. Einen Augenblick vermißte sie mit schmerzhaftem Stich den Stein der Göttin, den sie stets um den Hals getragen hatte. Sie würde ihn nie mehr von der Herrin zurückfordern können. Die Göttin hatte es anders entschieden.

Wirrkon schob die Kette zur Seite und suchte nach Nakis Brust.

Sie zog ihn an die freie Seite und sah zu, wie er trank, sein größerer Kopf neben dem kleinen. In jedem Arm ein Kind, schloß sie die Augen.

Diese Müdigkeit, sie wurde sie nicht mehr los.

Noch nie in ihrem Leben hatte sie so gänzlich ohne harte Arbeit gelebt wie jetzt. Keine Gartenarbeit und keine Feldarbeit, kein Brotbacken und kein Kochen, kein Mahlen und kein Stampfen, kein Weben und kein Walken, kein Waschen und kein Wassertragen.

Und dennoch war sie stets müde.

Weil ich so oft in der Nacht das kleine Vögelchen stillen muß, achtmal, zehnmal vielleicht, und dann auch noch Wirrkon, redete sie sich ein.

Sie wußte, das war nicht der Grund.

Das Stillen war eher eine Erleichterung. Beim Stillen wurde sie wieder ruhig, wenn sie mit rasendem Herzen aus einem der unzähligen Alpträume aufgefahren war, von denen sie immer nur das eine wußte: Etwas Furchtbares würde geschehen, etwas ganz und gar Entsetzliches.

Seit sie wieder in diesem Haus war, in *seinem* Haus, suchten solche Träume sie noch öfter heim als in den Monden zuvor. Und erst Wirrkon oder das kleine Vögelchen an ihrer Brust machten ihr wieder klar: Es war alles gut.

Im Augenblick jedenfalls. Solange *er* nicht zurückkam –

Nicht daran denken!

Die Göttin würde ihr helfen, wie sie ihr immer geholfen hatte.

Naki öffnete die Augen, blickte zu dem Reisigbesen an der Tür, zum Zwischenboden hinauf, von dem gebündelte Kräuter und Tierhäute zum Trocknen herabhingen: Das alles konnte sie wieder anschauen ohne Angst. Keine Augen und keine Ohren und keine Stimmen. Auch nicht die Stimme von Tante Mulai, oder die von Onkel Ritgo.

Die Göttin hatte sie von dem allem befreit. Wie Sie sie damals aus dem Verschlag befreit hatte. Wie Sie sie schon einmal von Lykos befreit hatte. Wie Sie ihr im Frühling geholfen hatte ihn zu täuschen, als er mit den Wolfskriegern ins Dorf gekommen war.

Daß die Göttin nicht verhindert hatte, daß er Wirrkon raubte, das hatte so sein müssen. Das hatte sie längst verstanden. Die Göttin hatte dennoch alles zum Besten gekehrt.

Sie würde ihr auch weiter helfen. Da Sie ihr doch gezeigt

hatte, wozu das alles nötig gewesen war. Wofür sie überhaupt am Leben war.

Naki legte ihre Hand auf den Kopf des winzigen Mädchens.

Dieses kleine Kind, das noch nicht einmal einen Namen hatte, das war ihre Bestimmung. Weil dieses Kind leben sollte, deshalb hatte sie in *sein* Haus zurückkehren müssen. Deshalb hatte alles so kommen müssen, wie es gekommen war.

Vielleicht hatte die Göttin etwas Großes vor mit diesem kleinen Mädchen. Sie selbst war nur das Werkzeug des großen Willens. Und sie würde ein gutes Werkzeug sein.

Sie würde dieses schwächliche Kind durchbringen. Sie würde dafür sorgen, daß es stark und gesund wurde.

Die kranke Herrin konnte es nicht stillen. Noch immer glühte sie im Fieber. Noch immer schrie sie, gebeutelt von den Fieberdämonen. Und wenn die Herrin eines Tages wieder gesund wäre, dann würde sie keine Milch haben.

Ein Wunder war es, daß die Herrin überhaupt noch lebte. Die Gnade und Hilfe der Hirschkuh. Und das Verdienst der Herrin Cythia.

Cythia – was für eine Frau!

Als die Qualen der armen Moria immer schlimmer geworden und alle verzweifelten Bemühungen Cythias, das zweite Kind von außen zu drehen und herauszudrücken, fehlgeschlagen waren, als es keine Pausen mehr zwischen den Wehen gegeben und ihre Stärke ein wahrhaft grauenerregendes Ausmaß erreicht hatte, als Naki bereits aufgegeben hatte, die heilige Hirschkuh um eine glückliche Niederkunft zu bitten, und nur noch einen Gedanken gehabt hatte: Eulengöttin, sei gnädig, erlöse diese Mutter mit ihrem Ungeborenen, nimm sie zu dir, sofort, so warte doch nicht länger – da hatte Cythia mit bleichem, vor Entschlossenheit finsterem Gesicht das Unfaßliche getan: mit der Hand, mit dem ganzen Unterarm in den

Leib ihrer Schwester hineingelangt, sich Zugang zu der Höhle erkämpft, in der das Kind gefangen lag, es im Bauch gewendet und an einem Beinchen herausgezerrt.

Ein Sohn, klein, schmächtig, blau angelaufen – und tot.

Herrin Moria hatte Geburt und Tod ihres Sohnes kaum mehr wahrgenommen, so geschwächt war sie gewesen. Und von Augenblick zu Augenblick war sie schwächer geworden. Denn mit unstillbarem, stetem Schwall war das Blut aus ihr geströmt.

Jetzt geht sie in Frieden, hatte sie gedacht und unter Tränen zugesehen, wie Cythia der Sterbenden in den einen Arm das lebende Kind gebettet hatte, in den anderen das tote.

Der Stein war den kraftlosen Fingern der Herrin entglitten. Sie, Naki, hatte ihn wieder aufgehoben und einstecken wollen, aber der Stein hatte in ihrer Hand zu brennen begonnen und in ihrem Herzschlag zu pochen.

Da, plötzlich, hatte sie sich an Tante Gwinnes erste Entbindung erinnert, als die Tante beinahe verblutet wäre. Geh, hol Zirrkan, hatte die Mutter gerufen und sie aus dem Raum geschoben, und sie war ins Versammlungshaus gerannt, ein Kind beinahe noch, mitten hinein in die Männerversammlung, die ein Mädchen niemals stören durfte, keinen zusammenhängenden Satz hatte sie herausbekommen, doch Zirrkan hatte sie nur angesehen, war aufgestanden und war ihr gefolgt. Er hatte sich über die Tante gebeugt. Gib mir deinen Stein, hatte er gesagt, und dann hatte er unter kräftigem Druck mit dem heiligen Kiesel der Tante die Lebenslinie des ewigen Wassers auf den Leib gezeichnet, wieder und wieder, und das Lebenslied dazu gesungen.

All das hatte sie wieder gewußt, als sie den Stein in der Hand gehalten hatte, und da hatte sie das Lied angestimmt und der Herrin die Lebenslinie des ewigen Wassers in endlos kreisenden Wellenbewegungen fest mit dem geheiligten Stein auf den Unterleib geprägt.

Und der Blutstrom war schwächer geworden und beinahe versiegt wie einstmals bei Tante Gwinne.

Die Herrin hatte an der Schwelle des Todes verharrt, war in einen langen, fast bewußtlosen Schlaf gesunken und hatte sich dann langsam zu erholen begonnen. Doch am dritten Tag war sie dem furchtbaren Fieber verfallen.

Die arme Herrin weilte seither im Niemandsland zwischen Leben und Tod. Hielt den Stein umklammert, der nun der ihre war. Und stammelte manchmal im Fieber von *Ihr*.

Die Große Frau...

Die so viele Namen hatte wie Wesenheiten, warum sollte Sie sich nicht auch mit diesem Namen einverstanden erweisen?

Wenn Naki der Herrin die Hände auflegte, dann war ihr oft, als träfen sich ihre Seelen bei Ihr – in einer dunklen Landschaft irgendwo in einem endlosen Moor.

Die Herrin stöhnte. Unruhig warf sie sich hin und her, schlug um sich. Naki legte ihr ein feuchtes Tuch auf die Stirn. Diese war glühend heiß. Die Herrin schrie.

Naki kniete neben ihr. Große Bärin, hilf ihr doch!

Wenn Zirrkan da wäre...

Vielleicht könnte er Moria helfen wie damals Tante Kjolje, könnte die heilende Kraft der Großen Bärin an die Todkranke weitergeben.

Doch Zirrkan war nicht da. Nur sie selbst.

Beinahe traumwandlerisch stand sie auf, ging zum Wandbord und nahm den hohen Becher, in dem die Herrin gemahlenes Mehl aufzubewahren pflegte. Wie dürftig er war, ohne heilige Zeichen, mit keinem anderen Schmuck als dem Abdruck einer Schnur. Kein Gleichnis für den heiligen Leib der Göttin, für ihre verschwenderische Fruchtbarkeit und Weiblichkeit wie die Töpfe daheim. Und doch war auch er ein Gefäß.

Das Gefäß.

Betend faßte sie hinein und hob etwas Mehl heraus – gemahlen aus dem Korn, das Sie den Menschen geschenkt, für das die goldene Jungfrau ihr Leben gegeben hatte –

Sie blies das Mehl in die vier Himmelsrichtungen. Sie wußte die richtigen Worte nicht, ersetzte sie durch ein immerwährendes Bitten um Hilfe. Dann schob sie die Binsen vor dem Lager der Herrin beiseite und malte mit Mehl die Zeichen auf den festgestampften Lehmboden.

Suchend blickte sie sich um. Zirrkan verwendete seine Trommel, um die Bärin zu rufen, doch eine Trommel gab es nicht im Lykoshof. Sie entschied sich für die Spanschachtel mit den Mohnsamen und benutzte sie wie eine Rassel. Kniete nieder. Ließ sich fallen in das eintönige Geräusch dieser Rassel.

Und da geschah es …

Die Kraft der Großen Bärin war über sie gekommen. Sie konnte es, das Handauflegen. Auch wenn ihr Zirrkans Unterweisung dabei fehlte.

Einst hatte sie gerätselt, woher sie es wissen sollte, wenn die Göttin sie berief.

Als es soweit gewesen war, hatte es keinen Zweifel gegeben.

Und die Schmerzen, von denen Zirrkan gesprochen hatte?

Schmerzen hatte sie wahrhaft genug erlitten, eine lange Zeit. Und nicht geahnt, wofür die Göttin sie damit vorbereitete …

Wie wunderbar waren doch Ihre Wege.

»Buttermilch! Für dich!« Noedia war hereingekommen und stellte einen Becher auf die Bank. Dabei warf sie einen mißbilligenden Blick auf Nakis entblößte Brust, an der das kleine Töchterchen der Herrin schlummerte, während Wirrkon inzwischen die Halskette erforschte und der Reihe nach jede Perle in den Mund steckte. Dann drehte Noedia sich um und ging kopfschüttelnd wieder hinaus, leise vor sich hin schimpfend.

Naki lachte.

Vorsichtig ließ sie die Kleine von ihrer Brust gleiten, bettete sie auf das Fell und deckte sie mit einem Tuch zu. Dann schloß sie ihren Kittel, stand auf, nahm Wirrkon auf den Arm und trank von der gut gekühlten Buttermilch.

Noedia füttert mich wie eine wertvolle Milchkuh! dachte Naki und lachte wieder.

Wirrkon lachte mit.

»Naki, kannst du kommen?« rief Cythia aus dem Nebenraum. »Wir müssen wieder den Eiter zum Fließen bringen!«

Naki ging durch die Tür, stieß beinahe mit Noedia zusammen, die fluchtartig den Raum verließ, steckte Wirrkon in die Rückenschlinge, kniete sich hinter die fiebernde Herrin und hielt sie, während Cythia mit einem abgerundeten Holzstab durch die Scheide in den Unterleib der Kranken eindrang und dem Eiter einen Weg eröffnete.

Tagtäglich leistete Naki Hilfe bei dieser Behandlung. Doch noch immer bewunderte sie die Geschicklichkeit und Entschlossenheit, mit der Cythia diesen Eingriff vornahm.

Moria zuckte in Nakis Armen, stöhnte und wimmerte in ihrem ohnmächtigen Schlaf.

Cythia seufzte erleichtert. »Es ist besser geworden! Heute fließt weniger Eiter ab. Gib mir die Schale mit dem Kräutersud!«

Naki machte die gewünschten Handreichungen und wusch die Herrin. Diesmal kam sie ihr nicht mehr ganz so heiß vor.

»Das Fieber läßt nach!« erklärte Cythia. »Dem Himmel sei Dank! Ihr Leben ist gerettet.« Cythia machte eine Pause und fügte leise hinzu: »Ich wollte nur, ich wüßte, ob auch ihre Fruchtbarkeit gerettet ist! Könnte ich meine Großmutter fragen!«

»Eure Großmutter?« wiederholte Naki.

Cythia nickte. »Alles, was ich an Heilkunde weiß, habe ich von ihr.

Sie war es, die mir erklärt hat, wie man im äußersten Notfall ein Kind im Mutterleib wendet und an den Beinen herauszieht. Und sie hat mich zusehen lassen, als sie bei der Nebenfrau meines Vaters den Eiter hat abfließen lassen. Obwohl ich damals noch ein ganz junges Mädchen war.

Nun ist sie schon lange tot.

Seltsam, irgendwie erinnerst du mich an sie. Na ja, ihre Mutter war auch vom Alten Volk.

Wenn sie damals noch gelebt hätte, damals, als das geschah mit ...« Cythia brach ab und stand auf. »Geh nach draußen, Naki! Ich rufe dich, wenn die Kleine weint!«

»Danke. Ihr sehr freundlich seid, Herrin Cythia.«

Naki wandte sich zur Tür. Da hörte sie hinter sich die schwache Stimme der kranken Herrin: »Cythia?«

Naki drehte sich um. Die Kranke hatte die Augen geöffnet. Zum ersten Mal faßte ihr Blick.

»Mein Kind, mein Töchterchen, was ist mit ihr?« fragte die kranke Herrin.

Naki lief in den Nebenraum, hob das kleine Mädchen vom Fell auf, schlug es in das Tuch ein, trug es zu seiner Mutter und legte es ihr in den Arm.

Diese strich unendlich behutsam über das Köpfchen ihres Kindes, fuhr die Linie seiner kleinen Nase ab, faßte nach den winzigen Händchen.

Das Kleine öffnete die Faust, griff im Schlaf nach einem Finger seiner Mutter und umklammerte ihn.

»Es lebt«, flüsterte die Herrin, »daß es lebt!«

»Ja«, sagte Cythia, »deine Tochter lebt und sie wird leben. Und das ist Nakis Verdienst!«

»Naki?« Die Herrin blickte auf, sah Naki an.

»Ja«, erwiderte Cythia. »Naki stillt sie Tag und Nacht, fast möchte man sagen: ohne Unterlaß. Und sie sorgt auch sonst für die Kleine. Auf sehr bäuerische Art, muß ich sagen, entgegen allem, was ich immer für richtig gehalten habe – aber mit offensichtlichem Erfolg.

Deine Kleine ist ein ganzes Stück gewachsen und schon viel kräftiger geworden, und das ist zweifellos das Ergebnis der liebevollen Verwöhnung, die Naki ihr angedeihen läßt.

Hör auf meinen Rat und ändere nichts daran!«

Noedia trat aus dem Nebenraum herein. »Wenn der Herr davon erfährt, daß seine Tochter wie ein Bauernkind aufgezogen wurde!« wandte sie besorgt ein. »Und daß Ihr das geduldet habt, Herrin! Ihr wißt doch: Wenn Lykos da wäre, würde er nie erlauben, daß seine Tochter so bäuerisch aufwächst!«

Die Herrin wiegte ihr Kind. »Wenn Lykos da wäre«, sagte sie leise, »würde er nie erlauben, daß ein so kleines Mädchen überhaupt aufgezogen wird.

Er hätte es getötet.«

Unwillkürlich schrie Naki auf.

Die Herrin hob den Kopf und lächelte Naki zu. Beinahe schüchtern sah dieses Lächeln aus. »Aber Lykos ist nicht da!« erklärte sie. »Und bis er heimkommt, ist das Kind stark und kräftig. Und so alt, daß er es nach dem Brauch am Leben lassen muß. Naki, sorg für meine Tochter, wie Cythia und du es für richtig haltet! Und ich – ich danke dir!« Erschöpft schloß sie die Augen und schlief ein.

Diese Hitze. Ihr Körper glühte.

Jemand legte ihr feuchte, kühle Tücher auf.

Jemand nahm ihren Kopf in seinen Schoß.

Jemand sang leise ein Lied in einer fremden Sprache.

Nicht fremd. Aus tiefer Vergangenheit vertraut.

Großmutter...

Ihre Haut juckte und brannte.

»Großmutter«, wimmerte sie, »Großmutter!«

»Ist ja gut, Moria, mein Kleines, ist gut!«

Die Großmutter strich kühles Moor auf die von roten Bläschen übersäte Haut. »Gleich wird es besser!«

Nahm Morias Kopf in den Schoß, sang ein Lied, fremd, aber wunderschön. Und so tröstlich.

Die Augen fielen zu.

»Was tust du, Mutter?« Die Stimme des Vaters, empört. »Ich dulde nicht, daß du solche Lieder singst!«

»Ach nein, Rösos? Als du klein warst, da hat es dich immer sehr getröstet, dieses Lied. Da hast du drum gebettelt, daß ich es dir singe.«

»Da wußte ich nicht, was ich tat! Nie hätte ich es gewollt, wenn ich geahnt hätte, daß du damit meinen Vater hintergehst!«

»So, so! Daß ich dir den Hintern kühle, den er dir blutig geschlagen hat, das wolltest du aber schon. Haben wir deinen Vater damit nicht hintergangen, wir beide gemeinsam?«

»Mutter! Vergiß dich nicht!«

»Ich denke nicht daran, mich zu vergessen. Zu vergessen, daß ich es war, die dich geboren und gestillt hat, dich getröstet und gepflegt hat, dir die Nase und alles andere abgewischt hat. Wer denn sonst? Dein Vater vielleicht?«

»Mutter, sag nichts, was dir noch leid tut!«

»Ach, weißt du, in meinem Alter tun einem eher die vielen Dinge leid, die man nicht gesagt hat!«

»Mutter!«

»Still, mein Sohn, still, du weckst mir das kranke Kindchen!«

Großmutter, Großmutter, wo warst du so lang?

Gut, daß du wieder da bist...

Sie lief durch einen finsteren Wald. Dicht an dicht standen die Bäume. Sie konnte nichts sehen.

Etwas war hinter ihr her.

In der Ferne ein winziges Licht.

Sie rannte, keuchte. Schweiß rann ihr die Stirn herab, biß in ihre Augen.

Das hinter ihr kam näher, näher.

Es war ein schwarzer, riesenhafter Knoten.

Gleich würde er sie packen. Sich um sie schlingen. Sie verschnüren, ersticken, erdrosseln.

Da, das Licht. Sie stürzte darauf zu.

Die Bäume gaben einen Ausgang frei.

Sie rannte auf eine Wiese. Heller Sonnenschein.

Auf einmal war ihre Großmutter da. Hielt ihr eine wunderschöne Stoffpuppe hin.

»Da, mein Kleines, die schenke ich dir! Paß gut auf sie auf!«

Sie hielt die Puppe im Arm. Nun konnte ihr nichts mehr geschehen.

Es war keine Puppe. Es war ihr Baby.

Moria öffnete die Augen.

Ihr Baby lag in ihrem Arm, unter der weichen Decke auf ihrer nackten Haut, den kleinen Kopf auf der Höhe ihres Herzens.

Sie legte ihre Hand auf das Köpfchen. Es paßte hinein wie ein Küken in die Schale.

Meine Tochter.

Kurz, wie ein heftiger Stich, die Erinnerung an den kleinen Sohn, an den winzigen, bläulich weißen Leichnam in seinem Totentuch –

Ich hätte einen Sohn gehabt . . .

Den Sohn, den Lykos sich gewünscht hat.

»Ria!« sagte sie leise. »Ich werde dich Ria nennen.«

Dann blickte sie um sich, sah Naki neben ihrem Lager.

»Wie kommt sie hierher«, fragte Moria, stockte, »warum habe ich meine Tochter im Arm und meinen Kittel so offen?« Sie spürte, wie sie errötete.

»Euer Tochter Euer Herz hört«, erwiderte die Magd. »Ihr schlaft, ich sie auf Brust lege. Sie, weil«, sie kam ins Stottern, »Kind Mutter braucht, Mutter tröstet.

Und Ihr, wenn Fieber kommt, Kind schlimme Träume vertreibt. Soll ich nehmen?«

Moria schüttelte den Kopf. Küßte die kleine Ria.

Rosig, wunderhübsch mit gerundeten Bäckchen, glatter Haut. Sehr zierlich.

Aber nicht zu klein. Nicht zu schwach.

»Naki? Ich habe keine Milch, oder?«

»Nein, Herrin. Ihr zu krank. Ich Milch für beide.«

Sie hat mein Kind gerettet. Sie stillt es. Und sorgt trotzdem dafür, daß es meinen Herzschlag hört.

»Herrin, wie es geht Euch?«

»Es geht. Cythia ist nicht hier?«

»Nein. Aber Sahir Cythia holen. Weil Fieber schlimm.«

»Hast du mir vorhin Lieder gesungen?«

»Ja, Herrin. Lied, das böse Geister vertreibt.«

Das Lied meiner Großmutter.

Himmel, diese Naki ist so gut. Und ich –

»Naki, ich muß dir etwas sagen.« Schweißperlen auf der Stirn, der Atem mühsam.

»Nicht, Herrin. Ihr sehr krank. Schlafen!«

»Ich kann nicht schlafen, es drückt mir die Luft ab, ich – ich habe Knoten gegen dich gebunden.«

»Knoten?« wiederholte die Magd verständnislos. »Ruhig, Herrin, ruhig. Es gut ist. Alles gut ist!«

Ungläubig sah Moria die Magd an. Die strich ihr über die Stirn, legte ihr die Hände an die Schläfen.

Und dann war wirklich alles gut.

17

Letzte Abenddämmerung über dem Moor.

Der Bohlenweg, wenige Schritte weit als grün überwucherter Pfad zu erkennen, verlor sich im Dunkel. Nebel gleich wallenden Tüchern über finsteren Tümpeln. Schwarze Gerippe wie Totenfinger ins sterbende Licht gekrallt.

Schaudernd zog Haibe den Umhang enger.

Sie hatte gehofft, noch heute Lykos' Hof zu erreichen, vielleicht gar Naki in die Arme zu schließen.

So lange hatte es gedauert, bis sie hierhergelangt war, viel länger als geplant.

Es war schwer geworden, sich in diesem Land zu bewegen, ohne sich in Gefahr zu bringen. Ständig mußte sie gewärtig sein, Kriegern in die Hände zu laufen, die jeder fremden Frau mit Argwohn nachspürten, die nach den aus dem Königshof befreiten Frauen Ausschau hielten.

Drei Tage und Nächte hatte sie einmal beinahe reglos in einem Versteck im Wald verharren müssen, ehe sie weiterwandern konnte.

Fünfzehn Tage lang war sie bei jener freundlichen Bauernfamilie untergekrochen, die sie vom Sommer her kannte, bei Wai und ihrer Mutter, während ein furchtbarer Herr namens Hairox mit seinen Kriegern die Gegend besetzt hielt und durchforstete.

Was für eine Fügung, daß ausgerechnet die Freundin aus Wais Kindertagen die Frau von jenem Lykos war, der Naki entführt hatte!

Wai hatte ihr viel von dieser Moria erzählt. Wie gut sie befreundet gewesen seien. Und wie plötzlich Morias Vater diese Freundschaft beendet habe.

Wenn sie Wai zugehört hatte, war es gewesen, als sei sie Naki ein Stück näher. Als könne es Naki so schlimm nicht ergehen, wenn sie die gleiche Luft mit einer Frau atmete, die einmal Wais Freundin gewesen war.

Es wären gute Tage gewesen, wenn nicht die Ungeduld sie verzehrt und fast zur Raserei getrieben hätte, die Ungeduld, Naki zu sehen, Naki zu retten und zu den anderen Frauen und Mädchen zu bringen, sie alle gemeinsam in die neue Heimat zu führen, ehe das Einsetzen der Winterstürme das Überqueren der Meerengen unmöglich machen würde.

Nun endlich war sie kurz vor dem Ziel. Nur eine kleine Wegstrecke trennte sie noch vom Wiedersehen mit Naki.

Wenn es denn überhaupt ein Wiedersehen gab. Wenn sie noch lebte, die Tochter.

Diese Erinnerung an den Augenblick der furchtbaren Erkenntnis am Bach, die sich nur zurückdrängen ließ, nicht völlig löschen. Dieses nagende Gefühl, daß sie ihre Tochter verlieren würde, vielleicht schon verloren hatte ...

Hätte sie nur endlich Gewißheit!

Doch bei Nacht über dieses unbekannte Moor – unmöglich.

Eine Gestalt tauchte in der Ferne auf, kam stetig näher, teilte die Nebel, schritt auf Haibe zu.

Sie zögerte zwischen Fluchtbereitschaft und Abwarten. Es war ein junger Mann. Ein Bauer.

Sie blieb.

Er grüßte und sprach sie in der Sprache des Alten Volkes an.

»Du willst doch nicht jetzt noch über das Moor, Fremde? Selbst ich möchte den Weg im Nebel nicht zurückgehen, und kenne ihn wie mich selbst!«

»Nein. Ich warte bis morgen. Kannst du mir sagen, wo ich für die Nacht unterkommen könnte?«

Er musterte sie überrascht, scharf. »Du sprichst nicht wie wir. Beinahe sprichst du wie –« Er brach ab.

»Ich habe einen weiten Weg hinter mir«, erwiderte sie vorsichtig.

In seinen Augen blitzte es auf. Er nickte, als habe sie ihm eine wichtige Mitteilung gemacht. Und dann fragte er: »Meinst du, die Kraniche ziehen bald?«

»Wieso?« Verwundert sah sie ihn an. Warum fragte er etwas so Sinnloses? »Ich denke, dafür ist es noch zu früh.«

Er gab keine Antwort, schien auf unbegreifliche Art enttäuscht.

Schweigend gingen sie nebeneinander. Verunsichert wiederholte Haibe ihre Frage nach einer Unterkunft.

Er nickte. »Du kannst heute nacht bei uns bleiben! Meine Schwestern werden dich aufnehmen. Wo willst du hin?«

Sie zögerte. Konnte sie diesem Mann vertrauen? »In die Nähe vom Lykoshof. Du kennst ihn?«

»Lykos?« Er lachte ein bitteres Lachen, fuhr sich mit der Hand an die Narbe, die sein Gesicht vom Mund bis zum Ohr zerfurchte. »Wer kennt den nicht!«

Sie gingen auf das Dorf zu. Er wies darauf. »Da, der erste Hof, dort wohnen wir! Übrigens, mein Name ist Irrkru.«

»Haibe«, erwiderte sie und verneigte sich leicht.

Sie erreichten den Hof, ein Hund bellte, ein kleines Mädchen rannte ihnen entgegen, sprang Irrkru in die Arme, betrachtete Haibe neugierig.

Haibe lächelte ihr zu.

Naki, als du so alt warst wie diese Kleine hier, da bist du Taku und meinen Brüdern in die Arme gesprungen...

Irrkru stieß die Haustür auf. »Daire, Lele, ich bringe einen Gast mit, eine Fremde namens Haibe!«

Die beiden Schwestern kamen auf sie zu und betrachteten sie ähnlich prüfend wie zuvor schon der Mann.

Haibe begrüßte zunächst die ältere, bedankte sich für die Aufnahme, wechselte höflich belanglose Worte, hörte dabei mit einem Ohr Bruchstücke des Flüsterns zwischen der jüngeren und dem Mann: Ist sie eine von – nein, sie kannte nicht die – hüte dich vor...

Das Kind zupfte an Haibes Rock. »Hier, für dich!« sagte es ernst und hielt Haibe einen Brocken Brot hin.

Rührung stieg in ihr auf, machte ihr die Augen feucht. Sie ging in die Knie, nahm das Brot entgegen, brach es und teilte es mit dem Mädchen. »Ich danke dir, Liebes. Wie heißt du?«

»Kori!«

»Vielen Dank, Kori!«

Daire lud sie an die Feuerstelle ein, Lele brachte ihr einen Becher Milch, Daire reichte ihr eine Schale Gerstengemüsebrei, sprach den Segen über die Speisen und streute ein paar Krumen ins Feuer.

Während des Essens wurde wenig gesprochen, nur hin und wieder fielen einige Sätze über die Arbeit, das Dreschen und Rösten des Getreides.

Danach griffen die beiden Schwestern nach ihren Spindeln, der Mann nach seinem Schnitzzeug. Eben wollte Haibe anbieten, sich an der Arbeit zu beteiligen, da drängte sich Kori an sie. »Erzählst du mir eine Geschichte?« bettelte die Kleine.

»Laß mich überlegen!«

Was hatte sie Naki erzählt, als die so klein gewesen war wie diese Kori hier? Da gab es eine Geschichte, die Tante Kjolje sich ausgedacht hatte und die Naki gar nicht oft genug hatte hören können ...

»Es war einmal ein sehr kleines Mädchen«, begann sie zu erzählen, »das war so klein, daß es nicht im Bett seiner Eltern schlafen konnte, denn sie hätten es im Schlaf erdrückt. Darum machte die Mutter ihm ein weiches Lager in einem Holzschuh und nähte ihm ein winziges Kissen und ein winziges Kleidchen und ein winziges Mützchen und gab ihm Kuchenkrümel zu essen. Und wenn sie ihr eine Haselnuß gab, so brauchte die Kleine drei Tage, um die aufzuspeisen.

Eines Tages aber, als das Mädchen gerade in seinem Holzschuh lag und schlief ...«

»... kam ein großer Hund zur Tür herein und trug den Holzschuh weg!« fuhr Kori fort.

»Woher weißt du das?« fragte Haibe verwundert.

Kori lachte zufrieden. »Ich kenne die ganze Geschichte. Der Hund verliert den Schuh, als er über einen Bach springt. Und der Schuh schwimmt davon, und das Mädchen schwimmt in dem Schuh wie in einem Boot, und ein Vogel kommt und –«

»Wer hat dir das erzählt?« Fast schrie sie.

»Naki!«

»Naki?« Haibe sprang auf. »Ist sie hier, bei euch, kennt ihr sie, o bitte, sagt mir, wo ist sie ...«

Die anderen starrten sie an.

»Sagt es mir!« Fast weinte sie. »Ich habe gehört, dieser Lykos hat sie geraubt, das ganze Jahr schon suche ich nach ihr, ich bin doch ihre Mutter!«

Daire erhob sich. »Geh!« sagte sie kalt. »Verlaß unser Haus! Ich habe mit dir nichts mehr zu schaffen!«

»Aber warum«, stotterte Haibe, eben noch diese Freundlichkeit, und nun –

»Geh!« Irrkru stand drohend vor ihr. Schritt für Schritt

wich sie zurück, drehte sich um, öffnete zitternd den Riegel der Tür.

»Aber sie ist doch Nakis Mutter!« weinte die kleine Kori.

Lele nahm die Kleine auf den Arm. »Ist sie nicht!« erklärte sie.

»Sie hat gelogen, und du weißt, daß es böse ist zu lügen. Nakis Mutter ist tot.«

»Tot?« Haibe fuhr herum, tot, natürlich, Naki mußte ja davon überzeugt sein, daß sie im Grab gestorben war, auch Songo hatte das geglaubt. »Hat Naki euch das gesagt, ja, es stimmt, als die Wolfskrieger unser Dorf überfallen haben, da war ich im Grab eingeschlossen. Naki kann nicht wissen, daß Ritgo mich am nächsten Abend aus dem Grab befreit hat, er hatte mehrere Tage von zu Hause fernbleiben wollen, aber eine Ahnung hat ihn eher heimgetrieben, ich war mehr tot als lebendig, als er das Grab geöffnet hat, was soll ich sagen, um euch zu überzeugen –«

»Du hast schon genug gesagt«, erwiderte Daire, ging auf sie zu und umarmte sie. »Willkommen, Schwester. Verfüge über uns!

Nakis Mutter gehört alles, was uns gehört.«

»Wo ist sie? Sagt es mir!«

Die halbe Nacht erzählten Daire, Lele und Irrkru. Und ein ganzes Leben wurde Haibe älter dabei.

»Wir wollten erreichen, daß Lykos' Frau den kleinen Wirrkon freigibt«, schloß Lele, »aber es war unmöglich, sie dazu zu bringen, diese Moria fürchtet sich vor Lykos noch mehr als wir, Grund genug wird sie haben, und Naki, als sie hörte, wie ihr Sohn vor Hunger brüllte, ich habe noch versucht sie davon abzubringen, aber sie hat nicht an sich gedacht, nur an ihren Sohn, sie hat Lykos' Frau angefleht, sie als Magd aufzunehmen, damit sie für Wirrkon sorgen kann. Und hat den heiligsten aller Eide geschworen, daß sie nicht mit ihm fliehen wird.«

»Du meinst – den heiligsten Eid?« flüsterte Haibe.

Lele, blaß, nickte.

Am Bach, als ich mir die Hände gewaschen habe, da habe ich es doch gewußt: Ich werde Naki verlieren.

Sie schlug die Hände vors Gesicht.

»Ich verstehe dein Entsetzen«, sagte Irrkru. »Du wolltest Naki in eure neue Heimat holen, und nun –

Aber hast du nicht daran gedacht, daß sie vielleicht selbst bleiben möchte? Es geht ihr jetzt gut hier. Sie sorgt für Wirrkon und für das Töchterchen von Moria, und sie hat nichts mehr auszustehen, Moria ist ihr so dankbar, und auch Morias Schwester, die am Hof nach dem Rechten sieht, solange Moria krank ist, hält sehr viel von Naki und wird nicht zulassen, daß jemand Naki schlecht behandelt.

Heute abend – Naki schien richtig glücklich!«

»Heute abend? Du hast sie heute abend gesehen?!« rief Haibe.

Irrkru nickte. Seine Narbe durchflutete Rot.

»Heute! Morgen!« erregte Lele sich. »Jetzt ist sie glücklich – aber was ist, wenn Lykos aus dem Krieg zurückkehrt?! Wer sagt uns, was dieser Bestie dann wieder einfällt?!

Nein, es gibt nur eine wirkliche Rettung für Naki: den Tod von Lykos! Dann ist sie frei, mit Wirrkon zu gehen, wohin sie will, oder mit ihm zu bleiben, wo sie will! Dann ist sie in Sicherheit, hier bei uns oder bei Haibe in der neuen Heimat!

Täglich bete ich, daß der Bernsteinbär Lykos tötet!«

»Der Bernsteinbär?« stammelte Haibe.

»Natürlich! Hast du etwa noch nicht von ihm gehört?! Er ist doch der Anführer der Krieger aus deiner Heimat! Ein wahrer Riese soll er sein, stärker als drei Männer gemeinsam, und ein Krieger, vor dem selbst die Wolfskrieger zittern!

Der König hat Lykos auf ihn angesetzt. Irrkru hat davon erfahren, Irrkru hat seine Ohren überall, nicht wahr, Bruder?

Lykos soll den Bernsteinbären töten. Aber ich bete, daß es umgekehrt kommt!

Haibe, was ist denn mit dir, verlierst du die Besinnung, du bist ja ganz weiß!«

Haibe schüttelte stumm den Kopf, schöpfte tief Atem. Dann erzählte sie ihnen von Ritgo.

»Ritgo! Du bist die Schwester des Bernsteinbären!« rief Irrkru so laut, daß Kori erwachte. »Du weißt, wo er ist, du gehst wieder zu ihm, du sprichst ihn? Du mußt ihm von uns erzählen, ihm Nachricht von uns geben, sag ihm, daß wir viele sind, die nur auf eine Gelegenheit warten, den Söhnen des Himmels die Herrschaft zu entreißen, daß wir immer mehr werden!

Ich habe es doch geahnt, als ich dich sah: Du bringst uns die ersehnte Wende. Doch als du die Losung nicht kanntest, da war ich enttäuscht. Und nun bist du die Schwester des Bernsteinbären!«

»Eine Losung? Ich verstehe nicht ganz«, murmelte Haibe. Zuviel auf einmal, das kann kein Mensch fassen.

»Wir knüpfen ein Netz gegen die Herren«, sagte Irrkru. »Und um uns gegenseitig zu erkennen, verwenden wir eine Losung. Erinnerst du dich, daß ich dich nach den Kranichen gefragt habe? Wenn du geantwortet hättest, daß sie diesen Herbst nach Norden ziehen, hätte ich gewußt, daß du eine von uns bist.«

»Wir müssen vorsichtig sein«, erklärte Daire. »Im Untergrund arbeiten. Denn für offenen Widerstand sind uns die Hände gebunden. Sie haben unsere Söhne und jungen Brüder als Geiseln.«

»Aber wenn wir uns mit dem Bernsteinbären verbünden könnten, dann sähe es ganz anders aus!« erhitzte sich Lele. »Wir könnten Erkundigungen einziehen, Nachrichten übermitteln, Fallen stellen, Pläne erarbeiten, Hinterhalte vorbereiten. Und der Bernsteinbär mit seinen Männern könnte die

Anschläge ausführen. So, daß unmißverständlich klar ist, daß wir es nicht waren. Daß die Wolfskrieger keinen Grund haben, sich an uns und den Jungen zu rächen!«

Irrkru faßte Haibes Hände. »Sag ihm das! Richte deinem Bruder aus, daß wir auf ihn warten! Daß wir ihn unterstützen werden! Ihm Waffen, Verstecke, Nahrung, Nachrichten verschaffen werden, alles, was er braucht!

Gemeinsam können wir es schaffen! Die Truppen von Hairox sind nicht groß, er kann unmöglich überall zugleich sein, und seit Kriegsbeginn sind die Herrenhöfe schlecht behütet – wir könnten ihre Herrschaft abschütteln, zum ersten Mal glaube ich wirklich daran!«

»Still, Irrkru, hörst du nichts?!« Daire legte ihm die Hand auf die Schulter. In der Ferne bellte ein Hund.

Der Hofhund stellte wachsam die Ohren auf, begann ebenfalls zu bellen.

»Da nähert sich jemand dem Dorf«, flüsterte Daire.

Irrkru wollte zur Tür, doch Daire hinderte ihn und hieß den Hund schweigen. »Löscht die Fackeln! Wir dürfen kein Mißtrauen dadurch erwecken, daß man uns mitten in der Nacht beratend vorfindet.«

Das Hoftor knarrte.

»Jetzt zünden wir Fackeln an und gehen hinaus, als wären wir eben aufgewacht!« forderte Daire die anderen auf.

Irrkru griff sich einen schweren Knüppel, Lele ein Messer. Daire ein Beil. Da nahm auch Haibe ein Holzscheit und folgte den anderen in den Hof.

Kein Mensch zu sehen. Der Hund stürmte vor ihnen her. Doch plötzlich stoppte er und blieb winselnd und heulend vor einem schwarzen Bündel stehen, das neben dem offenen Hoftor lag.

Daire rannte. Das Licht ihrer Fackel erfaßte das Bündel.

Da schrie Daire auf und warf sich zu Boden.

Es war ein toter Knabe, sein Rücken war von Rutenhieben völlig zerrissen.

»Fior!« schluchzte Daire. »Unser Fior!«

Auch Irrkru fiel auf die Knie, umfaßte den Kopf des Knaben, schloß ihm die Augen und weinte.

Lele aber stand starr, mit eisiger Ruhe. Und plötzlich riß sie die Hände zum Himmel und gelobte: »Ich werde dich rächen, kleiner Bruder! Ich schwöre es! Jeden Schmerz, den man dir angetan hat, werde ich vielfach vergelten! Mein ganzes Leben will ich der Rache weihen für deine Leiden und deinen Tod!

In deiner kindlichen Schwachheit, die kein Mensch dir zum Vorwurf machen kann, hast du ehrfurchtsvoll dem Herrn angehangen, der dich auf das grausamste verblendet hat. Willig hast du denen gehorcht, die dich zu den Wolfskriegern zwangen.

Und sie haben dich grausam mißhandelt und getötet! Dich, der du dich ihnen unterworfen hattest! Warst du ihnen zu menschlich? War ihnen dein Herz zu liebevoll? Warst du ihnen nicht mitleidlos genug? Kleiner Bruder, du warst nicht geschaffen für ein Leben als Wolfskrieger. Du warst geboren für ein Leben als Bauer.

Ich schwöre, ich werde mein Leben dafür geben, daß Kinder wie du nicht mehr mißhandelt und verführt, nicht mehr zu den Wolfskriegern gezwungen und nicht mehr getötet werden!

Hört ihr es alle, hört ihr es?!

Jetzt gibt es nichts mehr, was mich zurückhält! Nichts mehr!«

Irrkru stand auf und reichte Lele die Hand. »Nichts mehr!«

Da hob auch Daire ihr tränenüberströmtes Gesicht und bestätigte: »Nichts mehr!«

Hinter den Sträuchern am Bach wartete Haibe, dort, wo Irrkru ihr geraten hatte. Naki komme täglich hierher, um die Kleinen zu baden, hatte er gesagt.

Haibe schloß die Augen.

Eine so lange Zeit der Suche, des Hoffens, des verzweifelten Bemühens. Und nun plötzlich doch unvorbereitet.

Sie öffnete die Augen wieder – und sah Naki.

Ruhig schritt Naki dem Bach entgegen, ein Baby ritt auf ihrer Hüfte, das andere trug sie im Arm.

Naki! wollte Haibe rufen, sich zeigen, auf die Tochter zulaufen.

Sie verharrte reglos und stumm.

Da war diese Furcht, das Bild könne zerrinnen, sobald sie daran rührte.

Im Gesicht der Tochter suchte sie das verlorene Jahr, sah es in den herben Zügen, die sich über die einstige Weichheit und Kindlichkeit geprägt hatten. Meine Naki, was haben sie dir angetan!

Naki kniete am Bach nieder, legte das kleinere Baby ins Gras, entfernte dem größeren Kleidung und Windel und hielt es ins langsam strömende Wasser.

Das Baby strampelte vergnügt.

Naki lachte.

Dieses Lachen brachte die alte Vertrautheit zurück.

Naki wischte mit der Hand das Wasser von der Haut des kleinen Jungen, warf ihn in die Luft, fing ihn wieder auf, stemmte ihn hoch, ließ ihn durch die Luft kreisen.

Und sah zu dem Strauch.

Ihre Augen weiteten sich vor Ungläubigkeit. Sie preßte den Kleinen an sich, nahm beinahe traumwandlerisch auch das zweite Baby wieder auf, wandte den Blick nicht von Haibe.

»Naki«, sagte Haibe unter Tränen.

Und dann hielt sie ihre Tochter in den Armen.

Kupfern und golden glühte die Eiche. Moria saß auf der Bank im Hof, das Gesicht im Licht.

Die Sonne wie ein Bad aus warmem, schmeichelndem Wasser. Der Duft des schwarzen Holunders, dessen Trauben die Körbe füllten. Glitzernde Spinnweben zwischen Reetdach und Hauswand.

Das Leben wiedergewonnen.

Moria stand auf, ging langsam über den Hof, streichelte den Hund, lehnte sich an den Stamm der Eiche, blickte durch das leuchtende Blätterdach in die Sonne, bis die Augen nichts mehr sahen, und kehrte zur Bank zurück.

Schon von diesen wenigen Schritten war sie ermüdet, doch von Tag zu Tag spürte sie ein klein wenig von ihren Kräften zurückkehren.

Nicht mehr lang, und sie würde Naki zum Bach begleiten können, wenn diese die Kinder badete.

Wo Naki nur blieb! So lang war sie doch sonst nicht am Bach?

Plötzlich sehnte sie sich danach, Ria in die Arme schließen zu können und ihren kleinen Körper zu spüren, noch frisch vom Bad –

Sie hörte das Knarren des Hoftores, wandte sich hin – nur Sahir.

Moria schloß die Augen. Rot schimmerte es durch die geschlossenen Lider. Wärme auf ihrem Gesicht.

Fast wie von Nakis Händen.

Die Hände dieser Magd – wertvoller als Gold.

Oder sind es nicht die Hände? Ist es das andere, die Göttin?

Der Stein mit den glitzernden Augen –

Träge flossen die Gedanken, schoben sich ineinander und versickerten.

Als Moria wieder aufwachte, war die Sonne weitergewandert. Fröstelnd rieb Moria die Arme und sah sich um.

Sahir hockte am Boden und zupfte Holunderbeeren von den Stielen.

»Wo ist Naki mit den Kindern?« fragte Moria.

»Ich weiß nicht, Herrin, hier am Hof ist sie nicht.«

»Ist sie etwa noch am Bach?«

»Vielleicht. Vorhin war sie dort mit den Kindern. Und mit einer fremden Frau.«

»Was für eine fremde Frau?«

»Ich kenne sie nicht, Herrin, keine von hier. Aber Naki schien sich sehr zu freuen. Sie haben sich umarmt und geküßt. Sehr glücklich sahen sie beide aus. Und ich habe sie in der alten Sprache reden hören.«

»In der alten Sprache?« Kalt und naß klebte das Hemd am Leib. »Hast du den Namen der Fremden gehört?«

»Ach, Herrin, ich verstehe doch die Sprache nicht, nur ein Wort hab' ich Naki immer wieder zu der Fremden sagen hören, es klang so ähnlich wie –«

Sie nannte das Wort.

Wai hatte mit Moria immer in der Sprache der Söhne des Himmels geredet. Doch dieses eine Wort aus der Sprache des Alten Volkes hatte Moria sich dennoch eingeprägt.

Das Wort, mit dem Wai ihre Mutter anzusprechen pflegte. Das Wort, das nun Sahir genannt hatte.

Aber Naki hat selbst erzählt, daß ihre Mutter tot ist!

Und wenn das nicht stimmt? Wenn sie gekommen ist, ihre Tochter zu holen? Naki – und Wirrkon?!

Naki hat geschworen, nicht mit Wirrkon zu fliehen. Sie hat mein Vertrauen mehr als verdient.

Dennoch: Sie müßte längst zurücksein.

Unruhig stand Moria auf. Ging zum Hoftor. Sah den Weg hinab.

Keine Naki.

Wenn sie bis zu der Brombeerhecke ginge, könnte sie zum Bach hinuntersehen.

Sie lief.

Kam an der Brombeerhecke an. Sah den Bach, die Stelle, an der gewöhnlich Wasser geholt, gewaschen und gebadet wurde.

Kein Mensch zu sehen.

»Naki!« rief sie, kein Halten mehr, sie rannte, keuchte, taumelte, schrie, niemand hörte sie, ihr Schrei zu atemlos, ohne Kraft.

Am Bach hingen Windeln zum Trocknen im Weidenstrauch.

Moria griff danach, Rias Windeln, strauchelte, ihre Knie so schwach, in ihren Ohren brauste ein höhnischer Wind, schwarz wurde ihr vor Augen. Sie fiel.

Es war Nakis Mutter, ich weiß es. Naki ist mit ihr gegangen. Das einzige, was sie hier halten könnte, hat sie mitgenommen: ihr Kind. Und meines, das sie liebt wie ihr eigenes.

Ihr zornigen Götter, macht ein Ende. Ich will nicht mehr leben.

Nicht ohne Ria.

Und Wirrkon – du bürgst mir für ihn –

Moorboden unter ihr. Sie sank und sank und sank.

Als sie wieder zu sich kam, wurde sie getragen. Laßt mich, ich will nicht mehr.

Die Schwärze nahm sie wieder auf.

Jemand spritzte ihr kaltes Wasser ins Gesicht. »Nun wach endlich auf!« sagte eine zornige Stimme. »Oder meinst du, wir haben uns die ganze Mühe mit dir nur gemacht, damit du uns jetzt wegstirbst?!«

Widerwillig öffnete sie die Augen.

Cythia. Und neben ihr noch jemand.

Naki – im einen Arm Wirrkon, im anderen Ria.

Große Frau. Deine Güte ist ohne Grenzen. Bei dir hat Naki geschworen. Und bei dir hält sie ihren Schwur.

Ich werde nie aufhören, dir zu danken.

Und ich habe geglaubt, du liebst uns! »Mutter« habe ich dich genannt!

Überall, meinte ich, wärst du. Im Blühen der Blumen und im Reifen des Kornes, im Flug des Vogels und im Lachen eines Kindes, im Murmeln des Wassers und im Rauschen des Windes, in der Stille des Mondes und der Glut der Sonne, in der Wärme der Erde und der Kühle des Steins, im Gurgeln des Moores und der Finsternis der entfesselten Sturmnacht.

Und wo bist du nun?

Gibt es eine Mutter, die sich gleichgültig abwendet, wenn ihr Kind ins Verderben läuft? Die schläft, während es weint?

Du bist ein Ungeheuer.

Oder du bist nicht.

Wir dürfen dir nicht anlasten, was Menschen uns antun, hat die alte Priesterin gesagt.

Was weiter! Das weiß ich selbst!

Deine Macht ist nicht dadurch gebrochen, daß es andere gibt außer dir, hat sie gesagt. Du reichst in Tiefen, von denen diese Himmlischen nichts ahnen oder vor denen sie vor Furcht erzittern.

Warum gebrauchst du sie dann nicht, deine Macht, warum!

Daß auch du nicht schützen kannst vor roher Gewalt, die durch nichts gehindert wird, durch keinen Schatten des Zweifels getrübt, durch keinen Ruf des Gewissens gezähmt, die sich selbst dann im Recht glaubt, wenn ihr Unrecht zum Himmel schreit – das mache ich dir nicht zum Vorwurf, nein.

Aber mußt du uns auch noch verhöhnen?

Läßt mich die anderen retten, um mich noch deutlicher spüren zu lassen, daß ich die eine nicht retten konnte, die eine, um die es mir vor allem geht. Läßt mich Schwester, Nichten und Kusinen und die meisten anderen in die neue Heimat führen, nur um mir den Stachel ins Herz zu stoßen, daß ich die Tochter zurücklassen mußte.

Weißt, daß es nichts gibt, was den Verlust meiner Tochter verschmerzen läßt.

Rächst du so furchtbar das Blut dieser Briseia an mir?

Ha, ich bin sicher, was die alte Priesterin sagen würde, erzählte ich ihr von diesem Gedanken: Der Lauf der Welt hänge ebensowenig an mir wie der Lauf der Gestirne.

Also nicht ich.

Um so mehr du!

Wo warst du, als dieser Wolfsmensch über Naki herfiel und sie immer und immer wieder vergewaltigte, als er sie an sein Bett und an den Mahlstein fesselte, als er sie schlug und einsperrte, als er sie hungern ließ und in den Irrsinn trieb?

Du hattest dein Gesicht verhüllt. Zurückgezogen hattest du dich in die Untiefen der Moore, in die Klüfte der Höhlen, in den Schlund der Erde. Allein hast du sie gelassen.

Sie aber fiel nicht von dir ab. Sie hat nicht gehadert mit dir wie ich. Und noch im Irrsinn hat sie dich gesucht.

Was hat sie dir getan? War nicht ihr ganzes Leben ein einziger Lobpreis an dich?

Noch in der Qual nahm sie ihre Stärke aus dir. Und gab damit den anderen, die an dir zweifelten, den Glauben an dich.

Du aber drehtest ihr aus ihrer Treue die Fessel, die sie dauerhafter bindet als jeder Strick.

Aus jedem Gefängnis hätte ich sie befreien können – mit List oder mit Hilfe von Ritgo und seinen Männern. Aus jeder

Gewalt hätte ich sie zu lösen versucht, und hätte ich dabei mein Leben gelassen, ich hätte gewußt, wofür.

Für wen.

Du aber hast sie unlösbar an ihren Peiniger gefesselt, und nichts gibt es, was ich dagegen tun könnte.

Konntest du ihr nicht ins Wort fallen? Konntest du nicht einen Sturm aufkommen lassen und das Dreieck im Sand verblasen? Mußtest du dieser eingeschüchterten kleinen Frau des Wolfsmenschen das Wissen um den Schwur eingeben, den Naki niemals brechen wird?

Sie wird es nicht, weil sie es nicht kann.

Denn sie glaubt an dich.

Noch immer, nach allem, glaubt sie an dich! Mit einer Hingabe, die mich beängstigt, denkt sie an nichts anderes mehr als an dich. An dich und an ihre Bestimmung.

Ihre Bestimmung! Mußtest du ihr diesen Gedanken eingeben, der mit Widerhaken in ihrer Seele steckt? Daß sie von dir berufen sei, dieses kleine Mädchen zu retten! Daß alles Leiden seinen Sinn habe darin?

Die kleine Ria retten!

Als wäre es nicht Aufgabe genug, sich selbst und ihren Wirrkon zu retten!

Wenn du schon nicht an dich denkst, dann denke an deinen Sohn, habe ich sie angefleht.

Aber ich denke ja an ihn, hat sie gesagt, ich bin ja nur hier, weil ich an ihn denke.

Ich weiß, hätte ich sagen sollen. Es war ja die Wahrheit.

Aber ich wollte nicht aufgeben. Willst du, daß Wirrkon unter den Söhnen des Himmels aufwächst? fuhr ich fort. Willst du, daß dieser Wolfsmensch, der ihn für seinen Sohn hält – was für eine Lästerung –, daß dieser Wolfsmensch ihm das angedeihen läßt, was die hier für Erziehung halten, daß er seine arme kleine Seele schinden wird so grausam wie seinen Körper, daß er ihn zum Wolfsmenschen macht, wie er einer ist?

Warum quälst du mich so, hat sie weinend gefragt.

Da konnte ich sie nur noch stumm in die Arme schließen.

Göttin, wenn es dich noch gibt, wenn dich die furchtbaren Götter der Söhne des Himmels nicht längst zertreten haben, dich jeder Stärke und jeden Lebens beraubt, dann bist du ein Ungeheuer.

Dann bist du keine säugende Hirschkuh mehr und keine Bärin, die ihr Junges schützt. Dann wendest du uns nur noch das starre Gesicht der Weißen Frau zu, zeigst uns die drohenden Hauer des reißenden Keilers, rufst uns mit dem Schrei der Eule.

So soll er denn hallen, der Schrei der Eule!

Ich fluche ihn herab auf den Wolfsmenschen. Ich fluche ihn herab auf diesen ganzen Hof, der meine Tochter gefangenhält. Ich fluche ihn herab auf alles und jedes, das meine Tochter und ihren Sohn hindert, frei zu sein!

Tod dem Lykos, seinen Helfern und Helfershelfern! Tod einem jeden, der Naki und Wirrkon an ihren Kerker fesselt!

Hörst du mich, Eule?

Ich kann meine Tochter und meinen Enkel nicht retten.

Nur du kannst es noch.

Dort der Weidenbusch am Bach, dort hat meine Mutter gewartet. Dort hat sie nach mir gerufen.

Ich kann ihn nicht mehr sehen, ohne zu hoffen, daß meine Mutter heraustritt. Ohne mich nach ihren Armen zu sehnen, in die ich mich flüchten kann ...

Wärest du nie hierhergekommen, Mutter!

Wenn du schon nicht an dich denkst, so denke wenigstens an Wirrkon, willst du, daß seine Seele geschunden wird so grausam wie sein Körper ...

Das hättest du nicht sagen dürfen, Mutter, das nicht!

Hätte ich damals Wirrkon im Stich gelassen, so hätte ich ihn jetzt retten können –

Es ist nicht wahr! Die Göttin hat es so gewollt!

Sie wird es nicht zulassen, die Große Bärin, daß Wirrkon etwas geschieht, Sie wird ihn verteidigen mit Pranken und Reißzähnen, und wenn ich ihm nicht helfen kann, so wird Sie es tun, wie die Hirschkuh ihr Junges säugt, so wird Sie für ihn sorgen.

Wie verzweifelt er weinte, eingeschnürt in diese schrecklichen Bänder. Und wie er mit tiefem Seufzen still wurde an meiner Brust.

Da wußte ich, daß es richtig war, was ich getan hatte. Ich mußte es tun. Es war der Ratschluß der Göttin.

Sie hätte mich nicht schwören lassen, wenn Sie es nicht so gewollt hätte. Und ich hab' Ihr mein Leben geweiht.

Wenn ich dich je verrate, so soll mir in alle Ewigkeit die Rückkehr zu dir verwehrt sein. Ausgestoßen soll ich sein von den Lebenden und den Toten ...

Meine Bestimmung. Der Sinn meines Lebens.

Die kleine Ria. Sie wäre gestorben ohne mich. Und sie würde auch jetzt noch sterben ohne mich. Ich bin das Werkzeug in den Händen der Einen, die da Eins ist in Drei und Drei in Eins.

Ich mußte dich wegschicken, Mutter, damit du die anderen in die neue Heimat führst, nicht Wirrkon und mich.

Du weißt es ja selbst.

Die Göttin wird nicht erlauben, daß Wirrkon zugrunde gehen muß dafür, daß Ria lebt, Mutter, da kannst du sagen, was du willst!

In einem Jahr kommst du wieder, hast du versprochen. Es könne doch sein, daß Lykos in diesem Krieg ums Leben käme. Daß Wirrkon dann frei wäre und mit ihm ich.

Die Herrin würde mich von dem Eid lösen. Sie würde mich mit Wirrkon gehen lassen, wenn sie nicht Lykos fürchten müßte.

Und auch Ria wäre in einem Jahr groß genug, um ohne mich zu überleben.

In einem Jahr –

Naki ließ sich an dem Baum hinabgleiten, lehnte Rücken und Kopf dagegen, schloß die Augen.

In einem Jahr –

Seltsam, sie konnte es nicht denken.

Früher, als junges Mädchen daheim, da lag die Zukunft vor ihr wie eine weite offene Ebene, in die sie hineingehen konnte, sich darin umsehen, Wege erproben, wieder umkehren.

Jetzt reichte die Zukunft nicht weiter als bis zu diesem Tag. Ein kleiner heller Fleck: Wirrkon und Ria, Daire und Lele, die Herrin, Noedia, Sahir und Cythia. Und vor allem Irrkru. Dahinter Dickicht und finsterer, undurchdringlicher Wald.

Kein morgen. Nirgends.

Stille um sie.

Schwärze.

Erde, die sich an sie schmiegte wie weiches, kühles Moos.

Sie schlief, und zugleich sah sie sich schlafen, sah sich zusammengerollt auf der Seite liegen, wie ein ungeborenes Kind im Mutterschoß, wie ein Korn im Boden.

Vollkommene Ruhe. Kein Schmerz und kein Wunsch.

Und dann etwas, das wuchs, das größer und größer wurde.

Sonne.

Ein wogendes Weizenfeld.

Das jubelnde Lied einer Lerche.

Naki runzelte die Stirn, öffnete verwirrt die Augen.

Vogelfrau, warum schickst du mir Träume und Bilder – und gibst mir keinen, der mich lehrt sie zu lesen!

18

Dreimal rief der Eichelhäher.

Der Wald lichtete sich. Die letzten Schritte rannte Haibe, trat schwer atmend auf die Ackerfläche hinaus.

Dort vorn endlich, nach ungezählten Tagen der Wanderung und Flucht im Wald, nach einsamen Nächten, die sie frierend vor Frost und innerer Kälte im Dickicht verbracht hatte: die Heiligen Steine.

Sie stand und schaute. Und spürte: Sie war heimgekehrt. Mochte ringsum die Welt aus den Fugen geraten und dem Untergang verfallen sein – ihr Mittelpunkt war unversehrt. Noch galt die heilige Ordnung, der ewige Bund der Urfrauen. Für alle Zeit wandelten die Steine zwischen den Gräbern und vereinten das, was getrennt gewesen war.

Haibe kniete nieder, drückte die Stirn auf das Erdreich, küßte den Boden. Einst hatte Naki hier an ihrer Seite gekniet...

Langsam erhob Haibe sich und ging weiter auf die steinerne Prozession der Ahnen zwischen den beiden großen Gräbern zu.

Hier hatte sie sich mit Gwinne, Mulai und all den anderen verabredet, hier hatten diese nach Eire Ausschau halten und zum Aufbruch in die neue Heimat auf Haibe warten wollen. Und auf Naki.

Ein Rauschen in der Ulme am Wegesrand, und in einem

Wirbel fallender Blätter sprang ein Mann mit einem gewaltigen Satz aus dem Baum, stand breitbeinig dicht vor ihr.

Haibe schrie erschreckt auf – und lag im nächsten Augenblick an der Brust ihres Bruders..

»Ritgo, hast du mich erschreckt! Daß du hier bist...«

Er klopfte beruhigend auf ihren Rücken, sprach nur ein Wort: »Naki?«

Sie schüttelte den Kopf. Und dann brach es aus ihr heraus: »Du mußt ihn töten, diesen Lykos!«

Ritgo schob sie von sich und lachte rauh: »Lykos? Den, der sich mit seiner Wolfsschar mir auf die Fersen geheftet hat, vor dem mich jeder, der mir Nachrichten zuträgt, warnt, dem ich so sorgfältig aus dem Weg gehe wie keinem sonst – ausgerechnet den soll ich töten? Weißt du nichts Leichteres für mich?«

»Ritgo, es ist die einzige Rettung, die es für Naki gibt, sie ist ihm ausgeliefert, solange er lebt, kann sie nicht von ihm los, sie ist durch einen Eid gebunden, keine Macht der Erde kann sie bewegen, diesen Eid zu brechen, ich jedenfalls konnte es nicht, o Ritgo, wenn dieser Lykos den Krieg überlebt, dann ist sie verloren, hilf ihr, bitte, hilf ihr!«

»Und helfen ist töten, sieh mal einer an!«

Sie schwieg.

Ritgo nahm ihre Hand, zog sie ins Gebüsch, drückte sie nieder. »Erzähl!« sagte er.

Sie erzählte ihm alles. Er zerbrach seinen Eibenholzstock, während er zuhörte. Schrie: »Konntest du sie nicht mit Gewalt mit dir nehmen, den kleinen Wirrkon entführen, dann wäre sie dir schon gefolgt?!«, verstummte wieder unter ihrem Blick, vergrub das Gesicht in den Händen.

»Sie ist zu gut für diese Welt«, murmelte er schließlich, »zu arglos, zu aufrichtig, zu treu. Und zu gläubig. So kann man nicht mehr leben. So kann man nur noch sterben.«

»Wofür kämpfst du, wenn nicht für eine Welt, in der man wieder so leben kann?«

Ritgo stand auf. »Manchmal bin ich nicht mehr sicher, ob ich noch weiß, wofür ich kämpfe. Aber wogegen, das weiß ich.

Ich werde versuchen diesen Lykos zu töten. Aber ich muß vor ihm auf der Hut sein, sonst gefährde ich damit unseren ganzen Kampf. Den richtigen Ort, den richtigen Augenblick –

Solange er im Krieg ist, droht Naki doch kein Unheil?«

»Nein. Solange nicht. Und noch etwas. Ich habe ihr gesagt, daß ich in einem Jahr wieder bei ihr sein werde, im nächsten Herbst. Falls sie bis dahin frei ist, werde ich sie dann in die neue Heimat geleiten, so wie jetzt die anderen.«

Ritgo strich sein Kinn. »Ein Jahr ist eine lange Zeit in einem Krieg wie diesem. Ob wir so lange durchhalten – wer weiß.«

»Ich habe Bauern bei den Söhnen des Himmels kennengelernt, von denen ich dir ausrichten soll, daß sie bereit sind, mit dir zusammenzuarbeiten, dich zu unterstützen. Sie warten darauf, daß du zu ihnen kommst. Ihre ganze Hoffnung gilt dem Bernsteinbären.«

»Wo soll ich denn noch überall sein! An unzähligen Orten zugleich wird nach mir verlangt, erhofft man sich Wunderdinge von mir, die ich nie erbringen kann. Was glauben die Leute, wer ich sei?!« Er brach ab, streckte ihr die Hand hin: »Komm mit in den Wald dort, da halten sich die Frauen versteckt! Stell dir vor, wir sind hier auf Eire gestoßen. Sie hat es geschafft, sich zu retten, sich und ihre kleine Tochter. Aber was sie mir von sich und Songo erzählt hat ...«

Er verstummte.

»Ich weiß«, erwiderte Haibe und drückte seine Hand. »Aber daß Eire sich mit dem Kind hierher durchschlagen konnte – so hat sich Songos Opfer gelohnt.«

»Songo, wenn sie noch lebte, wenn sie an meiner Seite kämpfen würde!« stöhnte Ritgo.

Schweigend gingen sie nebeneinander. Haibe streifte Ritgo hin und wieder mit einem Blick von der Seite.

»Es wäre dir eine Hilfe in deinem Kampf, wenn die Söhne des Himmels in ihrer eigenen Heimat in Schwierigkeiten steckten, Aufstände niederschlagen müßten, Verluste hätten, um ihre Familien fürchteten, nicht wahr?« sagte sie.

Er nickte. »Sicher. Aber ich muß noch heute nach Norden aufbrechen. Die Söhne des Himmels dringen mit ihrem König beängstigend weit an die Grenzen des Meeres vor.«

»Vielleicht brauchen die Bauern gar nicht dich. Sie kennen dich ja nicht. Nur dein Ruf ist zu ihnen gedrungen, und der hat nicht viel mit dir zu tun.

Vielleicht brauchen sie nur den Glauben an den Bernsteinbären.

Und die Söhne des Himmels die Furcht vor ihm. Wer auch immer er ist.«

Er starrte sie an. Dann lachte er.

Der Mond ging über dem Schwarzmoor auf. Seine schwindende Sichel brachte nur wenig Licht.

Naki stand in der Tür der Laubscheuer und durchforschte mit den Augen die Finsternis. Wenn der Mond aufgeht ...

»Wenn der Mond heut nacht aufgeht, in unserer Laubscheuer?« fragte Irrkru.

Sie lächelte und rieb ihre Wange an seiner Schulter. Ihre Laubscheuer ...

Schon oft hatten sie sich dort getroffen. Aber noch nie bei Nacht.

»Wirst du dasein?« fragte er eindringlich.

»Ja, ich denke schon. Ria schläft jetzt viel besser.«

»Denkst du es, oder bist du sicher?«

»Du willst es aber genau wissen!« Sie lachte, blinzelte ihm zu.

Irrkru lachte nicht. »Kannst du wirklich nachts den Hof verlassen?«

Vergebens suchte sie in seinen Augen eine Andeutung von Zärtlichkeit oder Leidenschaft. Sie sah nichts als Besorgnis. »Doch«, sagte sie ernüchtert. »Ich muß es natürlich der Herrin sagen, damit sie den wachhabenden Knecht anweist, mich hinaus- und auch wieder hereinzulassen. Mit diesem schrecklichen Chtairus wäre das schlecht zu erreichen. Aber der hat sich ja das Bein gebrochen und ist vollauf mit Jammern beschäftigt!

Stell dir vor, er behauptet, die Leiter des Hochsitzes sei angesägt gewesen, aber keiner glaubt es ihm, denn am nächsten Tag war sie heil und so gut wie neu, und jeder weiß, daß Chtairus am Abend davor zuviel getrunken hatte!«

Doch Irrkru, sonst begierig auf jede Art von Klatsch aus dem Lykoshof, ging nicht auf die Geschichte ein. »Und du bist sicher, daß die Herrin dich gehen läßt?« drängte er weiter.

»Ganz sicher«, erwiderte sie und strich ihm über die zernarbte Wange. Dann lehnte sie wieder ihren Kopf an seine Schulter. »Ich freu' mich auf heute nacht, Irrkru.«

»Bringst du Wirrkon mit?«

Sie zögerte. Da war Sahir, die sie bitten konnte, auf ihn ebenso aufzupassen wie auf die kleine Ria ...

»Nicht, wenn du es nicht möchtest«, sagte sie.

»Aber ich möchte ja, daß du ihn mitbringst. Bestimmt, ja?«

Sie nickte, verwundert, aber auch erfreut. »Gut! Ich werde ihn mitbringen. Sicher schläft er und stört uns nicht. Ich werde mit ihm dasein. Bei Mondaufgang in unserer Laubscheuer!«

»Mit Wirrkon bei Mondaufgang. Was auch immer geschieht?« fragte er drängend.

»Was auch immer geschieht«, bestätigte sie, plötzlich verunsichert von seiner feierlichen Dringlichkeit.

Und nun war er es, der nicht da war.

Unruhig ging sie auf und ab, wiegte Wirrkon im Schlaf.

Wie kalt es war. Noch immer strenger Nachtfrost.

Sie trat in die Scheuer zurück, bettete Wirrkon ins Laub, das hier für die Winterfütterung aufgeschüttet war, und deckte ihn warm zu.

Dann strich sie sich die Haare glatt, schob die Halskette zurecht, zupfte an ihrem Kleid, ihrem Mantel und ihrem Schultertuch.

Die Herrin hatte es ihr erst vor wenigen Tagen geschenkt, und sie fand sich sehr schön darin.

Auch wenn es zu dunkel war, als daß Irrkru es sehen konnte.

Wo er nur blieb!

Er sollte endlich kommen, damit ihr mehr Zeit blieb, ihn glücklich zu machen!

Irrkrus Arme um ihre Schultern. Ihr Kopf an seiner Brust.

Jetzt war sie daheim.

Er streichelte ihre Haare. Nahm ihr Gesicht zwischen die Hände. Küßte ihre Augenlider.

Sie hielt ganz still.

Seine Hand spielte mit ihrem Ohr. Strich den Hals, den Nacken entlang.

Lykos –

Alles in ihr verkrampfte sich. Angst flutete durch ihren Körper, jagte ihren Herzschlag in die Höhe, sträubte die Härchen auf ihrer Haut.

Irrkru schob seine Hand in ihren Ausschnitt und faßte an ihren Busen.

»Nein!« sie schrie auf, zuckte vor ihm zurück, kreuzte die Arme über der Brust. »Nein!«

Er stand mit hängenden Armen da, verstört, beschämt.

Sie umarmte ihn, weinte. »Es, es tut mir leid, Irrkru, nicht böse sein, ich will es doch auch, aber ich kann nicht...«

Er nahm sie in die Arme wie ein Bruder. »Nicht weinen, Naki. Es wird gut. Alles gut.«

Es war nicht gut geworden. Immer wieder hatte sie darum gekämpft. Und immer wieder den Kampf verloren. Wann immer Irrkru sie hatte anfassen wollen, war es gewesen, als sei Lykos wieder da. Bis zu jenem Tag...

Wirrkon und Ria lagen dicht aneinander gedrängt in der kleinen Hängematte, die sie für die beiden geknüpft und am Ast der Eiche befestigt hatte. Sie beugte sich über die Kleinen. Sie schliefen tief. Ria nuckelte im Schlaf vor sich hin. Naki lächelte und unterdrückte das Verlangen, den beiden über die Haare zu streicheln. Sie sollten jetzt nicht aufwachen. Denn jeden Augenblick würde Irrkru bei ihr sein.

Heute mußte es gelingen.

Naki trat unter dem Baum hervor und blickte über das Moor. Da sah sie ihn kommen. Er ging langsam, mit gesenktem Kopf, hängenden Schultern.

Fürchtete er so sehr, sie würde ihn wieder zurückweisen?

Sie hatte den Mantel im Streu der Laubscheuer schon ausgebreitet. Heute würde sie es zulassen. Heute würde sie ihm alles geben. Sie wünschte es sich doch so sehr!

Früher hatte sie sich aus Lykos' Umarmungen in die Vorstellung geflüchtet, es sei Irrkru. Und nun, da es wirklich Irrkru war –

Tränen standen in ihren Augen.

Irrkru erreichte das Ufer des Moores. Sie rannte ihm entgegen, wollte ihm um den Hals fliegen. Kurz vor ihm verlangsamte sie ihren Schritt, stockte. Er weinte.

»Irrkru, mein Lieber!« Sie nahm ihn an der Hand und zog ihn mit sich zur Laubscheuer. »Was ist geschehen?«

»Tot!« sagte er heiser. »Drei Knaben aus einem Dorf, das zu Hairox gehört. Hairox hatte sie zu den Wölfen gezwungen. Und jetzt sind sie tot wie Fior. Ihre Wunden – sie müssen entsetzlich gelitten haben–« Er stöhnte. »Und es ist meine Schuld!«

»Deine Schuld?« Kaum brachte sie die Worte heraus.

Er schlug sich mit der Faust an die Stirn. »Ich habe die Bauern beschworen, Widerstand zu üben! Und sie haben es getan. Sie haben den Bohlenweg, der durch eine Moorsenke zu ihrem Dorf führt, zerstört und dort einem Wolfskrieger aufgelauert, der bei ihnen Vorräte rauben wollte. In der Nähe ihres eigenen Dorfes haben sie einen Wolfskrieger erschossen! Natürlich hat Hairox erkannt, von wem dieser Anschlag kam. Und als Rache die unschuldigen Jungen zu Tode martern lassen. Hätte ich nicht zum Widerstand aufgerufen, dann würden sie jetzt noch leben!«

Sie nahm sein Gesicht zwischen ihre Hände und küßte ihm die Tränen von den Wangen. »Nicht«, flüsterte sie, »nicht, Irrkru! Es ist nicht deine Schuld. Du kannst nichts für die Grausamkeit von Hairox. Und die Bauern haben getan, was sie selbst für richtig gehalten haben.«

»Aber wenn ich nicht –«, widersprach er. Sie legte ihm die Finger auf die Lippen und zog ihn in den Schuppen. »Komm, leg dich hierher!«

Sie drückte ihn auf den Mantel im Laubstreu, kniete hinter ihm nieder und nahm seinen Kopf in ihren Schoß. Große Bärin, steh mir bei! Gib mir deine Kraft, ihn zu heilen von dem, was ihn quält!

Sie legte ihre Fingerspitzen an seine Schläfen, ließ sie pulsen im Pochen seines Blutes. Er begann wieder zu sprechen, sich anzuklagen, zu weinen. Lange ging es so. Dann wurde er nach und nach still. Seine Züge entspannten sich.

Sie faßte in seinen Nacken, versuchte den Griff, den sie von Zirrkan kannte. Doch etwas war anders. Irrkru stöhnte mit geschlossenen Augen.

Sanft strich sie über sein Gesicht, zeichnete die Augenbrauen nach, die Linie der Nase, die Lippen, die Narbe. So hatte es Zirrkan ihr nicht gezeigt.

Sie öffnete den Knebel seines Kittels, streichelte seine Schultern. Ihre Handflächen tranken die Berührung mit seiner Haut. Sie spürte, wie ein Erschauern durch seinen Körper rieselte, in ihren Körper überging, sie erzittern ließ und wieder verebbte.

»Naki, du«, murmelte er.

»Schschsch!« machte sie sacht, beugte sich über ihn und schloß seine Lippen mit ihren. Sie rieb ihr Kinn an seinem schlecht geschabten. Das leise Kratzen erinnerte sie für den Bruchteil eines Augenblicks daran, wie ihr Muga sich nachdenkend über das Kinn strich. Ihre Lippen erkundeten jeden Fingerbreit seines Gesichts und fanden Ruhe auf seinen geschlossenen Lidern. Und alles in ihr wurde warm und weich und gelöst.

Sie bettete seinen Kopf in das Laub, öffnete Irrkru Kittel und Gürtel und schmiegte sich an ihn. Er wollte sie umarmen, doch sie flüsterte ihm ins Ohr: »Nicht bewegen, lieg ganz still!«

Sie verlor jedes Gefühl für die Zeit, liebkoste ihn und fühlte, was er spürte. Sein Verlangen wurde ihres. Da kniete sie sich über ihn und nahm ihn auf.

Naki wischte sich eine kleine Träne aus dem Augenwinkel. Nie würde sie es vergessen – das erste Mal, daß sie geliebt hatte.

Ihn hatte sie heilen wollen – und war selbst dabei geheilt

worden. Endlich hatte ihr Körper Lykos vergessen. Er war ausgelöscht. Es gab nur Irrkru. Es würde nie einen anderen geben als Irrkru. Jede Stunde gehörte ihm, auch wenn sie nicht zusammen waren.

Bisher hatten sie sich nur am Tage getroffen, hatten immer und immer wieder die Laubscheuer zum Ort ihrer Seligkeit werden lassen. Heute nun sollte es die erste Nacht sein. Heute würde sie ihm sagen, wie glücklich sie war.

Doch er kam nicht.

Da war etwas nicht in Ordnung.

Nie würde er sie grundlos so warten lassen!

Sie biß auf den Knöchel ihres Zeigefingers.

Das Schwarzmoor?

Aber es mußte gefroren sein, der Frost war in diesem Herbst früh und heftig gekommen und hielt seit Tagen an, eisig wie im tiefsten Winter.

Selbst wenn Irrkru vom Pfad abkommen sollte – das Moor mußte ihn tragen.

Warum war er dann nicht da?

Wenn nun das Dorf von den Wolfskriegern –

Nein, das war unmöglich! Cythia hatte gesagt, Hairox hielte sich mit seinem Trupp in der Nähe des Rösoshofes auf –

»Ist Cythia wieder bei euch am Hof?«

»Ja. Warum fragst du?«

Irrkru zuckte die Achseln. »Nur so.«

Sie schüttelte den Kopf. »Warum sagst du nicht offen, was du willst?«

Seine Augen irrten unruhig zur Seite. »Tut mir leid. Es ist nur – vielleicht hast du Cythia ja davon reden hören, wo Hairox sich mit den Wolfskriegern aufhält. Daire kann keine Nacht mehr schlafen, weißt du, seit der furchtbaren Sache mit Fior.

Jede Nacht fürchtet sie, die Wolfskrieger könnten in unser Dorf einfallen!«

»Arme Daire. Ich verstehe sie nur zu gut.«

»Weißt du etwas, womit ich sie beruhigen kann?«

»Ja. Cythia hat davon gesprochen, daß Hairox sich in der Nähe vom Hof des Rösos aufhalte. Das ist mehr als einen Tag weg von hier.«

»Das ist gut. Vielleicht schläft Daire auf diese Nachricht endlich einmal wieder.«

»Grüße sie von mir.«

Er nickte. Schien noch etwas sagen zu wollen. Doch dann nahm er ihr Wirrkon ab und kitzelte ihn auf der Brust.

Da war etwas. Etwas, das er ihr verschwieg.

Eben wollte sie ihn zur Rede stellen, da weinte Ria. Sie nahm die Kleine an die Brust.

Und Irrkru verabschiedete sich.

Naki verließ die Scheuer, strengte die Augen an, starrte über das dunkle Moor, horchte.

Der Hund am Lykoshof schlug kurz an und verstummte wieder. Sie lauschte weiter.

Unbestimmbar, schwach drang ein Laut vom Lykoshof zu ihr herüber.

Kurz zögerte sie, dann ging sie ein Stück auf den Hof zu.

Eine Eule schrie.

Naki erschauerte: Jemand stirbt heute nacht.

Irrkru, wo bist du?

Nicht du, nicht du!

Flügelschlag dicht über ihr. Ein Luftzug strich an ihrer Wange vorbei. Und wieder das heisere Rufen der Eule: Duhu, duhu!

Naki rannte, bog um die Hecke.

Drohend lag der Hof vor ihr, die abweisenden Palisaden als tiefschwarzer Umriß vor dem dunklen Himmel.

Doch da – stieg da nicht eine Rauchwolke aus dem Hof auf?

Brandgeruch trieb ihr entgegen.

Feuer?!

Der Hund – warum bellte der Hund nicht.

Kein Schrei, kein Warnruf.

Heller leuchtete die Rauchwolke auf.

Und noch immer schien alles zu schlafen.

Sie keuchte.

Das Haus, in dem die Frauen schliefen.

Die kleine Ria –

Wenn Sahir nicht aufwachte, wenn sie eingeschlossen war, wenn sie –

Eine Flamme leckte gen Himmel.

Naki stürmte dem Hof entgegen.

Das Tor, das der Knecht sorgfältig hinter ihr geschlossen und verriegelt hatte, stand weit geöffnet.

Sie stolperte, sah auf ihre Füße, ein toter Hund, Flammen loderten neben dem Wohnhaus, das aufgeschichtete Brennholz ging in Feuer auf, schon leckten die Flammen am Rieddach.

Kein Mensch zu sehen, kein Mensch zu hören, nur lauter und lauter die Gewalt des Feuers. Rot leuchtend der Hof.

Sie stieß die Tür zum Wohnhaus auf, noch schien es hier nicht zu brennen, doch beißender Rauch drang ihr entgegen, Rauch biß ihr in die Augen, verschlug ihr den Atem: »Feuer!« schrie sie, hustete, brüllte aus Leibeskräften: »Feuer!«

Ihr Schreien wurde aufgenommen von einer gellenden Frauenstimme: »Feuer!« und »Raus! Schnell raus!«

Noedia erschien im Rauch, zog die Herrin hinter sich her, Naki stand noch immer, Ria, wo ist Sahir mit Ria, »Sahir!« brüllte sie, doch Sahir kam nicht, Naki stolperte vorwärts, dichter Rauch nahm ihr die Sicht, »Sahir, hierher!«, ich muß

Ria retten, die Göttin will es so, eine Gestalt taumelte aus dem Rauch auf sie zu, Sahir mit Ria, »Raus, schnell!« schrie Naki und schob die Magd mit dem Kind auf die Tür zu, ein Windstoß fegte herein, da brauste das Feuer ins Dach, Flammen, überall Flammen, sie selbst an den Pfosten gebunden, Hände und Füße gefesselt, der Mund geknebelt, Wirrkon erschossen, der kleine Rablu erdrosselt, Karu erschlagen, das Feuer im Dach, der brennende Balken, gleich stürzt er auf mich, der Wolfskrieger, es hat kein Ende, es hat nie ein Ende –

»Naki! Der Balken!« Sie hörte den warnenden Schrei. Sah weiter hinauf. Sah den brennenden Balken, der aufplatzte, sich spaltete, hell loderte. Stand gefesselt, geknebelt: unfähig, sich zu rühren.

Sah.

Sah den Balken, der durchbrach. Den Balken, der herabstürzte. Den Balken, der sie erschlug.

»Herrin, so kommt doch weg von hier!«

Moria rührte sich nicht, stierte durch Noedia hindurch, sah sie nicht, sah noch immer das Feuer.

Fest hielt sie die kleine Ria an sich gepreßt.

Ich lass' dich nie wieder los.

Als Noedia mich aus dem Schlaf gerüttelt, als sie mich mit sich aus dem Haus gezogen hat, warum habe ich da nichts von dem begriffen, was geschah? Nicht verstanden, daß es brannte? Warum warst nicht mein erster und einziger Gedanke du, mein Kind?

Ich habe dich geboren. Aber die andere, die war deine wahre Mutter.

Die ist ins brennende Haus gelaufen, um dich herauszuholen.

Die ist für dich gestorben.

»Herrin, so gebt mir wenigstens das Kind!«

Sie antwortete nicht, schloß die Arme noch fester um die Kleine.

Noedia seufzte, wandte sich ab und ging zum Hof zurück.

Zu dem, was einmal der stolze Lykoshof gewesen war.

Niedergebrannt bis auf die verkohlten Pfosten.

Das Feuer wütete nicht mehr, es hatte seine Kraft erschöpft, gefräßig alles verschlungen, was ihm gefiel.

Doch noch immer schwelten und glühten die schwarzen Trümmer, strahlten Hitze ab und machten den Frost zum Sommertag.

Moria öffnete die Lippen wie zum Schrei. Schloß sie wieder.

Das große Wohnhaus, das kleine Gesindehaus und die Nebengebäude, die Kleider und die Webstücke, die Truhen und Bänke und der Hausrat, das Getreide und die anderen Vorräte: alles verbrannt.

Ihr Kind aber lebte.

Plötzlich rannte sie Noedia nach. »Wirrkon«, schrie sie, »ist der Junge gerettet, habt ihr ihn gesehen?«

Noedia drehte sich zu ihr um, führte sie von der Brandstelle weg und drückte sie auf einen Findling, der den Wegrand begrenzte. »Herrin, wir haben ihn nicht gefunden. Wir haben ihn überall gesucht. Er muß«, sie sprach nicht weiter, fügte schließlich unter äußerster Überwindung hinzu: »Naki hat ihn unter dem Mantel auf dem Rücken getragen, als sie in der Nacht wegging.

Er – er muß mit seiner Mutter gestorben sein!«

»Nein!« schrie Moria. »Nein! Nein! Nein!«

Ria wachte auf, weinte.

Moria vergrub ihr Gesicht am kleinen Körper der Tochter.

»Ja, weint nur, weint«, murmelte Noedia hilflos, »es wird Euch guttun!«

Moria hob den Kopf. »Habt ihr nicht seinen Leichnam ...«

»Wie denn, Herrin! Naki liegt unter dem verbrannten Dach begraben, und mit ihr das Kind. Herrin, bedenkt doch, das ganze Ried, das ganze Holz! So, wie das Feuer an dieser Stelle gewütet hat, kann man nicht erwarten, noch etwas von einem so kleinen ...« Sie verstummte.

Mein Kind hat sie gerettet. Und ihres ist mit ihr gestorben.

»Der Herr kann Euch nicht zum Vorwurf machen, daß sein Sohn gestorben ist!« versuchte Noedia zu beruhigen. »Gegen so ein Feuer wart Ihr machtlos.«

Wovon spricht sie?

Ach – Lykos. Du bürgst mir für ihn.

Bürgen!

Sie lachte.

»Herrin, was ist mit Euch? Kehrt das Fieber zurück?« Besorgt strich Noedia ihr über die Stirn.

»Laß mich!« wehrte sie ab.

Chtairus hüpfte mit lautem Gestöhn an zwei Stöcken herbei, blieb vor Moria stehen.

»Herrin«, begann er aufgeregt, seine Stimme ein schriller Angstschrei, »Ihr müßt für mich zeugen! Ich war krank, ich konnte letzte Nacht nicht Wache halten, aber ich habe ordnungsgemäß die Aufsicht an Torvo weitergegeben, er war es, der die Verantwortung trug, er hat seine Nachlässigkeit gesühnt, die Kehle ist ihm durchgeschnitten –«

»Die Kehle durchgeschnitten?« rief Noedia entsetzt.

»Wenn ich es sage! Ich habe mir eben den Leichnam angesehen, er ist kaum verbrannt, nur an den Füßen ist er – entschuldigt, ist gut, ich verschone Euer empfindsames Gemüt mit Einzelheiten, aber soviel steht fest: Torvo wurde ermordet und der Hund wurde erschlagen.

Und was folgt daraus?

Das Feuer brach nicht durch eine Unachtsamkeit aus. Das Feuer wurde gelegt!«

»Das Feuer gelegt?« Moria sprang auf. »Heißt das, wir haben einen Brandstifter unter uns?!«

»Wohl kaum, Herrin!« Chtairus ließ sich stöhnend auf einem weiteren Findling nieder und bettete vorsichtig sein gebrochenes Bein. »Ich habe mich umgehört. Beweise gesammelt. Schlußfolgerungen gezogen.

Ich glaube, ich weiß, was geschehen ist.«

»Und was?« fragte sie gereizt, warum muß ich ihn ertragen, diesen selbstgerechten Menschen.

»Naki hat in der Nacht den Hof verlassen«, erklärte er wichtig.

»Mit meiner Billigung!« fuhr sie ihn an.

»Gewiß. Und Torvo hatte Euren Befehl, Naki wieder einzulassen, wenn sie im späteren Verlauf der Nacht zurückkomme. Sehr ungewöhnlich, möchte ich bemerken. Und nicht ohne Gefahr, wie sich ja leider gezeigt hat.«

»Was soll das?! Willst du etwa Naki beschuldigen, das Feuer gelegt zu haben?! Ein Wort noch gegen sie, und –«

»Aber Herrin, verzeiht, ich wollte nichts gegen Naki sagen, mitnichten. Jeder weiß, wie große Stücke Ihr auf sie haltet. Hieltet.

Nur soviel: Torvo erwartete, in der Nacht einer Frau das Tor öffnen zu müssen, dieser Naki eben.

Und als dann eine Frau vor dem Tor erschien und in bäuerischem Tonfall als Naki Einlaß begehrte, nun, da öffnete er das Tor.

Verständlich. Aber verhängnisvoll.

Denn ich möchte annehmen – Ihr selbst verbürgt Euch ja für Naki –: Die Frau war nicht Naki. Und sie war nicht allein. Ein, zwei Männer wenigstens werden sich im Schutz der Dunkelheit an der Palisade verborgen gehalten haben.

Das Weitere ist rasch zusammengereimt: ein gezielter Schnitt mit dem Messer, der Hund mit einem Beil erschlagen, und Feuer gelegt ...«

Moria tastete hinter sich und ließ sich auf den Stein sinken.

Feuer gelegt an einem Haus, in dem Frauen und Kinder schliefen.

Das Weitere dem Feuer überlassen.

Ihrer schrecklichen Todesgöttin in die Hände gespielt.

Sie zitterte.

»Was haben wir getan, daß sie uns so sehr hassen?« flüsterte sie.

Chtairus lachte verächtlich. »Na, irgendwann mußte es zu Ausschreitungen kommen, sie treffen uns nicht unerwartet! Jetzt gibt es nur eines: mit äußerster Härte durchgreifen, ehe der Brand sich ausbreitet!

Und da der Herr im Krieg weilt, habe ich bereits eine Botschaft zu Hairox gesandt. Ich hoffe, er wird sich der Sache bald annehmen.

Bis dahin werde ich versuchen den Urheber des Aufstands zu ermitteln, denn das ist es: ein Aufstand. Euer Schwiegervater hatte schon lange das Dorf hinter dem Schwarzmoor in Verdacht.

Diese junge Frau, die im Sommer mit Naki hier vor dem Hoftor stand, die war von dort –

Ich werde das in Erfahrung bringen.

Und Ihr, Herrin, wenn Ihr dem Herrn gegenüber bezeugen würdet, wie umsichtig ich mich trotz meiner schweren Verletzung der Verfolgung dieser Untat angenommen habe?«

»Schon gut!« Wenn er nur endlich aufhört zu reden.

Lele, Daire und Irrkru.

Das gibt Sinn. O ja, das gibt es.

Lykos, das ist die Saat, die du gesät hast.

Naki hat es erzählt. Ich wollte es nicht wissen. Aber Cythia hat mich gezwungen es anzuhören. Wie könnte ich es je vergessen. Dein Strafgericht für den Tod eines Pferdes.

Lele hast du vergewaltigt.

Irrkru hast du verletzt und entstellt.

Ihren großen Bruder und Daires Mann haben deine Wolfsbrüder getötet.

Und wie hast du sie weiter mit Füßen getreten!

Kori hast du benutzt und geschlagen, um durch sie Naki gefügig zu machen. Und Fior ist tot.

Da frage ich noch, warum sie uns hassen!

Doch wir leben, wir alle außer dem unglückseligen Torvo.

Naki aber und Wirrkon sind tot. Die einzigen, die leben sollten. Jetzt sehe ich es! O ja, ich sehe es ganz klar.

Zu einer Liebesnacht, dachte sie, würde sie gehen.

Und sollte vielmehr mit ihrem Sohn vor dem Flammentod gerettet werden.

Oh ihr Himmlischen, ihr furchtbaren Götter! Grauenerregend ist eure Macht und eure Stärke! Nichts und niemand kann euch widerstehen. Vor eurer Größe gibt es keine Zuflucht.

Ihr tretet die Schlange in den Staub. Ihr triumphiert über die alte Macht, die vor euch war.

Die Ränke unserer Gegner vereitelt ihr und richtet sie so grausam, wie nur ihr richten könnt.

Wenn ihnen klar wird, daß sie Naki und Wirrkon getötet haben –

Ein Schaudern ließ sie zusammenfahren.

»Herrin, Ihr friert«, murmelte Noedia besorgt. »Soll ich versuchen, in einem der Bauernhöfe eine Bleibe für Euch zu finden?«

»Nein! Nicht bei den Bauern!« Sie schrie fast. »Ich will zu Cythia!«

»Ein weiser Beschluß!« stimmte Chtairus zu. »Nirgendwo wäret Ihr jetzt besser aufgehoben! Wenn ich könnte, würde ich Euch begleiten, aber Ihr seht ja selbst...«

»Ja, ja!« Ungeduldig stand sie auf. »Noedia, ordne du hier an, was du für richtig hältst, ich schicke dir Nachricht.

Ich hoffe, Cythia wird uns alle aufnehmen, aber ich möchte doch erst mit ihr reden.

Ria nehme ich mit, ich weiß, daß eine von Hairox' Nebenfrauen kürzlich entbunden hat, ich hoffe, sie wird mein Kind stillen. Sahir soll mich begleiten!«

Wenig später war Moria mit der Magd auf dem Weg zu Cythia.

Sie wurde müde beim Laufen, schleppte sich vorwärts. Noch immer spürte sie die Schwäche der langen Krankheit.

Ria hustete und weinte.

»Gleich sind wir da, mein Töchterchen, gleich. Dann bekommst du zu trinken. Siehst du, jetzt kommen wir aus dem Wald heraus, und dort liegt schon der Hof vo –« Mit scharfem Geräusch stockte der Atem, einen endlosen Augenblick meinte sie, nie wieder Luft holen zu können.

Der Hairoxhof brannte.

Auch hier hatte das Feuer den Höhepunkt längst überschritten, schwelte nur noch.

Auch hier war der gesamte Hof ein Raub der Flammen geworden.

Da tat sich die Erde auf und spie Feuer, woher kam dieser Satz, sie rannte, »Cythia!« schrie sie, schrie und schrie, Schwester, dir darf nichts zugestoßen sein, nicht auch noch dir!

Am Ende ihrer Kräfte, mit tobendem Puls langte sie vor dem verbrannten Hof an und fiel ihrer Schwester in die Arme.

»Moria, warum kommst du her, wußtest du schon, daß unser Hof angezündet wurde?«

»Angezündet?« keuchte sie.

Cythias Augen wurden schmal. »Ja. Mit Brandpfeilen. Wenn der Wächter nicht so gut aufgepaßt hätte, wären wir vielleicht ums Leben gekommen. So konnte er uns rechtzeitig warnen. Wir konnten uns alle in Sicherheit bringen. Aber es war unmöglich, den Brand zu löschen. An zu vielen Stellen gleichzeitig hatten die Dächer Feuer gefangen. Wenn das einmal brennt –

Moria, ich werde hier gebraucht, aber ich wüßte die Kinder gerne in geordneten Verhältnissen, nimmst du meine Kinder bei dir auf, und auch die Nebenfrauen mit ihren Kindern? Es wäre mir eine große Hilfe!«

»Das geht leider nicht, Cythia.

Ich wollte mit der gleichen Bitte zu dir kommen. Uns ist es heute nacht genauso ergangen wie euch!«

»Genauso? Du meinst – euer Hof ist auch abgebrannt?«

Moria nickte.

Stumm drückten sie sich aneinander, hielten sich.

»Es fängt an«, sagte Cythia schließlich. »Der Drache speit Feuer.«

»Das tut er, hier und überall!« bestätigte eine fremde Männerstimme.

Sie wandten sich um. Ein Krieger.

Er trat zu ihnen. »Hairox schickt mich. Ich sollte nach dem Rechten sehen, Erkundigungen einziehen. Es hieß, der Bernsteinbär habe sich in der Gegend blicken lassen, hier und anderswo.

Offenkundig komme ich zu spät – aber auch ich hätte schwerlich verhindern können, was geschehen ist.

Ich habe gestern abend im Eraioxhof Unterkunft genommen. Er ist heute nacht abgebrannt, wir haben den Brand zu spät bemerkt, als wir aufgewacht sind, brannte das Frauenhaus bereits lichterloh, mehrere Nebenfrauen, Kinder und Mägde von Eraiox sind ums Leben gekommen. Und auf dem Weg hierher habe ich zwei weitere Herrenhöfe brennen sehen.

Jetzt will er es wissen, der Bernsteinbär.

Nun denn! Der Tanz beginnt!«

Was für ein Frühjahr! Als solle der Wassermangel der vergangenen Jahre in wenigen Tagen ausgeglichen werden.

Erst wolkenbruchartige Regenfälle.

Und nun ohne Unterbrechung dieses widerliche Nieselwetter.

Kalte Feuchtigkeit, die durch jede Kleidung drang, die Muskeln steif werden ließ, bis in die Knochen schmerzte.

Der Weg schier bodenlos, ein kräftezehrender Sumpf aus braunem Matsch.

Lykos ließ das Pferd langsam gehen. Seine Männer, die sich zu Fuß durch diesen Schlamm quälten, sollten nicht mehr als nötig ermüden. Wer konnte wissen, wann ihnen der nächste Kampf bevorstand!

Lykos ließ den Blick über das weite freie Land schweifen: Äcker, kahle Hecken, vereinzelte Baumgruppen, ein niedergebranntes Dorf, keine Menschen.

Und kein Ort, an dem Menschen sich versteckt halten konnten, schon gar nicht eine ganze Truppe.

Solange sie diese kahle, ebene Freifläche überquerten, drohte ihnen keine Gefahr. Und gab es keine Aussicht, den Bernsteinbären aufzustöbern.

Irgendwo hier in der Gegend solle der Bernsteinbär sich aufhalten, hatte der König ihn wissen lassen.

Wieder einmal...

Bald der König, bald Eraiox, bald Hairox. Jeder von ihnen hatte schon mehr als einmal nach ihm geschickt. Nun also das

Spiel von vorne, mit sehr viel mehr Wolfskriegern als bisher.

Der König hatte sie ihm aus seiner Truppe überstellt. Es ist an der Zeit, daß du den Bernsteinbären erledigst, hatte der König gesagt, er macht uns schwer zu schaffen! Er gibt dem Alten Volk mehr Mut, als wir erwartet hatten, und wiegelt selbst unsere Bauern in der Heimat auf. Also faß ihn endlich!

Lykos verzog das Gesicht.

Wie oft hatte er Hinweise erhalten, wie oft selbst eine Spur aufgenommen. Und wie oft hatte er ihn schon getötet, den Bernsteinbären!

Lykos' Hand fuhr an die Gürteltasche. Durch das weiche Leder fühlte er den Schmuck: die Bernsteinketten, die er Männern abgenommen hatte, die er getötet hatte.

Eine Kette dicht an dicht aus großen Bernsteinperlen, andere nur Lederschnüre mit wenigen oder einem einzigen Bernsteinanhänger. Eine gar aus wertlosem gelbem Stein, der allenfalls aus der Entfernung für Bernstein gelten konnte.

Große, starke Männer waren es gewesen, manch überraschend guter Kämpfer unter ihnen, den man nicht ohne Grund mit einem Bären vergleichen mochte.

Keiner war leicht zu besiegen gewesen. Denn jeder hatte sich mit dem Todesmut der Verzweiflung zur Wehr gesetzt.

Und doch hatte er selbst immer gewußt, daß es nicht der wirkliche Bernsteinbär war, mit dem er kämpfte.

Woher?

Er wußte es selbst nicht.

Der Instinkt des Jägers, der seine Beute kennt.

O ja, er kannte den Bernsteinbären, ohne ihm je begegnet zu sein.

Scheu und gefährlich wie ein Keiler war er, der Bernsteinbär.

Zeigte sich nie mutwillig. Ließ sich nie fassen.

Brach aus dem Wald, wenn man ihn nicht vermutete, richtete gewaltigen Schaden an, verschwand wieder, so schnell, wie er aufgetaucht war.

War überall und nirgends. Legte falsche Fährten.

Lehrte manch tapferen Wolfskrieger das Fürchten, trieb manchen Herrn fast zum Wahnsinn.

Machte diesen Krieg zu einem gefahrvollen, verlustreichen Unterfangen, dehnte ihn in die Länge, senkte den Keim des Zweifels in die Herzen der Sieggewohnten.

Würde den offenen Kampf nur annehmen, wenn man ihn in die Enge trieb und stellte.

Würde nie zu besiegen sein, wenn es nicht gelänge, ihn zu stellen.

Das Lager des Bernsteinbären müßte man finden. Ihn am Nerv treffen. Bei den Verwundeten, die im Versteck ihre Verletzungen ausheilten, den Frauen, die sie pflegten ...

Sie erreichten das niedergebrannte Dorf.

Wie viele niedergebrannte Dörfer hatte Lykos in den vergangenen Monden schon gesehen! Im Gebiet, durch das der König gezogen war. Im Gebiet, durch das Eraiox gezogen war. In der Heimat, in der Hairox wütete wie ein wild gewordener Auerochse, seit die Herrenhöfe angezündet worden waren und es galt, jeden denkbaren Aufstand im Keim zu ersticken.

Sein eigener Hof, der stolze Lykoshof – verbrannte Erde.

Der Augenblick, als er es sah –

Verkohlte Pfostenreste, Regen in weißlicher Asche, schwarzer Schlamm.

Seit Tagen sah er niedergebrannte Herrenhöfe.

Doch nichts hatte ihn vorbereitet auf diesen Augenblick.

»Ich habe dir die Verantwortung für meinen Hof übertragen!« schrie er Chtairus an. »Ich hatte dir befohlen, nachts Wache zu halten!«

»Ich war krank, Herr, mein Bein gebrochen, ein feiger Anschlag dieser Bauern, ich hatte die Aufsicht an Torvo abgeben müssen, laßt Euch erklären, Herr, eine Falle ...«

»Meine Frau, mein Kind?« brüllte er.

»Die Herrin lebt und Eure Tochter auch, ich habe einen Bauernhof für sie ...«

»Und mein Sohn? Der Sohn von meiner Nebenfrau?« unterbrach er den stammelnden Chtairus.

»Euer Sohn? Herr, es war ein großes Feuer ...«

»Wo ist er?«

»Es, es tut mir leid, ich war krank, ich ko ... konnte nichts tun. Es war ein furchtbares Unglück. Er ist ver ... verbrannt, Herr.«

Wie von selbst sprang die Streitaxt in seine Hand.

Wie von selbst fuhr die Streitaxt dem elenden Chtairus in den Schädel.

Später hatte es ihm leid getan.

Er hätte ihn erst befragen sollen, bevor er ihn erschlug, diesen erbärmlichen Wicht.

Chtairus hatte etwas gewußt.

Und er selbst wurde das Gefühl nicht los, daß auch Moria etwas wußte. Mehr, als sie sagte.

»Chtairus sprach von einer Falle, von einem Anschlag irgendwelcher Bauern. Was hat er gemeint?«

Moria schüttelte den Kopf. »Ich weiß es nicht, Lykos. Zu schade, daß du Chtairus erschlagen hast, ehe er es dir sagen konnte!«

Er fuhr auf, hob die Hand, ohne es recht zu merken.

Ihr Gesicht, blaß, schmal, sehr herb auf einmal – gezeichnet von Qualen, an die er nicht denken mochte.

Er ließ die Hand wieder sinken.

»Was glaubst du, wer unseren Hof angezündet hat?«

Sie zuckte die Achseln. »Der Bernsteinbär, sagt man. Aber

du weißt, ich verstehe nichts von solchen Dingen, ich bin nur eine unwissende Frau.«

Ihr Blick scheinbar unschuldig.

Und doch war da etwas –

Sie war nicht mehr die, die er zurückgelassen hatte.

Nicht nur, daß sie allen mädchenhaften Liebreiz, alle kindliche Weichheit verloren hatte.

Das konnte er verstehen, nach alldem.

Die grauenhafte Niederkunft, die schwere, lange Krankheit.

Die Enttäuschung, nur einer Tochter das Leben geschenkt zu haben.

Die Verzweiflung, daß es nicht ihr Sohn gewesen war, der überlebt hatte.

Die Ungewißheit, ob sie je wieder einen Sohn gebären würde.

Der Verlust des Hofes, aller Vorräte, aller Güter, aller Kleider und allen Schmuckes.

Die Angst um den Mann, der täglich im Krieg dem Tod ins Auge sah.

Nein, ein unbeschwertes junges Mädchen durfte er nicht mehr in ihr erwarten.

Aber das allein war es nicht.

»Ich sagte dir, ich habe Naki verstoßen. Nun erfahre ich von Owros, daß du sie als Amme wieder an meinen Hof aufgenommen hattest. Wie konntest du diese bodenlose Unverschämtheit besitzen!«

Sie weinte nicht, bettelte nicht um Verzeihung. Sie rechtfertigte sich. »Du hast mir befohlen, eine Amme zu suchen. Sie war die einzige, die ich bekommen konnte. Ich konnte doch deinen Sohn nicht verhungern lassen!«

Er faßte sie am Kinn. »Der Ton, in dem du mit mir sprichst, gefällt mir nicht!«

»Ich bitte um Vergebung!«

Es war schon wieder der falsche Ton.

Lykos stieß die Fersen in die Flanke des Pferdes. Es machte einen Satz vorwärts, wollte in Galopp fallen. Er beruhigte es wieder.

Wenn dieser Krieg vorüber ist, bringe ich das in Ordnung. Die Frau wird nie geboren werden, mit der ich nicht fertig werde. Wenn ich dabei ein bißchen deutlicher werden muß, oder auch sehr deutlich, so hat sie sich das selbst zuzuschreiben – sei's drum! Ein paarmal hart angefaßt, und ich habe sie mir wieder so gezogen, wie sie war.

Ihr Gehorsam.

Ihre Gefügigkeit.

Und ihre Leidenschaft –

Wüßte ich nur, ob ich ihr Leben aufs Spiel setze, wenn ich sie wieder nehme!

Mit keiner war es je so wie mit ihr.

Das Verlangen überflutete ihn.

Moria –

Beherrsch dich, Lykos. Sie ist noch immer nicht gesund.

Wenn sie jetzt schwanger würde, kannst du das verantworten?

Er stürzte aus der Tür, atmete heftig die kalte Winterluft ein.

Dieser erbärmliche Bauernhof, in dem meine Familie leben muß!

Sahir, Morias junge Magd, ging über den Hof, trug einen Zuber auf dem Kopf, hatte den Rock hochgeschürzt.

Verschwand im Schuppen.

Er ging ihr nach, griff ihr von hinten an die Brust, schob ihren Rock hoch, drängte sie an die halbhohe Trennwand zum Schweinekoben und drückte sie darüber.

Es war nicht das gleiche wie mit Moria.

Danach warf er sich auf sein Pferd und ritt in den Wind. Als er am Abend zurückkehrte, dachte er längst nicht mehr daran.

Moria aber trat ihm entgegen mit weißem Gesicht: »Sahir ist meine eigene Magd, mir persönlich von meinem Vater mitgegeben.«

»Und?« brauste er auf, um so zorniger, als er spürte, daß er im Unrecht war.

»Du hattest sicher vor, Sahir öffentlich zu deiner Nebenfrau zu machen. Darum habe ich so gut wie möglich alles für einen würdigen Rahmen deiner Erklärung vorbereitet.

Damit du die Kränkung und die Schande von ihr nehmen kannst, versprechen, daß du für sie sorgen und sie schützen wirst, und ihr Kind anerkennen!«

Es war nicht mehr als recht und billig, was sie da verlangt hatte.

Und doch war das Ganze eine Ungeheuerlichkeit. Das war nicht mehr die Moria, die er kannte.

Weiber!

Man darf sie nicht aus den Augen lassen. Am kurzen Zügel muß man sie führen wie ein ungebärdiges Pferd.

Ich werde ihrer Aufsässigkeit ein Ende bereiten, ein für allemal. Ich werde sie lehren, daß ich ihr Herr bin, das schwöre ich bei meinem Bart.

Es wird Zeit, daß dieser Krieg zu Ende geht.

Bernsteinbär, wenn ich dich heute aufspüre –

Sie erreichten den Waldrand, tauchten zwischen den Bäumen ein.

Und augenblicklich spürte Lykos die Gefahr.

Kein Gedanke mehr, nur noch gespannte Aufmerksamkeit.

Die feinen Haare in seinem Nacken sträubten sich wie das Fell eines Raubtieres. Der Körper gespannt wie ein Bogen zum Abschuß. Das Gehör geschärft. Die Augen überall.

Die Düsterkeit des Regentages machte es schwer, Einzelheiten zu erkennen. Dicke Stämme kahler Bäume, ein Wirrwarr von dichtem Unterholz, Dornenhecken und braunem Krautzeug, umgestürzte Baumriesen und aufgeworfene Wurzelstöcke und – gefahrvoller als alles – langgestreckte, mehr als mannshohe Moränen, die den ganzen Wald durchzogen.

Schlupfwinkel wie Sand in der Heide.

Er hob die Hand, gab den Kriegern das Zeichen für höchste Wachsamkeit und größte Geräuschlosigkeit.

Mit dem Daumen und einem Blick wies er einen Wolfskrieger an, auf eine Eiche zu klettern und Ausschau zu halten, ließ das Pferd erst weitergehen, als der Krieger den Kopf schüttelte.

Schritt für Schritt tasteten sie sich durch den Wald, achteten auf jeden Hinweis, das Verhalten der Tiere, das Atmen des Waldes, hielten immer und immer wieder Ausschau von Bäumen herab.

Waren jeden Augenblick auf einen Angriff gefaßt.

Erkannten ihn dennoch beinahe zu spät.

Ein Augenblick, kürzer als ein Wimpernschlag, der über Leben und Tod entschied. In dem Lykos, durch nichts als seinen sechsten Sinn gewarnt, so hart am Zügel des Hengstes riß, daß dieser sich hoch aufbäumte.

Daß der Hagel von Pfeilen, die für Lykos bestimmt waren, dem Tier in Kopf und Körper fuhr.

Es brach unter ihm weg.

Lykos sprang. Wurde, sobald er den Boden berührte, zum Wolf.

Und dann begann der Kampf, von dem noch Generationen nach ihm beim Festmahl sangen.

Der Kampf, in dessen Verlauf alle Angreifer getötet wurden und fast alle Angegriffenen.

Der Kampf, bei dem Lykos, längst mehrfach verwundet,

aber durch die rasende Wut gegen das Verbluten und gegen jeden Schmerz gefeit, den Bernsteinbären tötete. Den wahren Bernsteinbären.

Der Kampf, der im Krieg die Wende brachte. Die Wende zum unaufhaltsamen Sieg der wahrhaft Überlegenen.

Zum Sieg der Söhne des Himmels.

Die du Eins warst in Drei und Drei in Eins. Die Streitaxt des Himmelsgottes hat dich erschlagen. Den Blitz hat er gegen dich geschleudert und dich verbrannt.

Dein Segen ist von uns genommen, und selbst dein Fluch kann nichts ausrichten gegen die grausame Stärke der Himmlischen.

Auch Göttinnen sterben.

Weiße Eule, dich habe ich angerufen, in deinem Namen Lykos verflucht.

Doch er lebt, und Ritgo ist tot.

»Lykos der Bärentöter« nennen sie ihn. Einer der großen Helden des Krieges, heißt es. Sein Stern sei im Aufgehen.

Sein Stern?

Nicht nur die Erde beanspruchen sie für sich, diese Mörder.

Auch noch den Himmel.

Auf dich, Bruder, hatte das Alte Volk im Osten, hatten die in der Heimat verbliebenen Bauernfamilien im Westen ihre Hoffnung gesetzt. Durch dich fanden die einen den Mut zum Aufstand, die anderen den Mut zum Widerstand. Dein Tod besiegelt ihrer aller Untergang.

Auf deinen Nacken setzt dieser Lykos seinen Fuß wie auf eine Stufe, die ihn höher führt.

War es Naki, für die du gestorben bist? War es mein Flehen, Lykos zu töten, das dich ums Leben gebracht hat?

Deine Kraft, Ritgo. Wie du die Pfosten für unser Haus aufgerichtet hast. Wie du den Stein für das Grab bewegt hast. Wie du den Wurzelstock ausgegraben hast. Wie mühelos du den Pflug geführt hast. Wie du den Stier gebändigt hast.

Du warst zum Bauern geboren, und Leben wirkten deine starken Hände. Dann lernten sie das Töten, und du starbst nicht nur fern deiner Heimat – auch fern deiner selbst.

Ich bin dir gefolgt, Ritgo, die Schwester dem Bruder. Warum erkenne ich alles erst, wenn es zu spät ist.

Ich rufe deinen Namen in schweigende Baumwipfel. Ich rufe deinen Namen über Moore und Seen. Ich rufe deinen Namen in den Wind. Ritgo, mein Bruder. Die Welt ist hoffnungslos geworden ohne dich.

Kalt blicken die fremden Götter von einem gnadenlosen Himmel.

Mir bleibt nicht einmal mehr der Fluch.

19

Vor einem Jahr war Haibe diesen Weg gegangen, nun lief sie ihn wieder. Wo damals blühende Dörfer und trutzige Herrenhöfe gestanden hatten, moderten heute verkohlte Trümmer. Unübersehbar die Spuren des Aufstandes des Alten Volkes. Unübersehbar die Spuren seiner Niederschlagung.

Größer und fester noch als zuvor wurden die Herrenhöfe in der Nähe der zerstörten neu errichtet. Die Dörfer wurden es noch nicht.

Drei Dörfer für einen Hof der Söhne des Himmels – nach diesem Grundsatz hatte Hairox mit seiner Truppe die Vernichtung der Herrenhöfe gerächt.

Der kommende Winter würde die Rache vollenden.

Wais abgemagertes Gesicht im Halbdunkel der kleinen Hütte, die notdürftig das alte Haus ersetzte. Nur wenige Männer hatten die Zerstörung des Dorfes überlebt, und diese hatten das ganze Jahr am Wiederaufbau des Rösoshofes arbeiten müssen. Unmöglich, auch das Dorf in diesem Jahr wieder erstehen zu lassen.

»Die Wolfskrieger haben unser Dorf ausgeplündert, ehe sie es angezündet haben. Nur die Wintersaat auf den Feldern blieb verschont. Was wir diesen Sommer geerntet haben, mußten wir ganz und gar an Rösos und Krugor abliefern, nichts außer dem Saatgut haben sie uns gelassen!

Im letzten Winter sind drei Alte verhungert. Im kommenden Winter werden es mehr sein. Und nicht nur Alte.«

Sie, Haibe, konnte es nicht begreifen. »Warum tun die Söhne des Himmels das? Sie brauchen euch doch! Auch sie essen von dem Getreide, das ihr ihnen abgeben müßt!«

Bitter erwiderte Wai: »Um uns so klein zu machen, wie sie uns haben wollen, nehmen sie auch mal schlecht gefüllte Speicher hin. Ihre Kinder werden es nicht sein, die verhungern. Ihre Kinder werden sie mit Fleisch ernähren. Und uns werden sie dazu bekommen, vor ihnen im Dreck zu kriechen um eine Schüssel voll Speise für unsere Kinder.

Oder wüßtest du etwas, was du nicht für dein Kind tätest?«

Nein, Wai, ich wüßte nichts, was ich nicht für meine Tochter täte, und für meinen Enkel. Sogar die Göttin zu verraten, sogar mir Nakis Haß und ihre Verachtung zuzuziehen, nur um sie und Wirrkon zu retten – sogar dazu bin ich inzwischen bereit.

Ritgo hat es ausgesprochen: Warum hast du nicht Wirrkon entführt, dann wäre dir Naki schon gefolgt.

Damals fand ich den Gedanken undenkbar. Heute trage ich ihn selbst.

Noch einmal, Naki, lass' ich dich nicht in die Hände dieses Mörders fallen. Wenn er aus dem äußersten Westen zurückkehrt, in den er, wie man in ihrer Sprache sagt, das Kriegsgeschrei trägt, wirst du nicht mehr hiersein, und Wirrkon auch nicht. Der Kleine soll glücklich und ohne Zwang aufwachsen, und nicht geprügelt und geknechtet wegen einer ängstlichen Frau der Söhne des Himmels, die vor ihrem Mann zittert – und um einer toten Göttin willen.

Wenn ihr nicht gerettet werden könnt, ohne einen Frevel zu begehen, werde ich es sein, die diesen Frevel auf sich nimmt.

Ach Ritgo, seit ich in dieses Land zurückkehrte, bin ich dir immer näher. Und verloren wie du.

Haibe begann schneller zu laufen, fast zu rennen. Heute noch würde sie Naki und Wirrkon sehen, heute noch an sich drücken, heute noch den Plan fassen, wie sie die beiden aus ihrer Gefangenschaft losreißen könnte – wenn nicht mit Nakis Willen, dann gegen ihn.

In Lele würde sie eine Verbündete suchen, Irrkru lieber nicht einweihen. Es mochte sein, daß er Naki halten wollte...

Und wenn es so war, daß Irrkru und Naki sich liebten, dann sollte er Naki folgen, und mit ihm Lele, Daire und das Kind Kori! Die neue Heimat barg Platz für viele. Am besten, sie bot es ihnen von vornherein an, versuchte die Familie gleich von der gemeinsamen Flucht zu überzeugen.

Naki würde Irrkru und die anderen brauchen, wenn Zorn und Haß auf ihre Mutter sie schüttelten, wenn die Verachtung über das, was ihre Mutter getan hatte, sie würgte –

Halt, nein, wenn die anderen eingeweiht waren, würde Naki sich an deren Schulter nicht ausweinen können, und würde sich um so verlorener fühlen.

Haibe straffte sich: Also doch ganz allein!

Sie erreichte den Waldrand. Im grauen Dunst lag öde das Schwarzmoor.

Tristes Grün umwelkte die verkohlten Trümmer des Dorfes. Ein einzelner schwarzer Pfosten schnitt in einen trostlosen Himmel.

Warum erschrecke ich? Habe ich mich noch immer nicht an diesen Anblick gewöhnt? Habe ich wirklich gehofft, Daires Hof würde noch stehen, ihr Dorf sei verschont?

Irgendwo in der Nähe werden in erbärmlichen Hütten die Bauern hausen, die diese Zerstörung überlebt haben. So war es überall.

Langsam ging sie der Stätte des Brandes entgegen, unendlich müde auf einmal.

Sie ließ sich auf einem Findling nieder – er hat Daires Hof

behüten sollen, du hast dieses Feuer nicht verhindern können, Göttin – und stützte den Kopf in die Hände.

Lang saß sie so, bis eine Frauenstimme sie aus der Starre löste: »Du bist zurückgekehrt? Du warst im letzten Jahr Daires Gastfreundin, nicht wahr? Ich kenne dich doch!«

»Dort drüben hat er gelegen, der arme Fior«, erwiderte Haibe, ohne sich umzudrehen. »Ermordet von den Wolfskriegern.«

Die Frau setzte sich neben sie. »Du kommst zu spät.«

Der aufrecht stehende verkohlte Pfosten hatte tiefe Risse. Auch er würde bald fallen.

»Zu spät?« wiederholte Haibe.

»Weißt du es nicht? Sie sind tot. Daire, Lele, Irrkru. Auch die kleine Kori.«

»Tot?« Ich sollte schreien, weinen, klagen, warum fühle ich nichts, mir ist kalt, Göttin.

Die Frau legte ihre Hand auf Haibes Schulter. »Daire und Kori starben im brennenden Haus. Irrkru und Lele fielen im Kampf. Sie haben den Aufstand angeführt, hier in der Gegend. Was sie vollbracht haben, war ungeheuerlich. Und doch vergebens. Was sind Bäuerinnen und Bauern gegen Wolfskrieger und Reiter!

Dennoch, sie haben beide gekämpft wie wütende Stiere. Sie haben Hinterhalt um Hinterhalt gelegt. Sie haben das Moor zu ihrem Kampfplatz gemacht. Sie haben gemeinsam mehrere Wolfskrieger getötet, die sich für unbesiegbar hielten.

Sie kannten keine Furcht, Lele und Irrkru. Man sagt, sie suchten in jedem Kampf den Tod. Nach dem, was mit Naki...« Die Frau brach ab.

Haibe fuhr zu ihr herum. »Nach dem, was mit Naki«, wiederholte sie tonlos.

Die Frau wurde blaß. »Weißt du es noch nicht, wie soll ich es dir sagen, du bist doch Nakis Mutter...«

»Was ist mit Naki?« schrie Haibe.

»Sie ist tot«, antwortete die Frau mit farbloser Stimme. »Sie und ihr kleiner Sohn. Verbrannt, als der Herrenhof abbrannte, den Lele und Irrkru angezündet hatten. Es hieß, Irrkru habe Naki mit Wirrkon aus dem Hof gelockt, um sie zu schützen, aber sie müsse das Feuer gesehen haben und zurückgerannt sein, sie wollte wohl ihr Ziehkind retten, und dabei, dabei ist sie ...« Die Frau stotterte.

Doch das hörte Haibe nicht mehr.

Haibe war aufgestanden und ging mit steifen Schritten den Weg zum Schwarzmoor hinunter.

Irgendwann fand sie sich selbst wieder, auf dem Bohlenweg mitten im Moor.

Da sah sie sich als etwas Fremdes. Eine alte, gebrochene Frau.

Sie betrachtete sich mit leeren Augen: Wohin mit einer, deren Leben keinen Sinn mehr hat.

Ihr fremden Götter, seid ihr nun zufrieden? Habt ihr nun alles, was ihr wolltet?

Naki tot. Der kleine Wirrkon tot.

Diese beiden Leben wollte ich setzen gegen das große Sterben. Ich Närrin.

Zirrkan, auch du hast die Wahrheit nicht gesehen. Wir werden leben, hast du gesagt, und mit uns die Göttin.

Du kennst sie nicht, die fremden Götter.

Ich aber, ich habe sie heute erkannt.

Wie tief ist das Moor?

Haibe machte einen Schritt zur Seite, noch einen. Trat mit einem Fuß auf den weichen schwammigen Moorboden, sah das Wasser zwischen dem Moos hervorquellen, ihren Fuß einsinken.

Brauner Schlamm umfloß das Leder ihres Schuhes. Brauner Schlamm umschloß ihren Knöchel.

Das Torfmoos grünte ungerührt.

Kein Vogel schrie.

Doch da – ein Ruf über dem Moor. »Haibe, bist du es, Haibe, warte auf mich!«

Wem gilt das, mir nicht, mir gilt nichts mehr.

Sie ließ sich am Rand des Bohlenweges nieder. Streckte beide Füße ins Moor, ließ beide Beine einsinken bis zu den Knien.

Wie kalt es ist.

Das Feuer, das euch getötet hat, Naki und Wirrkon, so heiß, diese Qual, dein Todesschrei, wer hat ihn gehört, die Göttin, schrie sie mit dir?

»Haibe!« Arme schlossen sich um sie, eine junge Frau kniete hinter ihr, hielt sie umfangen. »Haibe, hörst du mich, ich bin Fasne, eine Freundin von Lele, ich habe auf dich gewartet, sie hat gesagt, du würdest kommen, die Nachbarin hat dich vorhin getroffen, Haibe, ich weiß, sie hat dir erzählt, Naki ist tot, und das ist leider wahr, aber was sie dir noch gesagt hat, daß auch dein Enkel verbrannt sei, sie weiß es nicht besser, keiner weiß es außer mir, ich habe es Lele geschworen, sie hatte Angst um ihn, schwöre, daß du keinem einzigen Menschen verrätst, wer er ist, keinem, nur Haibe, seiner Großmutter, wenn sie im nächsten Jahr kommt, ich habe den anderen gesagt, er sei ein Findelkind, unter den Trümmern des niedergebrannten Nachbardorfes hätte ich ihn geborgen, seine ganze Familie sei tot, aufgezogen habe ich ihn mit meiner kleinen Tochter gemeinsam, an jeder Brust ein Kind, sieh doch, er ist es, Wirrkon, ich nenne ihn nicht so, aus Vorsicht, ich nenne ihn Ri, aber er ist es, Nakis Sohn.«

Ein kleiner Junge lugte hinter dem Rock der jungen Frau hervor, den Zeigefinger im Mund. Dann nahm er den Finger aus dem Mund und lächelte Haibe zu.

Braune Locken und braune Augen. Hohe Wangenknochen.

Aber das Lächeln des kleinen Rablu. Und Nakis Grübchen im Kinn.

Haibe zog die Beine aus dem Moor, wandte sich um, kniete auf dem Bohlenweg nieder und schloß den kleinen Jungen in die Arme.

Seine Haare kitzelten an ihrem Ohr.

Sie drückte ihn fest an sich.

Er sträubte sich, strebte zu Fasne zurück.

Diese kauerte sich hin, zog ihn auf ihr Knie. »Das ist deine Großmutter, Ri«, sagte sie sanft. »Gib ihr einen Kuß!«

Der kleine Junge betrachtete Haibe mit gerunzelter Stirn. Dann beugte er sich vom Knie der jungen Frau herab vor und drückte Haibe einen nassen Kuß auf die Wange.

Göttin, du bist die wilde Bärin, die mit Pranken und Reißzähnen ihr Junges verteidigt, wer sagt, du bist tot?

»Lele hat ihn nach dem Brand des Herrenhofes in der Laubscheuer gefunden, in die Irrkru Naki zu ihrem Schutz gelockt hatte, Lele war außer sich vor Schmerz und Schuldgefühl, als Naki gestorben war, mir hat sie den Jungen gebracht, mich die furchtbarsten Eide schwören lassen, für ihn zu sorgen, ihn zu schützen und ihn dir wohlbehalten zu übergeben, und dann hat sie sich wie eine Rasende in den Kampf gestürzt. Sie war eine Heldin, die arme Lele.«

Haibe streckte langsam die Hand aus, fuhr dem kleinen Jungen von der Stirn über Nasenwurzel, Nase und Lippen bis zum Grübchen, ihr Finger erkannte die Linie wieder.

»Ri«, sagte sie leise, »Ri-Wirrkon.«

Der kleine Junge wandte sich ab, barg sein Gesicht an Fasnes Brust, zupfte ungeduldig an deren Kittel. Fasne lächelte Haibe zu und öffnete die Kleidung. Der Kleine griff sich ihre Brust und begann zu trinken, wandte dabei hin und wieder den Kopf zu Haibe zurück, sah sie an, trank weiter.

»Du wirst ihn mitnehmen in eure neue Heimat, von der Lele mir erzählt hat?« fragte Fasne leise.

»Er braucht dich«, erwiderte Haibe ebenso. »Dich mehr als mich.«

»Er braucht uns beide.«

Schweigen.

Zirrkan, das Haus, das du uns gebaut hast, wie du sagtest, es sei groß genug für Gwinne, Mulai und Uori, für Naki und mich und alle Kinder, die wir Frauen noch bekommen würden, deine Augen streichelten dabei meinen Leib, diese Hoffnung, ein Haus voller Leben...

Aber Naki ist tot.

»Ich bin ganz allein mit den Kindern, meiner Tante und meinem kleinen Bruder«, sagte Fasne. »Keinen großen Bruder und keinen Mann mehr. Kein Haus, nur eine windige Hütte. Kaum Getreide für den Winter, nur die Früchte aus dem Wald, die wir gesammelt haben. Keine Hoffnung mehr hier. Nichts, was uns hält.

Moria, die Herrin, hat uns über das vergangene Jahr geholfen, gesegnet sei sie dafür! Ohne sie wären wir im letzten Winter alle verhungert, auch Ri. Aber nun steht wieder ein Winter bevor.

Weißt du, es gab nur eines, was mich aufrechterhalten hat, was mich bei der Vorstellung an den nächsten Winter nicht hat verzweifeln lassen: daß du kommen und uns mitnehmen wirst. In deine neue Heimat.«

Haibe erhob sich. »Worauf warten wir noch! Packt eure Vorräte und Kleidung und kommt! Damit wir noch vor den Winterstürmen über die Meerengen setzen können!«

20

Die kleine Ria spielte im Schnee. Auf allen vieren kroch sie den zusammengeschippten Schneehaufen hinauf, rutschte ihn mit lautem Juchzen hinunter und kletterte wieder hinauf. Ihre Backen glühten. Moria spürte das Strahlen auf ihrem eigenen Gesicht, diese leuchtende Wärme und das glückliche Staunen, die aus dem Inneren drangen: Das ist meine Tochter. Ich habe sie geboren. Und wenn ich nichts weiter vollbracht hätte – allein dafür schon hätte sich mein Leben gelohnt.

»Wie ein Bub!« Noedia schüttelte mißbilligend den Kopf, aber ihre Augen hingen voll Rührung an dem zierlichen Mädchen.

Moria lächelte. »Sie ist doch noch so klein!«

»Trotzdem. Wenn erst der Herr wieder am Hof ist. Ihr wißt ja: Mädchen darf man nicht hören!«

»Schon gut, Noedia!«

Meine Kleine. Ich weiß, daß du anders bist, als es sich für das Töchterchen eines Herrn gehört. Aber du bist vollkommen.

Ria brüllte. Ihr Köpfchen lief vor Anstrengung dunkelrot an. Ihr ganzer Körper schien in Aufruhr, stemmte sich gegen die ungewohnten Wickelbänder, mit denen sie auf das starre Wickelkissen geschnürt war.

»Das kommt davon«, murrte Noedia. »Weil sie nicht von vornherein anständig gewickelt worden ist.«

Entsetzt sah sie selbst das verzweifelte Aufbegehren ihres Kindes. »Was soll ich nur tun?«

»Laßt sie ein paar Tage schreien, dann gibt sie es auf, dann hat sie sich an Wickelkissen und Wickelbänder gewöhnt, und alles wird, wie es sich gehört!« erwiderte Noedia bestimmt. »Vor dem Abend braucht sie nichts mehr zu trinken. Es wird Zeit, daß Ihr aufhört, sie zu verwöhnen!«

»Aber«, wandte sie ein, brach unsicher ab.

»Am besten, Ihr geht aus dem Haus, dann müßt Ihr das Schreien nicht hören!« erklärte Noedia.

Ria brüllte.

Naki hätte sie jetzt aufgenommen, gestillt und herumgetragen. Es ist Naki, nach der Ria schreit.

Aber sie ist doch meine Tochter, meine!

Rias Gesicht wurde violett. Ihr weit aufgerissener Mund war verzerrt.

Sie selbst ertrug es nicht mehr. Rannte zu dem Kind. Riß ihm die Wickelbänder von dem kleinen Körper. Hob es vom harten Wickelkissen auf. Wiegte es im Arm. Summte ein Lied.

Ria wurde ruhig, schluchzte nur noch einmal tief auf. Langsam ließ die Verhärtung in ihren angespannten Gliedern nach. Sie wurde weich und schwer. Schlief ein.

Schlief an der Brust, die keine Milch für sie hatte.

Moria summte immer weiter, merkte erst nach langer Zeit, welches Lied es war, mit dem sie Ria beruhigt hatte: das Lied der Großmutter. Das Lied, das die bösen Geister vertreibt.

Erst als Ria wieder aufwachte und vor Hunger weinte, gab sie die Kleine an Lane weiter, die Bäuerin, in deren Haus Chtairus Quartier für sie beschafft hatte. »Wir schnüren sie nicht in Bänder und nicht auf ein Wickelkissen. Bis jetzt sind ihre Glieder gerade gewachsen, so werden sie es wohl auch weiter tun! Ich will nicht, daß sie so weint. Du stillst sie immer dann, wenn sie danach verlangt!«

»Natürlich, Herrin!« Ein geheimes Einverständnis in Lanes Lächeln.

Sie selbst lächelte zurück. Und spürte, wie sie rot wurde.

Ach, Ria. Wir haben dich verzogen, sagt Noedia, und das tue nicht gut.

Nicht gut? Du bist, was ich nie war. Voller Leben. Wenn ich deine Augen sehe –

Ich kann dir das Lachen nicht verbieten.

Aber wenn Lykos wieder daheim ist, dann mußt du lernen still zu sein. Wenn du ihn nicht störst, wird er dich kaum beachten.

Bist ja nur ein Mädchen. Zum Glück.

»Ich mein's doch nur gut mit Euch und der Kleinen«, murmelte Noedia. »Der Krieg soll bald vorbei sein, heißt es, und dann kehrt doch der Herr zurück!«

»Was erinnerst du mich daran, als müßte ich es fürchten!« erwiderte Moria hitzig, redete laut, übertönte das plötzlich einsetzende unruhige Schlagen des Herzens. »Findet er hier etwa nicht alles wohlgeordnet vor?! Besser und schöner, als er es vor dem Krieg verlassen hat?!« Mit trotzigem Stolz umfaßte ihre weit ausholende Gebärde den geräumigen, von mächtigen Palisaden und einem Graben umgrenzten Hof. Zufrieden ruhte ihr Blick auf den beiden großen Häusern mit den gewaltigen Rieddächern, mit den weißgekalkten, lehmverputzten Flechtwänden – die in regelmäßigen Abständen von hellen Pfosten unterbrochen waren – und den kleinen verschließbaren Fensterluken. Dann ließ sie die Augen über den zum Schutz vor Feuchtigkeit und Ungeziefer auf hohen Pfosten errichteten Speicher, den Schuppen mit dem Schweinekoben, die Vorratsgruben und den mit einem schrägen Windschutz überdachten Mahlplatz gleiten.

Helles Holz und neues Ried, alles duftend vor Frische und Sauberkeit.

Ihr Werk.

Sicher, Lykos hatte bei seinem kurzen Besuch nach dem Brand den Platz bestimmt, an dem der Hof wiederaufgebaut werden sollte, hatte die Bauern zur Fron gezwungen und Owros zum neuen Verwalter ernannt. Und Hairox hatte mit seinen Wolfskriegern dafür gesorgt, daß sich kein Bauer der auferlegten Verpflichtung zu entziehen wagte.

Und doch wäre ohne sie selbst nichts so geworden, wie es jetzt war. Sie war es gewesen, die das hier errichtet hatte, so wahr, als hätte sie es mit ihren eigenen Händen gebaut.

Sie hatte den Grund abgeschritten, hatte vor ihrem inneren Auge das Bild des neuen Hofes erstehen lassen, hatte Anzahl, Lage, Größe und Raumaufteilung der Gebäude festgelegt, hatte sich unzählige Dinge ausgedacht und ihre Umsetzung veranlaßt, die Stierhörner als Giebelschmuck am Haupthaus ebenso wie die Erhöhung des Bodens in den Häusern, damit eine Stufe dafür sorgte, daß Regenwasser und Schmutz nicht eindringen konnten.

Aber das war nicht alles.

Der Tag, als ihr auffiel, wie langsam und widerwillig die Männer arbeiteten, wie wenige Bäume erst gefällt, wie wenige Pfostengruben ausgehoben waren ...

»Owros, sollten so viele Männer nicht mehr zuwege bringen, als bisher geschehen ist?«

»Sie sollten, Herrin, ja. Aber sie tun es nicht. Ich kann nicht überall zugleich sein. Sobald ich den Rücken kehre, arbeiten sie mehr als schlecht.«

»Warum?«

Owros zuckte die Achseln. »Aus Auflehnung oder Erbitterung. Oder aus Schwäche vor Hunger.«

»Hunger?«

»Ihre Dörfer sind schließlich geplündert und zerstört.«

Sie drehte sich um, ging.

Das Dorf, in dem sie wohnte, hatte Hairox verschont. Ihr hatte er haufenweise Getreide und Linsen bringen lassen, Leinsamen, Mohn, Erbsen und Bohnen, Lykos' Herden hatte er durch reichlich Vieh vermehrt.

Warum hatte sie sich mit keinem Gedanken darum bekümmert, woher diese Nahrungsmittel und dieses Vieh kamen? Die Vorräte der Bauern. Ihre Lebensgrundlage.

Sie lief und lief. Drei Dörfer für einen Herrenhof.

Das Dorf hinter dem Schwarzmoor. Das Dorf am Lindenwald. Das Dorf an der Heide.

Immer das gleiche Bild. Niedergebrannt. Überall das gleiche Elend.

In der Nähe dürftige Hütten aus Zweigen, Rinde und Schilf, in denen hohlwangige Frauen hausten und Kinder mit aufgetriebenen Bäuchen und viel zu großen Augen. Keine Vorräte.

Geplündert für die Truppe von Hairox. Und für Lykos.

Für Lykos? Lykos war nicht da. Sie war es, die da war. Sie war es, die die Vorräte verwaltete.

In jener Nacht hatte sie von Naki geträumt, die ihr eine abgemagerte kleine Ria hinstreckte: Ich kein Milch hab, zuviel Hunger, Wirrkon tot, hatte Naki gesagt, ihr abgezehrtes Gesicht eine stumme Anklage. Danach hatte Moria nicht mehr schlafen können. War von Bildern hungernder Kinder verfolgt worden. Hatte immer wieder nach Ria gesehen, die friedlich schlief, die Wangen rosig und rund. Hatte schweißnaß im Bett gesessen und erwogen, in die zerstörten Dörfer Lebensmittel bringen zu lassen. Hatte den Gedanken wieder verworfen: Unmöglich, dies zu tun, ohne daß Owros es bemerkte – und an Hairox meldete.

Naki hatte für Ria ihr Leben gelassen, und auch Nakis Sohn

hatte es das Leben gekostet. Wenn sie jetzt zögerte, denen zu helfen, die Naki nahestanden, dann war sie das Leben nicht wert, das ihr einst durch Nakis Hände wieder geschenkt worden war.

Doch was sollte sie tun?

Nicht einmal Cythia wagte es, ein Wort dagegen zu sagen, wie Hairox seine Kriegsherrschaft ausübte. Geschweige denn sie zu hintertreiben.

Am Morgen endlich hatte sie gewußt, was sie tun und wie sie es rechtfertigen würde.

Sie versuchte sich in Cythias stolzer Kopfhaltung, Cythias bestimmter Rede: »Owros, ich kann nicht mehr dulden, wie langsam die Arbeit vorangeht. Wenn der Herr vom Krieg zurückkehrt, muß der Hof fertig sein, so hat er es befohlen. Du tust, als hättest du Jahre Zeit! Zweifelst du etwa daran, daß es nicht mehr lange dauern kann, bis unsere Herren und Wolfskrieger diesen Krieg gewonnen haben?«

Er wurde blaß. »Nein, Herrin, gewiß nicht. Aber was soll ich tun! Beinahe täglich peitsche ich schon einen dieser faulen Kerle aus!«

Sie verbarg ihr Entsetzen. »Damit er anschließend noch weniger bei Kräften ist?!« fragte sie verächtlich. »Lykos wird dich dafür zur Rechenschaft ziehen! Sagtest du nicht selbst, sie seien schwach vor Hunger? Und da schwächst du sie noch mehr durch Schläge!«

Er stammelte.

»Hör zu!« befahl sie. Cythia, woher kann ich das, ich wußte nicht, daß es so leicht ist. »Da du nicht fähig bist, Abhilfe zu schaffen, werde ich es tun. Ich weiß ein wirkungsvolleres Mittel als du, die Männer zur Arbeit zu bringen!

Halte sie gut im Auge, achte darauf, wer ordentlich arbeitet. Jeder, mit dessen Leistung du zufrieden sein kannst, bekommt am Abend ein Maß Gerste oder Weizen oder ein

Stück Fleisch für seine Familie. Und daß du mir ja gerecht bist, sonst ist es deine Schuld, wenn der Hof nicht rechtzeitig fertig wird, und das werde ich Lykos sagen!

Im übrigen sorge ich in Zukunft täglich für eine Mahlzeit für die Arbeiter, damit sie zu Kräften kommen!«

Es war ein leichtes gewesen, mit Sahir und Noedia für die ausgehungerten Männer zu kochen. Nichts gegen die Schwierigkeit, jederzeit ein Gastmahl bereithalten zu müssen.

Und eine Freude war es gewesen zu sehen, wie diese Bauern sich selbst auf das einfachste Essen stürzten. Wie sie strahlten, wenn sie ihnen Pökelfleisch und Grütze vorsetzte!

Nicht lange, und Owros hatte ihr täglich gemeldet, daß alle Männer bei der Arbeit ihr Äußerstes gäben.

Sie hatte das Korn sehr reichlich zugemessen.

Die Getreidevorräte waren rasch zusammengeschmolzen. Mehr und mehr hatte sie auf die gewaltigen Schaf- und Rinderherden zurückgreifen müssen, die Lykos' Stolz und größter Besitz waren.

Aber war etwa der Hof nicht noch vor diesem Winter fertig geworden – größer und gediegener als jeder andere Herrenhof?

Moria lächelte.

Ria rutschte bäuchlings den Schneehaufen hinunter, ein festgefrorener Schneebrocken ritzte die zarte Haut ihrer Wange, sie weinte kläglich. Moria nahm sie auf den Arm. »Ist nicht so schlimm. Komm, wir schauen, ob die Sonne bald untergeht!« Sie ging mit der Kleinen aus dem Hof auf den Steg, der über den Graben führte.

Jemand kam langsam den Weg auf das Hoftor zu.

Moria blinzelte gegen den Abendhimmel: Eine Frau, die etwas auf einem kleinen Holzschlitten hinter sich herzog. Die Frau schien sich nur noch mit Mühe vorwärts zu schleppen.

Moria wartete.

Vielleicht wollte ihr die Bäuerin etwas zum Tausch anbieten. Schon legte sie sich ablehnende Worte zurecht, beschloß aber, der Frau eine warme Mahlzeit und ein Nachtlager zu gewähren. Da erkannte sie, daß auf dem Schlitten kein Korb verschnürt war, sondern daß ein Kind darauf saß.

Endlich war die Frau bei ihr angelangt, blieb stehen, grüßte stumm.

Ein abgezehrtes Gesicht, das alt wirkte und doch sehr jung sein mußte.

Keine der Bäuerinnen, die Moria kannte.

Aber irgend etwas in diesem Gesicht war vertraut. Eine unbestimmte Erinnerung streifte Moria.

Die Frau sah sie flehend an. Als habe sie keine Worte mehr. Unter ihrem Mantel lugte der Kopf eines Säuglings hervor.

»Herrin«, brachte die Bäuerin endlich hervor – dieses Gesicht, woran erinnert es mich –, »Moria, kennt Ihr mich nicht mehr?«

Moria streckte zögernd die Hand vor. »Wai?« fragte sie ungläubig. Und dann wiederholte sie noch einmal freudig: »Wai!«

Die andere zitterte.

Die Stimme des Vaters: Wage nicht noch einmal mit diesem Mädchen zu spielen! Du redest kein Wort mehr mit ihr! Wenn du ihr begegnest, gehst du an ihr vorbei, als würdest du sie nicht kennen!

Du hast mir nichts mehr zu befehlen, Vater.

Moria faßte die Hände der anderen. »Was ist mit dir, Wai, nun komm doch rein, daß ich dich noch einmal wiedersehe, bist du den ganzen Weg gelaufen, nur um zu mir zu kommen?«

»Ich wußte mir nicht mehr zu helfen. Ihr seid meine letzte Hoffnung«, erwiderte Wai stockend.

Moria suchte die Freundin ihrer Kindheit in dem schmalen Gesicht, sah die eingefallenen Wangen, die verhärmten Züge, sah den Hunger in den fiebrigen Augen, hörte das schwache Wimmern des Säuglings. Und begriff.

Sie zog Wai hinter sich her, in den Hof, in das Haus, vor das Feuer. »Noedia!« rief sie. »Bring Essen! Und bitte Sahir, zu mir zu kommen!«

Wai saß zitternd auf der Bank und drückte mit einem Arm ihr Baby, mit dem anderen ihr Kind. »Sie verhungern«, sagte sie heiser, »ich habe sie beide gestillt, aber nun ist mir die Milch weggeblieben.«

»Es wird alles gut, Wai! Jetzt bist du ja bei mir! Ein paar kräftige Mahlzeiten, und die Milch kommt wieder. Und bis dahin – Lykos' Nebenfrau hat ein Baby, ich bitte sie, daß sie deines stillt.« Moria setzte Ria auf den Boden, nahm Wais Baby, wandte sich zu Sahir um, die eben hereinkam. »Bitte, Sahir! Dieses arme Würmchen hier ist am Verhungern. Kannst du ...«

Sahir ließ sie gar nicht erst ausreden. Nahm das Baby an die Brust.

Noedia kam mit Brot und Fleischsuppe herein, lief hin und her, brachte für das Kind eine Schale mit Brei, brachte Käse und Dörrobst, schüttelte dabei immer wieder vorwurfsvoll besorgt den Kopf.

Wai begann ihr größeres Kind zu füttern und selbst mit kaum verhohlener Gier Essen in sich hineinzuschlingen.

»Steht es so schlimm bei euch?« fragte Moria.

Wai nickte. »Das Dorf wurde niedergebrannt, letztes Jahr. Wir hatten die Frucht auf den Feldern, aber diesen Sommer mußten wir außer dem Saatgut die ganze Ernte abliefern. Als Sühne für den abgebrannten Herrenhof, hat Euer Vater gesagt.

Dabei haben wir mit dem Brand des Rösoshofes nichts zu

tun, mein Bruder hätte sich nie und nimmer an einem Anschlag auf den Herrenhof beteiligt!

Im nächsten Jahr läßt er uns unseren Anteil an der Ernte, hat der Herr gesagt, Euer Vater. Aber bis dahin«, sie sprach nicht weiter.

Mein Vater. Nimmt ihnen ihr Getreide weg und gibt sie dem Hungertod preis.

Bestraft alle für das, was wenige taten. Auch die Kinder.

Er geht noch härter vor als Hairox. Noch grausamer.

Mein Vater, der oberste Richter.

Und ich habe geglaubt, er wäre gerecht.

Ist das deine Gerechtigkeit, Vater?

Wai wirst du nicht umbringen, Wai und ihre Kinder nicht!

Sie legte Wai die Hand auf den Arm. »Bis Lykos zurückkehrt, bleibst du erst einmal bei mir. Dann sehen wir weiter. Mach dir keine Sorgen, ich lasse dich nicht im Stich.«

»Weißt du noch, Wai, wie du mir den Stein gezeigt hast – die Göttin?«

»Wie könnte ich das vergessen! Es war das letzte Mal, daß wir zusammen waren. Hast du den Kiesel noch?«

»Nein. Erst habe ich ihn behalten. Obwohl ich gefürchtet habe, meine Mutter könnte ihn finden und es dem Vater sagen. Aber als Cythia nicht mehr da war, fing der Stein an, mir in der Tasche zu brennen. Da habe ich ihn in den Bach geworfen. Damals konnte ich nicht anders. Aber jetzt«, Moria zog das Lederbeutelchen aus ihrem Ausschnitt hervor, öffnete es und holte den kleinen Stein heraus, »jetzt habe ich wieder einen Stein. Naki hat ihn mir gegeben, als ich in Kindsnöten war. Und ich glaube«, Moria stockte, »das heißt, ich bin ganz sicher, Sie war da. Sie war bei mir, als ich Ria geboren habe und als die Geburt meines Sohnes mich beinahe das Leben gekostet hätte. Du weißt schon: Sie. Eure Göttin.«

Wai nickte. »Sie ist immer da, wo ein Kind geboren wird, wenn man Sie ruft.«

»Ich habe Sie aber nicht gerufen.«

»Du nicht. Aber Naki. Sie hat dir den Stein gegeben. Sie wird die große Helferin für dich gerufen haben.«

»Die große Helferin nennst du sie? Ja, das ist wahr.

Als ich so krank war – es war eine lange Zeit, an die ich mich kaum erinnern kann, nur an eines: an Nakis Hände. Wenn Naki meinen Kopf in ihre Hände nahm, wurden die Schmerzen und das Fieber erträglich. Irgendwie leicht und weit wurde mir dann. Und manchmal kam Sie. Eine dunkle Frau in einem dunklen Gewand. Und alles war gut. Und jetzt ist Naki tot.«

»Naki tot«, wiederholte die kleine Ria und kletterte Moria auf den Schoß.

Moria drückte einen Kuß auf das feine Haar der kleinen Tochter. »Ja, mein Liebling, leider. Sie hat dich sehr liebgehabt, die Naki. So lieb, daß sie in ein brennendes Haus gelaufen ist, um dich zu retten.«

Moria wandte sich wieder Wai zu. »Ich muß immer daran denken. Daß Naki für Ria gestorben ist. Daß sie mich geheilt hat. Und daß ein Zauber in ihren Händen war. Verstehst du, was ich meine?«

Wai nickte. »Es gibt solche Menschen. Und daß Naki zu ihnen gehört hat, wundert mich nicht. Ihre Mutter hat uns erzählt, sie habe damit gerechnet, daß Naki eines Tages Heilerin oder Priesterin werde.«

Moria sah die Freundin betroffen an. »Und hier war sie eine Sklavin«, sagte sie leise. »Was für ein grausames Schicksal.«

Wai schwieg.

»Es ist schwer vorstellbar für mich«, begann Moria nach einer Weile wieder, »daß eure Priester Frauen sind. Bei uns wäre das ganz unvorstellbar.«

Der Vater nahm ihre rechte Hand und legte sie in Lykos' Linke. »So gebe ich dir nun meine geliebte Tochter zur rechtmäßigen Frau – und übertrage meine Gewalt über sie an dich, Lykos! Sei ihr ein guter Herr und Gebieter! Und du, Moria, vergiß niemals: Es gibt nur drei Dinge, die einer Frau anstehen: ihrem Mann dienen, ihrem Mann gehorchen und ihrem Mann Kinder gebären!«

»Eure Götter sind ja auch Männer!« sagte Wai.

»Bis auf die Göttin der Morgenröte, die Tochter des Himmelsvaters!« widersprach Moria. »Allerdings ist sie nicht Herrin über Leben und Tod. Aber auch ihr wird nur von den Priestern geopfert. Frauen dürfen das nicht, weil ...« Moria brach ab. Und dann fügte sie zögernd hinzu: »Mein Vater sagt: Frauen sind unrein. Und sie haben keine Heiligkeit.«

»Unrein?« erwiderte Wai mit Bitterkeit. »Keine Heiligkeit? Warum?!

Bei uns heißt es: Wir Frauen geben das Leben weiter! In uns wachsen die Kinder heran, wir gebären sie unter Einsatz unseres eigenen Lebens, wir nähren sie mit unserer eigenen Milch, wir ziehen sie groß.

Und deshalb sollen wir unrein sein?! Ich verstehe euch nicht!«

Sie hat recht, ich verstehe es auch nicht, dachte Moria.

Wai sprach weiter: »Als ich meine Kinder bekommen habe, da habe ich immer gedacht, was für ein Wunder das ist. Daß sie in meinem Bauch wachsen. Daß dies das Größte ist, was ein Mensch erleben kann. Mitleid habe ich gehabt mit den Männern, die das nie erleben dürfen. Du etwa nicht?«

»Doch, genau das habe ich auch gedacht: Daß es ein Wunder ist und das Größte, was ein Mensch erleben kann. Aber es fiele mir nie ein, Lykos zu bemitleiden! Oder gar meinen Vater!«

Wai lachte. »Das ist wahr, die beiden haben dir wenig Anlaß gegeben, Mitleid mit ihnen zu haben!« Sie umarmte Moria.

Ria auf Morias Schoß sträubte sich gegen die doppelte Umarmung, glitt von Morias Knien und hüpfte mit Wais Kind um die Feuerstelle.

Moria sah ihr nach. »Warum hat Naki das getan, warum hat sie ihr Leben eingesetzt, um Lykos' Tochter zu retten? Nach allem, was Lykos ihr zugefügt hat?« fragte sie.

Wai schüttelte den Kopf. »Sie hat nicht Lykos' Tochter gerettet. Sie hat ein kleines Mädchen gerettet. Weil sie auf die Stimme der Lebenserhalterin gehört hat.«

»Ich würde es gerne verstehen, Wai.«

»Dann komm mit mir zu den Frühlingstänzen!«

Da ist sie wieder, die Große Frau. Ich kann sie nicht sehen, aber ich spüre sie. Vor mir, neben mir, hinter mir.

In mir.

Sie war immer da.

Diese Töne. Mein Kopf ein Instrument. Mein Knochen eine Flöte.

Das Summen eines Bienenschwarms, das Rauschen des Frühlingswindes im Wald, das Klingen des Himmelsgewölbes.

Das bin nicht mehr ich, die singt. Es singt aus mir, steigt auf aus meiner Kehle, weitet den Schädel, hebt mich empor.

Mein Ton unter den vielen. Ein Universum der Musik.

Wir tanzen noch immer. Auch ich tanze, tanze wirklich, nicht nur mit den Füßen, den Armen. Mit Leib und Seele. Mein Becken erwacht, lebt eigenes Leben.

Ein Stein fällt ins Wasser. Ein Kreis wird geboren, wird größer und größer, mehr Kreise und mehr, der ganze See kreist, langsam verebbt er, und wieder von vorn. Der Kreis der Sonne über dem Himmel und unter der Erde. Zwei kleine Mädchen, die Hände gekreuzt, drehn sich im Kreis, Wai, dein Gesicht, strahlend im Licht.

Wellen im Bach, auf und ab, glitzerndes Blinken, ein Blatt auf den Wogen, warmes Wiegen.

Ein Vogel, getragen vom Wind, keine Mühe, kein Schlagen der Flügel, nur sanftes Gleiten, höher und tiefer, ewiger Wechsel.

Wir sind seine Schwingen, bewegt vom Lufthauch, schweben im Äther.

Weich meine Glieder, locker und lose, nie wieder gebunden, streif ab alle Fesseln, frei bin ich, frei.

Die Frauen tanzten die neunte Nacht nach dem wiegenden Rhythmus der auf- und abschwellenden Töne, die sie gemeinsam summten, hielten sich bei den Händen, nahmen einander mit in die fließende Bewegung, in die Tiefe der Trance.

Längst waren sie nicht mehr einzelne Frauen, längst waren sie eins. Bald Vogel, bald Schlange. Ihre Spuren im Sand: Kreise, Spiralen und Wellen.

Moria eine unter ihnen, schon nicht mehr fremd.

Rot vor Verlegenheit, zitternd aus Angst vor Zurückweisung wie aus Erschrecken über die aberwitzige Kühnheit ihres verbotenen Vorhabens, war sie auf Wais beharrliches Drängen hin zum Frühjahrstanz der Frauen des Alten Volkes gekommen.

Mit schweigender Selbstverständlichkeit hatten die Bäuerinnen und Mädchen sie in ihre Reihe aufgenommen, als trennten nicht Welten sie voneinander, als sei sie nicht eine Herrin der Söhne des Himmels, als zähle nur eines: Sie war eine Frau.

Worte hatte sie sich zurechtgelegt, Erklärungen: Daß sie niemals ihren Göttern abschwören würde, niemals aufhören sie anzubeten und zu verehren, daß die Macht der Himmlischen jedem Zweifel enthoben sei, daß aber die Himmlischen manchen Nöten einer Frau gleichgültig die Schulter kehrten, erhaben über solch erdverhaftete Schmerzen. Daß sie einmal in Kindsnöten und schwerer Krankheit Kraft und Trost durch die Schwarze Göttin erfahren habe, daß sie, wäre sie recht bei Sinnen gewesen, niemals zugelassen hätte, daß die Göttin von einer Magd des Alten Volkes für sie angerufen werde, doch da dies nun einmal geschehen sei, wolle sie die schuldige Dankbarkeit erweisen und mit ihnen, den Bäuerinnen, ihre Göttin durch den Tanz ehren.

Keines dieser Worte hatte sie gebraucht. Denn niemand hatte sie irgend etwas gefragt oder irgend etwas von ihr verlangt.

Auch die anderen Worte hatte sie nicht gesprochen: Daß sie darum bäte, man möge über ihre Teilnahme an dem Tanz nicht sprechen. Wenn ihr Mann zurückkehre, dürfe er unter keinen Umständen davon erfahren, niemals dulde ein Herr in seiner Hoffamilie eine Verehrung der Schwarzen Göttin.

Das hatte sie gleich sagen wollen, als erstes. Doch als sich bei ihrer Ankunft die Kette der tanzenden Frauen gelöst und sich ihr wortlos Hände entgegengestreckt hatten, die sie in den Kreis aufnahmen, war es ihr nicht mehr nötig erschienen.

Sie wußte: Von diesen Frauen würde keine sie verraten.

Inzwischen kam es ihr vor, als habe sie in diesen neun Nächten des Tanzens mehr erlebt als in ihrem ganzen Leben zuvor.

Furchtbar der Anfang, die Erfahrung: Ich kann nicht tanzen. Die mangelnde Kenntnis der Schritte und Bewegungen war es nicht, die waren rasch abgeschaut, schnell erlernt.

Zwei Schritte vor und etwas drehn und zwei Schritte zurück und etwas drehn und zwei Schritte vor …

Warum bin ich so steif, die anderen, wie sie sich wiegen, Wai, wie du den Bauch schwingen läßt, ich bin wie ein Brett, steif wie ein Brett, gebunden auf ein Brett, die Arme an den

Leib geschnürt, die Beine gefesselt, ich kann mich nicht rühren, Mutter, warum kommst du nicht, mach mich los, es ist finster, die Grube so eng, der Deckel dicht über mir, ich muß den Kopf einziehen, wenn der Vater kommt, was soll ich sagen –

Angst überflutete sie, würgte sie. Sie riß sich los aus der Runde der anderen, stürzte zur Eiche, drückte sich an deren Stamm, beruhigte sich erst, als sie die unnachgiebige Härte des Holzes spürte.

Wäre ich an den Baum gebunden, ich müßte nicht tanzen.

Was ist los mit mir, Mutter, Vater, ich will zu euch.

Nie hätte ich hierherkommen dürfen, Vater, ich war ungehorsam, ich habe Schläge verdient, aber bitte, bitte nicht die Grube –

Ihr Schrei bohrte sich durch das Singen der anderen.

Wai war da, nahm sie in die Arme, wiegte sie. Hände berührten sie, streichelten sie.

Und plötzlich wurde sie hochgehoben und von zahllosen Händen getragen. Sie schwebte in der Luft, steif vor Entsetzen, Sternenhimmel über ihr, der Gesang begann wieder, das Lied der Großmutter.

Die Angst verebbte, versickerte.

Und die Hände begannen sie durch die Luft zu rollen. Schwerelos drehte sie sich um sich selbst. Nach unten: Hände unter ihren Wangen, ihrer Stirn, ihrer Brust, ihrem Bauch, ihren Beinen, dunkle Gesichter zu ihr emporgewandt. Nach oben: Hände unter ihrem Haar, ihrem Rücken, ihren Beinen, Sterne über ihr. Weiter wurde sie gedreht und gerollt, nie fürchtete sie zu fallen, ein Taumel in ihrem Kopf, und plötzlich begriff sie: Die Bänder waren weg, auch das Brett. Sie war frei.

Seither hatte sie jede Nacht neue Wunder erlebt, neue Welten erkundet.

Sie war mit den anderen mit bloßen Füßen über einen Teppich von glühender Holzkohle gelaufen und hatte geschrien vor Stolz und Befreiung.

Sie hatte getanzt.

Sie hatte im eiskalten Fluß gebadet und ihren Körper gespürt wie nie.

Sie hatte getanzt.

Den Kopf in Wais Schoß, war sie in einer tiefrot schimmernden Höhle gewesen, hatte dunkle Zotten vom Höhlengewölbe herabhängen sehen und hatte dem pulsierenden Licht gelauscht, hatte sich selbst liegen sehen, mit angezogenen Beinen auf die Seite gerollt, hatte sich unglaublich wohl und geborgen gefühlt und dabei gewußt: Sie war bei Ihr. Dort, wo sie immer gewesen war, vor aller Zeit.

Sie hatte getanzt.

Sie hatte ihre Hände, zu einem Dreieck geformt, um ihren Nabel gehalten und so, das Gesicht zum Sternenhimmel gewandt, der Trommel gelauscht, und plötzlich war eine Kraft in sie gefahren, hatte sie vom Scheitel bis zur Sohle durchschnitten, gebeutelt und geschüttelt hatte es sie, ein violettes Licht war aufgeschienen, und in diesem Licht war Sie zu ihr gekommen, die Große Bärin, hatte sich schützend hinter sie gestellt, hatte sie mit ihrer unendlichen Macht umfangen. Und hatte sie geheilt.

Sie hatte getanzt.

Und sie würde immer tanzen. Immer.

Nie wieder gebunden.

Im Osten, kaum wahrnehmbar, graute der Morgen. Langsam ging Moria mit Wai auf den Lykoshof zu. Sie spürte nicht die Müdigkeit von neun durchtanzten Nächten. In ihrem Kopf war ein Gleiten und Schweben – als würde man fliegen.

Noch nie hatte sie sich so weich, so gelöst und so schwerelos gefühlt. Nichts mehr, das sie fesselte, hinabzog.

Sie summte leise eines der wundersamen Lieder vor sich hin, die sie durch diese Nächte begleitet hatten.

Als sie an den Steg kamen, der über den Graben zum Tor führte, verstummte sie, ging nur noch auf Zehenspitzen. Die Hunde hatten ihren sorgsam bemessenen Anteil an dem Schlaftrunk nach einem von Cythias geheimen Rezepten erhalten. Vor allem aber Owros. Sie hatte den Sud wie an jedem der vergangenen Abende heimlich in den Met gemischt, den Owros sich immer genehmigte – war doch Lykos fern, der verboten hatte, daß bei der Nachtwache getrunken wurde.

Noch mußte die Mischung wirken. Doch Moria wollte ganz sichergehen, daß sie den schlafenden Wächter nicht weckte.

Nicht auszudenken, wenn bekannt würde, daß sie nachts den Hof verlassen hatte ...

Vorsichtig drückte sie gegen das schwere Hoftor. Nacht für Nacht hatte sie gemeinsam mit Wai heimlich den Balken, der es von innen verrammelte, in die Höhe gewuchtet und im Hof abgelegt.

Sie erwartete das verräterische Ächzen und Knarren, mit dem der angelehnte Torflügel nachgeben würde.

Doch nichts bewegte sich. Sie warf sich gegen das Tor. Es stand unverrückt.

Schweiß brach ihr aus, von einem Augenblick zum anderen begann ihr Herz zu rasen.

»Wai«, flüsterte sie, ihre Stimme brach, »wir sind ausgesperrt, wie kann das sein ...«

Gemeinsam stemmten sie sich mit aller Kraft gegen das eicherne Tor. Da, plötzlich, schwang es auf, beinahe wären sie gefallen. Sie stolperten, fingen sich – und standen Owros gegenüber, der ihnen mit einer Fackel ins Gesicht leuchtete.

Das ist das Ende – er hat den Met nicht ausgetrunken – Owros wird es Lykos sagen – Göttin, hilf!

Wai neben ihr schrie leise auf. Moria aber stand stumm, wie gelähmt.

»Sieh an, die Herrin«, sagte Owros, und ein widerliches Grinsen verzog sein Gesicht. »Die Herrin schleicht sich bei Nacht aus dem Hof und im Morgengrauen zurück. Jaja! War der Herr wohl zu lange weg.« In seinen Augen glitzerte die Lust an ihrer verzweifelten Lage.

»Was geht das dich an!« fuhr Wai den Hofvorsteher an. »Sie ist noch immer deine Herrin!«

»Du sagst es!« erwiderte Owros und lachte boshaft. »Noch!«

Dieses »Noch« war es, das Moria aus ihrer Erstarrung löste. Ihre Gedanken begannen zu jagen.

Owros glaubt, ich käme von einem Liebhaber, ich seh' es an seinem Grinsen – Eine Frau, die der Untreue überführt wird, ist des Todes – Ich habe Dutzende von Zeugen, daß ich Lykos nicht betrogen habe – Doch was ich wirklich getan habe, ist in Lykos' Augen vielleicht nicht viel besser – Er wird sagen, ich habe die Himmlischen verraten, ihm den Gehorsam gekündigt und ihn bei den Bäuerinnen zum Gespött gemacht – Was wird er tun?

Er wird mich bestrafen.

Wär' es nur das!

Er könnte mich töten. Oder verstoßen. Niemand wird ihn daran hindern.

Er ist wieder mit einer Königstochter verlobt, dieser Langonia – dem König kann es nur recht sein, wenn ich aus dem Weg bin –

Mein Vater – nein, der hilft mir nicht. Und mein Bruder auch nicht. Nicht bei einem Vergehen wie diesem.

Aber es ist kein Vergehen, nicht in Wahrheit! Es sollte das

Recht einer jeden Frau sein, der Gottheit zu danken, durch die sie aus Kindsnöten errettet wurde.

Wenn ich es Lykos gegenüber vertrete, ihm erkläre, wie es kam und was es für mich bedeutet, wenn ich es aufrechne gegen das, was ich für ihn getan habe, gegen den Hof, den ich ihm gebaut habe –

Doch wer sagt mir, daß er es versteht, daß er es hinnimmt – Ich glaube nicht, daß er mich umbringt. Das nicht. Nur, wenn ich ihm untreu wäre.

Aber mich verstoßen – von Feuer und Wasser ausschließen – Auch die Bauern haben Feuer und Wasser –

Zugrunde gehen werde ich nicht! Nicht ein Hof weit und breit, in dem man mir nicht dankbar ist. Die Bäuerinnen lassen mich nicht im Stich –

Aber Ria – sie gehört ihm – er wird mir Ria wegnehmen – wie Naki den kleinen Wirrkon –

Das darf nicht geschehen! Nicht Ria!

»Seid Ihr vom Donner gerührt?! Nun kommt ruhig herein, noch geschieht Euch doch nichts«, sagte Owros hämisch, und mit hinterhältiger Betonung fügte er hinzu: »Herrin!« Er machte keinen Schritt zur Seite, beugte nicht wie sonst höflich vor ihr den Kopf. »Wie gut, daß der Herr in einigen Tagen zurückerwartet wird. Wie er es wohl aufnehmen wird, zu hören, wie seine tugendhafte Gemahlin die Nacht verbringt! Mir scheint, es kommen spannende Zeiten auf uns zu, hier auf dem Hof. Auf Euch besonders – Herrin!«

Moria faßte nach Wais Hand. Wai drückte sie fest und flüsterte leise: »Nimm deinen Stein!«

Mit der Rechten noch immer Wais Hand umklammernd, faßte sie mit der Linken in die Rocktasche, schloß die Finger um den Stein. Glatt, kühl und unerschütterlich.

Da plötzlich wußte Moria, daß sie kämpfen mußte, kämpfen würde. Und sie wußte auch, wie.

»Die Nacht?« wiederholte sie und lachte, warf den Kopf zurück.

»Du meinst wohl die Nächte! Fast ein Dutzend! Und jedes Mal hattest du Wache zu halten, Owros – und hast geschlafen! So fest hast du geschlafen, daß dich weder das Öffnen des Tores bei unserem Weggehen noch das Bellen der Hunde bei unserer Heimkehr wecken konnte! Wir konnten an dir vorbeispazieren und mußten nicht einmal schleichen! Hat der Herr dir nicht befohlen, Nacht für Nacht über unseren Hof zu wachen? Hat er dir nicht verboten, dich dem Met hinzugeben? Hat er dich nicht für unsere Sicherheit verantwortlich gemacht – und für unser Wohlverhalten?!«

Owros war blaß geworden, starrte sie an. Sie erwiderte seinen Blick, bis er die Augen senkte. Dann erklärte sie kühl: »Sag es dem Herrn ruhig, wenn er heimkehrt, sag ihm, wie schlecht du seinem Befehl gehorcht hast! Wie übermäßig dem Met zugesprochen! Wie du Nacht für Nacht deinen Rausch ausgeschlafen hast, statt das Eigentum deines Herrn zu bewachen!«

Er stammelte, wand sich.

Sie setzte eins drauf: »Eines ist jedenfalls sicher: Chtairus hat für weit weniger mit dem Leben bezahlt!«

Damit ließ sie ihn stehen und ging festen Schrittes zum Haus.

Erst als sie die Tür hinter sich geschlossen hatte, begann sie zu zittern. Sie zitterte so, daß ihre Beine sie nicht mehr trugen.

Wai nahm sie in die Arme, führte sie zum Bett, hielt sie, wiegte sie. »Es ist ja vorbei, Moria, vorbei. Du warst großartig. Von Owros hast du nichts zu befürchten, der verrät dich nicht an Lykos, darauf verwette ich meinen Kopf! Wie du das gemacht hast, Moria! Dieses Gesicht von Owros, das vergesse ich nie!« Wai lachte.

Da lachte Moria auch, lachte und konnte nicht aufhören, die Tränen liefen ihr die Wangen hinunter, und schließlich weinte sie nur noch. Dann schlief sie ein.

»Herrin, wacht auf, so wacht doch auf, rasch!« Noedia rüttelte sie.

Schlaftrunken richtete Moria sich auf, wußte nicht, warum ihr die Sonne ins Gesicht schien, so lang schlief sie gewöhnlich nicht, dann fiel ihr alles wieder ein, die neun durchtanzten Nächte, ihre Heimkehr im Morgengrauen, Owros.

Noedias Stimme überschlug sich. »Der Herr kommt, er ganz allein, ohne Gefolge, er ist gleich im Hof, hört Ihr –«

Hufschlag auf dem Steg über den Graben.

Moria sprang in die Höhe, vom einen Augenblick zum anderen war sie hellwach, sie sah an sich herab, sie hatte im Kleid geschlafen, rasch strich sie es glatt, rückte ihren Rock zurecht, Sahir rannte herein. »Bier oder Met?« rief die Magd atemlos. »Met, den starken, mach schnell! Wai, zieh dich mit deinen Kleinen unter das Gesinde zurück, sorg dafür, daß Lykos dich nicht gleich heute bemerkt!« Morias Worte überstürzten sich, Noedia legte ihr die Halskette um, fuhr ihr mit dem beinernen Kamm durch die Haare und steckte sie mit diesem auf. Wai verschwand mit ihren Kindern durch die Hintertür, Sahir brachte den Willkommenstrunk im Becher. Moria nahm ihn und lief aus dem Haus. Er kommt heim, und ich schlafe den Frühjahrstanz aus! Und Owros –

Lykos war schon vom Pferd gestiegen, stand mitten im Hof. Das Gesinde hatte sich in gehörigem Abstand um ihn versammelt, stand ehrerbietig abwartend. Lykos sprach mit Owros, der sich immer und immer wieder eilfertig verbeugte.

Wenn meine Drohung nicht gewirkt hat, wenn Owros mich doch verrät –

Nein, Owros hat nichts gesagt, ich würde es merken.

»Lykos, mein geliebter Herr und Gebieter, willkommen in deinem Eigentum!« Sie trat zu ihm, trank ihm einen Schluck Met zu und reichte ihm den Becher.

»Danke, Moria. Es tut gut, wieder daheim zu sein. Und dich zu sehen!« Unter seinem Blick wurde sie rot.

Lykos der Bärentöter, der Held des Krieges – er hat sich verändert, älter ist er geworden um weit mehr als die Zeit, die er im Krieg war, und härter – dieser Zug um seinen Mund – habe ich wirklich auch nur einen Augenblick gehofft, er könnte verstehen, er würde mir verzeihen –

Göttin, wenn du mir durch diesen Tag hilfst, wenn du Owros die Lippen verschließt, will ich dir mein Leben weihen.

Sie zwang sich zu strahlendem Lächeln. »Ich war so beschäftigt, deine mögliche Heimkehr vorzubereiten, daß ich sie erst gar nicht bemerkte, verzeih! Darf ich dir deinen Hof zeigen, mein Gemahl?«

Er leerte den Becher und warf ihn hinter sich. Dann zog er ihre beiden Hände an seine Lippen. »Meine Liebe, du darfst. Was ich bisher gesehen habe, versetzt mich in höchstes Erstaunen. Ich komme gerade vom Hof deines Vaters und Bruders – er wird nicht halb so groß und schön, und vor allem ist er bei weitem noch nicht fertig erbaut. Was ich hier vorfinde, ist viel mehr, als ich erwartet habe. Ich hätte nicht gedacht, daß Owros so tüchtig wäre.«

Einen Herzschlag lang kreuzten sich ihre Blicke mit Owros'. Dessen Augen irrten zur Seite.

Seine Angst war noch größer als ihre. Er würde schweigen.

Kurz strich sie über den Stein in ihrer Rocktasche. Große Schwarze Göttin, von heute an bin ich deine Dienerin.

Sie hätte weinen mögen vor Erleichterung.

Owros buckelte vor Lykos. »Herr, ich habe mein Bestes gegeben. Aber, um es gleich vorwegzunehmen, es war die Herrin, die veranlaßt hat, die Bauern täglich für gute Arbeit zu belohnen, sie mit Mahlzeiten, mit Eurem Getreide und Eurem Vieh zu überhäufen, so daß die Vorräte und Herden nicht unerheblich schmolzen, sie übernimmt dafür die Verantwortung, daß Euch das recht ist, hat sie gesagt ...«

Eben wollte sie ansetzen, ihre Entscheidung zu begründen, ihr Handeln zu erläutern und mit seinem sichtbaren Erfolg zu rechtfertigen, da sah sie den kalten Zorn in Lykos' Gesicht, und die Worte erstarben ihr, ehe sie die Lippen erreichten.

»Was hast du getan?!«

Früher wäre Lykos im Zorn aufgebraust. Jetzt hatte er diesen gefährlich leisen Ton. Wie eine Faust traf er sie in den Magen. Sie rang nach Luft, wußte, daß sie ihrer Stimme jetzt nicht mächtig war, zuviel auf einmal, Göttin, warum ist er so zornig, was soll ich tun?

Mit einer Hand nahm sie Lykos' Arm. Mit der anderen umklammerte sie den Stein. Große Schwarze Göttin, steh mir noch einmal bei!

Worüber ist Lykos am meisten erzürnt? Über die Einbuße bei seinen Herden? Über die Hilfe für die Bauern? Oder vor allem über meine Eigenmächtigkeit?

Ich muß ihn besänftigen, darf ihn nicht merken lassen, daß ich das mit Absicht getan habe ...

Sie schmiegte sich an ihn. »Lykos, bitte verzeih, wenn ich das falsch gemacht habe. Ich wußte mir nicht anders zu helfen. Ich wollte doch nur dafür sorgen, daß dieser Hof fertig wird, ehe du heimkommst, so hattest du es schließlich befohlen! Und daß er so schön wird, wie es einem König ansteht.« Sie beobachtete ihn von der Seite: Beschwichtigte ihn ihre Entschuldigung? Erfreute ihn die Anspielung auf seine glänzenden Aussichten als Schwiegersohn des Königs?

Sein Gesicht blieb unbewegt, eine finstere Maske. Sie mußte noch weiter gehen.

»Lykos, bitte sei doch nicht böse! Wenn du dagewesen wärst, hätte ein Blick von dir genügt, und die Bauern hätten gearbeitet wie um ihr Leben. Doch erwartest du, daß ein Knecht wie Owros dergleichen bewirken könnte? Oder gar ich, eine Frau?«

Keine Antwort von ihm, kein Zeichen von Befriedigung oder Zustimmung.

Sie sprudelte weiter Worte hervor. »Die Männer haben mehr schlecht als recht gearbeitet, sie waren schwach vor Hunger. Wenn wir sie nicht mit Mahlzeiten belohnt hätten, würdest du jetzt nicht mehr als ein paar windschiefe Wände vorfinden! Und als die Frauen erfuhren, daß ich für die Arbeiter kochte, drängten sie sich mit den Kindern danach, für deine Häuser Schilf und Ruten zu schneiden, Stroh zu häckseln, Lehm zu stampfen und Wände zu flechten. Du hast gesagt, du verläßt dich auf mich. Ich wollte dich doch nicht enttäuschen! Ich wollte, daß du einen fertigen Hof vorfindest, wie du es befohlen hattest. Also blieb mir nichts anderes, als zu den Mitteln einer Frau zu greifen.«

»Und das ist der Kochtopf!« Lykos lachte. Jetzt endlich lachte er. »Meine Frau! Baut einen Königshof mit ihrer Kochkunst und plündert mich damit aus! Denkt nur an meinen Befehl für den Hof und merkt nicht, daß sie dabei die von mir angeordnete und wohlüberlegte Bestrafung der aufständischen Bauern hintertreibt.«

Jetzt erst begriff sie ganz, als welch ungeheuerlichen Angriff auf seine Herrschaft er ihre Unterstützung der Bauern gewertet hatte.

»Es tut mir sehr leid, daß ich dich so erzürnt habe«, sagte sie, die Tränen standen ihr ganz von selbst in den Augen, sie meinte, was sie sagte, und doch wußte sie, es war richtig, was sie getan hatte, und sie würde es wieder tun, ohne einen Augenblick des Zögerns.

»So, sehr leid tut es dir! Na«, er gab ihr einen kräftigen Klaps, ein Feuerstrahl fuhr ihr ins Herz, »dann lassen wir das! Zeig mir, was deine Bauernmahlzeiten bewirkt haben! Da darf ich froh sein über die Viehherden, die ich als Kriegsbeute heimbringe! Ich hoffe nur, du weißt auch noch anständige Gastmähler zuzubereiten!«

»Aber ja doch, ja!« Sie wischte sich die Tränen aus den Augen und lachte mit ihm, eine Spur zu schrill.

Sie führte Lykos durch den Hof, begann bei Speicher, Schuppen und Gruben und zeigte ihm dann das kleinere der beiden Wohnhäuser. Er erwies sich sehr erfreut über alles und sparte nicht mit Anerkennung.

»Und das hast allein du geplant?« fragte er mit spürbarer Hochachtung.

Sie nickte, dehnte die Brust. Auf einmal konnte sie freier atmen. Die Gefahr war vorbei.

Schließlich führte sie ihn mit berechnender Steigerung durch das größere Haus und beendete die Besichtigung im hallenartigen Herrenraum. »Siehst du, ich habe ihn viel großzügiger geplant, als der frühere Herrenraum war. Und hier habe ich auch nicht einfach einen Boden aus gestampftem Lehm herstellen, sondern den ganzen Fußboden mit Holzplanken auskleiden lassen. Und ringsum die Bänke. Schön, nicht wahr? Damit du hier würdig Gäste empfangen kannst, wie es deinem Kriegsruhm entspricht – und deiner künftigen Stellung.«

»Ausgezeichnet! Dieser Hof wird mir zur Ehre gereichen. Nun kann ich auch im Winter oder bei Regen ein paar Dutzend Gäste empfangen. Mit dir als Hausfrau, mit deiner Kochkunst werden das unvergeßliche Feste werden. Meine Liebe, das hast du gut gemacht. Ich danke dir.« Er zog sie fest an sich.

Es war, als würde etwas schmelzen in ihr. Ein lange vergessenes Gefühl erwachte, ließ ihre Körpermitte weich und heiß werden, sie drängte sich an ihn, wovor hatte sie sich gefürchtet, es war alles gut, sie hob ihr Gesicht zu ihm, küß mich doch endlich, nimm mich!

»Ich will über die äußerst ärgerlichen Fehler hinwegsehen, die dir bei der Wahl deiner Mittel unterlaufen sind«, sagte er und legte einen Finger unter ihr Kinn. »Zumindest in bezug auf diesen Hof gibt der Erfolg dir recht. Und was die Bauern angeht – nun, das bekomme ich schon in den Griff. Man darf nicht erwarten, daß es ohne Fehler abgeht, wenn eine Frau die Aufgabe eines Herrn verwaltet, nicht wahr? Aber das ist ja nun nicht mehr nötig. Nun kannst du dich wieder ausschließlich deinen eigentlichen Aufgaben widmen. Besonders dem Weben!«

So ist das also. Cythia hatte recht, ich hätte ihm nie sagen dürfen, daß ich nicht gerne webe. Er verwendet es gegen mich und verweist mich damit auf meinen Platz.

Er duldet niemanden neben sich, schon gar keine Frau.

Lykos kann gar nicht anders. Er muß dafür sorgen, daß seine Herrschaft über jeden Zweifel erhaben ist, sonst wäre er kein Sohn des Himmels.

»Hier drinnen zum Beispiel fehlen dringend ein paar bunte Webteppiche an den Wänden, findest du nicht auch?« Die Warnung in seiner Stimme war nicht zu überhören.

Er will sehen, daß ich mich beuge, ihm gehorche.

Warum nicht. Das kann er haben! Solange er nicht weiß, wann ich es nicht tue –

Der Druck seines Fingers an ihrem Kinn verstärkte sich, seine Augen verengten sich, sein Gesicht wurde hart. »Findest du nicht auch?« wiederholte er scharf.

»Ja, das finde ich auch, Lykos«, erwiderte sie mit kleiner Stimme.

»Und?« fragte er herrisch.

Sie senkte mit absichtsvoller Demut den Blick. »Es tut mir

leid, daß ich das noch nicht in Angriff genommen habe, aber du weißt ja, wie ungern ich webe. Doch wenn du es befiehlst, werde ich gleich morgen mit dem Weben beginnen.«

Beginnen werde ich, Lykos, vor deinen Augen. Du sollst deinen Sieg haben.

Aber ich werde an diesen Teppichen nicht mehr weben als hin und wieder in deinem Beisein ein paar Reihen, wofür hab' ich denn Mägde!

»Du fängst gleich heute damit an!« befahl Lykos und ließ sie los.

Du willst mich demütigen, aber das kann mir nichts anhaben, Lykos.

»Gewiß«, sagte sie, »heute, sofort, ganz wie du es wünschst. Allerdings dachte ich, ein Festessen zu Ehren deiner ruhmreichen Heimkehr, deiner glanzvollen Verlobung –«

Er lachte. »Nun gut! Dann heute das Festmahl! Doch erst etwas anderes! Etwas viel Wichtigeres!«

Er bog ihren Kopf zurück und küßte sie. »Moria, Moria, ich habe dich sehr vermißt. Du bist richtig süß, weißt du das? Und zu deinem Glück nicht mehr so aufsässig wie letztes Mal. Du hast begriffen, daß jetzt dein Herr wieder da ist und dableibt, nicht wahr? Dabei dachte ich schon, ich müßte dich hart anfassen!«

Da war er wieder, der Feuerstrahl. Sie grub ihre Finger in seine Haare, sie saugte sich an ihm fest, öffnete seinen Kittel, krallte sich in seine Muskeln, erschauerte, als sie seine Stärke fühlte, er trug sie aufs Bett.

Unter den lange entbehrten Zärtlichkeiten begann ihr Körper zu brennen. Fieberhaft feierte sie Wiedererkennen mit dem seinen. Dennoch, etwas fehlte, da war ein Verlangen, das sie überflutete und völlig von ihr Besitz nahm, ihr den Verstand raubte, ein Verlangen, das mit Zärtlichkeit nicht zu stillen war –

Sie stellte sich vor, er wüßte, was sie getan hatte, und er würde sie dafür züchtigen –

Ich war dir ungehorsam, ich habe Schläge verdient...

Ihr Atem ging rasend. Stöhnend wand sie sich unter seinen Liebkosungen wie unter der Rute, mit der ihr Vater sie einst bestraft hatte.

Ihr schwanden beinahe die Sinne, sie vergaß alle Scham. »Wolltest du mich nicht hart anfassen?« flüsterte sie in sein Ohr.

Einen Augenblick stutzte er. »Was meinst du? Doch nicht –«

Sie antwortete ihm nur mit dem Blick.

Da blitzte Verstehen in seinen Augen auf. Er lachte lautlos. Küßte sie noch einmal. Dann zog er sie sich übers Knie.

»So hart?« fragte er liebevoll.

»Ja, Lykos, ja, oh, ich liebe dich, ja!«

Und sic löste sich auf in einem Rausch aus Hingabe, Schmerz und Lust.

21

Moria kniete über dem bäuchlings auf dem Bett liegenden Lykos und drückte in die Verhärtung seiner Muskeln. Er ächzte. Sie bohrte ihre Knöchel noch tiefer in die schmerzenden Stellen.

Daß auch sie ihn mit ihren Händen zum Stöhnen bringen konnte...

Genußvoll walkte sie ihn durch, bis ihre Arme erlahmten. Dann faßte sie in den Topf mit dem erwärmten Moorschlamm und packte den Brei Lykos auf den bloßen Rücken. »Das ist zu heiß«, fuhr er auf.

»Sonst hilft es nichts«, behauptete sie und griff mit grimmiger Lust erneut in den Schlamm, häufte ihn über ihren Mann.

Wenn die Wolfskrieger ihren König so sehen würden!

Er wird alt.

Ich werde ihn verlieren.

Sanft strich sie ihm durch die Haare.

Dann nahm sie den Topf, drehte ihn um und leerte den ganzen heißen Rest über Lykos aus. Er zuckte. Aber er gab keinen Laut des Widerspruchs mehr von sich.

Moria deckte das am Feuer erwärmte Tuch über die Moorpackung und ließ sich am Fußende des Lagers nieder. Sie nahm Lykos' rechten Fuß zwischen ihre Hände und begann ihn zu kneten.

Wenn die Herren des Königsrates ahnten, wie krank ihr König ist! Sein Leben lang hat er Stärke gezeigt, auf jede Weise. Nun wird er es bald nicht mehr können.

Plitovit wartet nur auf seinen Tag.

Plitovit, Cythias Sohn, ehrgeizigster und erfolgversprechendster Anwärter auf den Königsmantel, Schwiegersohn des Königs...

Es bleibt nicht mehr viel Zeit.

Ich muß es wagen.

Und wenn er mißtrauisch wird? Wenn er mich durchschaut?

Was ich getan habe, war mir eine Notwendigkeit. Aber wenn er es erfahren hätte, so wäre es ihm eine Notwendigkeit gewesen, es zu verhindern. Und mich furchtbar zu bestrafen.

Ich hatte meinen Schwur zu halten, und er den seinen.

Ich habe damit gelebt und es war ein atemberaubender Tanz auf Messers Schneide.

Ich glaube, ich wollte diesen nicht missen.

Aber ich will nicht, daß Ria ihn noch länger tanzen muß. Zu tief könnte sie stürzen. Ihr Plitovit ist solch ein leicht entflammbarer Hitzkopf –

Was zögere ich also noch?

Wenn Lykos dadurch, daß ich zu sprechen beginne, alles entdecken sollte...

Diese Angst, die anderen in meinen Untergang zu reißen:

Langonia und die Nebenfrauen und die jungen Mädchen. Und vor allem Ria.

Beim Gedanken an Ria, an die mit Plitovit verheiratete Tochter, ging ein Lächeln über Morias Gesicht. Unwillkürlich kreisten ihre Finger sanfter über Lykos' Fußsohle. Er gab ein wohliges Brummen von sich.

Ria. Meine wunderbare Tochter.

Sie hätte ich nicht mit hineinziehen dürfen.

Aber ich konnte ihr doch nicht vorenthalten, was ich als lebensnotwendig erkannt hatte!

Nun bleibt mir nur, sie von der Gefahr zu befreien, von Plitovit entdeckt zu werden – und seinem Jähzorn ausgeliefert zu sein.

Ich muß es tun.

Aber wie?

In all den langen Ehejahren, seit Lykos aus dem Krieg heimgekehrt war, hatte sie die hohe Kunst geübt, ihm ihre Wünsche nahezubringen, ohne sie auszusprechen, hatte versucht ihm ihre Gedanken in den Mund zu legen. Niemals hatte sie einen offenen Kampf begonnen. Aber manch heimlichen Sieg errungen.

Sie wußte, diesmal würden diese Listen versagen. Ihr sehnlichster Wunsch lag Lykos' Gedanken zu fern. Das Eis war zu dünn, um sich darauf zu wagen.

Ihr blieb nichts, als ihn offen zu bitten. Mit dem Daumen drückte Moria auf die Verhärtung in Lykos' Fußsohle. »Moria, was täte ich ohne dich!« stöhnte er. »Deine Hände sind Gold wert!«

Meine Hände? Nein. Ich kenne nur die paar Handgriffe, die Cythia mir gezeigt hat. Nakis Hände, die waren wirklich Gold wert. Aber davon verstehst du nichts, Lykos.

»Lykos«, begann sie und massierte seinen Fuß so, wie es ihm gewöhnlich am meisten Behagen bereitete, »du weißt, deine Stellung als König bringt es mit sich, daß mir vieles bekannt wird, wovon ich sonst nichts wüßte. Viele Frauen schütten mir ihr Herz aus, viele Frauen wenden sich an mich um Hilfe nur aus dem einen Grund: weil mein Gemahl der König ist. Dabei wissen sie natürlich, daß nicht ich ihnen helfen kann. Daß nur einer es kann: du. Aber sie hoffen darauf, daß du mir dein Ohr leihen wirst, daß ich ihre Anliegen vor dich trage.«

»Und da denkst du, der Augenblick, in dem du mir mit heißem Schlamm den Rücken verbrannt hast, wäre gerade recht und ich sei nun Wachs in deinen Händen wie mein Fuß?« meinte Lykos und ächzte wohlig.

Sie entschloß sich zu einem kleinen Lachen, griff nach dem anderen Fuß und knetete ihn. »Dir kann man aber auch gar nichts vormachen!« sagte sie scherzend, beugte sich vor und küßte seinen Nacken. Er wollte sich umdrehen, doch sie sagte rasch: »Liegenbleiben! Die Behandlung ist noch nicht beendet!«

Er knurrte. Dann befahl er in die Kissen hinein: »Also meinetwegen, rede! Womit willst du mir in den Ohren liegen?«

In vielen schlaflosen Nächten hatte sie sich die Worte zurechtgelegt, hatte sie in Speisen hineingerührt, in Kuchen und Brote hineingebacken. Würden sie ihr jetzt zu Gebote stehen?

»Als König bist du doch wie kein anderer der Stellvertreter der Himmlischen auf Erden«, begann sie, »bist ihnen näher als jeder andere, selbst als die Priester?«

»Hm. Worauf willst du hinaus?«

»Ich möchte dich«, sie geriet ins Stocken, Rinnsale von Schweiß rannen ihr die Innenseite der Arme hinunter, »du hast doch wie die meisten Herren immer geduldet, daß die Bäuerinnen und Bauern des Alten Volkes ihrem schwarzen Aberglauben anhängen, daß sie ihre Göttin verehren, selbst mein Vater als Oberpriester hat das hingenommen –«

Mit den Fingerspitzen spürte sie an den Muskeln seines Fußes, wie sein Körper sich wachsam anspannte. »Und?« fragte er.

»Es ist so, ich möchte dich bitten, der vielen Nebenfrauen eingedenk zu sein, die als Mädchen des Alten Volkes in ihren Bauernfamilien in diesem Aberglauben aufwuchsen und denen nun an den Höfen der Herren verboten ist, den Trost ihres Glaubens zu erfahren –«

Heftig entzog ihr Lykos seinen Fuß, drehte sich herum, setzte sich auf, der Moorschlamm rutschte von seinem Rükken, er saß in einem braunen Brei, aber ihr war nicht zum Lachen, ganz und gar nicht. »Heißt das, du willst mich allen Ernstes bitten, dafür zu sorgen, daß den Frauen des Alten Volkes ihre abergläubischen Tänze und Beschwörungen auch dann erlaubt bleiben, wenn sie als Nebenfrauen an den Höfen der Herren leben, die Kinder der Herren tragen und großziehn? Wasch dieses Zeug hier ab! Und gib mir meinen Kittel!«

Mit fliegenden Händen griff sie nach einem Tuch und warmem Wasser, spülte den Schmutz von seinem Rücken, trocknete vorsichtig die gerötete Haut. »Es ist doch nichts Großes«, beteuerte sie. »Es hört sich viel schlimmer an, als es gemeint ist. Es würde doch nicht den Ruhm und die Ehre der Himmlischen schmälern. Jeder erkennt deren Glanz und Stärke, die Mädchen des Alten Volkes, die in die Betten der Herren«, sie stockte – »gezwungen werden« hatte sie sagen wollen, halt, nein, damit begab sie sich auf gefährliches Gebiet –, »genommen werden, die doch allemal und erst recht, es sind ja nur Mägde, aber sie tragen die Kinder der Söhne des Himmels, und sie sind es gewohnt, sich in ihren schwersten Stunden ihrer Schwarzen Göttin anzuvertrauen, ohne den Glauben an deren Nähe sind sie oft nicht in der Lage, den Schmerz zu ertragen, ihr Kind zur Welt zu bringen, was glaubst du, wie viele Kinder tot geboren werden, wie viele Mütter bei der Entbindung sterben ...«

Lykos zog den Kittel über, stand auf und sah auf sie herab. »Es ist dir wirklich Ernst damit, was?«

Sie nickte. »Sie würden ja die Himmlischen trotzdem verehren, wie ihre Herren es sie lehren. Aber – sie können doch nicht ganz und gar den Glauben verleugnen, in dem sie aufgewachsen sind!«

Lykos verzog den Mund. »Nun, das ist eine Frage dessen, wie gründlich man ihnen den austreibt, meinst du nicht auch?«

Hitze stieg ihr in den Kopf. »Vielleicht«, sagte sie leise. »Aber vielleicht stirbt manche auch lieber.«

Lykos drehte sich weg, band den Gürtel um und legte den Mantel über die Schultern. Als er sie wieder ansah, war ein neuer, nachdenklicher Ausdruck in seinem Gesicht. Er setzte sich neben sie. »Und das alles hast du gehört, zufällig«, sagte er beiläufig.

Schon wollte sie nicken. Doch etwas in seinem Ton warnte sie. So griff sie nach seiner Hand und gestand: »Ich trage es schon lang mit mir herum. Aber es hat mir immer der Mut gefehlt, es auszusprechen.«

»So, der Mut hat dir gefehlt. Um so mehr wundert es mich, daß du ihn jetzt hast!«

Sie lehnte ihren Kopf an seine Schulter. »Ach, Lykos«, sagte sie leise. »An wen sollte ich mich denn wenden, wenn nicht an dich?«

»Da hast du recht!« stimmte er mit kurzem Lachen zu, wurde aber sofort wieder ernst. »Du grübelst also schon lang darüber nach. Trotzdem ist dir nicht der Gedanke gekommen, daß die Anbetung der Schwarzen Göttin von den Nebenfrauen auf die Gemahlinnen und Töchter der Söhne des Himmels abfärben könnte? Und daß dies der wahre Grund ist, warum kein Herr sie gestattet?«

Ihr Magen krampfte sich zusammen.

Damals, als er vom Krieg heimkehrte und sie eben zum ersten Mal die Frühjahrstänze getanzt hatte –

Sie hatte keinen Zweifel daran, daß es seinerzeit unmöglich gewesen wäre, seine Verzeihung und sein Einverständnis zu erlangen. Er war entschlossen gewesen, die Zügel der Herrschaft, die ihm während des Krieges entglitten waren, wieder fest in die Hand zu nehmen. Genau das hatte er getan, und jeder hatte es zu spüren bekommen, auch sie.

Aber wenn er sie damals entdeckt hätte, wenn Owros sie damals verraten hätte, dann hätte Lykos' Zorn allein sie getroffen. Und es wäre nur der Zorn über eine einmalige Tat gewesen.

Doch jetzt würde sein Zorn auch den anderen gelten, und es würde der Zorn über eine jahrzehntelange beispiellose Hintergehung sein.

Was sie erreichen wollte, mußte so geschehen, daß er nicht argwöhnisch wurde. Und es könnte zu erreichen sein, nun, da er kein junger Mann mehr war, der erst nach dem Königsmantel strebte und täglich seine Befähigung zur Macht unter Beweis stellen mußte, sondern ein König, dessen Macht außer Zweifel stand und dessen Ruhm weit über die Grenzen des Landes hinausreichte. Ein König, der an sein Ende dachte.

»Da sagst du nichts mehr«, stellte Lykos fest.

Moria schöpfte tief Atem. Göttin, verlaß mich nicht! »Ich überlege nur gerade – was wäre daran so schlimm, wenn auch ein paar Herrinnen hin und wieder an diesen seltsamen Tänzen teilnähmen?« sagte sie und mühte sich, daß ihre Stimme sie nicht verriet.

Sie spürte, daß er auffuhr, rasch sprach sie weiter: »Natürlich, wenn sie damit gegen den Willen ihres Gemahls und die Lehre der Priester verstoßen, dann ist das unverzeihlich, das ist mir klar« – o Göttin, steh mir bei, es ist mein eigenes Urteil, das ich da spreche – »aber was wäre so schlimm daran, wenn es erlaubt wäre, wenn der Kult der Schwarzen Göttin den Frauen der Söhne des Himmels nicht mehr verboten wäre, weil er zu unwichtig ist, als daß er den Himmlischen ein Dorn im Auge sein könnte?«

Nun war es heraus. Sie krallte die Fingernägel in die Handflächen, wartete darauf, daß Lykos losbrach. Er schwieg, und sie konnte sein Schweigen nicht deuten.

»Es sind doch nur Frauen«, begann sie neu, jetzt endlich fielen ihr die Sätze ein, die sie sich zurechtgelegt hatte, »und nur mit weiblichen Anliegen würden sie sich an die Schwarze Göttin wenden, Sorgen, Bitten und Nöten, über die die Himmlischen weit erhaben sind. Kein Priester würde je dieser Göttin opfern, in nichts würden die Himmlischen geschmälert, kein Sohn des Himmels würde sich zu dieser minderen weiblichen Gottheit hingezogen fühlen oder sie zu seinem Gastmahl einladen, das wär' ja auch lachhaft. Auch den Männern des Alten Volkes würde es wie Schuppen von den Augen fallen, wie bedeutungslos die Schwarze Göttin in Wahrheit ist, wenn ihr Herren – und allen voran du, der König – es nicht einmal für nötig erachten würdet, euren Frauen die Anbetung der Göttin zu verbieten. Die Männer des Alten Volkes würden abfallen von ihr und aufhören ihren heimlichen Widerstand aus ihr zu ziehen. Und die Frauen, Lykos, würden es dir danken, ich meine natürlich die Frauen des Alten Volkes, glücklicher denn je würden sie den Herren Söhne gebären, in den Tränen ihrer Dankbarkeit könntest du baden wie in einem See, kein König wäre je so geliebt wie du!«

Schweigen. Sie wagte nicht, ihn anzusehen.

Endlich erhob er sich. »Ich nehme an, nun hast du gesagt, was du sagen wolltest. Es war eine ganze Menge.

Mach mir Proviant zurecht und sag Langonia, sie soll mir mein Festgewand packen, ich reite für mindestens drei Tage zum Hof deines Bruders! Krugor hat zum großen Gastmahl geladen, da er den schwarzen Mantel gegen den weißen zu tauschen gedenkt.«

»Wie du es wünschst!« Erleichterung darüber, daß er sie angehört hatte, ohne Verdacht zu schöpfen, mischte sich mit

Enttäuschung darüber, daß er mit keinem Ton zu erkennen gab, ob er ihre Bitte in Erwägung ziehen oder ihr gar entsprechen würde.

Sie lief in den Nebenraum, schloß sorgfältig die Tür hinter sich und legte dort Langonia die Arme um den Hals, der Zweitfrau, der Freundin, der Vertrauten. »Ich hab' es getan«, flüsterte sie ins Haar der anderen. »Ich hab' ihn gebeten, die Tänze zu erlauben; für alle!«

»Und?« Langonia sah sie so angst- wie erwartungsvoll an. »Wie hat er es aufgenommen?«

Moria hob die Schultern. »Schwer zu sagen«, erwiderte sie leise. »Er hat nichts darauf geantwortet. Jedenfalls ist er nicht mißtrauisch geworden, und der erste Schritt ist getan. Langonia, du sollst seine Festkleidung packen, er reitet zum Hof von Krugor, bleibt für Tage dort auf einem Fest, verstehst du, wir haben freie Hand, endlich ist er einmal wieder weg!«

Langonias Augen wurden rund. »Du meinst – heute nacht?«

Moria lachte. »Heute, morgen, übermorgen! Ich schicke gleich Sahir zu Plitovits Hof, damit sie Ria Bescheid sagt, sicher ist auch Plitovit bei Krugor geladen, endlich können wir es wieder tun, und heute, nach alldem, ist es mir nötiger denn je!«

Wenig später hatte sie Brot, Käse, Rauchfleisch und kalten Braten eingepackt, einen Schlauch mit Bier gefüllt und gebührend Abschied von Lykos genommen. Sie sah ihm nach, wie er aus dem Hof ritt. Ein tiefer Schmerz erfaßte sie. Wie er auf dem Pferd saß, war er noch immer eine sehr kraftvolle Erscheinung. Außer Langonia und ihr konnte niemand ahnen, welche Qualen es ihm bereitete, auf das Pferd zu steigen.

Nein, viel Zeit blieb nicht mehr. Wenn er vom Fest zurückkam, mußte sie versuchen, zu einem guten Ende zu führen, was sie begonnen hatte. Doch erst einmal hieß es, neue Kraft zu sammeln und die Tage zu nutzen, in denen er fern war. Die Nächte.

Sie rührte Honig in den Met. Er mußte sehr süß sein, damit die Männer den bitteren Geschmack des Kräutersudes nicht bemerkten. Voll Dankbarkeit und Trauer dachte sie dabei an die längst verstorbene Cythia, die ihr das Geheimnis jener Kräuter und Beeren anvertraut hatte, die den Met zu einem unwiderstehlichen Betäubungstrank machten. Wenn die Schwester noch lebte...

Alles gelang, wie es immer gelungen war. Durstig durch den versalzenen Fisch, den sie ihnen als Abendmahl vorsetzte, sprachen die Männer des Hofes übermäßig dem Met zu. Peinlich genau achtete Moria darauf, daß jeder genug trank. Noch einmal so ein verhängnisvolles Versehen wie damals bei Owros durfte nicht geschehen. Auch die Kinder bekamen ihren sorgsam bemessenen Anteil am Schlaftrunk. Und Echme, die jüngste und schönste der Nebenfrauen, brachte mit ihrer verführerischen Weiblichkeit auch den am Tor wachhabenden Knecht dazu, einen großen Becher Met zu trinken, obwohl schon der geringste Schluck dem Wächter unter Strafe verboten war.

Als es Nacht war, schliefen alle Männer, alle Knaben, alle Kinder. Nur die Frauen und die beiden jungen Mädchen – eine Tochter von Langonia und eine von Sahir – waren wach. Sie sahen noch einmal jedem Schläfer forschend ins Gesicht. Schlichen zum Tor und warfen eine Strickleiter über den Torpfosten, kletterten eine nach der anderen hinüber, die Jüngste, als letzte, warf die Strickleiter in den Graben und sprang behend wie eine Wildkatze auf den Steg. Sorgsam versteckten sie die Strickleiter, um vor dem Morgengrauen in den Hof zurückkehren zu können.

Den Fehler, das Tor offenzulassen wie einstmals, machte Moria schon lange nicht mehr.

Gemeinsam schlichen sie in den Wald, auf die Lichtung. Dort trafen sie auf Ria. Und tanzten im Mondschein, wie sie es immer taten, wenn Lykos und Plitovit fern waren. Tanzten und riefen die Große Bärin herbei. Fanden Linderung ihrer Plagen, neuen Mut zum Leben. Fanden Frieden und tiefes Glück.

Alles gelang, nur das eine nicht: daß Lykos nicht tagelang wegblieb, wie er es angekündigt hatte.

Riecht Ihr den Met, den ich auf glühende Steine sprenge, und die duftenden Kräuter, Ihr Himmlischen? Seht Ihr die Speisen aus dem Fleisch des geweihten Stieres?

Die besten Kissen bereite ich Euch. Lagert Euch zu mir ans Feuer, beehrt mich mit Eurer Gegenwart.

Ich bin sehr allein.

Euren Ruhm zu mehren und Eure Macht war stets mein Bestreben, wie ich es geschworen. Als ich jung war, kämpfte ich für Euch mit Streitaxt, Pfeil und Bogen und Speer. Nun werde ich alt, und Euer Lob schallt bis an die Grenzen des Meeres, und geopfert wird Euch in Gegenden, wo in meiner Jugend Euer Name noch nie erklungen war.

Mein Werk scheint vollbracht.

Könige legen den schwarzen Mantel nicht ab, um den weißen zu nehmen. Könige sterben.

Das Schattenreich der Toten...

Ein Land ohne Wiederkehr.

Was bleibt?

Söhne, nun ja. In ihnen, so lehren die Priester, lebe die Kraft eines Mannes weiter. So lebt meine Kraft dreizehnfach.

Sechs Söhne von meinen Gattinnen, sieben von meinen Nebenfrauen. Selbst wenn einige dieser Söhne noch ihren früh verstorbenen Brüdern folgen, ehe sie Nachkommen zeugen, so weiß ich doch: Mein Samen wird leben unter den Söhnen des Himmels. Herrliche Krieger werden meine Nachkommen sein, wie ich einer war, als ich mir den Namen erworben habe – Lykos der Bärentöter.

Ich bin kein herrlicher Krieger mehr. Die Knochen verlieren ihre Gelenkigkeit, der Rücken und die Glieder schmerzen, die Narben aus meinem Kampf mit dem Bernsteinbären bringen mich bei schlechtem Wetter fast um den Verstand, und manchmal weiß ich nicht mehr, wie ich auf mein Pferd hinaufkommen soll oder wieder herunter. Nein, ich bin kein König mehr, der mit seiner Kraft und seinem Segen Heil bringt über das ganze Land.

Es wird Zeit, daß ich gehe und Plitovit Platz mache. Solang ich noch gehn kann – aufrecht und stolz in den Tod. Eh' sie mich töten.

Was bleibt?

Lieder, nun ja. Wie lange werden sie es noch singen, das Lied von meinem Sieg über den Bernsteinbären – wenn ich nicht mehr bin? Wenn es andere Krieger nach mir gibt, deren Taten meinen heldenhaften Kampf in den Schatten stellen? Flüchtiger Ruhm. Und ich wollte doch Unsterblichkeit.

Was bleibt?

Dieses Weib. Täglich liegt sie mir in den Ohren.

Soll ich dem Flehen einer Frau nachgeben, die mich beispiellos hintergangen hat, deren Widersetzlichkeit zum Himmel schreit, die mich vor den Bäuerinnen im ganzen Umkreis zum Gespött gemacht hat, die mich bloßgestellt hat in einer Weise, die ihresgleichen nicht hat?!

Was für eine Schande.

Ein König, der nicht einmal bei seinen eigenen Frauen für Gehorsam sorgen kann –

Ein König, dem, sobald er den Rücken kehrt, die Weiber davonschleichen –

Ein König, dessen Hof so schlecht bewacht ist, daß eine Handvoll Frauen über seine Palisaden klettern kann –

Wenn ich denke, wie entblößt von jedem Schutz mein Hof lag, während ich fern war! Durch Schlaftrunk betäubte Wächter! Und die Bauern wußten davon.

Allein dafür verdiente sie mehr als den Tod, verdiente jede nur erdenkliche Strafe.

Die Bauern haben ihr Wissen nicht genutzt. Was muß es sie gekostet haben, sich nicht an mir zu rächen, mich nicht auszuplündern und meinen Hof nicht zu vernichten. Oder wenigstens über meine Schande zu sprechen, sie bis an die Ohren der Priesterschaft und des Königsrates dringen zu lassen und mich damit so der Lächerlichkeit preiszugeben, daß ich nicht einen Tag länger hätte König bleiben können.

Sie haben es nicht getan. Und Morias Geheimnis gewahrt. Aus Liebe zu Moria. Aus einer Dankbarkeit ihr gegenüber, die ich nie erkannt habe.

Daß Liebe so viel Macht hat...

Dieses verfluchte Weib.

Verzeiht, himmlische Gäste, ich verliere den Faden der Rede. Ich sprenge Euch Met auf die heißen Steine und streue Euch wohlriechende Kräuter ins Feuer. Habt Geduld.

Noch ehe ich sie entdeckte, begann Moria von sich aus mir in den Ohren zu liegen.

Ich solle den Kult der Schwarzen Göttin auch an den Höfen der Herren zulassen, bat sie.

Wendet Ihr Euch nun mit Grausen, meine himmlischen Gäste?

Ruhig flackert das Feuer, nicht ausgelöscht von Eurem Zorn.

Dieses Weib. Jetzt weiß ich: Sie wollte mich dazu bringen, ihren sehnlichsten Wunsch zu erfüllen. Sie wollte mich dazu bringen, daß ich nun erlaubte, womit sie mich seit vielen Jahren betrogen hatte – ohne daß ich je davon erfuhr. Diese Berechnung. Und doch war alles wahr, was sie sagte.

Wär' sie ein Mann. Was für einen Berater hätte ich in ihr gehabt. Wie oft mag mir guter Rat entgangen sein, weil ich ihr nicht zu sprechen gestattete?

Diesmal ließ ich sie sprechen. Diesmal hörte ich ihr zu, weil ich mir seit langem Gedanken darüber gemacht hatte, wie ich der gefährlichen Unterströmungen Herr werden könnte, die in diesem Land umgehen. Viel zu groß ist es für lückenlose Herrschaft. Viel zu groß ist es, um von so wenigen Herren und Kriegern nur durch Furcht zusammengehalten zu werden, wenn erst die Unterdrückten wieder die Kraft und den Mut fänden, sich zu einen und zu erheben. Und den Fehler wie als junger Mann mache ich nicht mehr, die Gefahr zu unterschätzen, die von den unterworfenen Frauen ausgeht, noch immer, trotz allem.

Nur den Fehler, meine eigene Frau zu unterschätzen, den habe ich gemacht, wie es schlimmer nicht sein könnte, das bekenne ich offen.

Als ich vorzeitig von Krugors Fest aufgebrochen und die Nacht hindurchgeritten war, weil ich mir vor Gliederreißen nicht mehr zu helfen wußte und mich nach Morias Moorpakkungen und Morias Händen sehnte, als ich am frühen Morgen nach Hause kam und alle schlafend fand, Knechte wie Frauen –

Nein, ich hatte keinen Verdacht. Ich war nur verärgert. Und aus reinem Ärger sagte ich zu Moria, die aus dem Bette sprang: So treibt ihr es also, sobald ich den Rücken kehre!

Da wurde sie leichenblaß, und in ihren Augen las ich blanke Angst, eh sie sie niederschlug.

Himmel, ich meinte ein Hausherr zu sein, der die Seinen in Zucht und Gehorsam hält, wie es sich gehört. Und es ist mir so

Ungeheuerliches entgangen, was in meinem Haus und an meinem Hof geschah.

Bin ich ein ungetreuer Gefolgsmann? Habe ich meinen Schwur schlecht gehalten?

Ihr schweigt.

Was blieb mir an jenem Morgen zu tun, da ich nicht wußte, worauf ich gestoßen war? Sollte ich in meiner eigenen Familie wüten wie ein wild gewordener Stier, Geständnisse erzwingen, die doch nur die halbe Wahrheit ans Licht bringen würden, aufgedeckte Vergehen in dem Wissen bestrafen, daß hinter meinem Rücken Bündnisse des Schweigens geschlossen würden und es unter meinen Füßen brodelte?

Als junger Mann hätte ich dies zweifellos getan. Die Furcht, meinem Schwur untreu zu werden, hätte mich dazu getrieben.

Mit dem Alter kommt die Weisheit. Oder ist es Müdigkeit?

Ich jedenfalls sagte mir: Strafe, wo du es kannst. Doch wo du es nicht kannst, da laß es als Gnade erscheinen.

Moria hat an jenem Tag den Kopf nicht mehr gehoben. Spätestens am Mittag war mir klar, daß alle Frauen und auch die beiden größeren Töchter in einen Betrug verwickelt und von Moria gewarnt worden waren, denn alle waren gelähmt vor Angst. Selbst meine brave Langonia begann zu zittern und die Farbe zu wechseln, wenn ich sie nur ansah. Nie hätte ich für möglich gehalten, daß sie in Ungehorsam gegen mich verstrickt sein könnte. So kann man sich in den Weibern täuschen.

Noch immer wußte ich nicht, welcher Sache ich auf die Spur gekommen war. Ich aber stellte mich wissend. Bedachte sie alle mit drohenden Blicken. Und schwieg.

Ein paar Tage ließ ich sie in ihrer Furcht vor dem, was ich tun würde. Zweifellos war es eine heilsame Lehre für sie alle. Wie sehr sie diese verdient hatten, wußte ich freilich noch nicht.

Doch ewig konnte ich dies nicht fortführen. So faßte ich am dritten Tag meine Moria beim Kinn und zwang sie, mich anzusehen. Ihre Augen flackerten. Da sagte ich ganz ruhig, ganz freundlich: Wenn ich euch strafen wollte, meinst du nicht, ich hätte es längst getan?

Sie brach in Tränen aus. Und in diesem Tränenstrom der Erleichterung erfuhr ich alles, was ich sonst nie erfahren hätte. An meiner Brust schluchzend und immer wieder meine Hände küssend, gestand sie mir, wovon sie glaubte, ich wüßte es längst. Sie nahm alles auf sich, auf sich ganz allein. Es mag sogar stimmen.

Dieses verfluchte Weib.

Wie sie meine beiden Nebenfrauen aus dem Alten Volk bestärkt habe, in aller Heimlichkeit an der Verehrung der Schwarzen Göttin festzuhalten, und sie gebeten habe, sie selbst mehr und mehr in deren Kult einzuführen, wie sie Langonia dafür gewonnen und die Mädchen darin erzogen habe, wie sie, wenn ich fern vom Hof war, im Wald getanzt und andere Riten geübt hätten –

Sogar mit den Bäuerinnen gemeinsam hat sie getanzt, und das ist das Allerschlimmste daran –

Sie hat meinen Hof zu einer Brutstätte der Verehrung der Schwarzen Göttin gemacht – den Königshof! Und mir ist es entgangen.

Ich verdiene es nicht, mich einen Herrn zu nennen, geschweige denn einen König.

Eurem Zorn, Ihr Götter, stelle ich mich anheim.

Schleudert Euren Blitz auf mich, göttlicher Vater, vernichtet mich mit Eurem Donnergrollen! Ich war Euch ein schlechter Gefolgsmann, ein schlechter Stellvertreter.

Ich habe mein Leben verfehlt. Es gibt kein schlimmeres Urteil.

Ihr schweigt. Still glüht das Feuer.

Moria weinte mir die Brust naß, während sie mir alles gestand. In meinem Inneren tobte es, noch nie erforderte es von mir solche Kraft, meinen Zorn zu beherrschen. Ich hatte nicht übel Lust, ihr die Seele aus dem Leib zu prügeln, aber ich hielt sie gütig fest – was blieb mir übrig, nachdem ich ihr meine Gnade verkündet hatte.

Ich war ein blinder Eheherr. Ein wortbrüchiger bin ich nicht.

Schweigend hörte ich mir also alles an, was Moria sich von der Seele sprach. Wie sie schon als Kind der Schwarzen Göttin begegnet sei und wie diese sie später aus ihren qualvollen Kindsnöten errettet habe, wie sie nicht anders könne, als ihr ewig ihren Dank abzustatten, und wie die Tänze ihr ein neues Leben eröffnet hätten, ihr Kraft gäben für jeden Tag. Schließlich kam ich sogar so weit, trotz aller Wut etwas wie Achtung dafür zu empfinden, welche Gefahr und welche Schuld sie auf sich genommen und welche Wege sie gefunden hat, um ihrem schwarzen Glauben zu leben.

Daß eine Frau so viel Mut hat –

Meine Moria.

Was für ein Weib.

Inzwischen sehe ich weiter als zu Moria und meinen anderen Frauen, sehe Naki, die mir einst im Schnee den Gehorsam verweigert hat, sehe Kugeni, die Nebenfrau meines Vaters, die für ihre Treue zur Schwarzen Göttin den Tod erlitt, sehe hundert- und tausendfach die Bauernmädchen, die nach dem Krieg gewaltsam zu Nebenfrauen von uns Herren gemacht wurden, um unseren Nachwuchs zu mehren, sehe, wie sie heimlich weiter ihrem Glauben anhängen, ihre Töchter darin erziehen und ihre Herrinnen damit anstecken, sehe, wie überall an den Herrenhöfen diese Schlangenbrut um sich greift, wie manche der Übeltäterinnen von mißtrauischeren und strengeren Hausherren als mir entdeckt und zur Rechenschaft gezogen werden und wie aus ihrem Blut, aus ihren Schmerzens- und Todesschreien – die nur einer gelten, der Schwarzen Göttin – neue Jüngerinnen erwachsen.

Ich weiß, ich bin einer Seuche auf die Spur gekommen, die nicht mehr einzudämmen ist. Eine Seuche, die ich beizeiten hätte erkennen und in den Anfängen hätte ersticken müssen, denn ich war der König. Doch ich habe versagt.

Wir haben unsere Herrschaft bis an die Grenzen des Meeres ausgedehnt – und haben sie in unseren eigenen Familien verloren. Wie Unkraut hat sich ein Übel eingenistet, das wir nur dann mit Stumpf und Stiel ausrotten könnten, wenn wir alle unsere Frauen töteten. Dann freilich rotteten wir uns selber aus, und auch Euer Ruhm bräche zusammen. Ihr Himmlischen.

Habt Ihr es von Anbeginn an gewußt? Habt Ihr mich nur deshalb so lange blind sein lassen, um mir um so gründlicher die Augen zu öffnen?

Das Feuer ist herabgebrannt. Still glüht die Holzkohle. Ich sprenge Met auf die heißen Steine. Ich streue Kräuter in die Glut.

Ich weiß nur einen Weg. Wählt ihn oder vernichtet mich.

Meine Moria. Seit sie meiner Gnade gewiß ist, liegt sie mir wieder in den Ohren, flehender als zuvor. Sie glaubt nicht mehr mich für ihre Zwecke lenken zu können. Sie bettelt. Auf den Knien liegt sie vor mir.

Ich möge doch der vielen Frauen und Mädchen eingedenk sein, die, vom Alten Volk stammend, unter die unmittelbare Gewalt strenger Herren gegeben seien und nicht ohne ihre alten Bräuche leben könnten. Ich möge doch der Herrinnen eingedenk sein, die wie sie selbst gegen ihren Willen von der Liebe zu der Schwarzen Göttin erfaßt worden seien und nicht mehr von einem Glauben lassen könnten, der den Himmlischen keinen Abbruch tue, auch wenn er von den Priestern verboten sei. Ich möge doch der unzähligen Frauen eingedenk sein, die nicht das unendliche Glück hätten, einen gütigen und verständnisvollen Herrn wie mich zu haben, der dulde, was sie nicht lassen könnten.

Gütigen und verständnisvollen Herrn! Moria, Moria!

Reicht es nicht, gefürchtet zu werden?

Ich entdecke das Bedürfnis, geliebt zu werden.

Ich werde alt.

O ja, ich bin der vielen Frauen und Mädchen eingedenk, anders, als Moria es meint. Wir werden nicht fähig sein, sie alle zu zwingen, daß sie lassen, was sie nicht lassen können oder wollen.

Diese eklige Schlange hat tausend Köpfe und für jeden, den wir ihr abschlagen, wachsen ihr zehn neue.

Besser dient es unserer Herrschaft, weiche Regeln werden erfüllt, als harte werden übertreten.

Besser dient es Eurer Ehre, Ihr Himmlischen, Ihr nehmt die Schwarze Göttin in einigen ihrer widerwärtigen Erscheinungsformen hin und weist ihr einen Platz zu, der weit unter dem Euren steht, als Ihr werdet von der Feuersbrunst hinweggefegt, welche diese Schlange noch immer zu entfachen in der Lage ist.

Nehmen wir den Frauen das Geheimnis, das Verbot und die Verfolgung ihres Glaubens, so nehmen wir ihnen den größten Teil ihrer Gefährlichkeit.

Schicken wir Licht in das Dunkel, um ihre Dürftigkeit zu erhellen! Verhindern wir, daß die Frauen des Alten Volkes an den Herrenhöfen – und mehr und mehr auch unsere eigenen Frauen – zu Heldinnen werden um ihres Glaubens willen, Märtyrerinnen, aus deren Blut tausendfach neue entstehen!

Ihr schweigt.

Einst war ich derjenige, der dafür sorgte, daß die ersten Bauernsöhne zu Wolfskriegern ausgebildet wurden. Heute sind viele der besten Wolfskrieger als Bauern geboren und doch meine treuen Gefolgsleute und Kampfgefährten. Geplant war es als Mittel zur Unterwerfung, und es hat sich mehr als bewährt. Aber war es nicht zugleich der erste Schritt zur Überbrückung der Kluft zwischen den Bauern und uns?

Von uns unbemerkt hat sich eine zweite Brücke gebildet, und wir Herren selbst sind schuld daran. Haben wir wirklich geglaubt, es könnte ohne Folgen bleiben, wenn wir Bauernmädchen zu unseren Nebenfrauen machen, die unsere Kinder großziehen und Seite an Seite mit unseren eigenen Frauen leben? Haben wir geglaubt, unsere Frauen würden nicht sehen, daß wir diese Mädchen zum Gehorchen erst zwingen müssen, das ihnen nicht in die Wiege gelegt ist wie den Töchtern der Söhne des Himmels – und unsere Frauen würden daraus nicht erkennen, daß es immerhin denkbar und sogar möglich ist, gegen unseren Willen zu verstoßen? Und würden sich nicht mit den unterworfenen Weibern verbünden, weil sie niedergehalten werden von dem gleichen strengen Herrn?

Zu teuer haben wir die Herrschaft über das Alte Volk bezahlt.

Das Band zwischen unseren Frauen und den Bauernweibern, wir werden nicht fähig sein, es zu zertrennen. Im Gegenteil, es wird sich immer fester knüpfen. Wir müssen dafür Sorge tragen, daß nicht eine Schlinge daraus wird, die sich um unseren eigenen Hals legt. Sondern eine Fessel um ihre Hände.

Es wird Zeit, den zweiten Schritt zu wagen. Das Joch zu erleichtern, damit sie sich williger darunter beugen und unsere Herrschaft damit um so unauflöslicher wird. Sollen sie ruhig Gemeinschaft miteinander haben, die Bäuerinnen, die Nebenfrauen und die Herrinnen, sollen sie mit unserer Zustimmung in dieser Gemeinschaft pflegen, was ihnen die Kraft und Geduld gibt, unsere Gewalt zu ertragen! So werden sie die Hand lieben, die sie züchtigt. So werden wir ihre Herren bleiben, weit sicherer, als wenn sie meinen, ihren Glauben gegen uns verteidigen zu müssen – und daraus den Mut ziehen, sich uns heimlich zu widersetzen.

Ich seh's ja an meiner Moria. Wie sie keine Gelegenheit mehr ausläßt, mir ihre Dankbarkeit, ihre Liebe und ihren Gehorsam zu beweisen. Wie freudig sie mir jeden Wunsch von den Augen abliest, ehe ich ihn selbst auch nur kenne. Jetzt verbirgt sie nichts mehr vor mir, tut nichts mehr hinter meinem Rücken. Jetzt bin ich wahrhaft, was ich immer hätte sein sollen: ihr Herr.

Die ganze Macht der Strafe kenn' ich schon lange. Die ganze Macht der Gnade erkenn' ich erst jetzt.

Mein Vater hat mich gewarnt vor den Weibern, hat mir geraten, ihren Widerstand zu brechen. Er war ein kluger Mann, klüger, als mir damals bewußt war.

Weise war er nicht. Er kannte nur Härte, sonst nichts. Und gegen den Haß, den er damit schürte, hatte er wiederum nur ein einziges Mittel: noch größere Härte.

Er hat nicht gesehen, daß Härte nur dort alles bewirkt, wo die Aufsicht lückenlos ist – und wo ist sie das schon, wenn nicht einmal unter den Augen des Königs.

Gnade aber wirkt auch dort, wo das Auge nicht hinreicht. Nicht die Gnade, die aus der Schwäche kommt, aus der Unentschlossenheit, wie sie mir in meinen Anfängen fast das Genick gebrochen hätte. Nein, die Gnade des wahrhaft Mächtigen. Das unerhoffte Geschenk jenseits der sicheren Erwartung furchtbarer Strafe.

Ist nicht das der wahre Gipfel der Macht?

Nun denn. Ich tu's.

Ich erlaube öffentlich den Kult der Schwarzen Göttin. Ich lasse Moria, Langonia und meine Nebenfrauen vor aller Augen an ihrem Kult teilnehmen. Ich zeige den Bauern, daß nicht ich der hintergangene Herr bin, sondern meine Frauen die ahnungslosen Kinder am langen Gängelband, die von mir in der Furcht vor Entdeckung gehalten und jetzt endlich dazu begnadigt wurden, offen tun zu dürfen, wovon ich schon lange wußte. Ich lasse meine Frauen mit den Bäuerinnen den Frühjahrstanz tanzen.

Den unbeschreiblichen Greuel der Heiligen Hochzeit aber werde ich ein für allemal unterbinden.

Morgen schon berufe ich den Königsrat und die Priesterschaft ein. Ich nehme den Kampf auf mich. Ich weiß, ich werd' ihn gewinnen. Meinen Gründen können sie sich nicht entziehen. Vor allem nicht dem einen: Wir werden erlassen, daß jeder, ob er den Kult der Schwarzen Göttin ausübt oder nicht, den Himmlischen die schuldige Verehrung erweisen muß. Und das werden wir durchsetzen. Ein heiliger Eichenhain oder eine heilige Eiche bei jedem Dorf, ein Priester, der hin und wieder dort opfert, die Erzwingung der Teilnahme jedes Dorfbewohners am Opfermahl – das alles läßt sich richten.

So, Ihr Himmlischen, werden wir Euren Ruhm auch unter dem Alten Volk festigen.

Und unsere eigene Macht.

Ich werde in die Lieder eingehen als der König, der das Alte Volk mit den Söhnen des Himmels vereint hat. Der König, der den Kult der Schwarzen Göttin für jeden erlaubt und dennoch die Ehre der Himmlischen erhöht hat. Der König, der das Land geeint und vor dem Abgrund eines Glaubenskrieges gerettet hat. Der König, der dem Alten Volk die Hand zur Versöhnung gereicht und doch die Herrschaft der Söhne des Himmels gefestigt hat.

Ich werde der König sein, den die Weiber für alle Ewigkeit in ihre Dankgebete einschließen – und der ihnen die Hände wirkungsvoller gebunden hat, als sie es jemals ahnen werden.

Mag Plitovit nach mir die Herrschaft ausdehnen bis über die Grenzen des Meeres hinaus, mag er jene Bauern verfolgen, besiegen und niederwerfen, die vor uns gen Norden geflohen sind – was kümmert es mich.

Meinen Namen werden sie von Generation zu Generation preisen.

Ich werde der König sein, den sie geliebt haben.

Das ist es, was bleibt.

»Wie geht es dir, Ria?« Liebevoll besorgt forschte Moria in dem zarten Gesicht ihrer Tochter, suchte nach Spuren von Erschöpfung, Schlaflosigkeit oder Angst und fand nichts als heitere Gelassenheit. Morias Blick glitt weiter Rias Körper hinab, ruhte kurz auf den schwellenden Brüsten und blieb dann an dem hochgesegneten Leib hängen. Er hatte sich gesenkt. Moria kannte die Anzeichen, oft genug hatte sie diese bei sich selbst bemerkt oder bei Langonia und Lykos' Nebenfrauen beobachtet: Die Geburt von Rias Kind stand wenige Tage bevor.

Das erste Kind – mit welchen Gefahren war dies verbunden. Und wie leicht konnte es Rias Leben kosten ...

Ria hob den Kopf und lächelte. »Mir geht es gut, Mutter. Mach dir keine Sorgen!«

Moria holte ihren Beutel hervor und faßte nach dem Stein. Ein letztes Mal schlossen sich ihre Finger darum. Wie oft hatte sie der Kraft dieses Steines bedurft ...

Bei Rias Geburt und der des toten Zwillings, bei der Geburt sieben weiterer Kinder und dem Tod von vieren, bei Lykos' Heimkehr nach dem Krieg und vor allem bei Lykos' Entdekkung der geheimen Tänze –

Der Stein hatte immer geholfen.

Nun brauchte die Tochter ihn dringender als sie.

Auf der offenen Hand hielt sie ihn Ria hin. »Hier! Das ist

Nakis Stein. Sie hat ihn mir geschenkt, als ich dich geboren habe. Er hat mich damals aus Kindsnöten errettet, und er hat es jedesmal wieder getan. Die Kraft der Göttin ist in ihm wie in keinem anderen – und die Kraft von Naki. Jetzt schenke ich ihn an dich weiter. So hätte Naki es gewollt.«

»Naki«, sagte Ria versonnen, nahm behutsam den Kiesel und führte ihn an die Lippen. »Ich danke dir, Mutter. Es bedeutet mir mehr, als du ahnen kannst, daß dieser Stein nun an mich weitergeht. Weißt du, mein Leben lang ist mir, als würde ich Naki kennen. Obwohl ich doch viel zu klein war, um mich an sie zu erinnern.«

»Ich habe dir oft von ihr erzählt. Schon, als du noch nicht einmal laufen konntest. Und auch später, immer wieder.«

Ria nickte. »Natürlich. Aber das allein – ich weiß nicht. Manchmal habe ich das Gefühl, es ist mehr. Als wäre sie da. Als würde sie mich begleiten.«

Etwas in der Stimme der Tochter, in ihrem nach innen gerichteten Blick hielt Moria von einer Antwort ab. Sie spürte, dies war einer jener schwebenden Augenblicke, die man durch vorschnelle Worte nur zerstören kann.

Ria barg den Stein in ihren gefalteten Händen und sann vor sich hin. »Ich hab' es schon lang, dies Gefühl. Schon als Kind. Solange ich denken kann. Als würde Naki alles sehen, was ich tue. Und als würde sie auf etwas warten. Freundlich. Geduldig. Und mit einem Vertrauen, das schwer zu ertragen ist. Denn der Gedanke, ich könnte es enttäuschen –«

Ria brach ab, hob den Kopf, sah Moria in die Augen: »Du hast mir immer erzählt, daß Naki mir das Leben gerettet hat. Und daß sie mit ihrem Sohn für mich gestorben ist. Weißt du, was du mir damit angetan hast?«

Moria sog erschreckt die Luft ein.

»Weißt du, Mutter, wie es ist, wenn man sich Tag für Tag fragt, womit man rechtfertigen kann, daß ein anderer für einen gestorben ist? Oder gar zwei? Wenn man sich jede Nacht den Kopf zermartert, welche Leistung man erbringen kann, die diese Schuld sühnt?«

Moria starrte die Tochter an. In ihrer Brust ein Schmerz, als würde ihr ein Dolch im Leib gedreht. Kaum brachte sie die Worte hervor: »Ria, es tut mir so leid – ich wußte nicht – wenn ich geahnt hätte –«

Ria nickte. »Ich weiß, daß du das nicht wolltest. Es ist gut, daß du es nicht vorhergesehen hast, denn sonst hättest du es nie getan. Es mußte sein, Mutter. Die Göttin wollte es so.«

»Ria, ich versteh' nicht –«

»Wie solltest du! Ich habe ja selber mein ganzes Leben dafür gebraucht!

Als Kind habe ich davon geträumt, große Dinge zu tun wie ein Mann. Und immer hatte es mit den Bauern zu tun. Da Naki eine von denen gewesen war, habe ich die Bauern beobachtet. Und ich bin erschrocken. Diese Ungerechtigkeit, dieses Elend. Später erst habe ich begriffen, was noch schlimmer ist: die ständige Gefahr durch die Wolfskrieger, der vor allem die jungen Mädchen ausgesetzt sind.«

Moria nickte. Ihrer beider Blicke trafen sich.

Ria versuchte ein halbes Lachen. »Weißt du, was ich mir damals zurechtgeträumt habe? Als Mann wollte ich mich verkleiden, Viehherden wollte ich im Süden rauben und an die Bauern verschenken!«

Moria lächelte, doch zugleich war ihr zum Weinen.

»Ich habe immer gewußt, daß ich etwas für das Alte Volk tun muß, für Nakis Volk«, fuhr Ria fort. »Aber wie denn! Da ich doch nur ein Mädchen war! Was habe ich meine Brüder beneidet darum, daß sie Jungen waren! Obwohl ich genau sah, daß ich es viel besser hatte als sie, weil Vater entsetzlich streng zu ihnen war. Aber jedem von ihnen konnte sich die Möglichkeit bieten, einmal König zu werden – und was hätte ich nicht alles für Nakis Volk getan, wenn ich König geworden wäre! Meine Hände aber würden für immer gefesselt sein. Ich wurde ja nur eine Frau.«

Moria beugte sich vor und berührte die Hände der Tochter, die noch immer den Stein umfaßt hielten. »Ach, mein Kind«, sagte sie leise, voll Trauer.

»Dann kam der Tag, an dem Vater mir erklärte, daß er mich mit Plitovit verlobt hatte. Und daß er damit rechne, daß Plitovit nach ihm König werde. Da fiel es mir wie Schuppen von den Augen. Das, was ich nicht tun konnte, mußte ein anderer an meiner Stelle tun. Und meine Aufgabe würde es sein, ihn dazu zu bringen.«

»Plitovit«, sagte Moria.

»Ja, Plitovit. Hast du gemerkt, Mutter, daß ich damals angefangen habe dich zu beobachten? In dem Jahr zwischen meiner Verlobung und meiner Verheiratung habe ich nichts so angestrengt betrieben, wie dich zu beobachten. Oh, ich kenn' dich genau!« Ria lachte.

Moria spürte, wie ihr die Röte in die Wangen stieg. »Wie meinst du das ...«, murmelte sie schwach.

»Ich hab' dich durchschaut!« sagte Ria und lachte wieder. »Zum Glück hat Vater sich nie die Mühe gemacht, dich so zu studieren wie ich! Sonst hättest du schwerlich derart viel vor ihm geheimhalten können. Ihn in der Gewißheit wiegen, daß du in allem die gehorsam ergebene Ehefrau bist, wie es sich gehört. Und so geschickt ihn in deine Richtung lenken, ohne daß er es jemals merkte!

Als ich verlobt war, wollte ich lernen, wie du das machst. Denn daß du das kannst, das wußte ich schon als Kind. Seit der Sache mit den Haselnüssen, erinnerst du dich?«

Sie füllte Met in den Lederschlauch und trug ihn in den Hof. Lykos' Hengst und die Pferde der Gäste standen schon bereit. Lykos trat eben mit Krugor, Hairox und Eraiox aus dem

Haus. Ins Gespräch vertieft, blieben sie stehen. Moria wußte, daß Lykos um die Stimmen der Herren warb, vor allem um die von Eraiox. All ihr hausfrauliches Können hatte sie eingesetzt, um ihn dabei zu unterstützen und die Herren in geneigte Stimmung zu versetzen.

Der alte König, Langonias Vater, hatte angekündigt, sich zu Mittwinter in einem feierlichen Akt das Leben zu nehmen, um einem Jüngeren Platz zu machen. Und Eraiox, der berühmte Feldherr, hielt alle Fäden für die Wahl des neuen Königs in Händen.

Moria händigte den Schlauch und einen Beutel mit Brot, Käse und geräuchertem Schinken dem Pferdeknecht aus, damit er es an Lykos' Reittier festband. In Gedanken teilte sie sich den Tagesplan ein. Lykos würde Eraiox an dessen Hof geleiten. Er konnte nicht vor dem Abend heimkehren. Das war gut. So hatte sie Zeit, das Rösten der restlichen Haselnüsse zu überwachen. Unter dem Hausdach standen sie in Körben. Auf der einen Seite die, welche noch auf das Rösten warteten, auf der anderen die bereits fertigen. Noch nie hatte es eine so reiche Nußernte gegeben wie in diesem Herbst.

Vor dem Speicher spielte die kleine Ria, eben sechs Jahre alt, mit einem jungen Hund. Sie ließ ihn nach einem kurzen Stock springen, hüpfte dabei selbst in die Höhe, so daß der Hund den Stecken nicht erreichte. »Spring!« rief sie. »Spring!« Hell klang ihr Lachen über den Hof.

Unwillig wandte Lykos den Kopf.

Moria erschrak. Sie hatte der Kleinen erklärt, daß sie in Anwesenheit des Vaters, in Anwesenheit von Gästen niemals laut lachen oder laut reden durfte, niemals herumtoben. Gewöhnlich hielt das Kind sich peinlich genau daran. Doch nun, im Eifer des Spiels –

Sie wollte zu ihrer Tochter laufen, sie an der Hand nehmen, ins Haus ziehen, nahm sich vor, sie streng zu ermahnen, doch schon war es zu spät. Der Hund schnappte den Stecken und hetzte damit davon, genau auf die Herren zu. Und Ria ihm nach. »Ria!« rief sie noch hinter dem Kind her, es hörte nicht, folgte dem Hund. Das Tier, von Lykos erzogen, schlug dicht vor den Herren einen Bogen, das Kind aber konnte seinen Lauf nicht mehr bremsen. Es lief zwischen die Herren, genau auf Eraiox zu, und stieß mit einem lauten Aufschrei gegen dessen Beine.

Dieser sah auf das Kind herab, als betrachte er eine Laus. »Wie willst du ein Königreich lenken, wenn du nicht einmal deine eigene Tochter in Zucht hältst, Lykos?« sagte er verächtlich.

Moria biß sich auf den Fingerknöchel. Unmöglich, der Tochter zu Hilfe zu kommen. Was nun zu geschehen hatte, war Lykos' Sache.

»Ich bitte für meine Tochter um Verzeihung, Eraiox«, sagte Lykos mühsam beherrscht. Sein Gesicht war dunkel vor Zorn. »Du kannst sicher sein, daß ich sie zu strafen weiß!« Damit packte er das Kind und schleifte es zum Haus, zog einen Korb mit gerösteten Haselnüssen heran und wies darauf. »Diese Nüsse knackst du heute den ganzen Tag, du ganz allein! Und wenn ich am Abend nach Hause komme und du mit diesem Korb nicht fertig bist, dann wirst du eine fürchterliche Tracht Prügel bekommen, die du dein Lebtag nicht vergißt!«

Eraiox grinste. »Na, Lykos, wer sagt's denn! Du verstehst ja doch was von Zucht!« Außer der kleinen Ria war jedem klar, daß ein Kind nicht bis zum Abend eine solche Menge Nüsse aufschlagen konnte.

»Reiten wir, meine Herren!« sagte Lykos, noch immer rot im Gesicht. Er schwang sich aufs Pferd, ohne Moria oder das Kind noch einmal anzusehen.

Ria weinte stumm vor sich hin.

Am liebsten hätte Moria selbst mit dem Kind geweint.

Sie ging zu Ria, kauerte sich bei ihr nieder, zog sie in die Arme. »Wie konntest du, Kind!« sagte sie leise. »Ich habe dir doch beigebracht, wie still und unauffällig du dich verhalten mußt, wenn der Vater Gäste hat! Es war sehr schlimm, was du da gemacht hast: sehr, sehr schlimm.«

»Ich hab' sie doch gar nicht gesehen!« schluchzte Ria.

Moria schüttelte den Kopf. »Das darf es nicht geben! Den Vater oder einen anderen Herrn darf man nicht übersehen! Dein Vater ist sehr böse auf dich. Und jetzt komm, mach dich an die Arbeit!«

Sie führte die Tochter in den Speicher und zeigte ihr, wie sie mit einem kleinen Stein die Nüsse auf einem größeren Stein aufschlagen sollte. Das Kind wischte sich die Tränen ab und mühte sich. Noch wußte es nicht, daß es mit der Strafarbeit nicht fertig werden würde.

Ihr, der Mutter, brach es fast das Herz.

Lykos hat recht, sie zu strafen, sie muß es lernen! sagte sie unzählige Male zu sich selbst.

Aber er soll sie nicht schlagen! antwortete eine andere Stimme in ihr. Er ist so zornig, wenn er diesen Zorn an ihr ausläßt –

Sie fror.

Da war die Versuchung, Ria einen Teil der Arbeit abzunehmen und ihr zu helfen, sie bis zum Abend zu beenden.

Sie wußte, sie durfte es nicht. Lykos würde es merken. Und es war Verrat an dem Kind. Wie sollte es je begreifen, in welchen Händen die Macht lag, wem man sich fügen mußte, wenn sie verhinderte, daß es das lernte! Und es war lebensnotwendig, das zu lernen.

Aber er soll sie nicht schlagen!

Bei den Buben muß ich mich damit abfinden, zu denen wird er immer hart sein, um sie auf die Prüfungen der Wolfskrieger vorzubereiten. Aber nicht bei Ria, nicht bei dem Mädchen.

Ich war auch ein Mädchen. Trotzdem hätte mein Vater mich bei einem solchen Vorfall jämmerlich verprügelt, bis aufs Blut.

Da war diese unbestimmte Ahnung. Das, was sie an sich selbst nicht verstand, was sie bei Tag zu vergessen suchte und was bei Nacht über sie kam, in Lykos' Armen, wenn der Betrug, den sie an ihm beging, sie heimsuchte, wenn sie sich schuldig fühlte und vor Entdeckung fürchtete und sich wieder erinnerte und sich nach dem sehnte, wovor sie als Kind so sehr Angst gehabt hatte, und nicht eher Erlösung fand, bis Lykos ...

Die dunkle Seite ihrer Lust.

Nicht mit Ria! Nicht, wenn ich es verhindern kann.

Immer wieder suchte sie nach Worten, Lykos für die Tochter um Gnade zu bitten, ihn anzuflehen, es bei der harten Strafarbeit bewenden zu lassen.

Es war aussichtslos. Alles, was sie erreichen konnte, war, daß er sie selbst harsch zurechtwies und womöglich das Kind um so härter züchtigte. Er war der Vater, und er war im Recht.

Als der Tag sich neigte, war der Korb mit den Haselnüssen noch zu einem Drittel gefüllt. Das Töchterchen kniete am Stein, Tränen liefen seine Wangen hinunter, von seiner Nase tropfte es, verbissen knackte es Nüsse auf, hatte sich die Finger schon blutig geschlagen. Es würde weit in die Nacht brauchen, um diese Arbeit zu Ende zu bringen ...

Da wußte sie, was sie tun würde.

Seit der Geburt ihres Kleinsten waren zwei Monde vergangen, schon bald vier Monde hatte Lykos sie nicht mehr angerührt.

Sie rieb sich die Haut mit getrockneten Rosenblättern ab, zog ihr neues Kleid an, das Langonia gewebt und mit einer unvergleichlich schönen Borte verziert hatte, und ließ es wie zufällig am Hals offen, ließ die Kette mit dem schimmernden Bernsteinanhänger zwischen ihre von der Milch prallen Brüste gleiten, befahl Noedia, ihr die Haare zu bürsten und mit dem Kupferschmuck zu einer kunstvollen Frisur aufzustekken, tat alles, um so schön zu sein wie nur möglich. Dann holte sie den Met, richtete als Abendessen mundgerechte Happen, verbannte Sahir und die zweite Nebenfrau an den Webstuhl im kleineren Haus und bat Langonia, sie an diesem Abend mit Lykos allein zu lassen, ihren Jüngsten für sie zu stillen und die beiden größeren Buben zu beaufsichtigen und schlafen zu legen – und hin und wieder nach Ria zu sehen.

Als sie Lykos kommen hörte, ging sie ihm lächelnd mit dem Metbecher entgegen. Sie sah, daß er sich wieder beruhigt hatte. Vielleicht war der Abschied von Eraiox nach seinen Wünschen verlaufen. Trotzdem war sie sicher, daß er wahrmachen würde, was er angedroht hatte. Lykos machte immer wahr, was er sagte.

Lykos nahm den Becher, trank, musterte dabei Moria überrascht und mit deutlichem Vergnügen, griff in ihr Haar und spielte mit ihrem Ohr. Sie rieb ihre Wange an seiner Hand. Er lächelte und küßte ihren Scheitel.

Dennoch war das erste, was er sagte: »Wo ist Ria?«

»Im Speicher. Sie knackt Nüsse, wie du es befohlen hast. Sie weint vor Angst.«

»Dazu hat sie auch allen Grund!«

Sie hatte ja gewußt, daß er nicht daran dachte, Gnade walten zu lassen.

Sie entschloß sich, alles zu wagen. »Ich habe so auf dich gewartet«, sagte sie und schlug die Augen verschämt zu ihm auf. »Schade, daß du dir nicht gleich Zeit für mich nehmen kannst.«

Er lachte und umarmte sie. »Na, so lange dauert es nun auch wieder nicht, ein Kind zu bestrafen! Oder hast du nicht so viel Geduld? Himmel, Moria, es ist wirklich zu lange her. Du bist wiederhergestellt, das wolltest du mir doch mitteilen, nicht? Weißt du, daß du unglaublich gut riechst? Übrigens, dein Kleid ist aufgegangen, wie gut, daß ich keine Gäste mitgebracht habe – aber es gefällt mir nicht schlecht ...«

»Es ist nicht aufgegangen. Ich hab' es aufgemacht«, flüsterte sie ihm ins Ohr.

Er lachte noch einmal. Dann hob er sie hoch und trug sie ins Haus.

Sie liebten sich so heiß wie schon lange nicht mehr. Daß sie sich dabei schuldig fühlte und ihn fürchtete, steigerte nur ihre Leidenschaft. Für eine ungemessene Zeit vergaß sie sogar, zu welchem Zweck sie ihn verführt hatte, war einfach glücklich.

Danach versuchte sie ihn mit Zärtlichkeiten zu fesseln, mit Leckerbissen zu verwöhnen, bot ihm immer wieder den Met an. Erst ließ er es sich bereitwillig gefallen, dann sagte er seufzend: »Später, Moria, liebend gern. Aber so leid es mir tut, dich jetzt allein zu lassen – ich muß mir Ria vornehmen.«

»Ja«, sagte sie. »Das mußt du. Da ja Eraiox es verlangt hat und du es ihm versprochen hast.«

Er runzelte die Stirn. »Was soll das! Eraiox hat mir nicht zu befehlen, wie ich meine Tochter zu erziehen habe!«

»Natürlich nicht. Entschuldige.« Sie bedeckte seine Schulter mit kleinen Küssen. »Ich dachte nur, weil du doch Ria noch nie geschlagen hast – und weil Eraiox dich so – und er ist doch einer der ganz großen Herren – ach, verzeih, ich weiß nicht, was ich da rede!«

Er setzte sich auf. »Du meinst also, ich muß meine kleine Tochter verprügeln, weil Eraiox es will?«

»Nein, nein«, sagte sie rasch und mit geringer Überzeugungskraft.

»Das wäre ja noch schöner!« erregte sich Lykos. »Dieser

Eraiox ist sowieso ein widerlicher Kerl, nur leider brauche ich ihn, um König zu werden! Aber in meine Familie hat der mir nicht dreinzureden!«

»Nein, das hat er nicht«, bestätigte sie.

Lykos schwieg. »Hat die Kleine es sich zu Herzen genommen?« fragte er dann.

»O ja, das hat sie.« Endlich konnte sie wieder die unverfälschte Wahrheit reden. »Sie hat den ganzen Tag geweint und Nüsse geknackt wie wild und sich vor lauter Verzweiflung und Ungeschick die kleinen Finger blutig geschlagen, und bestimmt hockt sie jetzt noch immer vor dem Stein und arbeitet und arbeitet und fürchtet sich davor, daß du zu ihr kommst und sie nicht fertig ist, und mit jeder Nuß bereut sie mehr, was sie getan hat ...«

»Na«, sagte Lykos, »dann lass' ich ihr die Gelegenheit, diese Reue noch die halbe Nacht zu empfinden – so lang sie eben braucht für den Korb!«

Sie barg ihr Gesicht in seinen Händen, diesen Händen, die ihr immer gaben, was sie brauchte, diesen Händen, die Ria nicht schlagen würden. Sie war ihm so dankbar, liebte ihn so, daß sie hätte niederknien mögen vor ihm.

In der Nacht gingen sie gemeinsam in den Speicher und sahen nach dem Kind. Es lag, zugedeckt mit Langonias Mantel, auf dem aufgeschütteten Flachsstroh neben dem Korb mit den fertigen Nüssen und schlief. Seine Wangen zeigten noch die Spuren der Tränen, aber ein gelöstes Lächeln lag auf seinen entspannten Zügen. Lykos nahm das Kind auf die Arme, brachte es ins Haus und legte es ins Bett neben die kleinen Buben. Und es wachte nicht einmal auf.

»Damals hast du mir die Zeit verschafft, mit den schrecklichen Nüssen fertig zu werden, ehe Vater nach mir sah. Du kamst mir sehr mächtig vor«, sagte Ria.

»Das weißt du?«

»Ja. Ich habe Vaters Pferd gehört und durch die Ritzen des Speichers gespäht, ich war gelähmt vor Angst, habe erwartet, daß er gleich zu mir kommt, der Korb war doch noch nicht leer, aber dann hat er dich umarmt und ins Haus getragen – Ich habe das seinerzeit nicht so begriffen, aber heute würde ich sagen, du hast ihn nach allen Regeln der Kunst verführt, nicht wahr?«

Sie sahen sich an und lachten beide.

Knarrend öffnete sich die Tür. »Wie schön, daß ihr so fröhlich seid!« sagte Plitovit und trat in den Raum.

Moria und Ria erhoben sich beide und grüßten. Ria hatte Schwierigkeiten, in die Höhe zu kommen, Moria wollte ihr die Hand reichen, doch Plitovit kam ihr zuvor. Höflich nickte er Moria zu: »Sei mir gegrüßt, Schwiegermutter. Gut, daß du Zeit findest, nach Ria zu sehen. Aus eurem Lachen darf ich schließen, daß alles in Ordnung ist mit –« Er sprach nicht weiter, streifte Rias Bauch mit einem beinahe verlegenen Blick.

Er ist besorgt um sie, dachte Moria. Was für ein Glück.

»Das ist es«, erwiderte Ria lächelnd und schmiegte sich an ihn.

Er legte den Arm um ihre Schulter. »Ich reite jetzt zum Treffen im heiligen Eichenhain. Ria, es bietet sich an, nach der Feier den einen oder anderen Herrn zu Gast zu laden. Es ist dir doch möglich?« Wieder blieb sein Blick auf ihrem Bauch haften.

Ria schenkte ihm ein strahlendes Lächeln. »Aber ja! Wie lieb von dir, daß du so rücksichtsvoll bist! Und daß du mir deine Gäste ankündigst! So bleibt mir Zeit, etwas ganz Besonderes für morgen vorzubereiten. Ich möchte doch, daß man landauf und landab von deiner Gastfreundschaft spricht!«

»Das tut man bereits!« Er küßte Ria auf die Stirn, nickte noch einmal Moria zu und schickte sich an zu gehen. Ria holte seinen schwarzen Mantel und begleitete ihn aus dem Haus.

»Wie du das erreicht hast«, sagte Moria anerkennend, als die Tochter zurückkam und sich wieder neben ihr auf der Bank niederließ. »Daß er dir vorher sagt, wenn er Gäste mitbringt!«

»Er ist Tante Cythias Sohn, er war es von Haus aus nicht anders gewohnt, als daß die Hausfrau ein Recht darauf hat zu wissen, wann sie ein Gastmahl vorzubereiten hat. Ich muß ihn nur darin bestärken.«

Moria lächelte. »Und das machst du geschickt! Aber du weißt, daß du auf eine solche Frage niemals mit Nein antworten darfst, nicht wahr?«

»Natürlich! Er würde wütend werden – und sie mir nie wieder stellen. Dergleichen Erkenntnis habe ich von dir gelernt. Nur eins wundert mich: Warum du nicht Wege gefunden hast, daß Vater dir seine Gäste ankündigt.«

Moria zuckte die Achseln. »Meine Kräfte, um bei ihm etwas zu erreichen, spar' ich mir für Wichtigeres auf.«

»Und das ist dir ja nun gelungen«, meinte Ria. »Der Kult der Großen Göttin an den Herrenhöfen ist erlaubt. Du bist sehr geschickt.«

Moria preßte die Hände an die Wangen. »Hast du eine Ahnung! Ja, ich wollte ihn dazu bewegen, ohne daß er erfuhr, was ich hinter seinem Rücken getan hatte. Aber dann, dann war ich auf seine Gnade angewiesen und sonst nichts.

Als er es entdeckt hatte ...

Ich dachte, ich verliere den Verstand. Niemals in meinem Leben hatte ich solche Angst. Nicht so sehr um mich. Aber um die anderen, um Langonia, die Mädchen, die Nebenfrauen, die ich alle da hineingezogen hatte. Und vor allem um dich. Was konnte euch nicht alles erwarten! Wenn Lykos in Erfahrung gebracht hätte, daß du bei den Tänzen dabei warst – er hätte nur die Mädchen hart genug unter Druck setzen müssen, die hätten ihm nicht standgehalten – und wenn er es Plitovit gesagt hätte –«

»Ja, es hätte furchtbar enden können, in Tränen und Blut. Wenn es Plitovit zu Ohren gekommen wäre – wer weiß, vielleicht hätte er mich im ersten Zorn erschlagen. Hinterher hätte es ihm bestimmt leid getan, doch davon hätte ich dann auch nichts mehr gehabt. Na ja, so ist er nun mal. Aber Vater – im Grunde verstehe ich bis heute nicht, daß er eingelenkt hat. Es ist so gar nicht seine Art.«

»Das habe ich auch gedacht. Ich habe nicht daran geglaubt, daß er verstehen würde, daß er verzeihen würde. Er hat mich sehr beschämt.

Dein Vater ist ein großer Mann.«

Sie schwiegen. Ria drehte den Stein in ihren Händen.

Nach langer Pause fügte Moria leise hinzu: »Bald werde ich sagen müssen: ›Er war ein großer Mann.‹«

Ria blickte auf. »Ich weiß, Mutter. Plitovit hat es mir erzählt: daß Vater zur Sommersonnenwende in den Tod gehen will, um dem neuen König Platz zu machen.«

Moria nickte.

»Aber vorher hat er Großes für uns Frauen getan«, fuhr Ria fort. »Auf dein Bitten hin! Du hast es erreicht. Und ich habe dich dafür gehaßt.«

»Wieso?« Verständnislos starrte Moria ihre Tochter an.

»Weil ich doch geglaubt hatte, es sei meine Aufgabe«, erwiderte Ria leise und sah auf den Stein. »Die Aufgabe, die mir die Last an Nakis Tod nimmt. Ich dachte, eines Tages werde ich es tun. Eines Tages werde ich bei Plitovit dafür eintreten, daß der Kult der Großen Göttin überall erlaubt wird, und ich werde erreichen, was meine Mutter bei meinem Vater nicht erreichen konnte.

Und dann kommst du und nimmst mir meine Aufgabe weg, und ich stehe wieder mit leeren Händen da.«

»O Ria! Mache ich mit dir denn alles falsch?!«

»Nein. Es war schon recht. Es ist mir schwergefallen, Plitovit zu hintergehen, und natürlich hatte ich schrecklich Angst dabei. Ich bin froh, daß das jetzt vorbei ist.«

Ria verstummte. Auch Moria schwieg.

Sie hatte geglaubt ihre Tochter zu kennen wie keinen anderen Menschen. Vielleicht, weil sie sie liebte wie niemanden sonst?

Und hatte doch nichts von ihr gewußt.

Leise fuhr Ria fort: »Außerdem war es nicht das, was Naki von mir erwartet hat, das weiß ich inzwischen. Bei den Frühjahrstänzen, den ersten Tänzen, die wir ganz öffentlich tanzen durften, mit Wissen von Vater und von Plitovit und von aller Welt – da habe ich erkannt, was es wirklich war. Mir war, als tanze Naki an meiner Seite und sage es mir.

Aber darauf, wie ich es erreichen konnte, bin ich selbst gekommen.

Ich habe es getan, Mutter. Ich wollte nicht warten, bis Plitovit König ist. Wer kann wissen, ob ich so viel Zeit habe? Falls ich bei der Geburt meines Kindes sterbe – ich kann in Frieden gehen.«

»Meine Tochter«, sagte Moria und drückte Ria an sich.

Diese lehnte ihren Kopf an Morias Schulter. »Ich habe Plitovit von seiner Mutter erzählt«, sagte sie leise.

»Von Cythia? Wie meinst du das?«

»Er hat es nicht gewußt. Tante Cythia hat es ihm nie gesagt. Und Hairox bis zu seinem Tod natürlich auch nicht. Es ist ja nicht gerade ruhmvoll für ihn gewesen!«

Moria schob Ria von sich und sah sie unruhig an. Eine Ahnung stieg in ihr auf, aber sie konnte und wollte nicht glauben. »Du hast doch nicht etwa ...«

»Doch. Ich habe ihm erzählt, was ich von dir wußte: Wie seine Mutter als junges Mädchen ahnungslos und unschuldig in den Wald gegangen ist. Wie ein Wolfskrieger über sie hergefallen ist und sie vergewaltigt hat. Und wie ihr Vater diesen Wolfskrieger gezwungen hat, sie zu heiraten.

Plitovit hat seine Mutter geliebt und verehrt. Er ist rasend geworden, als er das gehört hat, er war vollkommen außer sich. Mir wurde himmelangst, obwohl es nicht gegen mich ging. Er hat so gewütet, daß fast mein ganzer Hausstand zu Bruch gegangen ist.

Die Bänke und Wandborde hat er zertrümmert, zum Glück hat er wenigstens meinen Webstuhl verschont, aber alles Geschirr mußte ich neu töpfern lassen. Ich bin sicher, er hätte seinen Vater umgebracht, wenn der noch am Leben gewesen wäre.«

»Aber warum? Warum hast du ihm das angetan?«

»Begreifst du denn nicht? Ich bin dabei doch deinem Beispiel gefolgt!«

Moria schüttelte benommen den Kopf. Cythia hätte nicht gewollt, daß ihre Kinder davon erführen. Sie hätte es Ria niemals erzählen dürfen. Und hatte die Tochter doch nur warnen wollen.

»Als er alles kurz und klein geschlagen hatte, was ihm unter die Finger gekommen war, hat Plitovit geweint.« Ria stockte, fügte leise hinzu: »Für diese Tränen liebe ich ihn.«

Moria nickte.

»Und dann, Mutter, habe ich getan, was ich mir zurechtgelegt hatte. Ich habe angefangen seinen Vater zu entschuldigen. Ich habe Plitovit erzählt, daß die Vergewaltigung seiner Mutter ein Versehen war. Weil sein Vater sie mit einem Bauernmädchen verwechselt hatte. Ich habe darüber gesprochen, wie leicht so eine Verwechslung geschehen kann. Wie hilflos unsere jungen Mädchen dem ausgeliefert sind, zumal die Bauernmädchen mehr und mehr dazu übergehen, die Haare so zu tragen wie wir und sich zu kleiden wie wir. Daß Cythias

Schicksal auch mich hätte treffen können. Daß es einst unsere Töchter treffen kann ...«

Da auf einmal verstand Moria. »Heilige Göttin«, flüsterte sie ergriffen.

»Die Schlußfolgerung mußte ich ihm nicht sagen. Er stand plötzlich auf und reckte die Schultern. Du hättest ihn sehen sollen! Er war wie ein zorniger junger Gott. Und dann hat er mir erklärt, daß diese Gefahr nur auf einem einzigen Weg zu bannen sei: wenn man dafür sorge, daß bei uns in Zukunft auch keinen Bäuerinnen und Bauernmädchen mehr Gewalt angetan werde. Wenn die Wolfskrieger sich nicht mehr einbildeten, sich der Mädchen und Frauen aus dem Alten Volk einfach bedienen und sie danach wegwerfen zu können – wenn man ihnen im Gegenteil klarmache, was das sei: eine Schande und ein Unrecht, die zum Himmel schreien. Wenn man solche Vergewaltigungen mit einer strengen Buße belege. Jeden Wolfskrieger dafür zur Verantwortung ziehe.«

»Das hat er gesagt – der Sohn von Hairox?« fragte Moria und fügte wie eine Antwort hinzu: »Der Sohn von Cythia.«

»Ja«, stimmte Ria zu, »der Sohn von Cythia. Plitovit meint, wenn die Buße hoch genug sei – vielleicht ein paar Kühe oder gar ein Pferd –, werde sie ihre Wirkung nicht verfehlen. Und wenn er anrege, daß diese Buße dem jeweiligen Herrn zugesprochen werde, zu dessen Herrschaft die Frau oder das Mädchen gehöre, so werde er im Königsrat Zustimmung für seinen Vorschlag finden. Er hat geschworen, daß er nicht ruhen wird, bis er dies erreicht hat.

Ich weiß, er hält seinen Schwur.«

»Meine Tochter!« sagte Moria. »Was du da in Gang gesetzt hast! Endlich wird es ein Ende nehmen mit der Gewalt, die den Mädchen und Frauen des Alten Volkes angetan wird!« Sie brach ab, dachte an Naki, fügte in Gedanken hinzu: Zumindest für die Mädchen, die sich ein Herr nicht zur

Nebenfrau nimmt, ohne sie zu fragen. Aber wer fragt eigentlich uns...

Ria sah Moria an und zugleich durch sie hindurch. »Ich weiß, was ich da bei Plitovit erreicht habe, ist nur ein kleiner Schritt. Aber der war meine Aufgabe – das, wovon ich gespürt habe, daß Naki es von mir erwartet. Darum kann ich in Frieden gehen, wenn mein Leben gefordert werden sollte gegen das meines Kindes.« Ria drückte den kleinen Stein. »Ich habe Nakis Tod einen Sinn gegeben. Verstehst du?«

»Wer verstünde das besser als ich«, sagte Moria und nahm Ria wieder in die Arme.

Schweigend hielten sie sich. Dann strich Moria der Tochter die Haare aus der Stirn und meinte: »Aber jetzt sprich nicht mehr vom Sterben! Du wirst leben. Und lebend wirst du ein Segen sein für die Frauen von Nakis Volk. Komm, wir wollen die heilige Hirschkuh um eine glückliche Niederkunft bitten. Und Nakis Stein wird dich bei der Entbindung beschützen, wie er mich beschützt hat.«

22

Die Tür wurde aufgerissen. Ri-Wirrkon stürmte herein, schüttelte die Regentropfen aus der braunen Mähne und ließ sich auf die Bank fallen. Krachend schlug die Tür zu.

»Stellt euch vor, ich habe einen Auerochsen erlegt, ich ganz allein!« sagte er und streckte die mächtigen Gliedmaßen zum Feuer. Stolz und Zufriedenheit strahlten aus seinem Gesicht.

»Wenn dir etwas zugestoßen wäre!« Haibe sah von ihrer Näharbeit auf, und Fasne, Ri-Wirrkons Pflegemutter, schüttelte besorgt den Kopf: »Warum tust du so was, Ri-Wirrkon? Warum bringst du dich so in Gefahr?«

Er lachte. »Nun schaut nicht so ängstlich! Es ist doch alles gutgegangen! Gestern habt ihr selbst beklagt, wie eintönig unsere Speisen jetzt im Frühjahr sind! Kein Fleisch, keine Milch, kein Obst und kein frisches Gemüse. Nun bitte, die nächsten Tage können wir essen wie an einem Festtag und die Koa und alle anderen Nachbarn dazu einladen! Und Gilai wünscht sich einen Ledermantel, nicht wahr, Tante Gilai?« Er grinste Gilai zu. Wie immer, wenn er Gilai, die beinahe drei Jahre Jüngere, mit ihrem Verwandtschaftsgrad aufzog, schnitt diese ihm eine Grimasse. »Was du nicht alles weißt, mein kleiner Neffe«, erwiderte sie spöttisch, um dann warm hinzuzufügen: »Ich freu' mich wirklich, wenn du mir das Fell schenkst!«

»Womit alles gesagt wäre«, erklärte Ri-Wirrkon abschließend, stand auf und drehte sich zu den Jungen um, die eine eichene Pflugschar ausbesserten. »Helft ihr mir, den Stier aus dem Auwald ins Dorf zu holen, ehe Bären, Wölfe und Füchse sich über ihn hermachen?«

»O ja!« Mehr als bereitwillig ließen diese ihre Arbeit liegen und griffen nach den Binsenumhängen. Der kleine Tzi aber, Uoris Jüngster, zupfte Ri-Wirrkon am Kittel und schaute voller Bewunderung zu dem jungen Mann hinauf. »Verrätst du mir, wie du das machst«, bat er, »einen Auerochsen erlegen?«

Ri-Wirrkon strich dem Kind über die Haare. »Mit dem Speer, Tzi. Aber meine Großmutter hat schon recht, ein Auerochse ist wirklich gefährlich. Nie darfst du einen Auerochsen reizen, bis du ein starker Mann und guter Jäger bist, hörst du! Wenn du einem Auerochsen begegnest, dann versteckst du dich am besten hinter einem Baum.«

»Aber du hast dich nicht versteckt!« sagte der Junge.

Ri-Wirrkon lachte.

Beharrlich fuhr Tzi fort: »Wie kannst du das: keine Angst zu haben und nicht wegzulaufen?«

»Ach, Angst hatte ich schon«, erwiderte Ri-Wirrkon, auf einmal ernst, »aber dann habe ich mir vorgestellt, ich stünde Lykos gegenüber, du weißt, diesem furchtbaren Lykos, der unsere alte Heimat überfallen, meine Mutter zugrunde gerichtet, meinen Großoheim getötet und eine Schreckensherrschaft über Fasnes Dorf geführt hat – und als ich das dachte: Es ist Lykos, der mich da angreift, da war es ganz leicht! Da habe ich ihn getötet.«

Die Knochennadel in Haibes Hand rutschte ab, fuhr ihr in den Finger, Blut quoll hervor, sie merkte es nicht. »Ri-Wirrkon, das sind Dinge, die geschehen sind, bevor du geboren wurdest oder als du noch an der Brust gelegen hast! Warum kannst du nicht vergessen?«

»Vergessen?!« fuhr der Enkel auf. »Wie sollte ich vergessen, da uns die Söhne des Himmels immer näher kommen! Wie lange hält das Meer sie noch auf, Großmutter?! Wenn du dir Sand in die Augen streuen willst, verlange nicht von mir, daß ich dir darin folge! Was glaubst du wohl, warum ich meinen Mut, mein Waffengeschick und meine Kraft bei der Jagd erprobe und dabei mein Leben wage – um eines Mantels und einiger Fleischtöpfe wegen? Zirrkan hat es nicht sehen wollen, daß die Gefahr nicht dadurch aus der Welt ist, daß man ihr einmal entkommen konnte. Ich werde nie begreifen, daß ein so weiser Mann so blind sein konnte, aber du, Großmutter, hast dir doch sonst nichts vorgemacht! Willst du jetzt damit anfangen?!« Damit verließ Ri-Wirrkon das Haus so stürmisch, wie er es betreten hatte. Die Jungen rannten hinter ihm her.

Haibe starrte auf den kleinen Blutfleck auf dem Kittel, an dem sie gearbeitet hatte. Ein Kittel für Ri-Wirrkon. Abergläubische Furcht ergriff sie. Hastig wusch sie das Blut aus dem Kleidungsstück, warf es in den Korb, steckte den Finger in den Mund und begann mit der anderen Hand die Suppe umzurühren.

Zirrkan hat es nicht sehen wollen ...

Zirrkan lag mit geschlossenen Lidern, den Mund halb geöffnet, die Wangen eingefallen, die Augen umschattet. Zum Greifen deutlich waren die Schwingen der Eule zu spüren. Ihn, der so viele geheilt hatte, konnte niemand mehr heilen.

Sie neigte sich über ihn, sprach ihm ins Ohr: »Ich habe nach der Priesterin geschickt.«

Da schrie er wie ein waidwundes Tier, ein Ton, der alle Schmerzen eines ganzen Lebens, alle Schmerzen der Welt zu bündeln schien in einem einzigen herzzerreißenden Klagelaut. Und sie begriff: Er schrie nicht vor körperlicher Pein.

Sie faßte nach seiner Hand, hielt sie. »Zirrkan«, sagte sie leise, »du hast getan, was menschenmöglich war. So viele hast du gerettet und ihnen eine neue Heimat gegeben. Nun darfst du in Frieden Abschied nehmen.«

Wieder klagte er. Der Ton durchdrang ihre Eingeweide. Sie sah die raschen Augenbewegungen unter den geschlossenen Lidern, sie hörte seinen stoßweise gehenden, immer schneller werdenden Atem, und sie spürte, als wär' sie es selbst: Er erlebte alles noch einmal. So, wie es gewesen war. Und doch anders, von einer höheren Warte aus. Nun sah er auch das, was er nie gesehen hatte. Das, was unvollkommen geblieben war. Und das, was kommen würde.

Er klagte.

Ach Zirrkan, Geliebter. Alles, was wir taten, diente dem Bestreben, die heilige Ordnung zu retten, zu erhalten, wiederherzustellen. Und tausendfach haben wir sie mit Füßen getreten.

Unser Traum. Es könnte alles wieder so werden, wie es war. Glaubten wir je daran, wirklich?

Warum hast du zugelassen, daß die anderen dich auf dem Zug nach Norden mehr zu ihrem Führer machten, als es deine bloße Kenntnis des Weges gerechtfertigt hätte, warum hast du diese Handvoll tüchtiger Männer um dich geschart, die mit dir alle Probleme zu lösen wußten, warum hast du nichts dagegen getan, daß dies so beibehalten wurde, auch noch während des Aufbaus der Dörfer hier – und darüber hinaus?

Und ich? Sah ich es etwa nicht? Schwieg ich nicht dazu, weil ich meinte, es würde uns helfen, schneller zum Ziel zu gelangen, schneller das Übermaß an Arbeit und an Schwierigkeiten zu bewältigen, als wenn wir nach alter Gewohnheit jede Frage des langen und breiten in allgemeinen Versammlungen klärten?

Doch, ich sah es und schwieg. Nur mit dir habe ich darüber gesprochen, und allzu schnell habe ich mich deiner Meinung angeschlossen: Alles war gut, das uns half, möglichst bald wieder zur alten Ordnung zurückzufinden.

Wir haben nicht beherzigt, was du selbst doch Ritgo gegenüber vertreten hast: Der falsche Weg kann nicht an das richtige Ziel führen.

So weit hatten wir uns schon von unseren Ursprüngen entfernt, ich sowieso, aber auch du, Zirrkan, mein Mann, mein Geliebter.

Wir wußten sehr wohl, daß wir nicht mehr die waren, die wir sein wollten. Wir trösteten uns damit, daß es unsere Aufgabe sei, den anderen den Boden zu bereiten. Die nach uns sollten wieder frei sein, in der heiligen Ordnung zu leben, sie sollten wieder Sippen gründen und Heiratsbündnisse schließen, wieder so leben, wie es richtig war. Und als wir Ri-Wirrkon und Gilai, meine spätgeborene Tochter, miteinander aufwachsen sahen wie großer Bruder und Schwester, da setzten wir all unsere Träume und Hoffnungen in sie.

Doch Ri-Wirrkon übt das Töten.

Das schlimmste ist: Er hat allen Grund dazu. Er hat die Wahrheit gesprochen.

»Mutter«, sagte Gilai und legte Haibe die Hand auf den Arm, »mach dir keine Sorgen! Ri-Wirrkon weiß, was er tut!«

Haibe gab keine Antwort.

Das Essen war fertig. Sie rief nach Ri-Wirrkon und Gilai, erhielt keine Antwort, ging auf den Dorfplatz hinaus, fragte die Kinder der Koa, die dort Fangen spielten.

»Die sind nicht hier«, sagte einer der Jungen. »Die sind wieder zu dem Dorf von den anderen, immer spielen sie mit denen, sie wollten, daß wir mitkommen, aber was sollen wir dort, die reden da ja nicht einmal unsere Sprache!«

Das Dorf von den anderen ...

Es lag auf der anderen Seite des Flusses. Gewöhnlich war

der Fluß klein und schmal, leicht zu durchqueren. Doch in den letzten Tagen hatte es wolkenbruchartig geregnet. Der Fluß mußte Hochwasser führen …

Sie rannte. Erreichte den Fluß, er war über die Ufer getreten, mit Entsetzen sah sie die rasche Strömung.

Die Furt war ungangbar.

Waren die Kinder etwa geschwommen? Wie leicht konnten sie abgetrieben worden sein, mitgerissen bis zu den Stromschnellen, den gefährlichen Strudeln –

Ritgo, mein Bruder, was soll ich tun, warum bist du jetzt nicht da –

Sie rannte, suchte das Ufer ab, das Wasser.

Da erblickte sie die beiden, mitten auf dem Fluß.

Sie knieten auf einem kleinen Floß aus zusammengebundenen Baumstämmen. Ein rundlaufendes Seil war gespannt vom einen Ufer zum andern, das Floß an dem Seil verknotet. Die beiden Kinder hangelten sich an dem Seil mit dem Floß durch das Wasser.

Wenn ihre Kräfte sie verließen, wenn die Strömung zu schnell wurde, wenn das Seil riß

Sie konnte nichts tun als am Ufer stehen und warten und sich ängstigen um die zwei.

Das Seil hielt. Strahlend sprang Ri-Wirrkon vom Floß, Wasser spritzte auf, sie hielt ihm die Hand hin, dann Gilai, stieß beide ans Ufer.

Die ausgestandene Angst schlug in Zorn um. »Wie konntet ihr so leichtsinnig sein«, schrie sie die Kinder an, »ihr seid viel zu klein für solch ein Floß, ihr hättet ertrinken können!«

Ri-Wirrkon schob trotzig die Unterlippe vor und schwieg.

Gilai aber legte die kleine Hand in die ihrer Mutter und sagte: »Hab keine Angst, Mutter. Ri-Wirrkon ist stark. Ri-Wirrkon weiß, was er tut!«

Stark ist er, das stimmt. Aber weiß er wirklich, was er tut?

»Übrigens, eh' ich es vergesse«, begann Gilai nach langer Pause nebenher, »ihr kommt doch mit dem Schlachten auch ohne mich zurecht, es ist nämlich so, ich wollte, ich bin«, sie geriet ins Stocken, wurde flammend rot und machte sich am Feuer zu schaffen, »ich bin heut nacht nicht zu Hause.«

Ist sie also soweit. Meine Tochter. Warum auch nicht. Sie ist alt genug und schon lange mit Klobo versprochen.

Dennoch war ein leises Schwanken in Haibes Stimme, als sie sagte: »Schon recht, Gilai!«

»Danke.« Die Tochter hob nicht den Kopf. »Ich geh' dann mal!«

Haibe sah ihr nach: Ich wünsche dir Glück, meine Tochter! Hoffentlich erlebst du mit Klobo, was ich mit Zirrkan erleben durfte.

Gilai und Klobo ...

Wenigstens dieser Traum ging in Erfüllung. Mit Gilai und Klobo würde der Bund zwischen den Dala und den Koa neu geschlossen werden.

Dieser Gedanke gab Haibe wieder Zuversicht. Tatkräftig langte sie zu, als Ri-Wirrkon mit den Jungen den Auerochsen auf einem Karren ins Dorf gefahren hatte. Der Regen hatte aufgehört, sie konnten den Stier im Licht der untergehenden Sonne auf dem Dorfplatz schlachten, im Fackelschein kochten sie das Blut mit Fleisch- und Fettbrocken zu einem dicken Brei. Nach und nach fanden sich alle Dorfbewohner um das Feuer ein. Alle Dala. Alle Koa. Auch Klobo. Aber nicht Gilai.

Haibes Mund war trocken. Sie sah Klobo an, forschte in seinem Gesicht. Ehe sie die Frage stellte, ahnte sie schon die Antwort, dennoch mußte sie es von ihm hören: »Wo hast du Gilai gelassen, will sie nichts essen?«

»Gilai? Wieso?« fragte er. »Ich hab' sie nicht gesehen, ist etwas mit ihr?«

Rotes Licht hinter geschlossenen Augenlidern. Ein Bad wohltuender Wärme, das durch Haut, Muskeln und Knochen bis ins Innerste drang. Tiefe Ruhe.

So alt mußte sie werden, um zu den einfachen Freuden zurückzufinden.

Kühlender Schatten legte sich auf ihr sonnendurchglühtes Gesicht.

»Mutter, störe ich dich?«

Haibe öffnete die Augen. »Nein, Gilai, du störst nicht. Setz dich her zu mir! Ich genieße nur die Sonne.«

Die Tochter ließ sich neben ihr am Boden nieder und lehnte wie sie den Rücken an die warme Hauswand. Haibe betrachtete das Mädchen von der Seite, verbot sich die Regung allzusehr Besitz ergreifender Zärtlichkeit, mit der es sie die Hand der Tochter zu fassen drängte.

Wie immer, wenn sie Gilai ansah, dies Staunen: Das ist meine Tochter. Nach allen Kindern, die ich verloren habe, wurde mir noch einmal eine Tochter geschenkt. Und sie wuchs auf mit Zirrkan als Muga und Großem Oheim in einem. Die Tochter meiner Liebe.

Wie ähnlich sie Naki manchmal sieht, in Augenblicken wie diesem.

Mulai hatte das neugeborene Töchterchen gewaschen, nun legte Mulai es ihr in den Arm. Sie, die alte junge Mutter, drückte es zärtlich an sich, liebkoste es mit den Lippen. Das schmale Köpfchen, die seidigen hellen Haare, die großen, sehr blauen Augen, das Grübchen im Kinn – ihr stockte für einen Augenblick der Atem.

Als sei Naki ihr zurückgegeben.

»Kindchen, mein Lieb«, sagte sie leise und küßte die winzige Nasenspitze.

Zirrkan beugte sich über sie und schloß behutsam seine Hand um das kleine Köpfchen. »Willkommen auf der Welt, kleines Mädchen. Liebe hat dir den Weg bereitet, und Liebe soll deinen Weg begleiten.«

Sie selbst lächelte ihm zu, lehnte sich an ihn. »Nun dürfen wir doch noch ein Kind gemeinsam großziehen«, sagte sie.

Er küßte ihre Augenlider. »Wie willst du sie nennen?«

»Gilai. Wie meine Mutter.«

Gilai zeichnete mit der Fußspitze Kreise in den Sand. »Ich muß mit dir reden«, sagte sie schließlich.

»Ja?«

Gilai hob einen kleinen Zweig vom Boden auf, setzte mit ihm ihre Zeichnung fort, verwischte alles und zerbrach den Zweig. Und dann stieß sie mit der Heftigkeit hervor, die Worte haben, wenn sie zu lange hin und her bewegt wurden: »Ich kann Klobo nicht heiraten!«

Das Leben ist ein Kreis, ohne Anfang und Ende. Alles wiederholt sich.

»Warum sagst du gar nichts?« klagte Gilai.

Was soll ich sagen, meine Tochter? Soll ich dich an die Geschichte von der heiligen Ordnung der Urfrauen erinnern, wie meine Mutter es tat?

Aber du kennst nicht den Ort ihres ewigen Bundes, die Heiligen Steine. Für dich ist nur eine Erzählung, was für mich der Mittelpunkt der Welt war.

Oder soll ich dir vorhalten, daß deine Heirat mit Klobo seit langem zwischen mir und Klobos Mutter vereinbart ist, so wie Ri-Wirrkons Heirat mit Klobos Schwester, damit der Bund der Koa und Dala in der neuen Heimat neu gegründet werde – Hoffnung für die Zukunft? Du weißt es seit Jahren.

»Warum?« fragte sie nur.

»Weil ich Schroko liebe!«

»Wen?«

»Du kennst ihn nicht, er ist keiner von uns. Er ist von hier. Aus dem alten Dorf jenseits des Flusses. Aber er ist bereit, zu uns zu ziehen, wie es unter den Einheimischen hier üblich ist. Ich weiß schon, eine Menge Leute in unserem Dorf werden sich darüber aufregen, aber du und mein Muga, ihr habt doch auch so gegen unsere Sitten zusammengelebt, und ihr wart glücklich, sag ja, Mutter, bitte sag ja!«

»Du wirfst weg, wofür Zirrkan gelebt hat und Ritgo gestorben ist – und erwartest auch noch, daß ich ja dazu sage!«

»O Mutter, mach es mir doch nicht so schwer!«

»Wer sagt, daß es meine Aufgabe ist, es dir leichtzumachen?«

Gilai schwieg.

»Aber du verstehst es doch, nicht wahr?« fragte sie endlich mit kleiner Stimme.

»Daß ich es verstehe, heißt nicht, daß ich es gutheiße«, erwiderte Haibe.

Gilai gab einen leisen, klagenden Laut von sich. Sagte nichts mehr.

Ich bin müde.

Wird auch das noch von mir verlangt, daß ich der Tochter weh tue, die ich liebe?

Um der heiligen Ordnung willen.

Wir selber haben sie gebrochen, Zirrkan und ich. Uns meinten wir erlauben zu können, was uns in unserer Jugend versagt geblieben war: ein Leben als Mann und Frau, Bruder und Schwester in einem. Ein spätes Glück.

Nun beruft sich Gilai auf uns.

»Mutter, so sag doch was! Beschimpfe mich, wenn es sein muß, aber schweig nicht länger!«

»Dich beschimpfen? Warum sollte ich! Du willst nichts anderes, als ich in deinem Alter auch wollte. Und so wie ich in meiner Jugend, so weißt auch du nicht, was du da willst.

Als ich hier mit Zirrkan in einem Haus lebte, da hatte ich keinen Bruder mehr. Du aber, du hast einen Großen Bruder, denn das ist er, Ri-Wirrkon, auch wenn er genaugenommen dein Neffe ist.

Gilai, eine Frau ohne Großen Bruder, das ist wie ein Körper ohne Glieder, kein Ehemann, kein Geliebter kann dir den Bruder ersetzen! Ich hab' es erlebt, sosehr ich deinen Muga geliebt habe, meine Brüder habe ich immer vermißt, vor allem den einen, den Großen Bruder.

Und du willst deinen Großen Bruder aufgeben, und Ri-Wirrkon willst du die Familie rauben.

Oder ist dir nicht klar, daß er nicht mehr dein Großer Bruder sein kann, wenn du mit deinem Mann zusammenlebst, wenn dein Mann es ist, der für euch den Pflug führt und die schwere Arbeit macht, wenn dein Mann nicht nur in der Nacht, sondern auch am Tag in deinem Haus lebt! Daß du Ri-Wirrkon damit heimatlos machst!«

»Doch, ich – ich habe schon mit ihm darüber gesprochen. Es macht ihm nichts aus, sagt er. Er will nicht hierbleiben. Er will nicht heiraten. Er hat sowieso anderes vor.«

»So. Hat er das.«

»Ja. Ri-Wirrkon meint, er sei nicht dazu geboren, hier zu sitzen und abzuwarten, ob es den Söhnen des Himmels eines Tages auch nach diesem Land hier gelüste. Er will dafür sorgen, daß wir bereit sind, falls sie kommen. Er will Beziehungen knüpfen und darauf hinwirken, daß wir Neueingewanderten uns endlich eng mit den Einheimischen verknüpfen, daß wir wie Brüder und Schwestern miteinander leben und füreinander eintreten, und er will Erkundigungen einziehen, Vorkehrungen treffen, eine Art regelmäßige Beratung eines kleinen Kreises von Männern aus den verschiedenen Gegenden ins Leben rufen. Mit möglichst vielen Sippenältesten will er darüber beraten, ob es angezeigt sei, für alle Jungen und Männer eine Ausbildung im Gebrauch der Waffen anzustreben ...«

Hat es denn nie ein Ende.

Ich habe kein Recht, mich darüber zu erheben. Ich habe Ritgo angefleht, die Frauen zu befreien, und sei es mit Gewalt. Ich habe ihn angefleht, Lykos zu töten.

Auch ich wußte keinen anderen Weg.

Ritgo – lebst du in Ri-Wirrkon weiter? Ich habe es mir schon oft gedacht, wenn ich seine Stärke und seinen Mut bemerkte.

Aber er ist wilder, als du es je warst. Verwegener. Und härter.

Ach Ritgo, ihm hat ein Großer Oheim gefehlt, wie du einer gewesen bist, vor dem Krieg, als du meine Söhne erzogen hast.

Und wir haben einmal geglaubt, Gilai und Ri-Wirrkon seien der Neuanfang der heiligen Ordnung, in ihnen würde alles wieder so, wie es war und wie wir es uns erträumt hatten!

Sand in den Augen ...

Gilai streckte die Hand aus. »Es tut mir leid, Mutter. Für dich.«

»Für mich?« Halbe löste sich von der Hauswand und richtete sich auf. »Das muß es nicht! Hier geht es um mehr. Um dich. Um Ri-Wirrkon. Um die heilige Ordnung.«

»Um die heilige Ordnung!« sagte Gilai heftig. »Weißt du, daß ich das bald nicht mehr hören kann?! Alles beim alten lassen! Nur ja nicht die Haare anders tragen, keine anderen Muster in die Kleider weben, die Häuser nicht niedriger bauen, die Sprache der Menschen hier nicht lernen, deren Tänze nicht tanzen, keinen von ihnen heiraten, nur ja wir selbst bleiben!

Dabei ist es doch die gleiche Göttin, zu der wir alle beten, wo ist da der Unterschied! Es kommt doch nicht darauf an, in welcher Sprache und mit welchen Tänzen und Liedern wir Sie ehren, nicht darauf, ob unsere Männer nur bei Nacht oder auch bei Tag in unseren Häusern wohnen, sondern darauf, daß Sie durch und durch unser Leben ist!«

Gilai brach ab. Machte eine Pause. Und fragte dann leise, vorsichtig: »Bist du jetzt von mir entsetzt?«

»Ach Kind, mich entsetzt du nicht so leicht. Dafür bin ich schon zu alt.

Wir haben die heilige Ordnung verloren, während wir sie zu erhalten gedachten. Deshalb willst du nichts mehr von ihr hören.«

Haibe stockte, verbot sich weiterzusprechen, behielt die Worte für sich, die der Tochter nicht helfen konnten, nur ihr Leben beschweren: Die Söhne des Himmels haben mehr zerstört, als wir wahrhaben wollten, auch bei uns, die wir vor ihnen geflohen sind.

Wir konnten ihnen entkommen. Aber in unseren Alpträumen sind sie wieder da, Nacht für Nacht. Und nichts wird mehr sein, wie es war.

Ri-Wirrkon hat recht: Zirrkan wollte es nicht sehen. Aber im Tod hat er es doch erkennen müssen, und ich mit ihm: Der Arm der himmlischen Götter reicht weit.

Und was ist das für ein Arm! Sie setzen den Tod über das Leben. Und die Männer über die Frauen.

Ich fürchte, sie werden die ganze Welt erobern, diese Himmlischen.

Sie sind sehr mächtig, die Götter der Mächtigen.

Aber solange es Menschen wie Gilai gibt, in denen die Liebe zur Göttin jung und lebendig bleibt, auch wenn sie alte Formen wegwerfen, so lange werden sie nicht restlos siegen, die fremden Götter. So lange kann es ihnen nicht gelingen, die Göttin zu töten. Es kann ihnen höchstens gelingen, Sie vom Licht zu vertreiben.

Doch hat Sie nicht schon immer das Dunkel geliebt?

»Mutter?« fragte Gilai leise.

Haibe nickte. »Du hast recht, Gilai: Es kommt nicht darauf an, auf welche Art wir die Göttin ehren, sondern darauf, daß Sie unser Leben ist – und jeder Atemzug uns mit Ihr verbindet.«

Haibe stand auf, ging zum See hinunter.

Sollte ich mehr sagen?

Nein.

Sie wird selbst ihre Antworten finden.

Es gab eine Zeit, da wußte man, was richtig war und was falsch.

Es gab eine Zeit, da hatten die Jungen nur das eine Ziel: so zu sein wie die Alten. Ihren Weg weiterzugehen. Den Faden aufzugreifen und weiterzureichen, den die Alten ihnen von den Ahnen zureichten.

Es gab eine Zeit, da waren wir daheim.

Ich hatte eine Tochter, von der ich manchmal glaubte, sie könne die Zukunft sehen.

Ich hoffe, sie konnte es nicht.

Aber diese Tochter hier, die ist stark genug, die Zukunft zu leben. Eine andere Zukunft, als ich es für sie wollte. Ihre eigene Zukunft.

War es kleinmütig von Zirrkan und mir, das Heil nur in der alten Ordnung zu sehen? Als sei die Göttin nicht größer als jede noch so heilige Ordnung. Als sei Sie nicht die Vielgestaltige, die mit den vielen Namen und Wesenheiten.

Das Wasser des Lebens, es bleibt nicht stehen, es fließt.

»Mutter«, fragte Gilai und trat hinter sie, »erlaubst du mir denn nun, Schroko zu heiraten?«

Haibe wandte sich um. »Wenn ich es dir verbiete – hältst du dich denn daran, auch nach meinem Tod?«

Gilai wurde rot. »Nein«, sagte sie.

Haibe lächelte. »Was fragst du mich dann?«

Epilog

Ich bin zurückgekehrt.
Hier steht es, das Grab. Unverrückt, für die
Ewigkeit errichtet, uns ein Mahnmal und
Rätsel.
Hier ließ sie sich einsperrn bei den Müttern
und Ahnen. Oder war dies das Grab, das
die Leichen der Erschlagnen kaum faßte?
Knochen vergehen im sandigen Boden.
Die Spur ist verweht.
Ich lehne meine Stirn an den Stein. Er ist
stumm und kalt.
War es so? War alles ganz anders?
Nur eins ist mir sicher: Das Schwert siegte
über den Kelch, noch ehe uns das erste
seinesgleichen geschmiedet war.
Für alle Zeit?

Nachwort

Woher rührt in Europa die Unterdrückung von Frauen? Daß sie in fast allen Gegenden Europas über die letzten Jahrtausende eine Tatsache war, läßt sich an unzähligen Beispielen belegen. Und doch: Frauen waren in den meisten europäischen Epochen und Kulturen nicht *nur* unterdrückt oder benachteiligt, und trotz aller männlichen Dominanz und Gewalt waren zumindest einige Frauen immer auch stark, erfolg- und einflußreich. Wie paßt das zusammen, wie ist es zu verstehen?

Auf eine denkbare Antwort zu diesen Fragen stieß ich durch das umfangreiche Werk der Archäologin Marija Gimbutas[1] und ihre These, in Europa habe unter der Oberfläche der herrschenden Weltsicht der siegreichen patriarchalisch-kriegerischen Indoeuropäer mit ihrem Götterhimmel eine ganz entgegengesetzte ältere Tradition weitergelebt: die eines weiblicher geprägten, matrilinearen und friedlicheren »Alten Europas« mit seiner erdverbundenen Göttin.

Der Prozeß der Indoeuropäisierung Europas ist vor allem sprachwissenschaftlich erschlossen. Archäologisch läßt er

1 Auf deutsch siehe vor allem: Marija Gimbutas: »Die Sprache der Göttin«, Zweitausendeins, Frankfurt a. M. 1995, und »Die Zivilisation der Göttin«, Zweitausendeins, Frankfurt a. M. 1996.

sich schwer nachweisen. Gimbutas geht davon aus, daß die Indoeuropäisierung in mehreren Wellen durch Invasion aus dem Osten stattfand und vor dem Ende des 3. Jahrtausends vor Christus abgeschlossen war. Ob ihre Theorie haltbar ist, darüber mag die Wissenschaft sich streiten. Für mich wurde Gimbutas' eigentlich als »feministisch orientiert« bezeichneter großer Entwurf einer Deutung europäisch-vorgeschichtlicher Gesamtzusammenhänge zum Ausgangspunkt meiner Geschichte, ohne daß ich ihrer Sichtweise in allen Einzelheiten gefolgt wäre.

Ich habe die Handlung im 3. Jahrtausend vor Christus in der norddeutschen Tiefebene angesiedelt, zu der Zeit, als die von den Archäologen so genannte megalithische »Trichterbecherkultur« unterging, von der allein in Niedersachsen mehr als 1 000 Großsteingräber bekannt sind. Abgelöst wurde sie von einer Kultur, die in der Archäologie unter den Namen »Streitaxtkultur«, »Einzelgrabkultur« oder »Schnurkeramik« bekannt ist, was auch bereits die archäologisch auffallendsten Merkmale dieser neuen Kultur beschreibt. Wurden die vielfach in Einzelgräbern jener Epoche gefundenen Streitaxte tatsächlich von indoeuropäischen Kriegern geführt? Sicherheit darüber gibt es nicht. Doch wo strenge Wissenschaft an ihre Grenzen stößt, können Empathie und Imagination traumwandelnd weiter gehen.

Archäologische Funde und sprachwissenschaftliche Schlußfolgerungen, soziologische Theorien und psychologische Denkweisen, Blickwinkel der Frauenforschung, religionsgeschichtliche Interpretationen und älteste indoeuropäische Gesetzestexte und Heldenmythen miteinander verdichtend und zu meinem eigenen Bild komprimierend, habe ich mich zurückversetzt in jenen hypothetischen, abstrahierten und vielleicht nie dagewesenen Augenblick, in dem alles begann, in dem die Indoeuropäer mit dem »Alten Europa« zusammentrafen und jenes Europa geboren wurde, worin wir noch heute wurzeln. Doch wie es beim Schreiben so ist, gewann meine Geschichte eine Eigendynamik und ging weit über das hinaus, was ich geplant hatte, als ich den Roman begann.

Ich danke allen, die mich auf meinem langen Weg bei dieser Arbeit begleitet haben. Ihr Interesse machte mir Mut, ihre Kritik brachte mich weiter, und die vielen Gespräche mit ihnen sind auf eine Weise in dieses Buch eingeflossen, die ich selbst nicht mehr im einzelnen nachvollziehen kann. Danke!

Leinburg, im Januar 1999 Gabriele Beyerlein

Mit ihren überlebensgroßen Figuren in knallbunter Farbigkeit, fröhlich und sexy, setzte Niki de Saint Phalle schwellende Formen weiblicher Fruchtbarkeit – gegen eine gewalttätige, technoide Männerwelt. Die kreative Aristokratin war Klosterschülerin, Fotomodell, Ehefrau und Mutter, bevor sie sich von allen gesellschaftlichen Zwängen löste, um bedingungslos Künstlerin zu werden.

Sie schoss sogar auf ihre Bilder – gegen Konventionen, gegen falsche Moral, gegen die Institution Kirche, gegen den Mann als Ursache allen Übels auf der Welt, gegen sich selbst. Sie war eine Terroristin der Kunst und einziges weibliches Mitglied der Nouveaux Réalistes.

Vom aufblasbaren Miniformat bis zu gigantisch großen, begehbaren Skulpturen mit Wohnräumen legen ihre Schöpfungen überall auf der Welt Zeugnis ab von den positiven Kräften einer kompromisslosen Künstlerin.

Monika Becker

»Starke Weiblichkeit entfesseln«
Niki de Saint Phalle
Originalausgabe

Econ | Ullstein | List

R15

Dolores Price ist dreizehn, als ihre kleine Welt aus den Fugen gerät. Von einem Tag auf den anderen verläßt ihr Vater die Familie und stürzt ihre lebenslustige Mutter in eine tiefe Krise. Wie ein plötzlich gestrandeter Wal kommt Dolores sich vor. Aber große Mädchen weinen nicht, und deshalb beginnt Dolores ganz allein ihre Suche nach Liebe und Wahrheit.

»John Updike hat einmal über J. D. Salinger angemerkt, daß er seine Charaktere mehr liebt als Gott; das läßt sich auch über Wally Lamb sagen. Charaktere wie Dolores Price nehmen den Leser gefangen – selbst in ihren dunkelsten Momenten.«
New York Times Book Review

»Dolores Price ist eine Figur, die man niemals wieder vergessen wird.«
Booklist

Wally Lamb

Die Musik der Wale
Roman

Econ | Ullstein | List

B16